UN AMI DE LA TERRE

DU MÊME AUTEUR

WATER MUSIC, traduit par Robert Pépin, Phébus, 1988.

LA BELLE AFFAIRE, Phébus, 1991. Seuil, 1993.

AU BOUT DU MONDE, traduit par Jef Tombeur, Grasset, 1991.

SI LE FLEUVE ÉTAIT WHISKY, traduit par Robert Pépin, Grasset, 1992.

L'ORIENT, C'EST L'ORIENT, traduit par Robert Pépin, Grasset, 1993.

AUX BONS SOINS DU DOCTEUR KELLOGG, *La route de Wellville*, traduit par Robert Pépin, Grasset, 1994.

HISTOIRES SANS HÉROS, *nouvelles*, traduit par Robert Pépin, Grasset, 1996.

AMÉRICA, *roman*, traduit par Robert Pépin, Grasset, 1997.

RIVEN ROCK, *roman*, traduit par Robert Pépin, Grasset, 1998.

25 HISTOIRES D'AMOUR, *nouvelles*, traduit par Robert Pépin et Jef Tombeur, Grasset, 2000.

Pour Alan Arkawy

Remerciements

L'auteur tient à remercier Marie Alex, Russell Timothy Miller et Richard Goldman pour leur aide et assistance.

Chaque esprit se construit une maison, au-delà
de sa maison un monde,
au-delà de son monde, un paradis.
Sache donc que le monde existe pour toi.

RALPH WALDO EMERSON, *Nature*

La terre mourut en hurlant
Tandis que je rêvais...

TOM WAITS, *The Earth Died Screaming*

Prologue

Santa Ynez, novembre 2025

Je suis en train de jeter ses boulettes et ses dos de poulets à la hyène et de faire de mon mieux pour nettoyer après la dernière tempête, quand le téléphone sonne. C'est Andrea. Andrea Knowles Cotton Tierwater, mon ex-femme, mon épouse d'il y a mille ans (alors j'étais jeune, vigoureux et implacablement viril), celle qui s'enchaînait couramment à des grues, à des bulldozers et autres broyeuses-lieuses à sept cent mille dollars pièce à l'époque où nous pensions que faire tout cela était important, la femme qui m'a aidé à élever ma fille – et m'a rendu fou. Putain de Dieu. S'il faut vraiment qu'on vienne, pourquoi ne pourrait-ce pas être Teo ? Il poserait moins de problèmes : lui, je pourrais me contenter de le tuer. *Pan pan.* Et Brin de Muguet aurait plus que des dos de poulets pour son dîner.

Bon, bref, il y a des arbres tombés partout et la gadoue tire sur mes bottes en caoutchouc comme une bouche suceuse et bien goulue, une bouche qui finira par m'aspirer au fond un jour, mais pas tout de suite. J'ai peut-être soixante-quinze ans et des épaules que je crois parfois attachées à leurs articulations par des hameçons, mais le rein tout neuf qu'on m'a fait pousser recycle les liquides tout à fait comme il faut, merci, et je suis encore capable de travailler dix fois plus que les crétins nourris à la cuiller qui traînent par ici. Sans parler de mes compétences, qui sont bien particulières : je suis gardien d'animaux et des gardiens d'animaux, il n'y en a plus guère à notre époque et mon patron, Maclovio Pulchris, apprécie. Et ne croyez pas que je sois en train de me vanter de connaître des gens célèbres, pas forcément ; je dis seulement ce qui est. Je m'occupe de sa ménagerie privée, la dernière qu'on trouve dans cette partie du monde, et elle constitue un réservoir important – non, effacez ça et dites plutôt « d'une importance capitale » – pour le clonage qui se pratique dans les zoos et la ventilation des dernières grandes espèces de mammifères. Vous pouvez dire tout ce que vous voulez des stars de la pop ou de la qualité de sa musique, voire de la gueule qu'il a quand il ôte son chapeau et ses lunettes et qu'on découvre l'espèce de petite pépite écrasée qui lui sert de tête depuis qu'il est né, mais moi, je dis ceci : c'est un ami des bêtes.

Evidemment, il ne restera rien de cet endroit si le mauvais temps ne se calme pas. Ce n'est même pas la saison des pluies, ou ce qu'on avait l'habitude d'appeler ainsi – comme si on avait jamais su ce que c'était ! –, mais les tempêtes ne s'en alignent pas moins au-dessus du Pacifique comme des boules sur une table de billard avec pas une poche en vue. Avant-hier dans la nuit, le vent est monté d'un coup, a arraché le toit d'un des enclos derrière et l'a écrasé tel un frisbee géant sur les copropriétés de Lupine Hill en face. Mac n'en a pas été particulièrement ému (il y a beau temps que plus personne n'est assuré contre les intempéries et, comme toutes les poursuites judiciaires sont automatiquement rejetées par les tribunaux, ce n'est même pas la peine d'essayer), mais ce qui a fait mal, c'est que la renarde de Patagonie s'est tirée et c'est quand même, à ce qu'on sait, le seul spécimen qui vive encore sur cette planète épuisée – et on ne l'a toujours pas retrouvée. Pas un indice. Pas une empreinte, rien. Elle a tout simplement disparu comme si la tempête l'avait enlevée telle la Dorothy du *Magicien d'Oz* et l'avait déposée à l'endroit où nos spécimens de carnivores disparus, de toutes les époques, foutent l'émeute dans les champs de gibier entravé, ou alors au milieu d'une autoroute où, aux yeux de l'automobiliste moyen, elle ne serait qu'une manière de chien monté sur échasses. Les pangolins ? Disparus, eux aussi. Alors qu'il en reste moins de cinquante dans le monde. C'est criminel, mais que peut-on y faire ? Appeler les équipes de recherche et de sauvetage ? Inondations, vent, éclairs et tonnerre, jusqu'à de la grêle, nous avons tous été durement touchés. Des tas de gens n'ont plus de toit sur la tête et ici même, dans le comté de Santa Barbara, pas seulement à Los Andiegoles ou San Jose Francisco.

Et donc, Brin de Muguet : elle me regarde longuement du plus profond de ses yeux jaune d'œuf et j'ai bien de la chance d'avoir des dos de poulets vu le manque de viande depuis quelque temps, quand le pictaphone sonne (pensez *Dick Tracy,* le monde entier a viré à la bande dessinée). Le ciel est noir – pas gris, noir –, alors qu'il n'est même pas encore trois heures de l'après-midi. Tout est immobile et je renifle du nuage qui s'amasse, de la mort, de la mort de tout ; c'est sans espoir, ça pue et c'est liquidé, le pigment a quitté la peinture, et la peinture les bâtiments, les voitures sont abandonnées le long de la route, et il se remet à pleuvoir. Je parle à mon poignet, mais pas d'image : le bouton est fermement et définitivement bloqué sur la position « arrêt », pourquoi faudrait-il que je montre à quiconque le désastre qui me tient lieu de visage ? « Oui ? » crié-je, et la pluie se fait plus lourde, déjà le vent la chasse, elle me claque dans la figure comme une serviette mouillée.

— Ty ?

La voix est craquelée, boursouflée, on dirait la poussière d'ici lorsque les orages gagnent le Nevada et l'Arizona et que le soleil revient nous écraser de toute sa force mélanomique non filtrée, mais je la reconnais tout de suite, oui, malgré les vingt ans qui ont passé. C'est une voix qui, physiquement, me fait des choses, une voix qui d'un bond jaillit de l'air ambiant et s'empare de moi comme un truc qui vivrait du sang d'autres trucs.

— Andrea ? Andrea Cotton ?

Une demi-pause.

— Putain, c'est pas toi, si ?

Douce et séductrice – le vent se lève –, Brin de Muguet me fixe des yeux derrière le grillage comme si j'étais son plat de résistance.

— Pas d'image pour moi ?

— Qu'est-ce que tu veux, Andrea ?

— Te voir.

— Désolé, mais c'est non : personne ne me voit.

— Je veux dire : en personne, face à face. Comme avant.

La pluie dégouline de mon chapeau. Un de nos pauvres lions consanguins se met à cracher ses poumons avec un bruit étrangement métallique, une sorte de cliquetis, un bruit qui peu à peu dérive dans les champs de mauvaises herbes et ricoche sur les façades monolithiques des copropriétés. J'essaie de contenir tout un train de flottage de sentiments, mais ceux-ci n'arrêtent pas de sautiller et de remonter à la surface et menacent de filer et de passer les rapides une bonne fois pour toutes.

— Pour quoi faire ? dis-je.

— Qu'est-ce que tu crois ?

— Je sais pas... pour épuiser mes cartes de crédit ? Me baiser la tête ? Sauver la planète ?

Brin de Muguet s'étire, bâille, me montre la longueur de ses canines jaunes et ses grosses molaires tout au fond. Elle devrait être dans le veldt à briser de l'os de girafe, extraire de la moelle de vertèbres et ronger du sabot. Mais il n'y a pas de veldt, plus aujourd'hui, et pas davantage de girafes. Quelque chose se libère dans ma cervelle et s'écrie : « C'EST ANDREA ! » Et c'est bien elle.

Sa voix qui me revient :

— Mais non, grand benêt. Je t'appelle par amour.

Un grand benêt, je suis un grand benêt sous mille casquettes et apparences, et la preuve en est que j'accepte de la revoir sans discussion ou à peine, et après le plus minable des préludes amoureux, l'ancienne voix me cognant dans la tête comme un os tout rongé serré dans un poing. Et ça remonte à quand exactement ? A 2002 ou 2003, au moins. Alors, nous gravissions des montagnes ensemble, alors, nous dansions jusqu'à ce que la musique se taise dans nos oreilles, alors, nous baisions jusqu'à ce que les oiseaux se réveillent, chantent et meurent de vieillesse. Une fois, nous étions allés jusqu'à passer trente jours tout nus dans la Sierra Nevada, et même si ce n'était pas vraiment *Le lagon bleu*, ce fut le genre d'expérience qu'on n'oublie pas, jamais. Et oui, tous mes organes fonctionnent encore, pas besoin de Super Viagra et autres implants péniens, merci beaucoup, et je me demande à quoi elle ressemble après tout ce temps. Elle avait huit ans de moins que moi, à moins que les lois mathématiques aient lâché comme tout le reste, elle devrait en avoir soixante-sept, ce qui, de mon point de vue à moi, est un âge fort intéressant chez les femmes. Et donc oui, je vais la revoir.

Mais pas ici : je ne suis pas benêt à ce point. Je lui ai fixé rendez-vous Chez Swenson, la Maison du Sushi et du Poisson-Chat de Solvang, à six heures ce soir, malgré les torrents et les routes emportées par les eaux parce que j'ai le 4x4 de Mac et que ce qu'elle a, elle, et la façon dont elle va pouvoir venir, ce n'est pas vraiment mon problème. Enfin... pas encore.

Mais pour venir, elle viendra – on peut y compter. Elle veut quelque chose, du fric, un endroit où crécher, des vêtements, une bonne bouteille de vin, ma dernière boîte de crabe de l'Alaska (espèce aujourd'hui disparue comme tout ce qui nage ou rampe dans les mers à l'exception, peut-être, des moules zébrées), et quand elle veut quelque chose, elle finit toujours par l'avoir. J'essaie de me la représenter telle qu'elle était alors, du côté de ses quarante-cinq ans, et ne vois que ses yeux qui vous prenaient pour ne plus vous lâcher, ses yeux aussi brûlants, durs et cruels que des torches. Et ses seins. Eux aussi, je m'en souviens. Je ne crois pas qu'elle soit jamais sortie de chez elle sans un vêtement qui ne leur collât plus étroitement après qu'une couche de peinture, sauf pendant le mois que nous avons passé dans les Sierras où, là, elle n'avait rien sur la peau, hormis de la poussière et des morsures d'insectes.

Andrea. Oui, bon, ça fera du bien de la revoir, même si ça ne débouche sur rien – et comme je l'ai déjà dit, côté sexe, je ne suis pas fini, pas encore, et même si je n'ai plus rien fait de même très vaguement sexuel depuis que Lori a été emportée par l'épidémie de mucosa qui a frappé la région il y a trois ans, la baise, j'y pense tout le temps. Je regarde les femmes que Mac ramène chez lui et reconstruis leurs anatomies sous leurs imperméables et oui, j'observe aussi les belles jambes de ces dames en robe kaki lorsqu'elles poussent leurs chariots dans les allées désolées du supermarché quand je prends le 4x4 pour aller y chercher mes boulettes et ce qu'il reste de légumes à moitié pourris pour l'ours à lunettes et les pécaris. Le sexe. Voilà une bonne chose – même si je ne pourrais sans doute pas supporter plus d'une fois par mois, et encore : à condition que tout ce qui l'accompagne (les mains qu'on se tord de douleur et les nez qu'on mouche, les trahisons, les concours de hurlements et une intimité animale qui, sur le plan émotionnel, n'est pas un iota moins forte que chez la hyène qui lèche, suce et rampe) soit strictement écarté de l'affaire.

L'amour, a-t-elle dit. « Par amour. » Ça y est : malgré moi, malgré tout ce que j'ai appris et souffert, malgré tous les coups de griffes qui zèbrent mon dos, voilà que je fonds pour cet instant fatal – et sais qu'elle m'a eu.

Je suis là, à contempler l'enclos de Brin de Muguet cependant que toutes les pluies du monde dégoulinent du bord de mon ridicule chapeau jaune et de l'espèce d'humiliation saillante et hypertrophiée qu'est mon nez de vieillard lorsque, porté par le vent, un cri me parvient de l'autre côté de la cour. C'est Chuy, illuminé par les vrilles d'un éclair tellement fantastique que j'en suis aussitôt ramené aux beaux jours de la teinture à la ficelle, du buvard à l'acide, des stroboscopes dans les dancings et à Jane, Jane mon premier amour et ma première femme. Mais Chuy, ce n'est pas Jane, Chuy, c'est Chuy – Chuy qui n'a plus qu'un prénom parce qu'il ne sait même plus son nom de famille depuis l'accident de pulvérisation des cultures qui lui a raflé ses cheveux, sa virilité et la moitié de la cervelle et l'a laissé aussi agité que le cafard sur la plaque chauffante. Il traîne quelque chose derrière lui, une couverture mouillée roulée en boule et de vieux journaux, tandis que de grands draps de pluie grise l'arrêtent comme autrefois lorsque, dans les comédies au cinéma, on jetait de pleins seaux d'eau devant la caméra – pour les effets spéciaux, s'entend.

— C'est un chien, dit-il en remontant vers moi en soufflant et haletant dans l'océan de l'air et le plus beau, c'est que c'en est un.

Mort depuis deux ou trois jours, le ventre un peu gonflé, mélange de colley et de berger que c'est la première fois que je vois ça, mais au moins, ce n'est pas la renarde de Patagonie parce qu'il manquerait plus que ça.

— Ié l'ai trouvé dans les buissons, monsieur Ty, et ié mé disais que c'était peut-être le genre de trouc que la Brin de Muguet, elle pourrait *comer, no*?

Et moi, judicieux, vieux, maigrichon et battu par la pluie, de lui répondre :

— Poison ? Parce que si c'est le cas...

Il me regarde en clignant des yeux. Chuy, mon chef-d'œuvre de réhabilitation personnel, Chuy avec ses yeux de dingue et plus question de contrôler ses mâchoires ou sa langue, on n'a plus un nerf qui ne soit grillé ou ne grille encore.

— Pas poison, monsieur Ty, traces de pneu.

Et voilà qu'il soulève l'arrière-train de l'animal pour me montrer ses pattes et le bas de sa colonne vertébrale écrasés.

Bon, voilà qui est bien, un vrai bonus, et là, tandis qu'à deux nous soulevons la carcasse détrempée jusqu'à la hauteur de nos aisselles et, encore une poussée, la faisons passer par-dessus le grillage derrière lequel Brin de Muguet, intéressée, bondit soudain de son tas de boue, je ne peux m'empêcher de penser à Andrea et de me demander quelle chemise je vais me mettre et si oui ou non, ça vaut la peine de m'enquiquiner à enfiler une veste de sport. Je nous imagine au bar de Chez Swenson, ses yeux au regard irréductible, et ses seins, elle n'a absolument pas changé parce que changer ? elle ? est inconcevable, Andrea à quarante-trois ans, renversante de beauté, Andrea la tueuse, bonjour, regarde-moi donc, lorsque, Brin de Muguet s'emparant du chien, je n'entends plus que des bruits d'os qui craquent.

Les lions viennent de se taper leur viande de cheval et les fourmiliers géants (*Myrmecophaga tridactyla*) travaillent encore quelques poutres à moitié pourries remplies de termites de Formose, ce qui devrait suffire à leur déjeuner, me dis-je, lorsque enfin j'ai assez de bon sens pour fuir l'humidité et rentrer. A ce moment-là – il doit être quatre heures-quatre heures et demie –, la pluie tombe un peu moins violemment et le vent, qui depuis quelque temps semble toujours monter jusqu'à des forces 10, paraît un peu plus calme, lui aussi. Comment pourrait-on dire ? Qu'il ne souffle plus qu'à la vitesse où le chapeau s'envole, voilà. Un strike, oui, et un spare, mais il y a encore huit frames à jouer. Rafales, oui, et fortes risées. Mais ce n'est pas tout à fait l'ouragan. Il secoue le capuchon de mon ciré, me gifle les joues à grands coups de vinyle mouillé, *plaf plaf*, mes lunettes me montant et descendant sur l'arête du nez comme si on l'avait graissé. C'est le bordel et, pas de doute à avoir sur ce point, à chaque pas, c'est la mine qui va vous péter dans les jambes, et les buissons sont déchirés comme des voiles usées et les arbres cassés en deux, et encore en deux. Mais qu'y puis-je ? Je laisse tout ça aux jardiniers de Mac et au pauvre petit morveux d'architecte paysagiste qui ne cesse de se pointer, sans broncher, chaque fois que la pluie s'arrête une heure : avec toute la couche arable qui file et l'herbe montée en graine, je nous vois quand même assez bien vivre au milieu d'un désert à la prochaine saison sèche. Si elle vient jamais.

Aux termes de mon accord avec Mac, j'occupe les deux pièces de la maison d'amis tout au fond du domaine, sous les murs de Rancho Seco, la communauté à l'accès gardé qui s'étend à l'est de la propriété. Construit dans les années quatre-vingt-dix, avec tout le confort moderne, l'endroit est assez agréable, si ce n'est que le vent a depuis longtemps arraché les gouttières et les trois quarts des bardeaux, et que la cheminée est condamnée avec des briques, comme le veut la loi. Mais bon : j'ai un radiateur, il ne fait jamais trop froid par ici, ce n'est pas comme autrefois, on ne tombe jamais au-dessous de 15 degrés de toute façon, et je commande à toute une armée de vieux pots et de boîtes de peinture qui recueillent au minimum la moitié de l'eau, au minimum la moitié du temps. Cela dit, comment se fait-il que je tremble comme un cholérique alors que, mon ciré ôté, j'ai déjà enlevé mes bottes en tapant mes pieds par terre et porté une serviette à ma tête ? Je suis vieux, voilà comment ça se fait. Et à mon âge, 15 degrés plus l'humidité, c'est aussi froid que l'eau qui gelait quand j'avais trente-neuf ans, l'année où j'ai rencontré Andrea.

La maison sent le moisi – comme si elle pouvait sentir autre chose ! – et les rats. C'est que, de l'espèce R comme on les a sélectionnés (ça fait beaucoup de petits, c'est très mobile et ça convient à tous les environnements), ces derniers sont robustes et se multiplient comme s'il ne devait plus y avoir de lendemain – sauf que bien sûr, des lendemains il y en a, comme tous les vivants ne le savent que trop bien et tristement, et que même pour les rats, demain finira bien par arriver un jour. Ils ont une odeur basique, c'est sournois, ça sent la vieille chaussette de sport roulée en boule et jetée par terre dans les vestiaires de gym à l'école, le tuyau d'écoulement à vidanger, le jus de viande qui a séché sur l'assiette et qu'on rend à nouveau liquide en l'aspergeant d'eau chaude. Ça pue tranquillement, rien à voir avec la hyène quand elle est mouillée, ce qui arrive tout le temps maintenant, et ça au moins, je le leur pardonne, aux rats. Je suis quand même un environnementaliste, enfin... j'en étais un jadis, ça ne vaut plus trop la peine de se donner ce nom aujourd'hui... et oui, je crois aux mouvements « Vivez et laissez-les vivre », « ADAT », « Ecologie profonde » et « Pas de compromis dans la défense de notre mère la Terre ».

Andrea. Ah oui... Andrea. C'est qu'elle m'a drôlement éreinté dans cette épreuve, avec ses yeux au regard torride et sa voix de cendre, et son corps, son beau et solide corps de randonneuse, ses jambes robustes, ses hanches de femme et le reste. Elle s'est mise en route pour me retrouver au Swenson. Peut-être même y est-elle déjà, une tasse de saké tel un dé à coudre dans ses grandes mains de femme, bien penchée sur le bar pour faire étalage de ses restes, à stupéfier Shigetoshi Swenson, le barman qui ne saurait avoir plus de soixante-quatre - soixante-cinq ans. Cette éventualité me réveillant d'un coup et aussi sûrement qu'avant, dans la minute qui suit je cours dans ma chambre, sors un pull du tiroir de ma commode (ras du cou noir, pour cacher les caroncules de dindon qui m'ont poussé sous le menton) et me dis : « Plus le temps de prendre une douche et d'ailleurs, je suis assez mouillé comme ça. » Je trouve un jeans à moitié propre accroché dans ma penderie, enfile mes bottes de cow-boy en faux cuir et me dirige vers la porte – mais pas avant d'avoir mis une touche finale à l'ensemble, à savoir le béret rouge qu'elle m'a envoyé la deuxième fois que je suis allé en prison. Je me l'enfonce sur les sourcils, comme un marin son bonnet tricoté quand il est de quart et qu'il fait froid. En souvenir du passé.

Tempête ou pas tempête, banlieusards, acheteurs du soir, équipes de réparateurs, ados tout excités de vivre dans un monde qui n'est plus qu'un tas de merde, il y a foule sur la route et avec le vent qui secoue la voiture, les bosses et les cahots de la route, sans parler des endroits détrempés par les eaux, vaut mieux faire gaffe. C'était la pleine campagne, il y a vingt-cinq ans de ça : on y voyait du lynx, du cariacou, du lapin, de la caille et du renard avant que tous aient été zigouillés par les braconniers et réduits à rien à force d'empiéter sur le milieu animal. Je me souviens encore des élevages d'étalons qu'on y trouvait, de champs qui couraient à perte de vue, d'énormes exploitations au fin fond des collines, comme celle de Mac, tenez ; et même d'un ou deux ranchs à émeus. (*« Moins gras que le bœuf et la moitié de calories en moins, goûtez donc un Emeu Burger aujourd'hui même ! »* disait la pub.) Maintenant, tout ça n'est plus qu'immeubles en copropriété. Par canyons entiers, tout gris et tout mouillés. Et qui donc y habite ? Des criminels. Des bouffeurs de viande. Des types atteints d'un cancer de la peau. Des gens qui n'en savent pas plus long sur les animaux – ou la nature, ou le monde tel qu'il était jadis – que ce que veulent bien leur en laisser connaître les écrans de leurs ordinateurs.

Bon, abrégeons. Nous sommes en l'an 2025, j'ai soixante-quinze ans, je m'appelle Tyrone O'Shaughnessy Tierwater, et suis moitié juif-moitié catholique irlandais. Je suis né dans la plus riche banlieue de la plus grande ville du monde, à une époque où, en plus du fait qu'on ne manquait de rien – au moins dans ce pays –, il n'y avait ni orages (en dehors des ordinaires), ni pluies acides, ni carence de jungles et autres lieux sauvages où respirer à fond. Pour l'heure, je me suis mis en route pour aller manger du sushi de poisson-chat d'élevage avec mon ex-femme Andrea, m'en descendre quelques-uns dans le gosier et, qui sait ? peut-être même tirer un coup genre ce n'est qu'un au revoir, madame. Ou alors... par amour ? Ce n'est pas ça qu'elle aurait dit ? Par... amour ? Les essuie-glaces battent au rythme de mon cœur qui ne sait plus ce qu'est le rythme, les vents fusent – mon gros 4x4 Olfputt tangue aussi fort qu'un bateau sur la mer –, et dans ma tête, tel un morceau de chewing-gum collé sous ma chaussure, un bout de chanson si ancien que je ne sais même plus de laquelle il s'agit, ni comment elle est arrivée, s'est collée. *Sur le chemin, le traîneau volait... Arlene me prit par la main et dit : « Veux-tu donc être mon homme ? »*

Je sens que ça va être intéressant.

Le parking est inondé, soixante centimètres d'une eau couleur merde et agitée de doux remous, et ça y est : rideau pour mes bottes de cow-boy – vanité oblige, il a fallu que je les mette alors que celles en caoutchouc auraient convenu tout aussi bien. Je passe quelques instants à m'engueuler pour ma bêtise, les lumières chiches et boueuses de Chez Swenson me faisant des signes à travers le lacis de gouttes de pluie sur mon pare-brise. A côté, le restau sino-mexicain est depuis longtemps et à jamais protégé par des sacs de sable, et aussi sombre qu'une grotte, alors que, bien au sec et méprisants sur leurs pilotis récupérés à la jetée de Gaviota, le magasin de réparations d'ordinateurs et le 7-Eleven le prennent de haut. La pluie tombe encore plus fort (tu parles d'une nouvelle) et joue des timbales sur le toit du 4x4, cependant que le vent en secoue la cabine et s'empare de tout ce qui n'est pas cloué pour l'expédier vers une destination qu'il est seul à connaître, le cimetière des objets envolés. Etant donné que par ici les tempêtes ont tendance à s'installer après s'être carambolées en montant de l'océan, toutes les toitures sont maintenues en place par des câbles d'acier – *Rive-toit* (garantie AAA), voilà une société dans laquelle investir ! Sauf qu'évidemment, tout ce que j'ai jamais eu à placer (ce que j'ai réussi à gagner et ce que mon père m'a laissé) s'en est allé, jusqu'au dernier centime, à Andrea, Teo et autres compagnons d'armes aux yeux fous de « La Terre pour Toujours ! » (Vous n'en avez jamais entendu parler ? Pensez aux groupes écolos radicaux, années quatre-vingt - quatre-vingt-dix. Pensez aux trenails plantés dans les arbres. Eco-sabotage. La Terre pour Toujours ? Ça ne vous dit rien ?)

Réfléchir à tout cela et repousser l'inévitable vieillesse (enfin... pas tant que ça vu les percées médicales qu'on nous assène, code ADN personnel, traitement antitélomérase et rajeunissants de l'épiderme, toutes choses dont j'ai fait amplement usage grâce à la générosité de Maclovio Pulchris), ces quelques instants ne sont pas de trop pour que j'estime ce qu'il en coûte à ma dignité et ôte mes bottes, y enfourne mes chaussettes roulées en boule et remonte mon pantalon sur mes jambes maigres. L'eau – on dirait un bain chaud – me grimpant le long des mollets, je coince mes bottes sous mon ciré, enfonce mon béret sur mes yeux pour me protéger du vent et commence à traverser le parking. C'est presque amusant de sentir ça, les éclaboussures, toute cette eau déchaînée, et voilà que je suis replongé quelque soixante-cinq ans en arrière, lors de l'ouragan Donna, et je repense à la journée sans école que ça nous avait valu à Peterskill, Etat de New York, et ça patauge encore et encore. (Œt dire que certains s'imaginaient que l'effondrement de la biosphère marquerait la fin du monde ! Ce n'est pas du tout ça ! C'est même très exactement le contraire : soleil, flotte, vent, poussière et boue, il y a encore plus de tout.)

Debout sous l'auvent de fortune de Chez Swenson (il est fait de plaques d'acier soudées à des poteaux eux aussi en acier et enchâssés dans du béton), je tente de me tenir en équilibre sur un pied, nu, afin d'enfiler une chaussette et une botte à l'autre lorsque, la porte s'étant brusquement ouverte, deux poivrots sortent du bar pour contempler la pluie, bouche bée, le visage aussi rouge et les bras aussi couverts d'ampoules que s'ils avaient cuit dans un four à tandooris.

— Merde, s'écrie celui qui se tient à ma droite, et à l'instant où je regarde derrière lui pour voir si Andrea n'est pas déjà au bar, il ajoute : Vaudrait peut-être mieux se taper un autre verre !

Son compagnon cligne des yeux en observant le déluge – à croire qu'il n'a jamais vu de mauvais temps et tiens, peut-être est-ce le cas, peut-être est-il originaire du Brésil, de Nouvelle-Zélande ou de quelque autre pays désertique – et déclare :

— Pas possible. Faut que j'rentre à... (à vous de remplir le blanc), y a les mômes et le chien qui m'attendent, et les rats au grenier, mais là, ah oui, alors ! quel putain de temps de merde !

Je respire un grand coup, m'écarte de leur chemin et pénètre dans le restaurant. Précisons tout de suite que Chez Swenson n'est pas l'établissement le plus élégant qui soit – l'élégance, c'est strictement pour les riches, les réparateurs d'ordinateurs, les gens du cinéma et les stars de la pop comme Mac –, mais qu'il a un certain charme. Sauf à l'entrée, où, à droite, on tombe tout de suite sur un aquarium à poissons vide encastré dans le mur en parpaings et, à gauche, sur un portemanteau avec bac à parapluies. Et la musique y est renversante – des classiques, les vénérables et inévitables succès des années soixante, passés plein pot pour les sourds et les édentés de mon espèce –, la chaleur humaine bien lourde et l'humidité digne de ce qu'on pourrait attendre du Cachot de Calcutta[1]. Pas de climatisation, bien sûr, mais bon : vu le rationnement de l'électricité et le prix proprement exorbitant du kilowattheure... Droit devant, c'est le bar. Sur la gauche se trouve la salle à manger, lambrissée de lames de parquet en pin dépareillées et récupérées dans les maisons de style ranch californien classique, qui ont succombé à l'impératif historique des mini-allées marchandes et de la copropriété, tout cela recyclé, naturellement. Je pars donc droit devant, le bar grouille de monde, Shiggy lève le nez de dessus son mixeur et me salue en hochant la tête tandis que, merdeux, antique et déchirant, dans les haut-parleurs usés, un petit air me hurle de chevaucher mon poney.

Pas d'Andrea. Chevauche ton poney, chevauche ton poney. Mes coudes trouvant le bar, un saké bon marché (goût d'huile de moteur, produit local) me trouve à son tour et je scrute les visages pour en être sûr. Je vais même jusqu'à ôter mes lunettes et les essuyer sur ma manche, geste qui m'est aussi habituel que la respiration. Et je les remets sur mon nez. J'étudie les visages, en profondeur maintenant, en effaçant rides, taches et marbrures, en sortant les lèvres et les yeux de leurs fissures, en adoucissant les fronts et raffermissant les mentons, j'étudie les visages, et non, toujours pas d'Andrea. (Chez Swenson, ceci au cas où vous vous poseriez des questions, on ne sert que les jeunes-vieux, c'est-à-dire le segment le plus dynamique de la population américaine, celui-là même dont à regret, mais avec reconnaissance aussi, vu l'alternative, je fais partie.)

Une femme en rouge assise au bout du comptoir retient mon attention – enfin... c'est plutôt moi qui attire la sienne –, et comme chez un adolescent, mon sang ne fait qu'un tour jusqu'au moment où je m'aperçois qu'elle ne peut pas avoir plus de cinquante ans. Je la regarde encore tandis qu'elle se retourne et rit fort de quelque chose que lui a dit l'espèce de dentiste en retraite assis à côté d'elle, et... non : elle a tout faux. Andrea, et je me fiche pas mal de l'âge qu'elle peut avoir (soixante ans, quatre-

1. Petite cellule de prison de Fort William où, on le dit, les Hindous auraient enfermé 146 Européens en 1756. (N.d.T.)

vingt-cinq, cent dix), a deux fois plus de présence qu'elle. Dix fois plus, même. Oh oui. J'en suis certain. Non, ce n'est pas elle. Aucune ressemblance, même de loin. Mais cela me déprimerait-il moins d'admettre que, sur des genoux douloureux, vêtu d'une chemise habillée et coiffé d'un béret détrempé qui a tout de l'omelette au fromage et chili aplatie sur mon crâne chauve, je me tiens là à attendre un fantôme ? Et un fantôme suceur de sang, en plus ?

Chevauche ton poney, chevauche ton poney. Qu'est-ce que dit Yeats sur le grand âge, déjà ? Il ne parle pas de poneys à chevaucher ! Manteau rapiécé jeté sur un bâton, l'homme âgé est bien dérisoire, voilà ce qu'il dit. C'est net.

Mais qu'est-ce, là, sur ma nuque ? C'est humide et froid. De l'eau. Ubiquiste. Je lève la tête, les tuiles du plafond laissent échapper de légers suintements, je baisse la tête et contemple le seau en plastique posé entre mes pieds – je les ai quasiment dedans –, lorsque je sens qu'on me serre le bras. C'est sa main ! La main d'Andrea ! Elle m'enserre le biceps, elle me tient aussi fort que mon passé, comment ne pas relever la tête pour découvrir son nouveau visage, celui qui, modelé comme dans de l'argile humide, puis verni, puis cuit, fut jadis déposé sur une étagère dans ma tête ?

— Bonjour, Ty, me dit-elle tandis que l'eau du seau clapote doucement et que l'air, pourtant solide, est déchiré par les hurlements des haut-parleurs et les caquètements de la foule et qu'elle me fixe sans ciller.

Je ne sais pas quoi lui dire. Shiggy, vraie montagne dans sa chemise hawaïenne et l'éternelle question du barman aux lèvres, vient vers nous de l'autre côté du comptoir et la voilà qui sourit tel le soleil par-dessus les collines.

— Joli chapeau, ajoute-t-elle.

Je me l'arrache de la tête au plus vite et le triture gauchement dans mon dos.

— Mais, Ty... (elle rit) mais tu es chauve !

— Quelque chose pour la dame ? hurle Shiggy par-dessus le vacarme et, avant même que j'aie pu dire un mot à Andrea, c'est à lui, une espèce d'âne qui ne sait rien et auquel je pourrais parler tous les jours, que je m'adresse.

— Saké *on the rocks*, lui lancé-je, à moins qu'elle ne paie son verre... et tu m'en ressers un autre.

La transaction me laisse une minute pour me reprendre. Andrea. C'est bien elle qui se tient debout à côté de moi, en chair et en os. Le plaisir, je me rappelle aussitôt, est inséparable de son épouse légitime, la douleur.

— On vieillit tous, lui crié-je en me retournant avec les boissons, et encore... à condition d'avoir de la chance.

— Et moi ?

Elle recule d'un pas, occupe le devant de ma scène et lève les bras, pour me montrer. L'espace d'un instant, je me demande si elle ne va pas faire une *pirouette*[1]. Attention, je ne voudrais pas paraître trop cynique : le temps passe et c'est vrai qu'elle a toujours fière allure, très fière même, du huit ou neuf sur dix, tout bien considéré. Sa bouche certes se replie en une floraison de rides lorsque son sourire s'évanouit, et ses yeux sont plus pâles et plus ternes que ceux dont j'ai gardé le souvenir – toujours un rien exophtalmiques –, mais pourquoi chipoter ? C'était une beauté jadis et c'en est encore une.

— Tu es splendide, enchaîné-je, et je ne te dis pas ça seulement pour... c'est la vérité vraie. Tu as l'air... je ne sais pas, tiens... tout à fait comestible. L'es-tu ?

Le sourire revient, mais seulement une seconde, filant à travers son visage comme poussé par les vents qui secouent les fenêtres et, Dieu qu'ils les secouent, ça s'entend fort malgré le vacarme et mon ouïe plus que douteuse (Jimi Hendrix et les Who me l'ont flinguée il y a soixante ans).

Elle porte une robe en tissu imprimé, avec manches en dentelle et grand décolleté, naturellement, s'est étalé un bon centimètre de maquillage sur la figure, et ses cheveux – teinture noir minuit – sont ramassés sur ses épaules. Elle me fixe de ses yeux grands ouverts au regard mi-défoncé mi-calculateur que je connais, ou plutôt connaissais si bien jadis, et me lance :

— Y a pas un endroit où on pourrait causer tranquillement ?

1. En français dans le texte, de même que tous les autres mots ou expressions en italique suivis d'un astérisque. (N.d.T.)

Peu de gens comprennent la hyène. Qu'on prononce ce mot et tout de suite ils prennent un air hébété, comme si on parlait d'un animal mythique – ce qui n'est d'ailleurs pas loin d'être le cas aujourd'hui. Les plus éclairés se souviennent parfois des émissions sur la nature où l'on montrait des hyènes en train de se disputer une charogne ou d'éviscérer un bébé gnou et de le boulotter par petits tas sanglants avant même que la conscience ait quitté son regard, mais c'est bien tout ce qu'on se rappelle : les horreurs et la mort. J'ai jadis connu un chasseur de gros gibier africain (il s'appelait Philip Ratchiss et j'en reparlerai plus tard) qui abattait des éléphants pour le compte du gouvernement zambien – c'était à l'époque où il y en avait un –, et avait fait d'assez sinistres rencontres avec les trois espèces de hyènes. Lorsqu'il s'est retiré en Californie, il a ramené son porte-fusil Senga avec lui, un certain Mag, ou Mug (je n'ai jamais réussir à savoir) qui s'était fait enlever la figure par une hyène une nuit que, complètement ivre, il s'était étendu devant un feu de camp. Ratchiss lui faisait chausser des Dockers et mettre des polos, il lui avait aussi fait arranger ses dents, mais Mag – ou Mug – ne voulait pas entendre parler de chirurgie esthétique. Il n'avait plus qu'un œil, mais avait gardé ses deux oreilles, le reste de son visage n'étant plus qu'une sorte de gros pruneau grêlé.

Si je vous parle de tout ça, c'est parce que les gens ont du mal à comprendre pourquoi Mac entend bien sauver la hyène – la hyène marron, dans le cas de Brin de Muguet –, alors même que le guépard, le buffle du Cap, le rhinocéros et l'éléphant ont disparu. Et que pensez-vous que je leur réponde ? Parce qu'elle existe, un point, c'est tout. Et si nous n'arrivons pas à féconder Brin de Muguet avec le sperme de la dernière hyène mâle du zoo de San Diego, nous la clonerons – et clonerons ses clones, *ad infinitum*. « J'entends sauver les animaux dont personne ne veut, m'a-t-il déclaré le jour où nous avons conclu notre arrangement actuel. Ceux que seule une mère pourrait aimer. C'est pas cool, ça ? C'est pas cool, courageux et désintéressé ? » Je lui ai confirmé que ça l'était. Et nous nous sommes aussitôt débarrassés des paons, des cochons vietnamiens à petit ventre, des chiens, des chats, des chèvres et du reste pour nous concentrer sur les bestioles les moins glamour du monde, genre phacochère, pécari, hyène et chacal, en y ajoutant nos trois lions pour que ça soit plus excitant. Mac adore les entendre rugir et tousser avant d'aller se coucher. Enfin, quand il est là, s'entend. Ce qui est plutôt rare à cette époque de l'année.

Toujours est-il que c'est Brin de Muguet qui me vient à l'esprit lorsque Andrea se penche sur la table et me demande ce que ça fait de travailler pour Maclovio Pulchris. Nous nous sommes installés dans la salle à manger éclairée aux bougies et attendons qu'on nous serve et, déjà bien chauffés par le saké, sommes trop civilisés – ou vieux – pour laisser toute l'amertume du passé gâcher nos petites retrouvailles. Je ne taris pas sur Mac, lui racontant à quel point il adore passer des nuits blanches avec une bouteille de champagne et sa nana préférée, assis dans le jardin à écouter ronfler les fourmiliers cependant que Brin de Muguet va et vient dans sa cage et, ricanante, se moque des rats qu'elle coince avec ses pattes à quatre griffes. Puis je passe à Brin de Muguet et lui décris son tube digestif de virtuose, ses selles calcifiées (avec tous les os qu'elle réduit en poudre...), les animaux écrasés que nous lui donnons à manger quand nous avons de la chance – essentiellement des opossums : encore une espèce R –, lorsqu'elle s'éclaircit la gorge pour passer à l'attaque.

Gêné, je baisse la tête ou l'espèce de dôme luisant et chauve qui m'en tient lieu (*Montre donc comment ils flottent, Tant que Dieu voudra bien les laisser pousser, Tes cheveux*). Suçote le patchwork en métal que dessinent mes dents de vieillard. Tripote mon verre de saké. Je ne l'ai pas fermée depuis que nous nous sommes assis – et pourquoi donc ? Parce que, malgré toutes les fanfaronnades auxquelles je me suis laissé aller quand j'étais encore à la maison, malgré tous mes fantasmes de macho de réexploiter un filon, et d'abuser de son corps dans quelque chambre surchauffée de motel avant de la laisser tomber, salut, bonsoir et merci pour ce superbe travail de bouche, je me retrouve rivé à elle, mon corps et mes nerfs au supplice, prêt encore une fois à me laisser ouvrir en deux et sacrifier. Enfin quoi, je suis nerveux. Et quand je suis nerveux, je ne peux pas m'empêcher de parler.

— Tu te rappelles April Wind[1]... la fille qui avait à peu près l'âge de Sierra ?

Elle scrute mon visage pour y trouver la fissure où elle pourra planter son premier piton et commencer l'escalade qui la conduira jusqu'à mon pauvre cerveau tremblotant. Mais que dalle : je ne lui donne rien. Absolument rien. Mon regard est transparent. Et mon visage est aussi monumental et impénétrable qu'une sculpture d'Oldenburg, Sierra – l'illustre Sierra Tierwater, martyre de la cause des arbres – est ma fille. Enfin... l'était. Et je n'ai jamais entendu parler de cette April Wind. Du moins je l'espère.

— Elle était du sit-in pour les arbres... dans le courant de l'été 2001.

Tous mes capteurs de danger sont en alerte – j'aurais mieux fait de rester à la maison avec ma hyène, je le savais. Ça me blesse. Je me sens seul. Je suis vieux. Je n'ai pas le temps de jouer à ces trucs-là. Mais elle va insister, c'est sûr : si je sais une chose d'elle, c'est bien celle-là. Il se trame des trucs, des machins qui ne vont pas du tout me plaire ; et dès qu'elle me les aura lancés dans les pattes, elle passera à des choses plus pratiques – elle aura besoin de m'emprunter du fric, de la nourriture, des habits, des médicaments, elle ne pourra absolument pas faire autrement que de s'installer chez moi un moment, deux ou trois semaines, un mois, parce qu'elle aura besoin de moi, parce qu'elle me veut, et tout d'un coup, pouf, elle se penchera en avant et, nos lèvres pleines de sushi s'unissant, nous nous embrasserons à pleine bouche cependant que, furtive comme un serpent, sa main passera sous la table et m'attrapera au seul endroit où je sois encore plus vulnérable que dans ma tête.

Ses lèvres, je regarde ses lèvres. Je sais qu'elle s'est fait faire des implants au collagène, et son visage est trop luisant et parfait pour être naturel, mais qui voudrait du naturel à mon âge ?

— Tu te souviens d'elle, insiste-t-elle en picorant sa nourriture avec ses baguettes.

Elle a choisi le rouleau de poisson-chat sauce piquante, le sushi tilapia avec poisson-soleil fumé et sashimi de koï et ne pou-

1. Soit « Vent d'Avril ». (N.d.T.)

vait pas mieux faire, enfin... vu ce qu'il reste de disponible. Même que ça ne va pas être donné. Heureusement que la connaissant, je me suis muni d'une nouvelle carte de crédit avec cinq cents dollars dessus.

— Elle nous était arrivée du camp d'entraînement de Teo ? reprend-elle. Toute petite ? Elle ne devait pas peser plus de cinquante kilos ? Asiatique ou à moitié ? Elle jurait que les arbres lui parlaient... Tu te rappelles ?

Je commence effectivement à me rappeler, mais n'ai aucune envie de continuer. Et qu'elle ait mentionné Teo m'expédie un tison ardent dans le ventre, lequel tison met vite le feu au wasabe qui y traînait dans un bain d'œufs de carpe et de tilapia à moitié digérés.

— Quoi Teo ? lui renvoyé-je alors que le vent se transforme en bourrasque qui secoue tout le restaurant comme s'il était en paille.

— Ce que je peux détester ça ! siffle-t-elle en se préparant pour la bourrasque suivante.

Bruit de quelque chose qui se déchire tandis qu'un morceau essentiel de la toiture racle sur les tuiles et gratte, un bref instant, les câbles d'acier avant de filer au loin dans la nuit. Beaucoup de gens se sont déjà fait décapiter, écraser, fendre en deux, voire empaler par des bouts de toits – on y a droit tous les jours aux nouvelles. Rien que l'année dernière, en sortant les poubelles, une copropriétaire de Lupine Hill s'est fait, tel un insecte sur son carton de montage, clouer sur une benne à ordures par un mât de drapeau qui tombait du ciel à la manière d'un javelot. Sans parler des problèmes pulmonaires et oculaires dus à la présence de particules de matière dans les airs, et de toutes sortes d'allergies dont il y a vingt ans encore personne n'avait jamais entendu parler. Nombreux sont ceux, et j'en suis, qui portent des lunettes et des masques de gaze pendant la saison sèche, où l'air n'est plus qu'une autre forme de poussière. Que voulez-vous que je vous dise ? Que je vous l'ai déjà dit ?

Tel est bien le monde que nous avons fabriqué. A nous d'y vivre.

— Bah, on s'y fait, lui renvoyé-je en haussant les épaules. Vous avez aussi des problèmes en Arizona, n'est-ce pas ? Parce que c'est bien là que tu habites, non ?

Elle acquiesce d'un hochement de tête, d'un petit geste économique et sec du menton qui semble dire : Assez de questions.

— Et donc, Teo, insisté-je en essayant de prendre un air dégagé alors que je me bouffe les sangs et meurs d'envie d'être chez moi devant la télé avec une bouteille de Gelusil à attendre que les lions veuillent bien m'endormir en toussant. Il est toujours dans le tableau, ou quoi ?

C'est alors, juste à cet instant, que je commence à remarquer que j'ai les pieds mouillés et qu'il suffit que j'en décolle un, puis l'autre, du parquet pour que le tapis se mette à rendre de l'eau comme une éponge. Du coin de l'œil, je vois aussi qu'une des filles de Shiggy s'affaire à côté de la porte de derrière avec une serpillière et une montagne de serviettes. Furieusement elle s'active, mais pas assez pour contenir la flotte qui s'infiltre inexorablement dans la salle. Shiggy aurait dû faire construire sur pilotis et il le sait, mais il a hérité le bâtiment de son père, qui avait fait sa fortune en vendant des assortiments de mets scandinaves, et le faire rehausser était d'un coût prohibitif. Sans oublier que, comme tout le monde, il attendait que le mauvais temps se calme.

— Pas de problème, monsieur, pas de problème, ne cesse de répéter sa fille à un dîneur solitaire dans un coin, tout sera nettoyé dans une minute.

Ainsi distrait – mes bottes sont sûrement foutues –, j'ai tout oublié de la question que j'ai laissée en suspens dans l'air humide et froid de la salle, tout oublié aussi de l'endroit où je me trouve (sais-je même seulement pourquoi j'y suis et qui je suis ?), l'instant étant de ceux qui, infimes, rendent la vie tolérable à mon âge, malgré toutes les doses de ginkgo biloba, caféine et autres rechargeurs d'accus que j'ingurgite. Ça fait déjà plus de dix secondes que j'ai déconnecté mon bas-ventre de mon cerveau lorsque Andrea me jette ceci au beau milieu du silence :

— Il est mort.

— Qui ça ?

— Teo.

Mort ? Teo est mort ? Bigre ! Du coup, je me retrouve aussitôt dans l'instant, tout aussi alerte que Brin de Muguet lorsqu'elle me voit plonger la main dans mon grand sac en plastique graisseux pour lui sortir un énième dos de poulet. Tout ça commence à me plaire. Je me sens brusquement bien expansif. Je veux des détails. A-t-il souffert ? L'agonie a-t-elle traîné en longueur ? A-t-il perdu le contrôle de ses intestins, de sa bite, de sa cervelle ?

— Et moi qui croyais qu'il y faudrait une balle d'argent ! m'entends-je dire. Ou alors un pieu fiché en plein cœur...

Ses yeux qui se ferment, rideaux et jalousies tirés, toute petite voix :

— Ce fut rapide.

— Rapide ? Rapide comme quoi ?

Hou là ! hurle le vent, hou là houlàlà ! et maintenant l'eau goutte régulièrement sur la table (le fantôme de Teo, son rythme cardiaque telle une marée) avec un bruit sourd, là, juste à gauche de mes baguettes. Je regarde Andrea en me gavant de la nouvelle, mais j'ai mal au dos – mon dos me fait et me fera toujours mal, il a commencé et n'a pas cessé de le faire depuis que j'ai dépassé la trentaine –, et l'humidité par terre n'arrange pas l'arthrite que j'ai au pied droit. Je bande, ça aussi, et c'est prématuré. Je résiste à l'envie de jeter un coup d'œil à ma montre.

— Rapide comme quoi ? répété-je.

— Je n'ai pas envie d'en parler, me répond-elle. Ce n'est pas pour ça que je... ce n'est pas ce que je voulais... C'était bien un météore, non ?

Je suis incapable de me contenir. Aigu et sonnant fort, mon rire explose à mes lèvres fuyantes et surprend le couple installé deux tables plus loin.

— Tu rigoles ?

— Il y a onze milliards et demi d'individus sur cette terre, Ty, dont soixante millions ici même, en Californie. Et les météores, ça s'écrase sur la terre, non ? Il faut bien qu'ils atterrissent quelque part.

— Quoi ? Tu veux dire que c'est un météore qui l'a frappé ? Il était gros comment ? Et quand... quand ça s'est passé ? Il y a dix ans ? Hier ? Quoi ?

— Je ne te mentirai pas, Ty : je l'aimais. En tout cas, je le croyais.

— Ouais. Comme tu croyais m'aimer, moi aussi. Pour le bien que ça m'a fait !

— Ecoute, on ne va pas recommencer. Je n'en ai pas envie, d'accord ? Ce n'est pas pour ça que je suis venue...

— Ça... ça l'a frappé comme une balle ? Le météore a traversé la toiture ?

— Il était en train de se faire des œufs à la coque. A la cuisine. Il vivait dans une maison de retraite collective pour ceux qui n'ont jamais économisé pour la retraite... comme moi... et non, ne me demande pas, je ne te dirai rien sur l'état de mes finances, c'est pas la peine.

Elle se tamponne les lèvres avec sa serviette, s'arrête un instant pour avaler une gorgée bien lugubre de saké passablement graisseux, le meilleur que la maison ait à offrir. (Ai-je déjà dit que le raisin est une chose du passé ? Les vignobles de Napa et de Sonoma ne sont plus que rizières et les vallées de la Loire et du Rhin tellement humides qu'il vaudrait mieux y faire pousser des pamplemousses ; cela dit, côté positif, je viens d'apprendre que les Norvégiens se sont mis à semer des plantes à rhizomes de Californie dans les faubourgs d'Oslo.)

— Il n'a pas eu le temps de savoir ce qui lui arrivait, me dit-elle en cherchant mon regard. D'après son fils, on aurait retrouvé ce truc... gros comme une balle de golf... enchâssé dans la chape en béton de la cave... et toujours incandescent...

J'en reste pétrifié. Assis là, devant mon saké et mon assiette de poisson, je m'imagine la scène... des œufs à la coque ! Ce qu'il peut y avoir de solitude en ce monde !

— Ty ?

Je lève les yeux sans cesser de secouer la tête.

— Tu reprends quelque chose ? lui demandé-je.

— Non, non... écoute. Si je suis venue ici, c'est pour te parler d'April Wind et...

Je fais de mon mieux pour avoir l'air aussi surpris que blessé, bien que je ne sois ni l'un ni l'autre, ou alors pas vraiment.

— Mais... tu ne m'avais pas dit que tu voulais me voir... par amour ? C'est pas ça que tu m'as dit ? Reprends-moi si je me trompe, mais j'avais l'impression que tu voulais, enfin... qu'on se retrouve ensemble et...

— Non, dit-elle. Ou plutôt si, bien sûr que si. Mais ce qui m'a fait venir ici, la raison pour laquelle il fallait absolument que je te voie, c'est April Wind. Elle veut écrire un livre. Sur Sierra.

Je ne me mets plus guère en colère, ça ne sert à rien. Mais après tout ce que j'ai enduré – et pas seulement à l'époque, non, aujourd'hui encore parce que, à votre avis, qui donc devra traquer la renarde de Patagonie et cavaler aux fesses des gros pangolins sournois avec des pieds aussi lourds que des blocs de ciment, hein ? –, je ne peux pas m'en empêcher.

— Je ne veux pas en entendre parler ! m'écrié-je, et Dieu sait comment, voilà que je me suis remis debout tandis que sous mes pieds le tapis réprime un petit bruit de succion et que tout le bâtiment vibre sous les assauts d'une autre bourrasque.

Mon bras, le droit, semble de lui-même se fendre d'un geste d'excuse : Ici je viens enterrer César et non point le louer.

— Elle est morte, ajouté-je. Ça ne te suffit pas ? Qu'est-ce que tu veux ? En faire une espèce de Jeanne d'Arc ? Ouvre la porte, nom de Dieu ! Regarde autour de toi ! Que veux-tu que ça change, bordel ?

C'était une costaude, Andrea, et elle l'est encore – ah, ces épaules ! ah, ces jambes bien rangées sous sa jupe, ces mains ! –, mais voilà qu'elle se ratatine. Qu'elle n'est plus qu'une petite enfant misérable. On l'a forcée. Elle ne menace personne, non, et ce n'est pas elle qui a eu cette idée. C'est April Wind, la femme qui parle aux arbres.

— Je crois que c'est une bonne idée, reprend-elle. Pour la postérité.

— Laquelle ?

Avec un grand geste du bras, je lui lance :

— La voilà, ta postérité !

— Allons, Ty... fais-le pour Sierra. Laisse cette femme t'interviewer ! Tu lui racontes ton histoire et... quel mal y aurait-il à ça ?

Tout se comprime pour se ruer dans le vide qui m'habite, les vents qui soudain meurent comme sous la baguette d'un chef d'orchestre, la pluie qui marque une pause, la serpillière qui enfin remporte la victoire près de la porte. Andrea s'est levée à son tour et nous sommes là, couple assorti de jeunes-vieux au moins aussi revigorant que ceux qu'on voit à New York ou Paris, ou dans les pubs pour greffes d'organes à la télé, là, comme en équilibre sur la pointe des pieds devant la table, comme si nous allions nous élancer dans quelque danse de routine sur le parquet.

— Qu'est-ce que tu vas y gagner ? Une prime de découverte ?

Pas de réaction.

— Et d'abord, comment as-tu fait pour me retrouver ?

Il n'y a pas de méchanceté dans son regard – une pointe de suffisance, peut-être, mais pas de méchanceté. Elle me montre ses doigts, tous les dix.

— Internet, me renvoie-t-elle. Tu cherches Maclovio Pulchris et tu serais surpris de ce qu'on trouve... Quant à ce que je vais y gagner, la réponse est simple : toi. Parce que c'est ça que je veux : toi.

Ça me remue, je ne peux pas le nier. Mais pas question de la ramener à la maison. Jamais. Quoi qu'il arrive. Néanmoins, je souris – d'un sourire tellement glutineux qu'on pourrait y accrocher du papier peint.

— On se trouve un motel ?

— T'es pas obligé.

Toujours à sourire, toutes mes prothèses dentaires en vitrine, mes gencives nues anesthésiées aux vapeurs de saké et les yeux en feu derrière les disques jumeaux de mes lunettes, je lui réponds :

— J'en ai envie.

Le vent nous fait un bis. Des bribes de musique nous arrivent du bar. Tout rugit, le monde entier, vacarme et vacarme encore.

— Je ne resterai pas longtemps, dit-elle. Et je donnerai un coup de main pour les animaux. Tu sais comme je les aime, combien...

PREMIÈRE PARTIE

Ramenez-les vivants !

Le Siskiyou, juillet 1989

Voici comment ça commence, par une nuit d'été tellement bourrée d'étoiles que la Voie lactée a des airs de sac en plastique étalé sur le toit du ciel. Pas de lune – ça ne conviendrait pas du tout. Pas un bruit non plus hormis celui, discontinu et à peine audible, de l'eau qui goutte, celui, étouffé, de chaussures de tennis sur le revêtement fantomatique de la route, et les vivats soutenus des grillons. C'est une route en terre. De charroi, en fait, mais pas question d'appeler ça une route. Tyrone Tierwater, lui, parlerait de cicatrice, de balafre, de blessure ouverte dans la chair même de la forêt. Mais bon : commodité oblige, nous dirons qu'il s'agit d'une route. Dès qu'il fait jour, des camions s'y ruent, ainsi que de gros D7 Cats, des chargeuses et des broyeuses. Une route donc. Où il se trouve.

Il avance d'un air décidé, pratiquement invisible dans l'abîme d'ombres qui s'ouvre sous les grands pins Douglas. Si vos yeux étaient accoutumés à l'obscurité, en y regardant de près vous pourriez déceler ses trois compagnons, là, dans la nuit qui, l'air de rien, se dérange tandis qu'ils passent : un coup on les voit, le coup d'après plus personne. Ils sont tous les quatre habillés de la même manière : tennis bon marché passées au cirage noir, deux paires de chaussettes, T-shirt et sweat noirs et, bien sûr, bonnet de laine noire. Où irait-on sans ça ?

Tierwater avait voulu pousser plus loin, mettre le paquet – des bandes de graisse noire en travers du nez, en belles rayures qui se répandent en éventail sur les pommettes, ou mieux encore : toute la figure barbouillée de noir –, mais Andrea l'avait convaincu de n'en rien faire. Elle est capable de le convaincre de n'importe quoi. C'est vrai qu'elle est plus rationnelle que lui, plus agressive aussi, parce qu'elle maîtrise mieux ses mots, et qu'elle a des yeux qui aboient à la moindre faiblesse, comme des chiens de meute. Cela dit, elle est moitié moins douée pour la paranoïa, les grands déballages névrotiques, le pessimisme ou le désespoir que lui. Parfois, les choses peuvent mal tourner. Tournent mal. Ou tourneront mal. Il a essayé de le lui dire, mais elle n'a pas voulu l'écouter.

Ils se trouvaient alors dans la chambre du motel, aux abords incertains de la bourgade comateuse de Grants Pass, Etat d'Oregon, où ils s'étaient inscrits sous le nom de M. et Mme James Watt. Il se sentait nerveux – papillons dans l'estomac, termites dans le crâne –, nerveux et en colère. Contre les bûcherons, l'Oregon, la chambre de motel, elle. Dehors, à trois pas de la porte, la Chevy Caprice de Teo (gris passe-partout, plaques d'immatriculation habilement maculées) continuait de gîter sur son emplacement de parking. Il venait de sortir de la salle de bain, un crayon à pastel dans une main et un scintillant paquet de maquillage pour Halloween sous plastique dans l'autre. Des *doughnuts* traînaient sur le lit dans un carton effondré, et quelques gobelets à café en papier achevaient de s'affaisser sur la table basse en aggloméré.

— Tu oublies, d'accord ? lui avait-elle lancé. Je te l'ai déjà dit : ce n'est rien. A peine la première escarmouche dans une bataille d'envergure. Tu crois vraiment que j'emmènerais Sierra si je n'étais pas sûre à cent pour cent qu'il n'y a aucun danger ? Une promenade de santé que ça va être, je te dis.

L'instant s'était évaporé. Il avait regardé sa fille, mais elle n'avait rien à dire. Elle avait certes la tête penchée comme quelqu'un qui écoute, mais seulement pour réfléchir. A la télé on disait : « ... et ces créatures magnifiques, parce que leurs aires de vol ne cessent de rétrécir, n'ont plus d'endroit où se percher, ne parlons même pas de charognes à dépecer. » Il avait tenté de sourire, mais les muscles appropriés n'avaient plus l'air de fonctionner. Toute l'affaire le plongeait dans le doute, surtout pour Sierra – mais là, debout comme il l'était, à écouter les insectes qui grillaient sur le tue-mouches électronique sous la fenêtre, il avait enfin compris que le terme de « doute » n'était pas vraiment celui qui convenait. Des « doutes »? Et si l'on disait plutôt « terreurs », « sueurs nocturnes » et « frayeurs écrasantes »? Et cette impossibilité à seulement déglutir, hein? Ce cœur réduit en miettes de verre?

Certaines personnes n'allaient pas beaucoup aimer ce que le quatuor avait l'intention de faire à cette route qu'il refusait toujours d'appeler ainsi. Des patrons, des contremaîtres, des conducteurs d'engins, des cadres supérieurs, des types qui font de gros repas d'affaires, des flics, des comptables. Sans même parler de toutes les familles de gens honnêtes, travailleurs et complètement abusés qui vivaient de la forêt, hommes à casquettes de base-ball et bretelles rouges, femmes grosses comme des tentes de cirque, tous ceux et toutes celles qui passaient leur temps libre à accrocher des rubans jaunes à tous les buissons, arbres, poignées de portes, boîtes aux lettres et autres antennes de voitures dans toutes les villes du haut jusqu'en bas de la côte. Ils avaient des emprunts à la banque, des caravanes, des bateaux pour pêcher le bar, des projets d'avenir et sur les pare-chocs souillés de poussière de leurs voitures on pouvait lire : « Sauvez les putois, écrasez des activistes ! » et autres « Tu bosses pour gagner la vie ou t'es écolo? » Ils étaient en colère – de naissance – et se foutaient pas mal de la contrainte par corps. Des « doutes »! Alors que malgré ses poses à la rebelle style gothique, son anneau dans le nez et la cape de cheveux qui lui tombait sur les épaules comme une réclame, sa fille n'avait même pas quatorze ans et n'avait jamais pris part à la moindre opération de désobéissance civique de sa vie, pas même à une petite manif de jour avec caméras vidéo qui ronronnent et des figurants par milliers.

— Allons, l'avait-il suppliée. Juste sous les yeux. Pour atténuer l'éclat de...

Elle avait secoué la tête. Le noir lui allait bien, il fallait le reconnaître, et son bonnet enfoncé jusqu'aux sourcils lui donnait un air très sexy. Ils étaient mariés depuis trois mois et tout en elle était révélation et nouveauté, jusqu'à la manière dont elle enfilait ses jeans le matin ou faisait la moue devant une casserole de ratatouille tandis qu'une fine lanière de poivron vert disparaissait entre ses dents et que, comme par sorcellerie, la vapeur lui montait dans les cheveux.

— Et si les flics nous arrêtent, hein ? avait-elle ajouté. T'y as pensé ? Qu'est-ce que tu leur diras ? « Ah là là, avec ce match qui s'est terminé tard hier soir ? » Ou alors : « Qu'est-ce que c'était bien, ce *minstrel show*[1] ! Dommage que vous ne l'ayez pas vu ! »

Celle qui avait de l'expérience, c'était elle : organisatrice, protestataire, activiste, elle était tout en un, et ne lâchait pas.

— L'ennui avec toi, avait-elle repris en passant un doigt sous le bord de son bonnet, c'est que tu regardes trop de films.

Peut-être. Mais dire que la remarque s'appliquait à la situation, non : pas maintenant, et pas là. Car c'est en pleine nature qu'ils se trouvent – enfin... dans ce qu'il en reste. La nuit est profonde, la route intangible et les étoiles faiblissimes rappels de la naissance de l'univers. Là-bas tout là-bas, il y a neuf galaxies pour tout individu qui respire encore, et chacune de ces galaxies peut certes se vanter de posséder cent milliards de soleils, mais il n'empêche : c'est à peine s'il voit où il va et c'est à tâtons qu'il avance comme un somnambule, plantant un pied après l'autre. C'est une folie, se dit-il, c'est aussi dangereux que de piétiner dans une grotte dont le plancher va lâcher. Il se demande si les trois autres souffrent autant que lui et pense, très vaguement, aux lunettes de vision nocturne et aux suppléments de bêta-carotène, lorsque, quelque part devant eux, une chouette fait entendre un hululement unique et incertain qui dit qu'elle tient une proie dans ses serres.

Sa fille, seulement décelable aux claquements cadencés de son chewing-gum, lui demande dans un chuchotement théâtral s'il s'agit d'une chevêche tachetée, « enfin, je veux dire... avec un peu de chance ? ».

Il ne voit pas son visage tant la nuit l'enserre dans son ample manteau et, l'esprit déjà quinze kilomètres plus loin, lui répond sans réfléchir :

— On peut toujours rêver.

Juste à côté de lui, du vide qu'il a sur sa gauche, une autre voix surgit, celle d'Andrea, sa deuxième épouse, celle qui, n'étant pas la mère de Sierra, a toute liberté pour prendre la défense de la

1. Spectacle de théâtre où, ségrégation raciale oblige, les rôles de Noirs étaient jadis joués par des acteurs blancs grimés en Noirs. (N.d.T.)

demoiselle dans tous les litiges, bagarres, malentendus, incompréhensions et aventures désastreuses qui surviennent.

— Donne-lui une chance, quoi ! s'écrie-t-elle.

Puis, en un murmure aussi doux qu'une plume qui tomberait de la nuit, elle ajoute :

— Bien sûr que oui, ma chérie. Dans le genre chevêche tachetée, on ne fait pas mieux.

Tierwater continue d'avancer. Dans ses narines monte l'odeur humide et besogneuse des bois la nuit, et dans sa bouche il en a le goût, mais soudain la colère le prend. Ce truc ne lui plaît pas. Mais alors pas du tout. Il sait que l'opération est nécessaire, que les bois sont violés, que le monde est en train d'en être privé jusqu'à la dernière brindille et qu'il faut bien les sauver, mais quand même : ça ne lui plaît pas. Sa voix, en se brisant sous l'effort, jaillit devant lui :

— On baisse le ton, d'accord ? dit-il. On est censés faire ça en douce... c'est illégal, ce truc, tu l'as oublié ? Putain ! On n'est pas en randonnée, bordel ! « Et c'est ici que vit le pic-vert, et ici la grande fougère arborescente », c'est pas tout à fait ça !

Silence châtié qui tombe, et les grillons d'y déverser toute leur *angst* d'orthoptères. Une autre voix se mêle au concert, un couinement de larynx qui émane du néant à sa droite. C'est Teo, Teo Van Sparks, alias « Tête de Foie ». Quelque huit ans plus tôt, il aimait se tenir dans Rodeo Drive, juste devant le Marché aux Fourrures de Sterling, un gros morceau de foie de veau comme cousu à son crâne chauve. Il le laissait mûrir – trois ou quatre jours, les mouches lui faisant alors comme une couronne d'épines et les asticots commençant à lui dégouliner sur le nez –, et tout soudain se l'arrachait de la tête et le déposait aux pieds d'une vieille bique en chinchilla ou d'une starlette en renard argenté qui sortait du magasin en minaudant. Et le lendemain il revenait, avec un autre morceau de foie de veau sur le crâne. Depuis, sa voix fait autorité dans les cercles de « La Terre pour Toujours ! ». « Eco-agitateur », voilà ce qu'on lit sur sa carte de visite. Trente et un ans, haltérophile – et biceps, triceps, latéraux et abdominaux, tout le prouve –, et la nature n'a plus de secrets pour lui. Aucun qu'il avoue en tout cas.

— Désolé, les enfants, lâche-t-il, mais d'après les dernières estimations, il en reste moins que cinq cents couples fertiles dans toutes les Rocheuses, de la Colombie-Britannique jusqu'aux Sierras du Sud. Et donc, je doute fort que...

— Moins de cinq cents, le reprend Andrea de son ton pédant habituel.

Cette nuit-là, c'est elle qui commande et elle entend bien les faire rentrer dans le rang, y compris en les rappelant au bon ordre grammatical. S'il ne s'agissait que de leur donner des ordres d'un ton méthodique et rationnel, ce serait une chose – mais non : il faut encore qu'elle se montre hautaine, satisfaite, suffisante et commandant. Et ça, il n'est pas certain d'arriver à le supporter. Pas cette nuit.

— Moins de cinq cents, tu as raison, dit-il. Et donc, il s'agit plus vraisemblablement d'une hulotte, d'un harfang ou d'une effraie. Evidemment, il vaudrait mieux l'entendre pour être sûr. La chevêche tachetée hulule très haut, et d'habitude il y en a trois ou quatre ensemble. C'est très rapide et ça monte en *crescendo*.

— Appelle-la, lui chuchote Sierra, et le silence de la nuit n'est plus silence, mais devient toile de fond à quelque catastrophe hurlante et imminente. Comme ça, tu l'obliges à te répondre et on saura... pas vrai ?

S'imagine-t-il des choses ou bien c'est la terre, il le sent, qui se dérobe sous ses pieds ? Il ne voit rien, absolument rien, il baisse les épaules dans l'attente du premier coup sournois, respire fort et son cœur, là, martèle les parois de sa cage thoracique. Et les autres ? Ils continuent d'avancer sur la route en une ligne horizontale, comme des touristes sur un môle, en faisant du bruit et en marchant sans se presser ni se soucier de rien.

— Et pendant qu'on y est, reprend-il, et sa voix le surprend, sa véhémence surtout, j'aimerais bien savoir un truc, rien qu'un, Andrea... As-tu pensé aux couches ou bien est-ce qu'on va encore avoir droit à un énième speech dans une liste déjà longue de... de...

— De quoi ?

— De ça. Les baratins sur l'aspect clandestin de l'affaire et notre état de préparation.

Il ne s'adresse à rien de particulier, au rien qu'il a devant lui, et continue de suivre la route invisible en lâchant des chapelets de mots comme un bateleur. La chouette remet ça, et puis c'est autre chose, comme un ferraillement aigu dans la nuit.

— Bien sûr que j'y ai pensé. (Bruit sourd et rassurant de la grosse main d'homme de sa femme qui tripote le nylon à fils croisés de son sac de randonnée.) Et aussi aux sandwiches, aux barres de Granola et à la crème solaire. Qu'est-ce que tu crois ? Que je ne sais pas ce que je fous ? C'est ça que tu laisses entendre ?

Il ne laisse rien entendre du tout, mais il est à deux doigts de se montrer horriblement précis. La lune de miel est bien terminée. Il est là, à risquer l'arrestation, les humiliations, les mauvais traitements et pire encore – et tout ça pour elle, rien que pour elle, ou alors... à cause d'elle, de toute façon –, et le ton qu'elle a pris l'agace. Il voudrait bien lui rendre la monnaie de sa pièce, aller jusqu'au sang, qui sait ?, enclencher une bonne scène de ménage, mais se contente de laisser le silence parler pour lui.

— C'est des sandwiches à quoi ? veut savoir Sierra.

Cette question murmurée et hésitante tient du petit mot glissé dans la pochette des disputes parentales. Noire sur noir, c'est à peine s'il arrive à distinguer sa forme qui bouge. Les épaules rentrées de sa fille, ses pieds trop grands, le miracle bourgeonnant de ses chairs nourries au tofou, la panique l'envahit à nouveau. Et si ça tournait au vilain ? Qu'est-ce qu'il ferait ?

— Un truc spécial, rien que pour toi, ma chérie. C'est une surprise, d'accord ?

— Tomate, avocat, pousses de luzerne sur pain blanc au miel et on ne lésine pas sur la mayonnaise ?

Petit sifflement d'Andrea.

— Pas question de te le dire.

— Purée de pois chiches... de pois chiches avec du taboulé dans du pain pita au blé ?

— Pas question.

— Beurre de cacahouètes avec marshmallows ? Nusspli ?

Une promenade de santé, c'est bien ça qu'elle a dit, non ? Ben tiens ! Et on fait tellement de barouf qu'on pourrait tout aussi bien allumer un feu d'artifice, et taper sur une grosse caisse par-dessus le marché ! Tu parles d'une partie de rigolade ! A foutre la merde tous ensemble, la famille reste unie ? Et s'ils étaient vraiment en train d'écouter? S'ils avaient eu vent de l'affaire? Quelqu'un qui les aurait caftés? Qui aurait vendu la mèche? Se serait dégonflé?

— Non, écoutez, s'entend-il dire en essayant d'avoir l'air décontracté, mais en n'y arrivant pas, quand même!! Faudrait voir à la fermer! Je vous en supplie... allez, quoi, Andrea! Sierra! Teo! Juste pour ma tranquillité d'esprit, ma...

Claire et résonnante, la réponse d'Andrea n'a rien de la chose qu'on chuchote :

— Il n'y a pas de gardien, combien de fois faudra-t-il que je te le répète? Reprends-toi, Ty!

Césure. Grillons, bruit sourd de pieds dans des sneakers, infime soupir d'une brise nocturne au royaume ô combien sinistre de la branche et du rameau.

— Mais demain soir, ça, tu peux y compter!!

Encore quinze kilomètres, ils se sont donné trois heures et demie de marche à vive allure : pas question de se reposer, de disserter, même doctement, sur la dendrologie ou les appels de la gent strigidée, on s'est rabaissé le bonnet à fond sur les yeux, lourdement les rations d'eau individuelles chevauchent les dos dans des gourdes souples et grassouillettes comme des bébés trop gavés. Chacun porte un seau de vingt litres en plastique du genre indestructible, ceux dans lesquels on vend la peinture dans les magasins Edwards ou Colortone. Vides, ces seaux. Légers comme tout, mais enquiquinants à trimbaler : ça frotte contre les tibias. Et lui, ça le tape au genou, celui où il a mal, juste au-dessus de la marque laissée par l'arthroscopie quand l'aiguille est entrée dedans et que j'te racle et que j'te grince d'une manière artificielle et pas-du-tout-faite-pour-cette-terre. Mais on ne parle plus, ça, c'est fini, ça s'est arrêté dès qu'on a passé les douze kilomètres, la marque en étant très commodément signalée par un minuscule autocollant « L.T.P.T. ! » phosphorescent apposé sur le tronc noir d'un pin Douglas condamné – il a pris racine là, cinq cents ans avant que Christophe Colomb apporte avec lui le monstre de la technologie dans une île ensoleillée des Caraïbes.

C'est pas que Tierwater aurait envie de prêcher. Il aimerait seulement expliquer ce qui est arrivé la veille au soir et comment l'affaire s'est fichée en lui comme un crochet acéré, comme une balle trop profondément enfoncée pour qu'on puisse l'ôter, comment ce fut le début, le vrai, de tout ce qui devait suivre.

Mais bon.

Il fait encore nuit lorsqu'ils arrivent, quatre heures et quart à sa montre, et le ciment – il y en a trente sacs – les attend bien, à trois mètres, et encore, de la chaussée. Andrea est la première à le repérer avec le faisceau de sa lampe de poche – rouge, mais super-faible : gardien ou pas, il serait fou d'allumer quoi que ce soit dans un endroit pareil et le rouge, elle l'explique, ne détruit pas la vision nocturne comme pourrait le faire un blanc qui aveugle. En silence ils transportent le ciment sur la route – tous autant qu'ils sont, même Sierra alors que trente kilos de poids mort font vraiment beaucoup pour elle. « Allons, Papa, ne sois pas ridicule, lui répond-elle lorsqu'il lui demande si ça va – ou plutôt le lui murmure, et d'un ton didactique –, parce que si les paysans de Birmanie ou les coolies, enfin quoi... tout ce que tu voudras, qui font à peine mon poids sont capables de transporter des sacs de riz de soixante kilos du matin jusqu'au soir pour gagner quoi ? trente-deux cents par jour ? je dois quand même pouvoir soulever ces machins-là, non ? »

Il voudrait dire quelque chose pour apaiser la tension qu'apparemment il est le seul à éprouver, quelque chose sur les Birmans, mais ceux-ci lui sont aussi étrangers que les chasseurs de têtes de la vallée du Rajang – certains d'entre eux doivent bien se faire dans les trente-six cents par jour, ceux qui ont de la chance –, « Comme tu voudras », voilà bien tout ce qu'il trouve à marmonner dans sa manche de sweat-shirt noir. Et dans l'instant qui suit il se baisse pour attraper le sac suivant, se l'écrase sur la poitrine et se relève tel le champion d'haltérophilie. Des grognements lui parviennent du cœur de la nuit, puis c'est la plainte ténue du premier moustique auquel tout ça plaît beaucoup.

En plus du ciment, deux pelles et une pioche ont été cachées dans les buissons. Sans un mot il s'empare de cette dernière et se sent mieux dès que ses mains se sont refermées sur son manche en chêne usé par le labeur, dès qu'il commence à la lever au-dessus de sa tête pour l'abattre à toute volée dans les chairs consentantes de la route. Que le ciment et les outils soient là a de quoi le réjouir – ça veut dire qu'ils ont des alliés, des complices, des fantassins et de la valetaille avec eux –, et il s'autorise à se calmer pendant que ses épaules continuent de travailler, et que son souffle n'est plus que soupirs épuisés. La nuit les comprime. La pioche s'élève et retombe. Il pourrait être n'importe où : à creuser un parterre de pétunias, une cave à patates, une tombe, et il commence à se dire qu'il n'est plus vraiment dans son corps lorsque Andrea arrête son bras qui montait.

— Ça ira comme ça, murmure-t-elle.

On passe aux pelles. Un coup lui, un coup Teo, ils déblaient la terre de la tranchée, la jettent dans les buissons, et en un rien de temps ils se retrouvent devant une excavation de cinquante centimètres de profondeur, sur soixante de largeur et trois mètres de longueur, une belle ligne noire qui là, dans les lueurs rosâtres de la lampe de poche d'Andrea, sectionne la route à l'endroit où elle est la plus étroite. En termes de route, ce n'est peut-être pas grand-chose selon les critères ordinaires, mais elle a bel et bien été arpentée, passée au bull, dégagée et aplanie, et c'est elle qui permet aux engins d'arriver jusqu'aux arbres. Et aucun doute n'est permis, il faut arrêter les camions, il y a des limites à tout et la limite est ici. Ici même. Nos amis de la région ont bien choisi, se dit-il en s'appuyant sur sa pelle et en contemplant la nuit, où deux forteresses rocheuses – on ne les discerne que comme absence d'étoiles – dominent la route : les bloquer ici, c'est leur interdire tout détour.

Ils sont fatigués, tous. Crevés, épuisés, zombifiés. Qu'ils aient passé l'après-midi à roupiller au Motel du Bon Repos et à faire le plein de *doughnuts* au sucre et de café réchauffé n'empêche pas que marche à pied, labeur inhabituel et heure tardive, tout ça commence à faire. Andrea et Teo ont disparu dans les buissons et s'y disputent violemment, le souffle qui monte de leurs bouches frappant l'air comme des coups portés au corps. Alors qu'elle a des opinions sur tout, Sierra, et ça ne lui ressemble guère, se tait, véritable ombre perchée sur un rocher au bord de la route – elle a peut-être envie de sauver le monde, mais pas à cette heure. Ce n'est pas lui qui le lui reprocherait. Car lui aussi est au bout du rouleau et le sent dans ses jarrets, ses épaules et le genou qui lui fait mal ; chaque fois qu'il essaie de se concentrer sur autre chose que les étoiles, des points et des taches traversent son champ visuel, comme des paramécies en folie sous la lentille d'un microscope. Sauf qu'ils n'ont pas fini. Car maintenant c'est à la flotte qu'il faut passer. Encore une fois leurs compagnons d'armes ont bien choisi. Fermez les yeux et écoutez. Oui, oui. Le bruit qu'il entend n'est pas celui de la circulation sur l'autoroute, ni celui du grincement d'une aiguille de phono sur des poussières, c'est celui de l'eau, le gargouillis étouffé d'un ruisseau qui s'enfile dans une canalisation près de la route, quinze mètres plus loin, et encore. C'est à ça que vont servir les seaux – à transporter la flotte jusqu'à la tranchée pour y humidifier le ciment. Ils sont presque au bout de leurs peines.

Mais pas tout à fait. On dirait que personne n'a les idées claires sur ce qu'il faut faire avec le ciment, combien d'eau il faut y mélanger et tiens... y en a-t-il même un seul d'entre eux, y compris lui qui est pourtant fils d'entrepreneur et a passé trente-neuf ans sur cette terre, qui ait jamais travaillé avec du ciment ? Quelqu'un qui aurait monté un mur, damé une allée, posé deux briques l'une sur l'autre ? Un jour, Teo a certes regardé des manœuvres mexicains construire une plate-forme autour de la piscine familiale, mais il n'était encore qu'un enfant et ça remonte à loin. D'après lui, ils se seraient contentés de balancer les sacs de ciment dans une bétonneuse à main et d'y ajouter de l'eau avec un tuyau. Auraient-ils donc besoin d'une bétonneuse ? Ce serait le problème ? Andrea croit se rappeler avoir planté des piquets de clôture avec son père dans leur ranch du Montana et Tierwater, lui, se souvient vaguement d'avoir vu son père enfouir des charges de dynamite dans un de ses chantiers, boum boum, les pierres qui s'envolent, mais côté ciment, non, rien, c'est le néant.

— A mon avis, conclut-il avec toute l'autorité de quelqu'un qui a échoué deux fois en licence de chimie, faut juste verser le contenu des sacs dans la tranchée, aplanir tout ça et ajouter de l'eau jusqu'à obtention de la consistance adéquate.

Andrea doute.

— On dirait une recette de pâte à gâteaux.

Teo : Adéquate peut-être, mais comme quoi ? C'est du ciment

rapide, ce truc, mais si on l'étend trop, ça ne séchera jamais en deux heures et on n'a pas le temps.

Sierra pousse un soupir d'exaspération.

— Vous êtes incroyables ! s'exclame-t-elle. Parce qu'enfin quoi ? Trois adultes qui se tapent tout ce chemin et ont tout organisé et personne ne sait ce qu'il fait ? Pas étonnant que ma génération doive hériter d'un désert ! (Il entend le bruit à la fois plaintif et retentissant de ses mains osseuses en train d'exécuter du moustique.) En plus que je suis fatiguée. Monstrueusement fatiguée. Je veux rentrer dormir à la maison.

Il réfléchit. Ça ne doit pas être si compliqué. Il ne faudrait quand même pas confondre les gens qui font ça pour gagner leur vie – couler du béton, s'entend – avec des génies.

— Qu'est-ce qu'il y a d'écrit sur le paquet ? demande-t-il. Y a pas un mode d'emploi ?

— Fermez un œil ! lance Andrea. Comme ça, vous ne perdrez pas toute votre vision nocturne, enfin... juste au cas où, je veux dire... si jamais quelqu'un...

Elle allume sa lampe de poche. D'un seul coup d'un seul, c'est le monde entier qui explose de lumière et ce monde est nouveau, gris louvet et circonscrit, un ensemble de sacs de ciment qui ressemblent à des oreillers marron, de jambes maigres comme des tuyaux et de sneakers passés au noir. Le hasard voulant qu'il ait fermé le mauvais œil, celui qui voit bien de près, Tierwater est contraint de la jouer binoculaire, et d'ainsi courir le risque de cécité nocturne, afin de lire la notice.

« King Kong Ciment », découvre-t-il au-dessus d'une image genre bande dessinée montrant un être simiesque en train de parader, lunettes de soleil sur le nez, avec une brouette, « ciment de première qualité. Mélanger le contenu du sac avec de l'eau jusqu'à obtention de la consistance désirée. Tenir à l'écart des enfants ».

— Comme quoi on en revient à la consistance, fait remarquer Teo en traînant les pieds autour du sac et c'est bien tout ce qu'on voit de sa personne, ses pieds, ses tout petits pieds, ses pieds qui ne sont pas plus grands que ceux de Sierra, dans le cône de lumière qui tombe de la main d'Andrea.

Mais Tierwater n'a pas de mal à se représenter le reste : trapu et musclé, torse façonné par des séances de gonflette et de planche à voile qu'on pilote à travers les déferlantes, visage délicat, chevilles et poignets fins de demoiselle. Teo est tellement petit et baraqué qu'il pourrait appartenir à une espèce particulière, genre bouledogue humain qui ne connaîtrait ni la peur ni la fatigue et, tenace, aboierait comme un... Mais il suffit. On a besoin de lui. On voudrait l'entendre dire : « Et merde, tiens. Y a qu'à tout verser. Qu'on en finisse. »

C'est ce qu'ils font. Ils fendent les sacs et laissent à une force de gravité à jamais fiable le soin de les vider. Puis, en se flanquant des claques, en jurant et renversant sans cérémonie le contenu de leurs seaux sur le ciment sec, ils ajoutent l'eau dans des miasmes grandissants et pullulants de moustiques. Ils mélangent encore, gâchent et torturent leur affaire jusqu'à ce que la tranchée soit uniformément remplie de quelque chose qui tient de la lave froide, et l'heure enfin est arrivée.

— Tout le monde est prêt? murmure Tierwater. Teo au bord, Andrea à côté et toi, Sierra, tu te mets entre Andrea et moi, d'accord?

— Tu n'oublies rien?

C'est Andrea, épuisée, qui tient à reprendre l'initiative.

Il regarde autour de lui dans le noir, geste inutile.

— Non, dit-il, quoi?

Léger changement de ton, un rien de satisfaction. Elle a fait ses devoirs, elle connaît le film, le poème par cœur et a fait appel à son moi profond. Elle sait, lui pas.

— L'ultime finition, celle qui est essentielle et que tu essaies d'éviter depuis une semaine sauf quand tu m'accuses de l'avoir oubliée... de *les* avoir oubliées. Je veux dire...

Il comprend brusquement.

— Les couches?

Dix-huit par paquet, le tout pour 16 dollars 99. Ils ont dû investir dans trois tailles différentes : petite, moyenne et grande, pour, respectivement, Sierra, Andrea, Teo et lui-même. Ils les finiront dans la prochaine action, quand et où qu'elle se produise, Andrea l'en assure, ou alors ils n'auront qu'à en faire cadeau à d'autres volontaires. Ces couches, et c'est réconfortant, portent le nom « Sécurité » et, sur son conseil, ils ont choisi le modèle

« Absorption maximum ». Il ne peut s'empêcher d'y penser pendant le plus bref des instants – « Absorption maximum » –, et de songer à ce qu'elles sont censées absorber.

Et là, dans le noir, il y a un moment de silence – les bois, nus, craquent tout autour d'eux et déjà les oiseaux les plus alertes appellent l'aurore –, pendant que tous ensemble ils s'impliquent dans un acte des plus privés. Bruits de fermetures Eclair, et que je saute sur un pied et tende les bras pour ne pas perdre l'équilibre et voilà, ils sont langés et déjà leurs jeans remontent le long de leurs jambes pour s'accrocher à leurs ventres et à leurs fesses. Il n'a pas porté de couches (de « protection adulte », disent – ah, le bel euphémisme ! – les professionnels lorsqu'ils ne veulent pas offenser les vieillards atteints par la maladie d'Alzheimer et autres désastres ambulants qu'il faut emmailloter jour et nuit) depuis qu'il était nourrisson et ça, il n'en a plus guère de souvenirs. Mais il n'a pas oublié Sierra, Sierra qui piaulait et gargouillait, Sierra qui secouait en l'air ses jambes encaquées de merde lorsque, penché en avant, il se mettait au travail les rares fois où, la mère parfaite, Jane était absente ou inconsciente. Les couches ne sont pas... trop désagréables, pour l'instant en tout cas. On dirait des sous-vêtements, des caleçons, mais plus épais.

Enfin, enfin, l'heure est venue d'accomplir le rituel et de se préparer à gifler du moustique et à dormir par à-coups jusqu'à ce qu'arrive, tout éberlué, le premier « Freddie » (genre garde du Service des Forêts) ou conducteur d'engin. Ils se prennent par la main pour ne pas tomber, plantent leurs tennis bon marché aussi profondément que possible dans le ciment humide et se laissent couler sur le fond de leurs seaux renversés. Ce sera l'enfer. Il piquera du nez et son dos le fera hurler. Il servira d'appât aux moustiques et chiera dans son froc. Mais ce n'est rien, ou alors si peu. Le sacrifice d'une nuit passée au lit avec un livre ou en état de catalepsie devant la télé – ça et quelques heures d'inconfort physique. Et là, tandis qu'il s'installe, que le ciment lui enserre les chevilles comme une sombre paire de mâchoires, que les étoiles reculent dans la calotte argentée du ciel et que déjà les oiseaux s'animent dans les arbres, il se dit : Il faut bien que quelqu'un le fasse.

Il a dû s'assoupir. Oui, il s'est assoupi – ou endormi, le terme serait plus précis. Il s'est affaissé sur ses genoux, a mis sa tête au repos et sombré dans l'inconscient parce qu'il ne servait à rien de faire quoi que ce soit d'autre, quelles que fussent ses peurs et ses craintes – il ne se passera rien avant sept heures et demie-huit heures, il s'est sorti tout ça de l'esprit et a orchestré ses rêves autour de l'image d'un homme au lit, un homme comme lui, maigre comme un clou mais aux épaules solides, un homme sans rondeurs qu'il vaille la peine de mentionner, un homme que, tels les doigts d'une main massant un crâne, titillent les premières atteintes de la calvitie, un homme couché dans une chambre climatisée, béatement plongé dans un sommeil où l'œil ne bouge pas tandis que de sa stéréo montent les accents de... disons les *Oiseaux* de Respighi.

Et à quoi s'éveille-t-il? Serait-ce la toux crachotante de quelque camionnette au moteur mal réglé peinant sur la route? Le seul et unique ricanement d'un corbeau? Le bas tocsin qu'est la voix de sa fille, toute douce, toute souple et profondément coincée dans sa gorge, de sa voix qui dirait : « Hé !! Papa ! Papa ! Réveille-toi ! » Toujours est-il qu'il se ressaisit d'un coup, manque dégringoler de l'étroit tabouret qu'est devenu son seau et, geste explosif du nageur qui refait surface dans la piscine la plus profonde, tente de soulever ses pieds pour bondir, courir, échapper aux battements de son cœur dans sa poitrine. Mais bloqués, ses pieds refusent de bouger. Et son corps, le haut, soudain pique en avant sans soutien, à l'instant même où l'image de la camionnette orange brûlée avec son pare-chocs qui sourit et le masque repoussé en arrière de sa cabine en verre déboule sur la route, fonce sur lui, sur eux... mais l'articulation du genou n'est pas faite pour partir dans cette direction et au cœur de la crise – mais putain de Dieu, ce con va nous rentrer dedans ! –, il se renverse en arrière et lourdement et ignominieusement se rassoit sur son seau qui glougloute sous lui.

— Stop ! Stop ! hurle-t-il par-dessus un concert de cris et de protestations et, Dieu sait comment debout à nouveau, il tend la main vers la gauche, là, sa fille, pour l'attirer à lui et la protéger contre l'impact... qui, heureusement, ne se produit pas.

Pas question de parler couches, pas dans ce contexte. Il préférerait plutôt aborder la question des trois bûcherons intensément barbus et bretellés de rouge coincés dans la cabine du 4x4 Toyota orange incendiaire qui enfin s'arrête dans un nuage de poussière démoniaque, là, à moins de trois mètres. Ah, les gueules qu'ils ont ! Celle de sept heures et demie du matin – on a les McMuffins à l'œuf bien au chaud dans le ventre et du café brûlant sur les genoux, la casquette de travers et les yeux qui se baladent dans la figure comme des limaces. L'expression est celle de la stupéfaction la plus pure, quasiment extra-terrestre. (Surtout ne pas les accuser, pas encore en tout cas. Ils ne s'attendaient pas à nous trouver là... de fait, ils ne s'attendaient à rien, sauf peut-être à tomber sur un coyote attardé ou un tamia suicidaire, et pouf... on déboule, telle une apparition divine, tel le boiteux qui marche ou l'aveugle qui voit.)

— Ah, mon Dieu ! murmure Andrea et l'on dirait qu'elle n'a plus d'air dans les poumons et tous ils se sont dressés, tous ils sont debout et tremblent et se tiennent la main faute d'avoir mieux à faire.

D'un bref regard, Tierwater passe de la camionnette qui a calé au visage de sa fille. Ce n'est plus qu'une petite goutte de visage tout rétréci et refermé sur lui-même, celui d'une fillette agitée par les terreurs de la nuit et à la voix éraillée, d'une enfant qui a besoin d'entendre raison et de comprendre, à laquelle il faut l'assurance à peine murmurée que le monde dans lequel elle vient de se réveiller est bien celui d'autrefois, l'imperturbable, celui qui continuera de tourner sur son axe que nous soyons là pour y tourner avec lui ou pas. Ce visage le paralyse. Où ont-ils donc la tête ? A quoi jouent-ils ?

— De Dieu d'putain, mais qu'est-ce que c'est que ça ?! lance la voix qui monte de la camionnette, la voix unanime et concentrée sous la forme d'une tête à queue de cheval et barbe rousse qui s'est encadrée dans la fenêtre de la portière côté chauffeur. Vous vous êtes perdus ou quoi ?

Un instant plus tard, le reste du bonhomme émerge, grosses chaussures, jeans à l'ourlet relevé, chemise de flanelle à carreaux d'une teinte délavée. Figure en poêle électrique. En fusible qui commence à griller.

— Mais ça va pas, nom de d'là ! Je vous ai presque... vous savez que j'aurais pu vous...

Et il tremble, ça aussi, ses mains s'agitant même tellement qu'il est obligé de les rentrer dans ses poches.

Tierwater se force à ne pas oublier que cet homme (trente-cinq ans, yeux d'alcoolique au regard mort, trace de cicatrice recuite, comme une marque de fer rouge qu'on lui aurait faite au bord d'une narine) n'est pas l'ennemi. Qu'il ne fait jamais que gagner sa vie en abattant des arbres, en les chargeant et transformant en *x* mètres cubes de planches que n'importe quel Américain des classes moyennes pourra utiliser pour user du droit que Dieu lui a donné de lambrisser sa salle de séjour et de bricoler des tables de pique-nique en cèdre rouge en suivant des plans insensés. Qu'il n'a jamais entendu parler de l'éco-philosophe norvégien Arne Naess, d'« Ecologie profonde » ou du mycorhize qui s'accroche à la racine des arbres à croissance lente et permet à la forêt d'exister. C'est Rush Limbaugh[1] qui lui a écrit sa bible, exégèse comprise. Dans un de ses tiroirs chez lui se trouve un T-shirt représentant une hulotte en train de frire dans une poêle. Il sait, et ça ne porte pas à controverse si ça porte à une manière de sérénité qu'on ne saurait déstabiliser, que tous les membres du Sierra Club sont des « Nègres verts » et que l'organisation « La Terre pour Toujours ! » n'est qu'un paravent derrière lequel se cache un groupe de bolcheviks à tendances homosexuelles. Mais ce n'est pas lui l'ennemi. Ce sont ses patrons.

— On ne vous laissera pas passer, annonce Teo, et ça y est, le voilà qui, masse de muscles plantée en terre, joue à ancrer le premier maillon de la chaîne humaine.

Il ne lui manque plus qu'une tranche de foie sur le crâne.

Pendant ce temps-là, les deux autres se sont extraits de la camionnette. Endurcis par le travail, la bedaine incongrue, ils les regardent d'un air stupéfait. Les dévisagent, juste ça.

— C'est quoi que vous êtes ? s'enquiert le premier, le chauffeur, celui à la chemise fanée. Des écolos ?

Des ménagères, des pasteurs, des écoliers, des drogués, des

1. Homme de radio et politicien d'extrême droite. (N.d.T.)

anciens détenus, des jockeys, des joueurs de base-ball, peut-être même des déviants sexuels, il en a déjà vu, mais à en juger par l'espèce de question hésitante qui l'habite, il est clair qu'il ne s'est encore jamais trouvé nez à nez avec le diable.

— C'est ça même, lui renvoie un Tierwater qui, déjà bien radicalisé, est passé en moins de huit mois de bas pousse-cause suburbain à agitateur endurci, et toi aussi, tu devrais en être un si tu veux encore avoir du boulot l'année prochaine, voire à la fin de ce mois-ci.

Sur quoi, il lève la tête pour contempler la muraille d'arbres – aiguilles des pins cousues ensemble à la manière d'une courtepointe, soleil qui file entre cimes et souches dans sa lente progression à travers le ciel – et retrouve ses yeux au regard éteint. Et c'est même là ce qu'il y a de plus étrange : non, il n'est pas en train de rêver dans son lit, mais bel et bien debout dans une tranchée bétonnée au milieu de nulle part, en train de faire un discours, le cul emmailloté dans une couche. Et à sept heures et demie du matin, s'il vous plaît.

— Qu'est-ce que tu feras quand tous les arbres auront été abattus ? Parce que tu crois que ça inquiète ton patron ? Parce que tu crois que les rois du junk bond et autres costards trois pièces de New York s'intéressent à toi et à tes enfants ? Aux usines, aux arbres ou à quoi que ce soit d'autre ?

— Et ta retraite, hein ? ajoute Teo. Qu'est-ce que ça peut leur faire à eux, tu veux me dire ? Parle plus fort, j'entends pas bien. Allez, mec, cause-moi ! Cau-se-moi !

L'autre n'est pas du genre à débattre ou frayer avec l'écolo. Pendant un long moment il se contente de les dévisager, de regarder fixement Tierwater, Sierra, Andrea et Teo, d'observer leurs mains qui font une chaîne et la bande de ciment proprement hallucinante qui les retient aux chevilles.

— Je vous pisse à la raie ! dit-il enfin et, acte concerté s'il en est, tous, ils réintègrent la camionnette comme en roulant et font rugir le moteur.

Dans un hurlement des pneus et de la courroie du ventilo, il passe en marche arrière, fait demi-tour et repart en sens inverse comme on charge. Seule leur reste la poussière. Et les moustiques. Et le soleil qui commence à peine à percer entre les branches puis, radieux, luit sur leurs visages, sur leurs mains et sur le coton plat et noir qui les habille.

— J'ai faim. Je suis fatiguée. Je veux rentrer à la maison.

Debout sur son seau et aussi molle qu'invertébré, sa fille tente bien de se montrer courageuse, mais ça ne marche pas. Le soleil brûle déjà dans le ciel alors qu'il est à peine dix heures à la montre de Tierwater, il y a longtemps qu'ils se sont débarrassés de leurs sweats. Ils ont gardé leurs casquettes pour se protéger du soleil, ils ont causé à leurs gourdes et consommé les sandwiches qu'Andrea a providentiellement apportés avec elle, ils ne font plus qu'attendre – la confrontation, la montée aux extrêmes, les reporters et les caméras de télé, le shérif et ses adjoints. Tierwater n'a pas de mal à imaginer sa cellule, avec des ombres fraîches qui jouent sur les murs, le bruit d'une chasse d'eau qu'on tire, le lit de camp où il pourra s'étendre. Ils auront juste le temps de fermer les yeux : rien à craindre, pas de problème, la suite se jouera en un rien de temps – libéré sous caution avant la fin de l'après-midi, les avocats de « La Terre pour Toujours ! » sont alertés, tout est en place. Tout sauf le shérif, s'entend. Qu'est-ce qui peut bien le retenir ?

— Andrea, reprend Sierra, on en a encore pour longtemps ? Non, vraiment ! Je veux savoir et pas de paternalisme avec moi.

Il a envie de lui répondre : Tout va bien, ma chérie, on en aura vite fini, mais il n'est jamais très bon quand il s'agit de réconforter les gens, y compris sa propre fille – On supporte, telle est sa philosophie. On s'endurcit. Pense aux Mohawks dont les prisonniers devaient rire devant le couteau, applaudir à leur propre et systématique démembrement, hurler de joie tandis que leur peau s'en allait en lambeaux sanglants. Il laisse ce soin à Andrea, celle-ci se mettant aussitôt à roucouler ses encouragements d'une voix qui tient du baume. Engourdi, il la regarde tendre la main pour échanger le roman gothique de Sierra (pas assez atroce en la circonstance ?) contre un recueil de mots croisés.

A l'autre bout de la file, Teo est un modèle de stoïcisme. Tassé sur son seau renversé comme s'il était perché sur le trône dans l'intimité de sa salle de bain, le regard qui scrute les arbres afin d'y trouver un soupçon de vie sauvage au lieu d'éplucher les manchettes du journal, il est parfaitement à son aise et, imperturbable, tout à fait prêt à accepter son rôle de martyr s'il faut aller jusque-là. Tierwater ne joue pas dans la cour des grands comme lui et serait le premier à le reconnaître. Et d'un, il a les pieds qui le démangent – ça le gratte et de manière si impérative et irrésistible qu'il en a les larmes aux yeux –, et le ciment qui continue, imperceptiblement, de durcir, s'est mis à lui mâchouiller les chevilles sous le blindage de ses deux paires de chaussettes et de son jean tout raidi. Sans parler d'un mal de crâne qui a atteint son maximum, celui qui démarre derrière les yeux et se faufile dans le cortex pour gagner le lobe occipital avant de redescendre en pulsations aussi régulières et cadencées que les vagues qui s'écrasent sur la plage. Ni de son envie de pisser. Pire même, il le sent, il aurait... un début de transit intestinal ?

Une deuxième heure s'écoule en suintant. Il essaie de lire (*La fin de la nature* de Bill McKibben), mais ses yeux le brûlent et la rhétorique impitoyablement déprimée de l'auteur le rend suicidaire. Voire enclin à l'homicide. Qu'est-ce qu'il fait chaud ! Ce n'est pas de saison. Certes, ils sont tous randonneurs et s'exposent régulièrement au soleil, mais là, ça n'a rien à voir, ça tient de la torture, de la cage à suer du *Pont de la rivière Kwaï*. Il porte pour la centième fois sa gourde à ses lèvres lorsque Andrea lui rappelle qu'il ne faut pas gaspiller l'eau.

— Vu la manière dont ça se présente, dit-elle, et c'est la voix de l'expérience qui parle d'un ton lugubrement satisfait, il se pourrait qu'on soit encore là un bon bout de temps.

Jusqu'au moment où, très loin, un son si ténu qu'ils doutent de leurs oreilles se fait entendre. C'est celui d'un moteur à combustion interne, d'un diesel qui pouette-pouette entre les plongées de la route. Le bruit se fait plus fort, déjà ils aperçoivent des nuages de gaz d'échappement noirs et empoisonnés, tout d'un coup un bull se profile à l'horizon – peinture jaune écaillée, chenilles hautes comme des roues de moulin, visage tout bulbeux de détermination et de colère outragée derrière les commandes. Le chauffeur fonce droit devant, sur eux, comme s'il était aveugle, sa pelle abaissée au ras du sol, prête à les faucher et moissonner aux chevilles comme s'il s'agissait d'une rangée d'épis de maïs desséchés. Brusquement Tierwater se redresse à nouveau, tend instinctivement la main à sa fille et... « Papa, dit-elle, il sait ? Il sait qu'on ne peut pas bouger ? »

C'est le coup de la camionnette, en pire : tous les quatre hurlent à s'en faire péter les veines du cou, Andrea et Teo agitant les bras au-dessus de leurs têtes, les sueurs de la trouille et de la tension mortelle leur picotant le crâne et les parties cachées, et c'est très exactement ce que veut le type juché sur son Cat. Il est parfaitement au courant de la situation – cela fait un moment que tous, ils savent, des contremaîtres aux équipes d'arpenteurs –, c'est de l'intimidation pure et simple. Toutes ces tonnes d'acier ronflant et luisant qui se ruent, les grosses chenilles de l'engin qui défoncent la route et ce bruit ! ce truc qui encore une fois fonce sur eux à toute allure et Tierwater qui n'arrive toujours pas à voir les yeux du cinglé qui tient les commandes – lunettes de soleil, *il porte des lunettes de soleil réfléchissantes qui lui donnent l'air d'un insecte diabolique*, on est sans pitié et c'est sans appel –, tout d'un coup la colère le prend, il est prêt à tuer : à quoi joue ce malade ? Au tout dernier moment qui se puisse concevoir, une main aux phalanges brûlées de soleil tire sur un levier et tout le bazar se cabre comme un cheval et se détourne avec une manière d'élégance mécanique qu'il n'aurait jamais crue possible.

Sauf qu'on n'en est encore qu'au premier passage et qu'il projette son bull sur la muraille de roche dans une espèce d'explosion qui expédie des étincelles du rebord de la pelle, avec un hurlement de la surface qui refuse de céder en en rencontrant une autre, et Tierwater en éprouve tout le choc dans ses pieds alors même que terre et tessons de roche lui pleuvent dessus. La violence, il connaît. Son père en était fournisseur, sa mère en souffrait et sa première femme en est morte – violence des plus accidentelles, et dans un lieu aussi sauvage que celui-ci. Il est tout nouveau dans le pacifisme, le masochisme et ce qu'ils endurent en ce moment même, appelez ça comme vous voudrez, s'il pouvait seulement libérer ses jambes à peine trente secondes, il te descendrait vite fait ce bourreau à mâchoires serrées de son perchoir et lui ferait découvrir les dures lois de la chair, ah ça, oui ! Mais il ne peut rien faire. Il est coincé. Englué dans la colle de la résistance passive, Saint Mahatma, Rosa Parks[1] et James Meredith[2] lui défilent comme des éclairs dans la tête. Il s'insulte : *Plus jamais ça, plus jamais jamais*, à l'instant précis où le type au changement de vitesses et aux huit tonnes d'acier hurlant fait faire demi-tour à son engin et se prépare pour le deuxième passage, puis le troisième, puis le quatrième.

Ça suffit. Ça ne peut pas durer une seconde de plus. Tyrone Tierwater n'a aucune envie de se rappeler ce que ça a fait à sa fille, ni non plus l'expression de son visage ou l'horrible impression d'impuissance qu'il a éprouvée. Après, le shérif était venu, avec deux adjoints, et en prenant tout son temps. Et qu'avait-il fait lorsque enfin il était arrivé ? Avait-il arrêté le type sur son Cat ? Avait-il mis un terme à toute l'opération en attendant que les tribunaux décident si oui ou non, il était légal d'assassiner au bull toute une région pourtant clairement désignée comme terrain fédéral sans voies d'accès ? Non. Il leur avait passé les menottes à tous les quatre, Sierra y comprise, et ses adjoints s'étaient bien marrés en leur arrachant leurs bonnets de la tête pour les rouler en boule et les jeter dans le ruisseau. Ils avaient même sûrement entrevu un coin du paradis des beaufs lorsque, après avoir sectionné les courroies de leurs gourdes, ils avaient envoyé ces dernières rejoindre leurs couvre-chefs. Et après, pour faire bonne mesure, et sans cesser de ricaner, ils s'étaient payé de bons frissons en virant l'un après l'autre, Tierwater, son épouse, sa fille et son ami, les seaux de dessous leurs pieds et en s'installant pour les regarder attendre, trois interminables heures durant et en plein soleil, l'arrivée des types armés de masses.

Andrea les avait insultés, ils l'avaient insultée en retour. Teo fulminait au plus profond de ses muscles. Tierwater était fou de colère. Il avait écumé et beuglé, les avait menacés de tout, de l'agression à main armée aux poursuites en dommages et intérêts pour brutalité policière, enfin... jusqu'au moment où le shérif

1. Militante des droits civiques noire qui refusa de céder son siège à un Blanc dans un bus de Montgomery, Alabama. (N.d.T.)

2. Premier étudiant noir accepté à l'Université du Mississippi et qui dut être protégé par l'armée pour pouvoir y entrer en 1962. (N.d.T.)

Bob Hicks[1] du comté de Josephine avait sorti un rouleau de chatterton de sa poche et lui avait scotché la bouche. Alors sa fille, sa fille solide, sa fille au penser droit, sa fille à longs cheveux, celle qui aimait les animaux et enlaçait les arbres... sa fille s'était repliée comme un parapluie sur la prison de ses pieds et s'était mise à pleurer. Treize ans. Complètement épuisée. Terrorisée. Elle s'était laissée aller. (*Alors, flics de base avec badge et tenue ordinaires et gardes du Service des Forêts, tous ces types qui les avaient rejoints dans une Jeep verte avaient remué les pieds et eu l'air honteux – ils devaient avoir des filles eux aussi, et des fils, des chiens et des lapins dans une cage –, mais tous autant qu'ils étaient, ils n'avaient rien pu faire pour soulager la douleur de ma petite fille. Et moi encore moins qu'eux.*)

Reconnaissantes de ce sursis d'un jour, la salamandre du Pacifique s'était enroulée sous sa couverture de roche et la martre retirée sous la ramure, et la hulotte avait cligné d'un œil en entendant ces faibles et inconsolables gémissements de détresse humaine. Tierwater avait les pieds pris et la bouche fermée. Au moindre reniflement de sa fille, au plus infime de ses sanglots réprimés, c'était un véritable épieu qu'on lui enfonçait dans la nuque.

Oui. Et ironie du sort, coup de pied de l'âne, tel fut le triste et lamentable dénouement de l'affaire. Pour toute la peine qu'ils s'étaient donnée ce matin-là, malgré le profond ennui et toutes les douleurs et humiliations qu'ils s'étaient tapés, il n'y avait pas eu un seul reporter pour en témoigner car le shérif Bob Hicks avait fait barrer la route à l'entrée du freeway et interdit à quiconque de monter : une plaisanterie, une grosse blague, voilà à quoi tout cela s'était réduit. Il se revoit encore en train de griller comme un steak qui aurait eu un visage, plus de couche d'ozone pour les protéger du soleil, plus d'eau, plus de chapeau et plus d'ombre, et tous les arbres du monde qui passaient à la hache cependant qu'il réfléchissait à ce problème philosophique dedans sa tête : la protestation qui monte du bois où il n'est personne pour l'entendre ferait-elle donc le moindre bruit ?

1. Soit Bob le péquenaud. (N.d.T.)

Santa Ynez, novembre 2025

Il pleut toujours lorsque nous nous levons, ou plutôt : lorsque moi, je me lève. Je me suis réveillé avant elle, bien avant elle, et pourquoi donc en irait-il autrement ? Je me sens historique sur ce coup-là. Œufs au bacon, voilà ce dont j'ai envie, sauf qu'on n'en voit plus guère maintenant (des œufs, peut-être, mais le bacon, autant oublier tout de suite) et là, sur la table, il y a son sac, gros comme une tête d'éléphant et bourré de vieux Kleenex, de récépissés de retraits bancaires, d'emballages de chewing-gum, de porte-clés pleins de clés qui ouvrent les portes de maisons depuis longtemps disparues. Je suis archéologue, c'est bien ce que je suis, l'un après l'autre j'arrache des éclats de poteries au tas de fumier que fut ma vie. Andrea dort tard. Je le savais. Il a bien fallu que je fasse avec. Mais depuis plus de vingt ans, ça ne marche plus, pas dans mes sphères. Nous avons passé une nuit disons... intéressante, une nuit en fin de compte, même si ce fut bref, sexuelle et, de ce côté-là, je ne me plains pas. Je crois même que je sifflote en tournant et virant pour éviter les cuvettes et les seaux où l'eau tombe en gouttant dans la cuisine-salle de séjour et je m'apprête à lui préparer quelque chose de bon à manger quand enfin elle se réveillera.

Comment je me sens ? Moite. Moite dans les gonades et les conduits lacrymaux, aussi gonflé qu'un dipneuste qui s'est enterré dans le sable en attendant le jour où, le ciel s'effondrant, le monde redeviendra humide. L'odeur du café me renvoyant à mon passé (je n'en bois plus, trop cher et ça me flanque l'émeute dans l'estomac), je m'y sens tellement glisser que je cours le risque de m'y noyer sans laisser un rond à la surface de l'eau. Elle ronfle. Je l'entends – pas question d'inspirer et d'expirer doucement, on fait dans le grand ramonage des voies aériennes et le bruit est tout aussi beau, à sa manière, que ce que Brin de Muguet pourrait nous sortir. La pluie gifle la toiture de sa main puissante, quelque chose qu'on n'y avait pas bien fixé s'écrase sur le mur juste au-dessus de la fenêtre, le monde vacille, mais Andrea dort. Instant qui passe.

Malheureusement, notre idylle ne dure guère plus : avant même que j'aie pu décider si je vais lui offrir la salade de thon que depuis trois ans je conserve dans mon compresseur de nourriture pour les grandes occasions ou me contenter de lui ouvrir ma dernière boîte de crabe parce que la vie, ce n'est pas éternel, surtout quand on est crabe, Chuy se pointe à la porte. Il a l'air agité. Il sautille sur ses pieds, il travaille de la mâchoire, des lèvres et de la langue, bref, il essaie, sans succès comme d'habitude, de me faire comprendre quelque chose. Il ne porte ni ciré ni chapeau, il a les cheveux collés au crâne et les yeux tellement nus que presque on pourrait lui voir sa cervelle passée à l'insecticide Dursban. Quel âge a-t-il ? Il ne le sait pas – il ne se rappelle même pas la ville où il est né, si, côté pays, il est assez sûr (« *soûr quasi à cent dix pour cent, ou alors cent vingt* », dit-il) qu'il s'agit du Guatemala. Je ne juge plus aussi bien l'âge des gens qu'autrefois – à mes yeux, tout le monde a l'air jeune, à l'exception des vieux vieux –, mais je lui donnerais volontiers quarante - quarante-cinq ans. Toujours est-il qu'il est à ma porte et que voici, en gros, ce qu'il me dit :

— Y a des gens... des gens, monsieur Ty...

— Qui ça ?

Je me tiens sur le pas de la porte, le ciel en forme de bocal à poisson à l'envers, grosses hélices de vent qui pourchassent bâtons, papiers et feuilles à travers tout le marécage du jardin, odeur immémoriale du café dans mon dos, chauffage, lit, Andrea. Chuy ferait tout aussi bien de se tenir sous les chutes du Niagara. Mes chaussons sont trempés. Comme le bord de mon peignoir de bain. Tout est mouillé, toujours – pourrissant et mouillé : les livres se désagrègent sur les rayons, des limaces sortent de la théière, jusqu'au bois des chaises qui verdit sous nos postérieurs et bourgeonne à nouveau. Exaspéré, je prends Chuy au collet et le traîne de force dans la pièce. Je ne suis pas du genre patient.

— Le... les gens...

Geste, spasmodique ou presque, en direction des immeubles en copropriété.

— Les gens de Lupine Hill ?

— *Ellos, sí*, ceux *sobre* la colline, ils ont... ils ont... *encuentran* Pétunia. A la laverie.

Pétunia, c'est la renarde de Patagonie. Soixante-quinze centimètres de hauteur au garrot, elle a de fins rubans rouges en guise de pattes et une toison de poils noirs et hirsutes sur le dos, une vraie couverture. Pour ce que j'en comprends, à Lupine Hill, il y aurait une laverie commune pour dix appartements. L'espagnol ? C'est à cette langue que Chuy s'en remet lorsque les pesticides lui barrent les sentiers que les contorsions de son anglais ont imprimés dans son cerveau.

— Elle a, comment vous dites, une prise dans la bouche. Peut-être oun *gato*. Et peut-être qu'ils ont fermé la porte. Et nous, nous...

— Faut y aller tout de suite.

Lui, en dégoulinant, ricanant et repoussant d'une chiquenaude les cheveux qu'il a dans les yeux :

— Si, si. Tousuite.

C'est le moment que choisit Andrea pour émerger de la salle du fond, les cheveux dans la figure, l'œil vide et les jambes rasées jusqu'aux follicules – et belles, ces jambes (les jambes sont les dernières choses à mourir chez une jolie femme), à peine un rien de cellulite et pas de varices qu'il vaille la peine de mentionner. Elle porte une de mes chemises, je le remarque (en soie noire, la plus habillée que je possède, cadeau de Mac, bien sûr, vu que Tyrone Tierwater est gardien d'animaux mais du genre sans fanfreluches), et dessous il n'est rien d'autre que ce avec quoi elle est née. Ou qu'elle a développé par la suite. Je suis le regard de Chuy qui s'arrête sur sa chemise noire et l'endroit, là, devant, tout en bas, où elle ne s'est pas donné la peine de la boutonner. Je vois sa toison, et ses poils sont blancs, aussi blancs que ceux d'un lagopède des Alpes (espèce aujourd'hui disparue) et ça y est, nous voilà tous les deux en train de contempler la merveille noire et luisante de ses cheveux. Autant le reconnaître, je me sens gêné. Et sans prendre le temps de réfléchir, traverse la pièce et m'approche d'elle pour la reboutonner tel le mari gâteux. Ou, qui sait ? le chien mort d'amour ? Mais avec mauvaise haleine, ce chien, avec la gale et la sale habitude de se faire fouetter et d'aimer ça.

— Andrea, lui dis-je, je te présente Chuy. Chuy... Andrea.

Chuy lui décoche un regard mouillé d'étonnement, comme si elle avait pris forme dans un des enclos, et me regarde fort en réévaluant tout ce que nous avons dit et fait ensemble pendant la décennie écoulée. Bières qui revivifiaient, viande cuite en plein air, bêtes qui nous ont quittés dans des montagnes de merde et de sang, morsures, bleus et blessures purulentes, descentes en catastrophe à la salle des urgences, Lori, son sourire fondant et sa passion pour le saké le plus cher, le très rare qupé-chardonnay 95 que tous les trois nous sortions des caves de Mac dans les grandes occasions, tout y passe. Andrea ? Andrea se contente de le regarder d'un air radieux et lui demande :

— Vous restez à déjeuner ?

Je le vois se débattre avec la réponse à donner à une question pareille et suis au bord de répondre à sa place – genre George à sa Lennie[1] –, lorsque des coups impressionnants sont frappés à la porte. Qui est-ce ? Delbert Sakapathian du 1002 B, Avenida Lupine Hill, Santa Ynez, Californie. Plus jeune que les jeunes-vieux, disons dans les soixante ans, il est grand et doté d'une tête en boule de billard et du genre de bedaine qu'on voyait bien plus souvent au début du siècle, lorsque le petit snack était une denrée de base. A l'heure actuelle, on a plutôt faim de viande, de poisson, de brocoli, de patates douces, de bettes, de germe de blé, de tout ce qu'on ne peut plus avoir comme avant – quant aux petits Ho-Ho, aux tartelettes et aux Chips Dorito saveur viande et super-épicés, ce n'est pas la peine d'y penser : ces merdes-là, on n'y renonce pas.

— Lui, c'est vous ? me lance Delbert Sakapathian en me flanquant un index de la taille d'une batte de base-ball miniature sous le nez.

1. Personnages du roman *Des souris et des hommes.* (N.d.T.)

Je n'ai plus le temps de m'amuser à ça, non, vraiment, mais si ça peut me rendre Pétunia, je vais sans doute être obligé de voir si mon secrétariat ne pourrait pas annuler un de mes rendez-vous du matin et glisser M. Sakapathian dans mon emploi du temps. J'acquiesce d'un signe de tête.

— Lui, c'est moi, dis-je.

L'encadrement de la porte n'est pas assez large pour le contenir, sans même parler de la pluie qui ne fait pas de bien à mon tapis, ni de l'espèce de bouillasse rougeâtre qui fond sur ses chaussures et s'en détache, encore moins de son ciré qui lentement se dépouille de son eau (tenez ! encore une société dans laquelle investir : *Cirés and C°* ou, peut-être... *Cirés R Us*?).

— Ben merde, crache-t-il. Ben merde alors !

C'est alors qu'une voix dégringole par-dessus mon épaule, aussi précise et futée qu'une bombe intelligente :

— Du calme (et qu'est-ce que je connais ce ton ! mais ce n'est pas à moi qu'on s'adresse, pas ce coup-ci, bon, d'accord : pas encore). Et d'abord, on ferme la porte, espèce de bouseux... vous êtes en train de bousiller le tapis.

Ruisselante, l'énorme boule de billard baisse la tête et s'enfonce le menton dans la poitrine et ça y est, Delbert Sakapathian est dans la pièce, mais pas pour longtemps.

— Va falloir me sortir ce truc que je sais pas ce que c'est de là-bas parce qu'il a, il a... (et là, une vague d'émotion montant dans ses yeux, je me demande s'il ne va pas s'effondrer...) il a Pitty-Sing, ma chatte, et je pense, enfin je veux dire, putain, vous feriez mieux parce qui si jamais il lui arrive quelque chose, je je je...

Et nous voici à lutter contre le vent, tous les quatre, et nous sommes bottés, chapeautés et enveloppés dans des cirés tels des matelots doublant le cap Horn sur un clipper sauf que nous sommes sur de la terre sèche, enfin... que nous devrions l'être ou le fûmes jadis... et que je tiens le shocker dans une main et serre la grosse patoche chaude d'Andrea dans l'autre, tandis que Chuy ouvre la marche en portant le filet, Delbert Sakapathian la fermant avec ses sifflements d'asthmatique. J'ai bon espoir. Moins pour la chatte (il faut voir les choses en face : si Pétunia s'en est emparée moins de trente secondes avant, c'est fini) que pour ma renarde, la Patagonie et les stériles pampas que Mac et moi avons l'intention de repeupler dans un avenir pas très lointain. (Ceci en passant : je ne suis pas responsable des noms idiots qu'ont les animaux par ici – faudrait voir à leur rendre un peu de dignité, voilà ce que je dis. Le responsable, c'est Mac. Un jour, il a trouvé que ce serait bien – « totalement et fantastiquement génial » – s'ils portaient tous des noms de fleurs. C'est ainsi qu'un des lions, et mon embarras n'en connaîtra jamais de fin, a nom « Dents-de-lion ».)

En arrivant – c'est en haut de la colline, nous avons dû franchir les griffes des arbres dévastés et traverser une folle étendue de plantes envahissantes pour entrer dans la cave perpétuellement inondée du bâtiment B, aussi dit, d'après la plaque apposée sur la façade, « Maison du Soleil » –, nous tombons sur un groupe de copropriétaires qui se sont rassemblés devant une porte en contreplaqué pourrissante sur laquelle le mot LAVERIE apparaît encore en lettres d'un vert passé. Ils ont l'air d'attendre quelque chose. Il y a là deux ou trois enfants au visage si petit et sans traits distinctifs qu'on pourrait le leur avoir peint à même la peau et quelques femmes qui, pieds nus, bravent, jusqu'à hauteur de cheville, une eau couleur écoulement de cimetière. Personne ne dit mot. Mais tous reculent d'un pas lorsque je leur passe devant en brandissant mon shocker.

— Chuy, démêle-moi ce filet, dis-je en étant à quatre-vingt-dix pour cent sûr et certain de me faire mordre au moins une fois mais pas tout à fait jusqu'à l'os, je l'espère, tandis qu'Andrea, mon Andrea, celle qui m'a été rendue depuis peu et se montre conjugale au possible, me murmure : Fais gaffe, Ty.

Bien sûr, c'est d'une renarde que nous parlons ici. Pas d'une renarde ordinaire, peut-être – celle-là a la taille d'un loup –, mais d'une renarde tout de même. Ce n'est pas comme si c'était un des lions qui s'était barré. Ou Brin de Muguet, qui pourrait vous rompre l'échine et vous sortir les boyaux du ventre d'un seul coup de dents. Il n'empêche : là nous sommes et ne savons pas ce qui va se passer.

— Pétunia, lancé-je du ton le plus doucement tiens-v'là-encore-un-dos-de-poulet-pour-toi, et je pousse gentiment la porte avec mon shocker et me retrouve dans la pièce au milieu des machines à laver, des sécheuses, de deux ou trois lavabos, des chaussettes et des soutiens-gorge de quelqu'un qui sont tombés d'un panier et se sont répandus sur le sol (très mouillé).

Rien. De l'eau qui goutte, des fluos bon marché qui clignotent, l'inévitable sifflement de la tempête dehors. Et après, derrière l'évier à ma droite, le bruit d'une tronçonneuse qui aurait une langue, un palais et deux lèvres pour l'étouffer : RRRRrrrrr !

Chuy, il faut le dire, est passé maître dans l'art d'énoncer les évidences et me fait la démonstration de ce talent extraordinaire à ce moment crucial :

— *Yo pienso* qu'elle est sous l'évier, monsieur Ty, c'est ça que ié pense, *verdad* ?

Verdad. Deux paires d'yeux embrasés, les pattes rouges, les griffes qui grattent et s'enfoncent dans le lino qui lâche, et pourquoi donc ai-je la musique du film *Vivre libre* qui me court dans la tête comme une diarrhée de l'esprit ? C'est vrai que Pétunia serre la carcasse blanche et molle d'un siamois couleur lilas entre ses mâchoires – et ça, c'est bien, me dis-je, parce qu'elle ne peut pas mâcher et mordre en même temps, n'est-ce pas ?

— O.K., Chuy, m'entends-je dire, et bien que mon genou n'aime pas beaucoup ça, et mon dos non plus, je me retrouve à quatre pattes, en train de planter le manche de mon choker dans la gueule de mon bestiau parce que j'ai la trouille de lui balancer la décharge électrique et de l'électrocuter, et moi avec, qui sait ? par-dessus le marché.

Il n'y a pas à avoir peur. Je ne l'ai pas plus tôt touchée qu'elle s'élance de dessous l'évier comme un missile de croisière : on veut me perforer l'avant-bras avec ses canines et les mignonnes petites dents qu'on a devant, moi qui suis assis sur mon postérieur, oui, dans l'eau où flotte librement le cadavre d'un chat, tandis que Chuy agite gauchement son filet et qu'Andrea elle aussi se met à patauger dans l'eau pour attraper Pétunia par les oreilles. Ce qu'elle finit par faire. Et ça, c'est le bon geste, de mon point de vue. C'est même excellent. Parce que coincée comme elle est, Pétunia libère mon bras pendant le quart de seconde qu'il faut à Chuy pour prendre la partie la plus dangereuse de son anatomie dans son filet et après, rideau pour madame.

— Ty, dit Andrea.

— Andrea, dit Ty.

Hop, nous filons aux urgences, où ils ont une civière et un goutte-à-goutte auxquels ils ont donné mon nom, nous pelotonnons l'un contre l'autre, oui : pelotonnons (bien qu'Andrea ait resserré sa main comme un garrot sur le creux de mon coude et que Chuy maltraite son volant tel le pilote de stock-car au cerveau affolé par le Dursban) et là, en irait-il même de ma vie que je n'arriverais toujours pas à me rappeler le nom de la fille qui parle aux arbres. Ce qui ne l'empêchera pas d'être là demain. « Je l'ai invitée à passer demain », voilà comment Andrea me présente les choses tandis que Chuy ondule sur la route comme si la voiture était un énorme poisson-chat siamois ambulant. Côté circulation, ça refoule jusqu'à Monterey, nous montons sur l'accotement – attention m'sieurs dames, nous passons.

— Comment ça « demain » ? demandé-je, et dans l'instant elle me serre encore plus fermement l'artère brachiale.

Et me répond – et le vent fait rage et, tangue l'Olfputt, mon sang se met à couler librement :

— Le jour après celui-ci. Mon chou.

Mexico, São Paulo, Shanghai, Buenos Aires, Séoul, Tokyo, Dhaka, Le Caire, Calcutta, Reykjavik, Caracas, Guadalajara, Nome, Sakhaline, Nankin, Helsinki... aujourd'hui, tout est plus grand que New York. Quarante-six millions d'habitants à Mexico, quarante à São Paulo. Et ça me fait quoi ? Ça me rend vieux. Comme si j'avais dépassé mon temps – et celui de tous les autres. Parce que la correction est en route, elle l'est même depuis un bon moment. Mangeons-nous les uns les autres, voilà ce que je propose – mon bras ce soir, le tien demain –, parce qu'il ne reste vraiment pas grand-chose d'autre. L'écologie ! Tu parles d'une plaisanterie.

Et je ne prêche pas. Et ne vais pas m'y mettre. Il est trop tard pour ça, sans compter que prêcher n'a jamais fait de bien à personne. Que je vous dise quand même ceci pour que vous n'alliez pas vous faire des idées : les trois quarts de mon existence durant, j'ai été un criminel. Exactement comme vous. J'habitais en banlieue, dans une baraque de mille mètres carrés avec revêtement extérieur en séquoia, parquets en chêne et chaudière à mazout grande comme le Texas, conduisais une Mustang 66 de collection pour m'amuser et une Jeep Laredo (rouge avec intérieur cuir noir) pour monter dans les Adirondacks et pouvoir trimbaler mon sac à dos Eddie Bauer à trois cents vingt dollars et communier avec l'écureuil, le martin-pêcheur et le rat musqué. J'allais au gymnase. Buvais dans des bars ornés de fougères. Achetais des chaussures, des vestes, des pulls et des produits d'entretien du cuir chevelu. Je devais avoir vaguement conscience – mais alors très vaguement, à l'extrême périphérie de ma cervelle – de ce que je faisais au pauvre corps maltraité de notre vieille mère la Terre et oui, je recyclais mes ordures (quand j'y songeais, ce qui devait bien m'arriver deux fois par an) et pensais beaucoup aux emballages. L'hiver, je portais un pull dans la maison afin de ne pas gaspiller l'énergie et de réduire la flamme de la chaudière à réchauffement de l'atmosphère, mais il n'empêche : encore et encore je brûlais du mazout et les ordures que je générais se logeaient joliment dans la décharge tel un plombage permanent dans une dent pourrie.

Pire, j'accumulais. A croire que les choses se collaient à moi comme la limaille de fer à l'aimant pour former une véritable fourrure d'objets polarisés irradiant de mes doigts comme s'ils ne pouvaient échapper au piège de l'attirance qui asservit. Trombones, punaises, sacs en plastique, vieux amplis, grils antiques et rouillés. Vêtements, livres, disques, CD. Ustensiles de cuisine, couteaux Ginzu, robots-mixeurs, machines à pop-corn, cafetières électriques, les manteaux de mon père mort et les chaussures de ma mère, morte elle aussi. Je conservais une deuxième Mustang, couverte de graffiti à la rouille, derrière mon garage, sur cales. J'avais dans mon grenier des chaises qu'une paire de fesses n'avait plus réchauffées depuis cinquante ans et des malles entières de shorts et de polos bien pliés que je n'avais pas portés depuis l'âge de cinq ans.

Je conduisais vite – j'étais toujours pressé –, et bourrais tellement ma boîte à gants de contredanses qu'on aurait dit un distributeur de serviettes en papier dans un restaurant. Je sortais avec des femmes (par hordes entières dans l'espoir – vain – de retrouver une Jane). Je jouais au père. Faisais la cuisine. Nettoyais. Gérais l'empire de mon père qui tombait en morceaux. Mon père. Vous avez sûrement entendu parler de lui. Sy Tierwater ? Le grand promoteur de lotissements des comtés de Westchester et de Dutchess ? Je réglais des factures, relevais des loyers et abaissais ma vitre afin d'ajouter ma part de Kleenex, de bâtons de glaces et de vieux paquets de cigarettes aux débris qui jonchaient le bord des routes goudronnées.

Z'en voulez encore ? Je buvais du vin, dépensais de l'argent, gâtais ma fille et la regardais accumuler des choses à son tour. Et tout comme vous – si vous résidez dans le monde occidental et force m'est de le penser sinon comment pourriez-vous être en train de lire ce truc ? –, je bousillais cette planète en ruine et qui ne cesse de saigner à peu près deux cent cinquante fois plus que le Balinais ou Bangladeshi ordinaire et, croyez-moi, eux aussi contribuent à la catastrophe.

Disons seulement que j'ai enfin compris après qu'Andrea m'eut secoué comme il faut, et avec elle Teo (qu'il pourrisse à jamais en enfer, dans les espaces interplanétaires ou ailleurs) et tous les autres combattants endurcis de « La Terre pour Toujours ! ». Alors des forces se mirent en branle et des vitesses s'enclenchèrent. Je vendis ma maison, mes voitures, le centre commercial en ruine que mon père m'avait légué, ma planche à voile, mon fauteuil Adirondack, ma collection complète de cassettes de Bob Dylan piratées, bref, tous les détritus laissés en rade par le lent glacier de mon existence antérieure, mon existence de criminel, celle que je menais avant de devenir un ami de la terre. L'amour. C'est ça qui m'a fait entrer dans le mouvement, et m'a poussé tout là-bas, aux limites nues du néant, au-delà même du bon sens, de la raison, voire du simple espoir. L'amour de la terre. L'amour des arbres, des buissons, de l'herbe indigène, de l'antilope dans la plaine, du xérus du désert et de tout ce qui vit et respire sous le soleil.

Sauf les gens, s'entend. Parce que pour être un ami de la terre, il faut être d'abord un ennemi des gens.

Je n'ai pas de couverture sociale, évidemment – personne n'en a, il y a longtemps que tout le système est en faillite et ne me parlez pas de la Sécu –, mais on est très content de voir un client payant franchir le seuil des urgences. Quoi qu'il puisse en coûter – et ce coup-ci, ça n'ira pas très loin –, Mac paiera. Maclovio Pulchris. Magique, ce nom, meilleur que du liquide vu qu'on ne peut pas en transporter des tonnes – Mac, c'est mon assurance et ma Sécu tout en un. Et maintenant j'ai aussi Andrea, et cette femme-là fait pousser l'urgence comme des champignons – une nuit d'amour et voilà où nous en sommes. Elle me prête (littéralement) assistance tandis que nous passons la porte en marchant comme des crabes, tandis que, quelque part derrière nous, Chuy monte dans les étages du parking comme s'il voulait expédier le 4x4 dans l'espace.

— C'est quoi le problème ? veut savoir l'interne.

Monstrueux avec son nez, ses lèvres, son crâne et ses avant-bras en patchwork de cancers de la peau anciens et modernes, il me rappelle vaguement quelqu'un. Je l'aurais vu chez Swenson ? Hier soir ?

— Y en a pas, connard, lui renvoie Andrea en grondant à nouveau. C'est juste qu'il est en train de saigner à mort.

On passe au calvaire des formulaires à remplir – il y en a bien vingt à vingt-cinq pages. Andrea se serre contre moi, son gros pouce toujours rivé à ma blessure, tandis que derrière son comptoir l'employée de service bâille à s'en décrocher la mâchoire, que l'interphone grésille et que quelqu'un s'en va, au pas de promenade, chercher quelque chose pour me ligaturer et, accessoirement, sortir un médecin de sa transe. Toutes les fenêtres ont été condamnées parce qu'on en a marre de les remplacer tous les trois ou quatre jours, et l'éclairage fait songer à celui d'un mausolée luxueux. Déprimant. Déprimant au possible. Juste pour détendre l'atmosphère, j'y vais d'une plaisanterie comme quoi Pétunia a bien fait de me choper le bras gauche, sinon je serais dans la merde pour cocher les bonnes cases. Personne ne rit. Et même ici, au plus profond de ces couloirs frottés à la Javel et presque aussi propres qu'un sou neuf, et nous avons quand même six étages d'acier, de béton et de fluides corporels au-dessus de la tête, j'entends la pluie. Ssssss, siffle-t-elle, fond musical à tous les drames humains, sssss.

Qu'est-ce que ça me coûte ? Trente-deux points de suture et cinq cents mètres de gaze, des nèfles, et ne le prenez pas en mauvaise part, docteur, j'ai connu plus grave. Bien plus grave. Je coule un regard éloquent à Andrea, mais elle a l'esprit ailleurs. A chaque point qu'on me fait – petite brûlure et douleur plus forte ensuite –, je l'examine, d'abord de profil, puis en vue arrière cependant qu'elle traverse la salle pour aller regarder par la fenêtre qui, loin d'en être une, se réduit au plan nu et couvert de spires de quelque morceau de contreplaqué artificiel et prétroué pour pose rapide (et tiens, ça aussi, c'est une bonne affaire). Je n'arrive toujours pas à m'habituer à elle. Comment ce visage de vieille femme peut-il aller avec ces épaules et ces jambes ? C'est à ça que je pense lorsque le médecin – un gamin de vingt ans et des poussières qui ne se rase sans doute pas encore – me plante son aiguille dans le bras. A ça et à plus : que signifie donc son retour, rapporté à une échelle de douleur ?

April Wind s'est enfoncée au plus profond du canapé qui pue le chien et que j'ai trouvé en emménageant ici il y a dix ans. Je n'ai pas de chien. Je n'en ai jamais eu. Quel besoin peut-on avoir d'un chien quand on a des hyènes, des renards de Patagonie et des ours à lunettes ? De fait, un des techniciens de Mac est mort ici même – c'est ça, sous la fenêtre, on peut encore voir les taches de sang en scrutant le plancher –, suite à un accident malheureux et totalement évitable où furent impliqués un nœud coulant, un sac en plastique, deux femmes et trois bouteilles de ketchup déformables d'un demi-litre ; comme on dit, « Ses effets me sont revenus ». Dessus ? Toujours est-il qu'elle est là et au diable les frissons dans mon bras et les feux d'enfer qui s'allument dans mes reins (expertement serrés contre la porte ouverte d'un des séchoirs lorsque Pétunia m'a sauté dessus), au diable aussi le fait que, pour la deuxième nuit consécutive, j'ai connu une expérience sexuelle aussi satisfaisante que hautement évocatrice du passé – je suis devenu un étranger dans ma propre maison, laquelle maison commence à déborder de gens.

Hier je sifflotais, aujourd'hui je ne suis pas d'humeur à ça. J'ai à peine terminé mon petit déjeuner (flocons d'avoine avec son et levure de boulange pour plomber le mélange, mon crabe a déjà été sacrifié à l'amour), je n'ai pas encore lu le journal ou souffert sur le siège des cabinets, et tout ce vent de souvenirs qui me souffle dessus... ! C'est qu'il a un visage, ce vent. Impossible de penser à autre chose qu'à l'affiche de Peter Max où l'on voit Hélios dans un coin et Eole dans l'autre, nos deux lascars se battant pour contrôler le temps qu'il va faire. A l'époque, bien sûr, c'était toujours le soleil qui gagnait.

— Ty, tu te rappelles April, me lance Andrea, et ce n'est pas une question.

Je la regarde tirer une chaise de cuisine tachée de moisi à travers la pièce et s'y percher tout au bord comme une fillette, ses doigts de pied posés en éventail sur un barreau. La manière dont elle s'y prend, la façon dont elle manœuvre sa chaise et s'installe – et plus encore, le ton de sa voix et son odeur –, tout me sonde et trouve une couche profonde d'inversion des températures dans le lac encore lisse de ma mémoire. Mais c'est bien de ça qu'il est question, non ? De la mémoire. *In memoriam*, Sierra Tierwater, 1976-2001. *Requiescat in Pace*. Tu parles !

— J'ai dit : Tu te rappelles April, n'est-ce pas ?

Ah, ça, c'est une question. Je peux éviter. Je peux jouer les vieillards avec sécrétions pharyngées et cerveau englué, mais qu'est-ce que ça me donnera ? Un sursis de trente secondes ? Andrea est dure. Elle veut quelque chose – quoi, je n'en sais trop rien, mais je sais qu'elle finira par l'obtenir. Sans compter que je ne suis pas si vieux que ça, pas comme l'étaient mes grands-parents, ou le père décrépit d'Andrea, ou son antique ruine de mère au pas traînant qui, deux ans avant sa mort, prenait sa fille pour le chat de la femme de ménage. Il n'est pas question que ma génération renonce à sa jeunesse (médicamenteusement et chirurgicalement assistée) jusqu'à ce que la mort nous en sépare. Et April Wind le sait. Et Andrea encore plus. Evidemment, je pourrais courir me réfugier dans ma chambre et, malgré mon dos qui me tue et mon bras à moitié bouffé, sortir le fusil à éléphant – un 470 Nitro Express – que j'ai volé à Philip Ratchiss il y a mille ans de ça, et les transformer toutes les deux en pâtée à hyène, mais, contrairement à ce qu'on raconte, je n'ai jamais été un violent. Pas vraiment. Ou de manière excessive.

— Oui, murmuré-je, bien sûr.

Le regard de la femme qui parle aux arbres s'allume tel celui du serval lorsqu'il décèle un mouvement dans les hautes herbes. Elle doit avoir l'âge de Sierra, enfin... celui qu'elle aurait aujourd'hui si elle comptait encore au nombre de ceux d'entre nous qui passent pour vivants. Quarante-neuf-cinquante ans, disons. Je n'arrive pourtant pas à retrouver Sierra dans son visage, et ne le voudrais d'ailleurs pas parce que dans le genre entreprise inutile et d'une douleur inextinguible il n'y a pas mieux. Ma fille ? Aujourd'hui ? Elle serait belle et ferait encore chavirer les cœurs, rien à voir avec cette petite tête de bielle à dents de cheval toute ratatinée qui se balade en Doc Martens et jupette dans laquelle une élève de sixième ne pourrait même pas rentrer.

— Ça fait plaisir de te revoir, me dit-elle en étant obligée de hausser le ton d'un cran pour se faire entendre par-dessus le vacarme du vent qui souffle dehors (tempête numéro trois dans la dernière série qui vient de nous frapper il y a environ une heure). Et je te remercie de bien vouloir m'accorder cette interview. J'apprécie, vraiment.

Attention, ça va tomber : Sainte Sierra.

— Je ne t'ai rien accordé du tout.

La gueule qu'elle fait ! A croire que je lui en ai collé une dans l'estomac. Je lui lance mon meilleur air d'amertume, en serrant les mâchoires et en la brûlant des yeux, mais au fond je ne fais que regarder par-dessus son épaule pour voir les escargots descendre et monter le long des vitres en bavant – eux sont prêts à recevoir la terre que nous leur avons préparée. Pour me rappeler d'elle, je me rappelle d'elle. La reine du gnangnan que c'était. Nuits interminables sous des tentes pleines de courants d'air, voix lamentablement de bonne humeur, totems enfermés dans un sac attaché à son cou – elle ne pouvait pas s'asseoir pour manger sans y aller de quelque prière farfelue à la déesse de la terre. *Je vois ton aura, mais alors totâlement, elle est bleue avec dégradé magenta sur les bords, et je sais déjà que tu m'attires méga parce que d'après nos dâtes de naissance, nos planètes étaient dans la même maison.*

— Mais je croyais que, comme qui dirait...

— Tu as toujours tes totems sur toi ? C'était quoi ? Tu sais bien... un crapaud ? T'étais pas un crapaud ? (Pause, un temps, on écoute les seaux attraper les gouttes qui éternellement tombent.) Mais dis... qu'est-ce qu'on fait quand son totem personnel est non seulement mort mais appartenait à une espèce disparue ?

Andrea qui se rue dans la brèche :

— April ? Tu veux une tasse de thé ?

Ses doigts d'enfant s'en vont fourrager dans l'encolure de sa robe, le petit sac en mousseline y est toujours, les doigts sont rapides et nerveux. Elle lisse le coton mouillé de sa robe sur ses cuisses et jette un regard hésitant à Andrea, puis à moi. *Maman m'a dit que des jours comme ça, il y en aurait.*

— Non merci, ça ira, dit-elle. Vraiment.

— T'es sûre ?

— Oui, oui.

Mais là, Andrea qui n'existait pas il y a deux jours mais a maintenant pris possession de moi, de la maison et de tout ce qui s'y trouve, c'est du thé qu'elle essaie de fourguer.

— Enfin, je veux dire... c'est pas qu'il ferait froid dehors, pas comme jadis à cette époque de l'année... tu te rappelles la rivière Stanislaus ? Comment il pleuvait et comment on se gelait les fesses pour passer quoi ? deux jours dans les bois ? Cela dit, quand on est mouillé tout le temps...

— Qu'est-ce que t'as comme thé ?

— Du Lapsang Souchong. (Elle me regarde.) Je l'ai apporté avec moi.

Dieu sait pourquoi, les deux femmes trouvent ça rigolo, comme si j'étais une espèce de barbare incapable d'avoir du thé chez lui. Du coup, toute la tension que j'essayais de mettre dans cet instant s'évapore. Ce rire est celui du soulagement, de la camaraderie et de la nostalgie, mais de quelque chose d'autre aussi – il dit la conspiration. Je reconnais – la cible avec le mille peint au milieu, c'est moi –, sauf qu'Andrea est revenue, me dis-je, Andrea, et que t'as intérêt à te laisser emporter, où que ça aille. Et donc, je ris à mon tour. Et d'un rire authentique, si, si, de l'espèce de hennissement interminable qui me valait tant d'ennuis dans les bars à beaufs : moi aussi, je me suis laissé prendre. Au Headwaters, au lac Mono et ailleurs, j'y étais, tout comme elles. Je peux rire. Je le puis encore. Alors, pourquoi pas ? Comme si on oubliait jamais comment on monte à bicyclette ! Ha-ha, ha-ha.

— Au cul, le thé ! m'entends-je dire, et mon deux pièces

lamentable tout encombré de seaux qui débordent, sans parler de sa puanteur de moisi et d'excréments d'animaux, s'en réveille d'un coup pour chanter sous le rire de ces femmes. Allez, on s'ouvre une bouteille de saké.

Le Siskiyou, juillet 1989

Celui dont il se souvient le plus clairement, c'est Boehringer. Ils étaient trois, avec leurs noms écrits en noir sur la poche de poitrine droite de leurs tenues de camouflage : Boehringer, Butts et Jerpbak. Ils étaient descendus de la Jeep avec des gueules qui disaient : « On n'est pas là pour rigoler », leurs masses à l'épaule comme des fusils, le shérif Bob Hicks du comté de Josephine acquiesçant de la tête et sortant de la glacière de sa voiture de police le tube mince d'une bouteille de Pepsi pour la porter à ses lèvres.

— Commandos antishit, avait marmonné Teo dans sa barbe.

Ainsi donc, ce sont des commandos antishit, se dit Tierwater sans aller beaucoup plus loin. Il les observa sans passion, fatigué jusqu'aux os, fatigué du soleil, des arbres, de la route en terre battue sur laquelle il avait l'impression d'avoir passé la moitié de sa vie à attendre. A ce moment-là, il ne réfléchissait plus à rien et s'était recroquevillé tout au fond de lui-même, les lèvres à vif sous le chatterton, chacune de ses inspirations comme comprimée à travers ses narines à la manière d'un ballon trop gonflé, plus une idée dans le crâne, seulement l'envie d'en finir au plus vite, de ramener sa fille et sa femme à la maison et d'aller s'enfouir la tête dans le sable. Ou alors non, peut-être n'était-il pas aussi vanné qu'il y paraissait. Peut-être songeait-il à Thoreau, son dieu à l'époque (avec Muir, Leopold et Abbey[1]) : *Le gouver-*

1. Ecrivains écologistes, Edward Abbey étant notamment l'auteur de *Le gang de la clé à molette* où il prône le sabotage. (N.d.T.)

nement ne saurait avoir d'autorité sur ma personne et mes biens que celle que je veux bien lui concéder. Oui. Absolument. Ben tiens. Sauf que bien sûr, il n'en était encore qu'au début d'un périple de fou qui ne devait ressembler à aucun autre.

En tant que groupe, Boehringer, Butts et Jerpbak n'avaient jamais entendu parler de Thoreau, Muir, Leopold et Abbey – ou de Jefferson, d'ailleurs. Et même si ç'avait été le cas, ça n'aurait pas eu beaucoup plus d'importance qu'une puce sur le dos d'un éléphant. Ils faisaient partie d'un groupe d'élite paramilitaire de quelque cinq cents fanas de la gâchette qu'on avait éjectés des Marines et organisés en une force destinée à interdire toute culture clandestine de marijuana sur les territoires relevant du Service des Forêts. C'était là leur but avoué; en fait, seuls les camés les plus complètement stone et paumés ayant depuis longtemps rapatrié leurs cultures à l'intérieur de leurs foyers afin de ne pas être repérés, on se servait d'eux pour intimider les individus dans le genre Tierwater, son épouse et sa fille, bref, tous ceux qui osaient s'opposer au profit qu'on pouvait tirer du pillage des forêts nationales. Et non, ce n'était pas qu'il aurait eu envie de prêcher.

(*Ils s'étaient servis de leurs masses pour nous déloger – en ai-je parlé ? – et ne s'étaient pas montrés trop regardants sur la manière. Un coup partait-il un peu de travers pour frapper une cheville ou un tibia comme un poing de fer que bah... tant pis, le raisonnement étant en gros le suivant, fleurs de rhétorique comprises : Qu'est-ce que t'espérais ? Si tu ne voulais pas te faire péter la cheville, tu n'avais qu'à rester en Californie avec le reste de tes copains pédés et écolos. Ça va peut-être te surprendre, mais ici, faut bosser pour gagner sa croûte, tu sais ? Et pour ce que j'en ai à secouer, tu pourrais passer toutes les chouettes du monde à la moulinette que je te dirais encore ceci : toutes tes bestioles ne valent pas un seul emploi pour un Américain.*)

Ils ne regardaient rien, ces types, et rien ne les troublait : pour eux, foutre le feu à un champ de marijuana ou conduire des écolos en taule, c'était du pareil au même. Mais ils avaient oublié une chose : Andrea. Dès qu'ils étaient descendus de la Jeep à la queue leu leu, son visage s'était durci. Et c'était là un visage qui n'avait rien d'ordinaire. Un écran de cinéma à lui tout seul que c'était, capable de vous sauter à la tête dans des gros plans qui faisaient bondir et de passer en un millième de seconde du flou artistique de la scène d'amour variante dîner aux chandelles dans un restaurant aux furieux contrastes de la confrontation. Parce que côté confrontation, elle s'y connaissait, il pouvait l'attester. Ses yeux gonflaient d'une manière toute pneumatique, trois V ascendants se formaient entre ses sourcils et y planaient comme des oiseaux de proie. Alors son menton se transformait en mont Rushmore. Et sa bouche – sa bouche qui embrassait, mordillait, léchait et laissait échapper mots tendres et encouragements érotiques – brusquement se faisait parcimonieuse, se ratatinait comme une lanière de bœuf salé.

Inutile de dire qu'on ne l'intimidait pas facilement. Lorsque, les masses commençant à s'abattre, Sierra s'était protégé les yeux contre les bouts de ciment qui volaient, elle l'avait ouverte telle une sirène avant un raid aérien.

— Je vous comprends vraiment pas, vous savez ? Vous vous prenez vraiment pour des hommes ou vous croyez que c'est un truc de mec à grosse bite que de brutaliser des femmes et des enfants ? Hé, vous ! Oui, vous, les enfants de salauds ! Je vous entends pas. Et c'est pas la peine de me regarder comme ça, oui, toi, là... c'est à toi que je cause ! oui, toi qu'as rien entre les jambes et un sourire de mongolien sur les lèvres... aïe ! non, parce que si t'as une femme, ce dont je doute parce que je vois vraiment pas une femme tomber pour un sac à merde comme toi... AIE ! ou alors une sœur, tu dois bien en avoir une, tout le monde en a au moins une... non, parce que c'est pas bien ce que vous faites là et vous le savez, tous autant que vous êtes. Si vous arrêtez pas ça tout de suite, toutes ces conne... AIE ! hé dis, quand est-ce que tu me lâches, hein ? c'est toute la biosphère qui va crever comme un ballon et bordel de merde, qu'est-ce que vous vous imaginez que vous allez pouvoir faire avec vos déguisements pour jouer au petit soldat, hein ? Où c'est que vous allez aller ? Et qu'est-ce que vous allez bouffer, hein ? Vous y avez déjà pensé ? Quand ils fermeront... AIE ! toutes les épiceries ? Hein ? Qu'est-ce qui se passera ?

Ça faisait mal. Jamais il n'aurait cru qu'il serait aussi douloureux d'enfoncer ses sneakers dans cette espèce de plastique maintenant aussi dur que de la pierre (et d'ailleurs, c'en était devenu), mais il avait serré les dents en pensant aux Mohawks. Et maintenant, les masses n'arrêtaient pas de frapper, encore et encore, le bruit sourd qu'elles faisaient étant comme aspiré dans le baffle des arbres. Dès qu'une fissure se dessinait, ils se ruaient dessus, enfonçant un coin ici, dégageant un morceau de ciment ailleurs. Il essayait de rester calme, d'étouffer la rage qui enflait dans sa gorge – la résistance passive, c'était ça la solution, la stratégie qui avait mis l'empire britannique à genoux, arrêté la guerre du Vietnam, humilié George Wallace et Bull Connor[1] –, mais quand sa fille laissait échapper une plainte, le plus léger soupir de surprise douloureuse, lorsque le murmure le plus infime montait d'elle avec le bruit sourd de la masse s'abattant près de sa cheville, ça lui allait droit au cœur.

Avant même de pouvoir réfléchir, il s'était redressé tel un animal en laisse et jeté sur le type le plus proche de lui – Boehringer, ça s'était trouvé comme ça, celui qui avait les yeux vides et les épaules étroites –, en y mettant tout ce qu'il avait. Ce qui n'était peut-être pas grand-chose vu que, menotté dans le dos, il avait en plus les pieds rivés en place et la bouche fermée par du chatterton, d'où pas moyen d'y aller avec les dents. Mais il n'empêche : le type qui avait fait gémir sa fille (Boehringer) était rentré dans celui d'à côté, Butts, qui pile à cet instant était en train de lever sa masse en l'air, les deux hommes s'enlaçant un bref instant – juste le temps d'apprendre les premiers pas de la danse –, avant de s'effondrer en un gros tas tout kaki.

Evidemment, ils n'étaient pas restés longtemps par terre. Et avaient complètement changé de visage dès qu'ils s'étaient relevés après s'être démêlé les pattes. Fini le masque sévère du devoir et de la retenue, fini le regard qu'on détourne et les mâchoires qu'on serre avec diligence, on était passé à quelque chose de plus débridé, de plus brutal et habituel. L'un soutenant l'autre, ils s'étaient relevés tandis que, pour détourner leur attention, Teo se mettait à hurler de la voix suraiguë du vendeur de cacahouètes au stade de base-ball :

— Hé là, messieurs les officiers de police, hé ! Vous pourriez

1. Ségrégationniste notoire, George Wallace fut quatre fois gouverneur de l'Alabama à partir de 1962 ; Bull Connor était le chef raciste de la police de Birmingham lors des grandes manifestations noires de 1963. (N.d.T.)

pas retrouver les types qui nous ont fait ça et les arrêter ? On est même prêts à porter plainte parce que quoi ? on était juste là à s'occuper de nos oignons quand ces types, ils appartenaient sûrement à un gang, sont sortis du bois et nous ont renversé tout ce ciment sur les pieds...

Ils l'avaient ignoré. Et n'avaient pas davantage repris leurs masses, enfin... pas tout de suite. C'était Butts qui s'était emparé des bras raides de Tierwater et les lui avait écrasés dans les articulations des épaules cependant que l'offensé, Boehringer, lui écrasait son poing droit dans son ventre ainsi dénudé – une fois et encore une autre, avant de passer au gauche, puis de repasser au droit –, jusqu'à ce que Tierwater le pacifiste se retrouve par terre sur la route, en train d'aspirer l'air à travers ses deux narines totalement inadéquates. Plus moyen de respirer. Non seulement ils lui avaient coupé le souffle, ce qui était déjà assez méchant – et effrayant au point qu'il s'était demandé si ses poumons allaient jamais se regonfler –, mais pire encore, ils l'avaient fait alors qu'il avait la bouche fermée au chatterton. Allongé sur le dos avec les bras retournés, le ciment lui arrachant les chevilles, il s'était mis à frétiller comme une truite sortie de l'eau – ou un vulgaire gobe-mouches (l'image est plus juste) qui s'asphyxie dans l'air pur et doux des forêts de l'Oregon.

Le troisième homme – à savoir Jerpbak – s'était arrêté pour observer la scène un bref instant avant d'abattre sa masse sur la cheville gauche de Teo, tandis que le shérif buvait son Pepsi et que les gardes forestiers regardaient ailleurs. Andrea s'était mise à hurler – pas de problèmes côté poumons –, le bruit qu'elle faisait se répandant avec ravissement dans le ravin et se nourrissant si fort de lui-même qu'il n'y eut bientôt plus aucun autre bruit au monde. Et sa fille... il n'arrivait plus à la voir, mais se rappelle parfaitement comment elle s'était recroquevillée sur elle-même, comment elle avait rapetissé, comment à force de rétrécir elle n'avait plus été qu'une flaque de noir, qu'une tache, qu'un point insignifiant qui disparaissait entre les jambes puissantes des arbres et le couvercle écrasant du ciel.

Il était dans un lit, dans une chambre avec télé au plafond et rideaux sanitaires blancs et raides aux fenêtres. Pas de barreaux. Pas de WC solidaires du plancher, aucune odeur de corps qui fermentent, aucun grognement, pas de haut-le-corps, aucune ombre qui se lève d'un banc en ciment vissé dans le mur pour lui dire bonjour à son réveil. Il n'était pas en prison, ça au moins, c'était clair, mais il n'était pas non plus au Motel du Bon Repos. Les carreaux du plafond étaient perforés, comme ceux de n'importe quel autre plafond, et les murs étaient propres et recouverts d'une couche de peinture vert administratif, bien pâle et genre on ne plaisante pas. Et... qu'est-ce que c'était que ça ? Un goutte-à-goutte ? Planté dans son bras et maintenu fermement en place ? Ainsi donc, c'était ça ? Il était à l'hôpital ? Il en était resté paralysé un instant : il aurait eu une crise cardiaque ? A trente-neuf ans ? Il avait pensé à son oncle Sol, le champion de l'endurance qui avait travaillé avec Frank Buck à Singapour et, à un moment ou à un autre, s'était fait mordre et piquer par à peu près toutes les créatures de la terre, mais avait le cœur si solide qu'il aurait pu pomper du sang dans dix bonshommes à la fois, jusqu'au jour où une thrombose coronarienne l'avait fauché tandis qu'il se penchait sur les cages à boulbouls[1] – quel soleil il faisait ! –, puis il avait pensé à sa fille : si c'était bien à l'hôpital qu'il se trouvait, où était-elle passée ? Et Andrea ? Et Teo ?

Tous ces mystères avaient été éclaircis un instant plus tard, lorsque Sheets, le shérif adjoint du comté de Josephine, avait passé la tête à la porte, puis, après avoir promené son regard tout autour de lui comme s'il prenait la température de l'eau avant d'y piquer une tête, était entré dans la pièce. L'homme que Tierwater avait alors découvert était grand et d'un expansif à faire peur, avec un uniforme tout rétréci autour de ses chevilles et de ses poignets et des lunettes qui lançaient des éclairs.

— Ah, s'était écrié le policier, enfin réveillé.

— Oui, je crois, avait murmuré Tierwater en comptant ses abattis dans sa tête, juste pour être sûr que tout le monde y était.

Depuis sa plus tendre enfance, il avait la hantise de se réveiller dans un lit d'hôpital (pas celui-ci, non : un lit tout granuleux et

1. Oiseau de la famille des pycnonotidés, souvent mentionné dans la poésie persane et pris pour un rossignol. (N.d.T.)

grisâtre comme on en voit dans les films en noir et blanc), avec un médecin qui serait penché sur lui pour lui souffler : Je crains qu'il faille aussi amputer l'autre jambe.

— Enfin, je veux dire... je ne me rappelle pas...

— Vous êtes à l'hôpital Ida P. Klipspringer. Vous vous êtes évanoui. Epuisement dû à la chaleur, d'après le médecin.

Il avait les yeux de la même couleur que les murs. Il les avait plissés et lui avait coulé un regard dénué de toute sympathie.

— Epuisement dû à la chaleur ?! Alors que ce sont vos amis ou vos collègues, comme vous voudrez, qui m'ont écrasé le ventre à coups de poing ??! Alors qu'en plus, j'avais les mains attachées dans le dos et du chatterton en travers de la bouche, nom de Dieu ! Qu'ils m'ont martelé le ventre jusqu'à ce que je m'évanouisse ? Ecoutez-moi bien... (tout enflammé par ce souvenir, il s'était redressé sur les coudes) c'est de brutalités policières qu'il est question, de brutalités aussi méthodiques que préméditées... et tout ça pendant que votre patron buvait du Pepsi sans dire un mot...

— C'est vrai, lui avait renvoyé l'autre en secouant sa tête tout en haut de son cou comme si c'était une main au bout d'un poignet, pour lui dire au revoir. Et c'est une violation du code pénal... deux même. Résistance à agent et voies de fait sur un gardien de la paix. Outre le désordre sur la voie publique... et le bris de clôture.

— Bris de clôture ? Vous avez perdu la tête ? La forêt de Siskiyou est un lieu public et vous le savez aussi bien que moi...

— Ecoutez-moi... monsieur, et sachez que ça m'arrache sérieusement de devoir me montrer professionnel avec les gens de votre espèce, ce que je sais ou ne sais pas n'est pas le problème... l'important, c'est ce que sait le juge. Et le juge, vous allez le voir dans pas longtemps.

A cette époque-là de sa vie, Tyrone Tierwater était du genre soupe au lait et aurait été le premier à le reconnaître. L'expression « dur à l'allumage » n'avait pas de sens à ses yeux. Il était une pile de branches de prosope desséchées par jour de grand vent, un chiffon imbibé de solvant à peinture. Que savait-il du monde ? Il croyait, oui, qu'il y avait des choses importantes, il croyait au pouvoir qu'aurait tout individu d'influer sur l'événement, d'éclairer les problèmes, de transformer les situations, de ressusciter la terre. Et ça ne facilitait pas sa digestion. Et arrangeait encore moins son compte en banque. Là, devant la bêtise et l'intransigeance incarnées, face à ce shérif adjoint, il s'était redressé, complètement redressé, et s'était arraché son goutte-à-goutte du bras comme s'il écrasait un moustique.

— Où sont ma femme et ma fille ? avait-il demandé.

Ou plutôt : rugi, sa voix bondissant des profondeurs de sa poitrine pour s'en aller ricocher sur les murs et faire tintinnabuler les instruments posés sur une étagère en métal dans un coin de la pièce.

Le shérif adjoint n'avait même pas cillé. Le shérif adjoint lui avait décoché un sourire maigre et comme enfermé dans une bulle. Il portait son arme, il avait laissé sa main droite se refermer sur elle, autant pour se rassurer que pour bien lui faire comprendre à quels paramètres on était confronté. A peine si ses lèvres avaient remué lorsqu'il lui avait enfin asséné :

— En garde à vue.

— Comment ça « en garde à vue » ? Et où ?

Sheets n'avait pas répondu, pas tout de suite. Il s'était contenté de redresser les épaules et de tourner la tête de côté, comme s'il allait cracher, mais s'était repris, tous les carreaux du lino brillant de la pointe de ses bottes jusqu'au pied du lit.

— Y a pas de soucis à se faire de ce côté-là, mon ami. Dès que le médecin m'en donnera la permission, avait-il soufflé en le regardant d'un air glacé, vous irez les rejoindre.

Cette chambre d'hôpital n'était pas la première qu'il avait connue. Il s'était fait ôter les amygdales à l'hôpital municipal de Peterskill quand il avait six ans, et y était retourné quelques années plus tard pour un bras cassé – suite à la fatale décision qu'il avait prise d'intervenir dans une bagarre passablement physique entre ses parents. Oh, bien sûr que son père en avait été dévasté – jamais encore on n'avait vu une douleur pareille depuis qu'Abraham avait offert son fils Isaac en holocauste –, et sa mère étant un puits qui sentait bon la pitié et la consolation, il avait enfoncé son museau de petit gourmand dans les litres et les litres de crème glacée fragile comme du beurre qu'on lui avait offerts en guise de dommages et intérêts. Bien sûr. Mais la violence nourrissant la violence, alors même que ni son père ni sa mère n'avaient plus jamais levé la main sur lui, il en était bel et bien plein, et ça suppurait en lui. Il était retourné à l'hôpital pour la naissance de sa fille bien que l'affaire ne fût que théâtre de douleurs et de confusion avec des femmes qui, pendant des minutes entières, hurlaient partout derrière les fines et tremblantes cloisons de rideaux accrochées à des rails – et oui encore, il avait réussi à rallier les urgences de l'hôpital de Whitefish, Montana, avec Jane, sauf qu'elle ne respirait déjà plus et que tous les hommes et tous les chevaux du roi n'auraient rien pu... rien pu quoi ? N'avaient rien pu y faire, bordel de merde !

Il n'avait rien, mais le médecin – une espèce de grande tour pâle et chauve avec toison de poils noirs et laminés qui sortait de l'échancrure en V de sa blouse d'hôpital – avait tenu à lui faire passer des examens. Juste pour être sûr. Le shérif adjoint était resté à la porte et, un air de profond dégoût marquant son visage de squelette, avait observé ses moindres faits et gestes.

— Non, non, tout va bien, insistait Tierwater tandis que le docteur examinait sa feuille de soins et faisait les cents pas dans la pièce, une infirmière bien charpentée s'activant à côté de lui. Je me sens bien, non, vraiment... Je veux juste pouvoir sortir d'ici, d'accord ?

Tous les trois – Tierwater, le médecin et l'infirmière – s'étaient retournés pour regarder Sheets.

— Votre tension ne me plaît pas, avait repris le médecin en se tournant de nouveau vers lui.

Il avait les bras extraordinairement longs, ceux d'un primate, et les phalanges qui lui frôlaient presque les genoux, et là, malgré la gravité de la situation, Tierwater n'avait pu s'empêcher de s'interroger sur l'espèce qui, à peine descendue des arbres pourtant, était tellement décidée à les détruire.

— Elle est dangereusement élevée, avait enchaîné le médecin, et je vais devoir vous prier de ne pas toucher à votre goutte-à-goutte. Vous êtes complètement déshydraté. Il faut qu'on vous refasse le plein de fluides corporels.

Ça lui avait flanqué la trouille – *dangereusement élevée, sa tension* ? hé, où es-tu, oncle Sol ? –, mais il s'était dominé.

— Qu'est-ce que ça a d'étonnant ? J'ai été bâillonné, rossé et laissé en plein soleil par un de vos, de vos...

La voix de Sheets à la porte :

— Personne n'a levé le plus petit doigt sur lui. C'est un activiste, rien de plus. Un de ces types qui nous viennent de Californie.

Le médecin lui avait jeté un regard glacé. Le bois faisant la richesse du comté de Josephine, on y trouvait partout des familles de bûcherons, et c'étaient ces bûcherons qui payaient les factures.

— Bon, ben, avait-il dit en grattant pratiquement le plafond avec le gros globe brillant de son crâne, vous n'allez pas bouger d'ici, monsieur... (il consulta sa feuille), monsieur Tierwater. Pas question d'aller en prison ou de retourner en Californie. Pas avant qu'on ait stabilisé tout ça.

— Et ma fille ? avait-il voulu savoir, sa tension montant en flèche, à en crever le plafond, ben, tiens, mais qu'est-ce qu'ils croyaient, ces enfoirés ?

Il n'avait jamais lâché Sierra une nuit depuis que sa mère était morte – et s'il ne l'avait pas quittée à ce moment-là, si Jane et lui étaient restés tranquilles chez eux, Jane aurait été encore de ce monde.

— J'ai même pas droit à un coup de téléphone ? C'est où qu'on est, ici ? Au goulag ?

Personne ne s'était donné la peine de répondre, le médecin moins qu'un autre – déjà sa grande carcasse poilue franchissait la porte, on filait, l'infirmière traînant encore assez longtemps dans la pièce pour lui réinstaller son goutte-à-goutte du bout tout éraflé de ses doigts durs et froids.

Rien de plus qu'une piqûre d'abeille, qu'un infime picotement, mais il n'avait pu s'empêcher de penser qu'ils lui prenaient des trucs, qu'ils le vidaient insensiblement au lieu de lui remettre quelque chose.

De nouveau réveillé, il avait consulté sa montre, et sa montre lui avait dit que c'était le matin. Aucune confusion possible sur le lieu où il se trouvait, pas le moindre flottement comme il en avait fait des centaines de fois l'expérience dans des abris en toile, des chambres de motel ou sur le divan impitoyable d'un ami – c'était à la pleine conscience qu'il s'était éveillé, et avait vu tout ce qu'il y avait dans la pièce comme s'il avait passé sa nuit à la peindre à l'huile sur une toile. Le drap fin de son uniforme collé à ses guiboles maigres, Sheets, le shérif adjoint, était assis au milieu du tableau, le crâne renversé contre le mur derrière lui et la bouche grande ouverte. Ombres longues, lumières du petit matin. Le shérif adjoint s'était endormi. Juste à côté de la porte, c'est vrai, mais perdu dans le désert de ses rêves.

Furtivement, Tierwater avait ôté le goutte-à-goutte de son bras. Ses pensées, à cet instant, étaient simples. Tout ce qu'il savait, c'était qu'il allait s'esbigner, vider les lieux, fuir le bras de la justice pour rejoindre sa fille, son épouse et le cadre fou furieux de « La Terre pour Toujours ! ». Et ses avocats arrangeraient tout ça. Sans oublier les journalistes... parce qu'il fallait qu'ils soient mis au courant, qu'ils sachent la profanation de la forêt, la complicité du shérif et les brutalités de Boehringer et de Butts, oui, ce coup-là il avait envie de faire un sermon, ah ça oui, de prêcher, de proclamer et de témoigner. Déjà il avait posé les pieds par terre, sa blouse d'hôpital en papier bruissant à ses épaules. Hé mais... où étaient ses habits ? Son portefeuille, ses clés, sa ceinture ? On vous les prenait en prison, ça, il le savait, mais se serait-on donc montré aussi scrupuleux à l'hôpital ?

Traverser la chambre pour gagner la penderie. Rien dedans. Passer au cabinet de toilette. Refermer doucement la porte en gardant un œil sur le shérif adjoint, bourdonnement cyclonique du ventilateur, sûr et certain que ce vacarme allait réveiller son geôlier – *Je faisais pipi, monsieur le shérif, rien de plus, et vous n'allez quand même pas me dire que ça aussi, c'est interdit !* –, mais non, Sheets continuait de dormir. Toujours dans sa blouse d'hôpital et les pieds silencieux, il avait quitté le cabinet de toilette, s'était glissé devant l'amas inoffensif de tissu plein de plis auquel se réduisait l'officier de police et s'était retrouvé dans le couloir. Il avait certes vaguement conscience d'ajouter un chef d'accusation à la liste que Sheets lui avait récitée, mais c'était les grandes forêts d'arbres à bois dur de tout l'Est et du Middle West qu'avaient déjà décimées des types du genre Bob Hicks, Boehringer et autres, et les séquoias disparaissaient à toute allure, l'heure n'était plus à l'indécision.

Le couloir était désert. Lumière cadavérique, à jamais fluorescente, personne n'aurait pu avoir l'air en bonne santé dans un endroit pareil. Son sens de l'observation lui soufflant qu'il se trouvait au premier étage – on ne voyait que le milieu des arbres dans la fenêtre au bout du couloir –, il avait compris (essentiellement, peut-être même uniquement, grâce au cinéma) qu'emprunter l'ascenseur aurait été une erreur. Infirmières, brancardiers poussant des civières à moribonds et partiellement vivants, parents et proches dévorés d'inquiétude, internes, volontaires de la santé, ils y seraient tous entassés, et tous s'étonneraient bruyamment de découvrir ses pieds et ses jambes nus, et la blouse en papier jetable qui lui laissait le derrière à l'air. Et tiens, il y avait aussi ça : où étaient passées ses couches ? Il en était resté tout pétrifié (l'idée que l'infirmière carrée avait dû les lui arracher en plissant le nez de dégoût), puis il avait changé de chaîne et s'était engagé dans le couloir pour y trouver l'escalier.

Par deux fois il avait dû passer la tête dans des chambres occupées – lumière de souterrain, tubes, tuyaux, l'œil électrique de machines qui clignotent en enregistrant toutes sortes de fluctuations et décharges diverses –, afin d'éviter quelque infirmière en maraude. Personne n'avait paru le remarquer. On s'affairait devant des tubes et des moniteurs, vaste collection de vieux fronts et mentons épuisés se laissant sinistrement glisser à la mort, on faisait tout son possible pour respirer encore, enfin... c'était ce qu'il avait imaginé, planqué qu'il était derrière ses portes tandis que des infirmières remontaient le couloir sans un bruit. Jusqu'au moment où, un courant d'air froid lui filant entre les jambes, il avait poussé violemment la porte marquée ESCALIER, et foncé.

Ce faisant, il avait surpris une femme à l'air morose qui fumait en cachette (on avait sursauté, mais aussitôt baissé les yeux et n'avait rien dit), et les marches avaient vibré sous ses pieds. Il avait entrebâillé la porte du rez-de-chaussée – il était encore tôt, très tôt même, mais il y avait déjà plus de monde qui circulait, il avait attendu le bon moment, celui où tout un chacun avait semblé disparaître au même instant derrière une porte. La liberté l'appelait de l'autre côté des vitres de la porte principale, juste après la boutique de cadeaux et la réception. A quoi ? Quinze-vingt mètres de là ? C'était maintenant ou jamais. Il avait resserré les pans de sa blouse contre lui et s'était rué, sourd aux cris étonnés des deux femmes assises derrière le bureau (genre jeune infirmière avec tête de hamburger et cheveux chirurgie esthétique et ça criait : *Monsieur ! Monsieur ! Vous avez besoin de quelque chose ?*), déjà l'air doux et pas encore corrompu de l'Oregon lui battait le visage, déjà un champ infini de buissons et de mauvaises herbes se profilait devant lui par-delà les mortes étendues du parking.

Si c'était un film, s'était-il dit – et jusqu'alors tous ses actes avaient été dictés par ce qu'il n'avait cessé de voir sur le grand écran –, je m'installerais au volant d'une voiture de sport dernier modèle, mettrais le contact avec un tournevis après avoir bidouillé les fils et hop, je disparaîtrais dans un superbe panache de gaz d'échappement et de gravillons. Ou alors, l'héroïne, qui ressemblerait beaucoup à Andrea – elle aurait un décolleté plongeant et le soutien-gorge qui tue –, arriverait au bord du trottoir à cet instant précis et lui, il dirait : *Allez, grouillons-nous.* Ou bien alors : *Prête à faire la fête ?* N'était-ce pas ce qu'on disait dans tous les moments reconnaissables de contrainte et d'héroïsme ? Mais ce n'était pas un film, et il n'avait pas de scénario en main. Pour finir, il avait dû se contenter de filer à quatre pattes dans la bruyère et le sumac vénéneux, en attendant le vacarme inévitable des sirènes et des cris d'excitation.

(*Combien de temps restai-je dehors... en cavale, s'entend ? Que je vous dise : je n'en sais rien, mais jamais encore je n'avais passé de matinée aussi longue de ma vie. Jusqu'au moment où ce furent les chiens, enfin... le chien. Et l'humiliation qui s'ensuivit, en plus du ciment, des couches et des sourires pincés des gardes forestiers avec leurs petits pédés de porte-masses... Je me rendis. Bien sûr que oui. Où aurais-je pu aller avec une blouse d'hôpital sur le dos ?*)

Tierwater avait eu tout le temps de cultiver ses griefs et de réfléchir à l'inopportunité, à la parfaite imbécillité, à l'idiotie caractérisée de ce qu'il avait fabriqué ce matin-là en se soustrayant à la juridiction toute personnelle de l'officier Sheets, le shérif adjoint du comté de Josephine. Assis là, dans les buissons épais, à moins de cinq cents mètres de l'entrée de l'hôpital, tout couvert de crasse et d'égratignures, ses pieds en sang en mille endroits, sa blouse toute chiffonnée autour de ses hanches, il avait longuement réfléchi à ce qu'ils allaient lui faire dans pas longtemps – en plus du reste. Si, deux nuits plutôt, il s'était montré timide au cœur de la forêt de Siskiyou, et fou de colère lorsqu'ils s'étaient attaqués à sa fille, là, il avait presque sombré dans la contrition. Presque. Pas tout à fait. Ils avaient humilié et terrorisé sa femme et sa fille, on ne pouvait pas revenir là-dessus.

Il avait écouté la plainte des sirènes dans le lointain et, plus immédiatement, le chant des oiseaux dans les arbres et les insectes dans l'herbe. Sa respiration avait ralenti. Au bout d'un moment, le soleil avait percé en brûlant le brouillard matinal et l'avait réchauffé. La tête renversée en arrière dans le berceau de ses mains, il s'était fait observateur, faute de mieux. La dentelle des plantes (saxifrage, ixia, solidago) se détachait tout illuminée sur le ciel, chaque feuille et chaque tige tremblant de vie animée. Sauterelles, papillons, fourmis, scarabées et araignées, tels étaient les gazelles et les lions de ces lieux, ces derniers en maraude dans des veldts miniatures qui leur suffisaient amplement, enfin... jusqu'au moment où l'hôpital avait besoin d'une aile de plus ou qu'un promoteur décidait de faire construire un minicentre commercial. Il avait essayé de ne pas penser aux tiques, trombidions et aoûtats, mais, tout le démangeant, avait fini par tellement se gratter qu'il s'en était déchiré la peau et couvert les ongles de sang. Il n'avait pas de plan. Il était là, tapi dans les buissons au lieu d'être assis dans son lit à faire son affaire à une assiette remplie d'œufs ou de crêpes tandis que CNN ronronnait sur Solidarnosc ou les événements d'Iran, mais quoi ? Il se devait de faire quelque chose, n'importe quoi même... il ne pouvait quand même pas se rendre et devenir leur souffre-douleur. Ou alors... si ?

Longtemps – des heures et des heures, lui avait-il paru –, il n'y avait eu que les images et les bruits lointains de la confusion qui régnait devant l'hôpital. Vacarme des sirènes, éclats de voix, débordements d'activité autour de deux voitures de police. Ce n'était qu'au moment où, le détachement canin étant arrivé, les premiers aboiements vigoureux et enthousiastes étaient montés des chiens à grand poitrail, qu'il avait bâti un plan d'attaque. Il n'était pas question de laisser ces animaux débouler dans les buissons pour se saisir de ses chevilles et le traîner à découvert, ni non plus que le journaliste régional prenne des instantanés de ses jambes qui battent et de ses fesses à l'air pour édifier les familles de bûcherons du coin. Et quoi encore ? Ce scénario-là n'était tout simplement pas viable. Sans compter qu'il avait faim et soif et que, complètement brûlé par le soleil, il en avait marre. Il avait prouvé ce qu'il avait à prouver. Ça suffisait. Il s'était relevé et avait agité les bras en l'air.

— Ici ! avait-il crié.

Et c'était là que la situation était devenue intéressante. Le chien – il tirait un flic qui aurait pu être le frère de Sheets (maigre comme un échassier, l'homme était doté d'une espèce de grand bâton en guise de bras au bout de la laisse) – faisait beaucoup de cinéma en aboyant furieusement, quasi jusqu'à l'hystérie, et juste derrière eux arrivait l'inévitable journaliste avec un appareil photo qui lançait des éclairs. Et ce journaliste était une femme. Une blondinette coiffée à la Jeanne d'Arc et portant une jupe courte et des chaussures de course. Tierwater n'avait pu s'empêcher de se lisser les cheveux et tiens même, d'essayer de lui sourire. Le petit oiseau va sortir. Derrière elle se tenaient Sheets, l'air d'un chien battu, et massif, furieux et tapant du pied, le shérif Bob Hicks en personne.

Les flics avaient encouragé le chien à s'approcher de lui pour lui mordiller les chevilles, mais sans qu'il y ait écoulement de sang qui accuse, puis ils avaient sorti leurs revolvers de service et leurs menottes pour très consciencieusement l'extraire de ses buissons et lui faire traverser le parking – en grimaçant beaucoup sur ses pieds nus. Un rassemblement s'était formé pour regarder le shérif s'acquitter de son devoir en poussant le desperado enfin soumis et menotté à l'arrière de sa voiture de patrouille – *Le battage, c'est pour ça que nous sommes venus ici*, ne cessait de se dire Tierwater en essayant de transformer la défaite en victoire et l'humiliation en triomphe, mais il était à moitié nu et, les cheveux ébouriffés, se prenait moins pour un croisé que pour un personnage tout droit sorti d'un opéra bouffe.

— Monte là-dedans, connard ! avait grommelé le shérif dans sa barbe, et il lui avait appuyé sa grosse main sur le dessus du crâne et l'avait forcé à entrer dans la voiture où l'attendait Sheets.

L'espace d'un instant, et c'était la confusion dans sa tête, il avait songé à ouvrir la portière d'un coup de pied pour filer en sautillant parce que tout ça commençait à dégénérer sérieusement – on manifeste pacifiquement et voyez où ça mène – et que ça lui arrachait le cœur de leur donner le plaisir de l'abaisser pareillement. Plutôt mourir que se soumettre. Il avait mal aux dents à force de serrer les mâchoires. Il suait. Son cœur battait fort, ses yeux étaient fous et il avait des brindilles et de la poussière de graines et de l'ivraie dans les cheveux. *Défonce la portière!* hurlait une voix dans sa tête. *Défonce la portière!*

Il n'avait pas défoncé la portière. Il n'avait pas eu à le faire. Andrea était là – avec un avocat barbu qui tenait une mallette à la main –, et aussi Teo, qui les suivait comme une ombre, perché sur des béquilles.

— Nous sommes venus obtenir sa libération, avait-elle lancé, et par la fenêtre de la voiture il avait vu les plis ascendants qui lui barraient le front.

Zélé – déjà il faisait le tour de son véhicule pendant que la portière se refermait en claquant comme le couvercle d'un cercueil –, le shérif Bob Hicks avait laissé échapper une manière d'aboiement court en guise de rire amusé.

— Sa libération sous caution? Vraiment? Le montant n'en a pas été fixé... même qu'il n'est pas encore en état d'arrestation.

Offensé dans sa dignité, l'avocat lui avait renvoyé quelque chose que Tierwater n'avait pas réussi à entendre. Andrea s'étant penchée en avant pour jeter un coup d'œil dans la voiture, Tierwater le desperado avait appuyé ses doigts sur la vitre, c'était comme au cinéma, exactement comme au cinéma – l'heure de visite au pénitencier, c'est fini, les gars, le chien policier qui aboie par pur plaisir, la foule qui se moque, Sierra... quelque chose...

— ... trop malade pour aller en prison? était en train de dire le shérif en agitant son doigt sous le nez de l'avocat. Et après, il nous joue ce tour de con? Il s'évade? Qu'est-ce que tu dis de ça, hein, Fred?

Fred avait des tas de choses à en dire – Tierwater n'en avait pas compris les trois quarts, mais le débat s'éternisant, il était parvenu à se pencher jusqu'à la paroi en Plexiglas qui le séparait de l'avant de l'habitacle, jusqu'à la trappe fort commode qui permettait au criminel de communiquer avec son gardien de la paix.

— Où est Sierra ? avait-il hurlé dans la figure de son épouse.

— Services de protection de l'enfance.

— Quoi ?! Qu'est-ce que tu veux dire ?

C'était là que, assis à côté de lui sur la banquette de service toute raide, le shérif adjoint Sheets était entré dans la danse. On l'avait humilié dans sa profession et ça ne l'amusait pas.

— Prison pour enfants, avait-il lancé en tirant un coup sec sur les menottes pour attirer son attention. Avec les fugueurs, les voleurs à l'étalage, les junkies et les assassins. Et elle va y rester jusqu'à ce que le juge prenne sa décision.

— Sa décision ? (Tierwater avait senti son cœur s'emballer.) Quelle décision ?

— Qu'est-ce que tu crois ? Si vous êtes des parents convenables.

Il s'était brusquement retourné vers Andrea pour lire dans son regard, tandis qu'infini et infranchissable un abîme de désespoir et de regrets noirs s'ouvrait en lui. Il le savait. Il le savait depuis le début. Dans ce monde où les accidents sont la règle, les ennuis, ça existe, bien sûr, et la foudre frappe où elle veut, mais seul un crétin – non, barrez-moi ça, seul l'imbécile invétéré passe son temps à les chercher.

Le shérif adjoint s'était éclairci la gorge :

— Et on t'a trouvé deux chefs d'accusation de plus, avait-il repris d'un ton tellement triomphant qu'on aurait cru qu'il annonçait les résultats de la course en sac du 4 juillet : tentative d'évasion et complicité de délinquance juvénile.

Huit mois plus tôt, il menait sa vie de tranquille désespérance, sans but ni cap sur lequel mettre la barre, se contentant de regarder l'empire de son père tomber en poussière comme tous les autres empires de vieux avant lui – *Contemple mes œuvres, ô Seigneur Tout-puissant, et désespère !* Décembre, lugubre, vents en coups de couteau. Glace un jour, gadoue le lendemain, gadoue gelée le surlendemain. Des Pères Noël en carton et des menoras découpées s'accrochaient lamentablement aux vitrines sales des magasins du centre commercial – ceux qui n'avaient pas fermé faute de locataires –, et la moitié des ampoules avaient grillé dans les guirlandes qu'il avait fait passer par-dessus les clous tordus et rouillés que son père avait plantés dans la façade en stuc quelque vingt ans plus tôt. Agée de douze ans, Sierra était intolérablement privée de mère, mal habillée (Jodie Foster, *Taxi Driver*) et droguée à la télé, au catastrophisme et aux régimes végétariens. Sa figure tenait de la hache qui s'abat – et elle s'abattait sur lui deux fois par jour : le matin, quand il la conduisait à l'école dans la Jeep Laredo, et le soir, quand il rentrait du boulot et que, déjà arrivée, elle infestait la maison avec ses vilains copains.

Tierwater, lui, faisait tout ce qu'il pouvait : avec elle il se prenait la tête sur la géographie et *Le livre d'or des trésors de la littérature*, toutes les semaines il l'emmenait traîner au Barbecue pour les Mongoliens du centre commercial – et avait gardé ses pensées pour lui quand elle était rentrée avec un anneau dans le nez, elle l'avait acheté au magasin 67 qui venait de s'installer dans le mini-centre commercial qui le tuait, lui arrachait le cœur, lui donnait les pieds plats et lui bousillait la digestion. Sa vie amoureuse? Nulle et non avenue. Un mois plus tôt, il avait mis fin, aussi délicatement que possible, à une liaison de six mois avec une dénommée Sherry – aussi maigre que peu généreuse, elle se montait les mauvaises herbes qui lui tenaient lieu de cheveux en une couronne d'un blond filasse et toute frisottée qui grattait le haut des portes qu'elle franchissait (à sa secrétaire : « Dites-lui que c'était un accident de montagne et qu'on n'a jamais retrouvé mon corps »). Depuis, il n'avait plus fréquenté personne. De fait, de tout ce temps-là, aucune femme ne l'avait même seulement gratifié d'un regard – même pas chez Cappelli, le bar du centre commercial qui semblait être le seul à faire des affaires. Autour de tables qui rétrécissaient des mères célibataires s'agglutinaient et s'accrochaient aux épaules de pères tout aussi célibataires comme si elles avaient besoin de cordes et de crampons, cependant que des coiffeuses pleuraient en écoutant les succès tonnants des années soixante et qu'autour des billards des instructrices d'aérobic faisaient grand étalage de leurs fesses fermement serrées, mais non : aucune n'avait de temps à perdre avec lui. Il était déprimé, et portait sa dépression comme un abat-jour au-dessus de sa tête.

Jusqu'au jour où le destin s'en était mêlé. (*« Ce monde nous fait tourner et tourner encore et le Destin en est l'asple. » Je ne sais pas trop ce qu'est un asple, mais la citation me plaît – et Melville avait raison, surtout si ledit « asple » est un truc qu'on peut planter dans le crâne de quelqu'un.*) Pur réflexe, et sans trop réfléchir, il avait envoyé un chèque au Sierra Club – inscription pour un an. Avant la mort de ses parents – coincés dans la circulation ils faisaient du surplace au croisement de la 44e Est et de Lexington Avenue lorsqu'une grue qui soulevait des poutrelles d'acier avait capitulé devant la force de la gravité –, il avait repris des études de biologie après avoir tout lâché à deux reprises dans sa période transes de la drogue, et la nature s'était toujours plus ou moins imposée à l'horizon de sa conscience. Ce petit geste, ce chèque versé pour la bonne cause, tenait du sparadrap tendu en travers du trou béant de son âme et il le savait, mais quoi ? Il était devenu membre du Sierra Club. Et en tant que membre, il s'était retrouvé dans le mailing qui permettait de recevoir des montagnes entières de publicités – économiser le papier, tu parles –, y compris, mais pas du tout exclusivement, des invitations à des réunions, des séances de natation avec les dauphins, sauvons les baleines et n'oublions pas la chaîne de l'Himalaya. S'il se sentait coupable, jamais il n'avait accepté la moindre de ces invitations pleines de noblesse et, pire encore, ne s'était pas donné la peine de les recycler.

Mais un jour une carte postale avait glissé de la pile de factures, lettres, invitations, demandes de fric, suppliques et autres menaces que sa secrétaire lui entassait chaque matin sur son bureau. On y découvrait un logo qu'il n'avait encore jamais vu – il avait tout de suite pensé aux Black Panthers, mais... ils n'étaient donc pas tous morts, en prison ou à tenir des magasins Nike ? Non, ce n'était pas les Black Panthers. C'était la « L.T.P.T. ! » (« La Terre pour Toujours ! ») qui l'invitait à participer à un pow-wow-chili-conférence apocalyptique avec projection de diapos qui devait se tenir à Croton, au domicile d'une certaine Linda D'Piqua-Hoover. Il avait retourné la carte dans sa main. « *Cher monsieur ou madame Tierwater, y lisait-on, Vous souciez-vous de l'environnement ? Le viol de nos forêts, la pollution de nos ruisseaux et de nos fleuves et les pluies acides qui détruisent les lacs des Adirondacks vous inquiètent-ils ? Etes-vous las des vaines promesses ? En avez-vous par-dessus la tête ? Etes-vous prêts à vous lancer dans l'action directe ? Alors, venez à notre...* », etc., etc.

Il y était allé. Pourquoi ? Par ennui, par désir d'éviter toutes les Sherry du monde et envie de rencontrer des femmes à l'esprit écologique et qui, tiens donc, ne détesteraient pas partager un plat de résistance lyophilisé, puis un sac de couchage quelque part au bord d'un lac acide. Et plus – et il n'avait pas l'intention de se moquer parce que lui aussi, il y croyait. Non, vraiment. Vraiment et sincèrement. Il avait besoin qu'on l'éveille à quelque chose, il avait besoin d'une cause, d'un appel aux armes – et l'appel aux armes était arrivé.

Il pleuvait le soir du pow-wow. Froide et sans âme, l'eau tombait du ciel comme d'un vieux linge qu'on tord et avait vite trouvé le moyen de s'infiltrer dans les coutures de ses bottes et le col de sa veste. A peine sorti du bureau, il avait plongé dans un univers d'où l'on avait supprimé jusqu'à la moindre trace de lumière, lune implosée, étoiles effacées – on ne voyait rien sans électricité, c'était elle qui lui avait montré le chemin de sa voiture. Laquelle voiture constituait en soi un tout autre environnement, à savoir une sorte de sarcophage. Elle crachait ses fumées dans l'air, elle toussait et tremblait, et dégageait une forte odeur de métal incinéré. Par-delà les vitres griffonnées de pluie s'étendait le centre commercial – le Copper Beech Shopping Center –, tout recroquevillé dans la nuit épouvantable comme l'architecture même de ses cauchemars. Il était resté assis à respirer le monoxyde de carbone à travers le plancher jusqu'au moment où sa Mustang Classic modèle 1966 avait, moyennant force caresses, accepté de rouler sans caler et hop, il était parti, avait foncé telle la fusée par-dessus les nids-de-poule – grand maître de la nature et de la machine tout en un.

Et il s'était aussitôt lancé dans une extraordinaire série de fausses routes, de demi-tours et de marches arrière où on baratte le gravier, sans pour autant cesser de suivre l'itinéraire indiqué au dos de la carte jusqu'au moment où enfin, éclairée comme une supernova, la maison de la dame D'Piqua-Hoover s'était profilée au détour d'une allée sombre. Elégantes autant que menaçantes dans leurs habits d'acier, des voitures étrangères s'agglutinaient tout autour. La pelouse noire scintillait à la lumière d'une centaine de fenêtres. Ses pieds ayant trouvé la sente dallée, une femme de haute taille et vêtue d'une tenue Birkenstocks post-hippie l'avait accueilli à la porte, comme c'était gentil à lui de venir et connaissait-il Mme MachinChose, présidente du comité MachinTruc ? Il avait pris la main toute molle de Mme Machin-Chose dans la sienne – la dame devait avoir soixante-dix ans – et s'était dirigé vers le bar, des senteurs de feu de bois, des odeurs corporelles, des parfums et des relents de chili opposés montant des lieux pour l'envelopper entièrement tandis qu'il se glissait dans la foule. Un type arborant une ceinture hindoue et un nœud papillon lui avait tendu un verre de vin. Il voulait du scotch mais avait accepté le vin et l'avait siroté en prenant son temps pour s'y retrouver.

C'est à ce moment-là qu'il avait remarqué Andrea pour la première fois. Toute tassée sur un bol de mousse au yaourt d'où sortait une poignée de carottes taillées en allumettes et de brocolis en bouquets, elle se tenait dans un coin et attirait les visages autour d'elle ainsi qu'une marionnettiste. Sa main libre (aucune bague, gercée, ongles rongés jusqu'à n'en plus être que lunules transparentes) ne cessait de remuer, soulignant le moindre de ses arguments, et Dieu sait si elle en avait. Elle parlait avec confiance et d'un ton animé, de fait elle sermonnait, mais avec son nez profondément enfoncé dans son verre à long pied, il n'arrivait pas à entendre ce qu'elle disait. Il devait la regarder depuis cinq bonnes minutes – seulement l'image, on avait baissé le son –, lorsqu'il s'était retrouvé en train de se diriger vers elle, et ce n'était même pas qu'il l'aurait fait consciemment, pas du tout du tout, ses évolutions ressemblant plus à celles du papillon qui suit ses phéromones à la trace. Il avait donc battu des ailes et traversé toute la salle.

(*Il faut absolument que je vous la décrive telle qu'elle était à l'époque – on laisse tomber les cheveux teints en noir, elle est encore jolie pour une femme de soixante-sept ans ! et autre révisionnisme de vieillard qui s'est fait deux fois échauder –, parce que ça, c'est vous-même qui devez en faire l'expérience. Entrez dans la pièce, sentez la chaleur du grand feu de bois en train de carboniser l'air, reniflez les effluves du chili qui mijote et ceux, de poussière brûlée, qui montent du projecteur de diapos, humez l'arôme du café – déca et espresso – et le parfum de quarante femmes qui entendent bien donner l'impression qu'elles ne portent rien d'autre que l'odeur avec laquelle elles sont nées. « Naturelles », tel est le mot qui convient. Ferventes. Engagées. Et vite vite, c'est quoi un « environnementaliste » ? Quelqu'un qui a déjà un chalet de montagne.)*

Elle lui décocha un regard – le plus bref qui soit –, et l'admit dans son cercle. Elle parlait de l'exploitation du bois dans l'Ouest : forêts de l'Oregon dont il n'avait jamais entendu parler, vieux arbres qui dégringolent, pleurons pour les bêtes, pleurons pour la terre. Il n'écoutait pas. Enfin... pas particulièrement. Il était trop occupé à l'examiner, à se repaître de ses lèvres et de l'intensité de son regard, à essayer de briser son code et de l'assimiler. Elle aurait pu travailler dans une aciérie ou souffler du verre tellement son visage brillait d'une lumière qui semblait irradier d'un endroit situé juste au-dessous de son menton – celle des lingots qu'on martèle, de la silice fondue –, et avait de grandes mains, des mains d'homme, des mains qui avaient fait et réussi des choses, des mains d'activiste, se dit-il en serrant son verre et se rapprochant encore, intoxiqué, déjà, par le romantisme de l'affaire : *Sauvons le monde, évidemment, mais n'oublions pas de tirer un coup.*

Elle était blonde en ce temps-là – et l'était restée tout le temps qu'il l'avait fréquentée, sauf lorsque, occasions très spéciales où elle se les teignait en marron sale ou gris ventre de poisson, ils allaient rendre des coups au monstre –, et se coupait ainsi les cheveux qu'ils lui tombaient en travers de la figure chaque fois qu'elle penchait la tête. Et quand ils tombaient – ils étaient solides, ils étaient en bonne santé, c'étaient des cheveux de Californie –, elle les repoussait en arrière et on voyait ses mains, ou alors elle relevait un rien le menton de façon à ce qu'ils attrapent la lumière et retombent infailliblement en place et là, c'était ses yeux qu'on découvrait. Et Tierwater les avait découverts, et l'avait découverte, elle. Et avant même de comprendre qu'elle constituait la grande attraction de la soirée – avec Teo, s'entend –, il s'était frayé un chemin dans la toile des visages autour d'elle et s'était présenté.

— Bonjour, avait-il dit en lui montrant toutes ses dents en guise de sourire, je m'appelle Ty Tierwater et vous êtes...

Que portait-il ? Pas moyen de se rappeler. Assurément rien

d'écologiquement chic, ni Gore-Tex ni Bion II ou autre. Il avait l'air d'un clochard, c'était plus que probable. Et d'ailleurs, pourquoi pas ? Donnez-lui donc une barbe de trois jours et prématurément grise (sur le menton seulement, pas plus haut), un blue-jean maculé de peinture et de plâtre rapide et autres tenues de rigueur dans le bâtiment, plus un blouson d'aviateur tellement hachuré par l'âge qu'on l'aurait dit verni par un grand peintre italien. Du style, il n'en avait pas et aurait été le premier à le reconnaître. Mais il n'était pas laid, question de goût. Mince. Maigre, de fait – mais au moins ne faisait-il pas du gras comme tous les Américains de trente-neuf ans. Il avait encore la plupart de ses cheveux et une bonne partie de ses dents et pouvait soulever n'importe quoi, le jeter sur son épaule et, ainsi chargé, filer en enfer et revenir si une femme, à condition que ce soit la bonne, le lui demandait. C'était en outre un amant patient, infatigable et tendre, tous adjectifs et nom résonnants qu'il aurait dû faire imprimer sur un T-shirt. Ça n'aurait pas réduit ses chances.

Il tenait sa main dans la sienne. Il y sentait une certaine dureté, des cals, la corne même du labeur et de l'inquiétude, mais aussi de la franchise – « on ne déconne pas », disait sa poignée de main. Et ses lèvres aussi bougeaient.

— Andrea, dit-elle en réponse à sa question, et sa voix l'avait surpris, haut perchée et toute flûtée alors qu'il s'attendait à quelque chose de râpeux, à une manière de grondement au plus profond de la gorge (*On se met à quatre pattes et on se déchire pour la barbaque*)... Andrea Cotton.

Il n'y avait guère de place dans la voiture de Teo lorsqu'ils étaient rentrés à Los Angeles, mais il y en avait plus qu'à l'aller. Tierwater s'était assis devant, à côté de Teo, à cause de la longueur de ses jambes, Andrea se vautrant sur la banquette arrière, à cause de la longueur des siennes. Sierra était représentée par son sac à dos rose avec, relique de son enfance, le visage souriant d'un personnage de Walt Disney imprimé sur le rabat de devant. Casé par terre, derrière le siège de Tierwater, il contenait un jean coupé aux genoux, un débardeur en Spandex, des chaussettes, des sous-vêtements, des cosmétiques et un roman de vampires épais comme un dictionnaire de poche. Cela faisait déjà deux heures qu'ils roulaient – ils étaient de nouveau en Californie, le mont Shasta apparaissait et disparaissait dans une fenêtre puis dans une autre comme par magie –, mais Tierwater n'avait toujours pas soufflé mot. Il regardait droit devant lui en serrant si fort les mâchoires qu'il en avait mal aux dents.

Autour de lui Andrea et Teo parlaient (les voyelles tronquées de ce dernier – il avait la voix d'un surfer chaleureux –, se heurtant aux inflexions campagnardes et traînantes de la dame du Montana), et ne parlaient que de tactique. Pas un mot sur Sierra. Ni sur la façon dont ils allaient l'arracher au juge – le juge Duermer, gras comme un lion de mer en rut et deux fois plus belliqueux –, et aux puritains à tête de dalle mortuaire des Services de Protection de l'Enfance. Parce qu'il y avait ceci : l'avocat commis d'office de Sierra ayant fait, au nom du ministère public, une demande de déchéance paternelle à l'encontre d'un Tierwater qui se voyait accusé de mettre sa fille en danger et de contribuer à sa délinquance, celle-ci se trouvait en prison avec les durs alors que lui, Tierwater, il rentrait en Californie. Avec une caution de cinquante mille dollars à payer et une promesse de réduction de peine qui, négociée par Fred – « Ils laisseront tomber toutes les charges si vous plaidez coupable d'agression sur la personne d'un gardien de la paix » –, n'en risquait pas moins, que dis-je, n'allait pas manquer de l'expédier en prison pour au moins trois mois. Et que ferait sa fille pendant ce temps-là, hein ?

— Moi, je dis qu'il faut chercher la jugulaire, lança Teo. On la joue Ty dans le rôle de *Papa sait tout* et on s'en prend à la Bûcheronne de Siskiyou et au shérif du comté de Josephine comme si on avait affaire à des agents du KGB mâtinés d'ayatollahs.

Les pneus usés chantonnaient sur la chaussée, des voitures se serraient autour d'eux, puis se mettaient à perdre du terrain, puis le regagnaient, la radio crachouillait. Tierwater était paralysé. Objet fragile dans un emballage fin. Il ne savait plus cligner des paupières. Ni avaler. La voix d'Andrea qui lui arrive de quelques milliers de kilomètres :

— Oui, bien sûr, bien sûr, évidemment. Ce truc-là vaut cinquante manifs. Qu'on parvienne seulement à faire passer ça dans les journaux... tu as mis dans le mille, Teo, t'as complètement raison parce qu'enfin quoi... séparer un père de sa fille, c'est comme... comme lâcher une bombe atomique sur un pique-nique de girl-scouts...

Teo qui travaille le volant de tous ses muscles, Teo qui écrase du chewing-gum sur un rythme qu'il est seul à connaître, Teo à la cheville gauche enrubannée :

— Ouais, mais pour l'instant, tout ce que j'ai vu, c'est un truc dans leur canard à la Mickey Mouse... tu sais bien : Ty qui se déchaîne contre un flic, Ty qui s'évade d'un hosto, tout, quoi. Toutes ces merdes, je veux dire. Parce que c'est rien d'autre que des merdes, tout ça. C'est comme les Sept de Chicago[1], les Jonesboro Boys[2] et autres. Et ça, les gens le voient bien. Ils ne sont pas idiots.

Andrea qui se penche brusquement en avant, sa tête flottant au-dessus du siège tel le satellite qui se place en orbite :

— Bien sûr qu'ils le sont ! Cons comme la lune, qu'ils sont ! Mais il faut filer la nouvelle à Shep et à Suzie... ils la publieront et délaieront encore et encore. C'est le *L.A. Times* qu'on veut, *Newsweek, Woman's Day, Time Magazine.*

— Les nouvelles de CBS... la télé, c'est comme ça qu'il faut faire.

Tierwater avalait tout ça – pas consciemment, et encore moins avec vivacité. Plutôt à la manière de l'éponge qui absorbe un lent filet d'eau. C'était son épouse qui parlait, la femme qu'il aimait, celle qui l'enflammait, et celui qui lui répondait n'était autre que l'homme qui, aussitôt entré dans la danse, n'avait mis que quelque mois pour décrocher le rôle de meilleur ami. C'était sa vie qui se discutait, et sa vie avait tellement changé qu'il n'aurait pu l'imaginer un an plus tôt. On se marie, on vide les comptes en banque, on se débarrasse de tous les meubles, on met en vente la maison et le centre commercial et on se fout pas mal d'y perdre du fric ou pas... on se tire de là, complètement, on rejoint la San Fernando Valley dans la Jeep et elle aussi, on la vend, on trouve

1. Nom collectif donné aux sept étudiants qui troublèrent le déroulement de la convention démocrate en 1968. (N.d.T.)

2. Nom collectif donné aux enfants qui mitraillèrent leurs camarades dans l'école de Jonesboro, Etat de l'Arkansas, en mars 1998. (N.d.T.)

une école pour Sierra et on regarde les palmiers sortir du smog tels les longs cous réticulés des monstres du Mésozoïque. Ben tiens. Et on se lance dans le crime dès la nuit tombée.

Et Sierra ? avait-il envie de dire. Et moi ?

Ça faisait des heures qu'il ne réagissait plus, même pas pour répondre à une question directe, et il n'arrivait toujours pas à leur reprocher de continuer à déblatérer comme s'il n'était pas là. Ou alors... si, il aurait pu. Et l'avait fait. Ils parlaient au-dessus de lui, ils parlaient autour de lui, à travers lui, comme s'il était étendu sur une civière au pavillon des traumatisés. Leurs voix montaient et descendaient. Ils étaient des colonnes de fureur outragée, ils étaient la vertu incarnée, ils conspiraient, Lénine et Trostki complotant pour faire tomber Kerenski, Woodward et Bernstein[1] réfléchissant ensemble dans une arrière-salle. Tierwater continuait de regarder droit devant lui. La vieille Caprice brinquebalante tranchait dans le monde apparent et cela faisait des éternités qu'il ne voyait plus rien lorsque...

Lorsque tout se prenant à ralentir, le monde tel qu'il était s'était reformé dans le tonnerre sourd et roulant de la révélation. Devant lui sur la droite se trouvait un chantier. Eux, les anonymes, les omniprésents et industrieux à jamais, avaient l'air de construire un pont autoroutier – dalles de béton armé, poutrelles d'acier, jalons d'arpenteur avec leurs fanions en plastique rose et orange en lambeaux, terre violemment dérangée. Plus un Cat. Un énorme D7 immobile dans la grisaille du crépuscule, soleil aspiré au fond de l'évier céleste, buissons morts, doigts estropiés des arbres scarifiés. Tierwater avait vu cette image, cette nature morte ténébreuse, et tout aussitôt s'était imaginé au centre du tableau, et avait empoigné le volant.

— Arrête-toi sur le bas-côté, avait-il dit.

Ses mâchoires travaillant sous le chaume blond de ses joues, Teo avait eu l'air inquiet. Un instant seulement. Tierwater avait vu la lumière se faire en lui et ses mains se détendre sur le volant.

— T'as besoin de pisser, Ty ? (Il se retourne, coule un regard à Andrea, et se prépare à sourire.) C'est ça ?

---

1. Noms des deux journalistes qui déclenchèrent l'affaire du Watergate dans les colonnes du *Washington Post.* (N.d.T.)

Rien. Tierwater se contentait de regarder par la vitre, sans cesser d'agripper le volant. Une seconde plus tard, ils ralentissaient, les pneus commençant à chanter une autre chanson sur les rainures de la bretelle de sortie.

— Là-bas, s'était-il entendu dire, au croisement, juste derrière le Cat.

— Attends une minute, Ty, avait lancé Andrea en posant ses mains sur ses épaules. (Haleine douce et regard inquiet.) Tu ne songes tout de même pas à...

Mais il était déjà hors de la voiture, la chaleur lui montant dans la figure, les lézards filant se mettre à couvert, et il tripotait les allumettes qu'il avait fauchées, sans même y penser, dans le cendrier du Motel du Bon Repos. Ils tenaient sa fille, voilà ce qu'il se disait – et ils le tenaient lui, et par la peau des couilles, ils allaient commencer à le payer, tout de suite et pour l'éternité.

— Ty ! criait Andrea, qui elle aussi était déjà descendue de la voiture, un vent soufflant d'on ne savait où pour fouetter le parfait rideau de cheveux qu'elle avait en travers de la figure tandis que les voitures grises chassaient le long de l'autoroute derrière les pulsations régulières de leurs phares.

Tout était gris, délavé, sans couleur ni relief. Le voyait-on ? Pouvait-on voir ce qu'il faisait, l'acte qu'il était sur le point de commettre ? (*A ce moment-là, je dois l'avouer, honnêtement, ça m'était égal... ils m'avaient frappé, et fort, j'allais leur rendre leurs coups et au diable les conséquences.*)

Il avait baissé la tête, il cherchait quelque chose, un bout de papier à enfourner dans le réservoir d'essence, la mèche qui lui laisserait dix secondes de battement et « Ty ! criait Andrea, Ty ! Ne sois pas idiot ! ». Il y avait des détritus partout. Bien sûr qu'il y en avait – comme si on pouvait s'attendre à autre chose ! Machinalement il se penchait vers eux, morceaux de papier, gobelets de café à emporter, boîtes de conserve, bouteilles, et trouva ce qu'il cherchait – un vieux chiffon couleur rouille et taché d'huile de vidange. Il ne lui fallut qu'une minute pour repérer le réservoir d'essence et en arracher le bouchon – Andrea était déjà retournée à la voiture où elle s'était assise à l'arrière, le visage réduit à rien, pauvre bulbe tout pâle derrière la vitre sombre et mieux vaudrait le planter maintenant en espérant avoir des fleurs au printemps –, et soudain il alluma le chiffon, un tortillon de fumée des plus noirs et minces s'élevant aussitôt dans les airs.

Déjà il courait, trente-neuf ans et des traites jusqu'aux yeux, mal aux dents et le genou droit en capilotade, les cheveux qui chaque jour émigrent du crâne vers le peigne, et ne s'était arrêté que pour sauter dans la voiture qui déjà fonçait à toute allure sur la route tandis que le grand D7 tout neuf lançait des flammes jaune, rouge et orange, tel un dragon.

Santa Ynez, novembre 2025

Et donc nous rions. Ça fait du bien, vraiment du bien d'être bourré au saké bon marché à quatre heures dix du matin, même si j'ai le nez qui coule et l'impression d'avoir la tête pleine d'eau. (C'est à cause du temps qu'il fait, naturellement, tout le monde coincé à l'intérieur du matin au soir, la grande biomasse de l'humanité réduite à une sorte de bouillon de culture plein de morve et de reniflements, véritable paradis pour le virus patient et astucieux, mais je prie le ciel que ce ne soit pas une resucée de la grande peste mucosa. Sauf que c'est justement ce qu'il y a d'excitant dans la vie qu'on mène sur cette planète : on ne sait jamais quand on va renifler pour la dernière fois.) Et mon bras... ils lui ont fait des piqûres, ils l'ont couvert de poudre, ils l'ont recousu et emballé, non... pas même un soupçon de douleur de ce côté-là. Pas encore. De fait, je n'ai même pas le sentiment qu'il soit réellement attaché à mon corps et donc, je suis là, à me reposer les hanches contre la table de la cuisine en vidant un tout petit verre d'alcool de riz fermenté après l'autre, aussi décontracté qu'un amputé, garde baissée, manifestement baissée, et les femmes rient avec moi. Il y a pire.

En plus, on a récupéré Pétunia et ça, c'est un événement qu'il convient de fêter. Chuy a dressé une barrière en contreplaqué dans le coin de l'enclos où l'orage avait arraché le grillage et en a enterré le bas un bon mètre dans le sol de manière à ce qu'elle ne puisse pas passer par-dessous en creusant, ni même que l'idée lui en vienne. Pas qu'elle n'aurait pas envie de s'échapper – tous les animaux en ont envie –, mais ce doit être la renarde de Patagonie la plus paresseuse au monde (bien sûr, vu que la population des renards de Patagonie est minuscule, la sous-catégorie des renards de Patagonie paresseux ne peut être qu'infinitésimale). Toujours est-il qu'elle est là, tassée devant une assiette de bouffe à chien et les cadavres de deux rats capturés récemment et que Chuy lui a jetés en guise de cadeau de bienvenue, et si je sais tout ce qu'il faut en savoir, c'est parce que je me trouvais dans les enclos avant le lever du soleil et que j'y répandais de la paille sur la boue afin de la mettre à son aise. Et Delbert Sakapathian n'est pas mécontent lui non plus : j'ai en effet réussi à obliger la secrétaire de Mac à lui remettre en main propre un chèque de mille dollars pour compenser la perte de sa chatte. Comme quoi, tout s'arrange comme il faut, n'est-ce pas ?

Il n'empêche : la fille qui a coulé au fond du canapé tout là-bas, c'est April Wind, et si je ris en ce moment, je sais très bien que tôt ou tard il y aura un trou dans mes gloussements ou qu'un gros éclat de rire préalablement humidifié va me rester en travers de la gorge telle une arête de poisson-chat.

« Vous vous rappelez la fois », est en train de dire Andrea, et tous nous nous rappelons et arborons un large sourire, c'était dans les Tehachapis, il faisait sec et chaud et le ciel était si bleu qu'on aurait dit l'œil de quelqu'un... bon, d'accord, l'œil de Dieu, s'Il a envie d'exister... ah, le choc que ç'a été d'entrer dans ce ruisseau !! Un vrai frigo ! On essayait d'éviter les gardes forestiers et quelqu'un – Teo ? moi ? – voulait absolument traverser le ruisseau pour que les chiens perdent notre piste, et il est profond comment, ce ruisseau ? a demandé quelqu'un d'autre, on aura de l'eau jusqu'aux genoux, pas plus haut, jusqu'aux genoux. « ... Et alors, Ty a lâché son rocher et hop, il est ressorti de la flotte en crachouillant comme un ours polaire ? » Ah oui alors, ha, ha, ha !

— Et c'était quand, ce truc-là ? se demande April Wind. Avant ou après Sierra... parce que je ne me rappelle pas qu'elle ait été là, tu me reprends si je me trompe...

Boum ! hurle le vent en choisissant le moment idéal pour secouer mon taudis [Entre le fantôme ; sortent la paix, la bonne santé mentale et la détermination]. Elles me regardent toutes les deux, Andrea avec son visage reconstruit, ses cheveux noir minuit et ses yeux si vitreux et opaques qu'on pourrait se raser dedans, et April Wind, l'étonnante naine qui roucoule, avec deux vis dans une planche en guise d'yeux.

— Après, dis-je, et j'écoute le sifflement de la pluie enfler dans le silence.

Mais qu'est-ce que je vois ? Je vois Sierra Tierwater, vingt-quatre ans, qui m'observe du plus profond du visage rond de Jane (parfaitement rond, aussi rond que la figure du Doughboy[1]), sa longue natte pendant à son cou telle la corde d'une cloche, et une pluie de particules qui dégringole de la cabane qu'elle s'est construite tout en haut d'un arbre. Son arbre à elle, son séquoia. Son séquoia vieux de mille ans, haut de soixante mètres et qui pèse quelque chose comme cent tonnes et renferme dans les vingt mille pieds de planches, soit environ cent mille dollars empilés au beau milieu d'une forêt ancienne et y a qu'à se baisser pour les ramasser. Oui, cet arbre-là. Celui qui l'a rendue célèbre. Artémis qu'elle l'appelait, la Dame des Choses Folles.

Oui. C'est ça que je vois, Sierra, ma fille, perchée tout là-haut, à mi-chemin du ciel, dans un blizzard de conneries New Wave aussi mystiques que maternons la terre et que j'te roucoule tous azimuts, tandis qu'en bas tous les flingués avec gros griefs l'attendent avec leurs tronçonneuses.

— Et donc, ça t'a passablement brisé le cœur, lance April Wind dans le silence qui hurle – parce qu'il hurle, littéralement, du force 8 au minimum, tout un monde d'objets non arrimés filant dans un flou sinistre devant la fenêtre qu'on n'a pas encore aveuglée. C'est bien à ce moment-là que t'as vraiment commencé à... tu sais...

— Brisé le cœur ? lui renvoyé-je après avoir avalé deux gorgées bien brûlantes de saké et on oublie les petites tasses délicates, c'est à pleines lèvres que je descends ça, au goulot vert chromite de la bouteille. Parce que c'est ça que tu voulais entendre ? C'est ça ton interview ? Fini la rigolade, pas vrai ? N'importe quoi pour remplir la page et abattons les dix derniers arbres qui restent dans ce monde pour avoir le papier sur lequel imprimer l'article. Et c'est quoi, l'angle d'attaque ? C'est quoi, le coup monté ? Comme

1. Petit bonhomme dessiné sur les baguettes, croissants et autres produits de boulange de la firme Pillsbury. (N.d.T.)

si les gens, ça les intéressait encore ! Parce que moi, tu vois, eh bien non ! J'en ai rien à branler. Absolument rien.

Oh, elles n'ont plus l'air très à l'aise tout d'un coup, elles serrent les fesses, elles hochent nerveusement la tête et leurs doigts tortillent des mèches de cheveux, un coup d'œil à gauche, un coup d'œil à droite et jusqu'en haut du mur. Et je vous dis pas la coïncidence ! Andrea qui débarque la veille même du jour où la petite journaliste a décidé de se pointer ! Il y a du fric à la clé, c'est évident, le fric d'un éditeur... on a toujours besoin d'une hagiographie... mais il y a plus, et je le vois briller dans leurs yeux. Andrea et April Wind. Suis-je fou de croire qu'elles manigancent quelque chose ?

— Bon, d'accord, Ty, on va être franches avec toi.

Andrea s'est levée de son siège et, toute en épaules qui saluent et coudes qui s'agitent, elle gagne la cuisinière et secoue la théière.

— Peut-être qu'on a assez bu de saké, reprend-elle. Il est trop tôt pour moi. Qui veut du thé ?

Et elle se retourne en souriant.

Et moi là-dedans ? Moi, je reste debout, les fesses contre la table, et j'attends, les lèvres tirées.

Soupir. Un sourire qui vacille et retombe.

— Et d'abord, reprend-elle, si je suis venue te voir, c'est parce que tu me manquais et que j'avais besoin de toi, alors, ne va pas t'imaginer que... et en plus, et tu t'en doutes depuis le début, j'en suis sûre, j'ai pas d'autre endroit où aller. Et pas un rond. Rien. Et donc April Wind et moi, on se disait... ben, un livre, tu vois ? J'ai besoin de cet argent... nous en avons besoin toutes les deux... si, si, c'est vrai, mais nous croyons aussi, et vraiment, que le moment est venu de raconter l'histoire de Sierra... et la tienne... pour que les gens sachent qu'on a essayé, et qu'on peut essayer encore.

— Pas qu'ils ne s'en ficheraient pas ! m'exclamé-je, amer jusqu'aux os.

Encore un petit coup de saké, à la bouteille, on dirait de l'huile de moteur.

— Non, ils ne s'en fichent pas, pas du tout.

La voix sort du petit visage d'April Wind tout serré autour de sa conviction.

— Je ferais aussi bien de te le dire, Ty... on relance « La Terre pour Toujours ! ». Pour les rescapés, je veux dire.

Elle allume la cuisinière – petit wouf du gaz – et pose la théière sur le brûleur. Elle est incapable de me regarder droit dans les yeux.

Pour les rescapés. C'est le genre de choses qui me rendait fou, qui m'a expédié en prison, sans parler des caricatures et des insultes – « la hyène humaine », dans le *San Francisco Chronicle* et une demi-douzaine d'autres journaux.

— Vous sauriez des trucs que j'ignorerais ?

Ça doit être la pire tempête de tous les temps, la pluie chasse quasiment à l'horizontale, gouttes en clous tirés au pistolet, et voilà que la cour donne l'impression de bouger, n'est plus qu'une espèce de soupe de boue et d'eau qui tourbillonne. Il faut que je sorte de là et que j'aille m'occuper des animaux. Il faut absolument que je mette la main sur Chuy. Mac. La Garde nationale. Mais là je suis, cuit au saké, vieux débris croulant, flétri, à nez en rapière, et je retiens mon souffle en attendant que tombe la pire nouvelle qui soit.

Andrea baisse la tête et adoucit la voix.

— Il y a de la mucosa sur la Côte Est, dit-elle. Nouvelle variété.

Pour m'en coller une dans l'estomac, ça m'en colle une. D'un coup c'est le visage de Lori qui remonte et sautille à la surface, puis disparaît. Evidemment, je le savais... j'aurais pu le prévoir... et pourquoi pas ? Si ce n'était pas la mucosa, ce serait autre chose.

— Pas de vaccin ?

Elle secoue la nouvelle tête qu'elle s'est faite.

— Pas encore.

— Alors pourquoi... je ne comprends pas pourquoi tu...

— Assieds-toi, Ty, dit-elle, et April Wind est tellement tendue que je me demande si elle ne va pas décoller comme une fusée du canapé qui pue le chien, sauter par la fenêtre et descendre en parachute pour retrouver la sécurité de la terre ferme.

— Je suis assis.

— Ecoute, Ty, y a encore un truc...

Je suis un vieil homme. J'ai mal aux dents, au genou, au dos... et je sens qu'un soupçon de douleur sourde est en train de se déclarer au plus profond des muscles entrelacés de mon avant-bras recousu. Je la regarde avec des yeux ronds, juste ça.

— Maclovio Pulchris, reprend-elle. On a besoin de lui. De son fric, en tout cas. « La Terre pour Toujours ! » va renaître, et méga. Et si ce nouveau genre de mucosa est bien ce que nous croyons, c'est que l'effondrement général dont nous parlons depuis des années est arrivé.

Comment a-t-elle fait son compte pour traverser la pièce aussi vite ? Parce qu'elle est là, dans ma figure, Andrea qui me domine, Andrea tout entière prête à me serrer la vis à nouveau.

— Tu m'entends, Ty ? Parce que tu viens avec nous.

Pas le temps de me retrouver à toute allure, pas le temps de me dire qu'on est encore en train de se servir de moi, pas le temps d'avoir un brin de volonté ou même seulement de protester.

— Vrai ? dis-je.

Quand j'étais plus jeune, non, quand j'étais jeune, point, tous les gens que je connaissais étaient vivants. Maintenant, presque tous ceux que je connais, ou que j'ai connus, sont morts, et le plus bizarre est bien qu'aucun d'entre eux n'est mort de mort naturelle – *Il a expiré dans son sommeil, il n'a même pas compris ce qui lui arrivait*, ce genre de choses. Mon oncle Sol était l'exception, bien que sa mort ait elle aussi paru bien peu naturelle, comme toutes les morts en donnent l'impression – j'étais un adolescent à l'époque, je travaillais avec lui dans un ranch safari de San Diego, l'un et l'autre, nous plongions les bras, oui, jusqu'au coude, dans de la paille trempée d'urine et dans la merde exotique d'animaux non moins exotiques et, comme je le disais, un matin, il s'était penché sur les cages à boulbouls, et avait senti sa condition de mortel lui coller un jab dans la cage thoracique et dites-moi un peu : ce serait naturel ? J'ai des amis qui ont succombé au cancer, et Lori... Lori est morte dans mes bras, tous les deux, nous portions des masques de gaze, mais la mucosa était si épaisse dans ses poumons et sa gorge qu'elle ne pouvait plus respirer, trachéotomie ou pas, et ça, c'est naturel, il n'y a rien de plus naturel que cette maladie que nous répandons du seul fait de notre gluante promiscuité. Mais... et mes parents ? Mon épouse ? Ma fille ? Teo ? D'après eux, même si on arrivait à soigner toutes les maladies (et y a qu'à voir ce qu'a donné cette aimable promesse), de toute façon, les gens ne dépasseraient guère les quatre-vingt-dix ans et des poussières... avec tous les risques d'accident qu'il y a... On parle espérance de vie ? Plutôt emmener ses tables actuarielles à Las Vegas !

L'accident, voilà ce qui régente l'univers et je le sais et, science ou pas, il n'y a pas moyen d'y échapper. Sauf que la notion d'accident donne naissance à l'idée de chance – et que si vous croyez à la chance, vous feriez tout aussi bien de sortir vos grigris et de faire bosser vos amulettes, d'emprunter un totem à April Wind et d'aller causer aux arbres. Allez-y donc ! Allez prier les dieux, priez Dieu et Jéhovah, priez Newton, Kepler et Oppenheimer. Et voyez le bien que ça vous fait.

Ma mère, Bernadette O'Saughnessy, croyait au mystère à visage divin, elle croyait au paradis, aux esprits, aux anges tout là-haut. C'est elle qui me fit asseoir sur un banc sous les voûtes silencieuses et illuminées de cierges de l'église de l'Assomption de Peterskill, Etat de New York, quand j'étais si petit que je ne voyais même pas par-dessus le banc de devant. Pas un dimanche matin qui n'implose sur le rituel ensommeillé, lugubre et engourdissant pour l'esprit qu'est la messe et il ne m'en reste qu'un fatras d'impressions sensorielles retravaillées qui font long feu dans mon cerveau de septuagénaire : la main gantée de ma mère comme de la soie dans la mienne, la force de son parfum repoussant le musc anesthésiant de l'encens, le froid glaçant de l'eau bénite... même en plein été... et la musique de l'orgue tel un festin exotique où l'on explose de quelque chose qui n'est pas de la nourriture. Je suivais tous les enseignements religieux. Je m'y connaissais en nonnes et en prêtres. J'avais huit ans, j'en eus dix, puis douze, je fis ma communion et fus confirmé, je supportai le mystère du latin, je sus que la masturbation était un péché et que Dieu nous observait. C'était Lui qui avait créé l'univers, le gobe-mouches, le troglodyte du canyon, la hyène tachetée et les cinquante-quatre milliards de galaxies, Lui aussi qui m'avait créé et avait encore créé le Père Noël avec ses elfes et les montagnes de cadeaux enveloppés de papier d'aluminium sous l'arbre.

Ben tiens. Et après, c'était la science qui était arrivée.

La science – l'empirisme, le scepticisme, l'esprit de recherche, le doute, le débat et la dérision pure et simple – fut un cadeau de mon père, Seymour Tierwater, celui que tout le monde appelait Sy (« Sy » et « Ty », vous voyez ?), mais que moi, j'appelais Papa. Membre de la police militaire pendant la guerre, c'était un homme qui ouvrait des crânes aussi tranquillement qu'il cassait des noix, un homme en colère, et grand. Il buvait de la vodka. Ma mère buvait du scotch. Avec le soutien du père de ma mère – et sa présence de néo-crétacéen rugissant, aboyant et têtu comme une mule n'était pas rien dans les bureau et salle à manger de mon enfance –, Seymour Tierwater avait fait des études d'architecture au City College et, fraîchement diplômé, avait construit le lotissement où je grandis. Et comment construit-on un truc pareil ? Guidé et aidé par Dieu ? Avec de l'encens et de la magie ? Avec des elfes ? Non. On construit ça avec des projections orthogonales et des trucs réels, des trucs en ciment, des trucs fabriqués et récupérés par l'homme sur un univers dur, inconnu et sans dieu, un univers qui n'existe que parce qu'il existe, sans qu'il y soit d'autre raison qu'on puisse déceler.

Mon père et moi n'abordions jamais les problèmes du genre « Si Dieu est si bon, sage, omniscient et tout-puissant, pourquoi a-t-Il créé la tique et le ver solitaire et laissé mourir les Juifs dans les fours ? » A ses yeux, il n'y avait de dieu que la science, et il en avait toujours été ainsi. Cela dit, il devait y avoir une contrepartie en béton dans le contrat de mariage de mes parents – l'argent de mon grand-père contre sa religion –, parce que mon père n'éleva jamais la moindre objection contre mon endoctrinement précoce, pas que j'en aurais entendu parler, au moins. Il se contentait d'attendre son heure en arborant un air étonné ou moqueur chaque fois que les mots sacerdotaux (Jésus, Dieu le Père, le Saint-Esprit) tombaient des lèvres de son fils. Mes parents formaient-ils un couple heureux ? Non. Pas après dix ans en tout cas, mais il durait et tenait grâce à un grand lit et à des glaçons dans les verres, jusqu'au jour où, une grue ayant plié et une poutrelle lâché, je me retrouvai orphelin à vingt-sept ans.

Je vous dis tout ça pour avoir de quoi évaluer ce qu'Andrea vient de m'asséner. Si je comprends bien, voici de quoi il retourne : vu que c'est la fin du monde, nous nous devons d'écrire *Les Vies des Saints de l'Ecologie* et de tondre Maclovio Pulchris de façon à pouvoir aller nous cacher jusqu'au moment où nous serons en mesure d'utiliser le butin pour le reconstruire – le monde, je veux dire.

— Tu viens avec nous, répète-t-elle.

— Je ne vais nulle part, lui renvoyé-je. Ou plutôt si : je file aux toilettes. Le saké le matin... tu vois ce que je veux dire ? (Petit coup d'œil à April Wind.) Et toi aussi, tu dois savoir, pas vrai, April ? Vous verrez (et là, c'est à elles deux que je m'adresse et je suis tellement furieux que j'entends mon sang chanter dans mes oreilles), vous verrez ! Attendez seulement d'avoir mon âge !

Et je commence à éviter l'un après l'autre mes seaux qui éternellement débordent, et mes chaussures s'enfoncent dans le tapis détrempé, le feu d'artifice qui s'est déclenché dans mes boyaux n'étant que la conséquence directe de mes soixante-quinze ans d'âge et de la sottise qu'il y a à croire qu'on peut toujours s'imbiber de saké à dix heures du matin et s'en tirer sans dommage. Et bon marché, le saké, en plus. Mon besoin est urgent, mais je ne peux pas m'empêcher de marquer un arrêt devant la porte de la salle de bain pour décocher un regard cinglant à mon ex-épouse et néanmoins actuelle compagne de lit.

— Vous avez vraiment dit que « La Terre pour Toujours ! » allait redémarrer ? J'ai bien entendu ? Redémarrer « et méga » ? Non parce que... être victime de pareilles illusions !! (Et ça y est, voilà que ça me prend, que je suis plein de moi-même et de douleurs intestinales aussi.) Parce que si jamais « La Terre pour Toujours ! » a décollé, et ne me dites pas qu'elle l'aurait jamais fait, pas de manière à compter pour quiconque hormis Sierra, peut-être, et un tas de fous et de casseurs de buissons qui n'avaient rien d'autre à foutre, sachez que j'en suis désolé, sincèrement désolé et tenez... c'est vraiment dommage que je n'aie pas été là pour lui couper les ailes avec une vieille paire de ciseaux tout rouillés ! Ou des cisailles ! Des trucs à couper les tapis. Et un grand sac de sel pour mettre dans les plaies ouvertes !

« Et c'est pas non plus la peine de m'exciter avec vos conneries de mucosa parce que je sais parfaitement que c'est rien d'autre que des con-ne-ries !

Et je claque la porte pour souligner mon propos, et me retrouve seul dans la salle de bain. La lumière y est des plus faibles – du fluorescent grippe-sou à ampoule ambrée qui laisse filtrer tout juste assez de lumière pour que j'aie l'impression d'être revenu en prison –, mais, pur réflexe, je sors mes lunettes et m'empare de l'exemplaire, tout mince et en ruine, du journal que je garde toujours sous la main pour survivre au châtiment plus que sévère qui m'est infligé sur le trône. On ne voit plus beaucoup de journaux à notre époque, autant vous le dire tout de suite – les nouvelles, on se les procure au moyen de l'électronique et le coût du papier, même du papier journal, est prohibitif. Il n'empêche : nous sommes encore quelques-uns à aimer le contact physique de la chose et le *Los Angeles Times* sort tous les quinze jours une édition pour les nostalgiques et ceux qui sont encore pleins d'illusions, sans parler des constipés. Froisse froisse le papier. Lisser les pages. Et donc, qu'est-ce que je lis ? Le compte rendu d'un match de football américain joué sous un dôme désert et qui fuyait, les détails de l'affaire étant tout aussi peu pertinents que son résultat, en page trois, il y en a quatre, le reste étant consacré à la météo. Ce qui nous attend... ou plutôt : nous attendait il y a deux, non, trois semaines de ça ? De la pluie. Du vent. Des inondations dans les terres basses et moyennement basses. Tornades, trombes d'eau et tsunamis, avec probabilité cent pour cent.

Il y a le feu tout en bas, aucun doute n'est permis, j'attends que ça passe en lisant des histoires de balles perdues, d'interceptions et de pieds intrépides tandis que, le vent raclant ses griffes sur le stuc grêlé de la façade, mon odeur familière s'élève autour de moi comme un poison. Je suis là pour un bon moment – c'est normal à mon âge (et oubliez les vieux-vieux, ils feraient mieux de se faire coudre le rectum), et non, je ne me cache de personne, encore moins des deux femmes dans la pièce voisine, celles qui m'ont tout l'air d'avoir pris possession de ma maison. Je ne suis pas idiot. Quelque aspect qu'Andrea tente de donner à l'affaire, ce n'est pas l'amour qui y tient le plus grand rôle – elles veulent entrer en contact avec Mac, c'est là tout ce dont il est question. Elles veulent de l'argent. Et moi avec. Ou plutôt, Sierra. Son fantôme. Et donc, pourquoi supporté-je ? Pourquoi ne les fouté-je pas toutes les deux à la porte pour retourner à Brin de Muguet, mes fourmiliers et mes pécaris ?

Parce que je m'ennuie. Parce que je n'ai rien à perdre. Parce que je sais que je pourrais y mettre le holà s'il le fallait. Et me laisser porter. Cours le poney ! Et comment, et comment !

Quand enfin j'émerge, elles se sont mises à réfléchir ensemble, petit sourire maigre pour moi, le maître des lieux, et il y a comme une odeur dans l'air – c'est parfumé, fécond et séduisant –, une odeur qui fait sonner toutes les cloches dans mon lobe olfactif et me réduit toutes mes défenses à zéro : elles font cuire des gâteaux. Des gâteaux. Le monde n'est plus que merde, on se prépare à me retourner les intérieurs, à m'éviscérer, à m'embrocher, griller et découper en filets, et ces dames font cuire des gâteaux. C'en est trop. J'agite faiblement la main en signe de reddition et disparais dans l'humidité de la chambre pour y piquer un somme.

Je me réveille dans le noir, au bruit de la pluie. Enfin elle tombe régulièrement, martelant tout à la verticale – on pense toitures en fer-blanc, cocotiers et écharpe de Singapour[1], mais au moins le vent a baissé. J'ai rêvé – rêve ordinaire de maison trop grande avec trop d'ailes et trop de portes qui n'ouvrent sur rien d'autre que de la maison et encore de la maison –, il me faut cinq bonnes minutes pour procéder à la résurrection de ma conscience. Mais... quelle heure est-il ? Je penche pour minuit, mais comme on dirait toujours qu'il est minuit... Ma montre indique 24 h 15, et ça me semble à peu près juste. Je soulève mon poignet pour étudier les chiffres qui brillent dans les ténèbres de la pièce, j'ai la bouche sèche et le sang qui bat fort dans ma tête, et suis encore plus fatigué que lorsque je suis entré ici en vacillant il y a une heure et demie de ça.

Je reste allongé un moment, pour repousser les inévitables retrouvailles avec ma vie de chien, ne serait-ce qu'une dégoulinante minute de plus. (Les murs suent, pas besoin d'allumer la lumière pour le savoir, et la limace du bananier qui habite le vide architecturalement enquiquinant qui s'est développé sous l'appui

---

1. Cocktail à base de gin, cognac, sucre et eau. (N.d.T.)

de fenêtre est sûrement en train de paître les algues en fleurs au-dessus du portrait de Thoreau. Et ce vide a dû grandir de manière perceptible – problème d'affaissement et qu'est-ce qui ne s'affaisse pas avec cette pluie ?) Z'en voulez encore ? Il y a une fuite de plus dans le toit, facilement détectable dans un coin vu qu'elle y déclenche comme des roulements de caisse claire par-dessus les ploc ploc réguliers des seaux disposés dans la chambre, je vais probablement être obligé de remettre des sacs de sable devant la porte d'entrée et voilà, toute l'après-midi va se passer dans un fleuve de bouillasse et de merde de hyène tandis que Chuy et moi essaierons d'empêcher les animaux de se noyer.

Et soudain, voilà le pictaphone qui sonne – ou parle, en fait : *Appel entrant*, lance une voix mécanique –, je lève l'autre poignet pour répondre.

— Oui ? dis-je, et je n'y peux rien si ma voix manque d'enthousiasme, je n'attends pas grand-chose de bon de la journée, si ce n'est de la semaine, voire du mois ou de l'année qui vient.

— Ty ? C'est toi ?

La voix me dit quelque chose, aussi aiguë que celle d'un enfant et je la connais, vraiment, je la connais aussi bien que la mienne...

— Mac ? risqué-je.

— Donne-moi de l'image, Ty. Allez, quoi !

J'appuie sur le bouton et ça y est, je découvre Maclovio Pulchris coincé dans une petite boîte attachée sous mon poignet. Il porte le feutre avec lequel il est venu au monde – on a dû le lui clouer sur le crâne en passant par le conduit utérin –, et a trois mèches de cheveux artistement traitées (ses « fouets d'anguilles » comme il les appelle) qui lui collent aux lunettes de soleil, pile au-dessus de l'endroit où devrait se trouver son œil gauche. S'il enlevait ses lunettes, s'entend.

— Putain, Ty, t'as une gueule à chier, dit-il.

— Merci. C'est le look que j'aime. Je le travaille beaucoup.

— T'es encore au lit ? A cette heure ?

Pause. De fait, on ne voit de lui que ses lèvres, son nez et ses pommettes. C'est un déguisement et ça lui donne vraiment l'air de ne pas avoir d'âge, enfin... j'imagine, quoiqu'il ne fasse pas partie des jeunes-jeunes, voire des jeunes tout court. Et alors, de sa voix la plus voilée, la plus douce et esseulée de gamin de cinquième, il me lâche :

— Pas malade, au moins ?

Que dire ? Andrea est dans la pièce d'à côté et c'est quasi une maladie à elle toute seule, tout comme April Wind. Sans parler de « La Terre pour Toujours ! »

— Pétunia s'est échappée... mais ne t'inquiète pas, elle va bien et on l'a récupérée. (Tout ça en lui montrant mon bras bandé.) Mais elle m'a bouffé le bras et en plus, il pleut comme c'est pas possible et j'ai dû me lever avant l'aube pour aller répandre de la paille dans les cages et poser des sacs de sable, enfin, tu vois le genre.

— Oui, je sais.

Je regarde son visage et ne lui trouve pas plus de mobilité qu'à un masque africain, mais je sais aussi que c'est mon visage à moi qu'il voit de l'autre côté : perplexité, âge et décrépitude, incertitude, incompétence, des trucs qui branlent autour des yeux et un rétrécissement prononcé de la bouche et du menton.

— Comment ça ?

— Je suis ici. Je viens de rentrer de la Caroline du Nord, son soleil et ses boissons tropicales. Et c'est dément, super-dément... dans les trente degrés tous les jours, du soleil comme on croirait pas... mais tu sais quoi, Ty ?

Champion des jeunes-vieux, je le suis, en pleine possession de mes facultés et à peine au sortir de mon dernier triomphe sexuel et qu'est-ce que je trouve à lui répondre ? Un truc aussi profond que :

— Hein ?

La voix du petit cinquième, toute pincée et murmurante d'inquiétude :

— Je me fais du souci pour les animaux.

Et moi donc ! ai-je envie de lui renvoyer, parce que tu me paies à quoi faire, à ton avis ? Malheureusement, je n'en ai même pas le temps. Parce qu'à cet instant précis, Chuy entre en cognant bruyamment dans la porte et je me demande où ma dignité et ma tranquillité sont passées, voilà qu'il agite les bras en l'air, qu'il ouvre et referme la bouche pour rien, il est tellement excité qu'il ne paraît même plus capable de former les mots qui me diront de quoi il est question dans l'une des deux langues qui sont éternellement en guerre dans son esprit. Je remarque quelque chose dans son regard, il y a des ennuis, de gros ennuis en perspective, et, bien sûr, il dégouline et vient à peine de retrouver ses cheveux et sa moustache au fond de l'océan.

— Désolé, Mac, dis-je à mon poignet, mais faut que j'y aille. A plus.

Et je coupe la communication.

— Quoi ? lancé-je à Chuy.

Je me suis enfin redressé dans mon lit ; maladive, la lumière de la pièce d'à côté luit faiblement sur les murs recouverts de mousse, la limace du bananier s'étant fixée telle une lamproie sur la figure de Thoreau.

(*« Air du matin ! Si les hommes n'en boivent pas à la fontaine du jour, alors nous devrons en mettre un peu en bouteille et le vendre dans les boutiques, au bénéfice de ceux qui ont perdu leur ticket d'abonnement au temps matinal en ce monde ! »*)

— Qu'est-ce qui se passe ?

— *Los edificios*, ils, ils...

— Quels *edificios* ?

Je me suis levé, j'enfile mon jean, les visages anxieux d'Andrea et d'April Wind comme accrochés à des cordes dans le lointain.

— *Los*, les appartements en copropriété et... Rancho Seco, ça aussi... ils sont en train de... dégringoler ? comme on dit ? comme, vous savez bien... comme boum, boum, boum, le *corriente*...

Quand Frank Buck voulait des éléphants, ou plutôt : lorsque des zoos ou des cirques lui passaient une commande, il filait à Ceylan, embauchait une centaine d'indigènes et abattait une forêt entière d'arbres tropicaux à bois dur pour construire un enclos avec une cataracte de trente mètres de haut devant. On plantait des troncs de cinq mètres dans le sol, à trente-cinq centimètres les uns des autres tout autour de l'enclos – ou *kraal*, comme il disait –, et après, en prenant des éléphants apprivoisés pour attirer les sauvages, Buck et ses hommes poussaient tout ça dans l'enclos par la cataracte, comme si c'étaient des moutons. L'oncle Sol, qui avait assisté à ces opérations, me l'avait raconté en me mettant au courant de certaines particularités du commerce des animaux ; j'avais alors quinze ans et, tout maigrichon avec ma pelle et ma serpillière, étais complètement anéanti par la quantité d'ordures – de merde, s'entend – que produisaient chaque jour ses huit éléphants des Indes. Il y avait la poussière – c'était, disait-il, la première chose qu'on remarquait, comme un fleuve tourbillonnant qui montait jusqu'à des quinze mètres de hauteur –, et après, venaient les secousses qu'on sentait dans la semelle de ses chaussures : ça faisait quand même cinquante ou soixante animaux paniqués et pesant tous dans les cinq tonnes pièce qui détruisaient le sol. Mais c'était surtout les hurlements dont il se souvenait, comme un orchestre de cuivres qui n'aurait joué que dans les aigus, plus haut que la portée, vacarme qui mortifiait et faisait frissonner jusqu'à ce que, le portail retombant, cet océan de chair ne soit plus qu'un article de plus à vendre et à exporter. Les éléphants partaient ensuite pour Cincinnati, Cleveland, Chicago, Central Park tandis que, les grands troncs du *kraal* commençant à pourrir et s'effondrer, la nature repartait de plus belle pour planquer la génération de pachydermes suivante.

Ça, c'était il y a quatre-vingt-dix ans. Aujourd'hui, les éléphants ont disparu, et la forêt avec ; n'ayant plus, aux dernières nouvelles, un seul hectare boisé, Ceylan se réduirait à un désert où vivotent des ramasse-brindrilles et des cornacs troisième génération au chômage. L'oncle Sol avait la vie belle : il n'avait qu'à filer dans la nature pour y capturer des trucs, et la nature à cette époque-là, ce n'était pas rien, jungle de choses qu'on n'avait jamais vues et de sons que personne n'avait jamais entendus, écureuils rafalii et oiseaux de Dorango dans les arbres, chevrotains, tapirs et oui, pangolins qui passent le nez entre les feuilles. La situation est un rien différente pour Chuy et pour moi. Il n'y a plus de nature et il ne reste plus rien à capturer, sauf des rats, et encore. Notre travail, tel qu'il se présente en ce sixième jour de pluie consécutif, consiste à calmer toute une ménagerie de bestiaux enfermés dans des enclos – de bestiaux qui puent, sont de mauvaise humeur et portent des noms de fleurs –, pour les conduire en terrain plus élevé.

Andrea va nous donner un coup de main. Et April Wind et deux gardes du corps de Mac aussi. Nous avons besoin de toutes les bonnes volontés : ici, c'est le chaos qui s'est déchaîné ; deux groupes de copropriétés de Lupine Hill se sont effondrés comme du carton détrempé (où est donc passé Delbert Sakapathian avec son chèque de mille dollars ? je me le demande) ; Rancho Seco est soudain devenu tout mouillé et, avec chaque minute qui passe, ressemble plus au lit d'une rivière qu'à une communauté à l'accès gardé, mon humble demeure étant pour sa part inondée jusqu'au niveau d'eau le plus haut porté sur mes bottes.

A un moment donné, peu de temps après que Chuy m'eut annoncé la nouvelle dans ma chambre, Mac est apparu à la porte d'entrée, tout enveloppé et encapuchonné dans un ciré noir qui, réincarné autrement, aurait pu être un sac à cadavre, ses fouets d'anguilles pendant tout mous sur ses lunettes de soleil embuées. Ses gardes du corps l'ont aussitôt encadré. Le ciel était bas. Des appâts à poissons, voilà ce qu'étaient mes tapis, et le *Titanic* coulait à toute allure. « Tout le monde, a-t-il crié, et même dans cette extrémité, sa voix est restée aussi douce et voilée que celle d'une institutrice de maternelle, tout le monde s'installe chez moi, en haut de la colline ! »

On arrive, ai-je envie de lui dire, tandis qu'Andrea ramasse des livres de poche qui flottent à la dérive et se met à trier le petit ménager dans la cuisine, et c'est pas la peine de le demander deux fois, mais d'abord, les animaux. Dehors, au cœur de la mêlée, Chuy et moi découvrons qu'un des fourmiliers géants s'est noyé. Je ne sais pas si comme ça, au débotté, vous êtes capable de vous représenter un fourmilier géant (c'est vrai que c'est le genre de créature qui n'a jamais eu l'air bien réel avec sa coupe de cheveux à la Mohawk, ses pattes d'ours surbaissées et ses trois longueurs de tuyau enroulées dans le museau), mais là, il a l'air encore moins convaincant que d'habitude. Il a l'air mort, quoi. Mort et enterré. Alors qu'il n'en reste pas plus de trente ou quarante sur cette terre. Même avec la pluie qui tombe, même avec Andrea, mon genou, Mac et la menace de mucosa qui plane, j'ai envie de m'asseoir par terre pour pleurer.

Brin de Muguet, heureusement, est en bon état ; elle s'est érigé un monticule de la taille d'un tumulus et enroulée tout en haut, comme un tapis mouillé. Les lions ? Nous les trouvons entassés sur le toit de la structure en parpaings dressée derrière leur cage, à rugir tout ce qu'ils savent. Avec sa crinière qui lui pend aux mâchoires comme un truc en macramé à moitié terminé, Dents-de-lion, le mâle, a l'air de s'être noyé deux fois et d'avoir deux fois ressuscité. Amaryllis et Bouton d'Or, les lionnes que Mac a commandées sur catalogue à un centre d'élevage de l'Ohio, n'ont pas l'air beaucoup mieux en point. Dans leurs yeux, je lis qu'elles ont envie de longer névrotiquement la clôture métallique qui entoure leur savane d'un quart d'hectare, mais cette dernière n'est plus qu'une vague soupe couleur crachat d'un bon mètre de profondeur et remplie de poissons-chats siamois ambulants (vous ai-je dit qu'un anar écolo en a lâché une demi-douzaine à Carpenteria il y a vingt ans de ça, juste au moment où le temps commençait à changer?).

— Chuy, lancé-je en me retournant vers lui et les deux gardes du corps à l'air désespérément incompétents, les lions vont nous causer du souci. Si on les anesthésie avec des flèches, ils sont foutus de dégringoler dans le bouillon et de s'y noyer, mais si on se sert du filet pour les ramener ici en pataugeant, ils risquent de nous arracher la tête.

Les gardes du corps – tous deux s'appellent Al, je crois – n'ont pas l'air d'aimer ce qu'ils entendent. Ce sont eux qui vont devoir se coltiner le gros chat de quatre cents livres hérissé de dents et de griffes et le faire avancer dans un mètre de flotte avant de l'expédier à l'arrière de l'Olfputt et ça, que ledit chat soit conscient ou pas, ce n'est pas un mince exploit. Et après, et la nouvelle a de quoi émouvoir, ils devront revenir chercher les lionnes.

En attendant, tout filandreux et tassé sur lui-même, Chuy chasse la pluie en clignant des yeux et réfléchissant au problème. Son ciré, les manches en sont au minimum trois fois trop grandes pour lui, est d'un bel orange pâle et, vrai test de Rorschach, littéralement constellé de taches d'huile, de moisi et de sang animal.

— Ils savent nager, monsieur Ty, *nadan estos gatos*, et peut-être ié mé dis qu'on peut les attacher comme des *caballos*, vous savez? autour du cou et peut-être qu'on les attache à l'arrière du camion et... vous savez...

Je suis hébété. Vieux et hébété. La pluie ressemble à des milliards de marteaux qui frappent, coup après coup, et cela me stupéfie.

— Genre quoi ? On les tire ? lui demandé-je.

— Ben oui. Et quand ils voient *la puerta* de la cave bien chaude et sèche de M. Mac grande ouverte, alors peut-être que *yo pienso* que c'est là qu'ils veulent aller.

On pourrait aussi les laisser tranquilles. Il y a des chances pour que l'eau ne monte pas jusque-là, me dis-je, mais même si c'était le cas, ça ne leur ferait pas vraiment du bien de rester trempés pendant des journées entières... ils vont attraper froid, non ? Sauf qu'en Afrique... en Afrique comme c'était jadis ? les lions n'avaient pas de cages où se dorloter, ni non plus de caves de milliardaire de la pop avec tapis, boiseries et tables de ping-pong. Non. Bien sûr. Et ils sont morts, jusqu'au dernier, ont été dépiautés et bouffés jusqu'aux os par les masses pullulantes de notre espèce dégradée. L'Afrique ne compte plus. Et la nature non plus – et d'ailleurs, ce n'en est même plus une, c'est juste quelque chose que nous avons sorti d'une marmite de sorcière remplie d'émissions d'énergies fossiles et de déforestation. C'est ici, dans la vallée de Santa Ynez, que vivent ces lions, c'est devenu leur habitat naturel. Et si la vallée est inondée, nous les conduirons sur des terres plus hautes, et leur nouvel habitat, celui du lion New Wave infiniment adaptable, sera la cave de trois mille six cents mètres carrés de Maclovio Pulchris.

Et vous savez ce que je dis ? Je dis : « Alléluia, Dieu soit loué ! »

Los Angeles – Titusville, juillet 1989

Ce qu'il voulait, plus que tout, plus que la vengeance même... plus qu'Andrea, les arbres et les chouettes, c'était retrouver sa fille. Rien d'autre. Lui faire redescendre les marches de la prison, la mettre dans la voiture et oui, la queue entre les jambes, la ramener à New York et, la maison en main tierce et le centre commercial encore sur le marché, il n'était même pas trop tard pour le faire : la vieille couverture de son ancienne vie était encore bien pliée et, toute prête, attendait seulement qu'il se la repasse sur la tête. Andrea ? Au diable Andrea ! Au diable la baise, au diable la vie. Il n'avait pas envie de vivre parce que dès qu'on vivait, on souffrait et là, il souffrait pire que tout ce qu'il avait jamais connu ou imaginé. Sa fille. On lui avait pris sa fille. Et pourquoi ? Parce qu'il était un père indigne.

Indigne. Pour le faire exploser, ça l'avait fait exploser. Ça l'avait fait partir comme un Scud, tout en poussée, postcombustion et fureurs désastreuses. Père plus digne que lui, ça n'existait pas. Montrez-m'en un, telle était son attitude : montrez-m'en donc un seul ! Sierra ? Il avait été son père et sa mère depuis qu'elle avait trois ans, et avait dû la sauver de sa grand-mère et lui dire que sa maman ne reviendrait plus parce qu'elle avait tout simplement disparu de la surface de la terre comme un fantôme ou un souffle de vent. Qu'est-ce que vous dites de ça ? Essayez donc de vous extraire des cavernes du sommeil en entendant des hurlements, essayez donc de faire face aux peurs nocturnes d'une petite boule de dix-huit kilos inconsolable, perdue et furibarde, essayez donc de la déposer à la maternelle, vous, le père célibataire qui s'en va retrouver son boulot abrutissant pour l'esprit et écrasant pour l'âme et pas moyen que la demoiselle lâche la poignée de la portière, pas question de la faire rigoler ni de la cajoler sous les yeux des institutrices qui tirent la gueule et des mères qui ont pitié et s'accrochent aux ailes de la voiture comme des fruits séchés sur l'arbre ! Sans mère à la maternelle, sans mère à dix ans, sans mère à l'adolescence. C'était sa vie entière qu'il avait consacrée à essayer d'arranger ça... d'adoucir les choses, d'y mettre un bandage, d'embrasser là où ça fait mal pour que ça aille mieux... et personne ne pouvait dire le contraire. Juge Duermer, Services de Protection de l'Enfance du comté de Josephine ou autre, y compris la Cour suprême, personne ne le pouvait.

Mais les faits étaient là : c'était bien à Los Angeles qu'il se retrouvait, prisonnier de sa chaleur étouffante et désespérante, prisonnier de son smog et de ses sueurs multiculturelles, et elle... elle, elle était dans l'Oregon, où les arbres poussent haut et droit, où l'air est doux et parfumé... dans l'Oregon, mais en prison. Au centre de détention pour adolescents, soit : la même chose. Et ils lui interdisaient de la voir, de lui écrire, et même de lui parler par téléphone – il était trop mal intentionné pour ça et son influence la corrompait. Un monstre, voilà ce qu'il était. Un criminel. Un phénomène de foire. Trois semaines et demie s'étaient déjà écoulées sans qu'il fasse autre chose que rester allongé sur son canapé à regarder le plafond. Il brûlait de repartir dans l'Oregon, il voulait être près d'elle, fouler le même sol et respirer le même air qu'elle, rien de plus, mais Fred refusait d'en entendre parler. « Vous ferez plus de mal que de bien, lui répétait-il avec insistance. Restez en dehors de ça. Ne vous approchez pas de la frontière de l'Etat sauf pour comparaître devant la cour quand ce sera nécessaire... n'y songez même pas. Et ne vous inquiétez pas : nous obtiendrons sa libération, pas de problème... quoi qu'il vous arrive à vous. »

La triste réalité était bien que depuis qu'il avait obtenu sa propre liberté sous caution, il n'était remonté là-haut qu'une fois – voyage de quarante-huit heures, juste l'aller-retour en longeant la côte, pour se présenter à une audience de reconnaissance de droit parental.

Le juge Duermer (triple menton, il roule dans ses robes et a les yeux aqueux et proéminents du lion de mer) :

— Pouvez-vous me donner une seule raison pour que l'adolescente... Sierra Sarah Tierwater... soit rendue à la garde d'un père et d'une belle-mère qui font tous deux l'objet de poursuites dans ce comté ?

Fred (petit et chauve, une vraie boule d'énergie et visiblement complètement atterré) :

— Mais, monsieur le Juge, avec tout le respect qui vous est dû, il ne s'agissait que d'une manifestation pacifique, où mon client ne faisait qu'exercer son droit à la libre parole et aux rassemblements paci...

Le juge Duermer (en lisant une feuille devant lui, alors que Sierra est toujours invisible) :

— Agression sur la personne d'un gardien de la paix, résistance à agent, évasion, mise en danger d'un mineur, complicité de délinquance juvénile ? Allons, maître, ce sont là des chefs d'accusation sérieux et tant qu'il n'y aura pas eu jugement, je ne vois pas comment je pourrais ordonner qu'on remette cette enfant à ses parents.

L'avocat de Sierra (Cotton Mather[1] en costume trois pièces, ni menton ni nez dont il vaille la peine de parler) :

— Monsieur le Juge, le ministère public propose que Sierra Sarah Tierwater soit placée dans une famille d'accueil jusqu'au moment où ses parents pourront montrer qu'ils ont pris les mesures nécessaires – qu'ils ont suivi des cours d'éducation parentale, par exemple – et se sont abstenus de tout autre délit ou conduite criminelle, cela pour assurer la cour qu'ils sont effectivement aptes à élever cet enfant.

Résultat ? Tierwater, qui encourait encore une peine de trois mois de prison pour ses crimes, s'était vu ordonner de suivre des cours d'éducation parentale adéquats et de garder le nez propre pendant un an, période au bout de laquelle la cour arrêterait sa décision. Retour à Los Angeles, tristesse et désespoir, haine qui mijote. Il avait regardé les arbres par la vitre de sa voiture et

1. 1663-1728 : pasteur et écrivain, l'image même du puritain de la Nouvelle-Angleterre. (N.d.T.)

entrevoir la carcasse calcinée du Cat, même ça, quelque part entre Cottonwood et Red Bluff, ne lui avait procuré aucun plaisir. Conduite criminelle. Ah, les fils de pute puritains et tout imbus d'eux-mêmes que c'étaient ! Mais ils n'avaient rien vu ! C'était ça qu'il s'était dit, mais ça lui avait passé. Les fantasmes de vengeance ne menaient nulle part. Au contraire du désespoir. Le désespoir, lui, soumettait à la force de gravité et l'avait forcé à ne plus faire qu'un avec le canapé en cuir craquelé disposé devant la télé éternellement crachotante de la maison qu'il avait louée dans une rue de banlieue bordée de palmiers. (*Rendez-moi ma fille et je vous plumerai toutes les chouettes que vous voudrez, et les passerai moi-même à la poêle, et sans poser de questions, tel était l'état d'esprit dans lequel je me trouvais parce que, à l'époque, je ne pensais plus qu'à renoncer, parce que je n'étais plus qu'une victime, qu'un connard écrasé sous le talon de fer du juge Duermer et du shérif Bob Hicks.*)

— Allons, Ty, s'écria Andrea en essayant de sourire mais en restant parfaitement lugubre en dessous, remets-toi. On se bat, non ? Ça se terminera bien, tu verras.

Il faisait une chaleur ordinaire, dans les quarante-deux à onze heures du matin, toute la San Fernando Valley cuisant comme de la poterie bon marché. Le vent sec qu'on appelait le Santa Ana secouait les feuilles des pamplemoussiers dans le jardin de derrière, celui-ci complètement desséché (plus rien dedans, plus un brin d'herbe, pas même un monticule de spermophile) et faisait tomber les frondaisons mortes des palmiers de devant à grand bruit de sabres qu'on traîne. Nous nous trouvions alors dans un endroit appelé Tarzana, du nom de l'ancien Roi de la Jungle dont les droits d'auteur avaient permis à son créateur de tout acheter d'un seul coup et d'en faire son ranch, sa cagna, son manoir et domaine poussiéreux, irrigué par endroits et couvert d'arbres à agrumes au cœur du Nouveau Monde et parlez d'une transformation ! Tarzana faisait maintenant partie de la puante mégalopole, celle qui grillait et se répandait (et où, soit dit en passant, Teo était né), et avait été choisie comme siège de la section de Los Angeles de « La Terre pour Toujours ! ». Pourquoi ? Parce que Teo connaissait l'endroit et que c'était tranquille et morne, lieu où les gens avaient du travail et des voitures étrangères, où ils repeignaient leurs maisons de style ranch classique tous les deux ans et toujours des deux mêmes couleurs de base. Eco-sabotage ? Jamais entendu parler.

Teo et Andrea n'avaient pas de travail. Et Tierwater non plus – plus maintenant. Teo et Andrea vivaient des cotisations versées à « La Terre pour Toujours ! », de l'argent qu'ils gagnaient en prêchant dans des villes du genre Croton et, pour finir, du fric de Tierwater, lequel Tierwater était entretenu par son père mort. Ce qu'on appelle « la chaîne alimentaire ».

— Oui, je sais, dit-il, sa voix enfouie au plus profond d'un marécage de malheur et de déprime, mais ça me tue. C'est comme d'aller chez le psy quand on est enfant... t'as déjà fait ?

Elle s'était assise à côté de lui sur le canapé. Des téléphones sonnaient, des gens ne cessaient de passer d'une pièce à une autre, ça suait et conspirait. Elle se contenta de hausser les sourcils, sans se prononcer.

— C'est pas parce qu'on connaît le problème et qu'on est capable de le formuler avec des mots qu'on peut y faire quoi que ce soit. Je me sens impuissant. Châtré. Baisé. J'ai l'impression de me taper une dépression nerveuse. Bon, la douleur, le deuil, je veux dire, j'ai déjà vécu, mais c'est pas pareil. Là, personne n'est mort.

L'effort qu'il faisait pour parler lui donnait mal à la tête. Il évoluait à l'intérieur d'un caisson hyperbare et ils avaient augmenté la pression pour qu'il la ressente dans le moindre de ses pores.

— Sauf moi, peut-être, précisa-t-il.

Elle se glissa contre lui et, les courbes et les creux de son corps cherchant les siens, le materna, mais en vain. Et d'un, il devait faire dix degrés de plus dans la maison que dehors. Et de deux, les téléphones n'arrêtaient pas de sonner et c'est naturellement agaçant, et tout le monde chuchotait. Et il y avait encore ceci, à savoir le problème dont il ne s'était pas occupé : son ressentiment. Comment pouvait-il se laisser apaiser par cette femme alors que c'était elle qui l'avait entraîné là-dedans, elle que tout accusait ?

— Ecoute, reprit-elle, et voilà – elle avait l'haleine chargée, elle sentait fort sous les bras et, poids supplémentaire, de la sueur coulait à ses tempes –, voilà qu'elle s'était mise à chuchoter ? D'après Fred...

C'était là que la violence giclant comme du sang mauvais, que les choses tournant mal et qu'Andrea se retrouvant brusquement par terre, il s'était levé du canapé d'un seul coup. Et avait crié. Que debout au-dessus d'elle, il avait hurlé.

— Qu'il aille se faire mettre ! avait-il hurlé. Et toi avec !

Et la lettre était arrivée. Dans une enveloppe tachée, format invitation, et non, ce n'était ni son ex-secrétaire, ni son agent immobilier à New York, ni quelque service juridique ou social du comté de Josephine, Oregon, qui la lui avait envoyée. L'écriture, mélange aléatoire de majuscules et de cursives maladroites et indisciplinées, l'avait sorti de sa somnolence. Les doigts tremblants, il avait déchiré le rabat – de fait, il avait même déchiré en deux la lettre qui se trouvait à l'intérieur – et avait découvert les gribouillis pressés de Sierra, là, au dos d'une serviette en papier comme celles qu'on donne avec la bouffe à emporter. « Papa, avait-il lu, ils m'ont emmenée dans une ferme quelque part du côté de Titansville ou autre je suis pas sûre du nom alors viens me chercher ou je vais crever ici Sierra. »

— Je ne vais rien faire de cinglé, dit-il à Andrea au milieu de la cuisine remplie de volontaires, tandis que tel un fléau le vent battait des branches contre les vitres, des tracts tombaient tout brûlants de la photocopieuse Canon installée sur une table, Teo au téléphone dans un coin, frottant sa barbe de deux jours, ce qui n'était plus à la mode, comme si plus il frottait fort, plus il pouvait soutirer de fric à son correspondant.

Il était deux heures de l'après-midi. Tierwater ne voulait pas qu'Andrea lui prenne la lettre – la serviette, s'entend, elle était déjà trempée de sa sueur –, mais il l'étendit en travers de sa paume pour qu'elle puisse la lire.

Et observa ses yeux.

— Parce que, reprit-il en baissant la voix, non : je ne vais pas la kidnapper ou autre. Je veux juste la voir, c'est tout... ne serait-ce qu'une minute. Je veux pouvoir lui donner de l'argent. La rassurer, la...

— Non, Ty, non, non et non. Il n'en est absolument pas question.

— Elle a peur, Andrea, tu ne comprends donc pas ? Peux-tu

même seulement l'imaginer ? Elle ne comprend pas ce qui se passe. Elle croit peut-être que nous l'avons abandonnée, oui, c'est peut-être ça qu'elle pense. Je veux ma fille. Elle me manque. Je n'arrive même plus à dormir, bordel de Dieu !

— Tu oublies, Ty. C'est non.

— Tu veux que je te dise, Andrea, et tous, ils l'écoutaient, les trois étudiants de Pierce College dans leurs sweat-shirts Pierce College, la ménagère avec ses cheveux pleins d'épis et son mascara rétamé, le magasinier de quarante ans au chômage (avec barbe, queue de cheval et anneaux multiples), personne ne me dit non parce que ce mot-là, j'aime pas l'entendre. Ni dans ta bouche ni dans celle de Fred ni... dans la bouche de personne. Je monte dans l'Oregon.

— Tu es fou, Ty, complètement cinglé.

Elle fit un geste à l'adresse de Teo, comme si elle balayait l'air de sa main, il y avait urgence, Teo marmonna quelque chose dans son téléphone et raccrocha.

— Ce n'est pas une plaisanterie, Ty, reprit-elle. Ils essaient de faire un exemple avec nous... avec toi, toi qui as déjà dû essayer de t'évader, et d'un hôpital, en plus...

— C'est quoi, le problème ? voulut savoir Teo.

Son visage s'était brusquement interposé entre celui de Tierwater et celui de son épouse, son visage de Tranche de Foie, sévère et pas question de compromis. L'un et l'autre, ils durent baisser la tête pour le regarder.

Andrea, les yeux aussi froids que du cristal :

— Ty veut aller délivrer Sierra. Montre-lui la lettre, Ty.

Tierwater sortit sa main de derrière son dos, où, d'instinct, elle était allée se cacher, et lui tendit la serviette molle. Teo parcourut le message pendant qu'Andrea montait sa campagne :

— Je ne crois pas que Ty comprenne la gravité de la situation, enfin, je veux dire... on pourrait la perdre pour de bon, de manière permanente, jusqu'à sa majorité, en tout cas. Ils la mettront dans une famille d'accueil, on peut en être sûrs. En un clin d'œil.

Tierwater ne voyait pas bien la logique de son propos.

— Mais elle y est déjà ! s'écria-t-il. Elle est chez un fermier. Vous vous rendez compte ? Un paysan ! Et qui c'est, ce mec ? Peut-être que c'est un pédophile ou autre... évidemment que c'en est un... pourquoi ça n'en serait pas un?! Ils ne le seraient pas tous?

Teo :

— De quels paysans parlons-nous?

— De ceux qui prennent des enfants chez eux. Pourquoi veux-tu qu'ils le fassent si c'est pas pour ça?

— Allons, Ty! Dans quel monde vis-tu? Et d'un, ils le font pour le fric. Ils le font parce qu'ils aiment les enfants. Parce qu'ils ont une conscience sociale.

Andrea retournait un tract dans sa main – ils avaient prévu de faire une manif dans le désert d'Arizona une semaine plus tard, contre une énième centrale électrique.

— Ecoute, Ty, je sais que tu es bouleversé... moi aussi, elle me manque et oui, je regrette tout ça, ça me fend le cœur, c'est... mais il ne faut pas que tu coules dans cette histoire. Fred doit la faire sortir dans une semaine et il n'y a pas de doute qu'il y arrivera.

Les vents de Santa Ana cognèrent à la fenêtre, et Tierwater leva la tête et vit du chardon Roland (variété russe, *Salsola kali*, encore une espèce envahissante) traverser la cour à toute allure. Les étudiants, trois garçons qui se ressemblaient tellement qu'ils auraient pu être des triplés, rirent de quelque chose ensemble, leurs ricanements essoufflés et amusés faisant contrepoint aux grincements du vent dehors.

— Une semaine? T'as pas entendu ce qu'a dit le juge?

— Fred y travaille.

— Mon cul, oui! Moi, je vous dis que je file... et si vous voulez venir, ça ne m'embête pas, mais j'y vais, que ça vous plaise ou pas.

L'espace d'une minute sa voix lui avait échappé, les rires des étudiants mourant aussitôt dans leurs gorges. Il regarda autour de lui. Personne ne souffla mot. Jusqu'aux téléphones qui cessèrent de sonner.

— C'est de ma fille qu'on cause, vous savez? conclut-il.

Tierwater n'aimait pas la circulation. Il n'aimait pas les autoroutes. Il détestait se faufiler constamment entre les voitures à cent, cent dix ou cent vingt kilomètres-heure tandis que d'énormes semi-remorques vous passent des deux côtés comme des murs qui rugissent, le bruit, les gaz d'échappement, la chaleur... Il était venu à Los Angeles avec sa nouvelle épouse, Andrea, parce que c'était ça qu'elle voulait – et Sierra aussi, du moins en avait-il eu l'impression. (« Quoi ? Rester ici ? A Peterskill ? Mais tu rigoles, Papa ! Tu crois vraiment qu'il y aurait un seul gamin américain pour préférer Peterskill à Los Angeles ? ») Pas question de se raconter d'histoires non plus – il avait envie de dégager –, et si Andrea avait effectivement emménagé avec lui dans la maison qu'il partageait avec sa fille, il était entendu qu'elle était californienne et que dès qu'il aurait mis de l'ordre dans ses affaires (et ici, il faut lire : tout vendu à perte) et que Sierra aurait fini son année scolaire, tout le monde filerait vers l'ouest et formerait une nouvelle famille nucléaire écologiquement correcte. Les choses auraient pu se passer autrement s'ils avaient débarqué en Californie en février, alors que le soleil est pâle comme du lait et les jours comme de longs tunnels froids remplis de lumière et de fleurs, mais ils y étaient arrivés un premier juin après avoir écourté la quatrième de Sierra de quelque trois semaines et demie de cours, et il faisait chaud. Et il y avait du smog. Et les autoroutes étaient brûlantes.

Et voilà qu'il en avait repris une, dans une voiture qu'il ne connaissait pas, et cherchait à gagner la 405 Nord en partant de la 101 Est – mais qu'est-ce qu'ils avaient donc à ne jamais appeler les autoroutes par leurs vrais noms de San Diego et Ventura Freeway ? –, une Andrea très pâle et complètement hérissée assise à côté de lui. Des camions obliquaient, des voitures zigzaguaient au hasard et à toute allure entre les voies, des moteurs toussaient, rugissaient et crachaient de la fumée, les lauriers passant constamment du rouge au blanc sur la plate-bande médiane cependant que les palmiers avaient viré au minable et qu'il y avait des ordures partout.

— Putain de Dieu, lança-t-il en écrasant le champignon, il y a trop de gens dans le monde, c'est ça, la merde, et ils vont tous au même endroit que nous... tout le temps. C'est ça qui me tue : on peut même pas chier sans qu'il y ait six cents personnes qui fassent la queue avant vous !

— Et Peterskill serait mieux ?

— Au moins on voyait la route ! Au moins on avait l'impression de dominer la situation !

Et de braquer et conduire par à-coups, donner du klaxon, freiner brusquement, appuyer au hasard sur tel ou tel bouton de la radio, et jurer sans arrêt. C'était les petits trucs qui l'atteignaient parce qu'il ne voulait pas penser au gros problème, à savoir Sierra, pas encore, pas avant que la 405 soit devenue la 5 et qu'il l'ait suivie d'un bout à l'autre en remontant l'échine de la Californie jusqu'en Oregon, où le comité d'accueil ne serait pas des meilleurs, absolument pas des meilleurs. Il n'avait pas de plan en tête. Pas le moindre. Il ne savait même pas dans quelle ville se trouvait sa fille, quoique « Titansville » lui fît très fort penser à Titusville, localité située à quinze ou vingt kilomètres au sud de Grand Pass, et que ça lui suffît à peu près.

Ils passèrent la nuit dans un camping public près d'Yreka, Tierwater dégringolant dans un sommeil dense et sans rêve dès qu'il eut étendu son tapis de sol et son sac de couchage par terre. Il était trois heures du matin. Le ciel s'était ouvert aux étoiles, aucune pollution lumineuse nulle part, ils étaient descendus de la voiture, avaient murmuré tout bas et tout avait été dit jusqu'au moment où, sur le coup de dix heures du matin, il avait rouvert les yeux et découvert Andrea assise en tailleur à côté de lui. Son visage était d'un bleu détrempé et profond, couleur que lui donnait la lumière qui filtrait à travers les parois de la tente, et elle étudiait la carte.

— T'as dormi comme un zombie, lui dit-elle. Ou plutôt non, pas comme un zombie, les zombies, ça ne dort pas, n'est-ce pas ?

Il s'était presque retrouvé : c'était sa femme qui lui parlait et il l'aimait. Et il était pratiquement arrivé en Oregon. Vivant. C'était le matin du jour où il allait revoir sa fille, d'une manière ou d'une autre.

— *Au contraire*[*], lui répondit-il. Ils dorment toute la journée. Ou alors plusieurs semaines, voire des mois d'affilée. Jusqu'au moment où le houngan[1] les somme de se réveiller et d'aller commettre des actes de mutilation. Et... peut-on vraiment le leur reprocher ? Aux zombies, je veux dire ?

1. Esprit du vaudou. (N.d.T.)

Un geai appela tout près. Ça sentait le café. On entendait des enfants – voix haut perchées qui s'entremêlent et pieds qui détalent.

— Que dit la carte ?

Elle disait ce qu'il savait déjà : Titusville faisait partie du comté de Josephine, point final. Elle ne disait pas s'il s'y trouvait une école, une station d'essence, une caserne de pompiers ou un café où d'innocents touristes ou des parents depuis longtemps oubliés pouvaient chercher à savoir s'il n'y aurait pas des paysans qui recueillaient des enfants chez eux. Mais bon, ce n'était pas grave. C'était la première fois qu'il se sentait en forme depuis le jour où il avait enfoncé les pieds dans l'auge sombre de la tranchée en ciment – au moins bougeait-il, au moins faisait-il quelque chose. Il la trouverait. Il le savait. C'était sur l'étape suivante qu'il butait : et après ? Il s'imaginait Sierra dans quelque basse-cour de cinéma, en train de manier du foin habillée d'une combinaison, avec quatre ou cinq orphelins bigleux et autres fugueurs à nez retroussé. Et après, il se voyait descendre de sa voiture d'un air triomphant, il était radieux, grand et n'avait peur de rien, il sautait par-dessus la barrière, traversait la cour de ferme à grands pas et la prenait dans ses bras.

Ils arrivèrent à Titusville à midi, Tierwater trop fatigué pour déjeuner, Andrea grignotant placidement un vieux sandwich de fromage américain au pain blanc qu'elle faisait descendre avec du Diet Coke tandis que le paysage défilait sous leurs yeux. C'était la ville anonyme par excellence avec restaus fast food au bord de la route, deux ou trois bâtiments plus anciens, des panneaux écrits à la main signalant la présence de magasins d'antiquités et des soldes suite à faillite, des vieux assis sur un banc et des ados rassemblés autour d'une décapotable blanche qui brillait. Andrea gagna la première station d'essence en sautillant et laissa parler son débardeur tandis que, déguisé en bûcheron avec jeans, grosses chaussures, chemise à carreaux et casquette des Forty Niners[1] sur le crâne, Tierwater se tassait sur son siège. La voiture, une Chevy

1. Equipe de football américain de San Francisco. (N.d.T.)

Nova marron merde avec ailes arrière, coffre et pare-chocs cabossés que leur avait louée pour l'occasion une des volontaires de la section Los Angeles (la femme au foyer, la divorcée, celle qui était en colère, nom : Robin Goldman), faisait elle aussi partie du déguisement. Il observa les faits et gestes d'Andrea derrière la vitrine crasseuse du garage tandis que, ancienne élève de l'école de danse d'Eugene, elle se penchait sur le comptoir dans sa tenue en Spandex noir et travaillait les deux ados telle la diseuse de bonne aventure. (« Vous les connaissez, ces gamins ? – Qui ça ? Ceux qu'habitent chez les Billray ? – Et de qui que je causerais, à votre avis ? C'est bien après l'école, non ? – Ouais, ouais, deuxième à droite, Cedar Street. – La grosse maison blanche ? – Non, elle est bleue maintenant. »)

Ça n'avait rien à voir avec ce à quoi il s'attendait : ni ferme, ni vaches, cochons, poulets ou chèvres, même pas un chien, juste une grosse maison bleu turquoise qui brillait au milieu d'une clairière en plein bois. Un potager sur un côté, avec une espèce de charrue ou de motoculteur abandonné dans l'herbe haute derrière un tas de maïs substantiel, une remise à volets au bord de la route, avec un panneau marqué MAÏS DOUX, TOMATES, GIRAUMONTS, mais personne, pas même un ado de banlieue sous la contrainte, n'aurait osé parler de ferme pour décrire l'affaire. Une Subaru jaune était garée dans l'allée. Les vitres y attrapaient les rayons du soleil, et les gardaient prisonniers. Rien qui bouge, pas même un oiseau qui survole la pelouse en zigzag ou un papillon en suspens au-dessus des pivoines.

Ils passèrent devant à deux reprises, la première fois à vitesse normale pour ne pas éveiller les soupçons, la deuxième très lentement, presque en hésitant, comme les touristes paumés qu'ils avaient prévu d'incarner.

— Allez, Ty, le pressa-t-elle, gare-toi dans l'allée, quoi ! Si elle est là, peut-être qu'on la verra. T'auras qu'à lui faire un signe. Et si elle n'y est pas, ben, elle n'y est pas et on fera des recherches plus approfondies. Allez, quoi ! Vas-y !

Le moment de vérité était enfin arrivé, mais il se sentait bizarrement, et tristement, incapable d'agir. Il s'était arrêté sur la chaussée, juste après l'allée, lorsqu'il regarda par-dessus son épaule pour faire marche arrière et découvrit qu'il avait une voiture derrière lui. Juste derrière lui, de fait même, collée à son pare-chocs. Au volant se trouvait une vieille dame, soixante, soixante-dix ans, tout ça se valait à ses yeux, sénile, ça ne faisait aucun doute, houppe de cheveux blancs et une espèce de foulard autour du cou. Elle s'était garée là et le regardait à travers les verres anormalement épais de ses lunettes comme si elle était au *drive-in* et attendait que le film commence. Il lui fit signe, allez, passe, j'ai l'intention de rester ici jusqu'à la fin de mes jours, mais elle ne parut pas comprendre son geste. Du coin de l'œil il vit qu'on bougeait dans la maison et qu'on s'activait autour de la Subaru, un gamin – pas Sierra –, et un type à l'air soigné en chemisette à manches courtes, et vlan, vlan ! le choc sourd et lointain des deux portières qui se ferment en même temps et le bruit d'un moteur qu'on fait rugir. Deuxième signe à l'adresse de la vieille dame, mais elle resta plantée derrière son volant, une Cadillac de l'ère ailerons interminables et, pire, qui lui bloquait l'entrée de l'allée.

— Et maintenant, qu'est-ce qu'on fait ? demanda-t-il, les mâchoires serrées, l'estomac qui baratte et toutes les montagnes de merde de la terre haut empilées autour de lui.

Il regarda Andrea. Il avait besoin d'accuser quelqu'un, elle était la candidate idéale. Par défaut.

— Ça pourrait être eux, insista-t-il. Oui, eux, ici même. Alors, qu'est-ce que je fais ?

La Subaru s'était immobilisée à l'entrée de l'allée. Deux visages aimables derrière le verre non teinté du pare-brise, air légèrement surpris de la vieille dame en Cadillac, mais personne qui klaxonne d'impatience ou grimace comme à la ville, on commençait même à sourire, en bons voisins. Le type tout propret, et Tierwater s'était déjà mis à calculer, devait avoir la trentaine ; cheveux blonds avec raie au milieu, verres fumés accrochés à ses lunettes de vue, le genre de truc que porte un inspecteur des travaux ses jours de repos. A côté de lui se tenait un ado de seize ou dix-sept ans, les yeux enfoncés dans le crâne comme sous les pouces d'un céramiste, cheveux en brosse, peau de pêche. Andrea descendit de la voiture.

— Bonjour, bonjour ! lança-t-elle en se protégeant les yeux d'une main et y allant d'un geste de conciliation de l'autre.

Elle longeait le fossé envahi de mauvaises herbes qui tenait lieu d'accotement, en s'adressant plus au pare-brise de la Subaru qu'à la forme tassée et comme pétrifiée de la vieille dame.

— Je me demandais si vous ne pourriez pas nous aider... j'ai l'impression qu'on s'est perdus... Nous cherchons (et là, elle se fendit d'un regard tout enveloppé de sourire à l'adresse de la vieille dame, pour la forme, avant de reporter son attention sur la Subaru)... nous cherchons la maison des Wilson. Ted et Dodie Wilson ?

Elle s'immobilisa juste devant la Cadillac, à un mètre cinquante, et encore, du pare-chocs de la Subaru.

Le type tout propret, un mètre soixante-cinq, soixante-dix kilos, on avait dû le repasser tout habillé, descendit de sa voiture, son sourire de bon voisin tellement brûlant qu'on aurait pu y faire rôtir de la viande. Sa portière s'ouvrit largement, puis ce fut l'autre qui grinça tandis que le gamin descendait de la Subaru et s'immobilisait à côté d'elle. C'était qui, celui-là ? Plus costaud que Tierwater ne l'avait cru, bras musclés, épaules et cou de l'arrière de ligne de football américain dans l'équipe de son école, air de parfaite nullité derrière son sourire.

— Les Wilson ? répéta le petit propret, mais appelons-le plutôt « l'inspecteur des travaux » vu que c'était ça qu'il était et resterait à jamais, aux yeux de Tierwater au moins. Des Wilkerson, j'en connais, et des Weston aussi, mais personne qui s'appellerait Wilson. Pas dans le coin en tout cas.

Puis il se tourna vers le gamin et ajouta :

— Tu connais des Wilson à l'école, Donnie ?

Donnie n'en connaissait pas. Tierwater descendit de voiture à son tour.

— Bonjour, lança-t-il, toute la longueur de sa voiture et de la Cadillac de la vieille dame entre lui et le petit propret. Désolé de vous déranger comme ça, mais je me suis arrêté pour examiner la carte et la dame, là... (geste pour désigner la vieille à regard fixe et gants blancs soudés à son volant), elle... j'ai eu l'impression qu'elle s'arrêtait là, juste derrière moi et, euh, je sais pas... non, parce que je peux plus bouger ma voiture...

Le petit propret avec un sourire qui s'élargit :

— Oh ! dit-il, c'est Mme Toffler. Pas de problème de ce

côté-là. Elle est un peu paumée, c'est tout. Pas d'inquiétudes à avoir.

Et voilà que l'inspecteur des travaux était monté sur la chaussée, qu'il faisait le tour de la voiture, remontait le long de l'aile interminable et scintillante jusqu'à la portière côté chauffeur et gentil, le type, on est prêt à donner un coup de main, on veut aider, on est aimable et bon voisin et c'est le monde entier qui est doux et en paix.

C'est alors que Sierra sortit en trombe de la porte turquoise toute scintillante de la maison derrière eux et traversa la pelouse à toute allure, un chien et deux ados maigrichonnes sur les talons.

— Papa ! hurla-t-elle. Papa, Papa !

Tierwater se figea. Il vit un nouveau regard naître dans les yeux de l'inspecteur des travaux, un air qui disait : « Papa ? Le papa de qui ? » On était très clairement perdu, on observa Tierwater, puis Andrea avant de tourner la tête vers le trio qui chargeait et le chien qui jappait cependant que Sierra continuait de hurler cette épithète des plus intimes et filiales, ses pieds nus battant la pelouse comme des poissons rares, son appareil dentaire brillant au soleil et son visage comme saturé par l'extase du martyre. Tierwater sentit son cœur remuer dans sa poitrine, mouvement tectonique profond qui lui fit trembler chacune de ses cellules : l'imposture était terminée. L'heure était venue d'improviser.

Mais déjà l'inspecteur des travaux commençait à donner des signes de compréhension, son regard se durcissant sous le soupçon avant de passer à la colère, puis à la fureur outragée. Derrière lui, toujours en position près de la portière ouverte de la Subaru, le gamin à cou de taureau rentra les épaules comme s'il attendait le coup de sifflet de l'arbitre.

— Vous, vous, bégaya l'inspecteur, le visage brusquement tout rouge, vous... vous savez bien que vous n'avez pas le droit, vous ne pouvez pas...

Sierra continuait de débouler en hurlant et pompant des bras, le chien, une espèce de terrier, transformant l'affaire en jeu tandis que les deux autres filles perdaient du terrain et hurlaient de leurs voix flûtées et incompréhensibles d'adolescentes. Tierwater jeta un coup d'œil à Andrea qui n'avait pas bougé d'un iota, Andrea, son alliée et sa complice, et que lui disait son visage ? Je te l'avais bien dit, voilà ce qu'il lui disait. Il lui disait qu'il s'était attiré le plus gros ennui de sa vie, bien plus gros que tout ce que le juge Duermer ou le shérif Bob Hicks avait encore pu lui sortir : il venait de passer outre à une injonction du tribunal et ferait mieux de bien regarder sa fille parce qu'il n'allait plus la revoir avant qu'elle ait dix-huit ans, pas même l'entrevoir, non, pas après ce coup-là.

— Aucun contact ! aboya l'inspecteur des travaux, et déjà tout raide, il longeait à nouveau la Cadillac, dépassait la statue de la vieille dame rivée à son volant et s'avançait sur Tierwater avec des intentions manifestement belliqueuses, le gamin à cou de taureau le suivant sur la pelouse au petit trot de l'arrière de ligne au moment même où, en parfaite synchronisation avec le chien, Sierra sautait par-dessus le fossé et se jetait dans les bras de son père.

— Non ! fut tout ce que put crier l'inspecteur des travaux et, véhément sur ce point de droit, de loi, d'ordre et de convenance, il se lança dans la bagarre et, une main serrée autour du bras droit de Tierwater et l'autre sur celle de Sierra, il tenta de les séparer en y mettant tout ce qu'il aurait pu mettre s'il avait voulu écarter les portes d'un ascenseur récalcitrant.

(Je dois dire ici que je n'ai jamais beaucoup aimé qu'un inconnu s'empare de mon bras et qu'à lui seul cet acte aurait suffi à me faire démarrer, mais non : il fallait en plus que cette espèce de WASP inébranlable, que ce receleur de mômes des Services Oregoniens de la Protection Infantile essaie de me séparer de ma fille – et à quelle fin ? je n'arrivais même pas à l'imaginer. Ajoutez Andrea au tableau et n'oubliez pas le gamin à cheveux en brosse et le chien cherche-la-bagarre atteint d'aboiements irrémédiables et non, je ne crois vraiment pas que vous pourrez m'en vouloir d'avoir réagi d'une manière propre à décevoir le shérif Bob Hicks.)

Au début, Tierwater ne fit qu'essayer de protéger sa fille en la serrant fort contre lui et collant la partie supérieure de son dos entre ses bras maigres et les serres de l'inspecteur des travaux, mais ce n'était là que le stratagème d'un instant qui se désagrège rapidement. Sierra était tombée dans ses bras. Il voulait l'étreindre, la protéger : était-ce donc un crime ? Il ne le pensait pas, mais avant même qu'il ait pu étudier la question, voire seulement reprendre son souffle, le gamin à cou de taureau déboulait sur lui et, poignets épais et gros doigts tout gonflés, tirait sur les épaules de Sierra, le chien arrivant en bas pour compliquer les choses en mordillant ses chaussettes tombantes et ses tibias découverts. Le temps paraissant s'arrêter, pendant un long instant ils dansèrent tous les quatre ensemble, bras contre bras, les pieds raclant le bitume, grognant et luttant tandis que le chien donnait de la voix et que les filles à pattes maigrichonnes lançaient des ordres de la ligne de touche, jusqu'au moment où Tierwater se retrouva dans une arène entièrement différente.

Il regardait la face boursouflée du gamin à cou de taureau, il y vit l'issue. Rien d'autre. Rien qu'il aurait prémédité ou même vaguement envisagé, mais lorsqu'il fit passer son poing par-dessus l'épaule de sa fille et l'écrasa au milieu de cette figure congestionnée de graisse, il se sentit décoller du sol comme si la force de gravité n'avait plus prise sur lui : le gamin et ses quelque cent kilos d'arrière de ligne s'effacèrent comme par miracle au moment même où Tierwater se tournait vers l'inspecteur des travaux. Celui-ci continuait de le griffer, un air d'angoisse, de prière et de supplique sur la figure, mais le coude que Tierwater lui asséna sur la gorge ressemblait à une aile qui bat et volette et le mit définitivement à distance.

Il ne pensait à rien, il était entièrement sur la défensive, mais sa fille était maintenant passée derrière lui et, remontée Dieu sait comment derrière le volant de la voiture marron merde, Andrea lui criait :

— Ty ! Ty !

Il regarda Sierra. Le visage vidé de son sang, elle avait les nerfs à vif. Elle jeta un coup d'œil à Andrea par-dessus son épaule, puis elle se retourna pour regarder la maison turquoise, les deux filles sur la pelouse et l'inspecteur des travaux qui se tortillait sur la chaussée en se frottant le cou à deux mains, et se rua vers la voiture, un petit sourire de triomphe sur les lèvres. Tierwater, lui, et il planait sérieusement, ne put alors s'empêcher de s'écarter lorsque le gamin lui revint dessus en plongeant tel le footballeur forcené sur son mannequin de placage et, pour faire bonne mesure, balança un agile coup de pied dans l'arrière-train du clebs qui atterrit dans le fossé avec un petit aboiement de surprise. Et oui, il vit bien remuer les lèvres des deux maigrichonnes qui répétaient le numéro d'immatriculation de la voiture afin de le garder en mémoire, mais que pouvait-il y faire ?

Il avait enfin retrouvé sa fille, il n'était pas né celui qui allait la lui reprendre.

Pendant les quinze premiers kilomètres, personne ne dit mot. L'essence filait dans le gosier du carburateur, les pneus gémissaient, Andrea écrasait l'accélérateur et se battait avec le volant à petits gestes spasmodiques de ses grandes mains, les fermes, les camionnettes affaissées, les chemises, les visages, le linge étendu sur sa corde, l'écorce des arbres, les branches, les feuilles, tout passait le long des vitres en claquant comme les cartes qu'on bat. Elle conduisait trop vite, son regard ne cessait de se porter sur le rétroviseur arrière, une route de campagne après l'autre, la voiture fonçait et il n'y avait rien à dire. Parce que ce n'était plus là de la résistance passive ou de la manif pacifique, parce qu'on n'en était plus à désobéir à une injonction du tribunal, ni même à la destruction volontaire d'une propriété privée le long de la 5, parce que... on en était arrivé aux affaires sérieuses. Tierwater le savait, Andrea aussi, et Sierra qui, assise sur la banquette arrière, s'accrochait à son père et tentait de respirer entre ses sanglots rauques et étouffés, ne pouvait pas ne pas le savoir elle non plus. Il n'y avait plus moyen de faire machine arrière après un coup pareil.

Ils continuèrent de rouler. Une prairie apparut puis disparut, puis ce furent deux chevaux, un caniveau, un pont étroit. Andrea prit une série de virages en S, la voiture se propulsant tel un canot sans avirons dans les rapides d'une rivière folle. Pour finir, ce fut Tierwater qui brisa le silence pour demander :

— Où on va ?

Les yeux durs et exorbités, Andrea lui décocha un regard furibond.

— On se tire d'ici, qu'est-ce que tu crois ?! C'est toi... si t'avais pas poussé comme ça, si t'avais pas... mais il fallait que tu la voies, pas vrai ? Tu pouvais pas la laisser tranquille ?! Je t'avais pas dit que Fred allait régler le problème ?

— Fred ! cracha-t-il en oblitérant quasiment ce prénom sous le poids de son dégoût.

Son visage s'était redéployé. La campagne filait sous leurs yeux. Il avait peur, bien sûr qu'il avait peur, mais il était aussi tout excité : enfin il avait fait quelque chose et son cœur battait plus fort que le moteur épuisé de la Nova. Il était remonté, il marchait à l'adrénaline, il était fou et en colère et pas question de s'opposer à lui.

— Oui, bon, ben, parlons-en, reprit-il. Et si on commençait par rappeler qui a eu l'idée d'aller au Siskiyou, hein, bordel de merde ! Tu parles comme ça va nous aider !

Une voiture se profila sur leur gauche et les doubla en murmurant doucement. Quelque part derrière eux, des téléphones s'affolaient sérieusement.

— Et où on va, tu veux me le dire ? enchaîna-t-il. Sais-tu seulement où on est ?

Il regarda ses épaules, ses épaules furieuses, tandis qu'elle plongeait la main dans la boîte à gants. Au bout d'une minute, elle jeta une carte sur la banquette.

— A toi de trouver. Le flingué ici, c'est toi. C'est toi qu'on recherche.

C'est alors que Sierra ressortit la tête du creux de son bras gauche. Elle l'y avait enfouie après qu'il avait sauté dans la voiture et lui avait tendu les bras, à chaque cahot de la route il avait senti la chaleur de son souffle sur sa peau, le doux balancement de son corps tandis que la force centrifuge menaçait de le lui reprendre. La voiture s'étant tapé une bosse, il regarda sa tête trembler sur le pivot incertain de son cou. Elle s'était mis du mascara, ses larmes l'avaient étalé en travers de sa figure en une pâte humide et noire.

— Ils m'ont pris mon anneau de nez, dit-elle en sanglotant. Ils ont dit que c'était pas... chrétien.

Il entonna la phrase rituelle, « C'est pas grave, ma chérie », Andrea l'imitant à son tour, toute sa fureur comme disparue de sa voix. La Nova décéléra un instant par compassion, puis Andrea écrasa de nouveau le champignon.

— Non, vrai, ils étaient horribles que tu le croirais pas, poursuivit Sierra. Ils t'obligeaient à te tenir droit sur ta chaise... comme un Marine, tiens ! et, et... (elle s'effondra de nouveau, Tierwater sentant aussitôt son cœur lui dégringoler dans la poitrine)... et ils t'obligeaient à prier avant de manger !

Ça, c'était quelque chose, pensa-t-il – prier, rien que ça ! –, mais il n'avait pas encore eu le temps de digérer la nouvelle et d'envisager toutes les conséquences et ramifications de cette forme particulière de mauvais traitements à enfants (« Ils ne t'ont pas touchée au moins, ma chérie ? Enfin je veux dire... personne n'a posé la main sur toi en quelque... façon que ce soit, n'est-ce pas ? ») qu'Andrea y allait d'une exclamation de surprise à voix basse.

— Oh, merde ! lança-t-elle en braquant sauvagement le volant.

Dans l'instant, Tierwater se retrouva écrasé sur sa fille, l'un et l'autre se voyant projetés à l'autre extrémité de la banquette, méli-mélo de bras et de jambes pris dans la poussée irrésistible de leurs poids morts. Il s'accrocha à la poignée de la vitre pour se rattraper, énième bout de ferraille inutile, elle lui resta dans la main.

Lorsque enfin il retrouva son équilibre, ils roulaient sur une route en terre, la voiture zigzaguant d'un bord de la chaussée à l'autre tandis que les pneus vomissaient des gravillons, une traînée de poussière roulant derrière eux... et quoi encore ? Qu'est-ce que c'était que ce bruit ? Enfin il comprit et en fut tout remué : c'était une sirène, une sirène ! qui hurlait dans le lointain. Andrea continuant de se battre avec le volant, la Nova dérapa pour s'arrêter enfin dans un tas de mauvaises herbes juste au bord de la route, tous les trois se retrouvant à regarder le croisement dans la lunette arrière. Tierwater y découvrit un voile de poussière ensoleillé, puis des pins qui formaient un tunnel : la nature leur tendait les bras. Son cœur battait la chamade. La sirène hurla, et hurla encore. Et tout s'éclaircit : une lumière rouge qui clignote au bout de la route en terre, la grande échelle et les tuyaux, des hommes en T-shirt avec des casques sur la tête, à peine une image et tout disparut.

— C'est un camion de pompiers, dit-il en paraissant ne plus pouvoir reprendre son souffle, un vulgaire camion de pompiers !

Le ciel avait commencé à se fermer, couverture sale et basse étendue sur une corde à linge et tellement battue que ses coins ensoleillés s'étaient assombris. Allongé sur le dos dans un lit d'herbe, sa chemise roulée en boule lui servant d'oreiller et sa casquette des Forty Niners perchée sur sa poitrine tel un petit animal domestique endormi, il regardait les nuages s'effilocher. Ça sentait la chlorophylle, le moisi, l'odeur vaguement acidulée de fleurs sauvages dont il ne savait pas le nom. D'ici une demi-heure il allait pleuvoir.

Cinq mètres plus loin, Sierra et Andrea s'affairaient à sortir de la boue d'un caniveau pour la jeter sur la voiture. On cherchait l'effet Jackson Pollock, l'enchevêtrement complexe d'abstractions qui, Dieu sait comment, ferait de la Nova un objet inoffensif et passe-partout, quelque chose qu'un type du coin aurait pu conduire, avec des plaques d'immatriculation tellement sales qu'on ne pourrait pas en reconnaître l'origine au premier coup d'œil, Californie, Oregon et tiens, même : Saskatchewan. Il aurait pu leur dire qu'elles perdaient leur temps, la pluie se chargerait de laver tout ça, ça ne faisait aucun doute, mais il ne voulait pas leur casser leur enthousiasme. Sans compter que ça leur donnait quelque chose à faire, saine activité propre à tuer le temps jusqu'à la nuit tombée, moment où il leur faudrait tenter de rejoindre la frontière californienne et se perdre dans la circulation qui dévalait du nord en trombes compactes de verre et d'acier en caillots.

Andrea faisant un jeu de l'affaire, Sierra, visage rond de sa mère et jambes qui barattaient avec maladresse, oui, riait ; riait, tandis que la boue volait et que la Chevy Nova de Robin Goldman se transformait en œuvre d'art. C'était bon signe : Sierra avait eu peur, c'était indubitable, elle avait eu peur et, les gueules en dalles mortuaires lui marmonnant des trucs dans une oreille tandis que les flics et son avocat en faisaient autant dans l'autre, ne s'y était pas vraiment retrouvée ; si, pour lui, le mois écoulé avait été un enfer, il ne pouvait qu'imaginer ce qu'il avait dû être pour elle. Mais Andrea s'était montrée magicienne. Elle avait pris sa fille dans ses bras, elles s'étaient assises pour parler de tout cela en partageant un sandwich rance et une cannette de *root beer* tiède et lui, Tierwater, était bien là, et si ému qu'il avait du mal à parler et les avait serrées toutes les deux dans ses bras.

— Je sais que nous ne pourrons jamais réparer le mal que nous t'avons fait, avait dit Andrea, et tout ça, c'est de ma faute, entièrement de ma faute, il faut que tu le saches. Ton père ne voulait pas t'emmener... il avait raison et j'aurais dû l'écouter parce que tu sais bien que consciemment, nous ne ferions jamais rien qui puisse te blesser ou même... si nous avions pensé qu'il y avait le moindre risque... je n'aurais jamais cru... Ce sont de vrais fils de putes, les types à qui nous avons affaire, de méga fils de putes qui feraient n'importe quoi pour nous abattre. Mais tu en seras d'autant plus forte, je peux te l'assurer.

(*Le propos était douteux et faisait l'impasse sur l'avenir, les planques, la clandestinité, les noms d'emprunt, la paranoïa et le passage d'une école à une autre, mais ma fille n'avait que treize ans et se sentait tellement heureuse d'être sauvée et de ne plus se trouver sous la coupe des bonnes âmes qu'elle ne l'avait pas contesté. Comment fabrique-t-on un extrémiste ? Je pourrais vous rédiger le manuel.*)

Son sandwich à moitié mangé dans une main et les yeux tels ceux d'une louve, plus noirs que le ciel, féroces déjà, Sierra avait baissé la tête et murmuré :

— Oui, je sais.

Mais maintenant, Tierwater était allongé dans l'herbe et ce moment solennel était bien loin. Leurs pieds nus tout noirs et luisants, sa femme et sa fille balançaient de la boue sur la voiture en pouffant, en criant fort et se feintant avec des mains dégoulinantes. Il se renversa encore plus en arrière, huma la pluie et, chose qui n'aurait pas dû le surprendre le moins du monde, pensa à Jane parce qu'elle, il n'avait pas pu la sauver, et ne l'avait pas sauvée, parce qu'elle, elle lui avait échappé à jamais.

« Comment tu veux tes crêpes ? », voilà ce qu'elle lui avait demandé le matin de sa mort, et il entendait encore sa voix comme une mélodie à demi oubliée qui flottait à nouveau dans sa mémoire, « calcinées ou à moitié noires ? » Il la revit dans un voile de fumée, et cette fumée montait dans les arbres en fines torsades de blanc. Elle portait un short, des chaussures de marche, un sweat-shirt des New York Rangers, elle était du nord de l'Etat, originaire de Watertown, et passionnée de hockey. Qu'il détestait, des butors gonflés aux stéroïdes qui s'expédient dans la barrière en se jetant à la tête de graves insultes en québécois pendant que la glace retient son souffle, non merci, mais elle, il l'aimait. C'était ça, la réalité, même s'il la connaissait à peine et ne la formulait jamais à haute voix sauf à certains moments d'égarement érotique. Ils ne s'entretenaient pas d'abstractions, ils parlaient du bébé, de son boulot à lui et de son boulot à elle, ils parlaient marmottes et grizzlys, ils se disaient ce qu'ils allaient manger au petit déjeuner.

Donnez-lui des jambes sales, éraflées, croûteuses et couvertes de piqûres de moustiques, et des mains qui auraient pu être plus propres. Et douces. Donnez-lui encore là, sous l'œil gauche, une tache qui brillait comme une balafre. Et des cheveux plats. Des habits qui sentaient la fumée, la bouffe et son odeur profondément musquée. Donnez-lui tout ça parce qu'ils campaient. Glacier Park, autorisation spéciale et on a beau se laver tout ce qu'on sait, jamais on n'échappera à la crasse, pas dans ces conditions.

Il voulait ses crêpes à moitié noires, il le lui révéla des replis mêmes de son sac de couchage étendu à côté du sien sur le tapis de sol en néoprène de leur tente, celle-ci ressemblant à une grosse amanite brusquement surgie de terre. Brouillard de gouttes qui tachaient les troncs d'arbres et découpaient les aiguilles des pins sur le ciel, il pleuvait. La veille, dans le silence noir et songeur de onze heures et demie du soir, ils avaient violé le serment de chasteté qu'ils s'étaient fait en pénétrant dans le parc une semaine plus tôt : pas de baise sur les terres du grizzly. Pas de baise. Simple bon sens, ils en avaient débattu sans passion dans l'avion qui les amenait à Kalispell, avec pas mal de sentiment dans la chambre de motel la veille du jour où ils s'étaient enfoncés dans l'arrière-pays, elle était toute chaleurs, peau et souffle embrasé, ils avaient dû faire ça au moins dix fois en prévision des privations à venir. Deux filles ayant été tuées dans le parc, tuées, mutilées et l'une d'elles en partie dévorée, il n'était pas question de tenter le diable.

C'était la pleine nature, enfin... aussi pleine qu'on pouvait encore la trouver sur cette planète en l'an 1979. Tierwater sentait son cœur battre un peu plus fort de savoir qu'il y avait là des créatures qui pouvaient s'attaquer aux humains, et n'hésitaient pas à le faire, voire à les manger, de grands ours de quatre à cinq cents kilos capables de battre un cheval à la course et de tromper l'odorat d'une meute de chiens, de vrais serial killers, ces engins, le sommet de la chaîne alimentaire. Jane, elle aussi, en était tout excitée. On n'était plus dans le comté de Westchester où l'animal le plus dangereux qu'on pouvait rencontrer se réduisait à une veuve noire planquée dans la douche ou, disons, l'ombre fugace d'une vipère cuivrée s'aspirant dans la fente d'un mur en pierre des champs. C'était dans le brut qu'on faisait. Dans la nature vraie, sauvage et sans désinfectants.

— Tu connais le nom scientifique du grizzly? lui avait-il demandé alors que le pilote activait les volets de freinage et sortait le train d'atterrissage à grand bruit. *Ursus arctos horribilis*. Horribilis. C'est pas dément?

Dément, vraiment dément que c'était. Il l'avait vu dans l'éclat de ses yeux et la façon dont son visage s'était ouvert à lui.

— Ces nanas, avait-elle repris, c'est vrai qu'elles avaient leurs règles?

— Il faut comprendre que ces trucs-là, les grizzlys, lui avait-il répondu, ça ne vit qu'en reniflant; ils doivent renifler la beauté printanière, le cône du pin à écorce blanche, la charogne à peine morte. Parce que faut voir qu'ils n'ont jamais assez à bouffer et que toute leur existence se passe à filer au buffet salade avec petite tranche de viande à côté. Alors, oui : ces filles avaient leurs règles. Peut-être même qu'elles s'étaient parfumées. Et les grizzlys, ça le renifle... le sang, je veux dire, à des kilomètres et des kilomètres à la ronde. C'est comme s'ils entendaient la cloche du dîner...

— Arrête de déconner.

— Je ne déconne pas. C'est même pour ça qu'il n'est pas question de baiser. Ils sentent toutes les sécrétions corporelles.

— Arrête.

— Non, non, je rigole pas. Rien que l'été dernier, ici même, dans Glacier Park, un couple s'est fait tuer dans sa tente. La nuit. Ils... en tout cas, ce sont les conclusions de l'enquête... ils... s'y étaient mis.

Et donc, les crêpes. La poêle était noire, des deux côtés, de la suie remontant jusqu'en haut de la poignée comme une couche de peinture. Il écrasa des moustiques, avala les crêpes que Jane avait fait cuire, elles avaient un goût de pâte à papier incinérée, et regarda sa femme manger les siennes. Ils n'avaient pas de sirop d'érable. Ça attirait trop les ours. Leur boisson de choix? L'eau de l'étang, au gobelet en fer-blanc.

Evidemment, ce qui attirait ou n'attirait pas vraiment les ours n'avait pas fait partie de l'équation la nuit précédente. Depuis une semaine déjà, une de moins, encore une à se taper, ils ramassaient des excréments de marmotte à ventre jaune pour les mettre dans un sac à sandwiches Glad. Jane préparait son doctorat de gestion de la nature et un de ses professeurs étudiait les préférences alimentaires de la marmotte dans le Glacier National Park pour des raisons qu'il était seul apte à pénétrer. Mais le Dr Rosenthal devant, quinze jours durant, participer à une conférence sur les sciuridés, rongeurs et mustélidés qui se tenait à Toronto, ils avaient sauté sur l'occasion qui leur était offerte de la remplacer, bien que cela impliquât de laisser Sierra chez sa grand-mère à Watertown. Ça faisait mal. Et pourtant, le doute ne s'était jamais vraiment imposé : pour Jane, c'était la chance de pouvoir se livrer à du travail de terrain et de se faire quelques points de bonus auprès de son amie et mentor, le docteur Sandee Rosenthal, la plus grande spécialiste de la marmotte au monde, et pour Tierwater et son épouse celle d'être seuls ensemble, en amoureux et dans un cadre des plus romantiques. Rien de moins qu'une deuxième lune de miel.

Mais pas de baise, c'eût été une folie.

Il n'empêche : lorsque Jane alluma un pétard et se glissa, les jambes nues, dans son sac de couchage, il n'eut plus l'air de pouvoir empêcher ses mains de l'appeler en silence, et elle d'avoir le même problème que lui. Elle l'attira à elle. Ils s'embrassèrent, longuement et fort, puis, pantelants et brûlants, s'arrachèrent l'un à l'autre. Et restèrent étendus sous la voûte de la tente à essayer de retrouver leur sang-froid, « Et donc, on peut pas déconner, c'est ça? Même pas juste un peu? », à écouter la condensation goutter des arbres tandis que le feu se faisait braises, puis, le calme aidant, et aussi le shit et l'électricité qui dévastait leurs corps, ils laissèrent tout repartir en bordel. Ils n'avaient pas vu de grizzly, et n'en avaient pas entendu non plus, ils n'en avaient même pas décelé d'empreintes ou trouvé d'excréments. Quant à des souches qu'on aurait ouvertes pour y trouver des fourmis... Ils avaient pris des risques. Ils semblaient incapables de se tenir. Et l'affaire avait été encore plus intense de tous les dangers qu'elle présentait, ah, ces résolutions brisées! ah, titiller le péril!

et lorsque tout avait été dit, s'étaient forcés à sortir du sac de couchage et à suivre le faisceau de leur lampe de poche jusqu'à l'étang, où ils s'étaient glissés dans l'enveloppe glacée de l'eau afin de bien se nettoyer au savon inodore, jusqu'à en claquer des dents et en avoir les lèvres toutes bleues.

Tierwater avait mâchonné sa boule de crêpes et, la pluie atomisée s'amassant dans ses cheveux, contemplé la voûte des arbres et s'était ouvert à ce qui l'entourait. Il se sentait riche, il se sentait béni, il se sentait, il n'avait que vingt-neuf ans, il faut le lui pardonner, quasiment invulnérable. Et lorsque Jane poussa un cri, il rit presque tellement c'était comique. « Oh ! » avait-elle dit, rien de plus. « Oh ! », juste ça, comme si on l'avait surprise dans le noir ou si elle était tombée du lit. Elle ne s'était pas écriée « Oh, merde ! » ou « Oh, bordel ! », non, juste : « Oh ! » Jane ne jurait pas, elle ne pouvait tout simplement pas s'y résoudre, et s'ils avaient bien joué aux durs et aux petits malins des rues quand c'était la chose à faire, et s'ils avaient encore fumé d'innombrables joints avec d'innombrables camés et hurlé tout ce qu'ils savaient dans des boîtes de nuit sombres et surchauffées et dans des arènes qui vacillaient, jamais elle n'avait dérogé aux bonnes manières qu'on pratique dans les petites villes. Tierwater s'était toujours dit que sans lui elle serait devenue le genre de femme qui assiste régulièrement aux réunions de parents d'élèves et met des gants et un chapeau à voilette pour aller à l'église. Et il adorait ça. Le monde était bien assez plein d'obscénités, de cas sociaux, d'antéchrists et autres allumés comme ça. Il n'en avait pas besoin dans sa maison. Pas chez sa femme.

« Oh ! » s'était-elle donc écriée en lâchant son assiette de crêpes comme si quelque chose l'avait piquée. « Comme si », dit-il... alors que c'était très exactement ce qui s'était produit : une abeille venait de la piquer. Ou plutôt non : pas une abeille, une guêpe, une *Vespula maculifrons*, celle à rayures noires et dorées que les gens du coin appelaient « la guêpe à viande » parce qu'elle n'aimait rien tant que le bœuf haché, les steaks et les escalopes grillées. Sans parler des charognes.

C'était presque drôle. Une piqûre de guêpe. Mais le plus incroyable était bien que Jane avait passé toute sa vie, les quelque vingt-cinq années qui la composaient, sans s'être jamais fait piquer, en tout cas, pas que sa mère s'en serait souvenue. Et donc, ce n'était pas drôle du tout et n'avait rien à voir avec le petit bobo que ç'aurait pu constituer pour 95 pour 100 des représentants de notre espèce, à savoir les veinards, les non-allergiques et les immunes. De fait, c'était de mort qu'il fallait parler. Même si, entièrement pris dans le ravissement d'être naturel et occupé à mâchonner sa boule de sarrasin à moitié noire, il ne s'en était pas encore rendu compte. Il s'était levé, bien sûr, il avait posé sa gamelle en fer-blanc et s'était porté vers elle – la fumée montait du feu, les arbres dégouttaient de pluie, sur le dos, la guêpe qu'on avait assommée se débattait dans la terre en ruant de ses six pattes moribondes comme si elle pouvait encore piquer un jour de plus.

Jane était devenue toute rouge. Ses yeux lui étaient rentrés dans les orbites et en ressortaient maintenant comme deux billes noires. Elle n'avait plus l'air de pouvoir arrêter de cligner des paupières. Elle n'arrivait plus à reprendre son souffle. Tout ça et il ne comprenait toujours pas, ne concevait ni ne saisissait, même le plus vaguement du monde, que tout ce qu'il avait jusqu'alors considéré comme la vie était en train de s'éteindre.

— Qu'est-ce que c'est? lui avait-il demandé en essayant d'en rire. Une piqûre d'abeille? C'est ça?

Elle était incapable de lui répondre. Il l'avait tenue dans ses bras, qu'aurait-il pu faire d'autre? Il ignorait jusqu'à l'existence du choc anaphylactique, n'avait jamais entendu parler de l'adrénaline et des histamines, ne savait pratiquement rien des secours d'urgence et de la réanimation, et se trouvait à dix-huit kilomètres de la première route. Oui, mais elle avait le cœur qui essayait de lui sortir de la poitrine alors même qu'il la serrait contre la sienne, et elle s'était pissée dessus, urine brûlante qui lui descendait le long des jambes en une traînée sale et qui sentait le vinaigre brûlé dans la poêle, et tout d'un coup elle était tombée par terre, sur le flanc, et s'était mise à vomir la pâte noircie de ses crêpes. De l'eau, il lui avait apporté de l'eau et lui avait écarté les cheveux de la bouche, mais il n'y avait plus rien dans ses yeux, déjà elle était aussi froide que la poussière où elle gisait.

Il ne savait plus combien de temps il était resté à côté d'elle, tantôt à chercher son pouls et insuffler de l'air dans sa gorge à en avoir mal aux poumons, tantôt à essayer de la faire respirer, à la secouer, à lui dire de se lever, bordel, et de marcher pour que ça passe ! Des prières lui étaient revenues, les visages des morts, *ora pro nobis*, et bien que paniqué, ou parce qu'il l'était, il n'avait pu se résoudre à la déplacer, même après que le brouillard s'était fait bruine et la bruine pluie. Pour finir, quand même, il devait être déjà tard dans l'après-midi, il l'avait arrachée à la boue et l'avait hissée sur une de ses épaules : rien n'était plus lourd au monde, rien, ni la pierre, ni le plomb, ni toutes les montagnes qui, en rangs comme il faut, marchaient au pas jusqu'au Canada. Donc, redescendre la piste, la redescendre jusqu'en bas, regagner la route et la voiture et rejoindre l'hôpital de Whitefish. Il l'avait ramenée, d'un bout à l'autre, il l'avait fait sortir d'entre les grands arbres, de la pluie, de la morsure du jour qui n'en finit pas, mais quelle importance à ses yeux ou à ceux de quiconque ? Il ne l'avait pas ramenée en vie.

DEUXIÈME PARTIE

Notre produit le plus important, c'est le progrès

Santa Ynez, novembre 2025

Pas moyen de dormir. Dieu sait si je suis fatigué, avec mon genou qui m'élance, mon dos qui s'est mis définitivement en retraite, tous les muscles de mon corps étirés jusqu'au point de rupture et mes épaules accrochées à des fils comme des marionnettes. Crevé, flapi, éreinté, cuit que je suis. Quelle journée ! Je suis au lit, chez Mac, dans une chambre plus grande qu'une gare routière, et contemple le plafond dans le noir. Andrea repose à côté de moi, tout enroulée comme un point d'interrogation, et ronfle si doucement que je l'entends à peine, les draps en soie rose de Mac glissant comme de l'eau de bain sur et sous mes pieds reconnaissants de vieillard. Vous voulez savoir ce que signifie le terme « cosy » ? Ça, exactement ça.

Dehors, ce n'est pas pareil. Dehors, c'est le vent, la pluie qui file à l'horizontale, les hurlements et les trucs qui se déchirent, dehors, c'est le naufrage de ce que j'ai appelé ma maison pendant dix ans et de tous les enclos et cages que nous avons conçus et construits pour le plus grand bien-être et le bonheur des animaux. Terminé, tout ça. Comme ça. A l'endroit où se trouvait la maison d'amis, c'est un fleuve qui coule, tout en membrures marron et muscles qui roulent, fini le Rancho Seco, adieu les copropriétés de Lupine Hill, il n'y a plus que des sirènes, des projecteurs et des gens qui s'accrochent à un débris ou à un autre.

Mais ce n'est pas ça qui me tient éveillé. J'ai déjà relu deux fois la liste des animaux et, de ce côté-là, je suis satisfait, et Andrea a réussi à sauver les trois quarts de mes affaires (caleçons jaunissants, compresseur de nourriture, toaster, mes exemplaires en lambeaux de *La chute du Troisième Reich* et des *Clochards célestes*, quelques bouteilles de saké et autres aliments divers). Aucun objet n'a d'importance à mes yeux. Je pourrais tout reconstruire, faire mes valises et filer, vivre dans un fossé ou un tipi – ou sur une plate-forme de deux mètres sur trois installée dans un séquoia. Non, le problème, c'est mon cerveau : il n'arrête pas. Pendant un moment j'ai bien tenté de remonter la chaîne tortueuse de mes pensées jusqu'à la première image (en général, ça marche parce que, tôt ou tard, je finis par oublier le but de la manœuvre et m'aperçois qu'il est six heures du matin), mais assez perversement, et peut-être à cause des changements radicaux qui se sont produits ces derniers jours dans ma vie rassise et limitée, de nouvelles pensées ne cessaient de sortir de celles que j'avais récupérées, tant et si bien qu'en partant des caractéristiques propres aux ronflements d'Andrea pour passer à ceux de ma mère lorsqu'elle s'endormait sur le canapé avec la courtepointe ramenée sous le menton et son verre, au début du whisky, à la fin de la flotte pure et simple, dans sa main, à la façon dont la lumière entrait par la fenêtre de la cuisine dans la maison de Peterskill, au Nez d'Anthony[1], au Dunderberg[2] et à tous les randonneurs qui tombaient victimes de la maladie de Lyme sur la piste des Appalaches, je me suis retrouvé à m'interroger sur la nouvelle génération d'amoureux de la nature, ceux qui emportent leurs accessoires télé partout avec eux parce que la vraie nature n'a plus rien à leur offrir. Et là, je me suis empêtré dans le phénomène télé, dans mon enfance passée devant le petit écran et, avant de pouvoir dire ouf, j'ai commencé à réciter des horaires entiers d'émissions des chaînes CBS, NBC et ABC pendant une semaine donnée de l'année 59. Et c'est comme ça que j'en suis venu à Ronald Reagan. J'épluchais tous les jours de la semaine comme on égrène un chapelet et me suis retrouvé au samedi soir avec *Au nom de la loi*, puis au dimanche avec l'« Ed Sullivan Show », de huit à neuf, suivi par l'émission de théâtre sponsorisée par General Electric et présentée par le futur gouverneur de Californie et quarantième président des Etats-Unis.

1. Montagne de la vallée de l'Hudson. (N.d.T.)
2. Montagne de la piste des Appalaches. (N.d.T.)

Je m'allongeais sur le tapis qui sentait le nettoyant et, mes livres de classe éparpillés autour de moi, regardais les jongleurs, les comédiens et les chevaux dansants inscrits au menu de l'assez pitoyable émission d'Ed Sullivan, puis, à condition de bien cajoler et supplier, obtenais parfois l'autorisation de rester debout une demi-heure de plus et de regarder la pièce qui suivait : tout plutôt que d'aller au lit. Et là il était, Ronald Reagan. J'avais neuf ans et aucune idée de qui il pouvait bien être – je n'avais jamais entendu parler de *Bedtime for Bonzo*, de *Hellcats*, du *Gipper*[1] ou autre. Je ne faisais que le voir, terne et anonyme sauf pour l'incroyable pâté de cheveux luisants qu'il portait collé sur sa tête et la devise de la société pour laquelle il faisait de la pub : « *Notre produit le plus important, c'est le progrès.* » Ben tiens. Bien sûr que oui. Ça se tient, non ? Nous allons de l'avant, nous conquérons, nous stimulons et découvrons, et que je te branche ça et que je te le règle, et la vie est meilleure. Et cette maison qu'on leur avait construite, pour lui et sa femme, à Pacific Palisades, hein ? Interphone dans toutes les pièces, commutateurs électriques pour fermer les tentures, barbecue et cisailles électriques, trois télés, deux cuisinières, deux fours, trois réfrigérateurs, deux congélateurs, lampes chauffantes, œils électriques, machines à laver, sèche-linge, toiture rétractable pour dîner à la fraîche. C'est ça, le progrès. Et prendre James Watt comme ministre de l'Intérieur en fait également partie.

J'ai le ventre qui gronde : les gaz, voilà ce que c'est. A condition que je me tienne absolument immobile, ils finiront par se faufiler dans tous les tournants, virages et anfractuosités là-bas en bas, et retrouver l'inévitable chemin de la sortie. Et mais... où ai-je la tête ? C'est du méthane, ça, un polluant naturel, celui qui monte des lieux d'enfouissement des déchets, des centres d'engraissement du bétail et des termitières, un truc qui reste dix ans dans l'atmosphère. Contribuer ainsi d'un pet au réchauffement de la planète, non, vraiment ! Je suis lamentable et le sais. Culpabilité juive, culpabilité catholique, culpabilité écologico-capitaliste, je ne peux même plus évacuer mes gaz en paix. C'est

1. Soit *Dodo, Bonzo*, *Les commandos de l'enfer* et *Un pour le Gipper*, tous films et feuilletons télévisés dans lesquels joua Ronald Reagan. (N.d.T.)

vrai aussi qu'en soi, la culpabilité est un luxe. En taule, on ne se préoccupait guère de la dégradation de l'environnement et des droits de la nature et autres. On était encagé comme des bêtes, on chiait, pissait, se branlait et on tirait de véritables cyclones par nos rectums et tant mieux si le monde s'effondrait par notre faute : au moins on aurait été dehors.

Entre plusieurs rafales, la pluie augmente et je l'entends éroder patiemment les tuiles flagellées du toit (il y a deux ans, Mac a fait souder un filet d'acier par-dessus et, pour l'instant au moins, ça tient : pas de seaux qui éclaboussent ici). Ssss, grésille la pluie telle la graisse dans la poêle. Andrea renifle, marmonne quelques syllabes incompréhensibles et se retourne dans le lit. Pluie et repluie. Coup sourd d'un objet volant non identifié frappant un côté de la maison, vagues roulantes de l'écho qui fait tintinnabuler les figures couleur chair rangées dans la vitrine (toutes les chambres d'amis ont pour thème décoratif une ère précise de l'histoire du rock and roll et nous sommes dans la chambre Grunge, elle déborde de copies des groupes Nirvana, Soundgarden et Pearl Jam en pleine action, une boucle de cheveux de Kurt Cobain étant encadrée au-dessus d'un texte qui précise : « Boucle de cheveux de Kurt Cobain »). C'est fou. Comment dormir dans ce vacarme ? Comment quiconque le pourrait-il ? Comment font donc Andrea, April Wind, Mac, Chuy, Al et Al ?

Au fait, au fait : comment font les animaux ? Oui, je le reconnais, je m'inquiète pour eux, ou plutôt : je me réinquiète parce que c'est comme ça que fonctionne l'insomnie – diligent comme il l'est, le cerveau se débrouille toujours pour trouver quelque chose qui retarde l'inévitable extinction des feux. Tout à fait immobile maintenant, Andrea entre deux ronflements, le vent qui donne un coup de patte à la pluie et je jurerais entendre tousser un des lions, deux étages au-dessous de moi. Non, je ne rêve pas... là, voilà, ça recommence. On dirait Amaryllis. Je n'ai aucun mal à les imaginer : ils explorent leurs nouveaux quartiers, ils marquent les murs de leur odeur, ils défoncent le mobilier et déchirent les tapis pour se mettre à leur aise.

Le plus étonnant est bien que personne n'a été blessé.

Toutes ces griffes, toutes ces dents, ces centaines et centaines de kilos de résistance et d'irascibilité, le vent qui soufflait en tornade, de l'eau jusqu'à la taille et qui, astucieuse, filait, et moi : soixante-quinze ans, le genou en capilotade, un bras totalement éreinté et mâchonné, et personne pour m'aider hormis Chuy et cinq conscrits – la clé du désastre. Ce n'était pas d'April Wind que j'avais besoin, mais des Marines. Mais Chuy, qu'on ne devrait jamais confondre avec un génie, surtout depuis que les pesticides semblent avoir réduit à néant l'essentiel des fonctions cognitives de son cerveau, s'est porté, vraiment, à mon secours. Il m'a sauvé la vie et pas question d'en douter. Parce que l'idée qu'il avait eue d'atteler les félins (et pour finir Brin de Muguet et Pétunia avec) et de les obliger à nager pour s'en sortir, aussi ridicule qu'elle ait pu paraître, est en fin de compte la seule qui ait marché. Pendant que Mac et les femmes s'en allaient chaperonner les vautours égyptiens et ramener les ratels dans leurs cages à coups d'aiguillon, j'ai ouvert la porte de la grille à gros maillage et suis entré dans l'enclos des lions, Chuy juste à côté de moi avec une corde enroulée. Al et Al s'étaient installés dans la voiture et certes, ils bandaient leurs muscles, mais ils avaient petite mine : ils ne voulaient absolument pas être de la partie et qui donc aurait pu le leur reprocher ?

Je n'ai jamais aimé anesthésier les animaux. Trop risqué. Nous nous servions d'un mélange de Telezol et de Xylazine et ça marchait du tonnerre – à condition de doser ça correctement. En mettre trop, c'était se condamner à avoir un cadavre sur les bras, ne pas en mettre assez, c'était courir le risque d'en devenir un soi-même. J'avais dosé l'affaire au mieux vu les circonstances (coercition, inondation, femmes excitables et un Mac complètement hystérique, cuisine submergée, table qui flotte, tout ça, quoi), et comptais commencer par des demi-doses – assez pour assommer mes bestioles, mais pas trop pour qu'elles puissent rejoindre l'Olfputt et trouver le chemin de la cave où les attendaient des appartements secs avec de la paille répandue à la hâte et la carcasse d'un émeu noyé de frais.

L'eau nous montait jusqu'à la taille – en ai-je parlé ? – et filait à bonne vitesse. Sans parler de ces saloperies de poissons-chats qui grimpaient sur tous les plans horizontaux dans leurs petits paquets-cadeaux de bouillasse. Qu'en pensaient les lions ? Ça les faisait chier. Complètement chier. Ils mouraient de faim, ils étaient fatigués et en avaient marre d'être mouillés, de crever de froid et de se faire monter dessus par des poissons qui n'avaient absolument pas le droit de vivre dans ce type d'environnement. C'est ainsi que Dents-de-lion nous fixa de ses yeux bruns et se fendit d'un rugissement de plainte qui lui sortit du plus profond des tripes, là-bas, tout là-haut, sur le toit de la maison des lions.

— Bon, alors, lançai-je à Chuy, je vais commencer par Dandy. Dès que tu le vois tomber sur ses fesses, tu lui balances ta corde autour du cou. Ton lasso, je veux dire. Tu y arriveras ?

— Si, monsieur Ty, j'y arrive, *no hay problema.*

Parmi les nombreuses occupations auxquelles il s'était livré avant de se joindre à nous, Chuy avait mentionné celles de « *vaquero* » et de « dresseur de chevaux ». Avant de monter dans le Nord – il avait alors une vingtaine d'années –, il avait travaillé pour un rodéo mexicain où il avait pris des « *dogies* » (Dieu sait de quoi il s'agit : de veaux orphelins, sans doute) au lasso.

— Pas de soucis, enchaîna-t-il en souriant derrière le masque détrempé de son visage.

Le vent hurlait et ramenait le capuchon de mon ciré contre mes oreilles étirées de vieillard, *ooooo-wheup*, *oooo-wheup*, j'entendais Brin de Muguet feuler en harmonie dans le lointain.

— Et comme je ne vais pas anesthésier les deux autres, même s'ils nous cherchent, il faudra sortir de la cage à reculons et refermer la porte au cadenas, d'accord ? Etant donné qu'ils n'aiment pas trop la flotte, y a des chances qu'ils restent tranquilles...

— C'est ce que ié pense *también*, monsieur Ty, me répondit-il en se propulsant dans l'eau à grandes enjambées.

Déjà il était à cinq mètres de l'enclos et, disons, à six des lions. Et qu'est-ce qu'ils pouvaient rugir ! Tous les trois, et on avait les oreilles baissées, les babines retroussées, la queue qui bat et les yeux rivés sur lui tandis qu'il faisait tourner son lasso au-dessus de sa tête dans la pluie qui chassait.

— Yiiipiii ! hurlait-il. Yiiipiii !

Je me faisais du souci, je le reconnais. Je suis un cynique et un inquiet par tempérament, et l'ai toujours été – depuis la naissance de « La Terre pour Toujours ! » en tout cas. Et même avant, depuis qu'une saloperie de petite guêpe d'un centimètre de long et qui ne pesait certainement pas plus de sept grammes m'a pris Jane à jamais. Je m'attends au pire, et dois dire que de ce côté-là, j'ai été rarement déçu tout au long des quelque soixante-quinze années de merdes et de poisse qui constituent ma vie jusqu'à présent. Au mieux, je comptais sur trois lions noyés ; au pire, j'imaginais Chuy avec tous ses membres séparés de son corps et me voyais, moi, avec des intestins réorganisés de telle manière qu'on en eût été vraiment consterné aux urgences. C'est pour ça que je portais la Nitro Express de Philip Ratchiss à l'épaule, en plus du pistolet à flèches Palmer.

Mes mains tremblant fort lorsque j'abaissai le canon de ce dernier pour ajuster mon tir (vieillesse, paralysie agitante, *tremens* du saké, terreur sans mélange, tout ce que vous voudrez), ma première flèche partit comme un missile téléguidé, fila bien au-dessus des lions et quitta l'enclos pour aller se perdre dans le tissu épais du ciel fouetté par le vent. Les lions rugirent, Chuy poussa des yiipiis et fit tournoyer sa corde au-dessus de sa tête. J'ôtai mes double foyer, les essuyai sur le mouchoir de ma pochette – le seul objet raisonnablement sec qui me reste –, ajustai un deuxième tir tandis que de l'eau me coulait du bout du nez comme d'une fontaine, que mes doigts hésitaient et que des poissons-chats me remontaient dans les jambes de pantalon, et laissai tout partir, de désespoir, de frustration et de quelque chose qui ressemblait beaucoup à de la haine – de la haine envers les animaux, envers Mac, envers le Service Météorologique des Etats-Unis d'Amérique et tous les pollueurs, ravageurs et industriels qui, Chuy, les lions et moi, nous avaient conduits à ce moment absurde et humiliant de l'histoire des relations inter-espèces.

Dernier pouf assourdi de la bataille de polochon et ça y est, voilà la flèche qui pendouille au flanc de Dents-de-lion telle... euh, oui, telle une grosse guêpe. Dents-de-lion qui se retourne et y donne un coup de dent, qui tourne et tourne encore deux ou trois fois et lâche un grondement plus étonné que féroce et, ce faisant, bouscule Amaryllis sans le vouloir et la fait tomber dans les tourbillons glacés de l'eau boueuse. Ça ne lui plaît pas. Mais pas du tout. Dieu merci, elle ne fait pas passer son déplaisir sur Chuy – ou moi –, mais remonte dare-dare sur le toit de l'enclos et gratifie Dandy d'un coup de patte qui briserait l'échine d'un zèbre ou d'un gnou (si ces engins existaient encore), mais ne réussit qu'à agir de concert avec l'anesthésiant et à laisser Dents-de-lion sur les fesses. La corde de Chuy entre en action. Un maître du lasso, que c'est, aucun doute là-dessus : la corde se détend comme un serpent et, prenant le vent et le chevauchant selon une trajectoire elliptique pile au-dessus du crâne de Dandy, lui atterrit autour du cou tel un flocon de neige.

Le reste fut un jeu d'enfant. (Relativement parlant, s'entend, et c'est à savoir par rapport à la semaine précédente, où je n'avais eu à m'angoisser que sur ce que j'allais bien pouvoir lire aux toilettes et sur la boîte de soupe que j'ouvrirais pour le dîner – le septième cercle de l'enfer, quoi.) Chuy tira sur sa corde, revint sur moi en pataugeant et se posta à la porte ouverte de l'enclos pour observer le résultat, et refermer la porte si jamais ça tournait mal. Je reculai et, le courant mordillant mes pieds de vieillard et le vent se jetant sur moi une bourrasque après l'autre, regagnai lentement l'Olfputt, où je m'installai sur la banquette arrière et me battis avec la portière pour la refermer. Les deux Al avaient pris place devant et me décochèrent le genre de regard qu'ils réservent à ceux qui osent s'approcher à moins d'un mètre cinquante de leur patron. Ils avaient l'air féroces, soupçonneux et gonflés comme des grenouilles-taureaux, leurs omoplates faisant bomber de manière titanesque les cirés noirs que Mac leur avait fournis. Ils paraissaient aussi avoir la trouille.

— Et maintenant ? demanda celui qui se tenait derrière le volant.

Je jetai un coup d'œil par-dessus mon épaule et regardai l'endroit où, partiellement obscurci par un rideau de pluie chassée par le vent, Chuy me faisait signe que tout allait bien. Une bourrasque secoua le camion.

— Tu mets en quatrième, traction lente, lui lançai-je en continuant d'observer Chuy. Et tu y vas doucement, tout doucement et sans à-coups.

Le camion avançant, la corde accrochée à la remorque se tendit et, une seconde plus tard, je vis Dents-de-lion dégringoler du toit tête la première et plonger maladroitement dans l'eau, les quatre pattes écartées comme un train d'atterrissage. L'espace d'un instant, il disparut de ma vue, puis sa tête reparut en sautillant et je le vis battre des quatre fers – il nageait ! Mais le miracle ne s'arrêta pas là. Dans la minute qui suivit, les deux autres lions lui emboîtèrent le pas et se mirent à patauger dans l'eau avec un air de résignation épuisée et, sans cesser de battre des pattes à côté de lui, franchirent la porte et remontèrent la colline derrière l'Olfputt.

— Tu vas jusqu'à la porte ! hurlai-je à Al. Jusqu'à la porte !

Bon, c'est vrai que toutes sortes de désastres auraient pu naître de la manœuvre – trois lions africains adultes, à demi affamés et mal lunés qui se baladent en liberté dans les immeubles en copropriété ? tu parles du chèque que Mac aurait pu avoir à signer ! –, mais le fleuve qui avait pris possession de Rancho Seco se scindait en deux autour de la colline de Mac. Son domaine était devenu une île et certes, les félins auraient pu s'éloigner à la nage et causer des ravages de la pire et sanglante espèce qui soit, mais je pensais vraiment qu'ils auraient assez de bon sens pour laisser la pluie derrière eux et s'attabler devant la poitrine d'émeu que nous leur avions si aimablement préparée. Et c'est exactement ce qu'ils firent. Je me penchai à la fenêtre de derrière et tranchai la corde, Dandy, que la drogue faisait encore vaciller, devant s'asseoir deux fois dans la boue avant de recommencer à suivre son nez – et ses deux compagnons sans entraves –, jusqu'à la porte ouverte sur les énormes cavernes lambrissées et moquettées de la cave de Maclovio Pulchris. Il ne restait plus qu'à refermer la porte à clé, je demandai à Al Premier d'écraser les plates-bandes pour mettre le nez de l'Olfputt contre la porte, Al Deux descendant vite du véhicule pour aller y donner un coup d'épaule qui mit fin au débat. Puis ce furent des planches à fixer avec des clous de quinze centimètres, et tous les trois nous nous attelâmes à cette tâche avec toute notre énergie tandis que, triomphant, Chuy revenait vers nous en vacillant, un sourire grand comme ça en travers de la figure.

— Maintenant, on fait Brin de Muguet, *verdad*, monsieur Ty ?

Et donc, c'est pour ça que je ne peux pas dormir – les animaux. Les animaux et encore les animaux, tout du long. Les lions à la cave, les vautours autour de la piscine couverte, la hyène dans la salle d'emballage des cadeaux au premier étage. C'est fou, voilà ce que c'est : fou. Et l'eau qui continue de monter.

Que va-t-on leur donner à manger? Comment allons-nous nettoyer derrière eux? Mac aura-t-il, quand l'eau redescendra, si elle le fait jamais, assez de courage pour recommencer à zéro?

Je n'en sais rien. Mais voilà qu'Andrea se retourne brusquement et que, son visage tout contre le mien sur l'oreiller, je la regarde ouvrir les yeux dans la lumière aqueuse de l'aube, ses yeux rêveurs, ses yeux qui m'attirent à elle, là, entre ses bras auxquels on n'échappe pas.

— Bien dormi? me demande-t-elle en chuchotant.

J'essaie, autant que possible, de ne jamais mettre les choses en perspective. Mettre les choses en perspective fait mal. Vivons maintenant, voilà ce que je dis, chaque chose en son temps et au diable la nostalgie, l'histoire, l'enchaînement incertain des deuils, la guerre d'usure et les déceptions avec lesquels nous nous sommes couchés hier soir et sommes sortis du lit ce matin. Cela dit, ce n'est pas facile quand vous avez une Andrea Knowles Cotton Tierwater assise à côté de vous et qu'elle vous coupe votre pamplemousse parce que vous pouvez à peine lever le bras et que votre dos vous fait mal, et une April Wind adoratrice du crapaud qui vous dévisage avec sa face de lune. Et Mac. Mac, je le connais depuis dix ans, depuis le jour où je suis sorti de prison pour la dernière fois, le voilà qui arrive en skate et franchit la porte, affublé d'un masque de gaze qui me flanque une trouille d'enfer.

— Bonjour, bonjour! claironne-t-il en pivotant sur la plante des pieds comme s'il était sur scène, ses deux gardes du corps le suivant comme son ombre avec leurs grosses têtes et leurs yeux endormis.

Encore un choc : eux aussi portent des masques.

Je bée. Je cligne des yeux. Je sors mes lunettes de la poche de ma chemise.

— Bon, d'accord, dis-je enfin. Allez, Mac... c'est quoi, ce masque? Et ne viens pas me dire que c'est encore à cause de la mucosa, parce que ça, je ne veux pas en entendre parler, pas en plus de la météo, des bêtes et du reste. Pas ques-tion.

Andrea a déjà quitté sa chaise et au cul mon pamplemousse, au cul son ex-mari, pour elle, il n'y a plus que Mac qui compte.

— C'est ça, pas vrai ? lance-t-elle. April et moi avons bien essayé de le dire à Ty, mais il n'a rien voulu écouter. Vas-y, Mac, dis-le-lui, toi.

Mais accordez-moi une minute que je vous donne un aperçu de la scène qui se déroule sous mes yeux. Nous avons donc Mac qui vaut je ne sais combien de millions de dollars sur le marché, la cinquantaine, maigre au point d'en être efflanqué, les jambes arquées dans un jean noir, une espèce de veste de tambour-major avec galons dorés par-dessus un T-shirt noir de sa dernière tournée (Barbecue You!) qui colle à son torse émacié, le visage bouffé par son feutre... plus lunettes noires et masque ; et Andrea qui, elle, ne vaut pas un sou et n'est qu'une espèce de vieille super-sexy habillée d'une robe de hippie en tissu imprimé qui lui tombe jusqu'au bout des bottes, Andrea, qui, la poitrine découverte et ses yeux dorés en émoi, s'empare, et sérieusement, des avant-bras de Mac tandis que ses gardes du corps sautillent maladroitement d'un gros pied de péquenaud sur l'autre. Où nous trouvons-nous ? Nous nous trouvons dans une des trois salles à manger du palace, la salle Motown, perchée tout en haut de l'aile nord et donnant, par sa grande baie vitrée renforcée, sur la trouble pagaille des basses terres. Il pleut toujours. Et le vent est toujours aussi coupant.

— J'ai des masques pour tout le monde, couine Mac en se libérant d'Andrea et en en agitant une poignée au-dessus de sa tête. Il n'y a donc aucune raison de s'exciter. C'est juste une précaution, rien de plus. J'invite tout le monde à rester chez moi tant que ça durera et ne vous inquiétez pas : Mac prendra bien soin de vous. Nous avons des tonnes de bouffe et les Al ont branché le générateur dès que l'électricité a lâché avant-hier...

Je me lève d'un bond, je suis en colère et ne sais pas pourquoi.

— On joue à quoi ? m'écrié-je. Au *Masque de la mort rouge* ? La dernière fois, on a tous mis des masques et on est restés chacun dans son coin, tu te rappelles, Mac ? Et je vois pas que ç'aurait fait beaucoup de bien à Lori !

— C'était la dernière fois et au début, on n'a pas pris l'affaire au sérieux. On a fraternisé. On laissait repartir les bonnes toutes les après-midi. Et les fêtes, Ty, tu t'en souviens ? Mais cette fois, j'ai quitté les Carolines dès que j'ai appris la nouvelle. La mentalité de l'assiégé, voilà ce qu'il faut avoir, les mecs. Et c'est vrai : ce coup-ci, j'exige que tout le monde porte son masque jusqu'à nouvel ordre. Vous voulez rester ici, vous obéissez à mes règles. Et le Dr Deepit interdit qu'on sorte à cause des moustiques, ceux qui transportent la maladie de... comment qu'on appelle ça, Ty ?

— La dengue. La dengue qu'on appelle ça, et les moustiques qui la transmettent sont les *Aedes aegypti*, et on n'en voit que sous les tropiques. On l'appelle aussi « la fièvre qui casse les os » parce que dès qu'on l'attrape, on a l'impression d'avoir les os qui se brisent. Et on peut rester à l'intérieur tout ce qu'on voudra, merde, tiens, on pourrait même se balader nuit et jour déguisés en abeille que ça ne changerait pas le problème : qu'est-ce qu'on va donner à bouffer aux animaux, c'est ça que j'aimerais savoir. Tout a été emporté hier et ils ont tous été obligés de jeûner, sauf les lions.

Andrea semble... joyeuse. Enfin presque. Et April Wind (elle s'est enveloppée dans une espèce de poncho mexicain et a une petite statuette en argile de Chac, le dieu aztèque de la pluie, qui pend à une cordelette en daim attachée autour de son cou) a, elle aussi, l'air extatique. Il me faut une minute pour comprendre : la tempête fait rage, le fléau menace, elles sont enfermées avec Maclovio Pulchris, dans sa maison – mission accomplie.

Je n'aime pas ça du tout. Sous quelque angle qu'on l'envisage, la mucosa est une sale affaire, une espèce de super-grippe qui se propage par simple contact et vous embrase les muqueuses des organes sexuels, les voies respiratoires et les yeux jusqu'au moment où, tout se mettant à surchauffer, on finit par se noyer, littéralement, dans ses propres sécrétions. C'est douloureux. Ça traîne en longueur et ce n'est pas beau à voir.

— Ty Tierwater, est en train de dire Mac, tu seras peut-être surpris d'apprendre qu'il y a de la viande dans cette maison.

Et, joueur, il traverse la pièce en skate et s'en va poser sous le portrait de groupe ondulant et électronique de Gladys Knight and the Pips : on se donne en spectacle pour la petite assistance rassemblée dans la salle à manger. Son air ? Je le dirais rusé s'il en avait un, mais le fait est que chapeau, lunettes de soleil et masque, c'est bien tout ce que je vois de lui.

— De la viande ? répète April Wind d'un ton offensé. Mais vous êtes bien végétarien, n'est-ce pas ? Vous ? Alors que tous les autres, non, enfin je veux dire... J'ai lu toutes les revues et toutes vos bios et...

Elle le regarde, bouche bée devant des œufs au plat avec petit pain indien et limes marinées que lui a préparés le cuisinier invisible de Mac et que lui a servis une Pakistanaise masquée – sans rien dire et en disparaissant dès l'assiette posée sur la table.

— Vous êtes végétarien, je le sais, reprend-elle.

Andrea, elle, erre au milieu de l'énorme pièce comme si on l'avait abandonnée entre deux airs de danse.

— Il doit garder sa viande pour ses invités, dit-elle, pour ses fêtes... « *Barbecue You !* » ? C'est bien ça, Mac ?

Mac. Elle a fait sa connaissance il y a deux jours – par mon entremise et à cause de moi –, et on en est déjà aux Mac ceci, Mac cela et autres « Tu veux un autre soda, Mac ? », « Je te pèle des raisins, Mac ? », « Qu'est-ce que t'en penses, Mac ? ».

Il sourit – je le vois aux coins de son masque de gaze qui se soulèvent sous le bord de ses lunettes de soleil, à l'endroit où doivent se trouver les muscles de ses joues sans chair. Il me regarde – en tout cas, c'est vers moi qu'il a tourné la tête.

— Allez, Ty, reprend-il, arrête de faire le grincheux... je vais te montrer.

Et tout se meut à nouveau tandis que Maclovio Pulchris, l'ex-pop star qui n'a pas eu un seul tube depuis seize ans, glisse à travers la salle monté sur des trucs à ressort et me prend par les bras – mes bras en colère, mes bras qui me font mal –, les deux Al s'agitant et échangeant des regards inquiets en découvrant que leur employeur est dangereusement proche d'un autre être humain, Andrea se rapprochant à toute allure et April, oui, elle aussi, levant les yeux de dessus ses œufs qui se sont figés.

— En bas dans la cave, Ty, précise-t-il. La cave Est... celle qui est fermée à nos doux fauves et tu sais combien je les aime, mec, alors, arrête de me regarder comme ça. Merde, quoi, j'ai une armoire frigorifique remplie de trucs... steaks, culotte, chapelets de saucisse, côtes d'agneau, hot dogs au pain de maïs, filet mignon, tout ce qu'on veut. Des lions, on pourrait en nourrir cinquante !

Je n'ai jamais beaucoup cru au végétarisme – sauf comme principe écologique évident : on peut nourrir bien plus de gens avec du riz ou du grain qu'avec des animaux qui mangent énormément, genre bœufs, et qui plus est, comme tout le monde le sait aujourd'hui, ce sont les McDonald's et autres Burger King qui ont décimé les forêts tropicales humides afin de donner plus de pâturages à leurs vaches, mais il n'empêche : je n'en fais pas une religion. Ce n'est pas la viande qui pose problème, ce sont les gens. En prison, on nous donnait des spaghettis à la sauce de viande, du *chili con carne*, des sandwiches au bœuf haché et autre, et je descendais tout ça joyeusement et sans y réfléchir à deux fois. Notre monde est darwinien – tuer ou se faire tuer, bouffer ou se faire bouffer –, et je ne vois rien de mal à ce que, de temps en temps, certains grands singes évolués se calent un peu de chair légèrement cuite entre les dents (si seulement nous étions moins nombreux, mais ça, c'est un autre problème). En plus de quoi, je ne me suis pas converti à l'écologisme avant qu'Andrea se soit emparée de moi et, à l'époque, ça faisait déjà quelque trente-huit ans que j'étais carnivore. Au sommet de la chaîne alimentaire, et comment !

Ma fille, elle, voyait les choses autrement.

Tout avait commencé lorsqu'elle avait onze ans. Un jour, elle était revenue d'une virée à New York avec Phyll, la sœur de Jane, le genre visite de Radio City Music Hall et Muséum d'histoire naturelle, je le croyais, et m'avait annoncé que manger de la viande était un crime. De fait, ce n'était pas à la salle des Mammifères qu'elles s'étaient rendues. Non, Phyll l'avait emmenée à la « Journée de la terre » qui se tenait à Washington Square et dans l'instant ma fille avait été convertie par un ascète à dreadlocks et une séance de diapos où l'on voyait des veaux aux yeux de biche mourir sous les coups de masse et des poulets sans tête se faire mécaniquement éviscérer sur une chaîne de désassemblage. Je m'étais tapé une journée catastrophique au boulot, mon plus gros locataire – une chaîne de drugstores nationale, le cœur même de mon centre commercial – menaçant de se réimplanter un peu plus bas dans la rue –, et sirotais un scotch pour m'anesthésier les nerfs en attendant que deux gros chateaubriands ruisselants de gras aient fini de décongeler. Et voilà que, debout dans la cuisine, un mètre cinquante et quarante kilos à tout casser, Sierra se met à me faire la morale sur l'horreur que c'est de manger de la viande tandis que les pommes de terre cuisent gentiment au four, que les haricots surgelés chauffent dans une casserole et que là, sur la paillasse de l'évier, du sang dégouline de nos steaks.

— C'est dégoûtant, Papa, non, c'est vrai. Regarde-moi cette viande, toute graisseuse et sanguinolente. Comprends-tu qu'une vache innocente a dû mourir pour que nous puissions nous bâfrer comme des porcs ?

Je ne manquais pas d'humour, enfin... pas totalement, mais j'avais eu une sale journée, j'étais père célibataire et faisais un assez piètre cuisinier. Nous avions de la viande, c'était de la viande que nous allions manger.

— Et la semaine dernière, hein ? lui renvoyai-je. Tu aurais oublié les Chicken McNuggets que j'achète tous les dimanches rien que pour toi ? Et les menus enfants ?

Conçue et construite par mon père après qu'il avait terminé les soixante-quinze premières maisons du lotissement, la cuisine dans laquelle nous nous tenions remontait aux années cinquante. Ça commençait à bien tourner pour lui, il n'avait pas molli sur les dépenses pour bâtir notre demeure : il l'avait installée sur un hectare et demi de terrain au bout de la route, y avait semé une grande pelouse devant, fait creuser une piscine derrière et protégé le tout à l'aide de quelque cinquante autres hectares de marécages, de bruyère et de forêt secondaire, repaire du cerf, de l'opossum, du crapaud, de la grenouille et de la couleuvre constrictor, tous endroits de prédilection du biologiste amateur et bourgeonnant homme des bois qu'était son fils. Cette cuisine, avec sa cuisinière électrique et son four encastré, ses comptoirs en Formica et les buffets en pin noueux que ma mère avait tenu à peindre en blanc, avait été le lieu de bien des rébellions alimentaires (surtout avec les macaronis au fromage qui ne passaient pas et les haricots beurre que je n'arrivais même pas à mâcher, à digérer, n'en parlons pas), mais là, c'était tout autre chose. Ce n'était pas seulement une histoire de goût : il y avait du défi philosophique dans l'air, et qui frappait droit au cœur du régime alimentaire selon lequel on m'avait élevé.

Elle ne cillait pas. Elle portait un short, des baskets et un T-shirt trop grand que Phyll lui avait acheté (*L'agneau à l'abattoir?* y demandait-on par écrit, juste au-dessus de la gueule esseulée d'un mouton).

— Je n'irai plus jamais au McDo, enchaîna-t-elle. Et je ne mange plus à la cantine non plus.

Je pris une gorgée de scotch qui tournoya dans ma bouche comme de la fumée dans un ciel liquide.

— Et qu'est-ce que tu veux que je te donne à manger? Un sandwich à la laitue? aux feuilles de chou? du céleri en branche? des pousses de bambous? Alors que tu n'aimes même pas les légumes? Comment peux-tu vouloir être végétarienne alors que tu n'aimes pas les légumes?

Elle ne trouva rien à me répondre.

— Et les bonbons? Ça, tu peux en manger, n'est-ce pas? Les bonbons, c'est végétal, non? Et si on te faisait un régime à base de bonbons? Disons... des œufs avec fondants au beurre au petit déjeuner et des friands de cacahouètes avec barres de Mars sur pain bis pour le déjeuner? Avec du sirop de chocolat fondu et de la crème fouettée par-dessus? Ou alors... une glace?

— Tu te moques de moi. J'aime pas quand tu te moques de moi. Je ne plaisante pas, Papa, tu le sais : je ne plaisante pas du tout. Je ne mangerai plus jamais de viande, même pas une bouchée. Quant à ça, ajouta-t-elle en pointant un doigt condamnatoire sur le steak, pas question d'y toucher.

J'aurais pu gérer ça autrement : la ménager, faire usage de toute la sagesse que j'avais engrangée à force d'affronter ma mère sur des problèmes de nourriture quand j'avais son âge, sans parler de mon père et de sa variété toute particulière de militantisme obtus. Mais je n'étais pas d'humeur à ça.

— Tu vas manger ce steak! dis-je en la dominant de toute ma hauteur, mon scotch à la main et un début de migraine dans le crâne. Tu le manges ou tu restes assise à cette table jusqu'à ce que mort s'ensuive, je m'en fous.

Les steaks étaient dans la poêle, deux centimètres et demi d'épaisseur de chair, je les regardai et, pour la première fois de ma vie, songeai à leur origine et m'interrogeai sur le processus qui nous les avait rendus accessibles, à ma fille, à moi et à tous ceux qui avaient six dollars quatre-vingt-dix-neuf cents à mettre pour en avoir une livre au comptoir viande de l'A & P du coin. Le bétail souffrait, le bétail mourait. Et moi, je mangeais des hamburgers, des steaks et du rôti sans jamais devoir penser au destin de la créature qui avait renoncé à tout ça rien que pour moi. Ainsi allait le monde, ainsi marchait le progrès. Je haussai les épaules et glissai la poêle sous le gril du four.

Sierra s'était retirée dans sa chambre au bout du couloir, celle que j'avais moi-même occupée enfant, et non, elle n'écoutait pas ses cassettes, non, elle ne gribouillait pas dans son carnet, ni non plus ne chuchotait de sinistres secrets au téléphone – elle s'était allongée sur son lit, le nez dans l'oreiller, et ses épaules tremblaient parce qu'elle sanglotait doucement. Je les avais déjà vues trembler et ce spectacle me laissait chaque fois impuissant. Mais pas ce soir-là. J'avais mes problèmes à moi, je ne la pris pas dans mes bras pour lui dire que ce n'était pas grave, qu'elle pouvait manger tout ce qu'elle voulait, des Fruit Loops le matin, des tartelettes à midi et du Boston à la crème le soir; non, je la pris par le bras et la tirai dans la cuisine, où une pomme de terre cuite au four l'attendait coupée en deux sur une assiette, juste à côté d'un fouillis de haricots verts au beurre et d'une tranche de steak cuite à point grande comme le Connecticut.

Je lui versai un verre de lait, reposai mon scotch et m'installai en face d'elle, dans mon fauteuil. Et jouai du couteau et de la fourchette. Portai un morceau de viande à ma bouche après l'autre, me tamponnai les lèvres avec ma serviette, secouai vigoureusement le poivrier au-dessus de mon assiette, mâchai des haricots verts et couvris ma pomme de terre de beurre et de crème aigre. Pas la moindre conversation. Rien. Il est possible que j'aie lâché : « Géniale, la barbaque » ou quelque chose de ce genre, histoire de la houspiller un peu, mais je n'allai pas plus loin. Elle ne bougea même pas. Elle se contenta de baisser la tête et de regarder fixement son assiette, sa pomme de terre et ses haricots – à peu près sûrement contaminés par le sang qui avait coulé du steak –, et ignora complètement son lait, qu'elle n'avait de toute façon jamais vraiment aimé, tout au plus toléré. Même lorsque je me levai de table pour rincer mon assiette et jeter le fond de mon verre dans l'évier, elle ne daigna pas lever les yeux.

Et ne broncha pas davantage lorsque, ses copines mourant de lui confier leurs terribles secrets à l'autre bout du fil, le téléphone sonna un peu plus tard. Toute raide, elle resta assise à table tandis que le jour déclinait aux fenêtres; j'allumai les lumières des comptoirs lorsque, une heure après, je la retrouvai plongée dans le noir.

Pas question de la regarder en face ou de me concentrer trop longtemps sur sa nuque courbée et la ligne blanche de sa raie impeccable : j'étais bien décidé à ne pas vaciller. Qu'elle l'emporte en paradis et c'était tout son empire qu'elle asseyait sur moi, du moins le pensais-je; et après ce serait la bouffe à quatre sous et les bonbons, la croissance qui s'arrête, les dents qui pourrissent et la peau qui se flétrit, la délinquance juvénile, la grossesse avant l'âge, les dettes, la drogue, l'alcool, toute la spirale vers le bas. A onze heures du soir, je me glissai à nouveau dans la cuisine et vis qu'elle s'était endormie, la tête au creux de ses mains, l'assiette poussée de côté – elle n'y avait pas touché, on aurait dit une assiette sous verre dans quelque musée d'art populaire américain : « Repas typiquement américain, circa 1987. » Je la pris dans mes bras, elle ne pesait rien, à croire qu'avoir déclaré forfait devant un seul repas l'avait vidée, et la déposai doucement dans son lit, lui remontai ses couvertures sous le menton et, bonne nuit, l'embrassai sur la joue.

Le lendemain soir? Côtelettes de porc avec salade de pommes de terre à l'allemande, choucroute, compote de pommes chaude et haricots verts réchauffés. Elle n'y jeta même pas un coup d'œil. Que lui dis-je? Rien. Elle s'assit à table et y fit ses devoirs jusqu'au moment où elle s'endormit et cette fois, je la laissai dans la cuisine. Le surlendemain soir, elle eut droit à de la pizza anchois/fromage, celle qu'elle préférait, mais n'y toucha pas davantage. Je rugis et menaçai, je fis claquer violemment des trucs, l'attachai au chevalet de culpabilité et l'étirai encore et encore : non mais quoi, elle croyait donc que c'était facile pour moi qui n'avais pas de femme de rentrer à la maison après une journée de travail abrutissante et de passer un tablier rien que pour elle? Hein? Hé!?

Le matin de sa quatrième journée de grève de la faim, je reçus un coup de téléphone de l'infirmière de l'école : Sierra s'était évanouie pendant le cours de gym, au beau milieu de la séance de corde à grimper, oui, elle était tombée de quatre mètres de haut et s'était écrasée par terre. Rien de cassé, mais on l'emmenait à l'hôpital pour une radio, au cas où, et... à propos... mangeait-elle correctement ? Les fenêtres étaient perlées de pluie. Sevry Peterson, la propriétaire, en faillite ou presque, de la papeterie du centre commercial s'était assise en face de moi dans l'inextricable fouillis de mon bureau et m'expliquait comment elle avait fait pour se retrouver avec six loyers de retard. Je l'arrêtai d'un geste, lui dis de filer, empoignai ma veste et fis hurler ma Mustang jusqu'à l'hôpital.

Je trouvai ma fille assise dans la salle d'attente, l'air lugubre avec ses jambières, ses chaussettes, ses Reebok et le T-shirt rose fluorescent qu'elle s'obstinait à mettre tous les trois jours. Mme Martini, l'infirmière de l'école, se tenait d'un côté d'elle, un énorme type en sandales et sweat-shirt sale se tenant de l'autre. De temps en temps, l'énorme type s'épongeait le front avec un chiffon taché de sang et gémissait dans sa barbe, Mme Martini demeurant raide comme un cadavre devant son numéro de *People Magazine*. A peine eus-je franchi la porte que Sierra leva la tête, ses yeux retrouvant leur froideur de glace dès qu'elle se rappela que manger de la viande était criminel et que son père, à savoir moi, comptait parmi les plus grands assassins de la terre. Et après ?

Et après, nous rentrâmes à la maison, et elle ne toucha plus jamais au moindre bout de viande de sa vie.

La maison de Mac, son palais de Versailles, son arène des plaisirs, sa ville sous un toit, a été construite dans les années quatre-vingt-dix, dernière période d'excès après beaucoup d'autres. Elle comprend trois salles à manger, dix-huit chambres, vingt-deux salles de bain, la salle d'emballage des cadeaux dont j'ai parlé plus haut, un théâtre, une salle de cure thermale, une piscine, un gymnase et un bowling, sans parler du garage à vingt voitures et de diverses maisons d'amis éparpillées dans ce qui fut jadis un jardin à la française. Il y a de la place, et beaucoup, pour tout le monde : Andrea, April Wind, le fantôme de Sierra, Dents-de-lion, Amaryllis et Bouton d'Or, les réfugiés de Lupine Hill (aucun ne s'est encore montré, mais les vents font toujours rage), les deux Al, Mac et sa collection de masques de gaze, et Chuy aussi, bien qu'il tienne absolument à dormir sous la Dodge Viper de collection dans le garage. Et des tonnes de nourriture, ainsi que je suis sur le point de le découvrir. Mac m'a tiré de la salle à manger par le bras, je suis ses épaules basses le long d'un couloir, jusqu'à un ascenseur aux portes en cuivre martelé.

— C'est deux étages plus bas, me dit-il en sortant un masque de sa poche et me le tendant.

Que pourrais-je dire ? Je prends son masque et me le colle sur la figure sans piper. J'ai pour rôle de jouer les vieillards en colère, je laisse à mes yeux super-embrasés le soin de parler à ma place. Nous descendons, les portes de l'ascenseur s'ouvrent sur un autre couloir avec moquette magenta, éclairage indirect et lambris en acajou – parmi les derniers qu'on ait installés sur cette terre. Dans la pagaille qui régnait hier, nous avons rentré les phacochères et les pécaris dans le bowling et c'est dans le coin quelque part, je crois, et si je ne les entends pas, je sens bien les lions. Ils dorment, ça ne fait pas de doute – même dans la nature, quand nature il y avait encore, s'entend, les lions adultes ne dormaient pas loin de vingt heures par jour. Je les imagine allongés comme des cadavres au milieu des chiffons et des meubles qu'ils ont mis en pièces, seules leurs poitrines qui se soulèvent et s'abaissent doucement trahissant leur présence. (L'image est folle, je sais, tout ça est complètement fou, mais hé ! vive la vie au vingt et unième siècle ! Et de quel droit me plaindrais-je ? Je survis, non ? Enfin... si on peut dire.)

Mac roule les épaules, son feutre suit le mouvement. Nous longeons un couloir sur la droite, en prenons un autre à gauche, puis nous franchissons les portes battantes de la cuisine inférieure. Mac cherche l'interrupteur à tâtons, un monde d'instruments de cuisine soudain scintille sous nos yeux, casseroles, passoires, râpes et fouets pendant au plafond, juste au-dessus de plans de travail en inox, gros lave-vaisselle de taille industrielle, portes polies d'une armoire frigorifique.

— Vise un peu ça, me dit-il de sa voix étouffée par la gaze, puis il ouvre la porte de droite et nous voilà engloutis dans un nuage rampant d'air super-réfrigéré.

Deuxième interrupteur et, l'intérieur de l'armoire s'illuminant, nous découvrons les carcasses alignées crochet après crochet, chacune projetant son ombre glacée sur le sol.

— Pour recevoir... pour être l'hôte incarné, l'hôte le plus formid', coolos et in, faut avoir de la viande, tu ouas ? reprend-il. Sans compter que ces machins, les pauvres, étaient déjà morts et complètement équarris, même que si t'as une cave à vin, pourquoi que t'aurais pas une armoire à viande en plus... tu ouas ? Parce que c'est aussi un placement. Du bœuf d'Argentine, et le dernier, que j'ai ici, tu comprends ? De la langue de bison, de l'élan, du mouton, de la salsiccia de Palerme bien épicée... et le reste. Et du poisson. Deux thons rouges entiers, les derniers, qui sait ? et tu sais combien les Japonais seraient prêts à payer pour les avoir ? Rien que pour une tranche épaisse comme ton petit doigt ? (Geste de la main.) Ils sont là, quelque part. Enfin, ils l'étaient...

Son souffle monte de son masque en d'étranges tourbillons de lumière, ombres partout, bêtes nues suspendues à des crochets également nus, la viande, la viande, en force.

— Y a là des trucs qui ont vingt ans d'âge, enchaîne-t-il.

Nous nous sommes tassés dans l'armoire. Tiens, là, juste à côté de moi, il y a un machin aussi gelé que du granite, avec une patte sans sabot au bout.

— Alors comme ça, tu dirais qu'on peut donner certains de ces vieux trucs disons... au renard, à la hyène et aux lions... en cas d'urgence ? Ça ne te gênerait pas ?

Mac me sert un haussement d'épaules éloquent. Ses lunettes sont en train de se couvrir de buée. Je sens de la glace se cristalliser autour des poils blancs de mes narines de vieillard.

— Faut bien sauver les animaux, me répond-il enfin. Tu le sais.

Sierra Nevada, août 1989

Assis au bord d'un fauteuil des Adirondacks, un carnet à dessins sur les genoux et un grand verre de vodka-tonic à portée de main, Tierwater regardait sa femme et sa fille secouer les dés et pousser leurs petits pions argentés sur un jeu de Monopoly. Température dans les vingt degrés, ciel clair et d'un bleu omniscient, trembles imperturbables, pins, cèdres et séquoias se montant dessus en silence jusqu'au bout de l'horizon. Andrea avait pris la position du lotus sur le plancher patiné de la véranda, ses seins oscillant librement derrière le mince écran de coton de son T-shirt, son verre à elle bien niché entre ses cuisses. Juste au-dessous d'elle, sur les marches qui descendaient jusqu'au tuf pâle et couvert d'aiguilles de pin, Sierra se tenait accroupie dans un grand rai de lumière et envisageait de construire un hôtel sur une de ses propriétés les mieux situées. Pas un bruit hormis celui des coups de bec répétés d'un pic-vert au plus profond de la forêt et, plus près, la plainte suraiguë d'une mésange dans la ramure d'un énorme pin ponderosa se dressant tel un mur devant la fenêtre de la chambre. Pas un insecte. Pas un souffle de vent. Et ça sentait l'odeur propre et astringente du sauna, celle du soleil qui lentement chauffe les pins pour en faire sortir tous les parfums.

Tierwater n'avait plus grand-chose d'un artiste (s'il avait jadis eu de vagues ambitions de ce côté-là) et aurait été le premier à le reconnaître. Il n'empêche : il aimait toujours sentir le fusain entre ses doigts, entendre le bruit légèrement râpeux qu'il faisait sur le papier, repérer le début de réalité dans l'abstraction – les traits verticaux qui se font arbres, horizontaux qui se font branches et les hachures rapides pour représenter les ombres sur le granite qui là, en désordre, a surgi de la terre au pied du grand pin. L'exercice était apaisant. Profondément apaisant. Et il y avait plus : il disait aussi l'aventure amoureuse qu'il vivait avec ces montagnes. Au diable la peur panique, la police, les mandats et les fausses identités (ici, on le connaissait sous le nom de Tom Drinkwater, sa femme sous celui de Dee Dee et sa fille sous celui de Sarah) : il était amoureux. Un virage après l'autre, une minute en suivant une autre tandis qu'ils sortaient de la San Joaquin Valley et des chaleurs stupéfiantes de la fin juillet, ce sentiment avait grandi en lui. Pas un virage en épingle à cheveux qui ne l'en rapprochât, c'était un paysage de libération, la lumière y tenait du bombardement et la forêt y avait dix fois la taille de tout ce qu'il avait jamais vu pendant toutes ses années de randonnées dans les collines maigrichonnes de l'Est. Et il y avait plus encore : c'était là de la nature à l'état pur, le repaire du puma, de l'ours noir, du coyote, du merle d'Amérique, de la truite dorée et de l'aigle royal. Oui, il avait vu des arbres en Oregon, et des arbres magnifiques, mais ils s'étaient mués en palissades de cauchemar et n'étaient plus que piques acérées, aiguisées et durcies au feu dont se servaient le shérif Bob Hicks et le juge Duermer pour l'aiguillonner et le tenir en échec. Ici, c'était différent. Ici, les paysages étaient enlacements. Paix.

Sierra laissa échapper un couinement.

— Ha ! lança-t-elle. Ça nous fera donc, voyons voir... onze cent cinquante dollars !

— T'es en train de l'achever, ma chérie ? Pas de pitié, c'est ça que j'dis.

— Allons, Ty, me renvoya Andrea en portant son verre à ses lèvres et y faisant tinter les glaçons, t'as pas besoin de te montrer aussi assoiffé de sang, mercenaire et autres. Tu aurais oublié l'esprit de concurrence amicale, mère/fille et le reste ?

Elle plaisantait, bien sûr : elle était tout aussi amoureuse de ces montagnes et de cet instant que lui.

— Appelle-moi Tom, dit-il.

— D'accord... Tom. Après que j'aurai anéanti la petite Sarah ici présente et l'aurai obligée à hypothéquer toutes ses propriétés, bref, que je te l'aurai squeezée jusqu'au sang, qu'est-ce que tu dirais d'une petite balade jusqu'à Kramer Meadow avant le dîner ?

— Tu parles comme tu vas me squeezer ! s'écria Sierra en plaçant les dés dans la paume de sa main. Attention, j'arrive !

Bien sûr, disait-il, bien sûr qu'ils allaient faire une petite balade dans la forêt jusqu'à cette prairie de Kramer, qui, de fait, se réduisait à une espèce de marécage alpin rempli de flèches d'eau, de laîche et de minuscules grenouilles arboricoles, c'est bon pour l'appétit, disait-il, et après, ils rentreraient manger une ratatouille d'aubergines passée au four et boire un autre verre et jouer au Scrabble et tiens, mettre une bûche dans le feu si la nuit s'annonçait froide. Et froides, les nuits l'étaient, parfait pour dormir, septembre se faisait sentir, puis ce serait octobre et novembre et il y aurait assez de neige pour ensevelir tous les fugitifs du pays. Dire oui à tout cela, c'était dire que la vie était une bonne et grande chose, que la vie était normale, et qu'un homme pouvait y aimer sa famille et la nature tout ensemble, et dans la paix. Sauf que ce n'était pas vraiment le cas, pas pour Tierwater, pas à cette époque-là. Et s'il avait encore besoin qu'on le lui rappelle, la preuve lui en apparut à cet instant précis, là-bas, tout au bout du chemin en terre qui serpentait entre les jambes nues des arbres pour remonter jusqu'au terre-plein mort – pas une aiguille de pin, pas un cône, de la poussière et rien d'autre –, à gauche des marches en bois grisonnant sur lesquelles sa fille s'était perchée.

Le Land Cruiser Toyota argenté de Philip Ratchiss attrapant la lumière et la renvoyant sur eux, un grand bruit de gros pneus tout terrain dévorant les ornières se fit entendre, puis, scintillant et carré, l'engin se tassa enfin sur ses ressorts, juste sur le terre-plein mort, une fine poussière brune, la poussière de montagnes qui s'effritent, restant en suspens dans l'air tel un nimbus qui tremble.

— Gare là ! lança Ratchiss en descendant de sa voiture et remontant le bord de son chapeau de brousse d'une chiquenaude.

Né et élevé à Massapequa, Long Island, il était tout ce qu'il y a de plus américain, mais après vingt ans passés en Afrique orientale il avait un de ces accents qui, de nulle part, hésitent entre le parler plombier du comté de Nassau et celui de l'honorable membre de la Chambre des lords – et il adorait citer Shakespeare, nullement pour appuyer son propos ou faire sens en aucune manière, seulement pour le plaisir d'y aller de petites exclamations du genre « Gare là ! », « Tudieu ! » et autres « Me montreriez-vous le pouce au nez, monsieur ? ». Quel âge avait-il ? Sans qu'il en fût certain, Tierwater lui donnait la cinquantaine d'années passée. Bizarrement musclé – à tous les mauvais endroits, s'entend, aux chevilles, aux poignets et à la nuque –, il avait un visage ravagé par le bush et, planté là au beau milieu de sa figure comme si les nez étaient purs accidents, une espèce de maigre crochet de chair rouge et de peau qui pelait. Il avait tué des animaux par hordes entières. Il buvait trop (du gin et des amers) et dans son sang s'abritaient les parasites du plasmodium qui donnent le paludisme. Il était bruyant, vantard, vain et dominateur. C'était leur hôte. C'était chez lui qu'ils logeaient.

Ne sachant jamais trop comment répondre à « Gare là ! », Tierwater souleva paresseusement une main en l'air tandis que Ratchiss enjambait les trois marches d'un bond, les bras chargés d'épicerie, son chapeau repoussé en arrière découvrant son début de calvitie et son crâne blanc cadavre.

— Fait aussi chaud qu'une chienne en rut là-bas en bas, lança-t-il en ouvrant la porte de la maison d'un doigt hésitant tandis que les sacs en papier kraft qu'il portait glissaient dans ses bras à grands bruits de verre qui cogne le verre. Y reste des trucs dans la bagnole, grogna-t-il encore, puis la porte-moustiquaire se referma derrière lui en claquant.

Andrea lui ayant jeté un bref coup d'œil, Tierwater vida son verre et descendit lentement les marches pour gagner la voiture. Il plongea les bras à l'arrière et en ressortis trois sacs de plus – cornichons, achards, condiments pour accompagner la viande que Ratchiss ne cessait de faire cuire sur un gril derrière la maison. Pas de problèmes. Il y avait aussi des légumes verts et Sierra avait assez de burgers au soja au frigo pour tenir jusqu'à Noël. Il souleva les sacs, se les cala sur la poitrine et remonta les marches.

A l'intérieur il faisait sombre et frais, une odeur persistante de feu de bois, de pain brûlé et de pipi de souris se mariant aux douces senteurs chimiques des lampes à kérosène alignées sur la tablette de cheminée au-dessus de l'âtre en pierre noircie. Bâtisse à charpente en A avec grande pièce juste derrière la véranda et grenier à dormir équipé de deux chambres et d'une cuisine en dessous, la maison s'était vu ajouter une aile à l'arrière afin d'y caser deux pièces de plus, une deuxième salle de bain et un énorme baquet en bois encastré dans la terrasse en séquoia, sous le soleil et les étoiles. Tierwater n'aurait certainement pas appelé le tout un chalet de montagne traditionnel (il n'avait, à cette époque-là, guère d'expérience en matière de chalets, de montagne ou autres), mais l'affaire n'avait rien que de très ordinaire. Excepté pour la vue, s'entend, et les visées de décoration intérieure de Ratchiss. Point là de têtes de cerfs au-dessus de la cheminée, ni de truites passées à la laque et accrochées aux murs sur des plaques en bois, ni non plus de peintures sentimentales à l'acrylique disant la noblesse de la montagne et encore moins d'austères photos d'El Capitan ou du Half Dome[1] en noir et blanc, non : à l'intérieur, c'était l'Afrique.

Le mobilier (canapé, causeuse et deux fauteuils assortis) était en bois de *mopane* dur comme du roc et recouvert de peaux de zèbres. Peau de lion au lieu d'une très orthodoxe peau d'ours étendue par terre, et les murs étaient hérissés de lances, de boucliers, de masques tribaux et de têtes d'antilopes Kongoni, de martres, d'oryx, de léopards et de potamochères – et d'un rhinocéros monumental qui semblait avoir traversé la boiserie juste au-dessus de la cheminée. Mais la *pièce de résistance*[*] était constituée par un lion qui, dressé sur ses pattes de derrière (deux mètres cinquante de hauteur, au moins, avec griffes sorties et rugissement stupéfié), montait la garde à l'entrée de la cuisine. Ratchiss lui donnait le titre affectueux de « Grand Mangeur d'Hommes de la Luangwa » – l'animal avait tué et dévoré dix-huit malheureux, dont des femmes et des enfants. Et il était là, l'homme même qui avait mis fin à l'existence du tueur, en train tantôt de ranger des haricots en conserve et des bouteilles d'achards au piccalilli sur des étagères, tantôt de se verser du gin d'une cruche de deux litres de Beafeater's posée sur le comptoir, son étrange couronne de muscles roulant sous sa chemise.

1. Deux des montagnes les plus célèbres du Parc national de Yosemite. (N.d.T.)

— J'ai des nouvelles de Teo, dit-il. De fait, je l'ai même vu chez moi, là-bas en bas.

C'était de sa résidence principale qu'il parlait ainsi, une maison qu'il possédait à Malibu, avec vue dégagée sur l'océan, deux piscines et une galerie d'art et de trophées africains qui aurait fait honte au Smithsonian Institute. Il avait laissé à Mag (ou Mug) le soin de s'en occuper pendant quelques jours de façon à pouvoir faire le marché pour ses nouveaux hôtes et voir comment ils s'habituaient à leur nouveau milieu. Tierwater se contenta de grogner, mais d'un grognement où pointait une note d'interrogation : Ratchiss avait des nouvelles de Teo et avait quelque chose à leur dire.

— Oui, on a bu quelques verres ensemble avant d'aller à ce truc que je connais à Santa Monica. Il a bonne mine, ça marche bien pour lui... rien que le mois dernier, « La Terre pour Toujours ! » a récolté presque quatre-vingt mille dollars de dons et compte des tonnes de nouveaux adhérents ! Ah oui, avant que j'oublie : il m'a donné ça, euh... pour vous.

Tierwater posa les provisions, prit l'épaisse enveloppe blanche qu'il lui tendait et l'enfourna dans sa poche sans la regarder. Il savait ce qu'elle contenait : des billets de cent dollars, cent cinquante en tout, tirés sur le compte de sa société par sa secrétaire et acheminés jusqu'à lui par l'intermédiaire d'une boîte postale à Calabasas ; cette dernière était louée par un militant de « La Terre pour Toujours ! » qui avait confié l'enveloppe à Teo, qui à son tour l'avait fait parvenir à Ratchiss. Précautions byzantines sans doute, mais nécessaires. Le FBI était à peu près certainement sur le coup : Tierwater s'était soustrait à la justice après paiement d'une caution, avait désobéi à une injonction du tribunal, s'était rendu coupable de voies de fait, de kidnapping, de mauvais traitements à enfant et Dieu sait quoi d'autre encore – et avait franchi plusieurs frontières[1] d'Etats pour éviter d'être poursuivi. Criminel il l'était, desperado, fugitif qui risquait la prison, des années et des années derrière les barreaux, qui sait ? et qu'avait-il donc fait ? Il s'était mis les pieds dans du ciment frais. Il avait fait royalement suer deux ou

1. Les Etats-Unis étant une fédération, fuir un Etat pour passer dans un autre et ainsi éviter des poursuites judiciaires est un crime fédéral. (N.d.T.)

trois personnes. En tentant de sauver la planète. Mais bon sang, c'était une médaille qu'on aurait dû lui donner!

Cela dit, il n'était plus possible de faire machine arrière. Sierra était déjà inscrite en quatrième dans une école publique de Springville – à quelque quarante-deux kilomètres de là, à peine, et en descendant une route de montagne particulièrement tortueuse –, Andrea et lui devant se cacher tout le temps en attendant le moment où ils pourraient frapper à leur tour. Plus personne ne les connaissait et leur sort laissait tout le monde indifférent. Il n'empêche : ils allaient devenir une *cause célèbre**, ainsi Tierwater voyait-il les choses, des héros du mouvement écologiste. Comme le Fantôme de l'Arizona. Ou le Renard. Comme tous ceux qui avaient rendu coup pour coup, tous ceux qui avaient fait quelque chose, tous ceux qui comptaient. Tous ceux qui ne se contentaient pas de prendre de la place, de respirer et de consommer tant de kilos de nourriture et tant de litres de liquide par jour sans jamais rien produire d'autre dans leurs petites vies étriquées que des déchets, encore et encore.

Le Fantôme de l'Arizona en était l'exemple même. Il était apparu sur la frontière qui sépare cet Etat de celui du Nouveau-Mexique au début des années soixante-dix, vengeur anonyme qui s'en était pris à la Peabody Coal et à ses alliés fédéraux dans la bataille pour le contrôle des centrales de Four Corners et l'ouverture d'une mine à Black Mesa. Cheminées de deux cent quarante mètres de haut. Air noir de suie. On brûle du charbon et on éclaire tout Los Angeles pour que la mégalopole puisse gagner encore sur le désert, tel était le plan d'ensemble. Les manifestations pacifiques n'avaient eu aucun effet. Faire du lobbying n'avait rien donné non plus et le Fonds de défense de Black Mesa s'asséchait. C'était alors que furtivement, que méthodiquement et sans jamais révéler son identité ou risquer, même de loin, d'être jamais appréhendé malgré l'armée de gardes qui l'attendaient, le Fantôme s'était attaqué aux rails de la Compagnie des chemins de fer de Black Mesa et à tout l'équipement lourd qui lui tombait sous la main. La mine avait certes fini par être creusée et les cheminées par monter dans le ciel, mais solitaire et agissant seul, le Fantôme avait montré au monde entier ce que s'engager vraiment veut dire. Ou pouvait vouloir dire.

Aux yeux de Tierwater, le Renard le surpassait encore parce que lui s'était montré – à tout le moins s'était-il rendu visible à des moments cruciaux et dramatiques telle une espèce de Zorro de l'éco-défense. D'après la légende, ce n'était qu'un citoyen concerné (joggeur, professeur de biologie et pêcheur du dimanche) qui avait un jour décidé de prendre les choses en main après avoir vu la manière dont les industries locales polluaient la rivière du Renard dans le nord de l'Illinois. Il avait obstrué des égouts interdits, bouché des cheminées, laissé des billets sarcastiques sur les lieux de ses méfaits et avait même, une fois, accordé une interview à une chaîne de télévision régionale. Mais plus théâtral encore – et c'était ça qui enflammait l'esprit de Tierwater –, un après-midi, il s'était pointé dans le bureau d'un cadre dirigeant de l'U.S. Steel et mis en devoir d'y déverser un baril de deux cents litres d'eaux-vannes sur le tapis. « Vous n'arrêtez pas de nous raconter que vous ne polluez pas nos cours d'eau, lui avait-il dit, eh bien, si c'est le cas, ceci ne devrait pas salir votre tapis le moins du monde. » Sur quoi, il avait disparu.

— Il m'a dit qu'il monterait la semaine prochaine... il veut vous parler.

Tierwater avait ouvert la porte du réfrigérateur et sortait des cœurs de laitues, des carottes et des brocolis de leurs sacs en papier pour les verser dans le bac à légumes.

— Qui ça ? demanda-t-il.

— Comment ça « qui ça ? » ? Teo ! De qui crois-tu qu'on parle ?

Et Ratchiss lui jeta un drôle d'œil, ourla les lèvres sur le rebord de son verre et rétrécit les pupilles.

Eh ben, c'est ça, regarde-moi, pensa Tierwater, soudain belliqueux. Si jamais Teo montait, quelqu'un pourrait le suivre. Et si quelqu'un le suivait, ce ne serait pas Ratchiss qui irait en prison, ce serait lui, Tyrone O'Shaughnessy Tierwater. Lui et sa femme. Et sa fille.

— C'est pas dangereux ? s'enquit-il en reculant, toute la paix de ce jour filant comme l'air d'un ballon qui se vide en sifflant.

— Mais bordel, tu ne penses quand même pas qu'il va venir en voiture, si ?

— Et comment veux-tu qu'il vienne ? En parachute ?

Un instant de silence s'en était suivi pendant lequel Ratchiss l'avait regardé de près tandis que les écureuils grinçaient dans les arbres de l'autre côté de la fenêtre et qu'une légère exclamation (de joie ou de désespoir, il n'aurait su le dire) montait de la sale partie de Monopoly qui se jouait dans la véranda.

— Il est pas fou... il montera à pied. Il demandera à un ami de l'amener en voiture jusqu'au départ de la piste, à Camp Orson, et tu connais Teo... j'aimerais bien voir un représentant de la loi arriver à le rattraper sur la piste ! Non, Ty, y a pas à s'inquiéter : ces gens-là sont des professionnels. Comme nous, j'ose le dire.

Il avança d'un pas, reposa son verre sur le comptoir et lui tendit une main (dure, nerveuse, pleine de cals et refroidie par le gin) que Tierwater prit dûment dans la sienne.

— Personne ne va vous lâcher, ne t'inquiète pas, répéta-t-il.

Si elle se donnait entièrement à la cause – comptant parmi les fondatrices de « La Terre pour Toujours ! », elle en était devenue un des membres payés à plein temps pour répandre la bonne parole et exciter la populace –, Tierwater voyait bien qu'elle n'avait pas prévu le coup. Bien sûr, elle vivait dans la clandestinité et, sous le nom de Dee Dee, habitait dans des lieux aussi éloignés de tout qu'il était possible et, oui encore, le paysage en valait la peine, mais où était l'action dans tout ça ? Il n'y avait pas mieux qu'elle pour faire la tournée des écolos, nouer des contacts dans des cocktails avec amuse-gueules, projeter des diapos, pérorer et passer la sébile. Grande et impérieuse, elle avait fière allure sur une estrade avec son décolleté plongeant et ses regards de braise – très persuasif, tout ça, très séducteur, ainsi qu'il pouvait l'attester. Pour l'heure, elle n'avait toujours rien dit, mais il sentait qu'elle cherchait une issue (un arrangement, qui sait ?), une manière d'arrêter les frais et de générer de la publicité. Teo allait monter. Il voulait causer. Qu'est-ce que ça signifiait ? Plus d'avocats ? Plus de Fred ? Tierwater ne voulait pas en entendre parler – clandestin et sans visage, il s'appelait Tom Drinkwater et ne consentait qu'à tomber en flammes, si tomber il fallait.

Une demi-heure après avoir discuté avec Ratchiss, il se trouvait à la cuisine avec elle et l'aidait à couper des légumes pour la salade qui devait accompagner le ragoût et les énormes dalles de viande que Ratchiss était en train d'incinérer sur le gril derrière la maison lorsqu'il aiguilla la conversation sur Teo.

— Teo vient la semaine prochaine, lança-t-il, tu sais ?

Il tourna la tête pour la regarder de profil, la bosse abrupte de son nez, sa joue en trait de couteau, ses cheveux qui lui tombaient jusqu'aux épaules en boucles laminées.

— Oui, Philip m'a dit.

Dehors, dans l'ombre qui montait, Ratchiss s'était penché sur son feu, un verre dans une main, les pincettes dans l'autre. Il sifflotait un air, léger et atonal, quelque chose de familier à rendre fou... *Soixante-seize trombones*[1] ? La musique des *Sept Mercenaires* ?

— Il a fait ça ?

Il était surpris et ne put s'empêcher de se sentir agacé.

Elle regardait ses mains et le couteau qui adroitement juliennait les carottes sur la planche à découper.

— Il m'a aussi donné une lettre de lui, reprit-elle. Des trucs concernant « La Terre pour Toujours ! », pour la plupart.

Elle lui coula un regard en biais.

— Robin Goldman... tu te souviens d'elle ? Celle qui nous a prêté sa bagnole ? Ben... elle a lâché l'orga. Comme ça, sans rien dire à personne.

— Je ne veux ni avocats ni arrangements, dit-il. Ils m'ont bousculé, à leur tour de l'être. Tu veux du sabotage et des destructions comme tu n'en as jamais vu, eh bien, c'est à ça que je vais consacrer le reste de ma putain de vie, et je me fous pas mal de...

— Tu veux lire sa lettre ? Elle est sur la table de nuit, juste à côté du lit. (Le manche du couteau frappant la planche à découper, coupe coupe coupe, les rondelles de carotte s'envolèrent.) Vas-y ! Lis-la toi-même !

— Je n'en ai pas envie. Dis-moi seulement de quoi il s'agit parce que je commence à stresser sérieux, moi... Tout ce que j'ai fait depuis que nous... que nous nous sommes rencontrés s'est soldé par un désastre, ouais, un putain de désastre après l'autre, et je veux savoir ce qui est en train de se tramer.

Elle reposa son couteau et se tourna vers lui en essuyant ses mains sur son short.

---

1. Air célèbre de la comédie musicale *The Music Man.* (N.d.T.)

— Il ne se trame rien du tout, dit-elle, absolument rien. Et c'est toi qui n'as pas pu te contrôler, toi qui as rossé cette fripouille à Siskiyou, toi qui t'es évadé de l'hôpital, toi qui es monté chercher Sierra alors que je t'avais bien dit de ne pas...

— Ça, pour me le dire, tu me l'as dit ! s'écria-t-il d'une voix de fausset plus que moqueuse. Tu crois donc que j'aurais emmené Sierra si je n'avais pas été entièrement sûr que ce soit sans danger ? Non, non : si elle n'était pas venue ce soir-là, nous ne serions pas ici maintenant et ma vie ne serait pas bousillée ! Et ça, hein, tu y as pensé ?

Il s'était mis à hurler et ne pouvait plus s'arrêter même s'il savait que Ratchiss l'écoutait, et Sierra aussi sans doute.

— Bon, d'accord, j'ai commis une erreur. Qu'est-ce que tu veux ? Que j'en saigne à mort ?

— Je ne veux qu'une chose, lui renvoya-t-il et, cette fois, en contrôlant sa voix ou en essayant de le faire. Y a-t-il jamais eu quelque chose entre vous deux ?

— Mais... de quoi tu parles ? Entre nous deux qui ?

Il baissa la voix, et la baissa même si fort que c'est à peine s'il parvint à s'entendre lui-même.

— Toi et Teo, dit-il.

Plus tard, pendant le dîner, après que Sierra eut exprimé son dégoût devant la montagne sanguinolente d'aloyau que Ratchiss avait posée au milieu de la table (« Comment vous appelez ça... du carpaccio ? ») et que Ratchiss eut raconté une anecdote bien sentie sur un léopard blessé qu'il avait traqué dans des buissons avant de lui emporter la tête d'un double coup de carabine alors que, accroché en l'air, l'animal ne se tenait plus qu'à cinquante centimètres de sa figure, Tierwater commença à aller mieux. Ce qui l'agaçait était moins Teo que ce qu'il représentait : l'intrusion. Le monde extérieur. Ces trois dernières semaines avaient été idylliques, il le savait et voulait que l'idylle n'ait pas de fin. Il regarda Andrea, ses mains, ses bras et la façon dont elle penchait la tête d'un air amusé, puis intrigué, puis, vers la fin, un rien effrayé, tandis que Ratchiss dévidait son histoire : ah, seulement pouvoir figer cet instant dans l'éternité !

— Non, vraiment, conclut Ratchiss, ma vie a viré de trois cent soixante degrés, vous savez ?

— Cent quatre-vingts, le reprit-elle automatiquement. Du tout au tout. Si elle avait viré de trois cent soixante degrés, tu serais revenu à ton point de départ.

— Mais c'est exactement ça que je veux dire : je suis revenu à mon point de départ.

Le visage empourpré, la peau cuite à en ressembler à du bœuf séché, il avala une gorgée de pinot noir et regarda autour de lui.

— Vous voyez, poursuivit-il, au début, j'adorais les animaux... et par extension, la nature... jusqu'au jour où, tout d'un coup, je me suis mis à les haïr et à vouloir tuer tout ce qui portait griffes et sabots et cavalait à l'horizon et maintenant... maintenant y a pas plus ami de la terre et des animaux que moi !

Sierra tripotait ses couverts en se bourrant de chips et de Coca. Les aubergines ne l'excitaient guère et la salade était de la salade.

— Comment quiconque pourrait-il haïr les animaux ? demanda-t-elle.

— Oh, c'est plus facile qu'on croit. As-tu jamais pensé à ce que nos ancêtres devaient éprouver quand Mama se faisait dévorer par un croco en lavant son pagne à la rivière ? Ou quand on levait les yeux de dessus le feu et découvrait Grand-Père entre les mâchoires d'un ours des cavernes grand comme l'arbre de devant ? Et plus important, que dire des milliers de pauvres Africains qui sont emportés par des léopards chaque année ? Tu crois qu'ils les aiment, ces léopards ? Ne penses-tu pas plutôt qu'ils préféraient les exterminer au plus vite ? (Il se redressa en arrière pour allumer une cigarette et Sierra fit la grimace.) Tiens, que je te raconte une histoire, une vraie, qui te dira pourquoi j'en suis venu à haïr les bêtes sauvages... pourquoi j'ai laissé mon bureau pour partir en Afrique. C'est à cause d'un truc qui m'est arrivé quand j'étais petit, enfin non... pas tellement... quel âge as-tu maintenant ?

— Treize ans.

— Treize ans, bon. Disons que j'avais un ou deux ans de moins, je ne sais plus. Toujours est-il que mon père avait emmené la famille en vacances, « pour admirer la campagne », avait-il dit. On était parti de Long Island pour aller jusqu'à Pikes Peak, jusqu'au Grand Canyon et au Parc National de Yosemite... pas très loin de l'endroit où on est en ce moment, en fait. J'avais une sœur à l'époque, Daphnée. Elle devait avoir aux environs de quatre ans ; c'était une petite fille avec une frange, des fossettes et une barrette dans les cheveux et sur les trois cents derniers kilomètres qu'on avait faits, on avait passé notre temps à parler des ours. Y en aurait-il à Yosemite ? Non... vraiment ? Des ours sauvages ? Et on pourrait les voir ? Allez ! A l'époque, mon père était un solide gaillard d'une cinquantaine d'années... il s'était marié tard et ma mère avait vingt ans de moins que lui... il avait fait fortune pendant la guerre, une affaire de conserverie. Je me souviens qu'il avait une espèce de petite moustache en bout de sparadrap, du genre de celles que portaient les jolis cœurs du grand écran. Toujours est-il qu'il se retourne sur son siège et qu'il lui répond : Bien sûr qu'on en verra. C'est même pour ça que le parc est célèbre. Pour ses ours.

« A propos, reprit Ratchiss, ça se passait dans les années quarante, juste après la guerre. Nous avions une Packard en ce temps-là, grosse comme un corbillard, bleue ou marron foncé, dans ces teintes-là, je ne me rappelle plus... Et pour être là, ils étaient là, ces putains d'ours, une bonne centaine qu'il y en avait, alignés le long de la route d'accès au parc comme des vendeurs de cacahouètes à l'entrée du Yankee Stadium, et il y en avait de toutes les couleurs, ça allait du noir minuit au marron crotte de chien en passant par le rose pêche, le jaune vanille et le blond-roux. Et à l'époque, vois-tu, la direction du parc faisait tout ce qu'elle pouvait pour encourager le tourisme et donc, elle encourageait aussi les ours en renversant des ordures à droite et à gauche au lieu de les enlever parce que, bien sûr, les gens voulaient voir les chutes de Bridalveil, mais ils se disaient aussi que tant qu'à faire de découvrir la nature et de la découvrir vraiment, ben, les ours, c'était ça la solution.

« Toutes les voitures s'étaient arrêtées et toutes avaient un ours à la vitre et les gens les photographiaient de près... à dix-quinze centimètres... et leur filaient des marshmallows, des sandwiches au saucisson, des bonbons, tout ce qu'ils avaient... oui, ils leur enfournaient tout ça dans la gueule, comme si ce n'étaient que de gros chiens pleins de poils. Certains avaient même baissé complètement leurs vitres et se penchaient à moitié en dehors pour leur offrir un bon morceau de ceci ou de cela et les ours marchaient dans la combine en s'asseyant sur le derrière, en faisant des tours, en aboyant du fond de la gorge et par le nez, le genre de truc qui me fait toujours penser à un type qui joue du trombone dans un placard. Je n'avais jamais rien vécu d'aussi fabuleux de ma vie. J'étais tellement excité que j'en sautais pratiquement au plafond de la voiture et ma sœur aussi, mais Dieu sait pourquoi, tous les ours étaient occupés ailleurs et aucun ne venait nous voir, au début au moins. Je commençai à geindre. "Qu'est-ce qui se passe ? demandai-je à mon père. Pourquoi ne viennent-ils pas nous voir ?" Alors, mon père a baissé sa vitre... et nous avons tous fait pareil, ma mère y compris... et mon père s'est penché dehors et a jeté des tranches de fromage américain sur la route goudronnée à disons... trois mètres de l'ours le plus proche, en lui faisant des petits bruits de baisers pour attirer son attention. Je ne l'ai pas oublié, cet ours. De taille moyenne et aussi noir que les pneus de la voiture, il avait des yeux trop petits et qui donnaient l'impression de fondre dans sa tête.

« Bref, à un moment donné il avait dû entendre mon père, ou alors l'espèce de bruit de claque mouillée des tranches de fromage atterrissant sur le goudron, parce qu'il s'est retourné, a reniflé le fromage et l'a siphonné avec le papier et tout et tout. Et après, il s'est approché de la voiture en balançant la tête pour ne pas perdre la piste, on aurait dit un truc gros comme deux chiens emballés dans une vieille couverture. Et l'odeur, je m'en souviens encore... même après toutes ces années et tous les animaux que j'ai pistés, abattus et dépiautés. C'était rance et sauvage et ça nous a tous engloutis comme si la voiture avait brusquement dégringolé du haut d'une colline dans un marécage ou une fosse d'aisances et ça m'a fait peur, mais juste un moment et pas assez pour que je ne me penche pas à ma fenêtre pour lui filer un sac entier de pop-corn, un grain après l'autre, et tous les marshmallows que j'avais prévu de faire griller sur le feu ce soir-là.

« Pendant ce temps-là, du haut en bas de la file les gens commençaient à descendre de leurs voitures et en si grand nombre que c'était à peine si on voyait encore les ours. Ils avaient tous des appareils photos et certains donnaient aux ours des trucs plus raffinés, genre hot dogs au bout d'un bâton et beurre de cacahouètes... y avait même un type qui tendait un ananas et moi, je suis sûr que l'ours ne savait pas de quoi il s'agissait, mais il n'empêche : il l'a quand même avalé, avec les piquants et le reste. C'est à ce moment-là que mon père s'est approché de notre ours à nous, celui avec les yeux qui fondaient. L'animal lui arrivait à peine à la taille et mon père a décidé de le prendre en photo avec un de ses enfants monté sur son dos !

— Tu rigoles ! s'exclama Tierwater tandis que Sierra jetait un coup d'œil par la fenêtre.

Elle s'était tassée devant son assiette et se cognait les genoux en cadence. Sans rien dire.

Ratchiss se contenta de secouer la tête.

— Comme j'étais trop grand, il a demandé à ma mère de tenir l'appareil photo et a soulevé ma sœur en l'air en pensant qu'il pourrait la poser un instant sur les épaules de l'ours qui était toujours en train de renifler son pop-corn sur la chaussée. Ma sœur portait une robe blanche avec des petites roses dessus, c'est ça qu'on voit sur les photos, et un ruban, je m'en rappelle encore. (Il s'écarta de la table, tira sur sa cigarette et exhala de la fumée, longuement.) Et là, rideau. Mon père est entré à l'hôpital pour six mois et ma sœur, enfin... ce qu'il en restait, a dû être enterrée.

Andrea se pencha en avant, ses deux mains refermées sur le bord de son verre.

— Ça a dû t'anéantir...

— J'ai tout vu, ma mère qui hurlait, mon père qui se battait avec cette boule puante et grondante d'énergie primitive, ma sœur... et je n'ai rien fait, absolument rien, je suis resté planté là et je n'ai... Voir mon père défiguré et regarder les cicatrices blanches qu'il avait dans le dos chaque fois que nous allions à la plage ou à la piscine... j'ai mis la moitié de ma vie à comprendre que l'ours n'y était pour rien.

— Et elle, elle est morte ? demanda Sierra, mais personne ne lui répondit.

Au bout d'une pause convenable pendant laquelle, chacun se donnant le temps d'écouter le silence méditatif des arbres au-dessus de la maison, Ratchiss regarda fixement la sauce qui se figeait dans son assiette, on changea de conversation. On servit du café, Sierra eut droit à du chocolat chaud, puis tous passèrent dans la grande salle pour jeter une bûche dans le feu et regarder les flammes la dévorer. A un moment donné – Andrea et Ratchiss parlaient bisons furieux et chiens sauvages à voix basse tandis que Tierwater feuilletait les pages de son Emerson et que Sierra s'était tassée dans un coin pour lire une revue –, le téléphone sonna... ou plutôt non, pas seulement : sa sonnerie dégringola dans ce puits de silence, comme une explosion. Au premier dring, Tierwater eut l'impression de recevoir un coup de marteau derrière la tête, le deuxième lui donnant l'envie de bondir sur ses pieds pour arracher le fil de l'appareil. Il était nerveux, et qui donc ne l'aurait pas été? Ils pouvaient venir l'arrêter à tout instant.

Ce fut Ratchiss qui décrocha.

— Oui? dit-il. Ah, salut! Justement, on parlait de toi. Ouais, ouais. (Il masqua l'écouteur d'une main.) C'est Teo. Il appelle d'une cabine. Il y a un changement... il sera ici demain. Il veut savoir si vous avez besoin de quoi que ce soit.

Tierwater secoua la tête, rien de plus, mais Sierra se leva de son siège et jeta sa revue.

— Dites-lui que je veux des magazines, des livres, des jeux vidéo, tout, quoi! s'écria-t-elle en marchant sur Ratchiss comme si elle allait lui arracher le téléphone des mains. Dites-lui que j'ai envie d'avoir des camarades. Dites-lui que je m'ennuie à mourir, voilà : à mourir.

— Oui, marmonna Ratchiss dans l'appareil, ouais, ouais.

Puis il masqua de nouveau l'écouteur avec sa main et le reposa doucement sur la fourche.

Sierra se retrouva debout au milieu de la pièce, les mains levées en un geste d'excuse. Elle grimaçait, Tierwater vit de la lumière scintiller sur son appareil dentaire et tiens, ça aussi... elle avait besoin d'un orthodontiste, sauf que... comment allait-il expliquer que quelqu'un lui avait certes tortillé des bouts de ferraille autour des dents et avait dûment inscrit l'opération dans ses archives, mais que le nom de ce quelqu'un était tout aussi inaccessible que ses dossiers?

— Et je ne plaisante pas, reprit-elle avec tant de force qu'il se demanda si elle n'allait pas se mettre à taper du pied comme elle le faisait quand elle était petite. Je n'ai plus envie d'être enfermée ici avec un tas de vieux et de péquenauds et je n'ai pas non plus envie d'être Sarah Drinkwater... je veux être moi, Sierra, et je veux (sa voix se brisa)... je veux rentrer à la maison.

— Vous voyez ça ?

Teo se tenait au bord d'un chemin de terre au cœur de la forêt, les mains sur les hanches. Il appuya sa question d'un geste sec du menton.

— C'est une canalisation enterrée, trente centimètres de section, impeccable, reprit-il. Ça empêche la rivière d'inonder la route à la fonte des neiges. Sans ce truc, il n'y aurait plus de route et s'il n'y avait plus de route, il n'y aurait plus moyen d'acheminer le bois.

C'était par une journée de nuages hauts et de soleil bienveillant, les arbres se tenant en silence autour d'eux. Mais ce n'étaient pas de vrais arbres – pas à ses yeux, en tout cas. Ce n'étaient ni les pins à bois jaune, ni les Jeffrey, ni les ponderosas, ni les cèdres, ni les séquoias qui auraient dû se trouver là, mais des arbres artificiels, des hybrides qu'on avait modifiés de façon à accélérer leur pousse, à les rendre rectilignes et à réduire leur arborescence. Il y en avait maintenant des rangées entières en éventail des deux côtés de la route, toutes aussi rectilignes que plants de maïs dans le Middle West et seulement interrompues çà et là par les souches des géants qu'on avait sacrifiés pour elles. De la sylviculture, voilà de quoi il s'agissait, de la sylviculture dans une forêt domaniale, de la basse monoculture et au diable la diversité ! Tierwater ne vit pas les longues aiguilles de pin qui attrapaient le soleil, ne sentit pas plus l'odeur de leur résine qu'il ne songea à la transformation du gaz carbonique ou n'entendit les appels d'un geai de Steller dans le lointain – il se contenta de jeter un regard dégoûté sur les tas de branches basses jaunissantes que la compagnie avait émondées pour rendre l'abattage des arbres plus facile. Il y avait même un panneau plus bas sur la route – un panneau en pleine forêt, rien que ça ! –, et ce panneau disait Penny Pines Plantation. Pire qu'un graffiti.

Un soir, sans réfléchir, il s'était laissé aller à discuter avec un bûcheron dans un bar du coin. L'homme était si vieux, voûté et ratatiné qu'on ne l'aurait jamais cru capable de tenir une scie, s'en servir, n'en parlons pas. De fait, il était émondeur et appartenait à une équipe qui ébranchait les arbres après qu'on les avait abattus. Tierwater y étant allé d'un commentaire acerbe sur les coupes claires, le vieil homme qui s'était installé au bar avec deux copains en gros godillots et chemises en tissu écossais s'était aussitôt rebellé :

— Permettez que je vous pose une question, lui avait-il dit en se penchant sur le comptoir et le regardant de ses yeux de fou froids comme la pierre. Vous vivez dans une maison ou dans une caverne ? Bon, bon... Et en quoi elle est faite, cette maison ? Ben, tiens ! Et vous utilisez aussi du papier, non ? Parce que vous avez bien un boulot où on ne se salit pas les mains, pas vrai ? Eh bien, sachez que c'est moi qui vous le donne, ce papier dont vous vous servez dans votre bureau tout propre, et que c'est aussi moi qui vous ai coupé les planches pour votre maison... et que si je ne l'avais pas fait, vous vivriez quelque part dans un tipi et vous torcheriez le cul avec de l'écorce de séquoia et des feuilles de tremble, soutenez-moi donc le contraire !

Tierwater avait senti monter quelque chose en lui, un sentiment issu de son impatience, de sa violence et de son agressivité, mais qu'il était parvenu à réprimer : c'était quand même à garder le profil bas qu'il s'essayait. Là-bas dans les bois, il n'y avait guère plus d'une cinquantaine de chalets et deux ou trois routes goudronnées pour les relier au restaurant/bar/boutique de souvenirs où il se tenait alors – et à Big Timber, tout le monde se connaissait. Il s'était contenté de lui tourner le dos et de ramasser sa bière pour aller s'asseoir à une table dans un coin. Ça l'avait agacé (laisser ainsi un chien couchant du progrès avoir le dernier mot !), mais maintenant, là, sous le ciel, au cœur même de sa pépinière, il voyait enfin un moyen de lui répondre comme il fallait.

— Et ça (un grand sourire sur le visage, Teo s'était accroupi sur ses cuisses imposantes et, fouillant dans son sac à dos, en avait sorti un vieux chiffon en cuir égratigné qui ressemblait à un ballon de volley dégonflé), c'est un ballon de volley dégonflé. Il n'y a qu'à l'enfoncer dans le tuyau, le gonfler à bloc et le camoufler avec des détritus. Dès que l'eau commencera à monter, adieu la route !

— En plus que c'est parfait pour une canalisation de vingt à trente centimètres de section, ajouta Andrea.

Elle portait un short kaki et un T-shirt et, ses bras et ses jambes de la couleur du thé glacé et sa casquette des Angels sur la tête, avec le halo et tout et tout, s'était mis des lunettes de soleil enveloppantes en plastique sur le nez. Sa façon à elle de se déguiser en randonneuse – ça et la carte qu'elle tenait à la main. Debout au bord de la route, elle agita les pieds et sourit fort en voyant Teo sortir une pompe à vélo de son sac et se pencher en avant pour se mettre au boulot.

— Bien sûr, enchaîna-t-elle, pour un tuyau plus important, on se sert d'une perceuse et de petits pitons, tu vois ce que je veux dire, non? Ceux qu'on prend pour accrocher des plantes en pots? T'en mets quatre, pas plus, ou alors six, ça dépend, et tu tends du grillage en travers de l'ouverture...

— Voilà, dit Teo. Et pour les très très gros tuyaux, ceux dans lesquels on peut marcher (il avait quitté la route et calait le ballon bien au fond de la canalisation), on y va à la hache; y a juste à faire des trous dans le bas, les bousiller complètement, tu vois, parce que l'eau finit toujours par sourdre en dessous et tout péter.

— Rien de plus facile, conclut-elle.

Cette petite expédition sur le terrain avec elle en professeur et Tierwater en étudiant lui plaisait beaucoup. Appelez ça « Eco-défense, première année », ou « Bidouillage pour débutants », comme vous voudrez.

Tête de Teo qui se profile au-dessus de la canalisation avec un sourire identique à celui d'Andrea, le soleil rebondissant sur le dôme rasé de son crâne :

— Sans parler du fun, reprit-il. Parce que tu t'amuses toi aussi, pas vrai, Ty?

— Je ne sais pas... je m'amuse? Et s'il venait quelqu'un? Qu'est-ce qui se passerait?

— On est en randonnée, Ty, rien de plus, lui renvoya-t-elle. Là, regarde ma carte. En plus de quoi, y a personne à moins de quinze kilomètres à la ronde et tous les bûcherons se traînent devant leurs télés pour regarder le match...

— Quel match? Y a un match aujourd'hui?

— Il y en a tout le temps, de foot, de basket, de hockey, de championnat de bowling, n'importe quoi... et ils sont tous en train de le regarder et de s'alcooliser pour pouvoir descendre en ville et se cogner sur la gueule. Nous ? On n'existe même pas. Et personne ne s'apercevra de ça avant le printemps.

Bon, d'accord. Mais cela sauverait-il la forêt ? Et après, le monde entier ? Ou alors... cela ne servirait-il qu'à irriter encore plus les grands consortiums du bois comme le fiasco en Oregon ? Parce que... où cela les avait-ils conduits ? Et qu'est-ce que ça avait sauvé ? Jusqu'à la presse qui était mauvaise et dépeignait Tierwater sous les traits d'une sous-espèce de cinglé (le gamin à cheveux en brosse y avait récolté deux dents branlantes et l'inspecteur des travaux prétendait souffrir de contusions au cou), « La Terre pour Toujours ! » passant pour un ramassis d'extrémistes déjantés n'ayant pour seul but que celui de tarir les emplois et de ruiner l'économie. Il n'empêche : en remettant son sac à dos et remontant la route, Tierwater comprit que presse, organisation, arbres et le reste, il s'en foutait : la seule chose qui l'intéressait maintenant, c'était de tout détruire.

— Tu vois, reprit Teo en ajustant son sac d'un mouvement d'épaules et rattrapant Ty en deux enjambées, ce que je voulais te dire, c'est que toi, tu es dans une position absolument unique. Moi, j'ai les mains liées... faut voir qu'ils me surveillent jour et nuit, qu'ils écoutent mon téléphone, tout, quoi... alors que toi, tu es Tom Drinkwater, à savoir personne, et tu peux t'amuser comme tu veux. Tiens, ici, par exemple, là où la route se rétrécit près du virage ? Tu vois ? Idéal pour une dosse à clous.

— C'est quoi, ça ?

— Disons un mètre vingt de planche de cinq sur vingt piquée de barres d'acier à béton armé sciées et plantées à quarante-cinq degrés. Tu ancres le bazar dans la chaussée avec deux de ces mêmes barres d'acier en L – c'est génial, ce truc, tu croirais pas –, oh, allez... disons de trente à quarante centimètres chaque, non, tiens : cinquante pour que ça ne bouge pas quand ils roulent dessus. Et pour finir, tu balances un peu de terre par-dessus et t'as un truc pratiquement indécelable.

Andrea, en les suivant, toute en grands mouvements et enjambées, les mains qui se balancent et les yeux brillants d'excitation :

— Ça les ralentirait drôlement !

Puis elle rit comme on hennit, son rire allant se percher en haut des arbres et surprenant tellement les alentours que ce fut le silence. Puis, en une manière de ricanement doucement nasal qui évoquait le chaton qu'on noie, ce fut au tour de Teo de rire avec elle, Tierwater se joignant bientôt à eux.

Une heure plus tard, ils arrivaient à destination, à savoir un endroit dénudé qui se découpait au bout de la route. D'un côté s'étendait la ligne d'ombre ininterrompue que formait la forêt, l'autre se réduisant à un monticule de roche et de détritus qui redescendaient en pente douce dans la vallée en dessous. Il y avait des machines partout, acier nu et peinture écaillée qui brillaient au soleil. Sous le pied la terre était sèche, le tuf en poudre éparpillée ici et là, des brindilles sortant comme des os du sol que la poussière recouvrait à la manière d'une deuxième peau. Au centre, un fin tortillon de fumée montait dans l'air, à l'endroit même où un tas de branches calcinées, de pommes de pin écrasées et d'autres débris avait été repoussé par les bulls et laissé à couver pendant le week-end.

Cachés par les arbres, ils scrutèrent les lieux du mieux qu'ils pouvaient, puis ils passèrent à découvert.

— Ne t'inquiète pas, Ty, reprit Andrea. N'oublie pas que nous ne sommes que des randonneurs. Et ce n'est pas comme si nous pénétrions dans une propriété privée. Jusqu'à plus ample informé, c'est toujours dans la Forêt nationale des séquoias que nous sommes et, que les agents du Service des Forêts le veuillent ou non, nous avons tout autant le droit d'être ici que... qu'est-ce qu'il y a d'écrit sur la chargeuse ? T'arrives à lire ?

— La Bûcheronne de Cross Creek.

— Voilà... que la Bûcheronne de Cross Creek.

Ils s'approchèrent des machines, Teo et Andrea tantôt en pérorant sur la meilleure façon de les empêcher de fonctionner, tantôt en montrant du doigt les points sensibles d'un scraper Clark, d'un loader et de deux camions Kenmore garés nez à cul à l'entrée de la route. Se retrouver à découvert en plein jour ne plaisait guère à Tierwater, même s'il n'y avait personne autour. Il n'arrêtait pas de regarder par-dessus son épaule tant il s'attendait à surprendre l'éclat métallique d'une paire de jumelles frappée par un rayon de soleil ou, pire encore, deux ou trois gardes forestiers traversant le champ brûlé, une arme à la ceinture. Ou des flics. Des agents du FBI. Et ça, c'était un autre film et c'était lui qui, à son corps défendant, en était la vedette. A quoi ressemblaient donc des agents du FBI ? A Robert Stack ? A Tommy Lee Jones ?

— Tu vois, disait Teo qui s'était accroupi et tamisait de la terre noircie entre ses doigts, ils brûlent tout pour remettre quelque chose dans le sol. En plus que ça leur permet d'éliminer les détritus. Après, ils n'ont plus qu'à revenir planter de jolies rangées d'arbrisseaux et ce qui avait été une forêt première est réduit à l'état de pépinière.

Ils se trouvaient maintenant dans l'ombre de la chargeuse, une espèce de grand truc qui faisait songer à une grue et empilait les troncs sur les camions après que les Cats les avaient abattus et que les émondeurs en avaient ôté les branches. Andrea enfila une paire de gants en coton bon marché et dévissa le capot du carter.

— Là, regarde, dit-elle à Tierwater. C'est là que tu verseras le sable dès qu'il fera nuit. Du carbure de silicium à grain moyen irait encore mieux, mais comme il est clair que nous n'allons pas rapporter d'autres trucs jusqu'ici... Et n'oublie pas tes protections.

Sur l'insistance de Teo, ils avaient tous les trois enfilé de grosses chaussettes par-dessus leurs chaussures de randonnée avant de sortir du bois afin de brouiller le motif en forme de gaufre de leurs semelles. Certes, cela se passait en plein jour et ils n'étaient que des randonneurs et rien de plus, mais ils ne voulaient pas prendre de risques.

— Je n'oublierai pas, lui promit-il, mais que je te dise : je ne sais pas si je vais pouvoir attendre jusqu'à la nuit tombée. Je suis ici et les machines aussi, ces putains de pins artificiels se trouvent en bas de la route... ça ne me déplairait pas de foutre le feu à tout ça, pépinière, Cats et tout le bazar.

— Je sais, Ty, dit-elle en posant sa main, sa main douce et persuasive, sa main d'épouse qui disait des tonnes de choses d'une seule pression, mais c'est non.

La leçon du jour ayant pris fin, ils regagnèrent un ruisseau à quelque huit cents mètres de là et Andrea sortit le pique-nique : saucisse de canard fumé, fromage d'Asiago, cœurs d'artichauts, tomates fraîches et *baguettes**, tout y était, y compris une bouteille d'orvieto qu'ils mirent à refroidir dans l'eau. Ils portèrent un toast à la première action clandestine de Tierwater, la première action à venir, s'entend, puis Andrea et Teo remirent leurs sacs à dos sur leurs épaules et longèrent le cours d'eau jusqu'au départ de la piste qui, trois heures plus tard, les ramènerait au chalet de Ratchiss. Et Tierwater ? Il s'installa pour lire un livre, sentir le soleil sur sa figure, regarder le ciel et attendre que le jour s'achève et que la lune se lève, là, au-dessus du terre-plein nu dans la montagne.

Il était neuf heures passées lorsqu'il se réveilla. Quelque chose avait traversé le ruisseau à moins de quinze mètres de l'endroit où il s'était allongé, c'était gros et ça l'avait sorti d'un sommeil sans rêves. La première chose à laquelle il pensa, avant même de se rappeler vraiment où il était et pourquoi, fut Sierra. Il jeta un coup d'œil à sa montre, tendit encore une fois l'oreille... bruit d'éclaboussures, c'était un cerf, forcément; un cerf ou un agent du FBI... et imagina sa fille en train de lire *L'attrape-cœur*, ses grands pieds pendant au bras du fauteuil en *mopane*, là, sous le regard fixe et terne de la tête d'antilope Kongoni accrochée dans la salle de séjour de Ratchiss. Elle n'était pas avec lui, et ne serait plus jamais jamais avec lui pour prendre part à la moindre de ces activités nocturnes. Il était fermement décidé à ce qu'elle ait une vie normale, aussi normale au moins que celle qu'on peut mener sous un faux nom et dans un véritable musée de souvenirs africains installé dans un chalet à charpente en A perdu au milieu de nulle part. Elle irait à l'école, elle apprendrait tout ce qu'il faut savoir des Visigots et des nombres premiers, elle irait au bal, elle se ferait tout un nouvel escadron de copains peu recommandables, elle tâterait de la marijuana et de l'alcool, elle se passionnerait pour des groupes de rock sans âme, elle s'opposerait aux mangeurs de viande, se rebellerait et abjurerait, elle se ferait remettre un anneau au nez et conduirait une décapotable à cent quatre-vingt-dix kilomètres à l'heure. Et dans cinq ans – quatre et demi, de fait –, elle pourrait même recouvrer son identité.

Teo ? Il n'était pas question qu'il prenne part à des affaires de ce genre, pas vraiment, plus maintenant : grand collecteur de fonds et monsieur « La Terre pour Toujours! » sur les affiches comme il l'était devenu, il ne pouvait plus se payer le luxe de se faire prendre dans une opération clandestine. S'enchaîner à des réacteurs nucléaires, faire du *sit-in* dans les arbres, prêcher et publier, oui, mais sa période lacération de pneus était terminée.

— Non, vrai, lui avait-il dit en tournant le tire-bouchon, le cul de la bouteille calé entre ses cuisses et le soleil lui aplatissant le visage, tu comprends bien pourquoi je ne peux plus me risquer à ce genre d'activités hors programme, hein? (Le bouchon était sorti de la bouteille avec un petit « pop » tout humide.) Mais qu'est-ce que je peux t'envier!

Et Andrea. Elle avait payé son amende, comme Teo, et s'en était sortie avec de la conditionnelle pour l'incident de Siskiyou : elle n'avait agressé personne, elle. Qui donc aurait pu deviner que c'était elle qui se tenait dans cette voiture marron merde? A tout le moins était-ce cela que Teo se disait. Peut-être la laisseraient-ils reprendre du service, peut-être Fred pourrait-il faire quelque chose...

— Le kidnapping, le... l'enlèvement, enfin... comme tu voudras. Tout le truc avec Sierra.

Tierwater l'avait regardée. Elle avait baissé la visière de sa casquette de base-ball sur sa figure pour se protéger du soleil, ses cheveux s'en trouvant immobilisés tandis qu'elle coupait des tranches de fromage et versait à chacun sa part de vin. Elle ne disait rien, mais Tierwater savait bien ce que signifiait l'air qu'elle avait pris : doutes. Elle avait des doutes.

— Ecoute, avait-il dit, il n'y a aucune raison pour que je ne puisse pas faire ça tout seul. Quelles difficultés pourrait-il y avoir? De fait même, j'insiste. Je connais la musique. Et je connais la piste mieux que vous deux. (Elle avait levé la tête, la visière de sa casquette jetant une ombre sur son visage.) Pas vrai, ma chérie?

— Je ne sais pas. Ça ne me plaît pas.

C'était bien ça qu'elle avait dit et peut-être même avait-elle voulu le dire vraiment, ou cru le vouloir, mais qu'elle s'en rende compte ou non, le fait était qu'elle cherchait déjà à sortir de ce merdier.

— T'es sûr de vouloir faire ça tout seul?

Deux fois qu'elle lui avait posé la question. La première devant la bouteille de vin et la saucisse de canard fumé, la deuxième lorsqu'elle s'était penchée en avant pour l'embrasser avant de reprendre ses affaires et de repartir avec Teo.

— Ça ira, lui avait-il répondu. Et le Renard, hein ? Il ne travaillait pas tout seul, peut-être ?!

Sauf que maintenant il faisait nuit et qu'il était seul, et qu'il y avait quelque chose qui pataugeait dans le ruisseau. C'était sur un pan de granite brûlé, juste au-dessus de la ligne de crue, qu'il s'était endormi, dans un endroit où les inondations de printemps avaient fait un creux dans la roche, là qu'il était resté allongé comme dans la paume d'une main sculptée, l'eau ne cessant d'y donner des coups de boutoir avant de filer avec le son blanc de l'infini. Une minute passa, puis une autre. Ce qui l'avait réveillé, et il ne savait toujours pas ce que c'était, avait disparu. Il écouta encore une minute ou deux, pour être sûr, se releva et jeta son sac à dos par-dessus son épaule. Une seconde plus tard, il zigzaguait entre les détritus de la coupe claire, le bruit de ses pas étant étouffé par les grosses chaussettes qu'il avait enfilées par-dessus ses chaussures de marche. Là-haut, une lune gibbeuse lui éclairait le chemin d'une lumière aussi pâle et froide que dans un rêve.

(*Et qu'est-ce que je trimbalais dans ce sac ? Les outils de mon nouveau métier. Une clé à molette, des clés à pipes, des gants, des cisailles, une scie à métaux, une lampe de poche, du tuyau et un entonnoir en plastique, deux barres de Granola, une gourde, un coutelas dans son étui et des allumettes. Tout ce qu'il faut pour causer des ravages, aucune excuse, aucun regret. La moindre de ces machines valait cinquante mille dollars et j'étais prêt à en détruire toutes les parties que je pourrais trouver – mais subtilement, très subtilement, de façon à ce qu'on ne remarque rien de bizarre et fasse fonctionner son puant engin jusqu'à ce qu'il s'étouffe et s'enraye. De fait, si, j'avais un regret : celui de ne pas être là pour assister au désastre, pour voir la gueule qu'on ferait et les arbres que j'aurais sauvés se dresser fièrement au-dessus des assassins pendant que leurs grosses machines jaunes cracheraient et hoquetteraient avant d'ignominieusement s'arrêter et crever en coûtant une fortune à tout le monde.*)

Il scruta deux fois les lieux – personne, rien qui bouge : le silence était absolu –, enfila ses gants en coton noir et commença à réviser ses machines. Ce fut au loader qu'il s'attaqua en premier :

il en dévissa le bouchon de carter sur le collecteur d'échappement comme Andrea le lui avait montré, inséra très soigneusement le tuyau en plastique dans l'ouverture et y versa une mesure de sable (ou plutôt : de granite décomposé) après l'autre au moyen de l'entonnoir. Le sable glissa dedans et disparut dans les tréfonds du moteur avec un bruissement doux et gratifiant et ce fut ce bruit, celui du sable filant dans le tuyau en plastique, que plus tard il devait toujours associer au travail de nuit, et à la vengeance.

Il passa d'un véhicule à l'autre et ne travailla pas seulement sur leurs moteurs, mais encore sur toutes les parties lubrifiées qu'il pouvait trouver, et quand il en eut fini avec les gros engins, il enchaîna avec les deux camions. Et perdit toute notion du temps tandis qu'il bidouillait, tapait et se murmurait des ordres dans sa barbe. Lorsque enfin il songea à regarder sa montre, il fut stupéfait de voir qu'il était plus de trois heures du matin. Il fallait qu'il s'en aille, qu'il dégage de là et redescende la piste qui, éclairée par la lune, le rendrait à son foyer, à l'anonymat et à la sécurité de son lit, mais déjà il imaginait le lendemain et le verre qu'il prendrait au bar en fin d'après-midi, les oreilles dressées pour entendre le bourdonnement des conversations entre pochards monter et descendre autour de lui. Un sabotage ? Comment ça « un sabotage » ? Où ça ? Quand ? Tu rigoles ! Non mais, qui c'est qui pourrait faire un truc pareil ?

Un souffle après l'autre, la nuit inspirait et expirait. Il resta debout à regarder le vide du ciel et se tint immobile un long moment. Ce qu'il ressentait ? De la satisfaction, oui, la poussée d'adrénaline toute particulière qui vous monte quand on sait qu'on a œuvré au mieux, le doux épuisement qui suit le boulot bien fait, mais quelque chose d'autre aussi : la colère. Car il était encore en colère. Tout cela n'était rien, à peine un coup d'épingle dans la toile du progrès, la mort de quelques machines, peut-être même, s'il avait de la chance, la fin d'une exploitation forestière. Mais... et les arbres là-dedans ? Tous les arbres à pulpe artificielle de la Penny Pines Plantation plus bas sur la route ? Ils étaient bien toujours là, non ? et tant qu'ils n'auraient pas disparu, tant qu'ils n'auraient pas été éliminés, effacés de la surface de la montagne, il n'y aurait pas de vraie forêt dans ces lieux. Absolument aucune.

Il se retrouva en train de marcher. Pas du tout de descendre la route pour retrouver le chalet, Andrea et son lit, mais de rejoindre l'endroit où les arbres plantés s'étendaient à perte de vue. L'air était frais, température dans les quinze degrés, peut-être même dix, il suait en marchant mais n'en accéléra pas moins l'allure. Cinquante minutes plus tard il arrivait à destination, s'agenouillait dans la poussière sèche, friable et malléable de la pépinière et sortait ses allumettes. Il y eut le crissement soudain de celle qu'il craqua, puis un éclair de lumière lorsqu'il l'approcha d'un tas de branches émondées choisies au hasard, et les doigts agiles des flammes filèrent entre les aiguilles desséchées. Il regarda le feu qui prenait, regarda le premier arbre partir en une violente explosion de couleurs sur le noir de la nuit et là, alors même qu'il courait en luttant contre la douleur qu'il avait au genou et celle qui hurlait dans ses poumons, il sentit que le monde était transfiguré, qu'il s'était embrasé si fort et d'une manière si spontanée que c'était comme si le soleil s'était levé plus tôt.

Andrea murmura quelque chose, une repartie dans un dialogue de rêve, puis se retourna. Les fenêtres étaient baignées de la lumière verte de sept heures et demie du matin, lorsqu'il souleva les couvertures et se glissa dans le lit à côté d'elle, l'odeur chaude et tranquille de l'animal en son repaire l'enveloppa, celle de son épouse, de son beau corps nu et endormi, riche en toutes ses propriétés et fonctions. Il lui chatouilla l'oreille du bout du nez et passa un bras sous elle pour pouvoir prendre ses deux seins dans ses mains. Il était excité. Il en brûlait. Elle murmura encore et poussa ses fesses contre lui en un mouvement tout ensommeillé, promesse de coït. « Tu es rentré », dit-elle, « oui », chuchota-t-il, et il sentit ses seins se durcir. Il pensait à Jane, à Sherry et à une demi-douzaine d'autres filles et femmes qu'il avait connues, elle se tourna vers lui, pour l'embrasser, il ne pensa plus qu'à elle, et à elle seule.

Après, ils restèrent allongés côte à côte, à regarder les poutres tandis que sous eux on commençait à s'agiter dans la maison. Il y eut le bruit d'une chasse d'eau qu'on tirait, puis le gémissement de la porte du frigo et le bourdonnement sourd de la platine du magnétophone de Sierra tandis que les battements étouffés d'un monde sans espoir filtraient à travers les lattes du plancher. Des voix. Celle de Sierra, celle de Teo. Le claquement de la porte-moustiquaire, le « Gare là ! » de Ratchiss et la réponse que Teo lui adressa en chuchotant.

— Tu sens la fumée, dit-elle.

— Moi ?

Il savait qu'il était allé trop loin et qu'on penserait à l'incendie criminel dès que les machines rendraient l'âme, et oui, il avait aussi entendu gronder le premier des avions qui allaient attaquer le feu alors même qu'il remontait la piste pour rentrer. Le guetteur des aiguilles ou du pic de la Selle avait dû se lever tôt car les hélicoptères s'étaient déjà envolés avant qu'il ait eu le temps de reprendre son souffle. Le ronronnement des bombardiers d'eau saturant l'air moins d'une heure plus tard, il avait levé la tête et en avait vu trois passer au ras des arbres, leurs ailes toutes brillantes et leurs ventres remplis de retardateurs.

Andrea s'était redressée sur un coude et l'observait.

— T'as pas fait du feu là-bas ? lui demanda-t-elle. Parce que ça, ça serait con, vraiment con...

— Tu plaisantes ? Tout a fonctionné parfaitement, d'un bout à l'autre. J'avais l'impression d'être le Fantôme et le Renard tout en un ! Ça marchait même tellement bien que ça faisait peur. Ah, le rush que c'était !

Il sentait son regard sur le côté de son visage, ses yeux qui ne toléraient pas le mensonge et toujours réduisaient le complexe en ses éléments les plus basiques. Elle reniflait – l'air, et maintenant lui –, elle se tenait au-dessus de lui et ses seins le caressaient doucement, elle lui ébouriffa les cheveux et continua de renifler.

— Je ne sais pas, dit-elle, mais on dirait que t'as passé la nuit dans la cheminée.

— Ça doit être ça, lui renvoya-t-il en mentant. J'ai fait du feu en rentrant, juste pour casser le petit froid du matin...

Ça parut la satisfaire, au moins pour l'instant... jusqu'au moment où elle entendrait les bombardiers à son tour, jusqu'au moment où elle irait à la boîte aux lettres, sentirait la fumée dans l'air et verrait les cars du Service des Forêts descendre la grand-route bourrés d'immigrés à la peau sombre et au visage impassible, ceux qu'on engageait à bas salaire pour combattre les flammes mètre par mètre un buisson après l'autre. Alors elle saurait. Et Teo aussi, et Ratchiss. Il les entendait déjà : « *Mais t'es cinglé ? Dans ton propre jardin ? Tu crois donc que ces gens sont idiots ? Tu veux tout foutre en l'air ? Toute l'organisation, putain de Dieu ! Tout ça parce que monsieur ne peut pas se dominer ? C'est ça, dis ! C'est quoi, ton problème ?* »

Soudain il se sentit épuisé. Il avait passé toute la nuit debout, il avait fait treize kilomètres à l'aller et treize au retour, il avait détruit pour des centaines de milliers de dollars d'équipement lourd, il avait mal au genou, il avait dû se le fouler Dieu sait comment, probablement en se battant avec un truc ou un autre, il n'avait rien d'un mécanicien.

— Tu veux te reposer un peu ? lui demanda-t-elle, et déjà elle s'était mise en mouvement, le lit tanguant comme un raft de caoutchouc en eau profonde, lui la regardant nue avec insistance, et enfin elle se glissa dans son T-shirt, sa petite culotte et son short.

— Oui, dit-il, ça serait bien, mais tu n'as toujours pas répondu à ma question.

— Quelle question ?

— Pour toi et Teo. Toutes ces nuits passées en voyage, le Connecticut, New York, partout. T'as couché avec lui, non ?

— Qu'est-ce que ça peut faire ? C'était avant que je te connaisse.

— Et donc t'as couché avec lui, c'est ça ?

Quelque part, bien au-dessus d'eux, le léger ronron d'un avion se fit entendre. Le vent avait dû changer, temporairement au moins, car maintenant lui aussi sentait la fumée, comme si l'air en était parfumé.

— Je ne vais pas te mentir, Ty, dit-elle. On est tous les deux des adultes, non ? Tu veux savoir la réponse ? Et la question est bien « Est-ce que j'ai couché avec lui ? » ?

Il ferma les yeux. Jamais encore il n'avait été aussi fatigué de sa vie.

— Non, dit-il, non. Laisse tomber.

Santa Ynez, décembre 2025

Les vacances, Mac en a toujours fait tout un plat – les trucs qui brillent, il adore ça, les petits gâteaux dans le four, les lumières qui clignotent, Petit Papa Noël, quand tu descendras du ciel, tout ça – et cette année, ce sera pareil. Qu'est-ce que ça peut faire si les conditions sont devenues un rien extrêmes ? Qu'est-ce que ça peut faire si nous vivons dans ce qui, de fait, se réduit à une île et si nous ne pouvons plus en sortir pour aller au supermarché, à l'hôpital, au bar à sushi ou chez l'engraisseur ? Qu'est-ce que ça peut faire si la cave est pleine d'animaux qui chient, grondent et sont furibards et disloqués ? Décorons, décorons, telle est sa façon de voir les choses. Il y a deux ans, il a engagé une équipe de cinquante personnes pour monter des lumières en lignes parallèles sur tous les murs de la maison de manière à ce qu'elle ressemble à un paquet cadeau posé sur la colline (ou, plus précisément, à un énorme toaster électrique vu en coupe), ce qui fait quand même quelque vingt mille ampoules qui brûlent une électricité que plus personne n'a plus, ni ne peut plus se payer, alors qu'il n'était même pas là. Et l'année dernière, une équipe presque aussi importante s'est pointée le premier décembre, mais le vent était si fort qu'il emportait les ouvriers en haut de leurs échelles et dans leurs nacelles, les loupiotes qu'ils arrivaient à attacher finissant par battre contre les murs et ne plus former qu'une longue chaîne de douilles vides jacassant dans la brise. Et là encore, Mac était absent. Aujourd'hui il est là, un peu là, même, et si nous ne pouvons fêter Noël dehors à cause d'intempéries aussi cataclysmiques que permanentes et qui, jour et nuit, semblent se ruer sur tout ce qui n'est pas planqué dix pieds sous terre, nous le passerons à l'intérieur.

Ce qui, à mes yeux, tient de l'ânerie pure et simple. Qu'y a-t-il donc à fêter ? J'aimerais bien le savoir. Le fait que la pluie nous ait laissé quarante-huit heures de répit la semaine dernière ? Qu'April Wind ait commencé le martyrologe de Sierra, avec moi dans le rôle du grand informateur emprisonné ? Que Brin de Muguet donne l'impression de s'être habituée à ses nouveaux quartiers (c'en est à croire qu'elle est née entre des murs lambrissés), et que nos cadavres oscillants, et durs comme de la roche, de bœufs, de cochons et de dindons ont toujours l'air de vouloir nous nourrir jusqu'au prochain millénaire ? Des nèfles, tout ça, que je dis. La fin est proche. Comme ces mortels peuvent être sots !

Nous portons toujours des masques, tous autant que nous sommes, mais nous pourrions tout aussi bien nous trouver sur un atoll de corail pour ce que nous avons eu de contacts avec le monde extérieur, et quand je ne suis pas en train de déterrer le passé avec April Wind ou de regarder Andrea faire les yeux doux à Mac, j'essaie de m'occuper avec les bêtes. Chuy et moi nous débrouillons assez bien pour les nourrir, enfin... je crois, mais les nourrir n'est pas ce qui pose problème. L'élevage en captivité, et c'est notre but depuis toujours, n'est rien de moins qu'impossible dans des conditions pareilles. Nous n'avons pas réellement accès aux animaux : il est tout simplement trop risqué d'essayer de s'approcher sur la pointe des pieds d'une porte renforcée et d'espérer surprendre une bête qui n'est pas complètement sourde, aveugle ou plongée dans le coma. Quant à nettoyer... inutile d'y penser, c'est bien trop dangereux, surtout avec Brin de Muguet, Pétunia et les lions – et vous seriez surpris de voir à quel point même un phacochère peut être subversif et acariâtre. Ouvrez la porte du bowling et vous n'entendez rien, pas même un ronflement ou chuchotement, mais un demi-battement de cœur plus tard, ce sont deux paires de défenses en colère qui vous calottent les gonades. Un jour, pendant la saison sèche, si elle vient jamais, Mac devra arracher ses tapis, déclouer les lambris compissés et brûler tout ça. Alors nous pourrons recommencer, avec des enclos neufs et de nouveaux animaux – à tout le moins avec d'autres bêtes d'élevage.

Mais revenons à Noël, parce que c'est ça qui est en train de se passer, Noël, malgré la mucosa et nos quadrupèdes en courroux. Les deux Al, qui n'ont plus d'utilité ou d'emploi discernable étant donné qu'il n'y a plus personne à moins d'un kilomètre de leur patron, ont été cooptés par le département décoration intérieure (Mac et Andrea, et on travaille de conserve) pour accrocher des guirlandes électriques et clouer des petits anges en aluminium sur les murs. Tout ça me paraît... je ne sais pas : un rien *vestigial.* Et triste. Cérémonie vide d'une tribu oubliée. Pour moi, Noël ne signifie rien, sauf peut-être en négatif, la fête des objets et de la gloutonnerie, on allume les bougies et que j'te viole la planète encore un coup. Jusqu'aux Japonais qui s'y sont mis à la fin du siècle dernier, mais ils ont vite compris ce qu'était vraiment la fête de la Bûche : rien de plus que du shopping à outrance.

Je sais, je sais. Nous fêtions Noël quand j'étais enfant, à cause de ma mère, et oui, alors il y avait de la magie dans l'air, de la rédemption. De l'espoir. Et plus que ça : il y avait une raison, pour nous, les animaux, les plantes et tout le reste. Aujourd'hui, tout ça n'est plus. Et que j'aie l'esprit extrêmement pratique et sois peu sentimental, aussi vide d'illusions que le dernier prisonnier des Mohawks, n'empêche pas que dès que je descends le couloir et aperçois ces angelots en aluminium agglutinés au plafond avec leurs petites ailes frisottées qui brillent, j'ai bien du mal à ne pas larmoyer dans mon masque. Hé, qu'est-ce que vous dites de cet aveu ?

De fait, je me trouve présentement dans le couloir du rez-de-chaussée et suis submergé par l'émotion – dix heures du matin et encore huit jours de shopping avant Noël –, lorsque Chuy sort brusquement de derrière une statue d'Elvis grandeur nature et commence à foncer sur la carpette persane à sa manière rapide et résolue. Toute son attitude, sa tête baissée, ses épaules remontées autour de ses oreilles, ses pieds qui rasent le tapis telles tondeuses à gazon, me dit qu'il me cherche et que s'il me cherche, c'est qu'il y a quelque chose qui cloche et qui cloche de manière irrémédiable.

— Monsieur Ty, lance-t-il tandis que déjà son regard le fuit, ié veux pas vous dire, mais *la puerta del cuarto de regalos* ? – la salle des cadeaux ? – c'est ouvert. Ouvert grand.

Qu'est-ce que je me dis ? Je me dis Brin de Muguet. Elle fait un mètre quatre-vingts du bout de la gueule au bout de la queue, elle pèse quatre-vingts kilos et a une tête en forme d'enclume et des rayures noires aux pattes. Masse, fourrure, arrière-train escamotable et pattes disgracieuses, il ne faudrait pas se laisser abuser par les apparences. C'est un animal qui peut courir tout d'un coup à plus de quarante-cinq kilomètres-heure, et continuer toute une nuit, l'évolution ayant fait d'elle une vraie machine à bouffer. On ne respecte aucun code ou éthique. Je vois, je tue, je bouffe, tel est le mot d'ordre dans la famille des Hyuénidés. Et maintenant que la porte est ouverte, grande ouverte, le miracle espéré, celui pour lequel on prie et qui n'arrive qu'une fois sur mille, n'est pas de ces choses sur lesquelles je compte. Elle est trop rusée pour ça. Trop sournoise. Trop sauvage.

Ma première impulsion est de foncer en haut de l'escalier sur mes pattes de soixante-quinze ans et d'aller y voir moi-même, peut-être même de claquer la grosse porte en acajou et de la fermer à clé, mais je la réprime. C'est ce que ferait un impétueux de quarante ans – voire un vieux de cinquante ou de soixante sans cervelle. Oui, c'est sûr. Et il se ferait écraser la tête, et arracher les boyaux par-dessus le marché. Non, la sagesse du grand âge me soufflant des choses à l'oreille (la vie n'est peut-être qu'un tas de merde, mais pourquoi y mettre un terme avant la fin de l'histoire ?), mes pieds me font descendre le couloir et me dirigent vers l'escalier du fond tandis que Chuy s'agite à côté de moi, un air impénétrable sur la figure. Il a les yeux en miroir déformant et ne se départ jamais de son sourire tordu avec or incrusté, quoi qu'il puisse arriver. Mais il n'empêche : nous sommes l'un et l'autre de grands furtifs et, parfaitement synchrones sur ce point, nous longeons le couloir jusqu'à la salle Grunge aussi discrètement que possible.

A deux mètres de la porte, nous pilons, tous les deux : il y a quelque chose qui cloche. De fait même, il y a quelque chose qui cloche vraiment : la porte est entrebâillée. Ce que je ressens soudain n'est rien de moins que de la panique. Mon cœur bat la chamade, mes yeux me brûlent, du vinaigre, quelqu'un m'a versé du vinaigre dans les yeux, et j'ai l'impression de ne plus pouvoir déglutir. C'est moi. C'est de ma faute. Je suis vieux, j'oublie, je suis bête et pire encore parce que c'est moi qui ai dû laisser cette porte ouverte quand j'ai enfilé mon jean et mes chaussures et me suis traîné le long du couloir pour aller déjeuner. Andrea, me dis-je en passant la tête dans les profondeurs de cette salle tranquille et silencieuse et cherchant à tâtons l'interrupteur sur le mur derrière la porte, Andrea. Je n'arrive pas à trouver le bouton, à tout le moins pas immédiatement parce que je ne suis qu'un invité ici, parce que j'ai les doigts qui tremblent, parce que je suis vieux et que je veux rentrer chez moi et retrouver mes affaires à moi, être loin de tout ça.

La salle est profonde, haute de plafond, caverneuse. Je n'y vois rien. Et il fait si mauvais temps dehors qu'il est difficile de distinguer le jour de la nuit, mais il n'empêche : Andrea ne cesse de tirer les grands rideaux en brocart pour étrangler tout soupçon de lumière jusqu'au moment où elle s'extrait de son lit, en général aux environs de midi. Elle y est couchée en ce moment même, au milieu, et forme un petit monticule, comme une hyène. Toutes les histoires de sorcières africaines changeant d'apparence et prenant la forme du détrousseur de tombes reviennent me hanter (« Et comme tu as de grandes dents, Mère-Grand ! ») jusqu'à ce qu'elle se fende d'une explosion de ronflements de vieille femme et que je puisse à nouveau respirer.

Puis la lumière se fait et je découvre que la pièce est vide, à l'exception des cheveux de Kurt Cobain et du tas de vieilleries moisissant à quoi se réduisent mes possessions en ce bas monde, les restes du naufrage de la maison d'amis étant très grossièrement jetés dans un coin. Au cœur de ces saloperies néanmoins, dûment nettoyé et lubrifié avec un chiffon trempé dans de la graisse « A tous usages », se trouve la carabine 470 Nitro Express qui appartenait jadis à Philip Ratchiss. Je n'ai jamais rien chassé de ma vie, pas pour tuer (je reste dans le camp de Thoreau, « *Nul être humain, passé l'âge irréfléchi de l'enfance, ne saurait assassiner gratuitement la moindre créature qui tient à la vie par les mêmes jouissances que lui* »), mais ne m'en précipite pas moins sur mon arme pour y enfourner des cartouches et en vérifier le canon sur toute sa longueur.

Andrea (à moitié réveillée) :

— Ty ?

Moi :

— Oui ?

Andrea :

— Tu n'es pas... ? Qu'est-ce que tu fais ? C'est un fusil ?

Moi (insensible, froid, aussi dur que les cals sous le pied du fakir) :

— Je vais à la chasse.

De la frime, rien de plus. Je ne suis pas aussi dur que ça. Personne ne l'est. Sauf peut-être Ratchiss. Ou Teo – « feu Teo », et pourquoi est-ce que j'éprouve tant de satisfaction à tourner et retourner cette expression sur le bout de ma langue ? Je ne me fais aucune illusion : Brin de Muguet va devoir mourir, mes projectiles vont lui faire un trou où l'on pourra faire passer une encyclopédie et Brin de Muguet compte parmi les quoi ? les deux ou trois cents derniers spécimens de son espèce encore en vie sur cette terre ? Elle m'a suivi partout depuis le jour où, petite hyène toute miteuse, nous l'avons récupérée au zoo de Los Angeles avant qu'elle y passe, et oui, elle était avec moi quand Andrea, elle, ne l'était pas. Combien de bons morceaux lui ai-je jetés en l'espace de dix ans ? Combien de chiens écrasés ? Combien de dos de poulets ? (Et comment pourrais-je même seulement commencer à vous décrire la satisfaction qu'on éprouve à entendre le claquement sec des mâchoires d'acier de ces bêtes, sa gorge qui descend, l'efficacité de cet animal, mon animal à moi, tandis qu'il consomme, prospère et grandit à en devenir l'image même de l'être hirsute et à l'œil fou qui trottait dans la gorge d'Olduvai quand nous n'étions encore que des primates édentés qui nous enfournions notre propre viande crue dans le gosier si vous n'avez jamais jeté de dos de poulet à une hyène ?) C'est de Brin de Muguet que nous parlons ici, de Brin de Mu-guet, et moi, je préférerais, et de loin, avoir à abattre le Old Yeller[1].

Couloir, nous sommes passés à la phase traque, Chuy derrière moi.

— Monsieur Ty, me chuchote-t-il, vous *quiere* que ié peut-être vous aille chercher le filet en fil de fer, ié mé dis que peut-être ?

Puis, comme je ne réponds pas :

1. Un vieux chien jaune, héros d'un roman pour enfants que Walt Disney adapta pour le cinéma. (N.d.T.)

— *No le va a disparar*, vous pas tuer Brin de Mouguet, monsieur Ty ?

Je me contente de serrer les dents, ou ce qu'il en reste.

— Les flèches pour anesthésier, *por qué no* lui en coller une ?

Je m'affaire à traquer. Accroupi sur mes muscles inférieurs et hurlants de septuagénaire, mon arme aussi lourde qu'un oiseau de maçon rempli de briques dans mes mains faibles et mouillées, les yeux qui pleurent et l'ouïe dévastée, je n'ai pas la force de lui répondre. On n'anesthésie pas un animal avec une flèche comme ça, pas de si près : même si on y parvenait, il vous effacerait la figure avant que la drogue ne commence à lui casser son élan et aurait la gueule tout au fond de vos entrailles avant d'avoir vaguement envie de bâiller. Ce n'est pas d'un renard de Patagonie qu'il est ici question. Et l'affaire ne se solderait pas par un petit boulot de recousette à l'hôpital du coin. C'est de choses définitives que nous parlons. Ronron, coucouche panier et bonne nuit à jamais.

Rien à l'étage. Les portes des chambres sont tout ce qu'il y a de plus fermé, les fluos à économie d'énergie rougeoient dans leurs appliques, le silence règne. Je ne dis rien à Chuy, et lui non plus ne me dit rien. C'est à peine si nous arrivons encore à respirer tant l'air est épais dans nos narines, presque solide il est de toute la puanteur de la hyène, de l'odeur de son urine, de ses excréments et de la viande pourrissante qu'elle avale. La salle d'emballage des cadeaux se trouve devant nous, sur notre gauche, trois portes plus loin. Je ne veux rien tant que cette porte soit fermée, que Chuy se soit trompé, que tout ça ne soit qu'une fausse alerte, que plaisanterie, que la dernière des petites erreurs sans conséquences, celle dont nous rirons plus tard devant un café et des beignets. Mais rien à faire, affirmatif, mon capitaine, nous sommes déjà assez près pour voir que la porte est effectivement ouverte, grande ouverte, repoussée tout au fond sur ses gonds telle une grande bouche édentée.

Pour me figer, ça me fige. J'ai l'impression qu'on m'a scié les jambes et qu'on me les a remises à l'envers, j'ai les doigts tout raides et je me demande si je ne suis pas en train de me payer une crise cardiaque. Et mon fusil... tout d'un coup, voilà qu'il pèse aussi lourd qu'un obusier.

— La chaise, murmuré-je en y allant d'un coup de menton, un, à l'adresse de Chuy, et deux en direction d'une antiquité des années quatre-vingt absolument inestimable, toute en chrome et plastique noir, jusqu'au moment où Chuy comprend enfin, décolle la chaise du mur et la place à ma portée.

Et voilà, j'ai posé ma carabine sur le dossier de la chaise, je pose le doigt sur la détente, je dirige le canon de mon arme sur la porte ouverte à niveau de hyène optimal et voilà, voilà Chuy, et c'est l'homme le plus hésitant qui soit au monde, on dirait un acrobate sur un filin tendu au-dessus d'une fosse à serpents, voilà Chuy qui s'avance vers la porte, un millimètre après l'autre.

Des mauvais moments dans la vie, des moments qui tiennent de l'avertissement lancé par les Parques, j'en ai connu des tonnes, mais celui-là compte parmi les pires. Je suis prêt à tout, enfin... aussi prêt à tout qu'on peut l'espérer chez un jeune vieillard passablement cassé, avec des réflexes qui se détériorent et une foi sérieusement entamée, mais ce n'est pas Brin de Muguet qui sort de la porte en coup de vent, c'est Mac. *Mac.* Il s'est attifé comme à son habitude, à moitié tambour-major, à moitié vaurien de série B années quarante. Ses jambes comme accrochées à des cordelettes en soie, il avance en glissant, dans ses bras il tient une pile de cadeaux emballés et il siffle, oui : un air de Motown des années soixante. Ça me prend une minute, mais je finis par le reconnaître, les Supremes, *« Arrête, au nom de l'amour, arrête ! »*

Plus moyen de trouver ma voix, j'en ai bien l'impression. Mais Chuy, qui paraît pourtant incapable d'interpréter les choses au même niveau de complexité que moi, n'a aucun mal à trouver la sienne.

— Monsieur Mac, dit-il en agitant ses bras de funambule pour ne pas perdre l'équilibre, ié pense mieux que vous peut-être fassiez gaffe ? *Cuidado*, vous voyez ?

Comme je l'ai dit, mon ouïe pourrait être meilleure, dans la cochlée de mon oreille gauche bourdonnent encore, comme des vestiges, les accents de *Voodoo Child* de Jimi Hendrix, et je ne saisis pas la réponse assourdie par la gaze que lui fait Mac. « Muffins à la marmelade », semble-t-il lui dire, ou l'inverse ? Figé comme il l'est dans l'embrasure de la porte, à moins de trois mètres du canon de mon arme, je vois bien que ses lèvres remuent derrière la fine membrane de gaze de son masque. En attendant (mes mains tremblent si fort que j'ai peur de presser la détente en un réflexe incontrôlé), je sors mon doigt de la gâchette, me redresse de toute ma hauteur (j'ai perdu cinq bons centimètres depuis l'époque où j'étais un homme d'âge mûr, encore une des humiliations qu'inflige la longévité) et arrache mon masque.

— Pour l'amour de Dieu, Mac, je m'écrie, ça ne te ferait rien de dégager la voie ?

Pas de réaction.

— C'est Brin de Muguet ! je hurle encore. Brin de Muguet !

Sur le mode de la pantomime : jambes qui se répandent, paquets qui flottent, yeux qui lui sortent des orbites derrière les verres argentés de ses lunettes de soleil. Un regard par-dessus l'épaule, un regard qui s'adresse à moi et, tous les paquets à la merci de la force de gravité, il recule et claque la porte comme s'il était le seul et unique défenseur laissé à l'entrée de la ville. Il est tellement abasourdi, consterné et perdu que, oubliant tout de son calme et de la contagion, il s'arrache ses lunettes et son masque de gaze d'un seul et même geste frénétique.

— Bon sang de... lance-t-il en cherchant l'expression appropriée car jamais il ne jure, enfin je veux dire : Nom de d'là ! Où avais-je la tête ? Je l'avais perdue, Ty, je ne réfléchissais pas. C'est que, tu ouas, c'est Noël et je... elle s'est pas sauvée, au moins ? Dis, elle est en cavale ?

Je hausse les épaules.

— Que veux-tu que j'en sache ? Mais au pif, je dirais que oui, bien sûr qu'elle s'est sauvée. Et depuis longtemps.

Nous prenons tous les trois une bonne minute pour regarder le couloir des deux côtés, comme si nous nous attendions à voir le petit bout de truc qui lui sert de queue sortir de dessous une des vitrines de souvenirs installées le long des murs. (Pas d'armures ou de hallebardes à oreillons ici, il ne s'agit de rien de moins que d'un autel élevé au génie de Maclovio Pulchris et je ne dis pas ça de manière sarcastique. Maclovio Pulchris est effectivement un génie. Enfin... il en était un jadis. Il se peut qu'il ait passé les bornes côté autodéification et je ne le nierai pas, c'est une question de proportions, à mon avis au moins, mais tout y est, et pulchrisé pour l'éternité. Photos et portraits à l'huile qui vous regardent sur tous les murs où que vous posiez les yeux, il a tout ça, mais il a aussi exposé, et de manière permanente, tous les disques et CD qu'il a jamais enregistrés, et encore tous les souvenirs de ses concerts, talons de billets, T-shirts, tenues portées en scène, communiqués de presse jaunissants et articles de fanzines, tout cela méticuleusement classé par ordre chronologique, avec dates et mention de la période artistique et du style capillaire de l'époque.)

— Je ne sais pas, dit-il, ça n'a duré qu'une minute. Peut-être qu'elle dormait.

J'en suis tout secoué. Et en colère. Et bien qu'il soit mon employeur et ma bouée de sauvetage dans les eaux sombres et tempétueuses de l'absence de sécurité sociale pour les jeunes-vieux, je le lui fais savoir.

— Qu'est-ce que tu crois ? mécrié-je. Qu'on peut lui laisser la porte ouverte et qu'elle va se lover sur tes genoux comme un gros toutou ?

Il a envie de répondre, je vois des idées se former dans ses yeux vides et légèrement jaunes, mais l'occasion se perd lorsque brusquement on sonne à la porte. Ou plutôt non : lorsque quelqu'un déclenche les premières mesures de son plus gros tube, *Chariots of Love*, extrait de l'album *Chariots of Love*. Bizarre, cette sonnerie : jamais on ne sonne. Personne, mais absolument personne, même en temps normal (ou moins anormal), ne peut franchir le grand portail de devant et échapper aux caméras de surveillance, à Al et Al, même à moi, à Chuy, à tous les journaliers et jardiniers et le reste, avant d'arriver à la porte et de pouvoir y trouver le bouton adéquat. Et comme si y parvenir ne tenait pas déjà assez de l'exploit dans des circonstances ordinaires, nous sommes maintenant encore plus isolés de tout par l'inondation. Et donc, qui cela peut-il être ? Brin de Muguet ? Dieu ? Le Fantôme des Noëls d'antan ?

Nous descendons l'escalier, judicieusement, c'est évident, le Nitro Express et moi faisant bouclier à Mac cependant que Chuy et sa peau saturée de Dursban le couvrent à l'arrière, longeons prudemment et lentement le couloir et arrivons dans le vestibule au moment même où, la sonnette s'étant remise à carillonner, les deux Al sortent sinistrement de la salle de contrôle de la sécurité, à gauche de l'entrée principale. Le plus grand des deux jette un regard à son patron pour l'avertir, puis il ouvre la porte.

Là, dans la lumière étrangement sub-aqueuse de la tempête, se tient Delbert Sakapathian, l'amateur de chats à tête en boule de billard et tripe en hyper-inflation. Chapeau de pluie sur la tête, il a l'air perdu dans son ciré ; ses habits mouillés lui collent à la peau et le peu de cheveux qui lui restent semblent peints sur son crâne. Mais ce n'est pas tout : à côté de lui, et si étroitement serré dans son ciré noir qu'on le dirait sorti d'une chambre à air, se tient un vieil homme ou... une vieille femme ? Ce n'est pas facile à dire, l'inconnu faisant partie des vieux-vieux, des antiques, des antédiluviens, que dis-je ? des vestiges, de ceux ou celles d'avant la connaissance, de ceux ou celles qui sont si vieux qu'ils n'en ont plus de sexe. Chambre à air du ciré, mains de singe, visage qui tient du grain de raisin pelé, plus une dent, plus de menton, plus de joues, l'affaire évoque le trou noir complètement explosé de l'humanité. Ni l'un ni l'autre ils ne portent de masque de gaze.

— Monsieur Pulchris, lance Delbert Sakapathian en s'adressant à Mac avec toutes les terreur sacrée et humilité du communiant dans le temple de la gloire, nous avons besoin d'aide. Je... je vous présente le vieux Foley... de la maison de retraite de Lupine Hill ? Il n'y a plus rien là-bas, rien que des débris, et il a besoin d'un toit, enfin, je veux dire, si vous pouviez... jusqu'à ce qu'ils puissent faire monter les équipes de secours d'urgence pour reconstruire ou emmener les gens dans une salle de sport ou autre, enfin quoi, quelque chose ? Ça fait plusieurs jours qu'il est trempé jusqu'aux os.

La pluie continue de grésiller. Et l'odeur est bien là, si forte qu'elle me fait grimacer, celle du dessous des choses, du pourrissement et de la mort.

— Ecoutez, reprend-il, c'est pas pour moi que je demande... Lurleen et moi allons bien, j'ai mon canot attaché à la rambarde et ils peuvent bien condamner les appartements comme ils veulent, il faudra quand même qu'ils m'abattent pour me faire sortir de là, au moins tant que la pluie n'aura pas cessé...

Il me regarde, puis il regarde les deux Al, et ses yeux supplient sans rien dire.

Pour finir, et de sa voix la plus douce, Mac lui répond non. En hochant la tête d'un air las, ses fouets d'anguilles glissant sur les beaux verres des lunettes qu'il s'est remises sur le nez.

— J'aimerais bien pouvoir vous aider, dit-il, non, vraiment, mais je ne peux tout simplement pas... nous ne pouvons pas... prendre ce risque. Il y a la mucosa, vous comprenez ? J'aimerais vous aider, l'argent n'est pas un problème, tenez... vous en voulez ?

J'observe le visage de Delbert Sakapathian. Il semble dire : *Allez chier et mourir, tous autant que vous êtes, pauvres fous sur votre colline, vous qui aimez les animaux, vous les rock stars efféminées !* Il semble dire : *Je vaux dix d'entre vous parce que je suis encore un être humain alors que vous n'êtes plus que des choses dans une cage.* Chuy me jette un bref coup d'œil. Les deux Al se tendent. Et c'est à ce moment précis que Brin de Muguet apparaît.

Le bruit qu'elle émet, une espèce de bas tchou tchou d'avertissement ou de surprise, est si faible que c'est à peine si on l'entend dans les râles sibilants de la pluie et qu'aucun de ceux qui l'ont regardée manger, dormir et se gratter dans son enclos pendant dix ans n'y reconnaîtrait la moindre vocalisation animale. Je tourne la tête. Rien de plus, je la tourne, simple flexion et relâchement des muscles adéquats, elle a disparu, boule brunâtre, elle file, rayures noires et tête grise qui passent devant Delbert Sakapathian et le vieillard expulsé et disparaissent dans la tempête.

Pendant un moment personne ne bouge. Puis une brise se lève, et avec elle l'odeur, et l'un des angelots en aluminium se gratte les ailes au plafond. C'est l'instant que je choisis pour m'avancer, sans un mot pour Mac, Chuy ou les deux hommes qui se tiennent toujours en haut des marches. Je tiens le bouton de la porte dans ma main, la pluie grince comme un crachouillis à la radio, et l'odeur... tout d'un coup et Dieu sait comment, la porte commence à se refermer, puis claque si fort contre le chambranle que tout en tremble.

Et après ?

Après, je décampe.

Une semaine plus tard, je me retrouve devant un *faux** feu de bois tandis que, la pluie crachant sur les fenêtres, April Wind se tient accroupie sur un tabouret à mes pieds, un magnétophone de la taille d'un sachet d'allumettes posé à côté d'elle. Elle porte une robe en blue-jean avec, cousues dessus ici et là, des bandes de tissu de deux centimètres de large, des bottes à franges en suédine et une ceinture de Kleenex noués ensemble, deux boîtes au moins, on le dirait bien. L'effet général est celui d'un gros oiseau sans aucune expérience de rien, mais avec des dents de lapin et une tête trop petite pour le reste de son corps. Ai-je dit que je ne vois aucune utilité à cette espèce de petit bâton de femme taillé au couteau ? Que je hais le passé, ne tolère que modérément le présent et que, celle-ci ou une autre, toute forme d'interrogatoire me hérisse ? Que je ne m'y soumets encore que pour une seule et unique raison et que cette raison a pour nom An-dre-a ?

— Bon, souffle-t-elle en faisant démarrer la bande d'un petit geste expert de l'index, et si tu me parlais de toute cette histoire de *sit-in* dans les arbres, en reprenant au début parce que je n'ai pas rejoint « La Terre pour Toujours ! » avant que Sierra ne... enfin... après qu'elle se trouve déjà dans les bras d'Artémis. Ce que j'aimerais savoir, c'est... qui en a eu l'idée ? Ou alors... ce serait Teo qui l'y aurait poussée ? Rolfe ? Ou comment s'appelait-il déjà... ? Ratchiss ?

Nous nous sommes installés dans la salle James Brown et sommes entourés de photos du parrain de la soul, banane qui brille et menton saillant tellement répétés sur les murs que ceux-ci en donnent l'impression de bouger comme les parois d'un planétarium, ses yeux enfoncés dans leurs orbites et multipliés à l'infini en étant comme les étoiles dans le ciel. Sacrée trope que celle-là, je sais, mais je souffre d'indigestion, mon masque de gaze est plaqué sur ma bouche telle une main d'assassin et mon esprit me joue déjà des tours. *Poppa's got a brand new bag*[1], et comment !

— Ou alors, c'était un truc à elle ? Quelque chose qui lui serait venu spontanément, quelque chose qu'elle ne pouvait pas ne pas faire ? Pour l'amour de la terre, je veux dire...

1. Soit « Papa s'en est payé encore une dose », air célèbre de James Brown. (N.d.T.)

Je cherche maladroitement une réponse, soudain pris en embuscade par une image de ma fille aussi palpable que le portrait des Famous Flames qui me regarde en ricanant là-haut, à la place d'honneur au-dessus de la cheminée. Sierra a vingt ans et, longue en jambes et élancée, a la fossette au menton de sa mère et ses yeux à tête chercheuse. Elle porte des chaussures de course, des jeans coupés aux genoux et un T-shirt thermo-régulé. Elle s'est fait une natte grosse comme une haussière et n'a plus une trace du maquillage dont elle se badigeonnait lorsqu'elle avait quatorze ans et bouillait de colère. Je vois une tribu entière de végétaliens, d'enlaceurs d'arbres et autres hippies rassemblée autour d'elle, on tape sur des bongos et des congas, quelqu'un joue de la flûte de nez, des effluves de marijuana montent dans l'air tandis que, antiques, les grands arbres se dressent sur le tuf tels piliers qui empêcheraient le ciel de s'écraser. C'est le premier jour, le jour de l'ascension, elle a encore les pieds sur terre. Et moi? Moi aussi, je suis dans le tableau : je suis venu lui dire au revoir.

— Alors ? insiste April Wind.

J'essaie de hausser les épaules, mon rhumatisme m'arrache une grimace. C'est à cause du mauvais temps, mais ça me donne l'impression d'avoir vingt ans de plus que mon âge.

— Par amour, sans doute, réponds-je enfin.

— Et personne n'a fait pression sur elle ? Même pas toi ?

Je secoue la tête, mais même ça me fait mal. Mettre la pression sur Sierra ? J'ai bien essayé de la dissuader, de lui rappeler où nous avait conduits notre manifestation pacifique à Siskiyou, de lui redire la lugubre spirale de tragédies qui s'en est suivie, elle n'a rien voulu savoir, évidemment. Elle sortait à peine du camp d'entraînement de Teo et, l'idée du sacrifice héroïque l'exaltant, était si imbue des principes d'« Ecologie profonde » qu'elle insistait pour qu'on traite convenablement non seulement les plantes et les animaux, mais aussi les cailloux. « *Les cailloux ? La poussière ? Tu es sûre ?* » Elle s'était contentée d'acquiescer d'un signe de tête. Elle était tellement au centre du Mouvement et illuminée par les feux de l'attention qu'on lui portait que, vierge sacrificielle, elle allait vivre dans un arbre pendant que les autres rentreraient chez eux retrouver leurs micro-ondes et leurs télés. Je l'avais regardée dans les yeux et l'avais à peine reconnue.

— Tout a son intégrité dans l'écosystème, m'avait-elle assuré en se radossant à son arbre et sirotant un mélange de papaye, d'herbe à fourrage et de yaourt au fond d'une tasse en plastique rouge brillant avec le logo de « La Terre pour Toujours ! » dessus (encore une idée de Teo qui, n'en doutons jamais, était un vrai génie du marketing. Qu'il y ait une possibilité quelque part et aussitôt il l'exploitait). Non, vrai, avait-elle repris en levant la tête tandis que les tambourinaires passaient à la vitesse supérieure et que les danseurs tanguaient autour des arbres en secouant leurs cloches à chèvres et tapant sur leurs instruments, ce n'est pas seulement du loup, du caribou et de la grue couronnée qu'il est question... c'est de la terre tout entière. Quel droit avons-nous, et c'est à ça qu'il faut réfléchir, de retourner la terre d'antan et de déranger les champignons et les microbes, les collemboles, isopodes et autres alors que sans eux, il n'y aurait pas de terre ? Non, non, et nous avons encore moins le droit de produire et de faire muter des choses en d'autres qui...

— En d'autres comme la tasse que tu tiens dans ta main ? lui avais-je renvoyé. Ou... ce T-shirt qui t'empêchera d'avoir froid cette nuit ?

— Compromis, m'avait-elle asséné. Tout est compromis.

Cela se passait en décembre 1997, aux abords de Scotia, comté de Humboldt, Etat de Californie. J'étais alors un ex-taulard, un père absent, un nom sur une carte au courrier, et n'avais pas beaucoup revu ma fille depuis quatre ans. Je ne voulais pas qu'elle soit dans cet arbre (c'était Teo qui l'y voulait, et Andrea ; de fait, c'étaient tous les pouilleux de la « tribu » nord-californienne qui le réclamaient à hauts cris), mais j'étais là pour lui donner tout mon amour, sans restriction aucune, pour m'inquiéter pour elle et, qui sait ? tirer un peu sur le grand cordon qui nous liait depuis sa naissance ? la convaincre de laisser quelqu'un d'autre, une autre déesse vierge ou terrasseuse de dragon à mâchoires carrées, se livrer à l'ennemi ? Parce que s'il y avait une chose que je savais, c'était bien celle-ci : dès qu'elle monterait dans cet arbre, elle serait à la merci de l'ennemi.

D'après « Ecologie profonde » – ADAT –, tous les éléments d'un environnement donné étant égaux, moralement parlant, aucun d'entre eux n'a le droit de dominer. Ce n'est pas pour le bien-être des hommes ou le progrès que nous préservons la terre, mais par amour de la nature, parce que le monde entier est un organisme vivant et que nous n'en sommes qu'une très humble partie. Allez donc raconter ça à une Axxam Corporation qui procède à des coupes claires dans les forêts premières afin d'éponger les dettes qu'elle a accumulées en émettant des actions hautement spéculatives dans son OPA agressive sur la Coast Lumber et vous vous retrouverez vite dans un beau caca philosophique. Trancher dans la forêt, ils continueraient à le faire et c'était « La Terre pour Toujours ! » qui allait les en empêcher, par tous les moyens possibles. D'où Sierra dans son arbre.

Je la serrai sur ma poitrine et l'y retins aussi longtemps que je pouvais. Puis je lui tendis un plein sac à dos de barres de Granola, de fruits secs, de livres et de papier hygiénique et m'éloignai à travers la foule et les arbres de la forêt. Je ne pouvais pas me payer le luxe d'attendre le *dénouement*[*] (tout le vacarme qu'on faisait était destiné à attirer les tueurs et chacun s'apprêtait à finir en prison), mais je restai assez longtemps dans les parages pour les voir l'aider à monter dans son arbre et rejoindre la plate-forme qu'ils lui avaient préparée à quelque cinquante-cinq mètres du sol.

Il faisait froid. Il y avait de la pluie dans l'air. Un brouillard qui ne cessait de s'épaissir s'accrochait comme de la gaze aux plus hautes branches des arbres, brusquement deux oiseaux s'envolèrent comme si on les avait tirés au fusil. Comment dire ce que j'éprouvais ? Les poulies grinçaient et les tambourinaires tambourinaient cependant qu'en s'élevant encore et encore ma fille s'enfonçait dans le brouillard. Puis son visage d'un blanc pâle fut masqué à ma vue et le peu de choses qui restaient encore visibles, les semelles foncées de ses chaussures de course qui oscillaient doucement, finit par disparaître dans les hauteurs.

Cette nuit-là il plut. Mais ce ne fut pas là une ondée ordinaire, ni même une averse torrentielle, ce fut un événement de force El Niño, quelque chose de mauvais qui annonçait la météo d'apocalypse à venir et qu'accompagnèrent de grands vents et une chute de température d'une bonne dizaine de degrés en moins d'une heure. Je me trouvais alors dans une chambre de motel à Eureka et y travaillais un paquet de Doritos et un six-pack de Black Cat malté en regardant Humphrey Bogart grimacer en noir et vert olive sur l'écran vert pâle de la télé ; j'attendais que Teo et Andrea soient libérés sous caution. Sorti de nulle part, le vent balançait une véritable grêle de détritus sur la porte et faisait trembler les vitres dans leurs montants en aluminium bon marché. Un pense-bête, choses à faire et à ne pas faire, dégringola du mur et atterrit sur mon lit, à l'endroit même où j'aurais eu la tête si je m'étais endormi. Je me mis en devoir de gagner la porte, mais me ravisai et écartai les rideaux pour jeter un coup d'œil dehors à l'instant même où la pluie explosa dans tout le parking.

L'eau tombait avec tant de violence qu'elle en voilait la lumière des réverbères de l'autre côté de la rue et, en quelques secondes, se mit à rebondir sur les trottoirs en mille coups de pinceau foncés, comme si l'on avait retourné la force de gravité. J'avais déjà avalé trois cannettes et m'apprêtais à liquider les trois autres, mais lorsque la bourrasque suivante tordit la fenêtre, je reculai, m'assis sur le lit et pensai à Sierra dans son arbre. Que se passerait-il si une branche venait à s'en détacher ? Et si c'était l'arbre entier qui tombait... ou était frappé par la foudre ? Et les peurs et sentiments de désolation qu'elle devait éprouver, hein ? Parce que... fini les renégats au visage peint, fini les tambourinaires et joueurs de flûte de nez, fini tous ceux qui mangeaient du civet de lentilles et chantaient des slogans, il n'y en avait plus un seul. De fait, il n'y avait plus personne, pas même l'ennemi. Qui donc allait vider son seau d'ordures qui devait être déjà plein de toute cette eau qui dégringolait ? Qui allait lui parler, la réconforter, l'aider à rester bien au sec et au chaud ?

Elle était à trente kilomètres de là, sur un terrain possédé et jalousement gardé par une Coast Lumber qui, déjà hyper-vigilante, avait enfin pris conscience d'un fait absolument indéniable : tout là-haut dans un de ses arbres les plus précieux, ma fille occupait le terrain et lui faisait un pied de nez en affirmant qu'elle sauverait le monde à elle seule, qu'arriverait-il même si je pouvais braver assez la tempête pour repérer l'endroit où elle se trouvait, garer ma voiture à l'écart de la grand-route et la repérer au milieu de tous ces arbres gigantesques ? Ce n'était pas dans un hamac qu'elle était en train de se balancer! C'était à cinquante-cinq mètres de hauteur qu'elle s'était installée et je n'avais aucun moyen de l'atteindre. Par une journée claire et calme, oui, bien sûr, enfin... peut-être, qu'on m'apporte mon harnais et mes mousquetons et je ferai de mon mieux même si je dois reconnaître que je n'ai jamais beaucoup aimé les hauteurs (le grand huit me laisse froid et les tire-fesses me terrifient). Sans compter qu'avec le vent et la pluie qui continuait de s'écraser par terre, elle aurait été à peu près sûrement incapable de m'entendre crier d'en bas. Mais j'aurais été là. Au moins ça.

Je laissai un mot pour Andrea, fis démarrer la BMW noire qu'elle s'était achetée pendant que je purgeais ma peine à Vacaville et que Sierra en faisait autant mais dans une autre institution de l'Etat (pas de soucis à se faire, c'était l'Université de Californie, campus de Santa Cruz), et mis le cap droit sur la tempête, mes trois cannettes de Black Cat à côté de moi. C'était par une nuit à ne pas mettre un chat dehors. Des arbres étaient tombés en emportant des fils électriques dans leur chute et bien que ce fût seulement la première grosse pluie de la saison, les routes étaient déjà noires d'eau et de débris. J'évitai des rondins, des piquets de clôture, des bicyclettes, des planches de natation, des grils et un troupeau de vaches fantomatiques avec des étiquettes dans les oreilles. Et je me battis, contre tout, quarante-sept ans, myope, perclus de douleurs et déjà dur d'oreille, la radio à fond, une cannette de liqueur maltée coincée entre les jambes, mes phares illuminant un long tunnel de sombre néant.

Trois fois je ratai la route et trois fois je dus faire demi-tour dans une véritable soupe de boue, de cailloux et d'eau qui roulait avant d'enfin trouver l'embranchement non loin duquel nous nous étions garés plus tôt dans l'après-midi. L'endroit était alors en terre bien tassée, voire réduite à l'état de poussière, il n'était plus maintenant qu'une sorte de fosse de garagiste, d'arène où, à la lumière d'un projecteur, on aurait pu faire rugir un moteur et tourner les pneus d'une voiture jusqu'à ce que la gomme se fige. Je m'en foutais. Sierra était perchée tout en haut de la corniche que j'avais devant moi, tout là-haut dans le vent déchaîné, qui sait si elle ne se sentait pas seule et terrorisée? Qui sait même si, accrochée à une branche, elle ne se débattait pas en l'air pour ne pas tomber de ses quelque cinquante-cinq mètres de hauteur ? J'avais maintenant cinq cannettes de Black Cat dans le coffre. Et j'étais son père. J'allais la sauver.

Ce que je portais ? Un jean, un pull-over, une vieille paire de chaussures de randonnée, un vague truc contre la pluie, je ne me souviens plus. Mais je n'ai pas oublié le bruit du vent dans les arbres, le rugissement caverneux de la pluie tandis qu'elle nettoyait le sommet de la colline et obligeait la totalité du monde naturel à s'incliner devant elle. J'avais de la boue jusqu'aux chevilles, je me battis avec le bouton de ma lampe électrique qui refusait de coopérer, j'inhalai de la pluie et la recrachai en pensant à John Muir, l'espèce de cinglé qui était la cause la plus probable de ce désastre. Un pied suivant l'autre je grimpai, sans même être sûr de me trouver sur le bon sentier, le bon sentier... quel sentier ? et je me rappelai Muir en train de chevaucher la tempête une nuit dans les sierras et de s'agiter à droite et à gauche en haut d'un pin qui tanguait tout ce qu'il savait, juste pour voir quelle impression ça faisait. Il n'essayait pas de sauver quiconque ou quoi que ce soit, il voulait seulement se saisir de l'instant, vivre ce que personne n'avait encore vécu, hurler ses hosannas au dieu du vent, de la pluie et de la terre qui follement se ruait, tournait et basculait. Il connaissait enfin la joie, il était connecté, il touchait au corps mystique et avait une vision. Ce qu'il n'avait pas ? Cinq cannettes de Black Cat dans le ventre.

Je crachai pour m'éclaircir la gorge, tassai les épaules et hésitai devant la dernière cannette. J'étais alors arrivé à mi-chemin de la corniche, ne doutais pas qu'à un moment ou à un autre une branche délogée finirait par dégringoler du ciel pour m'épingler par terre comme un crapaud et sentais la pluie battre mes paupières closes avec une force qui ne cessait de grandir chaque fois que je renversais la tête en arrière pour boire un coup. En trois goulées mon dernier réconfort fut liquidé. J'écrasai ma cannette, l'enfournai dans la poche de mon ciré et continuai d'avancer à tâtons, la faible lueur de ma lampe pratiquement inutile dans l'immensité noire de la nuit autour de moi. Je dus y passer des heures et des heures à lire des écorces comme du braille, mais, c'est triste à dire, non, je ne retrouvai pas l'arbre de ma fille. Pas que je sache au moins. Trois fois cette nuit-là, je me retrouvai au pied d'un séquoia qui aurait pu être le sien, écorce rouge-orange et friable dans le halo de ma lampe, ici un trait brûlé de cambium qui me paraissait familier, la base de l'affaire à elle seule aussi vaste que la pataugeoire municipale de Peterskill où Sierra allait se baguenauder avec tous les autres petits de quatre ans pendant que, assis sur un banc avec tout un escadron de mères vigilantes, j'essayais de lire le journal d'un œil. C'était son arbre, me dis-je. Ça ne pouvait pas ne pas l'être.

— Sierra ! hurlai-je, la pluie me renvoyant aussitôt mon hurlement. Sierra ! Hé ! T'es là-haut ?

Je ne me rappelle pas vraiment à quoi ressemblèrent nos derniers Noëls. Une fois, il y a peut-être quatre ou cinq ans de ça, pour ce que j'en sais, Chuy et moi étions montés Chez Swenson et y avions pris le plateau de poissons-chats avec la sauce et la farce dans une petite assiette à côté, une autre fois nous étions restés dans ma salle de séjour à regarder les gouttes d'eau tomber dans les seaux en partageant une des dernières boîtes de thon blanc existant au monde. Nous n'avions tenu aucun compte de la date de fraîcheur et avions mangé notre thon avec des câpres, du pain pita et un bol de salsa fraîche que Chuy avait préparé et, je m'en souviens, nous avions fait tout descendre avec du saké chauffé dans une poêle. Ce qu'il y avait à la radio ? De la musique ranchera et une version trip-hop de « Paix à votre âme, gentils messieurs ». Cette année, c'est différent. Cette année, c'est Andrea, April Wind et joyeux Noël *chez** monsieur Pulchris.

Noël. Dès le matin je me réveille et attends l'aurore, comme d'habitude, tandis qu'Andrea ronfle à côté de moi ; qu'il puisse exister un sommeil réparateur est devenu à mes yeux un concept aussi bizarre que l'idée de faire du jogging, de mordre dans une pomme sans y réfléchir à l'avance, voire de me pencher en avant pour lacer mes chaussures sans qu'un train entier de douleurs décide de descendre et de monter dans mon dos en lui arrachant des pizzicati insensés. A mon âge, le sommeil arrive comme un coup de masse derrière les oreilles, à n'importe quelle heure du jour et de la nuit, et mieux vaut avoir un canapé ou un fauteuil à portée de main quand ça vous tombe dessus (ne parlons même pas des vieux-vieux : ce ne sont plus que des zombies qui vacillent sur des pattes d'oiseaux avec vingt ou trente ans de manque de sommeil accumulés qui leur sortent par les yeux). Toujours est-il que la première chose que je remarque, c'est que la pluie a cessé. Rien qui tremble, rien qui souffle, aucun son blanc tel un écran de tissu ouaté dans la tête, rien qu'un silence profond de jour de Noël qui commence, rien, pas une créature qui bouge, pas même un renard de Patagonie.

Hop, je saute du lit et m'enfonce dans le froid humide, un caleçon bleu ciel remontant peu à peu le long de mes jambes de vieillard glabre et masquant le triste spectacle de mon équipement sexuel, lui aussi de vieillard. Puis c'est le jean que j'enfile, la chemise en tissu écossais et la vieille veste en jean délavé, complètement grunge, oh que oui ! Je pense au cadeau d'Andrea, je sais qu'elle en attend un quoique, un souffle sur deux, elle ne fasse que le nier depuis une semaine (« Oh non, Ty, non, c'est vraiment pas la peine de te casser la tête »), et je me demande quel objet totémique aller sortir de mon tas de possessions détrempées, mendier ou emprunter à Mac afin de lui exprimer ce que je ressens pour elle. Parce que ce que je ressens à son endroit, c'est de la gratitude, une affection si profonde qu'elle en frôle dangereusement l'amour et même plus, le pardon, et même, oserai-je l'avouer ? le ravissement. Je suis retombé amoureux. Vrai. Là, dans le noir et dans un silence si profond qu'il bat dans mes veines avec une force irrépressible, celle de la vie non seulement jamais refusée, mais vécue jusqu'à la dernière dent plantée dans la dernière tête, j'en suis presque sûr. D'un autre côté, tout ça pourrait bien n'être qu'une indigestion.

Il n'y a pas de journal, évidemment, avec cette inondation, et les magazines étant rares vu le manque de papier, je me retire au cabinet de toilette en n'emportant qu'un exemplaire couvert de taches de moisissure des *Montagnes de Californie* de M. Muir. Ceci en passant : de la taille d'un appartement ordinaire avec Jacuzzi pour six personnes, cabine de douche carrelée, avec deux jets, éclairage encastré et banc pour se reposer, ce cabinet de toilette est énorme et imprégné de l'odeur d'Andrea, de son parfum, de ses poudres et produits rajeunissants pour la peau. Les murs y ont été peints de façon à ressembler aux portes de garage en alu d'autrefois et faire honneur à tous les orchestres qui se produisaient dans ces lieux à l'époque et oui, tout y est, jusqu'au moindre détail, jusqu'aux poignées en trois dimensions et aux taches de rouille (avec portrait d'Eddie Vedder, tout en yeux et en dents, ça fait longtemps que je l'ai retourné contre le mur afin de pouvoir faire mes affaires en paix). Toujours est-il que je me penche vers un robinet pour boire un peu d'eau, juste pour faire disparaître l'arrière-goût de nuit dans ma bouche, et me prépare pour une longue bataille d'avant-réveillon de Noël avec mon tube digestif comateux. En me détendant, ou tentant de le faire, je tourne les pages du livre de M. Muir et lis des choses sur des forêts fantastiques : « *Les arbres de cette espèce se dressent généralement en bosquets plus ou moins distants les uns des autres, ou en petits groupes irréguliers, ce qui permet de passer à peu près partout, de longer leurs colonnades ensoleillées et de traverser des clairières où la terre est douce, presque comme dans un parc, parsemée d'aiguilles et de bogues marron. Ici c'est un jardin sauvage qu'on découvre, là un ruisseau bordé de fougères et de saules...* »

Je ne sais pas combien de temps je reste dans ces forêts mémorables (une heure ou pas loin, au minimum) et passe de ces arbres invincibles aux aventures du merle d'eau et de l'écureuil du pin Douglas, mais toujours pas le moindre début de transfert intestinal là-bas en bas, lorsque Andrea cogne à la porte.

— Ty? me lance-t-elle. T'es là? J'ai besoin de faire pipi.

— Une minute.

Je dégage du siège au plus vite et, une douleur foudroyante me frappant aux hanches et au genou gauche, remonte mon pantalon, tire la chasse et referme mon livre sur mon index pour ne pas perdre la page.

— Ty?

— Oui?

— Joyeux Noël.

L'expression me surprend, c'est nouveau et la situation l'est encore plus. Nous ne nous sommes jamais souhaité joyeux Noël quand nous étions en prison et, comme je l'ai déjà dit, Chuy et moi l'avons passé seuls toutes ces dernières années. Haine solide, désespoir ou agonie interminable, il y a beau temps que plus personne ne me voue ou souhaite quoi que ce soit. Je suis ému. Aux larmes ou presque, comme si j'étais le petit ange en alu dans le couloir. Je suis à deux pas de la porte, je me rappelle brusquement qu'il faut faire machine arrière pour aller me laver les mains au lavabo le plus proche, il y en a quatre, et suis obligé de hausser le ton pour me faire entendre à travers l'épaisseur de la porte.

— Joyeux Noël à toi aussi, lui renvoyé-je, ma voix se perdant en échos dans la grandeur sépulcrale de l'endroit. Joyeux Noël !

Sierra Nevada, mai-août 1990

Tierwater se sentait vieillir. Il avait eu quarante ans au début du mois, l'événement donnant lieu à une fête discrète sur la terrasse en séquoia. Peu de gens avaient été invités, pas moyen de faire autrement quand on ne veut pas se retrouver nez à nez avec un agent du FBI, seulement son épouse, sa fille, Teo, Ratchiss et Mag (Mug?). Tout le monde, Andrea y comprise, semblait de bonne humeur. On avait bu du viognier de Californie sans se soucier des vieux chênes et autres variétés d'arbres que les viticulteurs du lieu avaient dû abattre pour planter leurs vignes, puis, la soirée se faisant frisquette, on s'était ébattu dans le grand baquet en bois de séquoia sans y aller d'un seul murmure de désapprobation en songeant à tous les antiques géants qu'avait coûtés ce plaisir momentané. Sierra, Sierra Drinkwater s'entend, la reine du collège de Springville, s'était retirée pour écrire un essai sur la Mésopotamie après qu'on avait allumé les bougies d'anniversaire, formulé des vœux et découpé le gâteau en tranches, les autres invités restant à traîner dans le baquet rempli d'eau brûlante, au diable le réchauffement de la terre, toute la nuit durant, au minimum. D'une voix aiguë et pleine d'énergie, Mag avait, sans qu'on lui demande rien, raconté comment il avait perdu sa figure, Ratchiss apportant de nombreux détails à son récit (*Y m'arrive par-derrière à cause que j'suis dans l'ébriété profonde avec une forte saveur de vin de palme sur les lèvres, et moi je rêve de grandes pluies et de millet quand il débarque et bavasse de la mâchoire*), cependant que Teo et Andrea dressaient des plans pour que Sierra puisse participer clandestinement à une série de manifestations du haut en bas de la côte californienne, Tierwater picolant si fort qu'il avait dû disparaître un instant dans les bois afin de communier avec la nature, c'était ça ou dégueuler dans les eaux tourbillonnantes du baquet.

Mais ce soir-là, il n'était que modérément saoul, juste assez pour que la situation soit moins pénible. Deux nuits plus tôt il s'était foulé le genou qui lui faisait mal et presque fracturé la cheville en dégringolant dans un trou alors qu'il courait pour éviter le faisceau lumineux de la lampe de poche d'un garde, tout là-haut dans le comté de Del Norte, il s'était maintenant assis devant la cheminée où brûlait un feu et, la jambe surélevée, s'anesthésiait de manière fort judicieuse. La maison était calme. Elle l'était depuis l'incendie de l'été précédent qui, lui, avait fait des vagues, que dis-je? qui avait déclenché un véritable typhon dans toutes les sections Côte Ouest de « La Terre pour Toujours! ». Dix-sept mille hectares de brûlés, tous les porte-parole de l'organisation de la côte se pliant en huit pour nier la moindre participation à l'affaire : s'il arrivait à ses militants de défiler dans les rues en criant des slogans du genre « Retournons au Pléistocène! », tous ils rejetaient les actions illégales, seules quelques âmes perdues (et toujours par frustration et un amour de la terre qui passait avant tout) se laissant aller à planter des trenails dans quelque bosquet de séquoias ou à bloquer une canalisation d'écoulement de temps en temps – comme si « La Terre pour Toujours! » avait pour but de brûler les forêts au lieu de les protéger! A quoi tout cela condamnait-il donc Tierwater? A se retrouver à l'endroit même où il voulait se trouver, à savoir celui où les paumés commençaient à perdre leur âme.

De nouveau en sécurité à Tarzana, Teo avait compté parmi les plus bruyants, déplorant tout et le reste alors même que les services du shérif du comté de Tulare élargissaient leur enquête et que la Coast Lumber engageait deux retraités du coin particulièrement lambins pour surveiller les Cats, les loaders et les semi-remorques flambant neufs remboursés par les compagnies d'assurances. (Dans leur grande générosité, elles louaient aussi les services d'un détective privé, un certain Declan Quinn qui n'était plus qu'un vieux débris sans épaules et passait tout son temps tassé sur son paquet de Camel au bar de Big Timber et au chalet de Mountain Top à descendre un Dewar's à l'eau plate après l'autre en demandant de sa voix râpeuse de précancéreux si on avait remarqué des « trucs douteux » dans le coin.) A la première fumée qui s'était élevée dans les airs, Ratchiss avait filé se terrer à Malibu cependant qu'Andrea certes restait sur les lieux et certes encore jouait à l'épouse et à la mère modèle, mais seulement pour mieux accabler Tierwater de reproches sur son manque de bon sens, sa juvénilité et son imbécillité criminelle. Jusqu'à Sierra qui chargeait le baudet. « C'était vraiment méga-con, Papa, lui avait-elle asséné un soir devant les nouilles au fromage-sauce tomate et les légumes vapeur qu'elle ne cessait de faire passer d'un coin de son assiette à l'autre. Qu'est-ce qui se passera si jamais ils t'attrapent? Et si tu dois aller en prison? Qu'est-ce qu'il faudra que je fasse? Changer mon nom en Sarah Connassewater? » L'idylle avait pris fin, et définitivement.

Puis ç'avait été son anniversaire à lui, et Teo et Ratchiss s'y étaient pointés tous les deux. Au crépuscule. Ils s'étaient installés sur la terrasse de derrière et faisaient griller de la viande lorsque, en short et chaussures de randonnée, Teo était sorti du bois. Ratchiss était arrivé une heure plus tôt, son Land Cruiser argenté bourré de cadeaux et de gâteries jusqu'au plafond, aussitôt il avait levé les yeux de dessus le gril, et son verre de gin et d'amers, afin de le saluer.

— Gare là! avait-il dit. M'est avis que Teo tout là-bas semble avoir forte soif! Que dirais-tu d'un verre, l'ami?

Teo avait laissé tomber son sac à dos sur le plancher de la terrasse et accepté le verre de gin frappé, avec un rien de vermouth, qu'on lui tendait. Il ne portait pas de chemise bien que l'air du soir ait commencé à fraîchir (il y avait encore de la neige dans les bois, surtout sur les pentes nord de la montagne), mais quoi? C'était l'apparence qu'il aimait se donner : insensible et infatigable, on était l'homme de fer du Mouvement.

— Ça fait une paie, dit Teo en baissant la tête et serrant la main de Tierwater, mais hein! Allez, bon anniversaire, mec!

Puis, démocrate, il avait adressé un hochement de tête à Mag qui se tenait debout derrière le gril et, dans une trouée de fumée, badigeonnait la viande avec sa sauce secrète. Et il avait enlacé Sierra et puisé dans son sac pour y prendre le cadeau emballé dans du papier ordinaire qu'il lui avait apporté. Il y était allé des exclamations habituelles, « Mais... tu es aussi grande que moi maintenant ! » et autres « Il faut lui décrocher une bourse de basket-ball à cette enfant ! », et Andrea, qui était rentrée dans la maison pour y chercher un sweater, était revenue alors sur la terrasse.

Ce n'avait été qu'un moment parmi tant d'autres, mais digne d'observation. Pieds nus et en jeans, Andrea boutonnait son sweater et avait les cheveux qui lui pendaient dans la figure.

— Teo ! s'était-elle exclamée, et Tierwater avait bien vu son sourire de joie anticipée, l'accélération de ses pas, et encore il les avait regardés s'enlacer, elle, la grande femme et lui, le petit nabot, et avait eu la réponse à sa question tout aussi sûrement qu'il savait la nuit qui tomberait une demi-heure plus tard et le ciel qui alors déborderait d'étoiles : bien sûr qu'elle avait eu des relations sexuelles avec lui ! Qu'il l'avait baisée, s'entend. Bien sûr que oui. N'importe quel crétin l'aurait compris en voyant la façon dont ils se tournaient autour, en sentant la familiarité avec laquelle leurs deux organismes se retrouvaient, ah, tous ces endroits sombres et secrets ! ah, ces respirations qui s'unissent, ces fluides qui s'échangent et ces émotions électriques ! Mais bon, et alors ? Et alors ? Tout ça s'était passé avant qu'ils fassent connaissance, la belle affaire si elle avait baisé des bataillons entiers de mecs ! Tierwater n'avait rien d'un puritain. Et n'était pas jaloux non plus. Pas le moins du monde.

Entre la viande et le gâteau, on avait beaucoup discuté stratégie et parlé de la campagne « l'Eté du Séquoia » qui se préparait : Andrea n'aurait qu'à se teindre les cheveux, ou mettre une perruque, avant de descendre de la montagne pour travailler en coulisse, elle finirait bien par pouvoir sortir de sa cachette. Fred y travaillait. On plaide la culpabilité moyennant réduction de peine, on est condamnée à deux fois rien, disons à une peine de travaux d'utilité publique, grand max. « Et moi, là-dedans ? s'était enquis Tierwater. Je suis condamné à rester ici jusqu'à la fin des temps ? Et ça ne va pas paraître un rien douteux... enfin, je veux dire : si ma femme se tire tout d'un coup et m'abandonne complètement ? »

Teo s'était contenté de lui décocher un regard vide. Et Ratchiss de regarder ailleurs. Jusqu'au moment où Sierra, qui s'était habituée à son environnement rural en sacrifiant à nouveau aux rituels du look gothique (robes d'un noir sépulcral, pâleurs de minuit, rouge à lèvres teinte ébène, anneau qu'on se réinsère dans le nez pour drainer tout ce qu'il reste de lumière dans le ciel), avait reposé son hamburger au soja dans son assiette et remonté la voix dans les aigus de la plainte pour lancer :

— Et moi, hein ? Moi ?

— Tu es hors circuit, Ty, au moins pour le moment, avait alors dit Teo en décochant un petit sourire entendu à Sierra avant de revenir à lui. Il va falloir te montrer patient. Et personne n'est en train d'abandonner personne. Je pense seulement qu'Andrea sera plus efficace si elle...

— Et qu'est-ce qu'elle en pense, elle ? lui avait-il renvoyé en le coupant et se tournant vers son épouse. Ça ne serait pas ça qui compte ? Ça ne serait pas de ça qu'on cause ?

Mais Andrea refusait de le regarder en face, ou alors si : elle le regardait bien en face, mais par intermittence et sans conviction, comme pour lui dire : « Pas question de me mêler à ça. » Toute la soirée durant, elle avait fait preuve d'une réserve inhabituelle sauf quand elle s'excitait avec Teo sur des problèmes de tactique et sur la campagne destinée à mobiliser les étudiants pour les manifs à venir, mais là, elle lui répondit.

— C'est compliqué, Ty, lui dit-elle. Plus que compliqué même. On pourrait pas en reparler plus tard ?

Et Ratchiss avait ajouté :

— Absolument. Ça ne serait pas pour te souhaiter bon anniversaire qu'on est là ?

Ça l'était et, tout rongé de peur et de colère, Tierwater s'était mis en devoir de fêter la chose jusqu'à en perdre connaissance.

Et maintenant, soit quelque quinze jours plus tard, il avait presque tout oublié de l'affaire. Teo était reparti, tout comme Ratchiss et Mag, et Andrea était toujours là, et toujours à jouer la Dee Dee Drinkwater à son Tom. La nuit était tombée, tout était calme. La jambe surélevée, il tenait un verre à la main, quatre grosses bûches de pins renversés par le vent brûlant dans la cheminée ; pas un bruit ne se faisait entendre hormis le craquement des flammes et les gémissements lugubres d'un disque de rock gothique qui fuyaient des haut-parleurss de Sierra et traversaient la porte fermée de sa chambre telle une nouvelle force d'invasion de la nature. Il s'apprêtait à porter son verre à ses lèvres lorsqu'il entendit des pas étouffés sur la terrasse de devant, puis quelqu'un qui frappait discrètement à la porte.

Ça changeait tout.

En un instant il passa du statut d'éco-guerrier qui a souffert et se repose à celui de fugitif traqué qui vit sous un faux nom et qu'on rappelle brusquement à ses divers crimes et délits. Il se figea, ses yeux se faisant aussi morts et vitreux que ceux des bêtes assassinées qui le regardaient fixement sur les murs. L'inconnu frappa de nouveau à la porte. Puis une voix tout à la fois bourrue et chaleureuse lui lança :

— Hé, Tom ! Tom Drinkwater ? Vous êtes là ?

Où était passée Andrea ?

— Andrea ! cria-t-il. Tu peux aller ouvrir ? Andrea ! Y a quelqu'un à la porte !

Mais Andrea ne pouvait pas aller ouvrir parce que, petit détail certes, mais qui avait son importance et remontait à sa conscience sans qu'il y puisse rien faire alors même qu'il l'appelait, elle n'était pas là. Elle était sortie une demi-heure plus tôt en emportant un sweater et une lampe de poche. Pour aller où ? Pour aller, à pied, jusqu'au bar qui se trouvait à deux kilomètres de là et s'installer dans la cabine téléphonique pour y attendre un coup de fil de Teo, très très secret chut-chut, cet appel, c'est pour « La Terre pour Toujours ! », Ty, alors arrête de me regarder comme ça...

— Tom ?

— Un instant, je...

Son regard tombant sur le râtelier de carabines gros calibre que Ratchiss avait accroché au mur juste derrière la porte, il se leva de son fauteuil et traversa la pièce en claudiquant.

— Un peu de patience, j'arrive !

Au début, il ne reconnut pas la silhouette qui se tenait devant lui. La lumière faible et jaunâtre de la lampe avait toutes les peines du monde à s'accrocher à l'inconnu et derrière lui, tout n'était que nuit à la Sierra, maussade, hantée par les chouettes et tellement sombre et épaisse qu'on aurait dit un rideau tiré, l'homme qui se dressait sur les marches n'en étant qu'un pan de tissu.

— Tom... putain, Tom, je ne voulais pas vous foutre la trouille... Vous ne me reconnaissez pas ?

Il était déjà entré dans la pièce, sans qu'on l'y invite, et ce fut sa voix râpeuse et gémissante qui le trahit, bien plus encore que ses yeux eau de vaisselle et son visage sans os. Declan Quinn ! Le privé des assurances, tout en ses quelque soixante kilos de chairs alcooliques et délavées ! Tierwater comprit alors pourquoi il ne l'avait pas reconnu tout de suite : marron-kaki avec deux teintes de vert, il portait une espèce de tenue de camouflage et s'était enduit le visage d'une peinture oléagineuse assortie qui luisait faiblement. Du maquillage de théâtre, voilà ce que c'était, la chose même dont Tierwater se servait pour ses missions nocturnes.

— Putain, Tom, répéta-t-il, et la façon dont il le dit, « Puutain, Tom », trahissait l'immigrant, peut-être pas de fraîche date mais quand même : comment Tierwater avait-il fait son compte pour ne pas le remarquer ? A croire que c'est le diable qui vient vous chercher !

Sur quoi, il partit d'un petit rire, d'une manière d'aboiement sec qui se perdit dans une quinte de toux sèche, et ajouta :

— C'est mon déguisement, c'est ça ? Je me suis un peu laissé aller, mais... je ne vous dérange pas, au moins ?

— Oh non, je faisais juste...

Tierwater aperçut son reflet dans la fenêtre noire et y vit un véritable monument de culpabilité avec yeux enfoncés dans leurs orbites, épaules basses, mâchoire molle et le reste. On l'avait pris dans un moment de faiblesse, par surprise, voilà, et qu'il fût aussi capable de bien s'exprimer qu'un autre et prêt à jouer son personnage devant n'importe quel public, si du moins il le fallait, ne l'empêcha pas de regretter qu'Andrea ne soit pas là. Pour le soutenir. Et distraire l'ennemi. Car cet homme était un enquêteur, un détective, et que faisait-il donc dans sa salle de séjour s'il ne le soupçonnait pas de quelque chose ?

Quinn rit de nouveau.

— Ouais, reprit-il, je me suis laissé complètement aller ! C'est que ça fait trois jours que je traîne par-derrière chez vous, à quoi ? même pas quatre cents mètres de l'endroit où nous sommes, pour repérer une ourse et ses deux petits. Pour l'instant, elle n'est pas dans sa tanière, mais c'est juste là, par-derrière, tellement près qu'on le croirait pas, mais... ah, Seigneur Jésus, c'est de sacrés têtes que vous avez là ! (Il lui montra celle du kongoni.) C'est quoi, ça... africain ? Ou alors... une bête du sous-continent ? Parce que c'est pas une antilope d'Amérique, ça, c'est sûr.

— Oui, ça doit venir d'Afrique, lui répondit Tierwater bien que l'expression « par-derrière chez vous » lui restât coincée dans le crâne tel l'athérome sur l'artère, « parce que c'est le seul endroit où Ratchiss ait jamais chassé, à ce que je sache... ».

— Ah, oui. Oui oui : Philip. Un chic type. Le grand chasseur blanc. Et il n'en reste plus beaucoup dans le monde, n'est-ce pas ? Mais un chic type, vraiment vraiment. Et ce lion, hein ? Ça, c'est impressionnant ! Parce que c'en est un vrai, non ?

— Le Grand Mangeur d'Hommes de la Luangwa, précisa Tierwater en cessant de s'appuyer sur sa patte folle.

— Drôlement impressionnant !

Quinn lui avait tourné le dos et contemplait l'animal.

— J'ai bien eu une ourse par le passé, enchaîna-t-il, mais rien d'aussi impressionnant que ça, évidemment, sauf que c'est moi qui l'avais abattue à coups de flèches, si vous voyez ce que je veux dire, et que je m'y étais attaché. Le taxidermiste me l'avait empaillée en position couchée... comme un gros épagneul étendu par terre, je veux dire... ce qui n'était pas mal, enfin... je crois, même si j'aurais préféré l'avoir en reptation. Mais Mavis, ma première femme, détestait la voir et c'est bien triste parce qu'elle a fini par la jeter à la décharge pendant que j'étais parti enquêter sur un incendie criminel à Tulare. (Il poussa un soupir et, debout sur une jambe sans chair, tourna autour du poteau.) Mais je vois que vous vous sirotiez un petit drink et je me demandais si... Non, parce que j'aimerais bien en boire un moi aussi. Scotch à l'eau plate ? Si ce n'est pas trop vous demander ? Et si vous avez du Dewar's, ça serait parfait.

Ce film-là, Tierwater l'avait aussi vu, et plus de cent fois, le criminel imbu de son bon droit et le privé sans prétention, mais cela ne l'empêcha pas de marcher dans la combine comme si, enfermé dans ce nouveau rôle pour lequel il n'avait pas auditionné, il n'avait plus qu'à jouer le scénario qu'il avait sous les yeux. Moins nerveux que sur ses gardes, et curieux, vraiment curieux, il lui versa donc un verre. S'agissait-il d'une visite de bon voisinage, genre le péquenaud du coin qui tient à se frotter à un autre ? Ou bien était-ce des Cats et de tout le reste qu'il s'agissait ? De l'incendie ? Parce que si c'était pour ça, il avait déjà dit tout ce qu'il avait à en dire, quelques mois plus tôt, assis sur un tabouret de bar, savoir que non, il n'avait rien remarqué de douteux.

— Non, monsieur, poursuivit Quinn en soufflant et collant son nez partout dans la pièce comme un touriste au musée tandis que, debout au comptoir, Tierwater lui versait son scotch, c'est que je m'amuse moi, ici, et l'on aurait dit qu'il se parlait à lui-même, ou qu'il répondait à la question que Tierwater ne lui avait toujours pas posée. Ça fait plus de vingt ans que ma famille a un chalet dans le coin, vous le saviez ? Là-haut, à côté de chez les Reichert ? On y a emménagé dès qu'ils ont passé l'arrêté qui permettait d'exploiter le terrain... un coup de chance, non ? (Il marqua une pause et regarda Tierwater droit dans les yeux.) Juste avant que les écolos se mettent à hurler au scandale, que c'était.

— Des glaçons ?

— Non, juste une goutte d'eau, merci.

Tierwater vit qu'il tenait un magazine à la main, le *New Yorker*, et qu'il avait l'air d'en examiner l'adresse portée sur l'étiquette, mais comme il (ou de fait non : Andrea) avait pensé à tout, on y lisait seulement : Tom Drinkwater, 2 Star Route, Big Timber, 93265 Californie.

— Parce que non, reprit le détective, cette fois-ci je ne suis pas monté pour affaires... quoique l'incendie et tout ce vandalisme me chagrinent encore, non, vrai, parce que je n'aurai pas le sentiment d'avoir fait tout mon boulot tant que ces sombres poltrons et autres pyromanes ne seront pas derrière les barreaux où ils devraient être depuis toujours et donc, non : de fait, je cherche juste une petite ourse. Pour l'ouverture de la chasse à l'arc... en août que c'est. J'aimerais juste en débusquer une et l'observer jusqu'à ce que je connaisse aussi bien ses habitudes que les miennes. Parce qu'après, je saurai que je pourrai l'avoir quand je voudrai.

Ainsi donc, c'était un chasseur, comme si on pouvait s'attendre à autre chose ! Un tueur d'animaux, un spoliateur de la nature, une merde comme tous les autres. Et un enquêteur payé par des compagnies d'assurances. Et qu'assuraient-elles donc, ces compagnies d'assurances ? Les moyens de ce carnage, pardi.

Tierwater lui tendit son verre en le regardant le plus fixement qu'il pouvait vu les circonstances. Et... comment s'était-il senti en mettant le feu ? Non, réellement. Bien, il s'était senti bien. Et même plus que bien : il avait eu l'impression d'être un vengeur, un dieu qui balayait les ordures de ce monde corrompu afin d'en voir un autre, et autrement plus pur, renaître de ses cendres.

Dix-sept mille hectares, Ty ! s'était écriée Andrea. *Dix-sept mille hectares !* lui avait-elle hurlé si près de la figure qu'il en avait senti chaque syllabe aspirée comme si on le bombardait, *dix-sept mille hectares d'habitat partis en fumée ? Comme ça ? Et les cerfs, les écureuils, les arbres, les fougères et le reste, hein ?* Il s'était détourné et avait haussé les épaules. *Le feu est un phénomène naturel là-haut, tu le sais... même que les cônes de séquoia ne peuvent pas germer sans ça. Si tu te renseignais un peu ou tiens même, si tu lisais un livre sur la nature de temps en temps au lieu de manigancer des manifs, tu saurais qu'il n'y a rien de plus naturel.* Et dans l'instant elle lui avait renvoyé : *Ben, tiens ! sauf quand on le fait partir avec une allumette.*

— Santé ! lança Quinn lorsqu'il lui tendit son verre. Mais... qu'est-ce que vous vous êtes fait à la jambe ou... ça serait pas plutôt à la cheville ?

Tierwater prit son verre et doucement, doucement, là, s'installa dans le fauteuil en *mopane* avant de lui répondre.

— Un accident bête. On était allés se promener, Dee Dee et moi, là, juste sur la route, et j'ai pas fait attention en passant sur le bas-côté. Je me suis foulé la cheville. Rien de grave.

— Hah ! s'écria Quinn – et oui, il était bien ratatiné comme un singe, tout en longues pattes d'araignée avec un gros foie qui gonflait. C'est l'âge. Plus de réflexes, les muscles complètement noués... Et les genoux... c'est toujours ça qui lâche en premier. Et après, c'est ça. (Il lui montra son entre-deux du doigt et haussa un sourcil.) Et je sais de quoi je parle, croyez-moi !

Il s'enfonça dans le fauteuil en face de Tierwater et marqua un temps d'arrêt pour avaler une gorgée de son drink, double, son scotch, et dans un verre de la taille d'un gobelet parce que Tierwater ne prenait pas de risques : on le saoule et on attend qu'il dévoile son jeu. C'est alors que, dans le silence qui avait suivi ces dernières révélations, il avait lâché sa bombe :

— Alors, dit-il, et ce livre ? Ça marche ?

(*J'étais à un doigt de lui demander : « Quel livre ? », j'étais déjà à moitié rond, mais la panique fait merveille, dix fois mieux que les neurostimulants que c'est pour l'esprit, et c'est à peine si j'avais bafouillé avant de lui répondre. Ceci :* Impec. *C'était notre couverture, évidemment – j'étais un aspirant écrivain qui travaillait à son premier livre et nous étions venus à la montagne, mon épouse, Dee Dee, ma fille, Sarah et moi, et avions loué le chalet de notre vieil ami Ratchiss pour que je puisse avoir la paix et travailler dans le calme.*)

— Ben, je suis content de l'apprendre, dit-il en posant son verre sur la table basse. Je sais pas comment vous autres écrivains vous y prenez, je veux dire... pour écrire... ça me dépasse complètement. Des gens qui me demandent si j'écris, il y en a, et je leur réponds que oui, bien sûr : des chèques.

Ça le fit rire un bon coup, souffler fort et cracher des trucs, puis il reprit une gorgée de scotch de Tierwater (de Ratchiss, en fait), pour se remettre.

— Vous écrivez un roman, c'est ça ? reprit-il en penchant la tête de côté et lui lançant comme un avertissement du doigt. Et ça serait quoi ? De la fiction ?

— Euh, c'est-à-dire que je... j'en suis juste à la phase préparatoire, lui répondit Tierwater avant de porter son verre à ses lèvres et d'ingurgiter une bonne lampée.

Tout au désir de savoir, Quinn se pencha en avant.

— Alors, dites-moi, si c'est pas un secret... de quoi ça parle ?

Il y eut une pause, pendant laquelle Tierwater tendit à nouveau la main vers son verre. Des intrigues, des sujets et des scénarios se pressaient par centaines dans son esprit. Il entendait jusqu'à la moindre flamme lécher jusqu'à la dernière molécule de bois sec et fendu pour la détruire, pour transformer la matière en énergie, et assassiner le monde.

— Des Esquimaux, dit-il enfin.

— Des Esquimaux ?

Tierwater contempla son visage vidé de sang. Et acquiesça d'un hochement de tête.

Quinn resta planté là, comme une bûche, pendant une bonne

minute. Alors qu'il n'avait pas arrêté de bouger, de le serrer de près, de chercher, de fourrer son nez partout, de se balancer d'avant et d'arrière dans son fauteuil comme si on l'avait branché sur un transfo, voilà qu'il s'était figé.

— Ben ça, alors, ça dépote ! s'écria-t-il enfin avant de siffler tout bas. Vous trouvez pas ?

— Que voulez-vous dire ?

— Que c'est votre jour de chance, Tom. L'homme que vous avez devant vous a passé deux ans à Tingmiarmiut, chez les Inuit... c'était à l'époque où je travaillais pour la British Petroleum. Vous êtes resté là-haut longtemps ? (Soudain il se tapa sur le genou et poussa un cri étouffé.) Ah, nom de Dieu ! Je suis sûr que nous avons des amis en commun...

Le salut se présente sous bien des formes. Cette fois-là, il prit celle de Sierra. La porte de sa chambre s'étant ouverte d'un coup, toute la maison fut engloutie dans des battements sourds et las de batterie et de basse et le hurlement d'une seule et unique guitare suicidaire cavalant dans une chambre d'échos. Ma fille portait un jean noir avec genoux en lambeaux, des bottines à hauts talons et un chemisier si petit, noir et luisant qu'on l'aurait dit arraché à un nourrisson dans son cercueil. Sans son rouge à lèvres noir, elle eût pu être une jeune veuve de l'époque victorienne qui pleure son mari, feu le chevalier d'industrie.

— Papa, lança-t-elle, t'as pas vu mes chewing-gums... tu sais, le sac de Plenti-Paks qu'on a acheté l'autre jour en bas de la montagne ?

La pièce résonna. Elle trembla. Sierra était déjà à mi-chemin du feu de bois lorsqu'elle remarqua Quinn tassé dans son fauteuil, avec son visage peint et son treillis.

— Ouah ! s'écria-t-elle, un pied en l'air, je savais pas qu'on avait de la visite.

Elle jeta un coup d'œil au détective des assurances, lui coula un regard timide, puis ajouta :

— Hé, les mecs ! Vous allez à un bal costumé ou quoi ?

Tout l'été durant, Andrea distribua des bérets rouges et, coiffée d'une perruque qui la faisait ressembler à l'enfant naturelle de

Barbara Bush, vendit des T-shirts frappés au poing rouge et haut levé de « La Terre pour Toujours ! », conseilla des étudiants en comptabilité, des aspirants poètes et des première année de médecine dans l'art et la manière de s'enchaîner la tête à un bulldozer, à un camion de bois et aux portes du siège de l'Axxam Corporation de Severed Root[1], Etat du Kentucky, avec un antivol de vélo. Teo, lui, ouvrit un camp d'entraînement pour protestataires néophytes et organisa des marches sur une demi-douzaine de scieries de la Côte Nord, Ratchiss restant chez lui à Malibu pour regarder la chaîne Discovery et s'émerveiller tous les soirs à l'heure de l'apéritif de la façon dont le soleil brillait sur l'océan. Tierwater ruminait. Il déterrait tout ce qu'on pouvait trouver de renseignements sur les Esquimaux par peur de tomber sur Quinn en allant s'attabler devant une omelette baveuse et des frites au chalet, faisait d'interminables parties de Monopoly et de lancers de base-ball avec sa fille et, vengeur, s'enfonçait dans la nuit au moins deux fois par semaine afin de repousser l'avance inlassable du progrès.

Après-midi de la mi-juin, un an après le fiasco du Siskiyou, pratiquement au jour près : Tierwater se délassait sur la terrasse de derrière en étudiant la disposition des nuages dans le ciel du fond de son hamac et se sentait aussi proche de Thoreau qu'il était susceptible de l'être. Levés tôt ce matin-là, Sierra et lui avaient descendu la route en voiture pour aller se balader dans la forêt brûlée, Tierwater étant tout heureux de voir le nombre de grands pins et de séquoias qui avaient résisté à l'incendie. Certes, ils en portaient encore des cicatrices et du bas du tronc jusqu'en haut avaient été comme griffés par d'énormes serres noires, mais les neiges d'hiver avaient déjà travaillé les cendres et des rejets poussaient partout. Mieux encore : la pépinière de Penny Pines Plantation avait cessé d'exister et il n'était plus un seul panneau en bois sculpté pour dire les largesses de la Coast Lumber. Et là où les arbres condamnés à la scierie s'étaient dressés dans toute leur uniformité génétiquement modifiée s'étendaient maintenant des champs entiers de fleurs sauvages, immortelles roses, arnicas, épilobes, asters des montagnes et des douzaines d'autres espèces

1. Soit « Racine tranchée ». (N.d.T.)

pour lesquelles il n'était pas d'illustrations dans leurs guides de la flore locale. Il en avait cueilli un bouquet pour Andrea en ayant l'impression d'en avoir planté et nourri chaque fleur en personne. C'était là la nature telle qu'elle devait être.

Andrea était encore au lit et ronflait légèrement, ses cheveux répandus sur l'oreiller, sa bouche ouverte révélant la présence scintillante d'une molaire couronnée sur sa mâchoire supérieure gauche. Tierwater s'était glissé dans la chambre une heure plus tôt et y avait posé son vase de fleurs sur la table de nuit avant de regagner la terrasse. Son épouse était épuisée. Elle avait passé les trois quarts de sa semaine à l'extérieur, à exciter des manifestants et rendre clandestinement visite à son ancien dentiste, et n'était rentrée que tard dans la soirée. Tierwater l'avait attendue, ils avaient échangé quelques commérages et fait l'amour dans la coquille immobile et silencieuse de la maison qui, tel un navire, flottait sur le noir océan de la nuit. Et maintenant, il l'attendait de nouveau. En contemplant le ciel.

Qui n'avait rien d'ordinaire (tout en guenilles et haillons qui s'effilochaient, il ressemblait à un parchemin qu'on eût pu lire si seulement on en avait connu la langue), mais n'en réussit pas moins à l'endormir. Lorsqu'il rouvrit les yeux, Andrea était assise dans un fauteuil tout près de lui et serrait une tasse de café dans ses mains. Les ombres avaient enjambé Tierwater d'un pas de géant. Il devait être trois heures de l'après-midi.

— Tu es réveillé, dit-elle.

— Oui, lui répondit-il, je crois.

Tout en grosses cordes et dépouillés de leur éclat, ses cheveux encore mouillés de la douche qu'elle venait de prendre, elle pencha la tête en avant pour y passer un peigne.

— T'as revu le petit renifleur pendant que j'étais partie ?

Il regarda ses doigts, ses mains, sa chevelure qui grondait.

— Tu sais bien, reprit-elle, comment s'appelle-t-il déjà ? Le poivrot.

— Quinn ?

Elle rejeta la tête en arrière et passa ses deux mains dans ses cheveux pour en chasser le trop-plein d'eau ; il régnait un tel silence qu'il entendit le chuchotement des quelques gouttes qui tombèrent sur la terrasse.

— J'arrive pas à croire que tu l'aies laissé entrer ce soir-là, enchaîna-t-elle. Il n'est pas aussi bête qu'il en a l'air. Ni poivrot non plus.

— Que voulais-tu que je fasse ?

— Lui dire que tu avais mal à la tête. Des crampes d'estomac. La grippe. Que ta femme était de mauvaise humeur et que ton père venait de mourir. N'importe quoi. Tu crois qu'il aurait franchi cette porte si j'avais été là ?

Il se fendit d'un petit sourire, mais elle n'en voulut pas. Elle avait de nouveau baissé la tête, son peigne travaillant furieusement un nœud sombre dans ses cheveux.

— Tu es plus dure que moi, dit-il. Tout le monde le sait.

Elle rejeta de nouveau la tête en arrière et ses cheveux avec. Et le fusilla du regard.

— C'est pas une blague, Ty. Il nous cherche... t'es vraiment fou si tu ne le vois pas. Et que je te dise : il n'est pas question de déménager encore une fois, pas maintenant que Sierra est au collège et que...

— Qui parle de déménager ?

— Moi. Parce que c'est ça ou aller en prison, non ? Ça ou ce putain de FBI qui nous défonce la porte à quatre heures du matin.

Il sentit un frisson glacé le parcourir. Elle le pensait vraiment ? Comment aurait-on pu deviner quoi que ce soit ? Il n'y avait pas le moindre indice. Serait-on même remonté dans son passé qu'on n'y aurait trouvé que les archives propres, aimables, simples et amoureusement falsifiées de M. Tom Drinkwater, ex-maître d'école, écrivain en herbe et père de famille.

— Tu rigoles, dit-il.

Elle ne rigolait pas.

— Je t'avais averti, lui renvoya-t-elle, puis elle se lança dans un joli petit speech soigneusement préemballé qu'elle avait dû répéter en remontant toute la côte vers le nord.

Elle était retournée dans l'Oregon. Elle avait vu Fred.

— Il a passé près de deux cents heures sur cette affaire, Ty. C'est tout juste s'il ne s'est pas cassé en deux à force de lécher le cul du procureur général, ne parlons même pas des fédéraux... et il nous a trouvé un marché. Fini les faux noms, il n'y aura plus à trembler en se demandant qui frappe à la porte.

Tierwater regarda derrière elle, là où les trembles commençaient à frémir sous les premières bouffées d'un vent qui montait de l'ouest. Le soleil était chaud, aucun bruit ne se faisait entendre dans les bois, hormis le bourdonnement des abeilles à viande, des guêpes, qui nichaient dans la terre tous les trois mètres et dans toutes les directions.

— Je vais en taule, c'est ça ? demanda-t-il en sortant ses jambes du hamac et posant les pieds sur la terrasse. Mais pas toi.

— C'est ça, Ty : pas moi. Mais moi, je n'ai agressé personne et je ne me suis pas évadée de prison non plus. Mais bon, on ne va pas se disputer. C'est la bonne solution, tu le sais, il n'y a rien de mieux pour Sierra.

Il eut envie de lui parler des Esquimaux, de lui dire qu'ils n'avaient ni prisons ni lois et vivaient selon les règles de la nature, ils ne faisaient même pas cuire leur viande parce qu'ils n'avaient ni bois, ni charbon, ni huile, c'était d'ailleurs pour ça qu'on leur avait donné ce nom : les Mangeurs de Chair Crue. Et quand ils avaient un différend, ils n'avaient pas besoin d'avocats pour le régler à leur place : les deux parties se jetaient des insultes à la figure jusqu'au moment où l'une d'elles perdait son sang-froid. Le premier qui lâchait avait perdu, c'était aussi simple que ça. Evidemment, il comprenait bien qu'il ne s'en serait pas mieux sorti dans ce système que dans celui des Fred et autres Duermer, pas avec le caractère qu'il avait, mais bon...

— Tout est réglé, dit-elle. Le procureur... c'est un débutant, un certain Horner, il est jeune, tu vois ? comprend parfaitement que tout est parti d'une manifestation pacifique et que tu ne faisais jamais qu'essayer de protéger ta fille...

— Combien ?

— Combien quoi ?

— Tu sais très bien ce que je veux dire... combien de temps... la peine.

Elle se détourna et tripota ses cheveux.

— Six mois, dit-elle. De six à douze mois. Mais, écoute, je m'en sors avec de la liberté surveillée... et on nous rend Sierra, c'est ça le plus important, enfin, je veux dire... tu ne trouves pas ?

Au début il avait refusé d'en entendre parler. Il n'était même pas question d'y penser. Se rendre ? Aller en prison ? Et pour quoi ? On n'était quand même pas en Allemagne nazie, non ? Ni non plus dans le Cambodge de Pol Pot, pas vrai ? En prison ? Outré, qu'il était. Tellement même qu'il avait expédié un fauteuil dans le bain chaud, sauté par-dessus la rambarde et traversé la cour pour filer dans la forêt. Où il était resté toute l'après-midi avec les abeilles à viande, toutes répliques exactes de celle qui avait liquidé Jane, à tourner et retourner le problème dans sa tête. Il s'était adossé au tronc d'un pin jaune et, ainsi revenu sur terre, avait croisé les jambes à la hauteur de ses chevilles : fini de rêvasser en regardant les nuages. Il avait étudié ses mains jointes, les cônes de pin éparpillés à droite et à gauche, les fourmis maçonnes qui grimpaient sur ses chaussures. Toutes les deux ou trois minutes, tandis que le soleil dégringolait entre les arbres, que les corbeaux croassaient et que les tamias filaient sur le tuf comme des patineurs sur un étang gelé, une guêpe atterrissait sur son avant-bras nu ou son visage engourdi, pas pour le piquer, seulement pour goûter, pour voir s'il était effectivement fait de chair, de chair déchirée, toute succulente de sang frais. Pour finir, à l'heure de l'apéritif, lorsque de pâles bandes de soleil avaient rayé les arbres et que, pris de leur frénésie prénocturne, les oiseaux avaient commencé à sautiller dans les branches, il s'était levé, avait essuyé ses habits et avait regagné le chalet d'un pas lent.

Andrea était assise à la table de la cuisine avec Sierra, toutes deux absorbées par la lecture des revues de mode qu'elle avait rapportées du monde d'en bas. Quelque chose cuisait en tournant indéfiniment dans le four à micro-ondes, des macaronis au fromage, d'après l'odeur. Trois assiettes avaient été disposées sur la table, un plein saladier de tomates et d'avocats en tranches trônant sur le comptoir. Il garda le silence, seul un petit grognement lui échappant lorsqu'elle le salua sans rien dire, et fonça droit sur le placard à liqueurs pour y préparer deux grands vodka-tonics avec un rien de citron. Il but longuement dans le verre qui se trouvait le plus près de lui, puis il traversa la pièce et tendit l'autre à sa femme.

— Bon, dit-il, d'accord : tu as raison.

Papier brillant, couleurs, un orchestre x, une actrice y, un mannequin z, Sierra était fascinée par la page qu'elle avait devant elle ; sans lever la tête elle lança :

— Raison pour quoi ?

Andrea décocha un petit regard à Tierwater.

— Pour rien, ma chérie, répondit-il automatiquement, puis il passa sur la terrasse en laissant la porte coulissante entrouverte derrière lui. Un instant plus tard, Andrea le rejoignit, son verre à la main. Il se retourna pour la regarder au moment où elle refermait la porte.

— Bravo, Ty, dit-elle, c'est pour le mieux. On arrivera à sortir de tout ça.

Il ferma les yeux, haussa les épaules et sentit la morsure de la glace en portant son verre à ses lèvres.

Soudain elle fut dans ses bras, le serrant sur son cœur, son visage tout contre le sien.

— Mais tu ne sais pas encore le plus beau de l'affaire, reprit-elle. C'est génial et tu vas adorer...

— Ben, tiens, pardi ! marmonna-t-il en s'écartant d'elle et revenant au bord de la terrasse. Non, ne me dis pas que tu m'apporteras des petits gâteaux toutes les semaines tant que je serai en taule ! Ou que tu vas me tricoter un pull pour les nuits glaciales où ces fils de putes n'allumeront pas le chauffage dans les cellules !

Elle le regarda d'un air froid.

— Ce n'est pas drôle, Ty. C'est ce qu'il y a de mieux à faire et on va essayer d'en tirer le meilleur parti. Quand nous nous rendrons aux autorités, la nouvelle fera le tour du pays !

Il garda le silence. Il ne voyait pas très bien où elle l'entraînait, mais ça ne lui plaisait pas.

— Prépare-toi, dit-elle, et tout d'un coup elle s'anima vraiment, fut effervescente et, yeux qui jouent au radar et sourire de trois cents watts, aussi chargée qu'une pile électrique. Tu te rappelles mon arrière-grand-père ?

— Je ne l'ai jamais rencontré.

— Non, pas lui, son histoire.

Il ne l'avait pas oubliée. Andrea était l'arrière-petite-fille de Joseph Knowles, un des archétypes de l'écolo-flingué. Par une grise journée du printemps 1913, dans les bois du Maine, il s'était livré à une séance de strip-tease pour le bénéfice d'une bande de journalistes, vidant ses poches, posant sa montre, son portefeuille et son canif de côté et pliant comme il faut sa veste, son gilet, son pantalon et sa chemise pour terminer en caleçon long. Pour finir, ça aussi il l'avait enlevé, et s'était tenu tout nu et tout pâle devant eux. Il avait alors réitéré le credo qui avait attiré ces journalistes, savoir que la nature devait être préservée par amour pur et simple de ce qui nourrissait la terre, puis il s'était enfoncé dans les bois pour y vivre de ses seules ressources. Deux mois plus tard, les muscles durs, la peau tannée et nettement plus maigre, ne parlons pas de tous les insectes du pays qui l'avaient mâchouillé, suçoté et vidé de son sang, il en était ressorti au même endroit et devant une foule encore plus considérable avait déclaré que son Dieu n'était autre que la nature à l'état sauvage et son église celle de la forêt.

— Non, s'écria Tierwater, tu rigoles! Dis-moi que tu rigoles.

Il y avait le monde, il y avait les arbres, il y avait sa femme. La lumière était idéale, prise en ce fragile instant entre le sombre et le clair, et les cimes des arbres sur la corniche derrière lui en étaient entièrement embrasées. Encore une fois elle vint à lui, il ne vit plus que ses yeux et ses lèvres, ses lèvres qui brillaient, ses lèvres rouges, somptueuses et persuasives. Ils s'embrassèrent. Il la serra dans ses bras. Le soleil se fana dans les arbres.

— Penses-y, Ty, murmura-t-elle, pense à la proclamation que ce sera.

Il ne savait jamais trop comment s'y prendre avec les foules. Les foules le rendaient nerveux; les foules lui rappelaient la dégénérescence de la planète; les foules lui montraient ce qu'était vraiment l'humanité et ce qu'elles lui donnaient à voir ne lui plaisait guère. Celle-là, celle dont avec Teo et Andrea il était présentement le point de mire, devait faire une centaine de personnes, sinon davantage. On y trouvait un fort contingent de militants de « La Terre pour Toujours! », tous reconnaissables à leurs bérets rouges et aux T-shirts du clan, de trente à quarante il y en avait, dispersés çà et là dans la masse tels des coquelicots dans un champ. Impossible de les rater. Ils étaient là pour lui apporter leur soutien moral, et le serrer de près si jamais, en uniforme ou en civil, des flics de quelque nature que ce soit se présentaient. Il y avait également des gens ordinaires venus sur l'invitation expresse d'Andrea, essentiellement des journalistes qui s'étaient pointés en chaussures de randonnée à deux cents dollars la paire, jeans repassés et lunettes de soleil rondes avec verres de seize couleurs différentes pour annihiler la terre, mais aussi quelques curieux, myopes et autres individus qui s'ennuyaient. Le temps était superbe. Tout autour d'eux les montagnes s'alignaient, pliées l'une dans l'autre comme des vaguelettes sur une meringue. Teo avait terminé son discours, Andrea avait fini le sien, il n'y avait plus rien d'autre à faire que d'y passer.

Tierwater s'assit doucement sur un pan de rocher lissé par le vent et se mit en devoir de délacer ses chaussures, tandis que, les jambes nues sous une robe légère couleur bonbon au caramel salé, Andrea se débarrassait de ses mocassins. Pas un souffle de vent et le soleil se tenait juste au-dessus de sa tête, lui chauffant les épaules et la nuque. Il se tourna vers les montagnes, son cœur battait fort, déjà il se sentait gêné – comment diable avait-il pu se laisser embarquer dans un truc pareil ? –, puis il leva les yeux sur elle. Placide, elle contemplait les badauds et, l'un après l'autre, les regardait droit dans les yeux, prolongeant l'instant pour en tirer le meilleur. Brusquement, Tierwater se remit debout. Plus vite il en finirait, mieux ça vaudrait, c'était ça qu'il se disait : il dégrafa sa ceinture, baissa la fermeture Eclair de sa braguette et ôta son pantalon, une jambe après l'autre.

Personne ne dit mot, on retenait son souffle. Avec toutes les randonnées qu'il faisait et toutes les activités nocturnes auxquelles il s'adonnait il était en bonne forme, un mètre quatre-vingt-cinq, quatre-vingt-dix kilos, les jambes un peu trop maigres sans doute (il détestait les montrer en public, comme ses pieds), mais en gros, oui, il avait de quoi jouer les Adam à son Eve. Il plia son pantalon et le tendit à Teo (qui, ceci en passant, était tout de blanc vêtu et portait une chemise moulante, un short et des sandales tel quelque grand prêtre du Mouvement). Tous ayant les yeux fixés sur lui, il faisait de son mieux pour leur renvoyer leurs regards, mais lorsque Andrea passa la main dans son dos pour abaisser la fermeture Eclair de sa robe, dans l'instant, tous les regards se portèrent sur elle. Il regarda ses bras se tendre en un arc tandis qu'elle la faisait descendre jusqu'à ses reins, puis ses mains se relever et tirer sa robe par-dessus sa tête, sa parfaite crinière en étant vivement agitée avant de retomber parfaitement en place sur ses épaules. Elle portait des sous-vêtements rouge cramoisi, on en avait férocement discuté le matin même au petit déjeuner, il y était farouchement opposé, Teo était pour, les bonnets de son soutien-gorge étant frappés, juste au-dessus des aréoles de ses seins, du poing noir et levé du Mouvement. Un sourire parcourut la foule, Andrea tendit sa robe à Teo. Vaincu et se sentant de plus en plus sot et enragé par cet instant, Tierwater arracha sa chemise, se débarrassa de son caleçon, son caleçon blanc ordinaire à 3 dollars 99 la paire chez J.C. Penney, et se tint tout aussi nu qu'il pouvait l'être, là, sous les yeux de tous.

Bon. Militants de « La Terre pour Toujours ! », pisse-copie de la presse, ornithologues amateurs et autres pilotes de camping-car, on n'en soufflait pas une. Enfin du spectacle. Enfin de la nudité. C'était au tour d'Andrea, d'Andrea Knowles Cotton Tierwater, le tison ardent de « La Terre pour Toujours ! », la grande écolo en fuite, d'y aller. De nouveau les bras qui se tendent en arc tandis qu'elle travaille les agrafes de son soutien-gorge, de nouveau la centaine de paires d'yeux qui délaissent Tierwater pour se poser sur le corps de sa femme. (*Allons, Ty,* lui avait-elle dit, *ce n'est jamais qu'un corps humain, il n'y a pas à en avoir honte ! Tu es beau, je suis belle, c'est comme ça que nous sommes venus au monde.*) Ses seins se libérèrent, elle ôta sa petite culotte et la tendit, en soie et encore chaude, à Teo, Teo qui avait déjà vu ça mille fois, de près, et en privé. Et les autres ? Ils virent que de fait et pour ce que ça valait, Andrea était blonde.

Il y eut des applaudissements épars, puis il la prit ou plutôt : l'attrapa rudement par le bras avant qu'elle ait le temps de leur tirer sa révérence parce que, il en était sûr, c'était ça qu'elle allait faire, et, *Pourquoi pas*? insistait-elle, *Pourquoi pas ?,* tous deux ils leur tournèrent le dos et sur des pieds dont la plante n'avait pas encore durci suffisamment ils s'éloignèrent en sautillant gauchement sur un vomi de granite pulvérisé. Il ne pouvait pas voir l'effet qu'ils faisaient parce qu'il se trouvait au centre du tableau, mais il songea, rien que ça, à la toile où Raphaël montre Adam et

Eve chassés du paradis. Sauf que c'était le contraire. Parce que c'était bien au paradis qu'ils entraient, non?

Pendant les trois heures qui suivirent, il se concentra sur les fesses de sa femme, sur ces *glutei* qui n'étaient pourtant que ses muscles les plus proéminents en service. Il étudia aussi ses cuisses, ses mollets et ses chevilles, et encore la fossette qui ornait le bas de son dos. Elle avait les épaules tombantes et ses bras battaient librement au rythme de ses pas, ses cheveux, lavés de frais, brossés et passés au baume démêlant, se soulevant et s'abaissant avec des reflets d'or comme animés d'une vie propre. Il admira le triangle de ses omoplates, les exquises tension et relâchement des muscles supérieurs de son dos, et ses talons, il adorait ses talons. Tout cela était nouveau et tenait de la révélation, voir ainsi ses os et ses muscles travailler sous la soie de sa peau n'était rien de moins qu'un miracle. Des femmes aux épaules découvertes, il en avait vu des multitudes dans sa jeunesse, elles jouaient au tennis, elles portaient des robes de soirée, elles étaient en maillot de bain ou en débardeur, et nues elles aussi, c'étaient des ballerines, des gymnastes, des reines du porno au bout d'un zoom, c'était Jane donnant naissance à sa fille, mais jamais encore il n'en avait suivi une qui marchait dans les bois. Un sacré spectacle que c'était. Vraiment. Et Dieu sait comment, ça l'émouvait plus encore que ça l'excitait, et ça l'excitait pourtant, tellement même qu'il avait du mal à ne pas la coucher là dans les fougères au bord de la piste pour lui dire son émerveillement le plus immédiatement et naturellement du monde.

Sauf que bien sûr, il ne le pouvait pas. Pas avec Chris Mattingly qui les suivait d'un rien. Et ce « d'un rien » disait tout, l'homme se tenant si discrètement à distance que sa présence ne se remarquait qu'au bruit de ses chaussures sur le rocher ou au tintement des ustensiles de cuisine qu'il avait posés en vrac au fond de son sac à dos. C'était là, ce Chris Mattingly, s'entend, et, vingt-huit ans et les cheveux réduits à deux petits arcs de cercle blanc ventre de poisson autour de ses oreilles, il faut imaginer un Eagle Scout monté en herbe et qu'auraient rejeté les Marines, une autre idée d'Andrea. Nous devons absolument emmener un journaliste avec nous, avait-elle aussi insisté. Quelqu'un d'impartial, en tout cas, quelqu'un d'assez impartial pour constater que nous ne trichons pas. Sans ça, comment quiconque pourrait-il être sûr que nous n'avions pas une réserve de lanières de bœuf, de bonbons, voire de filet mignon, planquée quelque part dans les bois... ou dans un chalet avec antenne parabolique ? Comment pourrait-on savoir que nous ne sommes pas allés nous baguenauder quinze jours à Maui ? Si nous voulons que ça serve à quelque chose, il faut absolument que tout cela soit enregistré sur bande.

Chris Mattingly allait donc les suivre comme une ombre pendant un mois, oui, trente jours, parce que s'attaquer au record de l'arrière-grand-père n'aurait pas eu de sens et qu'en ce temps-là, il pouvait faire un froid de canard dès le premier septembre. Il aurait une tente, coucherait sur un matelas gonflable et se régalerait de homard sauce thermidor, d'enchiladas aux pétoncles et de rations fortifiantes congelées pendant qu'ils devraient se contenter de dormir sur des lits d'écorce et de cônes de pin, de racler du cresson dans la vase et d'avaler des sauterelles grillées et des moules d'eau douce en brochettes, s'ils arrivaient jamais à faire du feu, s'entend. *Il faut y voir une aventure*, lui avait-elle dit, et c'en était effectivement une belle, il l'avait compris tout de suite, le genre même d'aventure qui les rendrait tous les deux encore plus célèbres que tous les Renards et autres Fantômes réunis. Evidemment, la première fois qu'elle lui en avait parlé, il avait râlé, gémi, discuté, supplié et usé de tous les arguments fallacieux du Sophiste et du troisième année de droit, mais seulement pour la forme : tout au fond, ça lui plaisait. Se balader dans la nature avec rien sur les fesses, chasser, faire la cueillette et survivre comme les premiers hominiens qui avaient jadis couru les plaines d'Afrique, ce n'était pas rien et, fantasme suprême, brûlait dans le cœur atavique de tout environnementaliste digne de ce nom. Et il était de leur nombre, aussi loin maintenant qu'il pourrait jamais l'être des centres commerciaux et de l'existence de mort-vivant qu'il avait supportés pendant toutes ces années. Et là, malgré son mal aux pieds, l'ardeur du désir qu'il avait pour sa femme et les premières morsures de la faim qu'il éprouvait en dépit des montagnes de jambon, de bacon, d'œufs et de crêpes qu'il s'était forcé à avaler au petit déjeuner, il se sentait en paix avec lui-même, exaucé dans ses vœux, voire bien chanceux.

Toute cette après-midi-là ils suivirent une piste qui les fit sortir de la forêt domaniale proprement dite pour passer dans une zone particulièrement sauvage et éloignée, accès sur permission expresse, interdiction de chasser, d'abattre des arbres, d'utiliser le moindre véhicule motorisé, de poser des pièges, des filets, des seines ou des nasses, toute activité de pêche devant se faire sur la base de la prise et du rejet dans l'eau, sans parler des cannettes de bière, des tronçonneuses et des gros appareils de radio portables dont l'usage était fortement déconseillé. Forêt de première pousse avec séquoias serrés en bosquets le long de cours d'eau aux berges abruptes, pins qui hérissaient les collines telles soies sur la brosse, aucun bruit hormis l'appel d'un geai ou le soupir de la brise qui s'annonce en longs échos dans la cime des arbres. Il faisait sec. Et chaud. Très chaud. Tierwater commençait à sentir la morsure du soleil sur ses fesses et le haut de ses cuisses et vit les épaules et le dos de sa femme se mettre à rosir, puis virer au rouge fessée récente au fur et à mesure que la journée se prolongeait (tout ça alors même que, par mesure de précaution et deux semaines durant, ils s'étaient fait rôtir au soleil au moins une heure par jour). Il n'y avait tout simplement rien à faire pour se protéger du soleil, en tout cas pas lorsqu'on voulait vivre dans la nature, pas plus d'ailleurs qu'il n'était possible d'éviter les vicissitudes de la vie ordinaire, piqûres d'insectes, morsures de serpents et autres méfaits des éléments. L'un comme l'autre ils s'étaient préparés à ce sacrifice, mais il n'empêche : il aurait tout donné pour avoir un tube de crème solaire, voire seulement une noix de bronzage *Rêve d'Hawaï* dans le creux de sa main.

Mais de la crème solaire, ils n'en avaient pas. Ni non plus de pâte dentifrice, de fil dentaire, d'aspirine, de Desenex, d'allumettes, de couteaux, d'assiettes ou d'argenterie, et pas davantage d'oreillers en duvet, de couvertures, de téléphones cellulaires, pas même seulement une bague ou un bracelet pour décorer leurs corps. Tous ces objets qu'il avait accumulés dans sa vie antérieure, toutes les vieilleries que lui avaient laissées ses parents, tout ce qu'il avait possédé chez lui ou à son bureau, le peu de choses qu'il pouvait encore dire lui appartenir chez Ratchiss, tout cela avait maintenant disparu et n'avait plus de rapport avec rien : le bushman du Kalahari qui, tout noir, petit et barbu, s'estime riche s'il a une peau d'autruche vide pour y porter son eau, tel il était devenu. Ben tiens. Et de quoi encore allaient-ils devoir se passer ? De café, de muffins anglais, de thon en boîte, de chocolat et de vodka. De livres, de musique, de télévision et de sparadrap. De mercurochrome. D'un kit contre les morsures de serpent.

Et ça, le kit contre les morsures de serpent, c'était important. D'une importance vitale même. Parce que leur destination ultime n'était autre qu'une étendue de terre située dans la haute vallée de la Kern, tout au fond de la gorge que cette rivière avait creusée au fil des millénaires, et que les serpents y abondaient, par tribus entières, du moins d'après ce que les trois quarts des résidants de Big Timber lui avaient déclaré, même si, de fait, aucun d'entre eux n'y avait jamais mis les pieds. Et ce n'était plus comme s'ils avaient eu encore des chaussures de randonnée, de grosses chaussettes et des jeans en toile épaisse et raide pour se protéger des attaques sauvages de leurs crochets dénudés. Ou des scorpions parce que... et les scorpions, hein ? Et les tiques ? Les acariens ? Les couguars, les ours et les moufettes enragées, hein ?

(*Ce que je ressentais ce jour-là ? Au fond ? Je leur tendais les bras, à toutes ces bestioles. Ceci est ma chair, leur murmurais-je, non : leur disais-je à haute voix, ceci est ma chair, venez donc la chercher.*)

Et la permission d'entrer, ils ne l'avaient pas non plus.

Pas question de jouer les hypocrites, avait déclaré Andrea : que pensera-t-on de nous si nous enfreignons les règles comme les Freemen, Phineas Priests[1] et autres pharisiens du retour à la terre ? Mais Tierwater savait bien qu'ils devraient les enfreindre, et systématiquement, s'ils voulaient s'en sortir, ne parlons même pas d'affirmer quoi que ce soit. De quelle profession de foi pourraient-ils se fendre s'ils abandonnaient en cours de route ? Ou, pire, s'ils mouraient ? C'était dans une expérience qu'ils se lançaient, et la nature en était le laboratoire. Ils devraient faire ce

1. Soit « Les Hommes libres » et « Les Prêtres de Phineas », organisations racistes d'extrême droite qui vivent dans les montagnes de l'Ouest américain. (N.d.T.)

qu'il fallait pour en réchapper, c'était bien ça l'essentiel, non? *Prendre du poisson et le rejeter dans l'eau?* Comme si les bushmen se pliaient jamais à un ordre pareil! Et l'arrière-grand-père, hein? Avait-il vécu d'air et d'eau fraîche tandis qu'il courait les forêts du Maine?

Il était six heures passées et il commençait à faire frisquet dans la gorge lorsque enfin ils trouvèrent un endroit où installer leur camp – une langue de sable coincée contre un pan de roche de l'autre côté de la rivière. Ils traversèrent celle-ci en pataugeant, elle ne faisait pas plus de dix mètres de large et n'avait qu'un mètre de profondeur à cet endroit, l'eau glacée paraissant délicieuse à leurs jambes brûlées de soleil et à leurs pieds en capilotade. Ils étaient tombés d'accord pour arrêter que la priorité numéro un serait de construire un abri, ils s'inquiéteraient de la nourriture le lendemain matin. Et donc, consciencieusement Tierwater et son épouse se mirent en devoir de ramasser des branchages et des feuilles pour édifier une cabane en suivant les conseils donnés dans le manuel de survie dans la nature qu'ils avaient trouvé sur l'étagère de Ratchiss. Tout cela était plutôt rudimentaire : on plante un poteau sur une souche d'arbre ou sur un rocher d'un mètre de hauteur, on dispose des bâtons des deux côtés et on recouvre de broussailles. Jeter quatre ou cinq brassées de feuilles par terre en guise de couche et, *illico presto*, on s'est bâti un abri bien isolé pour la nuit.

Le crépuscule tomba, un mur d'air froid descendant pas à pas avec lui dans le canyon, s'installant dans les endroits les plus bas, filant dans les coins pour abaisser le métabolisme de tous les scorpions et serpents qui s'y cachaient et donner là, sur sa poitrine, la chair de poule à Tierwater. Il se pencha sur une planche à feu, un bout de bois de flottage blanchi par le soleil, et se mit en devoir d'y faire vigoureusement tourner une mèche longue et presque droite de la même origine. Andrea s'était agenouillée à côté de lui et, des brindilles dans les cheveux et les seins écorchés et souillés par tous les débris qu'elle avait portés dans ses bras, se tordait les mains sur les genoux.

— Plus vite, Ty, le pressa-t-elle. Ça commence à fumer.

Et... mais oui, mais oui, ça commençait à fumer, le fouet travaillant dans son sillon aussi furieusement que Tierwater arrivait à le faire tourner dans la paume de ses mains, déjà la plus légère des lueurs rougissait au bout du bazar, friction, friction et encore friction, et voilà Andrea qui se met à souffler et souffler tout ce qu'elle sait. Ça y était, ils avaient un brandon ! Et le brandon enflamma le petit bois pendant le plus bref et le plus atroce des instants, avant de mourir dans un infime tortillon de fumée. D'après lui, et il avait compté, c'était déjà la vingt-septième fois que le scénario se répétait depuis une heure. Il était épuisé. Il avait les paumes des mains en sang. Il se rassit lourdement et laissa l'air froid se poser sur ses épaules tel un manteau de défaite.

C'est alors qu'une odeur de grand feu de bois leur arriva, vive et, va savoir pourquoi, délicieuse dans l'air glacé. Elle fut aussitôt suivie par des relents de nourriture, de la sauce ? tomate ? et, reconnaissable entre tous, l'arôme du café frais. Tierwater prit Andrea dans ses bras et l'y serra longuement : jamais encore leur aventure ne leur avait fait connaître un moment aussi triste. Ensemble ils tournèrent la tête et scrutèrent le fouillis de salicaires qui montait du lit de la rivière sur une centaine de mètres. Là-bas, de l'autre côté de l'écran de végétation, ils aperçurent, mais à peine, la forme de Chris Mattingly amoureusement penché sur son feu. Puis, aussi léger que le premier murmure hésitant de l'oiseau par une froide matinée de printemps, un bruit leur parvint, bas et mélodieux. Chris Mattingly s'étais mis à chanter. Enthousiasmé par son brasier, l'aspect sauvage de l'endroit et le fumet enivrant du plat de résistance décongelé qu'il portait à ses lèvres, il chantait, à la tombée du jour.

La situation s'améliora, puis empira. Le lendemain matin, une crampe lui fouillant l'estomac telle la pointe émoussée d'une flèche de bushman, il réussit enfin à faire du feu. Ses testicules pendouillant dans le sable frais, il s'accroupit par terre, un souffle après l'autre, il aida la flammèche qu'il avait obtenue à danser plus haut et plus fort, la poussa vers le nid de brindilles et d'écorces qu'il avait préparé et oui, ça y était : il avait du feu ! Affamé qu'il était, ce petit brasier. Ravi, il avala tout ce que Tierwater lui tendait, celui-ci finissant par sortir des branches grandes comme des portemanteaux des tas de bois flotté éparpillés sur la langue de sable qui bordait la rivière et par les cogner violemment contre les troncs d'arbres afin qu'elles lui donnent le combustible qu'il voulait, débité en bûchettes convenables d'un mètre de longueur. Il ne savait plus quelle heure il était, seulement qu'il faisait jour et que le froid commençait à s'estomper, et triomphant et nu il se mit à danser autour de son feu en lançant haut les pattes en l'air. Ils avaient du feu. Du feu !

Pendant que, oublieuse, Andrea continuait de dormir, ses membres mous couverts de feuilles moisies avec toutes les bestioles minuscules mais féroces qui y avaient élu domicile, il ramassa du bois. Il passa les berges de la rivière au peigne fin en gardant un œil ouvert au cas où un poisson, un oiseau, même un serpent, se montrerait, parce que oui, il aurait été heureux et honoré de se payer un petit rôti de serpent à sonnettes pour le petit déjeuner, jusqu'au moment où, le soleil se pointant enfin par-dessus la crête orientale de la gorge, il eut assez de combustible entassé autour de l'abri pour alimenter une centaine de feux. Pas qu'il aurait fini sa tâche, non : en l'état, la cabane ne ferait jamais l'affaire ; elle n'était guère plus imposante qu'un paillis dans un jardin de banlieue et, toute la nuit durant, tandis que des insectes lui grimpaient dessus et que, des bouts de feuilles s'immisçant dans les replis les plus intimes de sa chair, les démangeaisons le rendaient fou, il s'était représenté l'abri le plus spacieux et aéré qui fût, le modèle même du refuge propre et efficace. Ce serait quelque chose où l'on pourrait se tenir debout, avec, à l'intérieur, des rameaux de pin étendus par terre sur une couche de sable propre. Y penser lui avait redonné élan et courage, comme si un oiseau de proie au regard féroce avait émergé de son corps, lui était sorti tout droit de la gorge pour s'élancer dans le ciel. Il n'avait jamais rien éprouvé de pareil. Jamais. Alors il s'accroupit dans la hutte et, une horde d'insectes se mettant à sautiller furieusement et sortir en catastrophe de leurs tanières pour s'écarter de son chemin, il se pencha sur elle pour la réveiller d'un baiser – elle sentait le truc qui a fermenté, le vinaigre ou le lait caillé qui s'est renversé sur un bout de terre humide et des morceaux de feuilles s'étaient collés à ses lèvres, d'autres lui étant carrément entrés dans les trous de nez.

— Debout, ma chérie, dit-il en pressant ses lèvres contre les siennes tandis que des feuilles bruissaient et se brisaient sous eux.

Elle s'éveilla à son odeur, il sentait la fumée, gauchement et en battant fort des bras et des jambes ils firent l'amour comme les bêtes du bush, pour la troisième fois depuis que la hutte s'était enfin dressée dans le ciel le soir précédent.

— J'ai fait du feu, lui répéta-t-il encore et encore.

Elle s'accrocha à lui avec ses grandes mains et ses bras puissants et l'attira en elle avec une urgence si furieuse que la hutte ne put y résister. Secouée, elle oscilla, puis s'effondra sans qu'ils le remarquent vraiment.

Erotique, que c'était, la vie primitive, voilà ce qu'il se disait, toutes ces tribus d'hommes et de femmes nus à petit ventre éparpillées dans les jungles de l'Amérique du Sud et de la Nouvelle-Guinée, seins nus, pagnes, étuis péniens, et que j'te fais ça dans la hutte, sur un tronc d'arbre, dans la rivière avec l'eau qui en bout tout autour, mais il ne lui fallut guère plus d'un jour ou deux pour déchanter. De fait, la concupiscence bouffait des calories et, en dernière analyse, les calories étaient bel et bien la seule chose qui comptait. Dès que, propres enfin, leurs cellules eurent brûlé tout ce qu'ils avaient de graisse, de nitrates et de cholestérol dans le sang et qu'ils eurent compris qu'avec le rare poisson attrapé de temps à autre et indifféremment grillé *au naturel** (non, garde le beurre, s'il te plaît, et ce soir, j'aimerais bien me passer de mille-feuille) sur un hâtelet en bois vert ou une poignée de mancenilles, leur seul et unique repas du jour prenait fin, leur vie érotique pila des quatre fers. Il voyait sa femme accroupie près de la nouvelle hutte améliorée, en train de renforcer un barrage primitif avec des bâtons, et certes elle avait les seins qui ballaient, mais sa peau était si brûlée, pleine d'égratignures et bouffée par les insectes qu'elle en ressemblait à une éponge à récurer et que c'est à peine s'il la regardait. Tiens, une femme nue, pensait-il, mais de la même manière qu'il eût pu dire « Tiens, un arbre » ou « Tiens, un caillou ».

Au début, tout avait paru possible. Ils étaient enthousiastes, débordants de confiance et complètement regonflés par ce qu'ils avaient retenu d'un livre qui leur résonnait encore dans la tête : enfantin, non vraiment, on attache *x* à *y*, puis à *z*, et *voilà**, on a de la viande dans la marmite. Tierwater avait passé des heures entières à construire des chausse-trappes pour y attirer la moufette ou le raton laveur inconscient, mais l'entreprise n'avait rien donné, aucun animal, au moins pour ce qu'il en voyait, ne s'approchant jamais des appâts qu'il leur laissait, les mouches exceptées. Les jambes croisées dans le sable, Andrea avait fabriqué des collets à l'aide de fines branches de saule, mais n'avait colleté que du vent. Tous deux étaient allés jusqu'à creuser des pièges à souris (soixante-quinze centimètres de profondeur, fond large, entrée resserrée, le tout caché sous une pierre plate surélevée aux deux extrémités afin de laisser passer la proie), pour découvrir qu'aucune souris, si même il y en avait dans ce coin reculé, n'avait jamais la bonté d'âme de tomber dedans. Pour finir, après avoir relevé les pièges trois jours de suite, ils se regardèrent dans les yeux, là, sous les grands arbres, dans ce paysage aussi grandiose que non comestible, et cherchèrent les signes de leur effondrement inévitable. Il y avait de la frustration dans l'air. De la colère. Plus grave encore, il y avait la faim, désespérante, harcelante, meurtrière.

— Une souris ! cracha Andrea, les mains sur les hanches et la peau couleur saucisse cuite. Et dire qu'on n'arrive même pas à en attraper une ! Ty, combien de calories crois-tu qu'on a gaspillées à creuser ces trous, hein ? Et même si on réussissait à en prendre une, ou même dix, quel bien ça nous ferait ? Elles sont grosses comme quoi, ces bestioles, quand on les a dépiautées ? Comme un marshmallow ?

Mais déjà Tierwater était en proie à quelque chose, une illusion, voilà ce que c'était, et dans ce lieu où il n'y avait ni micros, ni hauts talons, ni mécènes à courtiser, c'était lui qui commandait.

— Ce sont les ours qui les mangent, lui renvoya-t-il sans conviction en contemplant l'ouverture sombre et moqueuse du trou vide à ses pieds.

— C'est ça, reprit-elle, et les ours, ce sont les gens qui les mangent. Et si on attrapait un ours, hein ? Tu connais de bonnes recettes pour les faire cuire ?

Ils passèrent le reste de la journée à écumer la rivière, filant après les ombres fugitives des poissons, mais, la chance ne leur souriant pas davantage, ils en furent réduits à retourner des pierres pour sortir des hannetons, des salamandres, des vers de terre et des scorpions de leurs *couchettes*[*] et à tout faire cuire, à savoir deux poignées de trucs hérissés et déchiquetés, dans le creux d'une pierre posée au milieu du feu.

— Je m'en fiche, Ty, lui chanta-t-elle, tassée sur ses seins nus tandis que, le soleil disparaissant derrière la paroi au-dessus d'eux, une odeur comme d'ambroisie montait de quelque chose que Chris faisait cuire plus bas dans la gorge, il n'est pas question que j'avale quoi que ce soit avec les pattes encore attachées. Rien à faire.

Il malaxa l'affaire avec le bout émoussé d'un bâton et la battit encore et encore jusqu'au moment où il obtint une pâte foncée qu'ils mirent à griller dans le creux de leur caillou. Et engloutirent avant même qu'elle ait eu le temps de refroidir – « Ça a un arrière-goût de noix, tu ne trouves pas ? » lança-t-il en essayant de tirer le meilleur parti de la situation –, mais un quart d'heure plus tard, l'un comme l'autre ils se retrouvèrent à tout rendre au plus profond d'un buisson.

Le lendemain matin, Andrea se leva aux aurores, une boule de brindilles et de feuilles dans la bouche. Tierwater s'occupait du feu lorsqu'elle se redressa dans la poussière et l'attrapa par le bras.

— Je veux de la viande, s'écria-t-elle. De la viande ! Tu comprends ?

Elle avait les yeux gonflés et lui enfonçait les ongles dans la peau.

— On pourrait pas chasser, au moins ça ? reprit-elle. C'est pas ce qu'on fait quand on crève de faim ? Ça ne serait pas une procédure habituelle ?

Il ne se donna pas la peine de répondre à sa question : l'aurait-il fait qu'il lui en aurait posé une autre bien de son cru et qui n'aurait pas manqué de faire remonter certaines rancœurs à la surface, genre : « *Et qui donc a eu cette idée, hein ?* » Au lieu de ça, il garda le silence.

— Des marmottes, Ty, enchaîna-t-elle. Il n'y a pas de marmottes dans le coin ?

Le feu crépitait. Il était encore tôt, le soleil beurrait à peine le haut de la colline qu'ils avaient devant eux, le canyon étant encore plongé dans les ténèbres. Tierwater avait toujours fait partie des gens qui mangent, et sérieusement, au petit déjeuner dès qu'ils se lèvent. *C'est le repas le plus important de la journée*, lui disait sa mère, et elle avait raison. Il avait envie de café, avec de la crème épaisse et des tonnes de sucre, d'œufs, de grosses tranches de bacon canadien, de pain beurré et grillé jusqu'à en être tout craquant, il se redressa à son tour avec, fermement plantée dans le crâne, l'image d'une marmotte, grassouillette, gorge jaune, et ressemblant à un écureuil géant et assez bête pour n'être guère plus futée que les rochers au milieu desquels elle vivait.

— J'ai souvent ramassé des crottes de marmottes quand j'étais gosse, dit-il, la fumée lui piquant les yeux.

Puis il lui montra la corniche derrière eux et ajouta :

— Je devrais savoir où en trouver... là-haut, je pense.

Ils se regardèrent longuement et contemplèrent leurs corps éreintés, souillés et quasiment asexués, puis comme un seul homme ils se retournèrent et commencèrent à grimper. La tâche n'avait rien de facile. Déjà, et c'était à peine au bout de cinq jours, ils ressentaient les effets de la faim, comme une faiblesse dans les bras et dans les jambes, un manque de grâce qui ôtait toute élasticité à leurs pas et leur donnait l'impression d'avoir le cerveau bourré de cellulose. Ils reprenaient leur souffle à grosses goulées comme des pêcheurs de perles et laissaient des bouts d'eux-mêmes sur la peau rude des rochers. Pas un buisson qui ne les piquât. Ils goûtèrent leur sueur et leur sang. Et quand ils arrivèrent en haut du canyon, ce fut pour découvrir encore plus de paysages, tout un panorama, mais rien à manger.

— Il faut chercher leurs terriers, dit-il en volant ses mots à sa respiration qui s'enrayait.

Andrea le dévisagea ; sa poitrine se soulevait, derrière elle c'était le monde entier qui s'étendait. Des terriers, c'étaient des terriers qu'ils allaient chercher.

Ils se séparèrent et scrutèrent la corniche en dérangeant des lézards qui filaient si vite qu'ils n'étaient même pas certains de les avoir vus, en mâchonnant des bouts de bois et, de temps en temps, la baie qu'on ne reconnaît pas et qui peut-être est empoisonnée, mais ils ne trouvèrent ni fientes ni terriers, rien qui signalât la présence d'une marmotte ou de quoi que ce fût d'autre. La peau tendre de son dos et de ses épaules cuite et recuite jusqu'à l'indélébile, Tierwater y allait d'une énième excuse en agitant les mains et puisant dans le folklore de la marmotte lorsque tout soudain ils se figèrent. Il y avait un son dans l'air, comme un sifflement aigu et gazouilleux qui semblait monter de la corniche voisine.

— T'entends ? dit-il.

Et quel visage il avait ! Sourire de dingue, air de savant fou, voire de cannibale qui tourne le coin de la rue et tombe sur un lutteur de sumo.

— C'est une marmotte. Sûr et certain.

Guidés par ce bruit, ils s'enfoncèrent dans les buissons sous les grands pins et arrivèrent dans une clairière dominée par un éboulis de rochers. Au milieu, sa tête large et plate de rongeur se secouant spasmodiquement tandis qu'elle chantait, ou grinçait, comme vous voudrez, se dressait la marmotte. Ventre jaune, grassouillette, délicieuse. Tierwater coula un regard à Andrea, Andrea lui en coula un autre. Il mit un doigt sur ses lèvres et se baissa pour attraper une branche solide.

Une heure durant, en rampant dans un fouillis d'herbe jaunie et de cônes de pin qui leur raclaient le ventre, ils convergèrent sur la bête en partant de points opposés. Il faisait chaud. Tierwater était blanc de poussière et avait des démangeaisons dans toutes les fibres de sa chair éraflée et déchirée. Il regarda Andrea – sa tête sautillait derrière le tronc d'un arbre tombé par terre, à un mètre de la marmotte qui lui tournait le dos. Il respira un grand coup et chargea en fouettant l'air de son bâton ; Andrea avait compris son signal, elle se leva en poussant un cri et en serrant fort son propre gourdin dans sa main. L'approche avait été prudente, brillante même, d'un point de vue tactique, mais hélas, la marmotte n'en parut guère impressionnée. Un seul glapissement, on aurait dit le léger crachouillis de la théière où l'eau est sur le point de bouillir, et tout fut dit : elle avait disparu dans son trou.

— Ah, c'est comme ça ! s'exclama-t-il. Eh ben, bon : on va l'en faire sortir.

Et ils creusèrent donc dans de la terre sèche et caillouteuse, avec des branches de pin qui se cassaient en guise de pioches et de pelles, cependant que leurs boyaux grinçaient, crépitaient et se refermaient sur du vide. Ils creusèrent sans mot dire, ils creusèrent sans rien penser, vole la terre, volent les pierres, et leurs bâtons se brisaient, le stupide animal à dents de lapin et regard mort toujours dans leurs yeux – de la viande ! de la viande rôtie à la broche sur le gril ! –, jusqu'au moment où ils prirent peu à peu conscience d'un autre bruit derrière eux, une manière de sifflement aigu et gazouilleux. Ils se retournèrent ensemble, là elle était, la marmotte, et les observait à l'entrée d'un autre terrier quelque cinq mètres plus loin, en secouant la tête pour se plaindre. Tierwater se saisit d'une pierre, la marmotte disparut.

— Pas de problème, lança-t-il à sa femme, et quelle souillon elle faisait, non vraiment, avec ses mains noircies et le sable fin que la sueur collait sur son corps, tu restes où t'es, là, à ton bout du terrier, je vais la faire sortir par l'autre.

Et ils creusèrent donc encore, avec une vigueur nouvelle, et virent s'amenuiser la distance qui les séparait tandis qu'il remontait la galerie tortueuse dans sa direction et qu'elle creusait devant elle pour le retrouver. Une demi-heure passa. Une heure. Enfin, et certes ils étaient épuisés – tendus, épuisés et en colère –, ils en virent le bout : ils n'étaient plus qu'à un mètre cinquante l'un de l'autre, et encore.

— Je la force à sortir, murmura-t-elle d'une voix devenue toute râpeuse, et toi, tu la bastonnes ! Tu lui pètes la tronche comme il faut, à cette merdeuse !

Oui. Et derrière eux ils entendirent de nouveau le sifflement et là elle était, la marmotte, la chose conne et grassouillette, à l'entrée d'un autre terrier.

Jouer au sauvage trente jours durant est long. Sans fin, en réalité. Mais leurs erreurs les instruisant, en se coordonnant et usant d'une concentration farouche, ils commencèrent à trouver de quoi ne pas mourir totalement de faim et de tout ce temps ne cessèrent de s'émerveiller du cran qu'avait montré l'arrière-grand-père Knowles. Pour finir, ils arrivèrent même à attraper des trucs et à les manger. Ils canalisèrent des poissons dans des bassins peu profonds et les y ramassèrent avec une sorte de crosse munie d'un filet que Tierwater avait fabriquée un après-midi (de la truite dorée, *Salmo aguabonita*, une espèce protégée, mais aussi du chevesne et du gardon) ; et encore ils capturèrent des criquets et des sauterelles et cueillirent des baies ; et liquidèrent une colonie entière de moules d'eau douce au goût de vase et d'algue mal digérée. Ils traquèrent l'œuf d'oiseau, mâchèrent des brindilles pour combattre la faim qui les tourmentait nuit et jour, en s'étouffant sur leur salive ils tournèrent autour du camp de Chris Mattingly tels des réfugiés. La nuit, enveloppés dans leur couverture de feuilles et de détritus, lorsque, la paix descendant enfin, il n'était plus d'autre bruit que les trilles et gargouillis de la rivière s'enfonçant dans son lit, ils rêvaient de boustifaille. « Bonbons au beurre de cacahouète, murmurait Andrea dans son sommeil. Cheeseburger. Avec des chips. A point. »

Les jours tiraient en longueur, chacun d'eux une éternité en soi, chacun jour de chien, chacun jour sans conscience ni pensées qu'on formule. Pas un livre. Pas de télé. Pas de baise. Pas un instant de veille qui ne se consume autrement que dans l'agitation incessante de celui qui erre en cherchant à manger, et pas d'heure pour les repas non plus, aube, midi, crépuscule, tout se mélangeait. Ils fondaient sur tout ce qu'ils parvenaient à attraper ou à cueillir, baies, fourrage, les deux lézards qu'on a réduits en bouillie d'un superbe coup porté en plein milieu du dos, et le mangeaient avidement, pas le temps de faire des manières, pas le temps de faire preuve d'abnégation, voire de simple civilité, pas le temps de rien hormis de se conduire en primitif. Andrea avait grandi à la campagne. Du plus loin qu'elle se rappelât, elle avait toujours marché, pêché et fait du cheval, et encore avait le sang de l'arrière-grand-père Joseph Knowles, le fol anachorète, qui lui coulait dans les veines, mais il n'empêche : c'était trop pour elle et Tierwater le comprit avant même la fin de la première semaine. Et pour lui aussi, c'était trop, bien trop souffrir pour prouver quoi que ce fût, même s'il était des moments où, en baissant la tête pour regarder l'eau qui roulait et se liquéfiait sous ses yeux, ou au contraire la levant pour contempler le ciel affamé, il se sentait entièrement lavé et ne pensait ni à Sierra qui s'était installée au bord du lac Witcheegono, Etat de New York, chez sa tante Phyll, ni au shérif Bob Hicks, ni au poids écrasant de la porte de prison qui se referme en claquant, ni aux guerres d'accumulation qui avec la faim et les privations faisaient rage dans le monde avec la régularité des saisons qui se suivent.

Il perdit treize kilos, elle en perdit neuf. Ils étaient l'un et l'autre maigres comme des clous et avaient la peau aussi brune et dure que du cuir neuf, et à peine la force de se traîner pour ressortir du canyon, lorsque arriva leur dernier jour d'exil. Chris Mattingly prit la tête du cortège en marchant à grandes et vigoureuses enjambées, on était bien ancré au fond de soi-même, personne ne soufflant mot pendant tout le retour. Le sentier remontant par paliers du fond de la gorge, Tierwater dut s'arrêter toutes les dix minutes pour reconcentrer son énergie tandis qu'Andrea vacillait sur les poteaux de ses jambes tel un poivrot qui ne veut rien en faire paraître ; au-dessus d'eux le ciel se dilatait et contractait tellement qu'ils en avaient mal à la tête, à n'en plus rien voir ou presque. Mais ça valait le coup, vraiment, parce que lorsque enfin ils touchèrent au but, lorsque enfin ils retrouvèrent le grand dôme de granite défolié où tout avait commencé, la foule de cinq cents personnes qui s'était rassemblée pour les accueillir rugit comme si elle faisait deux fois son nombre.

Teo, reporters avec caméras de télévision miniatures et flashes qui crépitaient, enfants, chiens, militants de « La Terre pour Toujours ! », potiers, vendeurs de cristaux magiques et de totems, et tous les habitants de Big Timber jusqu'au dernier, on était venu en foule et portait des jeans et des chemises en flanelle. Flanqué de deux flics en uniforme, Declan Quinn s'était posté devant les représentants de la presse, la boule de billard racornie de sa tête oscillant tel un jouet au bout d'une ficelle.

— C'est mon bonhomme, dit-il d'une voix grinçante, c'est lui !

Aussitôt, le flic qui se tenait à sa droite, celui avec la gueule en semelle de godillot, s'avança.

C'était drôle. Certes, il se donnait en spectacle avec son étui pénien confectionné dans de l'écorce de saule et de la peau de serpent à sonnettes, certes encore, il n'était plus qu'une espèce de bâton ambulant et avait toutes les peines du monde à se tenir debout alors que, vêtue d'une jupe grossière et d'un débardeur en herbe tressée, son épouse, la femme de mille ans, boitillait résolument à côté de lui, et certes encore tout était dit et on allait le mettre en cage, mais il n'éprouvait plus que du soulagement. Il était aussi calme que Jésus descendant du Sinaï après ses trente jours et ses trente nuits de tentation, presque il pleura de joie en sentant les mâchoires d'acier des menottes se refermer sur ses poignets.

Santa Ynez, avril 2026

Et un jour, voilà que la pluie s'arrête, pour de bon. Le soleil arrive, en colère et tout écorché dans un ciel couleur œuf de rouge-gorge délavé, de la vapeur s'élève, les poissons-chats gigotent, déjà 31 degrés à l'ombre et il n'est que huit heures du matin. Je suis dehors, à cligner des yeux dans cette lumière inhabituelle, les pieds pris dans la gadoue du jardin alors qu'une flottille d'oies à l'air passablement estropié file dans le courant de ce que nous avons appelé la rivière Pulchris. Ce que j'éprouve? Une infime trémulation d'espoir. Si, si. D'espoir pour les animaux – et croyez-moi, enfermés dans la maison comme ça, pas un souffle d'air frais, pas un brin de terre à sentir sous ses pattes ou ses sabots, sans parler de la saleté, de l'alimentation irrégulière et du manque d'exercice, ils ont souffert –, pour moi-même, et aussi pour Andrea. Enclos dernier cri, cages pour les bêtes, bunker pour Andrea et pour moi, avec deux chambres, une cuisine et une salle de séjour, Mac a promis de reconstruire plus haut. Bien sûr, et c'est là que c'est triste, pour un bon tiers de nos pensionnaires, il est déjà trop tard. Les phacochères, oui, tous, il y en avait quatorze, ont sombré dans le néant – un rhume de cochon, pense-t-on, à eux transmis par les pécaris ou alors, peut-être, Chuy, je ne suis pas vétérinaire –, Brin de Muguet a disparu, l'ourse à lunettes s'est empoisonnée en avalant quatre litres d'antigel après avoir défoncé le mur du garage, sans compter toutes les autres calamités qui nous sont tombées dessus et dans lesquelles je ne veux même pas entrer.

Toujours est-il que j'étais debout à six heures, le changement de météo m'assénant des coups de poing insistants dans le dos et les hanches tandis que, mon oreiller déjà tout collant de ma sueur, mes lunettes s'embuaient dès que je les posais sur mon nez : le réchauffement de la planète. Je me rappelle encore l'époque où on doutait non seulement du fait, mais aussi de ses conséquences. Au premier abord, ça n'avait pas l'air bien grave, surtout pour les gens de Winnipeg, de Grand Forks ou des îles Sakhaline. L'« effet de serre », qu'on appelait ça. Et que sont donc les serres sinon des endroits agréables, chauds et nourriciers, où l'on peut faire pousser des sagoutiers et des tomates hydroponiques dans les grands froids de l'hiver ? Sauf que non, ce n'est pas du tout comme ça. C'est comme de laisser sa voiture toute la journée dans un parking en plein soleil avec les fenêtres fermées et de retrouver ses vitres scellées, et les portières avec, en voulant remonter dedans. Plus il fait chaud, plus il y a d'évaporation et plus il y a d'évaporation, plus il fait chaud, le gaz de serre le plus important, et de loin, n'étant autre que la vapeur d'eau. C'est comme ça, et c'est pour ça qu'il va faire si chaud pendant les six mois à venir que, la rivière Pulchris s'évaporant et remontant dans le ciel comme un fantôme avec un grand linceul qui traîne derrière lui, toute cette gadoue cuira et recuira jusqu'à en prendre la texture du ciment. Le réchauffement de la planète. C'est une réalité.

Mais pour l'heure, j'ai l'esprit en fête : je suis ici, je suis vivant et le soleil brille. Le printemps a jailli et ma cervelle déborde de plans. Je n'ai même pas encore déjeuné ou peiné sur le trône que je fais déjà les cent pas en suivant le vague pourtour du nouvel enclos à lions qui doit s'élever sur quelque deux cent cinquante mètres carrés de boue ocre et d'herbe du diable, vraiment superbes, coincés entre le garage et le kiosque à musique. Ce sont les lions qui souffrent le plus – ils perdent leurs poils, sont trop déprimés pour même seulement tousser, rugir, n'en parlons pas, et Bouton d'Or semble avoir perdu l'essentiel de ses dents de carnassier, ce qui lui rend la tâche de mâcher toutes ces côtelettes premier choix à moitié décongelées qu'on lui sert pratiquement impossible –, et je suis bien décidé à m'occuper d'eux en premier. Sans compter que ce sont les trucs les plus dangereux qui se baladent dans la maison (sauf peut-être Andrea mais qui s'en plaint?) et que certes, nous avons barricadé les portes et pris toutes les précautions, mais qu'arriverait-il si jamais l'un d'entre eux s'échappait, je frémis d'y penser.

Ainsi donc en va-t-il, avec le soleil tout là-haut dans le ciel et moi tout en bas à songer aux lions tandis que le vent qui souffle du sud-est semble chargé d'une odeur sinon de rédemption, au moins de renouveau – ne serait-ce d'ailleurs pas bientôt Pâques? –, lorsque j'entends Andrea m'appeler par mon nom. L'événement est remarquable en soi, vu qu'il n'est pas loin de quatre heures avant midi et qu'elle ne s'est jamais levée aussi tôt depuis qu'elle s'est réinsérée dans ma vie étriquée en novembre dernier. Elle porte une longue robe blanche qui ondule, avec décolleté plongeant et une demi-douzaine de colliers de perles multicolores qui rappellent l'époque des hippies, elle soulève l'ourlet de sa robe pour l'empêcher de traîner dans la boue et file sur ses bottines en caoutchouc avec une grâce et une légèreté qu'on ne s'attendrait pas à trouver chez une femme de son âge. Je la regarde se diriger vers moi, et dois avoir l'air frappé de stupeur (l'espace d'un instant, je ne suis même plus très sûr de savoir qui je suis ou dans quelle vie je me trouve), puis je vois sa bouche qui bouge, remarque son rouge à lèvres et l'entends dire :

— C'est donc là que tu étais.

J'arrache une de mes chaussures à l'étau de la boue et la lui montre du doigt.

— Je fais le tour du nouvel enclos à lions.

Elle a porté une main à son front pour se protéger les yeux du soleil.

— Tu n'as pas oublié de mettre de la crème solaire, dit-elle.

Puis, sans me laisser le temps de répondre, elle ajoute :

— Tu devrais aussi mettre un chapeau. Combien de carcinomes t'es-tu fait enlever? Vingt-deux? Vingt-cinq?

Ceci en passant : elle ne porte pas de masque de gaze, ni moi non plus. Pas plus que Mac, Chuy, April Wind ou qui que ce soit d'autre dans la maison. Nous avons tous renoncé à ces âneries en janvier dernier, lorsque la télé nous a informés que les rumeurs de mucosa n'étaient que ça : des rumeurs. Il semblerait qu'il y ait eu une explosion de rhume ordinaire sur la Côte Est, mais due à une souche nouvelle et particulièrement virulente (des gens en sont morts, essentiellement des vieux-vieux, mais ce n'était quand même qu'un rhume), et un certain degré d'hystérie était inévitable. Mac a continué à nous imposer ce truc pendant une semaine ou deux après confirmation de la nouvelle, mais nous avons tous été soulagés le jour où il s'est enfin montré au repas en nous laissant voir l'arête de son nez et ses lèvres minces et rose saumon pâle. Je me rappelle encore le sentiment de libération que j'ai éprouvé en m'arrachant mon masque puant de la figure et en plantant mes crocs chirurgicalement assistés dans un gros burrito chili-cheese bien élastique sans plus avoir à m'inquiéter d'avaler une bouchée de gaze avec.

— Et c'est ça que t'es venue me dire ? lui renvoyé-je, et oui, je suis agacé, juste un peu, parce que je sais qu'elle a raison.

— Non, me répond-elle d'une voix douce, et elle s'approche de moi en gargouillant des bottes et me prend dans ses grands bras. Je voulais juste te dire qu'on aura des œufs au petit déjeuner.

— Des œufs ?

On n'a plus revu quoi que ce soit d'approchant, même vaguement, depuis le début des tempêtes – au diable le cholestérol, je m'imagine déjà devant trois œufs en omelette craquante et dorée ou non, tiens : je me les fais pochés et bien baveux, pour en avoir vraiment le goût dans la bouche.

— Mais où les as-tu trouvés ?

Elle s'écarte de moi et me coule un petit sourire rusé, puis d'un geste du menton elle me montre les appartements en ruine en face de nous. Les deux bâtiments qui se sont effondrés en novembre dernier se sont peu à peu enfoncés dans la gadoue pour y laisser comme une traînée de divans, d'appareils de gymnastique et de périphériques vidéo délabrés qui souillent la berge opposée sous l'éclat scintillant du soleil.

— Le bon vieux système du troc, me confie-t-elle. Il y a un gamin là-bas... non, écoute, un vrai gamin, à peine s'il a quarante-cinq ans... qui dit être un grand fan de Pulchris... il est allé à tous ses concerts, il lui a piqué tous ses enregistrements sur le Net, tu vois le genre...

Je souris.

— Et il a des poules.

— Il ne voulait pas d'argent, mais April lui a filé deux ou trois vieux T-shirts de tournées, avec la permission de Mac, bien sûr...

— Rien de tel que de vivre sur son passé, lui renvoyé-je, et je passe mon bras dans le sien et nous revenons à la maison en pataugeant à travers le jardin, comme inondés de soleil.

Le soleil : je me rappelle qu'il n'y en avait pas beaucoup l'hiver où Sierra grimpa dans son arbre. Cette année-là, El Niño s'était vraiment déchaîné contre nous – une tempête chassait l'autre le long de la côte, les rivières débordaient, les routes étaient emportées par les eaux et coulées de boue, lames de fond errantes, fatigue de l'essuie-glace, plic ploc, plic ploc, plic ploc, tout le monde était aussi déprimé que les Suédois. Et personne n'aimait ça, sauf, peut-être, les surfers. Et la Coast Lumber. De fait, elle adorait. Elle n'aurait pas été plus heureuse si elle avait elle-même commandé le temps qu'il faisait à la météo. Une enlaceuse d'arbres du nom de Sierra Tierwater, vingt et un ans et parfaitement inconnue (elle n'avait pas de père, c'était certain), était entrée illégalement dans une de ses grandes cathédrales de séquoias et la presse n'attendait qu'une chose : que la direction envoie deux ou trois malfrats à la fille pour la faire descendre de son arbre, le plus brutalement possible, de préférence. Sauf qu'on n'allait rien faire de pareil. Pourquoi se donner cette peine ? Pourquoi lui tendre la moindre perche ? Il n'y avait qu'à bien se caler dans son bureau lambrissé et attendre que le mauvais temps se charge d'elle. Après, sans faire de vagues et pendant que les écolo-cinglés et autres fous de fossiles se terreraient dans leurs appartements en regardant la pluie dégouliner sur les fenêtres, on aurait tout loisir d'abattre l'arbre, et le reste avec, et d'ainsi mettre fin à ces manifestations une bonne fois pour toutes.

Le premier soir, celui où j'avais pris la voiture pour aller la sauver de la tempête, j'étais tellement désorienté que j'aurais été incapable de la trouver même si elle s'était tenue derrière la caisse enregistreuse d'une supérette 7-Eleven tout éclairée sous les arbres. Tout ce que j'avais réussi à faire avait été d'ajouter à mon quota d'angoisse et, le nez sur mes peurs et ma foi en déperdition, de vivre une énième et sombre nuit de l'âme. Saoul, j'errai en vacillant dans le cimetière des arbres tandis que le vent hurlait et que les branches tombaient. Je ne sais pas combien de temps je restai dehors, mais je fus soulagé lorsque enfin je retrouvai le chemin de ma voiture, même si celle-ci s'était enlisée dans la boue jusqu'au châssis et que de ce côté-là non plus il n'y avait guère d'espoir. J'avais des élancements dans la tête et la gorge aussi sèche que si on me l'avait travaillée à la ponceuse à bande une nuit entière et j'étais trempé jusqu'aux os. Et pris de vertiges. Et de nausées. De frissons qui me dévastaient. J'ôtai mes habits (mes chaussettes étaient mouillées comme des poissons, mes sous-vêtements tenaient du chiffon avec lequel on nettoie la cuvette des WC), puis, en me disant Sierra, Sierra, je m'enroulai dans le sac de couchage sarcophage d'Andrea et m'endormis sur-le-champ.

Le matin ne fut guère différent de la nuit qui l'avait précédé. La pluie tombait sans raison ni rancœur, une rivière invisible se déchaînait non loin de là et ma voiture s'était bien calée dans la boue. Il se peut que la lumière ait été quantitativement différente, comme un suintement de visibilité qui se serait faufilé peu à peu dans les ténèbres, mais ça n'allait pas loin. J'enfilai des chaussettes froides et mouillées, des jeans mouillés, de grosses chaussures mouillées, un T-shirt tout aussi mouillé, un pull-over et un coupe-vent et partis chercher ma fille. Cette fois, je filai droit sur son arbre.

Huit séquoias composaient le bosquet où elle se trouvait, deux d'entre eux joints à la base et noircis par un incendie qui avait balafré le tronc du sien, la forêt de cèdres, de sapins, de ponderosas et d'autres espèces de pins formant un labyrinthe de troncs qui rayonnaient à travers les collines. Sauf à l'ouest, où l'on voyait affleurer la terre, et où ce n'était que débris et souches à perte de vue. Ce bosquet était le prochain sur le plan d'abattage et ma fille – si elle vivait encore et n'avait pas été réduite à un tas de peau lacérée et d'os brisés balancé du haut de son arbre comme un ballon rempli d'eau – était fermement décidée à empêcher cette profanation. J'en étais fier pour elle, mais je me méfiais. Et avais peur. Je me penchai vers le tronc sombre et mouillé de son arbre et levai la tête vers le ciel ; sa plate-forme, l'espèce de plaque de contreplaqué ombreuse jetée entre deux énormes branches et retenue par de la corde en nylon, était toujours là. Je m'écartai de l'arbre d'une poussée afin d'avoir un meilleur angle de vision, clignai des yeux sous les gouttes de pluie qui tombaient et vis la tache orange aniline éclatante de sa tente trembler dans le vent telle la vague qui chevauche une mer furibonde. Elle était là-haut ! Elle était vivante !

— Sierra ! criai-je en mettant mes mains en porte-voix.

Une bourrasque secoua la cime des arbres, son séquoia en étant si fort secoué que j'en sentis les vibrations sous mes pieds. Je levai de nouveau la tête et oui, là elle était, son visage comme une lointaine éclaboussure de blanc étirée vers le bas dans le fouillis d'aiguilles vertes qui fusait dans le ciel. Puis ce fut sa voix qui, giflée par les vents et assaillie par la pluie, redescendit vers moi comme une feuille qui tombe.

— Papa ! cria-t-elle. Papa !

Mon cœur se brisait, mais elle souriait, et vraiment, si du moins je voyais clair et même à cette époque-là mes yeux n'étaient pas quelque chose dont j'aurais pu me vanter.

— Sierra ! hurlai-je encore, et j'eus l'impression qu'on m'avait retourné comme un gant.

Je n'avais pas envie qu'elle soit là-haut. J'avais envie d'y être avec elle. J'avais envie de faire sauter la Coast Lumber, de neutraliser tous ses gros engins et d'étrangler ses actionnaires.

— Ma chérie ! criai-je, et ma voix se cassa. Tu veux descendre ?

J'eus le sentiment que sa réponse mettait une heure à dériver jusqu'à moi. Le séquoia tremblait, la pluie battait, mon cœur était comme un disque d'acier coincé au fond de ma gorge, mais sa réponse fut non.

— Non ! cria-t-elle en mettant elle aussi ses mains fines en porte-voix autour de sa bouche pour que tout soit bien clair. Non !

Son message redescendit vers moi avec la pluie.

J'étais son père. Je la connaissais, j'entendis la détermination qu'il y avait dans sa voix, le fanatisme même : elle ne redescendrait pas, pas aujourd'hui, et il ne servirait à rien de discuter.

— Demain ? Non ? lui renvoyai-je en ayant déjà mal au cou à force de renverser la tête en arrière pour la voir. Au moins jusqu'à ce que la pluie s'arrête ? Tu pourras toujours remonter après... dès que le temps se sera amélioré ?

De nouveau sa réponse redescendit, comme en dérivant, jusqu'à moi et, cette fois, sous la forme d'un long cri de protestation.

— No-on-on-on-on-on !

Bon d'accord, mais... avait-elle besoin de quelque chose ?

— As-tu besoin de quoi que ce soit ? hurlai-je.

La pluie me dégoulinait dans le dos. Je tremblais de manière spasmodique. J'avais la gorge en feu. Et mal à la tête. Bientôt elle aurait besoin de toutes sortes de choses : d'un WC chimique, de livres, de revues, de fournitures de dessin, d'un téléphone cellulaire, de combustible pour son poêle de camping, d'un harnais pour pouvoir redescendre jusqu'à dix mètres du sol telle une grande araignée toute pâle et donner les interviews incessantes qu'allait générer sa croisade. Mais pour l'heure, en ce premier matin de sa nouvelle vie de créature arboricole – bizarrerie de l'évolution, elle était devenue *Mulier sapiens* en âge de procréer, mais dont les impératifs biologiques devraient attendre vu que ses pieds ne touchaient plus jamais le sol –, elle n'avait besoin de rien. Hormis d'un petit service.

— Tu pourrais me rendre un service ? me cria-t-elle du drapeau blanc et flottant de son visage.

— Oui, répondis-je en criant et poussant fort sur mon cou avant de lui trouver une inclinaison moins incendiaire en m'écartant de l'arbre. Tout ce que tu veux !

— Garde-moi ça ! me renvoya-t-elle, et brusquement deux choses, oblongues et gris pâle rayé de blanc, s'envolèrent pour tomber à mes pieds.

Il me fallut une bonne minute pour les reconnaître, même après qu'ils se furent écrasés l'un après l'autre sur le tuf, à moins de cinquante centimètres de l'endroit où je me tenais. Poum, fit le premier objet en atterrissant, puis ce fut le deuxième qui s'abattit telle une décision irrévocable. C'étaient ses chaussures. Les chaussures de ma fille. Ses chaussures de course, ses chaussures de marche, celles avec lesquelles elle vivait et respirait, les choses mêmes qui la reliaient à la terre. Mais là, en ce premier matin, voilà qu'elle me les jetait dessus du haut de son arbre parce qu'elle n'en aurait plus besoin, jamais.

Des œufs ! La simplicité même, le genre de choses qu'on tenait pour acquis dans l'ancien temps, brouillés, à la coque, au plat avec des pommes de terre sautées à côté, la base intangible de toute la bouffe dans les petits bouis-bouis d'Amérique. C'était avec ça que j'avais grandi avant qu'on découvre tout le mal que ça faisait aux artères, c'était aussi avec ça qu'avait grandi ma fille pour la simple raison qu'il lui fallait bien trouver ses protéines quelque part. Mais pendant le siège, je l'ai dit, ils étaient devenus rares « Chez Pulchris ». Au début, quinze jours durant ou à peu près, la cuisinière – à propos : elle s'appelle Fatima et son mari Zulfikar – nous avait servi des omelettes et du pain cuit de frais, puis, les œufs ayant disparu, nous étions passés à la viande, au riz et aux légumes en conserve. Oh certes, au commencement, le grand Al était arrivé à passer une ou deux fois de l'autre côté de la rivière, mais les rayons des supermarchés étaient déjà vides – il n'y restait plus que de la farine de maïs et des betteraves en saumure –, et après, l'Olfputt même étant incapable de résister au courant, nous étions restés enfermés et nous étions débrouillés avec ce que nous avions. C'est dire si j'attends mes œufs avec impatience, même si je dois les saucer avec des *chapatis*[1] en guise de pain grillé ! Je me débarrasse de mes chaussures à l'entrée, me passe un peu d'eau sur la figure, change de chemise et enfile la veste de tournée en satin que Mac m'a offerte lorsque je me suis retrouvé à court de vêtements il y a un mois. Le soleil inonde les fenêtres et je sifflote, oui : je sifflote, *Chevauche ton poney, chevauche ton poney*, en me regardant dans la glace et m'aspergeant d'after-shave à trois cents dollars l'once, propriété de Mac.

Il s'avère que nous devons nous retrouver au troisième étage, dans la salle Gangsta Rap, pour un brunch officiel : Mac a une annonce à nous faire. Son bras joliment niché dans le creux de mon coude, Andrea monte dans l'ascenseur avec moi et déjà je devine ce qu'il va nous dire : il s'en va. Dans le Nord pour y passer l'été, à Fairbanks ou Winnipeg, peut-être même dans une des grandes stations balnéaires d'Hokkaido. Il empruntera un

1. Galettes de pain indien cuites sur une plaque chauffante. (N.d.T.)

hélicoptère et emmènera les Al avec lui (pas trop tôt pour le plus petit, qui a dû prendre une bonne quinzaine de kilos de graisse depuis le début des pluies). Pas de problème, ça ne me dérange pas. Du moment que j'ai son accord formel pour reconstruire, qu'il aille même s'installer sur la face cachée de la lune ne me ferait rien. Et ce n'est pas que je n'aimerais pas sa compagnie, ne vous méprenez pas sur ce point, mais Mac, c'est Mac, et ça veut dire jouer les globe-trotters. Ça veut dire tous les excès. Ça veut dire Mac à Reykjavik ou Edimbourg, à une table de jeu ou, une starlette accrochée à son bras, dans quelque restaurant où on sert du thon *garni** ou de la lotte de vingt ans à trois mille dollars le plat. Je n'y fais plus attention.

Toujours est-il que je me sens bien lorsque, comme en glissant, je franchis la porte de la salle à manger : le soleil brille, il y a des œufs au menu, l'avenir resplendit. Le couvert est mis pour six personnes (Chuy ne mange jamais avec nous même si, démocrate et humanitaire comme il l'est, Mac n'y verrait aucune objection, j'en suis certain), nous arrivons les premiers, bientôt suivis par April Wind.

— Mais bonjouououour, Ty! gazouille-t-elle comme si elle ne m'avait pas vu depuis des mois, et dans l'instant elle se penche en avant pour déposer un bisou sur la joue d'Andrea avant de s'asseoir au bout de la table, à côté de la place réservée à Mac.

C'est qu'elle a passé un sacré hiver, la naine gazouillante en robe taille nourrisson! Taper ainsi page après page de son livre sur Sierra (provisoirement intitulé : *Par amour des arbres*) et de sa biographie romancée de Mac Pulchris. Non, vous ne rêvez pas. Mac et elle se sont trouvé un terrain d'entente dans la constellation du zodiaque, le panthéisme, la médecine holistique, le yin et le yang et l'univers androgyne, sans oublier les cristaux magiques, mais bon : vu qu'elle est la seule femme de moins de soixante-sept ans à avoir échoué dans l'île Pulchris, peut-être était-il inévitable qu'elle attire son attention. Pas qu'il ne serait pas regardant. Mais pratique, ça, oui.

Il y a du jus d'orange sur la table (pressé de frais, dans un pichet en verre), et encore une assiette de *chapatis* et d'autres de lime en saumure et de chutney à la mangue, plus deux bouteilles de champagne dans des seaux à glace, des kiwis, des bananes et des kumquats de nos vergers inondés. Je me verse un verre de jus d'orange, détortille le fil de fer du bouchon et ouvre une bouteille de Mumm, Cordon Rouge, 1999, des chais Pulchris.

— Alors, demandé-je à April Wind en la regardant d'un drôle d'air, et ce livre ?

— Tu m'en donnes un peu, Ty ?

Andrea. Elle veut du champagne (et qui pourrait le lui reprocher après tout ce tord-boyaux de saké qu'elle a avalé ?), mais elle veut aussi détourner la conversation. Elle se penche en avant et incline son verre sous le goulot de la bouteille de champagne pendant que je verse. Difficile de deviner à quoi elle pense, mais je dirais que si elle avait à choisir entre April Wind et moi, ce serait moi qu'elle flanquerait à la porte. Et ça fait mal. Vraiment.

— April ? dis-je en haussant les sourcils et lui tendant la bouteille.

— Non, merci.

Elle a l'air d'une enfant décrépite avec ses cheveux tout noirs et tout plats, ses yeux vaguement asiatiques et sa bouche sans rouge à lèvres. Elle semble serrer les épaules, ce qui les fait paraître encore plus étroites, ses mains sont croisées devant elle et son totem lui pend au cou dans son petit sac lamentable. Qu'est-ce que Mac peut bien lui trouver ?

Je fais claquer mes lèvres et dilue mon champagne avec une giclée de jus d'orange.

— Alors, ça marche, ce bouquin ? répété-je, et je crois entendre la voix de mon père, le ton à demi moqueur qu'il prenait en entrant dans la cuisine pour remplir son verre et me trouvant assis à la table avec mes devoirs du soir répandus devant moi comme autant de détritus. « *Nou ?* » lançait-il en yiddish.

April Wind baisse la tête. Hausse les épaules. Me tend son verre pour que j'y verse du jus d'orange, puis me répond :

— Aussi bien que possible.

— Des éditeurs qui se battraient à ta porte pour te publier ?

— Arrête, Ty ! me lance Andrea en échangeant un regard avec elle et ce regard veut dire : « Excuse-le, il fait chier », et bien sûr que je fais chier – c'est mon sang à moi qui coule sur ces pages, le mien et celui de ma fille.

— Qu'est-ce qu'on fête ? reprend April Wind de sa petite voix flûtée d'enfant de maternelle, et je ne peux pas m'empêcher de lui rétorquer « Le départ de Mac », rien que pour avoir le plaisir de voir sa figure tomber en morceaux.

— T'en sais rien, Ty ! s'écrie Andrea, et sa voix est dure, et du côté de qui pensez-vous qu'elle soit ?

— Tu veux parier ? Tu crois peut-être le connaître après... quoi ? quatre-cinq mois ? mais moi, ça fait dix ans que je suis avec lui et je sais très bien qu'il commence à avoir des fourmis dans les jambes, c'est forcé. S'il n'avait pas fait ce temps-là et s'il n'y avait pas eu cette histoire de mucosa, il serait déjà parti depuis des mois, crois-moi.

Sur quoi, la porte s'ouvre d'un coup, comme au théâtre, et qui est-ce qui entre sinon lui, Mac, avec chapeau, lunettes de soleil et fouets d'anguilles, et les deux Al qui le flanquent ?

— Qu'est-ce qui se passe, les mecs ? chante-t-il en ouvrant grand les bras. Vous le trouvez pas génial, ce grand soleil ? C'est pas beau, ça ? Et on ne le mériterait pas, peut-être ?

Les Al ont connu des jours meilleurs. Dans leurs yeux ce ne sont que tables de vingt-et-un, que serveuses de cocktails et champs de courses qui les hantent, et leur peau a la couleur du bouillon de culture dans la boîte de Petri. Le grand a été lutteur professionnel à l'époque où on s'intéressait encore à ces choses, le petit, je l'ai dit, a pris tellement de poids qu'il n'en a même plus l'air humain. Ils s'installent, lourdement et sans joie.

Mac, lui, est tout sourires. Il déborde de toutes les émotions qui font défaut à ses gardes du corps, tellement même que pendant une minute je me demande s'il ne va pas arracher le buste de Chuck D[1] à son piédestal et se mettre à valser avec tout autour de la salle, mais non : il se pose sur sa chaise à la place d'honneur et déroule sa serviette d'un petit geste expert du poignet.

— Il y aurait donc des œufs, à ce que j'entends ? roucoule-t-il en nous gratifiant de son célèbre sourire. Comme quand Mama nous fouettait une omelette quand on était huit à table à Detroit, oui, oui, absolument, c'était des œufs qu'on avait matin, midi et soir, et maintenant, c'est un luxe, qu'est-ce que vous dites de ça ?!

Avant que quiconque ait pu lui répondre, April Wind respire

---

1. Chanteur du groupe Public Enemy. (N.d.T.)

un grand coup et ça s'entend, on dirait l'inspiration aiguë, hurlante et vite étouffée du bébé dans son berceau, avant de demander :

— C'est vrai, Mac ?

Mac tourne la tête vers moi, ses verres fumés réfléchissent la lumière du lustre en un éclair d'argent empoisonné, puis il revient sur April Wind et je ne peux pas m'empêcher de songer au petit sourire de satisfaction tout pincé qu'elle avait sur la figure le matin où je l'ai surprise en train de s'éclipser de la chambre de Mac, sans parler de la fois où il l'a tenue sur ses genoux telle une marionnette de ventriloque pendant toute la projection de *Soleil Vert* dans sa salle privée. Bien, me dis-je, elle ne l'a pas volé. Et d'ailleurs, qui c'est, cette espèce de fouine, et comment a-t-elle fait pour se faufiler jusqu'ici ?

La réponse qu'il lui fait est tellement murmurée, tellement douce et susurrante avec un rien de cheveu sur la langue que c'est à peine si mes oreilles de vieillard parviennent à l'entendre.

— Si tu veux dire ce que je crois que tu veux dire, mon bébé, ben oui, c'est vrai : on se tire... Al, Al et moi... cet après-midi. Voyage d'affaires. Dans le Nord. Vous pouvez tous rester ici et oui, tout sera reconstruit, alors, c'est pas la peine de t'inquiéter, Ty... tu sais bien que pour rien au monde je ne sacrifierais une seule de ces douces et précieuses créatures là-bas en bas.

April Wind aimerait beaucoup en dire un wagon de plus, je le vois, invoquer les esprits des arbres et autres dieux animistes, parler auras et cristaux magiques, battre le rappel de toutes les forces du gnangnan pour s'attacher Mac, et nous avec, mais elle se contente de lui décocher un regard suppliant et remballe son discours pour plus tard, quand elle pourra le coincer et l'avoir à elle toute seule. Je ne suis pas homme à parier, mais je ne lui donne pas une chance sur dix d'avoir une place dans l'hélico lorsqu'il s'arrachera à la boue avec notre dieu en résidence à son bord. Au revoir, Mac, me dis-je, et passons à la suite.

Jusqu'à ce moment-là, les événements sont encore assez clairs dans ma tête, le champagne, la promesse d'avoir des œufs frits au beurre, Mac, April Wind, Andrea, les deux Al, tout cela a été bien sauvegardé dans le disque dur de ma mémoire de vieillard. Mais le reste, je le crains, est plein de trous et de plages effacées. Le choc, sans doute, et la mémoire sélective, le matériel réprimé, les événements si bruts et horribles qu'on ne peut pas les admettre. Pour le meilleur ou le pire, voici ce que j'arrive encore à me rappeler :

Fatima, tout en noir, qui pousse les portes battantes de la cuisine supérieure – rien de plus, en réalité, qu'une pièce où l'on réchauffe la nourriture (elle est reliée à la cuisine principale et à l'incinérateur de la cave par un monte-plats) –, Zulfikar se tenant juste derrière elle avec sa toque blanche et son tablier couvert de taches. Ils tiennent tous les deux un grand poêlon en argent dans la main, arôme familier et comme d'ambroisie qui me ramène à l'époque de ma mère et de ma grand-mère, aux cuisines d'antan, mais non : ces œufs, je ne les sens plus dans ma bouche et donc, je ne crois pas que nous soyons allés jusque-là. Je revois les grands poêlons en argent au milieu de la table, les yeux de Fatima, ils sont noirs et en creux derrière l'ouverture de son tchador, et là, aussi incongru que ça puisse paraître, je vois Dents-de-lion qui remonte de la cave par le conduit du monte-plats, avec une espèce de cran et d'invention toute léonine que j'admirerais sans doute beaucoup en d'autres circonstances. Et voyez-moi le tableau : quatre cents livres et quelque de félin décidé, avec feu tout jaune et brûlant dans ses yeux, crinière qui lui ballotte à l'arrière du crâne comme une moumoute qui n'a pas la bonne taille, pattes grêles d'araignée et griffes sorties. Il défie la gravité. Il est muet absolument, il ne fait aucun bruit, à peine si on entend le crissement de ses griffes recourbées qui cherchent une prise. Dents-de-lion. Qui grimpe.

Les portes qui s'ouvrent de nouveau, juste derrière Fatima, comme si elle avait un autre domestique sur les talons, comme si, currys et tikka d'agneau, flétan décongelé à la sauce de cardamome, mets fins et autres délices inattendues, il y avait plus que des œufs à ce festin... sauf que ces portes, ce n'est pas un humain qui les a ouvertes. Je ne sais pas qui fut le premier à le remarquer. Je me rappelle avoir levé la tête, je me rappelle la porte qui bougeait et je me rappelle avoir vu Dents-de-lion. L'avoir senti. Un lion à la porte : ç'aurait pu être un tour que me jouait la lumière, on ôte ses lunettes et on les essuie sur sa manche, ou on s'en fait prescrire une autre paire au plus vite, mais cette odeur-là ne prête pas à discussion. Cette odeur-là est immémoriale. Cette odeur-là est l'odeur de la mort.

Dans la nature, quand il y en avait encore une, les lions tuaient leurs proies par suffocation. Ils mettaient un zèbre ou un gnou, voire un buffle du Cap, à genoux, puis ils lui plantaient leurs crocs dans la gorge ou, plus généralement, dans la gueule et les naseaux jusqu'au moment où l'animal cessait de bouger. Quand ils s'attaquaient aux humains, ils le faisaient le plus souvent la nuit, en déchirant les parois d'une tente ou d'une hutte à coups de dents avant d'attraper leurs victimes par le crâne, qu'ils brisaient instantanément. Si jamais la proie se réveillait ou si le lion ratait son coup, ça tournait au vilain. Alors les griffes entraient en action et la victime était traînée dehors toute hurlante dans la nuit. Evidemment, lorsque le hasard voulait qu'il y ait rencontre dans le bush, il n'y avait rien à parier. Le lion faisait ce que font les lions.

Est-ce un grondement que j'entends ? Un aboiement ? Je ne sais pas, mais j'ai posé la main sur le bras d'Andrea et la tire maladroitement sous la table, des chaises grincent, quelqu'un pousse un cri, Dieu Lui-même est invoqué par un des Al, celui qui va se faire ouvrir en deux comme une pastèque, tandis qu'en feulant et rugissant Dents-de-lion se dirige sur Mac. Pourquoi lui ? me demandé-je en me ruant sur la porte avec Andrea en remorque, tandis qu'April pousse des hurlements et que le dernier Al essaie de sortir un petit pistolet ridicule du holster en cuir qu'il a sous le bras, mais penser n'est pas de ces choses qu'on pratique énormément dans ce genre de circonstances. A eux seuls, les rugissements qui s'élèvent suffiraient à glacer le cœur de quiconque et je n'ai encore jamais vu Dents-de-lion dans cet état – quelle excitation ! quelle méchanceté ! qu'est-ce qu'il tourbillonne, mord et donne des coups de griffes à droite et à gauche ! Et bien sûr, il y a le sang. Et pire, Mac, Mac, notre bienfaiteur, Mac, celui qui nous fournit viande, argent, soins médicaux et camaraderie, Mac, l'ami véritable et bienveillant des animaux, Mac qui gît là, parfaitement immobile dans le berceau de sa chaise renversée. Son chapeau a disparu, ses lunettes sont écrabouillées, ses fouets d'anguilles lui aspirent le sang du crâne telles les pointes rouge vif des pinceaux du peintre. Andrea me hurle quelque chose à l'oreille et la porte du couloir se referme fermement sur la scène, la grosse carabine de Ratchiss se trouve tout en bas au rez-de-chaussée, plus d'espoir pour quiconque ou quoi que ce soit en ce monde.

TROISIÈME PARTIE

La faune et la flore en Amérique

Lompoc – Los Angeles, septembre-octobre 1991

Ce ne pouvait être qu'une des plus étranges transformations qui soient : de l'étui pénien et d'horizons sans limites il était passé à la tenue en coton du détenu, au grillage à mailles d'acier de quatre mètres de haut avec barbelés lames de rasoir tendus par-dessus. Il laissa pendre ses jambes au bord de la couchette supérieure de la chambre (de la chambre, pas de la cellule) qu'il partageait avec Bill Driscoll, grand pilleur de portefeuilles d'actions, virtuose de l'escroquerie et détrousseur de petits vieux par tout le territoire des Etats-Unis, et tourna et retourna la question dans sa tête. Les trois quarts des délinquants, en col blanc ou bleu, étaient ou bien pris la main dans le sac ou bien appréhendés dans leurs lits à quatre heures du matin, mais combien pouvait-il donc y en avoir à être d'un seul coup d'un seul passés de l'état de nature à celui de civilisation et d'incarcération ? Il se vit en desperado du grand Ouest un jour penché sur son ragoût de gros lièvre sauvage et le lendemain jeté dans la prison du territoire de Yuma. S'imagina bushman traqué à cheval et converti en esclave par ses maîtres boers. Plus poignant encore, il se prit pour un animal capturé en pleine nature, disons un des orangs-outangs d'Oncle Sol arraché à son arbre et mordant furieusement le grillage incompréhensible d'une cage, l'éléphant piégé dans le *kraal* et enchaîné à son entrave, l'aigle dont soudain on a coupé les ailes.

Mais s'il avait l'impression d'être un animal, celui-ci n'était ni une bête sauvage ni même seulement un chien errant, non, c'était un animal entièrement domestiqué, le petit poney avec son museau dans la musette de picotin, le toutou gonflé de bouffe qui s'est enroulé sur le tapis devant la cheminée. Trente jours durant l'année d'avant, il avait vécu de racines, d'insectes et de poissons pas plus longs que son index, aussitôt qu'on l'avait enfermé, il avait mangé comme quatre, du poulet frit et de la purée, du Boston à la crème, des sandwiches à la viande hachée dégoulinants de sauce, de la pizza, des spaghettis, des frites et des rondelles d'oignons en beignets, jusqu'à des trois louches d'ice-cream avec du chocolat fondu et une cannette de *root beer* pour faire descendre. Pour la première fois de sa vie, il avait du ventre et même, même, deux trucs qui ressemblaient à des fesses pour remplir son pantalon de prisonnier. Il y avait ça, et aussi le fait que le régime n'était guère plus sévère dans cet endroit, le « Club Fed » qu'ils appelaient ça, que dans un camp de scouts. Sauf que les boy-scouts, eux, pouvaient rentrer chez eux et que, quel que fût l'angle sous lequel on envisageait les choses, il était bel et bien toujours en prison, enfermé, incarcéré, séparé de sa femme, de sa fille, de son carnet de chèques et de la Cause, et qu'il n'avait rien fait pour le mériter.

Ils avaient voulu lui coller l'incendie sur le dos, et aussi la destruction de tous les engins de prix appartenant à la Coast Lumber, mais il s'était mis en colère et, furibond, avait tout nié avec la fureur pharisaïque de celui qu'on accuse faussement et, bien sûr, ils n'avaient pas de preuves. Pas la queue d'une. Ils avaient certes permis à Quinn de se mêler aux interrogatoires et, voix râpeuse, tête qui branle et bonhomme qui ne cesse de se gratter, Quinn était certain de sa culpabilité et avait tout fait pour pousser le procureur et les enquêteurs fédéraux à allonger la liste des charges retenues contre lui. Mais on ne l'avait pas suivi. Tierwater avait plaidé coupable de kidnapping et de franchissement de frontières pour fuir la justice, selon les termes de l'accord négocié par Fred et son équipe de pousse-papiers aux yeux fous, les autres charges qui pesaient contre lui étant abandonnées aussi bien au niveau fédéral qu'à celui des tribunaux d'Etat. Il avait été condamné à trois cent soixante jours de détention à la prison fédérale de Lompoc, sa peine d'Etat étant confondue avec celle que lui avait infligée le tribunal fédéral.

Au début, il avait été heureux de sortir de sa tanière, heureux de retrouver tout bêtement un lit le soir et de suivre les odeurs de cuisine jusqu'au réfectoire trois fois par jour. Mort à tout le reste, il avait l'impression de récupérer après une maladie grave. Il ne voyait même pas les autres détenus, ne voyait ni leurs pieds qui traînaient ni leurs visages figés par la peur, la concupiscence, la rage et la haine. Il ne voyait que son assiette, que la nourriture qui s'y trouvait, la barre de Twix et de Milky Way à l'intendance de la prison. Ça n'avait pas duré. Disons quatre ou cinq jours. Une semaine. Après, il avait commencé à remarquer les gardes comme s'ils sortaient d'un rêve, il avait vu la grille, les barreaux aux fenêtres, les airs rusés et je-sais-tout qu'on arborait autour de lui comme des masques accrochés à un mur. Tierwater était un criminel. Tierwater était en prison. Et si l'on avait vite appris à s'écarter de son chemin et si encore il y avait des cours de tout, ça allait du bouddhisme zen à la mécanique automobile en passant par l'écriture, et trois courts de tennis goudronnés et une salle de musculation à sa disposition, son incarcération avait commencé à tellement le ronger qu'il avait maintenant toutes les peines du monde à dormir la nuit. C'était ça que lui avait fait le système. La machine. Le progrès.

Pas un jour qui ne fût une éternité, mais pas du tout à la manière de ceux, tout en chatoiements et inconsciences, qu'il avait vécus dans la nature quand, ses sens en feu, il n'était plus une feuille qui en bruissant ne lui hurlât « Bouffer ! Bouffer ! » dans les oreilles, mais à celle qui stupéfie, qui projette un ennui si noir et visqueux qu'on en dirait de la boue versée à plein entonnoir dans un récipient minuscule. Il lisait, il dormait, il regardait la télé avec les autres crétins émasculés. Par désespoir, et parce que Fred lui avait dit que c'était susceptible d'écourter sa peine (rien de tel ne s'était produit), il avait suivi un cours intitulé « Le Salut par l'Expression de Soi et le Paradoxe du Moi » et donné par un poète amer et jamais publié qui enseignait à mi-temps à la fac du coin et avouait être « attiré par l'esprit criminel ». Il imprimait des formulaires administratifs à l'atelier de la prison. Il jouait aux cartes, aux dames, aux échecs et aux petits chevaux, il mâchait du chewing-gum, montait des modèles réduits d'avions qu'Andrea lui apportait sous forme de kits. Trois fois par semaine il disputait de sauvages parties de tennis avec un jeune pilleur de banques qui, Amaury Benitez de son nom, avait été arrêté sur le pas de sa porte vingt minutes après avoir passé au guichetier un petit mot écrit au dos d'un de ses propres récépissés de dépôt de chèque. La nuit, quand la respiration de Bill Driscoll se prenait à dérailler pour dégringoler dans les tunnels tortueux du sommeil profond, il pensait à Andrea toute nue dans la nature et se masturbait dans un rêve lent qu'il faisait durer le plus longtemps qu'il pouvait.

Bah, il était enfin arrivé au bout de tout ça et devait être libéré dans vingt-six jours. Vingt-six jours. Bientôt il retrouverait une vie normale et, en prenant bien soin d'aller voir son contrôleur de conditionnelle tous les lundis, il pourrait même se tirer au beau milieu de la nuit pour aider à l'effondrement du système, et ne croyez pas qu'il n'aurait pas eu le temps d'en dresser la liste complète des acteurs principaux, de tous ceux qui en étaient les supports et accessoires mêmes, le shérif Bob Hicks, le juge Duermer et la Forestière de Siskiyou en tête. Ah! La liberté! Et à quoi donc ressemblaient les jours là-bas dehors, de l'autre côté du grillage à mailles d'acier et des fenêtres à barreaux? Il y faisait frais et grand soleil et de l'océan soufflait une brise qui sentait le varech et les clams, des vénus, ceux qu'à peine sortis du sable on coupe en petits morceaux pour la soupe.

Il se laissa glisser doucement au pied de la couchette pour ne pas réveiller Bill Driscoll qui semblait décidé à purger sa peine en dormant et se sentit bien, ressuscité, prêt à tout. C'était samedi, jour de visite, il attendait la venue d'Andrea et de Sierra en début d'après-midi. Il embrasserait son épouse, une fois dès la première minute, et une deuxième tout à la fin, comme l'exigeait le règlement, et tapoterait la main de sa fille avant de l'écouter délirer sur l'école, les garçons, le centre commercial et la manière dont elle était totalement ravie d'être enfin sortie *de ce trou de péquenauds et de toute cette histoire à la noix! Sarah Connassewater, non mais!* Il avait envie de s'ouvrir à elle, de lui dire combien elle lui manquait et comment il lui revaudrait tout ça dès qu'il serait dehors, mais il en était incapable; elle semblait toujours si muette dès qu'elle mettait le pied au parloir, comme si tout l'intimidait, y compris son père, il commençait à le sentir. Elle était en face de lui, il la regardait et ne savait plus que dire.

Il la voyait une fois par mois et chaque fois elle était différente et n'avait plus rien à voir avec la petite enfant maigrichonne et rougeaude qu'il jetait autrefois sur son épaule comme un tapis, la fillette qui moulinait furieusement son archet sur son crincrin désaccordé tandis que la lumière du soleil s'écrasait entre les arbres, ni même avec l'adolescente dégingandée qui jouait au Monopoly sur les marches du chalet de Ratchiss. Elle grandissait, et cela se passait sans lui. Quinze ans déjà et aussi grande qu'Andrea, elle avait les formes rayonnantes d'une femme, Dieu, que de choses il avait à lui dire ! Ou le croyait ! Mais il suffisait qu'elle soit là, assise en face de lui de l'autre côté de la table, et que Bill Driscoll tonne contre la nourriture et se plaigne à l'espèce de petite flinguée de la gym qui lui tenait lieu de femme tandis que la mère d'Amaury Benitez sanglotait dans un mouchoir grand comme une serviette de bain pour qu'il n'ait plus la force de lui sortir quelque bon conseil, de père ou autre.

Mais là, il remonta son pantalon, descendit le couloir d'un pas de sénateur, poussa la porte de la cour et, encore une fois stupéfié par l'immensité du ciel et la chaleur du soleil sur son visage, sentit qu'il n'avait plus rien à craindre. Vingt-six jours. Autrement dit, rien. Il allait emménager avec Andrea dans la maison qu'elle avait louée à Tarzana, il tondrait la pelouse, sortirait la poubelle, conduirait Sierra à l'école le matin et serait là quand elle rentrerait, il l'emmènerait faire des courses, s'acheter une glace, voir un film, et tout serait comme avant, avant que Teo et le shérif Bob aient débarqué dans sa vie. Voilà. Et il y avait Andrea. Il l'aimerait dans sa chair, toutes les nuits toute la nuit, et non plus seulement sur la scène de théâtre lamentable de son esprit.

Deux prisonniers se doraient au soleil adossés au mur sud du dortoir – Anthony Imbroglio, le petit gangster de Long Beach, et son nervi, un certain Johnny Taradash, une brute à tête grasse et perpétuelle grimace de mépris sur les lèvres –, il les salua d'un hochement de tête neutre, pas franchement amical mais pas irrévérencieux non plus. Parce qu'ici, rien n'était plus important que le respect. Même si la prison n'accueillait que des non-violents et des délinquants primaires, rien à voir avec les pénitenciers de haute ou même de moyenne sécurité où l'on côtoie voleurs à main armée, tueurs ou membres de tel ou tel autre gang et se voit enfermé dans des quartiers dignes d'un vieux film de

George Raft, on pouvait quand même y prendre des coups. Certes, le comptable obèse, l'escroc qui bombe le torse et le boursicoteur à pied plats et yeux enfoncés qui s'adonne au délit d'initié y abondaient, mais on y trouvait aussi des trafiquants de drogue, de solides lycéens en rupture de ban et des détenus de diverses ethnies affiliés à des gangs, Noirs, Latinos et Indiens, et tous ils avaient la haine, et tous ils faisaient des poids et haltères au lieu de s'inquiéter de leurs placements.

A la fin de la première semaine, Johnny Taradash était venu le voir et lui avait suggéré de demander à Andrea de déposer cent dollars par mois sur le compte qu'Anthony Imbroglio détenait à la First Interstate de Los Angeles... afin d'« assurer sa protection ». S'il était encore faible et maigre comme un réfugié, flot incontrôlable de colère qui le submergeait tel Blitzkrieg aux moments les plus mal choisis, Tierwater avait toujours le tempérament aussi musclé. Il lui avait dit d'aller se faire foutre, Johnny Taradash poussant alors un grand soupir de lassitude avant de mettre sa chambre en pièces en lui déchirant lentement et méthodiquement les couvertures de ses livres et lui chiffonnant ses revues, vous voyez le genre, et de le laisser quasiment pour mort sur le plancher. Le lendemain, Tierwater avait fauché une clé à molette et un tournevis à l'imprimerie et passé les trois quarts de son après-midi à ôter un des pieds en métal gris terne et tout éraflé de son bureau. Puis, le soir venu, il avait traîné sur le pas de sa porte, tandis que tourné vers le mur Driscoll gémissait dans son sommeil et que les ombres se solidifiaient dans les arbres de l'autre côté de la fenêtre, jusqu'au moment où enfin il avait aperçu la grosse tête de Johnny Taradash qui flottait dans le couloir conduisant à la salle de télé, juste derrière la forme joliment barbare de son patron. Il avait attendu. Retenu son souffle. Puis il s'était avancé d'un pas et avait frappé Johnny Taradash en pleine figure, en le poussant vers les grilles avec tout ce qu'il avait. Après ça, du respect, il en avait eu.

Il était presque arrivé au parloir lorsque, sorti de nulle part, Radovan Divac, le Serbe flingué des échecs, lui tomba dessus et exigea de faire une partie. Morose et dégingandé, le nez en pain de campagne et les yeux négligeables, Divac avait essayé de dévaliser un organisme de crédit fédéral avec un pistolet à eau.

— Allez, Ty, le supplia-t-il, je te donne la reine et tiens... le fou du roi. Cinq dolla' que tu m'bats.

— Désolé, Rado, lui renvoya-t-il en passant devant lui, mais j'ai de la visite.

Le Serbe lui montra un poing rempli de pièces noires.

— Et la tour avec... non, j'te file les deux. Allez, quoi ! Cinq dolla !

Tierwater donna son nom au garde posté à l'entrée du parloir et entra dans la longue salle à plafond bas avec sa lumière essorée, son odeur de glandes en émoi et sa poussière éternellement en suspension dans l'air. Une table segmentée divisait la pièce en deux : d'un côté, robes, maquillage, hauts talons, les femmes, avec de temps en temps un nourrisson qui gigotait ou un château branlant férocement récuré, de l'autre les détenus. Tierwater prit place sur une des deux seules chaises disponibles, tout au bout de la table, près d'un gardien qui s'appelait Timson et devait peser dans les cent cinquante kilos. De vrais arbitres que c'étaient, ces hommes titanesques, tout enflés et le visage mort : ennemis tout autant du jeu que des joueurs, c'étaient eux qui sifflaient les bonnes balles et les déclaraient mauvaises. Tierwater avait appris à ne pas en attendre grand-chose. Il écoutait un des nouveaux détenus dire à sa femme ou à sa copine comment il allait la tringler à fond dès sa sortie de taule dans six mois (*jusqu'entre les orteils, baby !*), lorsque Andrea et Sierra franchirent la porte.

Andrea portait des talons hauts et une robe verte moulante avec de fines bretelles qui découvraient ses épaules et ses bras. Jean ample, baskets et sweat-shirt avec le nom de son lycée imprimé en travers de la poitrine, Sierra se campa contre le mur derrière la porte tandis qu'un des gardiens, encore un monstre de chair tout droit sorti d'une montagne de *doughnuts* et de *Kentucky Fried Chickens*, fouillait Andrea au cas où elle aurait apporté des articles de contrebande. Du haut en bas de sa poitrine avec son détecteur de métaux, devant et derrière et maintenant vous vous tournez, sa baguette magique recréant le moindre de ses creux et renflements tandis que, ses cheveux lui tombant en travers de la figure dans un grand chatoiement de fines blondeurs, elle était au centre de toutes sortes de regards creux et affamés, pas un détenu qui ne la dévorât des yeux, pas même ceux qui avaient leur petite copine de seize ans bien enceinte posée en face d'eux comme une dalle mortuaire. Puis, tout bougeant sur elle, elle traversa la salle, et Tierwater se leva, posa ses mains à plat sur la table et se pencha en avant pour son baiser.

Le baiser : c'était la plus grosse attraction de la visite au parloir et tous les détenus en rêvaient (mais en d'autres lieux et temps) et savouraient l'odeur de la femme, et son goût, aussi longtemps qu'il était humainement possible de le faire. Et Tierwater n'était pas différent d'eux. Trois cent trente-quatre jours sans baise. C'était ce qui s'appelait payer sa dette à la société. Avec intérêts. Il s'accrocha à ses lèvres aussi longtemps que permis, puis, son érection le travaillant avec insistance, ils parlèrent de choses qui ne comptaient pas, de choses mondaines, de choses qui se passaient de l'autre côté des grilles.

— L'affaire est quasiment conclue, dit-elle.

— De quoi tu parles ? Du centre commercial ?

— Ouais. Teo connaissait quelqu'un dans l'Est... tu te rappelles ? Je t'en ai parlé la dernière fois... et le type est venu et a arrangé le coup. Pas que je voudrais dire du mal de la nana de l'agence immobilière sur qui tu t'étais fixé, mais c'était quand même qu'une conne de bas étage qu'avait autant de chances de le vendre que d'être nommée premier ministre en Chine...

— Elsa était une amie de mon père.

— Oui, bon, mais elle ne serait même pas arrivée à le vendre si ç'avait été la dernière propriété de la Côte Est. Elle était fatiguée, Ty. Elle était vieille... parce qu'enfin quoi ? Elle a quel âge ? Soixante ans ? Soixante-dix ?

— Et on en tire quoi ? Simple curiosité. C'est quand même avec ça qu'on va vivre jusqu'à la fin de nos jours. Je voudrais pas en faire tout un plat, mais...

Elle ourla les lèvres. Remua les fesses. Laissa tomber ses cheveux en travers de sa figure et les rejeta encore une fois en arrière.

— Un million trois.

L'espace d'un instant, et qu'il fut vif, il revit tout ce à quoi il avait renoncé, le Barbecue de Mongolie, anciennement teinturerie, anciennement mercerie, le vide à vitrines sales du drugstore abandonné, la boutique de modèles réduits qu'il avait fréquentée lorsqu'il n'était encore qu'un adolescent sans cervelle, le magasin de laine à tricoter, la boutique d'animaux avec ses aquariums sinistres, ses oiseaux surexcités et son odeur de mort surchauffée. Tout cela constituait un bien de premier ordre, autrefois au moins, dans les années soixante, à l'époque où son père avait fait construire. Un million trois. Un million trois, c'était mieux que rien – qui donc aurait été assez fou pour acheter ça de toute façon, même pour deux fois moins ?

— Et ça n'inclut pas le prix des bureaux et de la parcelle, disait-elle.

Il fit le calcul. Un million trois moins six cent mille dollars d'hypothèque et les quelque quarante mille de frais d'agence et de taxes diverses... ça leur laissait encore un joli paquet. Combien de tracts pourraient-ils imprimer avec une somme pareille ? Combien de canalisations pourraient-ils obstruer ?

— Ni non plus la maison, bien qu'on ait déjà une offre de départ, et la propriété au fond du lotissement, mais pour celle-là... on devrait attendre. Tu verras qu'un de ces jours elle va monter comme c'est pas possible, je le sais...

Puis ce fut le tour de Sierra. Andrea s'étant levée, elle vint prendre sa place en se traînant à travers toute la salle et se laissant choir sur sa chaise comme si elle était soudain frappée de paralysie, les autres détenus se léchant les babines et lui décochant des regards en dessous – une femme, c'en était certainement une, mais pour la moitié de ces putains de pédophiles, ça n'aurait eu aucune importance. De la chair fraîche, c'était tout ce qui les intéressait, de la chair fraîche et des orifices. Il eut envie de se lever et d'aller cogner quelqu'un. De lui faire mal. De les faire tous payer.

— Bonjour, Papa, murmura-t-elle.

Bill Driscoll avait l'air de s'être extrait de ses rêves juste à temps pour la visite. Tierwater l'entendit avant de le voir – il s'était installé trois chaises plus bas et avait posé les deux coudes sur la table, tandis que sa femme, Bunny, restait assise devant lui, si raide dans son maintien qu'on l'aurait dite clouée à son siège.

— Un peu de ceux-là, comment que ça s'appelle, déjà ? Des caramels ? tonna-t-il. Ceux qu'on s'achète à la louche au supermarché. Et les petits trucs à mâcher que j'aime bien, avec trois couches de machins dedans en plus des miettes de noix de coco. Une livre. De chaque.

— Quoi ? demanda Tierwater. Pas de bise ?

Sierra baissa la tête et regarda ses genoux ; son visage était un vrai miracle, paupières soyeuses, cils épais, noirs et sans mascara, le nez de sa mère, les yeux de Jane. Puis elle se leva, et lui aussi se leva, et tous les deux ils posèrent les mains à plat sur la table et se firent mutuellement un bisou.

— Pas de maquillage, fit-il remarquer en se rasseyant sur sa chaise. C'est à cause... (d'un hochement de tête il lui montra la longue file de détenus tassés sur leurs chaises, la plupart étaient jeunes et se penchaient sur la table comme s'ils cherchaient le vent qui allait les aspirer jusqu'à la porte et les rendre à la liberté)... d'eux ?

— Je suis végétalienne.

— Et alors ?

— Ça veut dire aucun produit animal d'aucune sorte, pas d'œufs, même pas de lait. Et le maquillage... tu sais ce qu'ils font à ces pauvres bêtes de laboratoire rien que pour tester leurs articles ? De l'eye-liner, non mais, quoi ? Tu crois vraiment qu'un lapin, que des centaines de lapins, oui, devraient mourir rien que pour nous permettre de nous cochonner les yeux ? T'as entendu parler du test de Draize ? Dis !

Il haussa les épaules.

— Ils leur mettent des trucs chimiques dans les yeux... les machins dont ils vont se servir pour faire leurs mascaras et leurs eye-liners... même qu'ils les concentrent un maximum pour voir ce qui arriverait si jamais une vieille s'en collait disons douze tonnes sur la gueule, rien que pour voir si leurs lapins et leurs souris blanches vont crever. Tu crois que c'est juste ?

Rien n'était juste. Il n'était pas juste d'injecter le virus du sida à des chimpanzés, de créer des souris dotées d'un système immunitaire d'humain ou de procéder à des coupes claires dans les sierras. Bien sûr que ce n'était pas juste. Mais rien de tout ça ne comptait au parloir.

— Fini la fin du monde ? lui lança-t-il. Et les Cure, hein ? Tous tes habits noirs... tu les as filés au club de vampires du coin ou quoi ?

— Papa ! s'écria-t-elle, et il comprit que tout allait bien.

— Tu promènes bien la chienne au moins ?

Chargée de basses, la voix de Bill Driscoll s'était élevée au-dessus de la clameur. Il aurait dû être speaker à la radio, se dit Tierwater, du genre crétin plein d'allant qui vous réveille au petit matin. Ou mieux encore, télé-évangéliste. Il en avait assurément la formation.

— Deux fois par jour comme promis ? Parce que je te le dis, moi, elle en a besoin avec sa vessie, pas question que je continue à payer des notes de vétérinaire...

— Tout va bien à l'école ? reprit Tierwater. A la maison aussi ? Tu t'entends bien avec Andrea ?

Elle acquiesça d'un signe de tête.

— Parce que t'es quand même qu'une grosse feignasse, Bunny, toujours assise sur ton cul que c'est de naissance et que si moi, je suis coincé ici et que toi, tu peux même pas lever tes fesses du canapé deux fois par jour pour aller...

— Je sors bientôt, tu sais... plus que vingt-six jours et après, ce sera comme avant, toi et moi...

— ... Et Andrea.

— Oui, et Andrea. (Il baissa la tête et inspira un coup.) Je sais que j'ai fait des trucs pas bien et que j'aurais dû faire plus attention à toi, à tes besoins, enfin, je veux dire... j'aurais dû te faire passer avant tout, mais... c'est ce que je vais faire dès que je sortirai d'ici. Promis juré.

Yeux gris, doux visage de lune, cheveux tirés en arrière et noués en une natte, les mains croisées sur les genoux, elle l'observait.

— C'est pas la peine de t'excuser, Papa. Je sais qu'il y a pas mieux que ce que tu fais... et Andrea et Teo aussi. C'est même la seule chose à faire.

Elle leva la tête tandis que Bunny Driscoll étouffait un court sanglot, puis elle reposa les yeux sur lui et ajouta :

— Pour moi, tu es un héros.

(Quelle est la première chose qu'on fait en sortant de prison ? On pousse sa femme de côté et on s'assoit au volant. De quelle voiture ? N'importe la-

quelle. Dans mon cas, ce fut la nouvelle Jeep Laredo qu'Andrea m'avait achetée sur tout le fric qu'on allait tirer de la vente ; conduire, et que cet acte est prosaïque, aller où on a envie, rouler plein sud et à fond la caisse sur la 101 et regarder défiler les collines et les arbres et voir les automobilistes respectueux du code s'évanouir derrière soi comme des feuilles dans le caniveau, fut à lui seul le plaisir le plus doux que j'avais jamais connu. Je fonçai, accélérateur au plancher, vitres baissées, radio montée au maximum, le soleil bien calé au-dessus de moi, à ma droite l'océan s'étendait, fessé de frais, aussi bleu qu'un canon de fusil. Puis ce fut le restaurant, un vrai, avec serveurs bégueules et poisson au menu – et vin, vin dans un seau à glace, là, juste à portée de main. Nous mangeâmes dehors, au soleil, puis nous allâmes au cinéma, ma femme, ma fille et moi, comme des êtres humains, des vrais. Pour finir, ce fut le retour à la maison, à notre nouvelle maison, bail de douze mois, grande pelouse, poivriers au bord de la route, dites, c'est pas bien, ça ? Puis le lit. Et la baise.)

Mais Tierwater dut affronter le défi des reporters avant de pouvoir arriver à la voiture, les caméras miniatures ronronnaient, on lui flanquait des micros dans la figure : Monsieur Tierwater, monsieur Tierwater ! Hé ! Ty ! Par ici, Ty. *Ty*, pensez-vous qu'on puisse sauver les forêts ? Comment vous a-t-on traité ? Et la chouette chevêche ? Envisagez-vous d'autres manifestations ? Croyez-vous au nudisme ? Au régime végétarien ? Au pouvoir des cristaux ? Il serra sa fille et sa femme dans ses bras et les embrassa toutes les deux pour les caméras et, debout devant les portes de la prison, il fit des discours, pontifia et posa une demi-heure durant avec Teo, le président de la section Santa Barbara de « La Terre pour Toujours ! », de célèbres amateurs d'oiseaux et des enlaceurs d'arbres connus dans tout le pays jusqu'au moment où, Andrea l'ayant arraché à la foule, il se retrouva avec les clés de la voiture dans les mains et commença à descendre la petite route goudronnée qui conduisait à l'autoroute.

— Dites-moi, lança-t-il en se retournant pour poser les yeux d'abord sur son épouse tout sourires, puis sur sa fille assise sur la banquette arrière, vous croyez que le Renard a jamais vécu un truc pareil ?

Non, la réponse était non. Parce que rien ne ressemblait à ce qu'il éprouvait et qu'il n'avait rien pour le dire dans son vocabulaire. Il débordait d'émotion, il dansait dans ses chaussettes et se balançait sur son siège. Effleurer l'accélérateur et regarder partir la voiture, appuyer sur le frein et la sentir s'arrêter. Le lendemain matin, il chanta sous la douche et laissa couler l'eau jusqu'à ce qu'elle soit froide. Le toasteur était un miracle, comme l'odeur du pain de seigle et la lumière aux fenêtres. Il n'était pas un geste de la vie de tous les jours qui ne lui donnât envie de pleurer tant il était beau. Appuyer sur le bouton de démarrage du lave-vaisselle, prêter vie à la télé d'une seule pression du doigt sur la télécommande, se tenir sous le noyer et regarder les bruants à couronne voleter entre les branches : ainsi se déclinait l'inestimable richesse de sa nouvelle vie de bénédictions. Le four à micro-ondes le faisait sangloter. Comme le six-pack de bière. Et le couvre-lit.

Il n'empêche : malgré tout ça, malgré toute la joie de ces quelques premiers jours, le défilé interminable des journalistes qui sonnaient à sa porte avec leurs micros, leurs magnétophones et leurs carnets de notes, malgré tous les serments qu'il avait faits en prison, il allait regarder les compte rendus de lecture de Sierra, assister aux réunions professeurs-parents d'élèves, semer, tondre le gazon, épandre du fumier et préparer du compost comme n'importe quel autre balourd de banlieue, il commença à se raser jusqu'à la pointe de ses chaussettes avant même que la semaine soit écoulée. Ou plutôt non : ce n'était pas de l'ennui – la prison, oui, était ennuyeuse –, mais plus une manière d'impatience qui l'envahissait, comme une impression de vide et d'impuissance, la certitude grandissante que tout cela n'était que comédie. Les animaux continuaient de mourir et les arbres de la forêt de tomber. Des comptes à régler, il y en avait encore des dizaines.

Il ne dit rien à personne. Il attendit seulement qu'Andrea parte répondre au téléphone au bureau local de « La Terre pour Toujours ! » à seulement huit cent mètres de là en remontant la rue et que Sierra ait été déposée à son école, puis il fouilla dans le garage : il voulait son passe-montagne, ses peintures de guerre, son pied-de-biche, son coupe-boulon et ses pinces aux leviers recouverts de chatterton noir pour éviter le crissement du métal sur le métal, et sa lampe de poche au verre barbouillé de vernis à ongles. Quels étaient les termes de sa conditionnelle ? Ne pas sortir de Los Angeles, se présenter à son contrôleur une fois par semaine, n'élever aucune protestation, ne participer à aucune manifestation, abjurer la cause des enlaceurs d'arbres et, pardessus tout, se tenir à l'écart de toute activité illégale, de quelque ordre qu'elle soit. Pas de boulot hors programme. Pas de travail de nuit. Pas de conneries. Le juge avait été on ne peut plus clair sur ces points.

Oui, bon. Mais qu'il aille se faire foutre !

Jeans noirs, T-shirt noir et chaussures de randonnée noires, il ressemblait à n'importe quel autre Angeleno d'âge moyen monté dans ce bus de la RTD au bout de la rue. Il posa son sac à dos, noir et sans logo, sur le siège à côté de lui et regarda les minicentres commerciaux, les restaurants, les boutiques discount et les dépôts-ventes de pneus défiler le long des vitres crasseuses du bus jusqu'au moment où le magasin de location de voiture Budget Car se présenta au milieu d'un champ de voitures arrondies et scintillantes. Une fois à l'intérieur, il redevint Tom Drinkawter et certes, il savait que ça ne tiendrait pas la route s'il se faisait prendre, mais il n'en tendit pas moins à l'employé planté derrière le comptoir une carte Visa à ce nom et lui montra le permis de conduire du même Tom Drinkwater, avec portrait de lui-même en individu complètement stupéfait collé dans le coin inférieur gauche du document.

Country ou chansons mexicaines, il n'y avait pas grand-chose à la radio lorsqu'il longea la Central Valley, mais du côté de Stockton, il trouva une chaîne spécialisée dans les tubes d'autrefois, improvisation hypnotique de Jerry Garcia suivie d'un raga sans fin dans le genre de ceux que Ravi Shankar infligeait à ses fans dans les années soixante. Ça ne lui déplaisait pas. La guitare montait les escaliers jusqu'en haut, puis redescendait, puis remontait à nouveau, et redescendait encore, tandis que tel un oiseau surexcité le sitar sautillait d'une branche à une autre dans un arbre qui ne cessait de s'étendre. Il sentit la musique, il la vit, et fut replongé dans l'époque où Jane et lui portaient des chemises à fleurs et des pantalons si larges qu'ils en ressemblaient à des voiles battant dans le vent, dans l'époque où ils souscrivaient à tout et n'importe quoi et agissaient sans réfléchir à deux fois. En ce temps-là, la drogue faisait partie intégrante de sa vie. La drogue et les manifs. Celles où on brûlait des drapeaux. Où on se peignait la figure par pur et simple plaisir.

Il n'y avait plus rien de tout cela dans ce qu'il était en train de faire. Ce qu'il était en train de faire, dans cette voiture, sur cette autoroute, n'était que le prélude à un acte de vengeance. C'était aussi simple que ça et il ne se faisait aucune illusion sur ce point. Il conduisait avec le calme que donne la détermination, veillait à rester sur la voie lente sauf quand il lui fallait doubler une caravane de camions bondissants, et n'osait pas dépasser la vitesse limite de plus de dix kilomètres à l'heure en poussant trop le tas de boue asthmatique qu'on lui avait loué : courir le risque de se faire arrêter ne valait pas le coup. Pas plus qu'il n'aurait servi à quoi que ce soit qu'on voie sa figure. Or donc, il ne s'arrêtait que pour prendre de l'essence et dès qu'il avait fait le plein, il s'achetait un hot dog au chili ou un burrito passé au micro-ondes et un Coke ou un gobelet de café pour faire descendre, énième voyageur anonyme perdu au milieu de tous ceux qui en forment la nation. Il roula au cœur de l'après-midi, il roula à la tombée du jour, il roula le soir, puis ce furent les étoiles et la lumière de ses phares jusqu'au moment où il franchit la frontière de l'Oregon dans les lueurs incertaines de l'aube. Il avait mal au cœur – toute la graisse qu'il avait avalée –, et la caféine s'était muée en gadoue dans ses veines, il quitta l'autoroute inter-Etats et emprunta des routes de plus en plus secondaires jusqu'au moment où il trouva un endroit où se garer et dormir sous les arbres.

Il était quatre heures de l'après-midi lorsqu'il se réveilla. Il pensa à Andrea, brièvement, et à Sierra. Elles allaient s'inquiéter, Andrea, elle, serait surtout en colère, il l'entendait déjà, *Espèce d'idiot, espèce de crétin, mais où as-tu la tête ? Ça suffit, quoi ! Laisse tomber !* Il avait sa voix dans la tête et son argumentation lui était aussi familière qu'une litanie, mais il campa sur ses positions. Il s'enfonça dans les bois en mâchonnant le reliquat d'un burrito aux haricots et siphonna les dernières gouttes d'une bouteille d'eau en plastique. Ce petit déjeuner une fois terminé, il fit ses ablutions dans un ruisseau, se soulagea (comme il faut, en prenant soin de ne rien contaminer dans le cours d'eau) et passa le reste de la journée étendu sur un lit de branches de pin, à regarder le ciel.

Longtemps il ne pensa à rien, jusqu'au moment où il se rappela

Chris Mattingly et l'article que celui-ci avait consacré à son incursion dans le mode de vie aborigène. Son reportage avait fait la couverture de la revue *Outside* et les avait sortis de l'anonymat, ça, c'est sûr. Depuis sa parution, de *People* à l'*Enquirer* en passant par le *New York Times*, c'étaient pratiquement tous les magazines du pays qui voulaient savoir ce qu'ils pensaient de la forêt tropicale humide, des trous dans la couche d'ozone, du déclin de la grenouille à travers le monde et ce qu'on ressentait à vivre nu et faire l'amour dans une hutte. Le papier comptait douze pages et comportait des photos, chaque ligne du texte ajoutant au mythe pour les porter tous les deux à la canonisation pleine et entière : on oublie les Renard, les Abbey, Leopold, Brower et le reste, les saints du Mouvement, c'étaient eux. Tierwater l'avait lu au moins vingt fois allongé sur sa couchette en prison, en s'attardant sur les photos et se rappelant la texture des rochers, les odeurs de la nuit et le goût de l'eau nourrie de neiges alpines. Et la photo de couverture donc ! Il s'en souvenait encore : on les y voyait de la ceinture jusqu'en haut, le visage rougi et souillé, les pointes de cheveux d'Andrea blanchies par le soleil et lui battant dans la figure, l'un comme l'autre ils étaient encore minces et en bonne santé, on aurait dit des stars du rock à poil sur la couverture de *Rolling Stone* ! Le pied. Mais que penserait donc ce même Chris Mattingly de ce qui allait arriver cette nuit, il se le demanda. Y verrait-il l'acte d'un saint ? Cela ferait-il honneur à sa couverture ?

Il continua de s'enfoncer dans les bois, puis les ténèbres vinrent, attachées à une bruine légère, et il s'assit dans sa voiture pour ne pas être mouillé et écouta la radio en laissant son esprit s'engourdir. Il était encore trop tôt pour se mettre au boulot, il attendrait jusqu'à minuit, au moins ça, peut-être même plus tard. Il essaya de dormir, la nuit promettait d'être longue, et le jour suivant encore plus, parce que oui, il referait tout le trajet d'une traite dès qu'il aurait fini et serait dans la salle de séjour à regarder la télé lorsque Jimmy Chavez, son contrôleur de conditionnelle, viendrait lui demander s'il avait entendu parler de ce qui s'était passé dans l'Oregon la nuit précédente.

A minuit et quart, il mit la voiture en prise et suivit une série de petites routes sinueuses jusqu'au col de Grants. Trouver les adresses du juge Harold P. Duermer et du shérif Robert R. Hicks avait été un jeu d'enfant, ils étaient tous les deux dans l'annuaire, et il savait déjà où se trouvait le poste de police. Il passa deux fois devant la maison du juge, puis il se gara au coin de la rue, celle-ci aussi sombre que l'intérieur d'une grotte. La bruine s'étant muée en une pluie incessante, lorsqu'il la remonta, la longue allée goudronnée qui conduisait chez le juge brillait comme une rivière ténébreuse à la lumière de la lampe à gaz fixée au-dessus de la porte du garage. Pas un bruit, hormis le bourdonnement d'un transformateur en haut du poteau téléphonique au-dessus de sa tête ; pas un grillon, pas une grenouille, pas le moindre hululement de chouette ou chuintement mouillé d'une voiture passant sur la route. Il resta dans l'ombre et partit en reconnaissance.

Le juge vivait bien, dans une maison de style colonial perchée au sommet d'une colline ; pelouses et parterres de fleurs tout autour, piscine et court de tennis en terre battue derrière, mais Tierwater ne lui en tint pas rancune. Monsieur le Juge était un des rouages du système, pourquoi n'aurait-il pas vécu dans le luxe ? Ce qu'il avait à faire ? Rien de plus que de jeter des manifestants en prison, de briser des familles et de terroriser des petites filles et, on ne sait trop comment, mais par la grâce d'une société d'exploitation forestière, convertir toute cette lourde activité judiciaire en quelque chose de tangible, le yacht ancré dans le port, la Mercedes 500 SL, l'appartement à Aspen, plus un bon mois à Cancún ou Saint-Moritz de temps en temps, sans oublier les expéditions achats à New York pour Madame.

Pas de lumière dans la maison, pas de chien, endormi ou autre. Il essaya la porte à l'arrière du garage, à peine s'il en avait entendu grincer un gond qu'il se retrouvait à l'intérieur. Le faisceau rosâtre de sa lampe de poche révéla la présence de trois automobiles et mais... qu'était-ce ? une Lexus ? Deux Lexus (Lexi ?), une argentée, une noire – la voiture de monsieur et la voiture de madame ? –, plus une espèce de bagnole de sport, une vieille Jaguar, c'en avait tout l'air, grandes roues à rayons, marchepieds, tout ça « amoureusement restauré », comme on dit. Voyez-vous ça ! Imaginez-vous le juge Duermer sans sa robe, un feutre baissé sur son front grassouillet, tout coincé dans le minuscule siège de ce roadster, le dimanche après-midi, *vroum vroum vrrrrroooooooouuuum !* bonjour, monsieur le Juge ! et vous aussi profitez bien de cette vie de bohémien! Mais il n'était pas là pour s'imaginer des choses et il ne lui fallut pas cinq minutes pour localiser les carters de vilebrequin, amoureusement déposer quelques grammes de carbure de silicium dans chacun et refermer les trois capots avec un petit clic aussi doux que le battement d'une aile de papillon.

De la lumière, il y en avait au poste de police – un pauvre nullard (Sheets, peut-être que c'était lui) qui faisait ses heures au téléphone en attendant l'appel de la petite vieille qui a égaré ses lunettes ou alors, qui sait? de celle qui a un raton laveur dans sa cuisine? La ville était calme. La pluie tombait. Il voyait sa respiration se vaporiser devant lui. Il ne put soulever les capots des deux véhicules de patrouille garés devant le bâtiment, mais ils n'avaient pas pensé à mettre des verrous aux bouchons des réservoirs d'essence. Il lui fit mal de devoir se contenter de lacérer les pneus, de bloquer les serrures avec des lamelles de bois et de verser de la diatomite dans les réservoirs d'essence, mais il ne pouvait pas faire grand-chose de plus et n'avait aucune envie d'attirer l'attention de quiconque sur ce qu'il était en train de faire, surtout pas celle du shérif Bob Hicks. Parce que le shérif Bob Hicks (prénom de son épouse : Estelle), 17 Spruce Lane, était le prochain sur sa liste.

Ce fut là que les choses se compliquèrent. Le shérif Bob Hicks habitait en dehors de la ville, près d'une route de campagne bordée de buissons hauts sur pattes et de mauvaises herbes toutes noires qui brillaient – pas d'autre maison en vue, l'eau de pluie gargouillait dans les fossés et pas d'endroit où se garer, en tous les cas aucun où un passant n'aurait pu repérer sa voiture. Sans compter qu'il commençait à se faire tard – quatre heures et quart du matin à sa montre –, et qui sait à quelle heure les gens du coin se levaient pour laisser sortir le chat, se verser une tasse de café et regarder la fumée de leur première cigarette en rêvant? Il trouva la boîte aux lettres installée au bord de la route, au 17, et la maison plongée dans le noir juste derrière, et continua de rouler en cherchant un embranchement où il pourrait faire demi-tour, s'acquitter de sa tâche et s'en retourner aussitôt dans le giron de sa famille. Mais la route refusait de coopérer. Elle semblait se rétrécir de plus en plus. Et s'enfoncer de plus en plus dans le noir aussi. Et la pluie s'était mise à tomber plus fort, à lui noyer ses phares sous des rideaux de flotte si épais qu'il en voyait à peine la chaussée.

L'espace d'un instant il songea à renoncer : on dégage de là et on retrouve l'autoroute inter-Etats avant de s'enliser dans un fossé ou de finir par se faire tirer dessus et se retrouver en prison. Ce qu'il fabriquait là n'avait rien d'honorable, il le savait; cela n'empêcherait nullement la décimation des forêts et n'aiderait en rien la Cause, pas même de la manière la plus marginale qui soit, Andrea avait raison : il valait mieux laisser tomber. Mais il ne le pouvait pas. Ce qu'ils lui avaient fait, le shérif, le juge, Boehringer et Butts (et eux aussi, il aurait bien aimé aller leur rendre une petite visite mais la vie était courte et il n'y avait pas moyen de régler tous les comptes), ne se différenciait en rien de ce que Johnny Taradash lui avait infligé. Ou tenté de lui infliger. Rien que d'y penser, son sang ne fit qu'un tour : un an en taule, un an passé à écouter Bill Driscoll gémir dans son sommeil, une année entière arrachée à sa vie comme un chapitre dans un livre. Et pour quoi? Pour *quoi*? Lorsque enfin il vit le début de l'allée émerger de la végétation sur sa gauche, il braqua, exécuta son demi-tour et quoi? Il avait arraché la boîte aux lettres d'un péquenaud dans la manœuvre? La belle affaire!

La pluie était absolument aveuglante, et où donc était passée cette saloperie de baraque? Là-bas? Non, encore une fois ce n'était qu'un rideau d'arbres. Il essuya d'un geste impatient la buée qui s'était accumulée sur son pare-brise et chercha la manette du dégivrage. Et là, au sortir d'un virage, tomba sur quelque chose qui le réduisit à rien : là, devant lui, c'était bien la boîte aux lettres du shérif Bob qui se dressait, tout illuminée dans le maigre pinceau de lumière de ses phares, mais juste à côté, comme craché par la nuit, se profilait aussi un truc long, plat et bien éclairé. Ç'aurait pu être un panneau publicitaire à ras de terre, une silhouette découpée dans du bois ou le flanc d'une remise ou d'une caravane qui réfléchissait la lumière, mais non, ce n'était rien de tout ça : c'était une voiture de patrouille. La voiture de patrouille du shérif Bob. Avec le shérif en fantôme à grande mâchoire et visage blême sous un chapeau à bords flottants, là, figé derrière son volant, comme dans une photo surexposée.

Sa première impulsion fut de piler, mais il la réprima : s'arrêter, c'eût été appeler le désastre. Essuie-glaces qui dansent, dégivreur qui rugit et pneus qui projettent des trombes d'eau, la voiture de location passa innocemment devant l'entrée de l'allée, Tierwater se recroquevillant dans la lumière des phares qui éclairait tout l'avant de son véhicule : le shérif arriverait-il à voir les grands traits de maquillage qu'il s'était faits sous les yeux ? Verrait-il le bonnet de marin dont il s'était affublé ? Le reconnaîtrait-il ? Regardait-il seulement ? Portait-il des lunettes ? Ses lunettes étaient-elles embuées ? Même que... qu'est-ce qu'il foutait là à une heure pareille ? Avait-il reçu un coup de téléphone du commissariat ? *Feriez mieux de venir, Chef. Y a un crétin qu'a lacéré les pneus des deux voitures de patrouille ?* C'était ça ?

Le shérif Bob aurait pu prendre à droite ou à gauche, il aurait même pu remonter l'allée en marche arrière et aller se recoucher, mais non : il tourna à droite, le faisceau de ses phares fusillant la nuit avant de faire demi-tour et de se loger dans son rétroviseur. L'estomac au bord des lèvres, Tierwater arracha son bonnet de marin en tissu acrylique, baissa assez sa vitre pour le mouiller et s'en servit pour effacer son maquillage. Il roulait à quoi ? Quarante-cinq, cinquante kilomètres-heure ? Allait-il trop vite ? Trop lentement ? N'était-on pas censé conduire en tenant compte des conditions météo ? La pluie tombait à verse, les phares le rattrapaient.

L'espace d'un instant il songea à filer, on écrase le champignon et on sème ce fumier, mais il écarta cette idée dès qu'elle lui vint à l'esprit. Il ne savait même pas quel genre de voiture il conduisait, c'était du compact bon marché, une merde japonaise qui n'aurait même pas pu doubler une petite vieille à vélo, sans compter qu'il n'était encore rien arrivé. Il n'y avait aucune raison de croire qu'il allait se faire arrêter. Il n'avait qu'à se tenir tranquille, un point c'est tout. Mais le faisceau des phares se rapprochait dans son rétro, s'y figeait, le shérif Bob roulait tout aussi lentement que lui, c'était horrible. Ses mains se crispèrent sur le volant comme s'il serrait la manette du siège éjectable d'un jet en flammes. Il essaya de mettre de l'innocence dans le tombé de ses épaules, dans sa nuque et ses oreilles. Il accéléra, mais d'un rien.

Le pire était Andrea. Ou plutôt non : Sierra. Comment allait-il lui expliquer tout ça ? Une semaine et demie ne s'était pas encore écoulée depuis sa libération qu'il se retrouvait en prison ? Alors qu'il n'avait même pas encore assisté à une seule réunion profs-parents d'élèves ? Et Chris Mattingly et les autres... qu'allaient-ils en penser ? Il imaginait déjà les unes des journaux :

LE HÉROS DE L'ÉCOLOGIE TERNI À JAMAIS !
TIERWATER LACÈRE DES PNEUS !
TIERWATER N'ÉTAIT QU'UN PETIT VANDALE !

Puis il revit la prison de Lompoc, le juge Duermer, et Fred : ce coup-ci, ce ne serait pas à de la prison de basse sécurité qu'il aurait droit. Oh que non : ce coup-ci ce serait à de la cellule, à des gangs, à du viol et à de l'intimidation ; à de la prison niveau deux, voire pire. Violation de conditionnelle, possession d'outils de cambriolage, bris de clôture, destruction de biens privés et publics, recours à un faux nom pendant l'exécution d'un délit...

Mais ce fut alors qu'un miracle se produisit. Lentement, avec toute la prudence et le soin de l'officier de police qui prend son temps pour ne pas mettre en danger sa sécurité, le shérif Bob braqua sur la gauche et pendant un millième de seconde se trouva exactement au même niveau que Tierwater... avant de commencer à le doubler peu à peu. A travers deux vitres griffonnées de gouttes et l'épaisseur d'une nuit gorgée de pluie, Tierwater entraperçut son visage, découvrit ses yeux sans curiosité et son visage bouffi qui évoquait la chose sortie de terre, puis il y eut un bref échange de regards embrumés de petit matin et le shérif Bob ne fut plus que deux feux arrière qui s'estompaient dans les ténèbres.

Santa Ynez, avril 2026

Le premier à se pointer, en dehors du légiste et du shérif du comté, est avocat, et si ce n'est pas emblématique de ce que nous sommes devenus, je ne sais pas ce qui l'est. Il a en gros la taille de ce qui vient à l'esprit quand on pense à quelqu'un d'ordinaire, une toque de cheveux frisés posée tout en haut d'un front dégarni, des dents qu'on dirait passées à la lime et une paire de chaussures en vinyle faux grain cuir à cinq cents dollars et tellement encaquées de boue qu'il est obligé de les ôter et de rester planté sur le pas de la porte en chaussettes, elles aussi bien boueuses. Costume détrempé, cravate qui se tord sous son col de chemise tel le nœud coulant dans la main du bourreau. Et sa mallette, sa mallette n'est plus qu'une manière de grossière sculpture en argile à laquelle s'accroche une longue traînée d'herbes de marécage. Confusion, choc, horreur et trauma qui secouent encore la maison après la mort de Mac, il n'y a personne pour aller ouvrir la porte, pendant que le shérif et ses hommes rôdent dans les étages et que les adjoints du légiste remontent les fermetures Eclair de leurs sacs à cadavres, c'est moi qui réponds au thème musical des *Chariots of Love* et ouvre la porte alors que l'inoubliable mélodie en est à sa dix-huitième resucée.

— Bonjour, lance-t-il comme s'il se trouvait sur les marches du tribunal du comté, je m'appelle Randy Bowgler... du cabinet Bowgler et Asburger ? Je représente Jasmine Honeysuckle Rose Pulchris. Je peux entrer ?

Jasmine Honeysuckle Rose : ça doit être la troisième épouse de

Mac, l'héritière de la propriété, celle avec des yeux froids comme des planètes qui scintillent dans la nuit.

Je regarde dehors, derrière la colline en face de la maison, l'ambulance et le fourgon de police se sont enlisés jusqu'au châssis dans la bouillasse laissée par la rivière qui rentre peu à peu dans son lit, tandis que les camions des médias commencent à se rassembler à l'horizon tels les grands troupeaux d'autrefois aujourd'hui disparus. Il doit faire dans les cinquante-deux à l'ombre.

— Je ne crois pas, non, dis-je.

— Je suis ici pour protéger les intérêts de ma cliente, monsieur euh... je n'ai pas saisi votre nom.

— J'ai déjà donné, lui renvoyé-je.

Ses lèvres s'ourlent en un petit sourire litigieux.

— Je crains fort de devoir insister, reprend-il.

— Oui, dis-je, et quatre heures après les faits mon cœur bat encore contre mes côtes, ben, allez vous faire foutre, vous aussi, et je lui claque la porte au nez.

Ce à quoi l'on a affaire dans cette maison? A du chaos de la pire et de la plus noire des espèces. Dents-de-lion, pour autant qu'on le sache, est retourné dans la cave avec Amaryllis et Bouton d'Or. Ce qu'il a infligé à Mac est pire, bien pire, que tout ce que j'ai jamais entendu pendant les séances de rap à la prison, ou vu dans les vieux clips documentaires sur le Serengeti. Cœur, foie, poumons et intestins, tels sont apparemment les premiers morceaux de Mac qu'il a consommés, puis, avant que Chuy et moi ayons eu le temps de remonter les escaliers avec le Nitro et le fusil à flèches, il a traîné le plus charnu des deux Al jusqu'au monte-plats et a disparu à la cave avec lui. L'autre Al gisait en travers du canapé, un bras plié au coude mais dans le mauvais sens et le cuir chevelu ainsi arraché en arrière qu'on y voyait saillir l'os pariétal tout blanc en dessous, les deux domestiques ayant, eux, été écrasés comme des mouches, Zulfikar ratatiné dans un coin au milieu d'une flaque sombre et son épouse répandue sur un fauteuil, la gorge déchiquetée. Nous avions trouvé April Wind en train de pleurnicher dans un placard, nous l'avions aidée à en sortir, puis nous avions condamné le conduit du monte-plats avec des planches sur trois étages avant d'appeler Police Secours.

Je n'ai pas plus tôt refermé la porte que le thème musical des *Chariots of Love* recommence et d'ailleurs, me dis-je, comment diable ce vampire a-t-il fait son compte pour nous trouver aussi vite ? Il aurait été branché sur la fréquence de Police Secours ? Il aurait payé quelqu'un ? Il aurait survolé la maison avec des ailes en cuir ? Aucune importance. Le Nitro est appuyé contre le mur derrière moi, je m'en empare, vise à hauteur de boîte aux lettres et ouvre à nouveau la porte. Je le reconnais, je suis agité et peut-être n'ai-je pas toute ma tête à moi, ce qui veut dire quoi, d'ailleurs, je vous le demande ? Toujours est-il que je lui braque mon fusil dessus, que je gronde quelque chose du coin des lèvres et que oui, le voilà qui recule d'un pas, mais que déjà une équipe de reporters bien trempés mais minicaméra au poing fonce à travers la pelouse tandis que les flashes crépitent au loin – je me dis que la bataille est perdue. Le fusil qui s'abaisse, l'avocat qui entre.

La mort de Mac est une grosse nouvelle. Peut-être pas aussi importante que le décès des chanteurs Paul McCartney ou Garth Brooks, mais c'est quand même du sérieux. En moins d'une heure la chaîne HDTV passe des images des lieux du décès entrelardées de clips montrant Mac à divers moments de sa carrière et de scènes où l'on voit le choc et l'incrédulité se marquer sur les visages de ses fans de Buenos Aires à Hyderabad en passant par Martha's Vineyard (aujourd'hui très largement sous les eaux, cela en passant). Je suis assis dans la salle Grunge et tente d'y retrouver mon souffle tandis que flics, journalistes et avocats s'agitent dans tous les sens comme des mouches s'abattant sur une assiette de crème anglaise lorsque April Wind apparaît sur le grand écran de télé en face du lit. Elle cligne des yeux devant la caméra, là, à moins de soixante mètres de l'endroit où je me trouve : l'air éberlué, la naine s'est transformée en géant. Comme tout Américain, c'est de naissance qu'elle sait parler devant une caméra.

— C'était horrible, dit-elle, parce qu'on était en train de manger des œufs, enfin non... on était sur le point de s'y mettre et alors, y a eu un rugissement et je, je...

La caméra ne tremble pas, le visage d'April Wind est révélé jusqu'en ses moindres pixels et particules, visage de tristesse, visage de la tragédie et du gnangnan descendus en flammes, mais voici qu'une autre voix prend le relais et Dieu, qu'on est concerné !

— Vous étiez sa dernière amante, n'est-ce pas ?

Sur tous les journalistes présents cette après-midi-là et jusque tard dans la nuit, des jeunes stars, pour l'essentiel, genre étalons Scud[1] et le reste, un seul est assez ancien pour me regarder à deux fois. Il a disons... cinquante-cinquante-cinq ans. Petit, lunettes, frisottis de barbe blanchie autour des ouïes. Il commence déjà à faire nuit, nous nous sommes tous rassemblés dans la salle Motown (jusqu'à Chuy qui est là) pour ce qu'on doit appeler une « conférence de presse » bien qu'on ne confère pas des masses dans les environs.

— Vous êtes, bafouille-t-il – il y a des flics partout, les lions rugissent dans la cave, les caméras tournent, Andrea et April Wind sont cernées dans un coin par une douzaine de micros qui les asticotent comme des piquants de porcs-épics (*Erethizon dorsatum*, espèce aujourd'hui menacée dans son ensemble) –, vous êtes... Tyrone Tierwater, non ? L'éco-terroriste ?

J'ai mal au dos. Aux pieds. A la tête. Mes gencives m'élancent sous la porcelaine froide de ma dentition majorée, un verre de quelque chose serait le bienvenu, et j'ai faim – on ne les a pas mangés, ces œufs, ni rien d'autre non plus, d'ailleurs. J'agite la main en signe de désapprobation.

— Eco-quoi ?

— Vous êtes bien lui, non ?

Il y a des lumières partout, ça jacasse fort, des phrases toutes faites montent de toutes les pièces de la maison.

— Ça fait quoi ? Vingt ans de ça ? L'incident de Cachuma, c'est bien ça ?

Le bonhomme est historien, ça ne fait aucun doute, et là, à cet instant précis, au milieu de tout ce chaos, il me ramène sur un lac sombre et agité, dans un bateau qui tremblait sous mes pieds tel faux plancher qui s'effondre et vous projette tête la première dans l'infini. « L'incident de Cachuma. » Que puis-je dire ? Il n'est aucune excuse ou disculpation possible à ce que j'ai fait, ou tenté

1. Surnom donné aux reporters de CNN qui continuèrent de travailler sous les scuds tirés par l'Irak pendant la guerre du Golfe. (N.d.T.)

de faire. Ma fille était morte et ma femme peut-être bien aussi, et les noms des animaux étaient sur mes lèvres jour et nuit – six milliards d'êtres humains et combien de gorilles, de chimpanzés, de lamantins, de chouettes chevêches et de lions d'Amboseli restait-il encore à cette époque ?

Ce furent là mes heures les plus sombres, celles à tête de mort, celles de la hyène. Je faisais la guerre, comprenez bien, et peut-être avais-je perdu la tête, si j'en avais jamais eu une. En compagnie d'un agent du FBI qui se faisait passer pour un chercheur mécontent de la société BioGen et d'un salaud qui avait pour nom Sandman[1] (j'en reparlerai plus tard), je m'étais retrouvé sur des eaux fouettées par le vent, avec à mes pieds huit grands seaux en plastique blanc remplis de toxine de tétrodon. Ce lac se trouvait dans la vallée de Santa Ynez et servait de réserve d'eau pour toute la ville de Santa Barbara. Produite par la bactérie *Alteromas*, cette toxine, celle-là même qui se concentre dans le foie du poisson-coffre – du fugu, s'entend –, était mille deux cent cinquante fois plus mortelle que le cyanure et avait subi une mutation en laboratoire afin de pouvoir s'adapter à l'eau douce. Du moins semblait-il, mais les apparences sont parfois trompeuses.

De fait, Sandman et cet agent du FBI (tatouages, pieu en travers de la langue, l'air même du parfait crétin transgénique) m'avaient piégé dans l'espoir, je pense, de se servir de moi pour remonter jusqu'à la tête de l'organisation, sauf qu'à ce moment-là Andrea, Teo et tous les autres m'avaient déjà tourné le dos – bref, c'était ça ou rien. Mais lorsqu'il fallut s'y mettre, lorsque le moment fut venu de renverser les seaux et de commencer à rééquilibrer les comptes en faveur des animaux, je n'y arrivai pas. Je m'étais cuirassé, je bouillais de colère et de haine et n'oubliais pas que, pour être un ami de la terre, il faut d'abord être un ennemi du peuple, Sandman et moi étions déjà cent fois tombés d'accord pour affirmer que si d'aventure un fourmilier et un nourrisson tombaient en même temps dans une barbacane, c'était le nourrisson qu'il faudrait sacrifier, et oui encore, le temps était venu d'appliquer la solution finale et c'était moi qui devais diriger les opérations, mais lorsqu'il fallut enfin s'y atta-

1. Soit « le marchand de sable ». (N.d.T.)

quer, j'hésitai. Non, vrai. Croyez-moi. Reconnaissez-moi au moins ça.

— Je me trompe ? (Son visage reflète l'anxiété, son visage est couturé, pelé comme grain de raisin.) C'est bien vous qu'on appelait « la hyène humaine », non ?

Je suis assis dans un fauteuil dans l'entrée. J'entends la voix fêlée d'Andrea, sa voix de vieille femme qui a tourné au vinaigre, pour la centième fois elle pérore sur Dents-de-lion et la manière dont « tout d'un coup, il était là, comme surgi de nulle part », je n'ai encore jamais vu autant de flics, en civil, en uniforme, jusqu'à des flics de la route en tenue marron qui sont arrivés, dans la cave, à renifler partout d'un air méfiant, s'agite une équipe d'intervention rapide du SWAT[1] de San Luis Obispo et l'on est prêt à faire tout ce qu'il faut, j'ai le cœur brisé. Ou plutôt non : complètement écrasé, répandu là sur l'étal du boucher, battu au maillet jusqu'à n'en plus être que bouillie de fibres. Mac n'est plus. Et les animaux sont les prochains sur la liste – je ne me donne pas la peine de lui répondre.

— Mais... qu'est-ce que vous faites ici ? reprend le type et, en plus, il a un micro, un truc aussi élégant et noir que le canon d'une arme qu'il me braque sur la figure. Vous connaissez Maclovio Pulchris ? Enfin, je veux dire... vous le connaissiez ?

Je réfléchis à sa question, je pense à Mac et à la chance qu'il me donna lorsque je sortis pour la dernière fois de prison – moi, un rien du tout, un des cinq ou six laquais chargés de soigner les phacochères vietnamiens, les émeus, les chevaux et les chiens, du boulot d'esclave, rien de plus. Mais c'était un début, et j'en étais heureux. Et il n'avait pas fallu longtemps pour qu'il me repère et que nous commencions à parler, des petits cochons d'Asie et de leur régime alimentaire au début, mais bientôt d'un tas d'autres choses aussi, de choses qui allaient loin, des conditions météo, de l'agonie de la planète, de l'existence possible de Dieu, de qui j'étais vraiment, parce que je ne m'appelais pas Tom Drinkwater, n'est-ce pas ? Il m'avait reconnu. Derrière ses verres fumés, ses fouets d'anguilles et le reste, il était plus profond qu'on ne pouvait le croire. Il savait tout depuis toujours. Il savait qui j'étais et

1. Equivalent américain du GIGN. (N.d.T.)

avait accepté de prendre le risque de m'aider. Après ça, eh bien mais... les autres avaient commencé à s'estomper, tous, sauf Chuy, s'entend, et Mac et moi avions manigancé notre coup pour faire cela même dont la nature et les zoos étaient incapables, et avions presque réussi. Sauf que bien sûr, ajouter ce « presque » n'a pas grand sens. Nous aurions pu réussir, disons ça comme ça, si la situation avait été différente. Très différente.

Premiers coups de fusil d'une série qui sera longue, là-bas en bas, dans les entrailles de la maison.

— Où étiez-vous quand il est mort ? Vous pouvez m'en parler ? Me dire comment c'était, je veux dire ?

— A cause des tempêtes, claironne Andrea à l'autre bout de la salle, un rien d'exaspération dans la voix, à cause des inondations...

Puis c'est Chuy qui croise le fer avec les micros qui l'encerclent lui aussi :

— Non, mec, je suis *corriendo*, tu vois, ié sors d'*el garage*, et Dents-de-lion, il est *muy malo*...

Pan. Pan. Pan pan ! C'est ça que j'entends, mais ce que je vois, ce sont des lions morts, des pécaris morts, des chacals, des vautours, de la chair vivante qui se transforme en autant de viande à poil et à plume, de l'extinction finale qui s'entasse dans une brouette.

— Il y a des animaux sauvages dans la maison, dit le reporter en essayant de mettre un rien d'outrage dans sa voix, des animaux sauvages qui vivent ici même, dans ces pièces, et se baladent dans les couloirs. C'est bien ça ?

Pan. Pan pan ! J'acquiesce d'un hochement de tête. Las.

Le reflet de ses lunettes, son micro qui s'avance.

— Peut-être que vous pourriez m'expliquer parce que j'ai l'impression de rater quelque chose... ça n'est pas dangereux ?

Après les flics, les pisse-copie et les jacasseurs de la télé, après les avocats, les fans endeuillés, les curieux et les collectionneurs de reliques, ce sont les éditeurs qui commencent à rappliquer de New York, de Berlin et de Los Andiegoles. Mac n'est pas enterré de trois jours lorsque le premier se pointe (les funérailles se sont déroulées à Detroit, télévisées naturellement, l'affaire donnant lieu à un concert de six heures dédié à sa mémoire et où se sont produites diverses stars de la pop, anciennes et nouvelles martelant toutes ensemble des tubes de Mac tandis que des légions de fans en larmes oscillaient sur place en brandissant tellement de bougies et de briquets allumés que l'embrasement prodigieux ainsi créé en fit certainement monter la température de la planète d'un demi-degré). Notre situation, la mienne, celles d'Andrea, de April Wind, de Chuy et des derniers animaux encore en vie, est précaire, c'est le moins qu'on puisse dire. Mac étant mort intestat, les avocats de ses quatre épouses, de ses maîtresses réelles ou putatives, de ses enfants légitimes et illégitimes, sans même parler des sociétés de disques qui font valoir leurs droits d'auteur sur *x* chansons et enregistrements, se livrent une guerre acharnée pour emporter l'héritage. Alors que je n'ai, moi, aucun droit à faire valoir sur quoi que ce soit. Que je n'ai même pas de revenus. Ou de sécurité sociale. Les animaux – il nous reste quelques pécaris, deux ratels, trois vautours d'Egypte et Pétunia – sont encore plus démunis.

Ce que j'essaie de vous dire? Que j'ai la trouille, plus de gouvernail, plus de fric, pas de Sécu, bientôt à la rue, ça ne fait pas l'ombre d'un doute, et que je suis prêt à accueillir cet éditeur à bras ouverts (pas que je serais mercenaire, mais s'il y a du fric à la clé, oui, je lui fournis le récit de mes années avec Mac et de ma vie de fouteur de merde, et je lui fourgue aussi l'hagiographie de Sierra à laquelle travaille April Wind). Qui est ce type? C'est Ronnie Bott, de Bertelsmann Ouest, la plus grosse, que dis-je? la seule maison d'édition qui reste à New York. Il arrive par le même chemin que Randy Bowgler, que les autres avocats qui continuent de défiler, que les journalistes et que les fans à l'esprit dérangé (plusieurs d'entre eux sont en train de nous regarder par la fenêtre malgré tous les efforts du flic de louage que la première épouse de Mac a engagé pour les tenir à l'écart) : en traversant une rivière Pulchris pratiquement asséchée et qu'enjambe aujourd'hui un pont grossièrement fait de plaques en imitation contreplaqué posées à même la boue. Neuf heures du matin, quarante-neuf degrés à l'ombre, vent de sud-est qui hurle, voilà que le thème des *Chariots of Love* retentit de nouveau en échos dans toute la maison. Andrea est toujours couchée, naturellement, et April Wind qui a arrangé le rendez-vous s'est enfermée dans sa chambre pour faire sa gym tantrique, bref, c'est Tyrone Tierwater, avec ses genoux en capilotade et le reste, qui va encore une fois ouvrir la porte.

Ce que je fais? Je prépare un grand verre de thé glacé pour mon bonhomme et je l'installe dans la salle Motown, juste au-dessous du portrait électronique rougeoyant des Four Tops[1]. Il n'a pas l'air d'avoir plus de quatorze ans (mais je suis sûr qu'il en a plus) et porte une de ces chemises à col large, avec gilet à motifs assortis, qui semblent être revenues à la mode, un pantalon pattes d'efs et des bottes. Le reste? Cheveux longs, pas le moindre soupçon de musculature, voire de simple barbe, et comme un semis de ce qui ne peut être que de l'acné accroché à sa joue droite. Je me coule doucement dans mon fauteuil et, mon verre de thé glacé serré dans ma main, lui coule un regard qui dit la sagesse et l'ouverture à tout.

— Alors, lance-t-il en remuant sur son siège et croisant, puis décroisant les jambes, vous vous occupiez donc de la ménagerie privée de Maclovio Pulchris, c'est bien ça?

— Dix ans à pelleter de la merde, lui précisé-je en baissant la tête pour contempler le zeste de citron qui flotte au bord de mon verre.

— Vous étiez responsable des lions, n'est-ce pas?

— C'est exact. Eux aussi nécessitaient pas mal de pelletage de merde. Et de viande. Evidemment, vu l'état du monde, ce n'était pas facile de les nourrir et de les garder en bonne santé et s'il n'y avait pas ce putain d'El Niño qui n'arrête pas, ils seraient... (et là je suis obligé de marquer une pause pour enrayer l'étranglement soudain qui me prend à la gorge et n'est pas loin de me couper le gaziou)... ils seraient toujours en bon état. Et Mac avec.

L'éditeur, comment s'appelle-t-il déjà? j'ai perdu le fil de mes pensées, se contente de hocher la tête.

— Vous savez qui je suis, n'est-ce pas?

Il hoche de nouveau la tête.

Je me penche en avant, m'appuie sur mes genoux de vieillard

1. Célèbre groupe de rock-pop de la fin des années cinquante. (N.d.T.)

osseux, lui décoche mon regard le plus prudent et aperçois mon reflet ombreux dans le portrait de Marvin Gaye accroché en face de moi. J'ai l'air d'un marchand de chevaux yankee, d'un vendeur de voitures d'occasion, ou, pire, d'un prêcheur intégriste.

— Vous voulez un livre, je vous en donne un, lui dis-je. Et pas seulement sur Mac ou sur ma fille, aussi sur moi et ce que j'ai enduré pour essayer de sauver cette planète désolée et les, les... (et ça recommence, ma gorge se contracte involontairement)... les animaux.

Et là, il me faut une minute pour me reprendre. J'ai le cœur lourd. Et l'esprit engourdi. De l'humidité s'amassant dans les coins desséchés de mes yeux de vieillard, je me vois contraint de l'en chasser de deux doigts tremblants.

— C'était ça que nous allions faire ici, dis-je, Mac et moi, et je ne peux pas m'empêcher de prendre un ton suppliant : Sauver les animaux. C'est trop tard pour la terre. Ou pour nous. Mais les animaux... que nous arrivions seulement à les sauver de l'extinction avant que nous disparaissions et... ils sauront s'adapter et quelque chose de nouveau nous remplacera. C'est notre espoir. Notre seul espoir.

Il faut croire que je me suis déjà levé et que j'essaie d'aligner mes pensées pour lui parler de l'extinction des espèces, du fait que nous sommes arrivés tout à la fin de la sixième grande extinction qu'a connue cette planète, extinction dont nous sommes entièrement responsables, nous les hommes, nous le progrès, de la façon dont la spéciation se produira après notre disparition, dont elle sera explosion de formes nouvelles qui rempliront toutes les cases laissées vides, transformation comme jamais nous n'en avons connu depuis le début du Cambrien il y a quelque cinq cent soixante-dix millions d'années, mais il n'écoute pas. Il est neuf heures quarante-cinq, il a fait des milliers de kilomètres pour venir de New York, il étouffe un bâillement sur le canapé de Mac, là, sous le portrait ondulant des Four Tops accroché dans la salle Motown. Il n'a aucune envie qu'on lui parle de l'environnement, et de toute façon l'environnement n'est plus aujourd'hui constitué que par l'intérieur des bâtiments, jusqu'aux champs sous dôme où l'on cultive la roquette qu'il va manger et l'espace enclos entre quatre murs qu'il appelle son foyer.

L'environnement ennuie. Personne ne se sent de lire des trucs là-dessus, personne ne veut en entendre parler et, malgré toutes les machinations d'April Wind (et d'Andrea), l'histoire de Sierra n'intéresse personne non plus. Pas plus que la mienne. Non, ce qu'on veut, et ça me frappe avec une clarté que je ne puis qu'attribuer aux neuroamplificateurs que j'ai avalés un peu plus tôt dans la matinée, ce qu'on veut, c'est savoir si la météo va jamais redevenir normale et de quoi était faite la vie sexuelle de Maclovio Pulchris.

Et c'est là que, pile au bon moment, débarque la minuscule, la toute mignonne (même si elle n'est plus si jeune) April Wind et que, tel un bébé, telle quelque idole des Pygmées Ituri, elle traverse la pièce pour tout lui raconter.

Si Ronnie Bott et la Bertelsmann Ouest se foutent comme de l'an quarante de ma fille, des sacrifices auxquels elle a consenti et de tout ce qui ne se trouve pas derrière l'écran de leurs ordinateurs, pour moi, ça compte. Ça compte encore et c'est plus fort que moi. L'intransigeance de l'âge, disons. La nostalgie. Mais après avoir évité April Wind pendant cinq mois, et avoir vomi ses questions insidieuses et l'idée même d'une biographie de Sierra Tierwater, maintenant que tout est fichu, je veux ce livre encore plus désespérément que j'ai jamais eu envie de le voir disparaître avant. Ç'aurait un sens ? Bon, d'accord, disons que c'est de sénilité qu'il s'agit. D'espoir, de ressentiment, de désespoir, de tout ce que vous voudrez, mais je veux témoigner, et le ferai, même si je dois me glisser dans la chambre d'April Wind pour lui piquer son manuscrit et le terminer moi-même.

Sierra a tout donné pour un idéal et si ce n'est pas la définition même de l'héroïsme véritable, je ne vois pas ce que cette définition pourrait bien être. Dès qu'elle est montée dans son arbre, tout a été fini : sa vie était fichue. Elle n'a jamais eu d'enfants, jamais eu de maison, jamais d'animal domestique, d'appartement, jamais elle n'est allée faire du shopping, jamais elle ne s'est acheté quoi que ce soit sur un coup de tête, jamais elle n'a regardé la télé ou un film, jamais elle n'a eu un ami ou un amant. Séparée de son père par quelque neuf cent vingt kilomètres à l'horizontale et cinquante-quatre mètres à la verticale, elle aurait tout aussi bien pu être en prison elle aussi. Trois ans durant, dans le froid glacial de l'hiver et la chaleur torride de cet été-là, pas une fois elle n'a pris un bain. Ses habits puaient, elle avait la peau en feu, elle mangeait du riz et des légumes six jours par semaine et de la soupe de lentilles le dimanche. Elle s'installait sur un seau pour déféquer. Elle avait l'impression que ses doigts et ses orteils allaient tomber, elle avait encore plus mal au dos que son père et une carie dans une molaire supérieure qui menaçait de lui traverser le crâne. Elle n'est jamais allée à Paris. Elle n'a pas fait d'études de doctorat. Elle ne s'est jamais allongée sur un canapé devant un bon feu pour écouter la pluie tomber sur le toit.

Au début, la Coast Lumber a tenté de l'ignorer, mais après qu'El Niño n'eut pas réussi à la déloger, ma fille est devenue gênante – pire encore, un véritable passif. Parce que plus elle tenait, plus il y avait de gens qui le remarquaient. Personne n'était encore resté plus de vingt jours dans un arbre avant qu'elle escalade Artemis, et lorsqu'elle arriva à la fin du premier mois, les journalistes commencèrent à converger sur son bosquet chaque jour plus restreint dans la forêt de Headwaters. Teo, qui ne rate jamais une occasion, les conduisit lui-même au pied de son arbre, allant jusqu'à en aider quelques-uns, les plus intrépides, à se hisser jusqu'à la plate-forme du bas (à cette époque-là, elle en avait déjà deux : une à trente mètres du sol, où elle faisait la cuisine et donnait ses interviews, l'autre à cinquante-quatre, où elle dormait et méditait). Andrea lui ayant fait cadeau d'un portable, à la fin du deuxième mois, elle passait déjà deux à trois heures par jour au téléphone, à bavarder parfois avec son père et sa belle-mère, bien sûr, mais surtout à donner des interviews, éduquer le public, bref, à relever son défi sur le tuf.

Les deux autres à faire du *sit-in* dans les arbres, chacun perché dans un bosquet voisin – une maigrichonne aux cheveux en brosse et un barbu de dix-neuf ans aux yeux tristes (on ne savait que son prénom : Leaf) –, ayant renoncé au bout d'une semaine de pluies incessantes et de vents qui montaient jusqu'à des quatre-vingts kilomètres-heure, je suis sûr que la Coast Lumber s'était sentie justifiée. Se tenir tranquille, telle était la politique à suivre. Eviter les violences. Etouffer la presse avant qu'elle puisse sortir sa sale gueule de son trou pour mordre. Mais c'était compter sans ma fille. Rien à voir avec l'étudiante de base, genre néo-hippie avec des anneaux partout et qui scande des slogans en s'enchaînant aux pare-chocs des voitures de direction pendant ses vacances d'été ; tout en haut dans la tour de son arbre, ma fille était un symbole, un phare qui brillait, inflexible et inébranlable, elle était Jeanne d'Arc conduisant ses troupes à la bataille et n'avait rien d'autre à perdre que ses os. La Coast Lumber avait été obligée de se débarrasser d'elle. Elle n'avait pas le choix.

Prenez un matin, un mois et demi plus tard. Sept heures. Pluie légère qui tombe au rythme lent et variable de l'infini, arbres serrés, ciel si bas qu'on le dirait éclairé de l'intérieur. Elle dort. Engoncée dans ses vêtements thermo-régulés, tout au fond du sac de couchage sarcophage qu'elle a étendu sur le matelas isolant posé sous le toit de sa tente orange bonbon, là, au milieu de sa plate-forme encombrée, à cinquante-quatre mètres du sol. La forêt respire. Un murrelet marbré se pose sur une branche, quinze mètres sous elle. Elle rêve de voler. Pas de tomber, non – ce rêve-là, elle le refuse, dans son lit tout là-haut comme dans son inconscient –, d'avoir des ailes et de plonger de sa plate-forme, de voler au ras de la scierie puis de remonter dans les airs jusqu'à ce que les arbres disparaissent et après, les collines et l'océan, même l'océan, de plus en plus haut dans le ciel, jusqu'à devoir zigzaguer entre les satellites en leurs orbes scintillant d'un éclat métallique, jusqu'à pouvoir regarder la terre sans que rien lui fasse obstacle. La terre, la planète bleue. Elle est là, dans son esprit à moitié endormi, là, sous ses paupières, seules les froides étendues de l'infini la retiennent lorsque, tout soudain, la plate-forme se met à trembler.

Sierra se réveille. Regarde par l'ouverture aménagée dans le pan sud de sa tente. Et voit une main, humaine, agrippée au rebord de sa plate-forme telle une araignée dévoreuse d'oiseaux éclose dans les forêts de l'Amazonie. Elle rêve. Elle rêve, c'est certain, elle dort et veille en même temps. Un grognement se fait entendre, une autre main apparaît, une tête se montre : présomption d'yeux, la fente d'une bouche, une figure encadrée par une barbe couleur marc de café. C'est le visage même de la chose qui s'insinue, celui de Deke le Grimpeur, vingt-huit ans, un employé de la Coast Lumber spécialisé dans l'art de monter dans les arbres pour en faire redescendre les intrus et les livrer à la police qui les arrêtera et à la justice qui les inculpera comme il convient.

Cinquante-quatre mètres au-dessus du sol. A cette hauteur, quand on regarde en bas, c'en pourrait être cent. Les gens y ont la taille de marionnettes, les écureuils et les tamias qui filent sur le tuf sont quasiment invisibles et les branches tombées par terre, les buissons de raisins d'ours et les rochers motifs sur un tapis tribal. Sierra méprise les cordes, les harnais et autres dispositifs de sécurité. Elle va pieds nus, pour mieux agripper l'écorce, et fait confiance à Artemis – son arbre, l'esprit de son arbre – pour la soutenir.

— Qui... ? lance-t-elle sans pouvoir sortir le reste.

Il a posé un genou sur la plate-forme et ne la lâche pas des yeux : aucune réserve, aucun complexe à se glisser dans la chambre d'une jeune fille qui dort ou à entrer dans un lieu privé. Et il n'est pas laid : pas un poil qui dépasse et la barbe est bien taillée, trait de la bouche qui s'élargit en un sourire, regard amical qui se fait chaleureux.

— Bonjour, Sierra, dit-il, et sa voix lui plaît tellement qu'elle se demande s'il ne fait pas partie de l'équipe de soutien de « La Terre pour Toujours ! », ou peut-être est-ce un journaliste intrépide, mais là, ça l'agace aussi.

Les reporters savent très bien qu'elle ne donne pas d'interviews à une heure aussi matinale – et ils devraient quand même avoir la politesse de l'appeler avant. Ses cheveux ? Un vrai désastre. Elle les couvre d'un bonnet tricoté, puis elle se redresse sur son séant et sort les jambes de son sac de couchage. Deke le Grimpeur ? Les pieds dans des chaussures à crampons, il s'est accroupi au bord de la plate-forme – deux mètres cinquante sur un mètre quatre-vingts, c'est tout l'espace dont elle dispose, en deux étages de contreplaqué, et il lui en pique la moitié, elle sent son poids, la plate-forme qui s'incurve pour y résister.

— Vous savez qui je suis ?

Le toit orange de sa tente, ses pieds nus et déjà froids, son sweat, sa parka, ses sous-vêtements thermo-régulés en dessous. C'est quoi, ça ? Une devinette ? Elle le regarde dans les yeux, il sourit toujours, mais son regard se fait froid.

— Non, lui répond-elle, son souffle suspendu en l'air comme si cette unique syllabe était du ciment.

Tout est humide. Et luisant. Il ne doit pas faire beaucoup plus de cinq degrés.

Il porte une chemise en flanelle, trempée de sueur, ou de pluie, ou d'un mélange des deux, des jeans, une chemise couleur sang séché, elle en voit le col ouvert, une montre compliquée pour pro de la technique, et des bretelles, rouges.

— Je m'appelle Deke, reprend-il. En fait, on m'appelle Deke le Grimpeur, et son sourire s'agrandit comme s'il venait de lâcher la meilleure plaisanterie du monde.

Elle sait qui c'est. Maintenant elle sait. Ses bretelles l'auraient trahi s'il n'avait rien dit.

— Je suis là pour t'obliger à descendre. On peut faire ça gentiment, d'une manière civilisée... ou en force, si c'est ça que tu veux.

Il marque une pause pour faire passer son poids d'un genou sur l'autre, la plate-forme tremble.

— Et c'est pas la peine de chercher de l'aide du côté de tes amis parce qu'on en a arrêté trois qui montaient de la route ce matin... ils sont en détention et accusés de violation de propriété privée. Et j'ai bien peur d'avoir démantelé ta plate-forme inférieure... celle où t'entreposais ta nourriture et ton poêle de camping? Ouais, cocotte... et vu que tu vas mourir de faim de toute façon, pourquoi tu jetterais pas tout ce que tu veux garder pardessus bord avant qu'on redescende?

— D'accord, dit-elle.

« D'accord », voilà ce que dit ma fille, et d'une voix si douce que c'est à peine s'il l'entend. Mais il hoche la tête – elle n'a pas vraiment le choix, elle est en infraction et il n'hésiterait pas à la ficeler sur son dos s'il fallait en venir à ça, et à la menotter – et s'allonge sur le côté pour lui laisser le temps de démonter sa tente, d'enrouler son sac de couchage et de se débarrasser de cette connerie de grand papillon hippie New Age qu'elle a peint sur un morceau de toile comme si elle habitait au premier étage sans ascenseur d'un appartement d'Ashbury. Sierra sort de sa tente en rampant – deux mètres cinquante sur un mètre quatre-vingts – et se redresse, se tient maintenant debout au-dessus de lui, à quelques centimètres de ses chevilles croisées, et fait semblant de détendre la corde qui retient sa tente de ce côté-là.

Fait semblant. Ce qui le déconcentre un instant – celui qui commande, c'est lui et qu'est-elle de plus qu'une jeune femme toute mince avec un visage de lune, une natte grosse comme un câble de marine, des pieds sales et des habits qui puent ? – et il n'en faut pas plus à Sierra. Il n'a pas encore eu le temps d'inspirer et d'expirer qu'elle a filé. D'un seul geste, elle s'est agrippée à la branche au-dessus d'elle et d'une pirouette, comme un acrobate, pose les pieds sur l'écorce luisante et ondulée de l'arbre pour y monter, jusqu'en haut, tandis qu'il se démène pour la rattraper, tout ça sans corde de rappel ni pour l'un ni pour l'autre.

— Redescends, espèce de salope ! hurle-t-il en enfonçant ses crampons dans l'arbre et se poussant vers le haut.

Sa récompense ? Une pleine façade d'écorce de séquoia, des morceaux de bois qu'elle détache avec ses pieds et qui lui tombent dans les yeux, les narines et la bouche.

Deke le Grimpeur est bûcheron. Il connaît les arbres. Il est agile, musclé et sûr de son affaire. Elle veut jouer ? Il jouera avec elle. Elle monte encore. Il la suit. Et qu'est-ce qu'elle va faire... tout à la fin, hein ? S'envoler avec les ailes qui lui auront poussé ?

Il ne connaît pas ma fille. Elle trouve une autre branche et y grimpe. Et quand il y arrive à son tour, c'est devant un trou de trois mètres qu'il se trouve : plus de branches, il s'immobilise. Le séquoia est un arbre qui a tendance à s'élaguer de lui-même. Au fur et à mesure qu'il grandit et que ses branches inférieures perdent de leur importance, il les rejette. Celle sur laquelle Sierra s'est accroupie ne pourra les porter tous les deux – de fait, de l'endroit où il se trouve, il lui semble qu'elle ne pourra même pas supporter bien longtemps le poids de la jeune femme. Que dit-il alors même qu'il est là, devant ma fille, à quelque soixante mètres au-dessus du sol ?

— Espèce de connasse ! voilà ce qu'il dit. Espèce de connasse d'enlaceuse d'arbres.

— C'est ça, lui renvoie-t-elle, jure tout ce que tu voudras.

La pluie est plus fournie. Bien au-dessous d'eux, un pic-vert huppé (*Dryocopus pileatus*) passe de couche de lumière en couche de lumière, ailes déployées puis refermées puis rouvertes, ses plumes noires claquant sèchement dans l'air.

— Même si vous étiez cinquante, vous n'arriveriez pas à me faire descendre de cet arbre !

La pluie tombe encore plus fort, les aiguilles de l'arbre lâchent, l'écorce dure et creusée de sillons est rigole où filent des milliers de cascades et de ruisselets miniatures. Deke le Grimpeur a les cheveux aplatis par l'eau, des gouttelettes s'accrochent aux pilosités de son visage. Il jure encore une fois, d'une voix dure et plate.

— Cinquante ! lui crache ma fille. Plutôt mourir ici que de me faire toucher par une espèce de bâtard lamentable dans ton genre !

— Eh bien crève ! lui renvoie-t-il. C'est ça, crève ! Parce que nous, on va l'abattre, cet arbre, que tu sois dedans ou pas !

Notre avis d'éviction arrive dans la semaine. Nous – à savoir Andrea, April Wind, Chuy, les animaux et moi – devons vider les lieux sous trente jours. Les parties en présence et leurs armées d'avocats se sont mises d'accord pour nommer une tutrice testamentaire, et cette tutrice testamentaire exige notre départ et celui de tous les animaux « afin de prévenir tout autre dommage à la propriété et aux biens de la maison Melisma, Santa Ynez, Californie ». La maison Melisma. Je ne savais même pas que ce lieu avait un nom. Mac, c'est certain, ne l'a jamais utilisé – il parlait de son « Ranch », au mieux. Mais bon, c'est comme ça : cet endroit a un nom, et nous n'y sommes plus les bienvenus.

Je le sais parce que c'est moi qui me tiens dans la cour et risque l'insolation, il fait toujours quarante-neuf degrés à l'ombre, lorsque arrive le coursier (le coursier, oui, parce que ce truc-là, on me le délivre en main propre comme une citation à comparaître). Il est à peine plus de onze heures du matin, de toute cette vie le soleil ne s'est jamais trouvé autre part que droit au-dessus de nos têtes et, incurables fous et pessimistes optimistes que nous sommes, Chuy et moi essayons de construire des cages pour les ratels, Pétunia et les pécaris avec le bois flotté qui s'est déposé sur les berges d'une rivière Pulchris officiellement asséchée

— Yo ! s'écrie quelqu'un, et c'est un jeune-jeune empaqueté

dans des habits de la couleur et de la taille d'un radeau de sauvetage (très in, on me l'assure) et attention, la coupe de cheveux : de celle qui élimine tout besoin d'avoir un visage. Yo ! répète-t-il. C'est Tierwater ?

Tierwater je suis. Et j'ôte mes lunettes et lis l'avis en silence pendant que Chuy se bat avec un morceau de bois de six mètres de long, de bois artificiel, s'entend, pensez plastique, résines et restes pulvérisés de pneus en lambeaux, qui jadis ornait la façade des copropriétés d'en face. C'est le coup de grâce, le dernier clou dans le cercueil de la vie totalement inutile que je passai sur cette planète, mais je mentirais en disant que je ne m'y attendais pas. Il n'empêche : ça me flanque la trouille au cœur – la peur de l'inanition, de l'avenir incertain si la fin, elle, est inévitable. Je suis perdu. J'ai mal. Je n'ai ni ressources ni endroit où aller et n'ai plus à ce moment-là qu'une seule ambition : faire enfin partie des vieux-vieux. *Andrea*, me dis-je, *Andrea saura ce qu'il faut faire*, et je suis mes pieds qui déjà traversent la cour délavée avec son herbe du diable jaunissante et les bouts de chair caoutchouteux et tordus qui jadis étaient des poissons-chats ambulants mais ne sont plus que de sombres boulettes jetées d'un ciel en colère. Un lézard mutant (deux têtes, une patte) file sous un rocher pour éviter mon ombre. J'ai la gorge sèche.

— Monsieur Ty, me crie Chuy, où allez-vous ?

Et qu'est-ce que je lui dis, lui croasse tel un vieux dindon desséché en route pour l'abattoir ?

— Je reviens dans une minute.

Andrea est couchée sur le dos dans le lit de la salle Grunge, nue. Et sue. Elle a fière allure, très très fière allure, surtout aux endroits où le soleil n'a guère de chances de lui dévaster l'épiderme, pendant le plus bref des instants je me demande quand nous avons baisé pour la dernière fois – baisé ou « fait l'amour », comme on disait jadis –, puis je lui secoue l'avis d'éviction sous le nez.

Pas question qu'elle y jette un coup d'œil, pas même à ça.

— La chaleur, dit-elle. C'est pire qu'en Arizona. Sois gentil, veux-tu ? Trouve-moi quelque chose de frais à boire... un Diet Coke ? Avec beaucoup de glaçons ?

Que lui dire ? Pas de problème, ma jolie ? Tu veux aussi que je te fasse une petite toilette à l'éponge? Tu veux que je te frotte les pieds à l'alcool? Je ne sais pas : nos relations ne sont pas plus idéales que cette planète et ce n'est pas non plus dans une comédie de situation comme on en voit à la télé que nous vivons. Ou alors si, mais ça doit en être la partie « situation » parce que l'autre n'a rien de comique. J'agite l'avis jusqu'au moment où, un petit courant d'air frais se formant, elle murmure :

— Oh, c'est agréable, c'est doux, surtout n'arrête pas de...

— Ceci est un avis d'éviction, lui dis-je, sans rien mettre dans ma voix. Nous devons dégager d'ici un mois.

Elle se redresse, ce qui est bien dommage vu que ses seins, qui jusqu'alors se répandaient agréablement en travers de sa poitrine tandis qu'étendue là elle suait sur les draps, n'ont plus maintenant d'autre choix que celui d'obéir aux lois de la gravité et de trahir leur ancienneté. Elle m'arrache l'avis des mains et se retourne pour incliner la page (pas de lunettes de lecture ou autre pour madame – une incision de la cornée en plan radial lui a remis la vision à 10 sur 10 dans l'œil gauche et 10 sur 10 dans l'œil droit, et n'allez pas vous imaginer qu'elle ne le prendrait pas de haut avec moi).

Lorsqu'elle se retourne de nouveau, c'est pour laisser tomber l'avis et me regarder longuement, comme si elle arrêtait une décision.

— Je sais où nous pouvons aller, dit-elle enfin, et ce pronom personnel au pluriel me réveille d'un coup – ben tiens : ce n'est quand même pas comme si nous ne nous étions pas embarqués dans cette affaire ensemble, si?

— Où ça? demandé-je.

— Au chalet de Ratchiss.

Je mets une minute à réagir.

— Mais... il est pas mort?

(La question est de pure rhétorique ou alors... stratégique? De fait, Ratchiss est mort depuis une vingtaine d'années, victime de la nature et de sa propre apostasie. Il semblerait en effet qu'il ait renoncé à tout après l'effondrement météorologique du début du siècle et qu'il ait fini par se remettre à la chasse. Pourquoi se compliquer la vie? Voilà ce qu'il se disait avant de se fourrer dans le crâne qu'il passerait à la postérité en tant qu'agent d'extinction d'une espèce donnée, celle-ci ne tenant déjà plus à l'existence que par un fil. Ce qu'il choisit ? Le condor de Californie, il n'en restait plus que cent dix représentants, dont cinquante relâchés dans la nature par le personnel du zoo de Los Angeles qui allait lui-même trépasser sous peu. D'après ce que j'ai entendu dire, il aurait réussi à en abattre deux alors qu'ils tournoyaient en l'air dans les collines les plus reculées de la réserve de Sespe et rechargeait son arme pour en descendre un troisième lorsqu'un des oiseaux qu'il avait perforés s'étais mis à dégringoler du ciel et, purement et simplement mort et éteint à jamais, l'avait frappé à la nuque avec toute la force d'un parasol mouillé jeté du haut d'une falaise. Il n'aurait jamais retrouvé ses esprits.)

Elle pince les lèvres, me décoche le regard qui jadis trouait complètement les beaufs, les pollueurs et leurs compères.

— Si, si, dit-elle, il est mort. Mais pas son chalet.

— On ne peut quand même pas... Qui c'est qui y habite maintenant ?

Elle regarde au loin et, vision chirurgicalement assistée, individualise sans aucun doute chaque cheveu sur la tête de Kurt Cobain.

— Personne. Il a laissé le chalet à « L.T.P.T. ! », oui, à nous, et la dernière fois que j'ai vérifié, il n'y avait personne dedans.

— Mais... on ne peut quand même pas y emménager comme ça !

— T'as mieux à proposer ?

— Et le fric, hein ? La bouffe ? On ne peut pas vivre d'aiguilles de pin et de tuf ! Je n'ai pas plus de quinze cents dollars sur mon compte... si la banque n'a pas disparu.

Et je vois son sourire, somptueux, il s'épanouit au point focal de son corps nu de jeune-vieille.

— On a vendu des trucs, April Wind et moi, me répond-elle.

Je suis un peu lent, je le reconnais. Lent, perplexe et vieux.

— Quels trucs ?

Son sourire fleurit tellement qu'il finit par perdre ses pétales et voilà qu'elle se détourne avant de reporter son regard sur moi.

— Oh, je sais pas, dit-elle, et sans me lâcher des yeux, elle me montre les boucles de cheveux de Kurt Cobain, je... on dit « des reliques » ?

La température a dû grimper de trois degrés lorsque je retrouve Chuy. La chaleur est comme un poing, non, deux, et boum boum, ils me frappent si fort à la poitrine et au pelvis que je ne peux quasiment plus soulever les pieds et que je vous dise : le vent n'aide pas non plus. Il souffle à quelque trente-cinq kilomètres-heure, rien à voir avec ce qui s'annonce pour les mois suivants lorsque, la chaleur augmentant, il montera du désert, mais il n'empêche : par terre tout bouge, des tourbillons se forment, des particules de cochonneries me bouchent les narines et me piquent le fond de la gorge et tous les arbres sont en lambeaux et jettent leurs oripeaux tantôt à droite, tantôt à gauche. Normalement, je porterais un masque de gaze à cette saison, mais après le fiasco de la mucosa, je ne supporte plus l'idée d'avoir quoi que ce soit sur la bouche (sauf peut-être les lèvres douces et jeunes-vieilles d'Andrea, et encore : pas plus d'une fois par semaine), et donc, je serre les dents, je ferme à demi les paupières et je continue d'avancer en vacillant.

Chuy donne l'impression d'avoir cuit à feu doux à la rôtissoire. La peau rugueuse et le teint brouillé, il porte des habits tellement luisants de sueur qu'on les dirait passés à l'huile d'olive. Il a réussi à planter un poteau en ciment aux quatre coins de l'enclos qu'il entrevoit dans les rigoles endommagées de son esprit, mais semble avoir des ennuis avec la planche qu'il a sauvée du désastre et entend y clouer. Ou plutôt non : pas avec la planche, avec son marteau et ses clous. Chaque fois qu'il immobilise son marteau, c'est le clou qui lui file entre les doigts et quand enfin il réussit à maintenir le clou en place, c'est le marteau qui lui fait faux bond. Dursban oblige. Je ne suis pas physiologiste, mais on dirait bien que lorsqu'il fournit un gros effort – surtout quand il transpire –, ses nerfs recommencent à foirer dans tous les coins. Ses yeux roulent follement dans leurs orbites et ses doigts jouent des arpèges sur un clou de dix centimètres de long lorsque je pose ma main sur son épaule.

— Laisse tomber, Chuy, dis-je.

Et voilà que son clou étant soudain trop brûlant, et son marteau plus encore, il lâche tout, les deux objets s'écrasant dans la poussière à ses pieds.

— « Laisse tomber ? » répète-t-il en écho et, accroupi sur les talons, il plisse les paupières pour m'observer.

Je ne baisse même pas la tête vers lui et me contente de regarder fixement le paysage qui s'embrase, tandis que retentissent les coups sourds qui montent du chantier de reconstruction des immeubles effondrés sur les collines d'en face ; le vent fait démarrer des minicyclones, rien d'animé qu'on verrait, pas même un oiseau. Je pense aux lions morts (leurs carcasses ont disparu et je me demande lequel de nos cow-boys de l'équipe d'intervention du SWAT a recouvert son canapé de leurs peaux), je pense à Mac qui voulait tant faire quelque chose pour « tous les animaux hideux, ceux dont personne ne veut », je pense à moi qui me berce toujours d'illusions, qui juste au sortir de prison me disais encore qu'il y avait sûrement des trucs à faire, quelque chose à accomplir, même à mon âge.

— Y a plus rien à faire, ajouté-je. C'est fini.

Le lendemain, au déjeuner, April Wind se montre héroïquement volage. Andrea et moi sommes en train de manger du bœuf antique tout droit sorti des congélateurs de Mac (avec un mesclun de légumes vapeur et un *gratin** de pommes de terre reconstituées) et de faire descendre tout ça avec un bordeaux 92 somptueux, épais comme du sirop et quel *bouquet** ! aussi enivrant que ce que Dieu servit peut-être à Adam en son premier soir au jardin. C'est du bon. Croyez-moi. Et voilà qu'April fait la fine bouche devant son assiette, y pousse ses légumes dans tous les sens comme le faisait Sierra lorsqu'elle était enfant, qu'elle vide et remplit deux fois son verre et nous lance :

— On s'est bien amusés.

Je coule un regard à Andrea, mais celui qu'elle me renvoie me dit qu'elle sait déjà ce qui va suivre. Dans le détail.

— Je voulais juste te remercier, Ty, reprend April Wind en approchant un doigt de chou-fleur cuit à la vapeur de la petite bourse que forme sa bouche mais n'arrivant, c'était prévisible, qu'à le laisser tomber dans son verre.

Son vin réagit en dégoulinant sur le pied de son verre, une tache rouge menaçante s'élargit sur la nappe tandis qu'elle va jusqu'au bout de sa pensée :

— Pour tout, reprend-elle, enfin, je veux dire... pour Mac, et le reste. Et la terre aussi... pour l'amour que tu lui portes. Et pour les animaux.

Ce que ça signifie? Qu'elle s'en va. Bon, parfait. Nous avons encore vingt-neuf jours pour élaborer d'autres plans et la tutrice testamentaire – maigre et méchante, elle porte une espèce de tube noir en guise de robe et l'on pourrait croire que c'est au fond d'un magasin d'accessoires de surf qu'elle l'a trouvée –, a déjà dépêché une douzaine de bonshommes qui fouillent méthodiquement la maison pour y cataloguer les vastes réserves de souvenirs de Mac, bijoux, tableaux, meubles et guitares Les Paul. Je suis soulagé. Non, vraiment. Et ne dis mot.

April Wind repêche son bout de chou-fleur dans son vin, plop, se l'enfourne dans la bouche et se met à taper négligemment sur le bord de son verre avec la lame émoussée de son couteau à beurre. La tache de vin a enfin trouvé sa forme, ça ressemble à quelque chose du genre le visage révélé de Jésus, ou alors à la *Tête de femme* de Picasso, je ne sais pas trop.

—Je pars pour New York, poursuit-elle, comme prise de vertige à cette idée. Avec Ronnie. Il me fait monter une voiture à une heure. (Pause.) Je vais retrouver mon coéquipier, tu vois? comme qui dirait le type à qui on a tout raconté et qui a écrit le bouquin sur l'actrice Gwyneth Platrow? Et je dois passer au *Wes Starkey Show* et tout et...

Je ne sais s'il faut la féliciter ou la plaindre, je me contente donc de hocher la tête, de siroter mon vin et de me demander ce qu'il peut bien y avoir dans cet instant pour que je me sente aussi vieux, bien plus vieux que tout ce que pourrait espérer un enfant du baby boom en matière de longévité.

Mais suffit. Adieu April Wind et voilà qu'un soir, et d'un commun accord – la méchante femme en robe tube et ses catalogueurs sont en sûreté dans leurs lits au motel Big Ranchito de Buellton –, Andrea et moi commençons à charger l'Olfputt pendant que, le soleil suppurant à l'horizon, Chuy sort la Dodge Viper rouge piment du garage, les quinze cents dollars en liquide que je lui ai passés bien rangés au fond des poches de son blue-jean. (Parce que je lui ai aussi donné la Viper. « *Qué estás diciendo?* m'a-t-il demandé tandis que ses yeux se poursuivaient tels des insectes tout autour de son visage. Tou dis que la voitoure est mienne ? » Je lui signai la carte grise en imitant les gribouillis électro-encéphalographiques de Mac du mieux que je pouvais. « Vas-y, prends-la. Tu l'as bien méritée ! »)

Andrea n'avait pas grand-chose avec elle lorsqu'elle s'est pointée sur le pas de ma porte en novembre dernier – des produits de beauté, des bijoux indiens, un choix de débardeurs et de robes moulantes propres à précipiter les jeunes-vieux mâles dans les fièvres de la nostalgie sexuelle –, elle n'en a pas beaucoup plus aujourd'hui. Ce qu'elle a, par contre, c'est une superbe collection de souvenirs de Maclovio Pulchris, tous planqués avant que les avocats aient fondu sur nous et que la tutrice se soit mise au travail. Nous chargeons tout à l'arrière de l'Olfputt, avec les pièces et morceaux de trucs qui m'appartiennent et ont résisté à l'inondation de la maison d'amis et aux mois de pourrissement qui ont suivi. Nous travaillons sans rien dire, comme une équipe, c'est instinctif, nous nous cherchons du regard et songeons à emporter un choix de viandes vénérables dans une grande glacière portable et autant de vin que nous pourrons raisonnablement en stocker sous les sièges (fini le saké pour moi, du cru ou autre). Ce que nous faisons serait-il parfaitement convenable, voire seulement légal ? Bien sûr que non. Mais Mac, j'aime à le croire, n'y aurait pas vu d'objections. Je lui ai quand même donné dix ans de ma vie sans me plaindre, soit beaucoup plus que n'importe laquelle de ses épouses.

La voiture est pleine à craquer. J'ai les clés de la maison dans la main. Mais il y a encore quelque chose à régler : les animaux. J'avais décidé, dès que l'avis d'éviction m'était arrivé, de tous les libérer. Plus rien n'avait d'importance et ce n'était pas comme si la situation devait jamais s'améliorer. Deux ratels, un mâle et une femelle, où seraient-il allés, qu'auraient-ils fait ? En des temps très anciens, ils naissaient en Afrique et aux Indes et, omnivores féroces, se nourrissaient de tout, du rat à la tubercule en passant par les fruits et oui, le miel, mais aujourd'hui le monde n'est plus qu'Afrique, Indes, Bloomington, Calcutta et le Bronx tout en un. La faune terrestre a disparu, l'habitat est réduit à rien, il n'y a pratiquement plus d'animaux nulle part en dehors des espèces R et des trucs exotiques. Et donc, pourquoi pas ? Qu'ils filent et soient optimistes.

Je me tiens loin derrière la cage, le Nitro calé sous un bras, lorsque je tire sur le fil de détente que Chuy m'a bricolé et les laisse partir. Ces bêtes-là pouvant être d'une irrémédiable cruauté – on n'hésite pas à se ruer sur les organes sexuels de l'adversaire dès qu'il y a dispute ou confrontation –, j'éprouve sans doute quelque remords à les lâcher dans les appartements où, Sakapathian et autres exploités, on a déjà tant de mal à gagner sa vie, mais pour finir, tandis qu'avec Andrea j'observe leurs dos blancs et voûtés qui filent à découvert avant de s'enfoncer dans les buissons morts au bord du cours d'eau desséché, je ne ressens plus que du soulagement. Peut-être trouveront-ils la vie facile en se rassasiant de rats et d'opossums... peut-être même se reproduiront-ils et donneront-ils naissance à une sous-espèce nouvelle, la *Mellivora capensis pulchrisia.*

Les pécaris ne posent pas de problèmes. C'est quand même du Sud Ouest des Etats-Unis qu'ils étaient jadis originaires, je n'ai qu'à leur ouvrir trois portes – celle du bowling et deux autres dans le couloir du bas – pour les voir s'enfoncer dans la lumière faiblissante en reniflant et n'y être bientôt pas plus bizarres ou surprenants que la poussière, les rochers et le prosope. Les vautours d'Egypte ? Un vrai plaisir. Ceci en passant : ce sont les oiseaux qu'on voyait autrefois dans les documentaires d'histoire naturelle (blanc crémeux, plumes noires miteuses derrière et gros bec crochu devant), ceux-là mêmes qui laissaient tomber des pierres sur les œufs d'autruches pour en percer le tégument coriace – du temps où il y avait des autruches, s'entend. Je les chaperonne l'un après l'autre en me servant d'un gantelet en cuir qu'un des amis saoudiens de Mac a laissé derrière lui il y a des années. Puis nous passons sur la pelouse, enfin... nous arrivons à l'endroit où il y en aura une dès que l'irrépressible architecte paysagiste aura remonté son affaire.

La température est retombée aux alentours de trente degrés. Tout respire la vie. Agrippés à mon bras, les oiseaux se tiennent immobiles comme des statues, puis l'un après l'autre tombent leurs chaperons et ils s'élèvent dans les airs en battant furieusement de leurs ailes de miteux. Longtemps nous les regardons monter dans le ciel tandis que, la nuit s'étendant déjà derrière eux, un coucher de soleil en œuf cassé posé sur de gros pointillés rougeoie fort derrière les collines et qu'un soupçon de vent trouve son chemin vers la mer.

Reste Pétunia.

— Je peux pas, dis-je. Je peux tout simplement pas.

Andrea réfléchit tandis que nous nous tenons dans l'allée – derrière nous les lumières de la maison brillent doucement. Pas un bruit, rien, pas le moindre moteur qui rugisse ou la moindre sirène qui gémisse dans le lointain lorsque tout soudain, optimiste incurable, un grillon solitaire entame un chant grinçant et vacillant comme seul il en connaît. Alors Andrea me touche, alors ses doigts gentiment caressent les chairs lasses et pendouillantes de mon avant-bras et là, le souvenir en relief de mes trente-deux points de suture et de toutes les blessures que je ne savais même pas avoir subies.

Elle comprend. Andrea, ma femme de mille ans, Andrea, ma femme d'aujourd'hui. Sa voix est douce. Elle dit :

— Et si on la prenait avec nous ?

Los Angeles, septembre 1993 – Scotia, décembre 1997

Tierwater était revenu passablement secoué de son expédition en Oregon et pendant un bon moment – pratiquement deux ans – avait vécu la vie d'un citoyen modèle, d'un père exemplaire et d'un époux dévoué. Au moins avait-il essayé. Fort. Il ne travaillait pas, pas à quelque chose d'aussi terre à terre et assommant qu'un boulot, s'entend, la seule chose pour laquelle il avait quelques compétences étant d'enterrer des centres commerciaux qui avaient fait leur temps et, de ce côté-là, il n'y avait guère de demande dans une Californie du Sud où tous les maxi- et mini-centres donnaient l'impression d'avoir été construits dix minutes avant qu'on y arrive – et l'argent de son père, celui qu'Andrea et Teo avaient fait suer à la pierre qui lui avait pendu au cou toutes ces années, suffisait largement à les faire vivre, et pendant longtemps. Alors il se lança tête la première dans la vie de banlieue, bien qu'elle fût l'ennemie même de tout ce qu'il avait espéré réussir en tant qu'écologiste, mais quoi ? C'était une vie sans danger. Et qui lui permettait d'offrir un cocon à Sierra. Car c'était elle qui comptait maintenant, et ce dont elle avait besoin, c'était un père ordinaire, un papa qui ne soit pas compliqué, un papa qui retourne les hamburgers sur le barbecue, un papa qui l'accueille à la porte et se prenne la tête sur ses problèmes de géométrie après le dîner, pas un héros en prison.

Il n'empêche : malgré toutes ces occupations, les jours semblaient interminables. Andrea partait au boulot – elle se faisait dans les quatre-vingt-cinq mille dollars par an en tant que membre du comité directeur de « L.T.P.T. ! » –, Sierra allait à l'école et quittait lentement les cercles gothiques pour subir l'emprise naissante des néo-hippies végétariens et sans maquillage des sauve-la-terre. Et que faisait Tierwater en dehors de se muer en mari à la maison invétéré, en père qui prépare trois repas par jour et en sous-adjoint au coach de football (division amateurs) de Sierra ? Il jardinait. Ou plutôt non : il paysageait.

Certes ils étaient en location, mais ils avaient la possibilité d'acheter et Tierwater aurait de toute façon volontiers continué à planter, pailler, bêcher et creuser des tranchées – chez lui ça tenait de la compulsion, ou l'était devenu. De type ranch classique qui n'en finit pas de s'étaler, la maison datait des années quarante et se trouvait sur un terrain d'un demi-hectare dans un quartier carrément résidentiel. Le problème ? Que tout ce qu'il plantait, pittosporum, glycine, *Lagerstrœmia indica*, cycas, parterres d'impatiens, géranium-lierre et pervenches, était artificiel et étranger à la région, que ça gaspillait de l'eau et détruisait l'environnement. Il arracha tout. Réduisit à rien tiges, branches et troncs en les passant au broyeur à bois et recommença à semer, mais des plantes locales. Derrière la maison il planta des sycomores, des noyers et des chênes rouges, et sur la pente ouest au-delà des chardons ceanothus, des géraniums Robert, des cerisiers de Catalina et de grands pans de yuccas à feuilles piquantes. Et se montra tout aussi décidé avec la piscine. Il ne pouvait pas vivre avec un truc pareil, c'était aussi simple que ça. Elle était là, à scintiller artificiellement au soleil, à dévorer de l'électricité, des produits et de l'eau qu'on allait pomper jusque dans les rivières Sacramento et Colorado. Obscène, que c'était. Deux mois ne s'étaient pas écoulés depuis leur entrée dans les lieux que malgré les objections d'Andrea il virait le type qui s'en occupait, vidait un bon mètre d'eau et jetait de la terre et des rochers dans ce qui restait pour y créer un marécage où du gibier d'eau pourrait batifoler avec la grenouille à pattes rouges et le crapaud commun.

Le voisin – un certain Roger quelque chose, il n'avait jamais saisi son nom de famille – avait mis en doute la sagesse de ses décisions. Banquier d'affaires, il portait des chemises à manches longues et fines rayures même lorsqu'il taillait ses rosiers ou inondait sa pelouse avec un tuyau d'arrosage vert qui ondulait.

— Ça va attirer les moustiques, lui avait-il déclaré un après-midi en passant son long cou par-dessus la barrière en séquoia qui séparait leurs jardins.

Tierwater avait aleviné sa mare avec des gambusies (*Gambusia affinis holbrooki*) dévoreurs de moustiques, mais ne lui en dit rien.

— C'est mieux que des banlieusards à la con, lui avait-il renvoyé.

La pelouse de devant ayant été posée en bandes aux endroits où l'herbe était d'une soif insatiable, il créa un espace de xérophytes indigènes et, comme tout bon et vrai citoyen des banlieues, dit à ses grincheux de voisins d'aller se faire foutre. Et se sentit bien. Content de lui. Même si personne d'autre ne s'y mettait, il contribuait, lui, à la restauration d'une petite part de l'écosystème. Se seraient-ils tous convertis à sa cause, y auraient-ils tous mis du leur, oui, tous ces voisins qui pilotaient des Mercedes et ne songeaient qu'à conclure de bonnes affaires, que tout aurait changé en bien – encore aurait-il fallu qu'ils aient assez de bon sens pour aller au fond de leurs jardins et là, derrière leurs paillis, enterrer leurs torses habillés de vêtements design dans un gros tas d'herbe et de feuilles avant de se tirer une balle dans la nuque, évidemment.

Bon, d'accord : peut-être était-il un rien loufoque – il aurait été le premier à le reconnaître. Mais au moins se tenait-il à l'écart des ennuis, ce qui plaisait beaucoup à Andrea, à son contrôleur de conditionnelle et aussi, il aimait à le croire, à Sierra. Mais un jour, il n'y avait plus eu un seul arbre, plus un seul buisson, plus une seule succulente, plus un seul cactus à planter, et dans sa piscine reconvertie les grenouilles coassaient avec vigueur et il avait découvert qu'il avait toujours besoin d'agir. Cela tenait de la dépendance : il suffisait d'identifier l'ennemi, de le frapper au cœur de la nuit et d'aimer le magnétisme que ça donnait pour être accroché. Faire dans le passif en restaurant l'écosystème, retournant une pelouse, distribuant des tracts et prenant part à des meetings était bien, mais rien ne valait l'action déclarée, directe et dévastatrice : il aurait suffi d'obstruer assez de canaux, de détruire assez de Cats et de sucer assez de sang dans le cou de ces fils de putes pour qu'ils renoncent. Du moins était-ce ce qu'il pensait. Il arrivait pratiquement au bout de sa peine et sa fille grandissait vite, dix-sept ans déjà, en terminale et pensant à entrer à l'Université de Californie, campus de Santa Cruz, celui, et qu'il était sylvestre, qu'Andrea et lui étaient dûment allés visiter pendant ses vacances de printemps. Deux ans à jouer à *Papa sait tout*, ça faisait long. Et il en avait par-dessus la tête.

Bien sûr, il y avait la question Andrea. Elle avait certes pris bien du plaisir à lui montrer quelques astuces d'éco-terrorisme en son temps, mais la situation avait changé. Maintenant, elle avait un rang à tenir – tout comme lui. Retourner en prison n'aurait fait de bien à personne. Il n'avait pas oublié le soir où, pour la première fois depuis longtemps – c'était vers la fin de sa période mari-à-la-maison et banlieusard abruti –, il avait ramené le problème du « travail de nuit » sur le tapis. C'était après le dîner, ils traînaient en sirotant un verre de vin. Sierra avait rejoint sa chambre et, pendue au téléphone, écoutait de « nouveaux folkeux » chanter en harmonie dans ses haut-parleurs comme pluie douce qui tombe sur un lac endormi. Dehors, de l'autre côté des moustiquaires, les grenouilles à pattes rouges se déchaînaient en un beau concert de croassements afin de fêter le coucher du soleil.

— Non, dit-elle, c'est trop risqué.

Elle réagissait ainsi à certain commentaire qu'il avait fait sur les derniers projets de la compagnie d'électricité locale, lesquels projets étaient « déjà en voie de réalisation, bordel, bulls, excavatrices, habitat perdu à jamais, tout et le reste » et avaient pour but d'implanter un nouveau réseau de centrales électriques dans les montagnes de Santa Susana, à l'autre bout de la Vallée. « Un jeu d'enfant, lui avait-il dit en passant un doigt sur le rebord de son verre. Ça fait une semaine que je vais m'y promener toutes les après-midi... tu savais pas ? et c'est rien du tout. Exactement ce que tu disais pour le truc du Siskiyou : un jeu d'enfant. Sauf que là, c'est vrai. Pas de gardes, pas de vigiles de nuit, rien de rien. Ils se contentent de tout abattre, pour eux c'est un boulot comme un autre, ils mettent leurs casques de chantier, ils n'ont jamais entendu parler d'écologie et croient que les clés à molette, ça sert seulement à serrer des boulons. »

— Non, Ty, répéta-t-elle et ça y était, ses rides d'agacement lui remontaient déjà sur le front jusqu'à son début de calvitie.

Elle repoussa ses cheveux en arrière et inclina la tête de côté pour le regarder droit dans les yeux.

— Il n'est plus question de jouer à la guérilla, reprit-elle. Chaque fois qu'un cinglé d'écolo fait sauter un truc ou plante des trenails dans les arbres, on perd des points dans l'opinion publique... sans parler de l'assemblée législative. Soixante-treize pour cent des Californiens sont pour la protection de l'environnement. Il ne nous reste plus qu'à les convaincre de voter... et c'est ce que nous faisons. Et nous sommes en voie de réussir. Il n'y a plus besoin de recourir à la violence et... je ne sais même pas si ce fut jamais le cas.

Il garda le silence. « Un cinglé d'écolo. » Etait-ce donc ça qu'il était devenu ? Un incontrôlable ? Quelqu'un qui faisait honte à la cause ? C'était quand même lui qui s'était tapé de la taule pendant qu'elle prenait la main de Teo et des autres pour aller gambader dans les champs... et gagner du fric, ne jamais l'oublier. Ben voyons ! Comme si l'environnementalisme n'était pas devenu une carrière parmi d'autres ! Il porta le verre à ses lèvres et laissa le liquide jouer dans son palais. Le vin sentait la source, les fruits et le soleil, mais il n'y prit aucun plaisir parce que cette odeur était artificielle et que les grappes de raisin qui avaient donné leur jus pour le faire avaient été passées au soufre et Dieu sait quels autres produits chimiques. Que des chênes étaient tombés pour fabriquer les tonneaux. Que de l'habitat naturel avait été grignoté. Parce que rien ne vivait dans un vignoble, pas même les nématodes.

— Je ne dis pas qu'on n'aurait plus besoin de recourir à l'action directe... surtout contre les compagnies minières, les Axxam Corporation et autres. Mais il ne peut pas y avoir de violences... tout ça doit rester légal.

La lumière du soleil couchant jetait des taches de rose sur les murs en plâtre, les appareils ménagers de la cuisine et les plantes dans leurs suspensions, et faisait d'Andrea immobile dans son fauteuil l'image même de la paix domestique – « Femme assise avec verre de vin » – et c'était bien le cas. Pour l'instant.

— On a fait de grandes choses dans les Sierras, Ty, reprit-elle, et tout le monde est au courant, tu le sais. Tout le monde nous regarde, Ty, toi et moi. C'est pour ça que je te le dis encore une fois : on ne peut pas se permettre de déraper.

— Je ne déraperai pas.

Elle lui renvoya aussitôt la balle.

— Je le sais, dit-elle.

Mais le ton qu'elle avait pris l'agaça – trop lourd de sous-entendus : il ne déraperait pas parce qu'il ne ferait rien de plus que de bavasser et d'agiter les mains en l'air, voilà ce qu'elle lui disait. Et que si jamais il osait aller repêcher son bonnet tricoté, son maquillage de théâtre et ses coupe-boulons, c'en serait fini de toute paix domestique, dans cette maison et avec cette femme.

— Non mais, tu t'entends ? s'écria-t-il. On dirait une pute de multinationale. C'est quoi, tout ça ? On se hisse en haut de la chaîne alimentaire ? On fait de la politique ? On veut le gros paquet de pognon ? C'est de ça qu'il s'agit ?

Elle renversa la tête en arrière et vida son verre. Et le reposa si violemment sur le plateau de la table que le pied s'en brisa presque. Il vit alors à quel point elle était en colère.

— J'avais à peine vingt-trois ans que j'étais déjà à l'avant-garde de ce combat ! s'écria-t-elle. Et t'étais où, toi, tu veux me le dire ?

— Combien crois-tu que nous ayons perdu d'espèces pendant que tu te baladais cul nul dans les montagnes ? lui renvoya-t-il en ignorant sa question. Combien en avons-nous sauvé pendant ce mois ? Et combien de routes ont été construites et combien d'arbres abattus, hein ? Et dans le monde entier, pas seulement en Californie et en Oregon, non, dans le monde entier.

Ses mains se portèrent vers la bouteille.

— Et tiens, pendant qu'on y est, combien de types t'es-tu envoyés pendant que j'étais à Lompoc ?

Tout s'arrêta, net.

— Hein ? dit-elle, et il se sentit bas, un crapaud qu'il était, un criminel, un briseur de foyers.

— J'entends pas, insista-t-il. Combien ? Ou alors... y avait que Teo ?

Elle s'était levée, et lui aussi. Dans les regards qu'elle lui décochait, il n'y avait pas d'amour, pas un gramme. Ce n'était même plus de l'exaspération, même plus du mépris. Aurait-elle été une chienne, une hyène ou une renarde de Patagonie qu'elle aurait grondé. Là, elle se contenta de rejeter la tête en arrière pour écarter ses cheveux de sa figure, lui tourna le dos et quitta la scène d'un air digne.

Tierwater ? Il frappa si fort le mur avec sa bouteille qu'il en sentit la secousse jusqu'en bas de son dos. Puis il resta immobile un instant, le goulot de sa bouteille tel un bouquet de fleurs vertes et rigides brusquement sorti de sa main, et s'en alla chercher son bonnet tricoté au garage.

Il n'alla pas loin. Pas ce soir-là. Il y avait un problème sur l'autoroute, des travaux de réfection du bas-côté, des flics qui poursuivent une voiture, un produit chimique renversé sur la chaussée, des meubles tombés sur la voie rapide, un fou qui bloque une rampe d'accès avec son pick-up et menace de se suicider, à vous de choisir. Quand donc n'y avait-il pas de problèmes sur l'autoroute ? Il resta immobile, coincé dans la circulation, à rager. Des voitures, il y en avait à perte de vue, et dans les deux sens, bloquées entre des copropriétés et des immeubles de rapport, des restaurants et des parkings, chacune d'elles expédiant chaque année son quota de carbone dans l'atmosphère, encore et encore, sans arrêt. À la radio, on parlait scandales. Là, c'était un match de base-ball. Là, des succès d'autrefois. Il écouta les succès d'autrefois et n'en éprouva que sa propre vieillesse. Les voitures avançaient telle une armée qui converge sur un objectif lointain, il se traîna avec elles, en insultant ses camarades conducteurs et y faufilant sa Jeep un centimètre après l'autre jusqu'au moment où, enfin, il atteignit la bretelle suivante, et la trouva tout aussi bloquée que le réseau de routes qu'elle desservait.

Sierra avait bien raison de ne pas conduire. Elle refusait même de passer son permis. Le bus me suffit amplement, disait-elle. Et les garçons. Les garçons m'emmènent où je veux. Regarde-les, Papa : ils s'entassent à ma porte, sur dix rangs de profondeur ! Les garçons. Ben tiens, lui répondait-il, et il lui faisait un clin d'œil parce qu'il était incapable de mordre à l'hameçon. Mais n'oublie pas de leur dire que ton cœur appartient à Papa.

Toutes choses qui remontaient à... hier ? Une semaine ? C'était à ça qu'il pensait, tandis que sa rage se dissipait et que sa Jeep avançait – toute la file s'était mise en branle, la voiture de tête ayant fait un petit bond, bientôt suivie par la deuxième, puis la troisième, en un mouvement qui passait de mains en pieds en accélérateurs en une chaîne jamais rompue –, lorsqu'il se retrouva sur les stops de la voiture qui le précédait, et pila à son tour. A l'instant même où tout le monde bondissait un rien en avant, une petite voiture étrangère s'était ruée dans le trou qui s'était formé entre les première et deuxième voitures, toute la file de conducteurs derrière, soit une vingtaine – le vieux, le suspect, le poivrot, le souffrant –, se voyant contraints d'écraser la pédale de frein l'un après l'autre. Il n'avait pas eu le temps de réfléchir, pas même celui de fermer les yeux ou de serrer les dents lorsqu'il se sentit projeté en avant sur son siège, puis repoussé brusquement en arrière, tandis que le véhicule qui le suivait lui montait sur le pare-chocs, lui aplatissait l'arrière de la Jeep et le poussait désespérément dans la voiture de devant.

Alors il comprit ce qu'est le coup du lapin, les fibres des muscles qui s'effilochent, le bas de la nuque et les épaules qui brûlent comme si on les cognait avec une planche, les yeux qui ne voient plus, K.O. et pour le compte, mais ça ne l'empêcha pas de bondir de sa voiture pour affronter le crétin qui lui était rentré dedans. Mais qu'est-ce qu'ils avaient, tous ces gens ? Comment pouvaient-ils vivre de cette façon ? Ne voyaient-ils donc pas qu'il y avait de la nature tout autour, là-bas ?

Le smog tenait du gaz moutarde et lui brûlait les poumons. Il y avait des détritus partout, éparpillés du haut en bas de la bretelle de sortie tels les restes d'une civilisation vaporisée à coups de bombes, boîtes de conserve, bouteilles, emballages de fast food, couches jaunissantes et caddies rouillés, filtres à huile, gobelets en polystyrène, mégots de cigarettes. L'herbe était morte, les lauriers-roses enterrés dans la poussière. Eloigné de quelque dix-huit mille kilomètres du continent où était née son espèce, un eucalyptus esseulé présidait à la scène tel un panneau publicitaire pour la nielle. On entendait des cris dans le lointain, des jurons, des hurlements, le klaxon irrépressible d'une voiture puis d'une autre et des sirènes, des sirènes ubiquistes qui jetaient comme un chant lugubre par-dessus tout.

Il ouvrit violemment la portière avant de la voiture qui le suivait, pas besoin de se montrer rationnel, un seuil avait été franchi et refranchi avec Andrea, Teo, le trou à merde qu'était le monde des hommes, il était capable de tout. Là, dans cette bulle d'acier puante et aplatie, se trouvait le visage de son ennemi, d'un ennemi aussi précis et indubitable que Johnny Taradash, il avait posé la main gauche sur la poignée de la portière et fermé la droite en un poing, tous les klaxons du monde s'étaient mis à hurler... il regarda, vit ce visage et s'arrêta.

C'était une jeune Asiatique, dix-sept, dix-huit ans, pas plus vieille que Sierra, avec des yeux au regard profond comme un puits et trois rivières qui découpaient son visage en un delta de sang et oui, il haïssait tout et tout le monde et oui encore, il avait un chalumeau à acétylène, une bouteille d'oxygène et un sac de carbure de silicium à l'arrière de sa Jeep, mais il passa ses mains dans l'habitacle de la voiture démolie, en sortit la jeune fille et la tint dans ses bras jusqu'à l'arrivée de l'ambulance.

Ce que ça lui fit ? Rien, absolument rien. Evidemment qu'il y avait de bonnes gens en ce monde, des êtres humains dignes de compassion, de sacrifice et d'amour, mais cela ne les déchargeait nullement de leur crime collectif. Il y avait trop d'individus sur terre, déjà six milliards et ça continuait de naître, il y en avait jusqu'à plus soif et c'était comme des criquets et rien ne leur résisterait quand ils attaqueraient. Il lui fallut moins d'une semaine – le temps de débosseler grossièrement l'arrière de la Jeep à coups de marteau et de se faire immobiliser le cou dans une minerve blanche et antiseptique qui aurait brillé aussi fort qu'une ampoule électrique s'il ne l'avait pas noircie avec du cirage – pour se remettre au boulot. Mais avant, il dut se taper un dîner où, avec Teo, Andrea et trois autres gros bonnets de « L.T.P.T. ! », ils discutèrent électorat, députés, campagne de lettres et façons d'attirer plus de donateurs favorables aux verts. Teo portait un costume à quatre cents dollars. Teo. Tête de foie. Assis là comme si on l'avait déjà élu au Sénat de l'Etat. Assiettes de Phat Thai, crevettes au gingembre et vermicelle chinois qu'on se passe autour de la table. Personne n'avait soufflé mot de la terre.

Il s'excusa avant le dessert – « Mon cou me tue, dit-il en décochant un regard pitoyable à Andrea ; Teo te ramènera, n'est-ce pas, Teo ? » –, et moins d'une heure plus tard, il se gara dans une impasse tranquille sise au milieu d'un lotissement distant d'à peine un kilomètre et demi de l'endroit où la General Electric (ou la DWP ou autre, pour lui, tout ça se valait) était en train de réaménager la terre au nom du progrès. Alors il sortit son bonnet tricoté, son cirage noir et le reste. A y repenser, il n'aurait pas dû agir seul. Toujours travailler à deux, telle était la règle d'or des fouteurs de merde : avoir quelqu'un qui fait le guet était une nécessité absolue, surtout lorsqu'on porte des lunettes de soudeur et qu'on ne peut pas tourner le cou de plus d'un ou deux centimètres dans les deux sens, ne parlons même pas de jeter un coup d'œil par-dessus son épaule. Sauf que la loi, il s'en foutait maintenant – il avait payé plus que sa dette et mourait d'envie de reprendre la partie, d'agir, de faire quelque chose de significatif. Et il en avait marre, ça aussi, religieusement marre, d'Andrea, de Teo et tous les autres qui ne faisaient rien. Prendre des risques, il y était prêt. Qui donc aurait pu le lui reprocher ?

Il était un peu plus de onze heures lorsqu'il quitta sa Jeep – il y avait encore de la lumière dans quelques maisons, mais personne dehors et rien qui se mouvait, pas même un chien ou un chat ici ou là. Il descendit la rue sans faire de bruit, bien décidé à se jeter dans les buissons si jamais il passait une voiture – il ne serait pas facile d'expliquer pourquoi il portait ce genre de vêtements et en quoi consistait exactement sa mission, et même s'il avait été capable de se le formuler à lui-même, il ne pouvait guère s'attendre à beaucoup de sympathie de la part de petits propriétaires qui, ça ne faisait aucun doute, approuvaient le projet de la General Electric d'amener plus d'électricité à la Vallée afin qu'on puisse y construire encore plus de maisons et, partant, y faire naître encore plus de propriétaires inquiets. Il se vit assis à une table de cuisine, en train d'expliquer la biogéographie insulaire, l'extinction des espèces et la diminution de la couche d'ozone dans l'atmosphère au yuppie qui lui aurait braqué un 38 Special tout neuf sur la minerve. Non, n'importe qui l'apercevant même le plus brièvement le prendrait pour un cambrioleur, le moindre flic de passage, s'ils s'aventuraient jusque-là, se mettant aussitôt à lui tirer dessus.

Il évita une maison avec de la lumière dans la véranda, traversa le seul espace encore vide dans ce foutu lotissement de quelque cinq cents maisons et s'enfonça dans les buissons qui s'étendaient derrière. Enfin il pouvait respirer. Enfin ça sentait la sauge et la poussière recuite au soleil et jonchée de toute l'ivraie et de toutes les graines qui poussaient dans les environs, la vie et la mort dans le désert. Il s'assit sur un bloc de grès pour enfiler ses grosses chaussettes noires par-dessus ses chaussures et vit la vallée de San Fernando qui s'ouvrait à ses pieds telle une fosse sombre où toutes les étoiles de l'univers se seraient déversées. Pas une lumière, pas un scintillement qui ne dît une maison ou un bureau, et qu'aurait pensé son père ? Qu'aurait pensé de tout ce qu'il découvrait Sy Tierwater le promoteur, l'entrepreneur qui avait passé sa vie à construire des centres commerciaux et des maisons en série ? Ce qu'il y avait là était l'œuvre de dix mille, de cent mille Tierwater, était ville qui dépasse toute limite ou raison. Aurait-il dit ça suffit... ou bien aurait-il applaudi tous ces entrepreneurs intrépides et remercié d'une prière la présence de tant de toits sur tant de têtes pleines d'idées ? Une chouette hulula énergiquement comme pour lui répondre, puis il entendit le bruit de ses ailes et leva douloureusement la tête pour voir sa forme noire s'envoler dans un ciel sans lune.

La réponse allait de soi : Sy Tierwater aurait adoré ce projet, et haï ce que son fils s'apprêtait à faire.

La nuit s'était réduite à rien, les étoiles luisant faiblement à travers un linceul de smog tandis que dans son dos le bol jaunâtre de la pollution lumineuse coupait le ciel en deux. Il descendit de la corniche derrière le lotissement et gagna le paysage lunaire du chantier de construction sur la pointe des pieds, chacun de ses pas parfaitement assuré, pas une pierre qui roule, pas une branche qui craque pour le trahir. Il n'était pas téméraire. Il savait ce qu'était la prison qu'il risquait et il n'avait aucune envie d'y retourner, c'était clair ; il savait aussi ce que signifiait la colère d'Andrea, et n'oubliait pas l'amour et l'attachement qu'elle lui portait. Il ne pouvait pas se permettre de déraper. Pas ce soir. Qu'elle sache seulement qu'il était là l'aurait indignée – et il y avait déjà toutes les chances pour que ce soit déjà le cas. Il jouait son va-tout, et le savait. Mais quoi ? Qu'étaient donc un mariage, une fille et une vie de banlieusard comparés au destin de la terre ?

Parfois, lorsqu'il partait en randonnée ou rêvait, une brise légère lui soufflant dans la figure et que là, tout autour de lui, les buissons brunissaient au soleil, il espérait qu'un esprit vengeur descendrait du ciel et les emporterait tous, oui, toutes ces masses en effervescence avec leurs Honda, leurs meubles de cuisine, leurs carpettes, leurs napperons et leurs magnétoscopes. Qu'une comète leur rentre dedans. Que, méconnaissable après *x* mutations, la peste revienne sur terre et la ravage. Feu et glace, la solution finale. Et que miracle, dans tous ces scénarios, lui, Ty Tierwater, s'en tire – avec sa femme, sa fille et deux ou trois autres personnes qui se souciaient de la Terre : tous alors ils reconstruiraient un monde nouveau sur les cendres de l'ancien, sans la moindre trace de civilisation. Plus de progrès, plus de produits. La vie, rien d'autre.

Il s'occupa d'abord des gros engins, bulls, grue, deux camions-bennes. Deux fois rien, la routine, il avait déjà fait ça une dizaine de fois, sinon davantage : trouver le vilebrequin, remplir le carter de gravillons et là, celui qui pue le diesel, passer au monstre suivant. Il avait attendu que la lune disparaisse pour pouvoir travailler sans craindre de se faire repérer, toutes les formes étaient maintenant indistinctes mais il voyait bien la nuit et oui, il prenait ses multivitamines tous les matins, et sa dose de bêta-carotène aussi. Les bruits habituels de la nuit fleurissaient autour de lui, ronronnement lointain des autoroutes, criquets, rainettes, deux coyotes qui disent quelque victoire furtive. Il se sentit reposé. Bien.

C'était le moment où il aurait dû se dire qu'il avait bien travaillé et rentrer se coucher. Mais il n'en fit rien. Il voulait du grandiose, il voulait y aller d'une déclaration qui frapperait le bon peuple en ses tanières et cuisines de la Vallée, quelque chose qui susciterait de nouveaux articles et gagnerait le cœur des durs de « La Terre pour Toujours ! », ceux qui n'avaient pas peur de se salir les mains. Dans son sac à dos se trouvaient son chalumeau à acétylène et une bouteille d'oxygène en aluminium. Du costaud, ce chalumeau, le genre d'engin qui tranche dans l'acier comme une baguette magique : il suffit d'en appliquer la flamme sur les leviers de traction d'un bull ou sur un rail pour que le coup soit fait en moins d'une minute. C'était un militant de l'Oregon, un certain Teddy Scruggs (vingt-cinq ans, soudeur de son métier, vilaine peau, il louchait et avait les cheveux longs et tellement huileux qu'il aurait pu en graisser tous ses outils avec), qui lui avait appris à s'en servir : fini les idioties du genre petite danse autour des sacs de ciment du Siskiyou, il en avait assez. Un professionnel qu'il était maintenant, un vétéran, et fier de l'être.

La compagnie d'électricité avait rasé le sommet de la colline et poussé la dévastation jusqu'au cœur de la montagne. Elle avait aussi érigé des pylônes d'acier reliés par des câbles de haute tension et alignés l'un derrière l'autre sur le flanc de la colline jusqu'à l'horizon... ils devaient bientôt redescendre jusqu'au fond de la Vallée proprement dite. Il avait songé à attendre que, les travaux une fois achevés, la GE branche le courant, mais abattre ces pylônes quand ils transporteraient Dieu sait combien de mégawatts était tout simplement trop risqué. Pas qu'il aurait voulu les sectionner de part en part – non, il entendait seulement les affaiblir en les sciant suffisamment à la base, juste à l'endroit où le métal entrait dans le ciment. Après quoi il rentrerait à la maison et attendrait que le vent se mette à souffler comme le Santa Ana ne manquerait pas de le faire dès le lendemain, la météo parlant même de rafales pouvant atteindre les quatre-vingts kilomètres-heure dans les montagnes et les cols. Au moment même où ils commenceraient tous à se demander pourquoi les camions ne marchaient pas, attachés les uns aux autres, boum-boum-boum, les pylônes leur dégringoleraient dessus comme des dominos.

Pour obtenir quel résultat ? Il entendait déjà Andrea, et Teo, sauf que Teo, lui, se sentirait obligé de lui dire son admiration, à son corps défendant. Oh que oui, et les autres guérilleros en chambre aussi ! Parce que la réponse à cette question était évidente : le résultat serait stupéfiant. La prise de conscience des masses, il n'en fallait pas plus : à seulement savoir combien l'électricité finissait par leur coûter, à seulement savoir que s'en servir, c'était se serrer le nœud coulant autour du cou, jour après jour, kilowatt après kilowatt, elles se soulèveraient comme un seul homme et mettraient fin au gâchis. Et pour s'assurer qu'elles le savaient, pour s'assurer qu'elles comprenaient bien les buts du mouvement, il avait envoyé une lettre de dix pages au *Los Angeles Times* : tapée sur une vieille machine à écrire qu'il avait payée en liquide dans une brocante de Bakersfield et jetée dans une benne à ordures de Santa Monica une fois son affaire faite, cette lettre était son testament, son manifeste, un appel aux armes destiné à toutes les âmes perdues et rebelles de ce monde. Signée, après pas mal de réflexion, *Le Fantôme de Californie*.

Le plan était bon, mais il y avait un problème : outre le côté encombrant qu'il avait, et ce défaut était tout aussi évident que le poids de sa bouteille d'oxygène, son chalumeau émettait une flamme extrêmement visible. Par une nuit aussi lugubrement noire et endeuillée de smog que celle-là, il aurait été difficile de trouver éclat plus brillant que celui d'un chalumeau à acétylène, excepté peut-être celui des fusées éclairantes qu'on balançait dans les airs au Vietnam afin de compter combien de dents avaient tous les vietcongs qu'on allait écraser sous un déluge de balles de M-16. Il y avait pensé, il avait même envisagé d'attendre l'aurore, le moment où les premières lueurs du jour en effaceraient la brillance, mais avait décidé d'y aller malgré tout. Il n'y avait jamais personne dans ce coin-là et attendre le petit matin lui aurait fait courir le risque de tomber sur un employé zélé de la General Electric ou sur quelque banlieusard qui promène son chien et a une telle mémoire photographique qu'il se rappelle tous les numéros minéralogiques qu'il a vus en se baladant. Il se pencha en avant pour prendre son sac, le souleva et commença à remonter doucement la pente, vers le premier pylône qui se dressait tel un squelette sur le noir de la nuit.

Les étançons étaient plus épais qu'il ne le croyait. Mais pas de problème, il s'était préparé à tout; il aurait pu abattre le pont George-Washington s'il avait eu assez de temps, de combustible et d'oxygène pour le faire. Il sentit bien un pincement au bas de la nuque en se penchant pour attacher ses tuyaux et le régulateur d'oxygène – sa minerve lui poussait le menton vers le haut et lui maintenait la tête dans une drôle de position, comme s'il devait s'allonger à plat sur l'étal du boucher ou se glisser entre les montants de la guillotine –, mais son chalumeau lui ôta toute douleur. Il abaissa ses lunettes sur son nez, monta la flamme et se mit à trancher dans l'acier coréen de première qualité comme s'il était omnipotent.

Tierwater s'était toujours conduit en travailleur attentif, précis là où d'autres auraient pu se monter brouillons, modèle de concentration qui jamais ne s'autorise la moindre inattention, même lorsque, tout gamin, il assemblait des modèles réduits dans un jardin public plein de cris ou s'asseyait à la table à dessin de son père pour dresser lui-même les plans de ses cités imaginaires. Sa mère était fière de ce don extraordinaire chez un enfant si jeune, et ses professeurs aussi. Il y en avait un en particulier – elle lui apprenait le dessin en septième ou sixième, comment s'appelait-elle déjà ? Il la revoyait aussi clairement que si elle s'était tenue debout devant lui, elle était toute petite, elle souriait et ne devait pas être beaucoup plus âgée que la grande sœur de Morty Reich – qui pensait vraiment qu'il avait du talent, et pas seulement parce qu'il avait compris la perspective en une semaine et pouvait tirer des traits sans trembler, comme celui qu'il était en train de tracer en ce moment même, mais...

Il n'eut jamais le temps d'aller jusqu'au bout de sa pensée. Parce que juste à cet instant et bien que sa minerve lui interdît de savoir d'où ça venait, il sentit, et pas moyen de s'y tromper, quelqu'un lui taper sur l'épaule.

Cette fois, tout le monde lui tomba dessus à bras raccourcis. L'Etat de Californie l'arrêta pour vandalisme avec quatre chefs d'accusation à la clé, puis les fédéraux s'en mêlèrent : violation de liberté conditionnelle, et ce fut bien là le pire parce qu'il ne lui restait plus que trois semaines à tirer avant de repasser dans le vert. Fred et l'avocat que Tierwater avait engagé après l'avoir viré – juste après qu'il avait jeté l'éponge une fois la liberté sous caution obtenue – ne purent rien y faire. La presse se jeta joyeusement sur son crime – c'était à Tierwater, encore lui, qu'on avait affaire : Tyrone O'Shaughnessy Tierwater, celui qui avait passé un mois à poil dans les Sierras avec sa femme (elle aussi nue et quelle poitrine !), Andrea Knowles Cotton Tierwater, la grande patronne et porte-parole de « L.T.P.T. ! » –, et dans l'instant ressortit les photos de l'horrible fiasco et les reproduisit en page un du carnet Métropole, pointes des seins et organes génitaux de madame passés à l'aérographe, évidemment, pour ne pas choquer les jeunes âmes. Le procureur refusant de traiter – on aimait la lumière des projecteurs –, Tierwater fut déféré devant le tribunal et dut répondre de tous ses chefs d'accusation, la cour finissant par le condamner à deux ans de prison pour le premier et à huit mois de plus pour chacun des trois suivants ; après quoi il serait renvoyé à Lompoc où il serait placé sous surveillance fédérale pendant encore six mois. Tierwater n'avait rien d'un mathématicien, mais il comprit vite que de quelque manière qu'on envisageât les calculs, le total se montait à cinquante-quatre mois de taule : soit quatre ans et demi d'abrutissement.

Mais il y eut pire. Il se vit contraint de payer huit cent soixante-quinze mille dollars de dommages pour les dégâts occasionnés aux bulls et aux gros engins de terrassement, sans parler du pylône qu'il dut rembourser dans son intégralité. La presse ne l'avait pas encore traité de « hyène » (ça viendrait plus tard), mais tous les reporters, même Chris Mattingly, virent de l'anarchisme pur et simple dans ses actes. *Newsweek* publia un article de fond sur le terrorisme écologique, avec tous les schémas habituels, une analyse alléchante des diverses techniques employées (trenails plantés dans les arbres et cocktails Molotov jetés dans les bureaux des grandes sociétés) et une photo de lui avec son maquillage et son bonnet tricoté en petit encadré sur la couverture. Alors les bons et honnêtes militants de « La Terre pour Toujours ! », ceux qui respectaient les lois, se plièrent hypocritement en quatre pour nier avoir pris part à quoi que ce soit. Fred se crut ainsi obligé de tirer sa révérence – « Ça ne ferait pas bien dans le tableau, lui lança-t-il. J'espère que tu comprendras. »

Bon, d'accord, Fred était un péteux, comme tous les autres. Mais dès le premier jour il avait été là, avec Andrea, pour obtenir sa libération sous caution et restructurer astucieusement ses avoirs, aussi bien dans l'immobilier que dans les fonds communs de placement où les profits de la vente du centre commercial avaient été investis. Ça s'était passé ainsi : Fred avait prévu le jugement et déjà trouvé le moyen qui lui permettrait de tout transférer sur le compte de « La Terre pour Toujours ! », lequel compte était au nom et sous le contrôle d'Andrea. « Avant que la justice mette la main dessus, lui avait-il expliqué en faisant les cent pas sur le tapis de la salle de séjour de la maison de Tarzana (dehors, les grenouilles coassaient et les oiseaux chantaient dans les arbres qu'il ne reverrait plus pendant longtemps). La justice ou la General Electric. Et tu n'as quand même pas envie qu'elle te rafle tout, si ? »

En état de choc qu'il s'était retrouvé. La tête droite contre sa minerve salie, il s'était tordu gauchement pour signer les papiers. Et comme ç'avait été arrangé à l'avance, Andrea avait demandé le divorce.

« Oui, je suis en colère, lui avait-elle lancé, bien sûr que oui ! Et déçue et blessée aussi... je ne sais même pas par où commencer pour te dire tout le mal que tu as fait, Ty, et pas seulement à moi et à Sierra, non, à toute l'organisation. T'es tellement con et idiot que ça me dépasse (une ombre fila devant la fenêtre sur des ailes rapides, toute blanche de visage, Sierra se tenait assise sur le canapé, les genoux serrés sous le menton, Fred attendant à côté d'elle), mais je ne vais pas t'abandonner. Même si personne ne pourrait me le reprocher. C'est juste une manœuvre, tu comprends ? Nous planquons tes avoirs en espérant que la partie adverse ne te trouvera qu'un plein cagibi de vieil équipement de camping, une Jeep en ruine et une maison en location. Comment veux-tu qu'ils te prennent quoi que ce soit si tu n'as rien ? »

(*Beaux discours. Je les écoutai tous l'un après l'autre et Dieu, qu'on se montrait pratique et raisonnable, sauf que tout ça n'était rien d'autre que du vol : on tondait Ty Tierwater entièrement et à jamais en me piquant les derniers dollars que mon père avait eu tant de mal à gagner et en les faisant passer dans le petit gaziou, et ce qu'on pouvait avoir faim, de « La Terre pour Toujours ! », des sauveurs de la terre, des « Manifs R'Us, en avant, en avant ! ». Andrea et moi ne nous remariâmes jamais, même si, c'est vrai, elle fut là, nominalement au moins, lorsque je sortis de prison. Amer, moi ? Et comment ! Mais c'était hier. Et aujourd'hui plus rien de tout ça ne compte, enfin... pas vraiment.*)

Ainsi Tierwater, menotté, enchaîné aux chevilles et officiellement sans le sou, prit-il le car pour la prison d'Etat de Vacaville, une espèce de grande et sinistre usine à détenus sise dans les collines d'herbe morte de la Californie du Nord. Que dire de cet endroit ? Ce n'était pas une prison de basse sécurité, ça, c'est sûr. Fini les courts de tennis, les promenades autour de la cour et le couchage en dortoir. Là, c'était de la cellule qu'on faisait. De la taule pour criminel qui s'y connaît, rien à voir avec les amateurs. Chaque cellule comportait deux couchettes à cadre métallique superposées, un chiotte en acier sans couvercle, deux paillasses elles aussi en métal avec tabourets rangés en dessous, un évier, une seule ampoule au plafond et une plaque d'acier poli boulonnée dans le mur en guise de glace. Les gardes n'aimaient pas qu'on les appelle comme ça – ils préféraient le titre d'« officier de correctionnelle » et traitaient tout le monde d'« étron » sans s'occuper de la race du détenu, du crime qu'il avait commis ou de l'attitude qu'il adoptait. Quoi d'autre ? La bouffe était dégueulasse. Comme le boulot. Comme les compagnons de cellule. On se saoulait avec un liquide rance à base de pain, d'oranges, d'eau et de sucre qu'on faisait fermenter quatre jours durant dans un sac en plastique caché au fond de son casier. Les drogues entraient dans la prison planquées dans le vagin de la copine ou de l'épouse, tassées dans des capotes qui passaient de la bouche de la femelle à la bouche du mâle pendant le long baiser du début. Tierwater ne consommait pas. Et n'avait pas de petite amie non plus. Sa femme – ou plutôt son ex – venait le voir une fois par mois, quand il avait de la chance. Et sa fille (pour elle et pour elle seule il était encore un héros) essayait de passer quand elle pouvait, mais elle était déjà en faculté et avait des dissertations à rédiger, des examens à préparer, des meetings auxquels prendre part, des manifs à organiser et des animaux à libérer. Elle lui écrivait toutes les semaines, de longues lettres décousues sur l'hypothèse de Gaia[1], le rock and roll, l'amour fossile et les habitudes hygiéniques de sa camarade de chambre. De temps en temps aussi, elle prenait le car et lui faisait la surprise de monter à Vacaville.

(Exemple de conversation entre Tierwater et sa fille – la table entre eux deux, hurlements et bafouillis d'une douzaine de détenus, le Gros Frank se profilant au-dessus d'eux comme une avalanche au bord de se déclencher.

Sierra : Bon, peut-être, mais les poulets ont des droits, eux aussi. Si, si. Tout ça n'est que du chauvinisme d'espèce.

Tierwater : Tout ça quoi ?

Sierra : De dire que les poulets sont rien que des cons pour essayer d'excuser le fait qu'on les enferme toute leur vie dans des

1. Hypothèse formulée en 1969 par James Lovelock, alors qu'il travaillait au projet Viking de la Nasa, et selon laquelle toute la matière vivante de la terre serait une entité capable de manipuler l'atmosphère. (N.d.T.)

trucs pas plus grands qu'une boîte à chaussures, avec un comment-que-ça-s'appelle-déjà...? un tapis roulant en dessous pour débarrasser la merde. Ben, c'est exactement ce qu'on disait des Afro-Américains il y a cent cinquante ans de ça.

Tierwater : Je ne suis pas très bien ton raisonnement... tu veux libérer les poulets et passer les Afro-Américains à la friteuse? C'est ça?

Sierra : Papa!)

Et il y avait Sandman. Sandman – Geoffrey R. Sandman, ce « R » ne signifiant strictement rien mais donnant le petit truc en plus à un nom qui devait avoir l'air sérieux quand il l'apposait au bas d'un chèque en bois – était devenu son camarade de cellule pendant l'essentiel des trente-huit mois qu'il avait fini par tirer. C'était lui qui l'aidait à rester sain d'esprit (si tant est que l'expression « sain d'esprit » se soit jamais appliquée à lui et ils étaient nombreux à en douter), et de corps aussi. Condamné pour vol à main armée (il avait abattu un garde de la Brinks qui sortait du supermarché Safeway du coin avec la recette de la journée, et tiré sur le chauffeur du camion, et l'avait touché aux deux pieds lorsqu'il était descendu aider son partenaire, et avait encore fini par piquer le camion blindé et s'offrir une superbe course-poursuite de deux heures sur le Freeway 605), Sandman était d'une force avec laquelle il fallait compter. Grand, un mètre quatre-vingt-quinze - deux mètres, il passait pas mal de temps au gymnase. Tierwater avait par ailleurs vu sa propre réputation le précéder – l'incident Johnny Taradash, deux ou trois trucs mineurs qu'il avait faits à Lumpoc, mineurs mais qui disaient des choses, et la pure et simple folie qu'avait été tant son expédition nudiste que sa tentative de liquider la General Electric lui gagnant quelque respect dans le quartier, au début au moins. A eux deux ils formaient tout un gang.

Un soir qu'ils étaient assis dans leur cellule, une demi-heure avant l'extinction des feux, ils s'étaient mis à jouer une partie d'échecs pas-de-prisonniers pour cinq dollars la prise (Tierwater lui en devait déjà quelque chose comme trois cent vingt) en partageant le fond d'un paquet de Camel (sale habitude, c'est sûr, mais qu'est-ce qu'on peut faire d'autre en prison?). Les bruits habituels se faisaient entendre, bavardages, jurons, morve qu'on remonte un grand coup dans son nez, pit-pit insistant des graines de fleurs qu'on crache dans une tasse ou dans son poing. Et les odeurs habituelles étaient là, elles aussi : la puanteur de leurs corps d'animaux encagés avec, par instants, le doux parfum, comme à la cerise, d'un tabac de pipe, ou la senteur des cacahouètes enrobées de sucre qu'on vend dans les tavernes, ou encore les effluves montant d'un sac de chips au sel et au vinaigre. De la radio accrochée aux barreaux pile à l'endroit où la réception était la meilleure leur parvenaient les lourds poum poum d'une basse et les très hauts et aériens sifflements de poitrine d'un Maclovio Pulchris interprétant à sa façon les paroles inéluctables de son dernier tube : *Je te veux, je te veux, je te veux, Ouou, baby, ouou, baby, ouou !*

— Putain, qu'est-ce que je peux détester cette merde ! lança Sandman en avançant son fou pour l'hallali. (Il avait plus de la moitié de ses pièces sur l'échiquier, Tierwater, lui, n'ayant plus que son roi, une reine en prise et deux pions.) Chaque fois qu'il ouvre la gueule, on dirait qu'il se pisse sur la guibole !

— Oh, je sais pas, dit Tierwater, j'aime assez.

Sandman lui décocha un regard incrédule, ce qu'il aimait appeler son regard de « matou-reniflant-un-nouveau-trou-du-cul », mais laissa tomber. Il avait le visage le plus malléable que Tierwater ait jamais vu et savait en profiter : il jouait la comédie, tout le temps, mais n'aurait pas hésité à souligner son point de vue avec une violence toujours prête et qui, elle, ne tenait en rien de la comédie. Lorsque Tierwater l'avait rencontré pour la première fois, Sandman avait trente-deux ans, le visage bronzé au soleil de la cour, des yeux bleus au regard désinvolte et une barbe taillée avec tellement de soin qu'on aurait dit une ombre qui suivait le tracé de ses mâchoires pour accuser le saillant de son menton. Il était beau, aussi beau que le genre d'acteurs qui se font payer pour jouer les tueurs qui aiment vanner, et savait se servir de son charme. Les gens l'aimaient bien, instinctivement. Et il s'appuyait sur leurs clichés (jamais un sale type ne pourrait avoir une gueule pareille, se disait-on, ce n'est certainement pas un arnaqueur) pour les retourner à son avantage. « J'ai passé des années à me regarder dans la glace, lui avait-il confié un jour, jusqu'au moment où j'ai eu toutes les expressions que je voulais dans la poche, du “vaudrait mieux pas me faire chier” à l’air du révérend qui fait la quête, sans oublier le “pourriez-vous avoir l’obligeance de déposer l’argent dans ce sac en papier avant que je vous arrache votre sale gueule de merdeux”. »

— C’est vrai que les paroles sont peut-être un peu faibles, reconnut Tierwater, mais ce qui compte chez Pulchris, c’est que ça pulse.

Sandman avait levé la main en un geste de renonciation, puis l’avait abattue sur l’échiquier pour lui piquer sa reine et la remplacer par une tour qui semblait sortir de nulle part.

— Ha ! Enfin, je l’ai, cette salope !

— Merde ! Je l’avais même pas vu !

— Prêt à baisser le pavillon ? Et tiens, à propos de salopes, comment va ton ex ?

Il se pencha en avant pour ramasser ses pièces et ajouta :

— Non, parce que je t’ai vu tout coincé avec elle cet après-midi et m’a pas semblé que t’avais l’air heureux...

— Et la tienne de salope, hein ? Oui, ton ex...

Il était resté immobile et avait échangé quelques joyeux sourires avec lui : Andrea était un sujet dont il n’avait pas envie de parler. Il ne voulait même pas y penser. Ç’aurait été penser à de l’eau en plein désert, ou à de la pizza dans le Sud Dakota.

— Est-ce que je t’ai jamais dit que je m’étais marié cinq fois ?

Sandman s’était penché en avant et souriait encore, ses biceps comme tassés sous le mince tissu de son T-shirt.

— Ouais, cinq fois, et je ne suis encore qu’un enfant. Mais la première, Candy, Candy Martinez, ma copine de classe ? La pire que c’était. Dès que je suis monté chez elle, elle m’a tourné le dos et s’est mise à baiser avec tous les types qu’elle connaissait, comme si c’était des devoirs du soir ou autre... non, j’te dis, avec mon frère, mon meilleur pote, le mec d’en face, jusqu’au prof d’atelier et lui, il avait bien quarante ans et des pattes de gorille avec des poils noirs sur le dessus...

Tierwater s’était écarté des couchettes et avait fait deux pas à droite, puis deux pas à gauche – la cellule faisait huit mètres carrés, en tout, rien à voir avec un terrain de manœuvres. Il avait juste besoin de se secouer les jambes, rien de plus.

— Merci, Sandman, avait-il dit en travaillant son meilleur faux silence, merci de m'avoir raconté ça. Je me sens vachement mieux maintenant.

La prison. Il l'avait endurée, il n'y a pas grand-chose de plus à en dire. Il ne se passait pas un jour qu'il n'ait envie de se balader dehors avec sa lampe à acétylène, mais ce regret n'arrivait qu'à l'endurcir encore : il aurait recommencé sans même y réfléchir à deux fois mais, bien sûr, ce coup-là, comme dans n'importe quel fantasme et modèle théorique, il ne se ferait pas prendre. Pour finir, il purgea pratiquement toute sa peine, quelques journées de moins (pour bonne conduite : deux jours de gagnés par vingt-quatre heures passées en prison d'Etat) lui étant sucrées à cause d'un incident regrettable avec deux membres, taille enfant, d'un gang vietnamien au réfectoire, puis il fut renvoyé à Lompoc, en prison de basse sécurité, parce qu'il n'avait nulle part où aller avec encore six mois à tirer.

Et qui lui rendit visite à Lompoc ? Sierra, de temps en temps, bien que pour elle cela fît un sacré trajet en Greyhound, et Andrea, naturellement – sauf que chaque fois qu'il pressait ses lèvres contre les siennes et sentait sa langue lui entrer dans la bouche, il savait que c'était du bidon, que tout était fini entre eux, qu'elle l'avait déjà viré et qu'elle faisait seulement semblant de jouer le jeu comme une brave fille. Ce qui le blessait. Lui rentrait le couteau dans la plaie et l'y tournait et retournait. Et qui d'autre ? Qui d'autre s'en vint le voir au beau milieu de cette période où tout était ennui et stupeur, où il marchait, parlait et pensait comme un zombie et se demandait comment il avait fait son compte pour en arriver là après avoir passé une enfance de fils à papa vivant dans une maison propre sise au cœur d'un lotissement plein d'arbres et de fleurs et profitant de toutes les bonnes choses de la vie ? Qui d'autre ?

Sandman, ben tiens. Geoffrey R. Sandman en costume et cravate, Sandman qui avait l'air d'un avocat ou d'un chirurgien du cerveau.

— Putain, comment tu vas, Ty ? lui demanda-t-il tandis que les gardes s'agitaient d'un pied sur l'autre. T'as besoin de n'importe quoi, tu me dis.

Puis ce fut le jour tant espéré, l'impression de *déjà vu*[*], Andrea qui l'attendait au parking, le petit sac contenant ses affaires, adieu Lompoc. Il avait purgé sa peine, on lui ouvrit sa cage et le laissa partir. Pas assez vite pour qu'il puisse voir sa fille s'enfoncer sa planche à mortier bas sur le crâne et, l'œil gris et le regard sérieusement engagé, accepter son diplôme de licence en sciences de l'environnement avec félicitations du jury, mais c'était comme ça que ça se passait quand on faisait des conneries, des choses qui vous mettaient à leur merci, celles-là mêmes qu'on se jurait de ne plus jamais refaire. Car c'était là ce que disaient tous les prisonniers – *Je ne le referai plus jamais* –, mais Tierwater n'en croyait rien. Pas même une minute. Envie, haine, amertume et ennui mortel, il savait maintenant, et dans toutes les fibres de son corps, pourquoi la prison n'a jamais réformé personne. Le pénitencier. Tu parles d'une plaisanterie ! La seule chose pour laquelle on fît jamais pénitence était de s'être fait prendre. Et plus la condamnation était lourde, plus on voulait rendre des coups à tous ces fils de putes et les faire grimacer de douleur, souffrir autant qu'on avait souffert soi-même. Voilà ce que c'était, la réhabilitation.

Cette fois-ci, la voiture d'Andrea était une superbe BMW noire, un des modèles les plus coûteux, la 740i, et qui donc la lui avait achetée ? « Mais toi, Ty, et je ne t'en aime que davantage. On avait besoin de quelque chose qui ait un peu plus de classe quand on se gare le long du trottoir et que les caméras tournent, tu vois ? Et bon, je me suis dit que j'allais te faire la surprise. Elle te plaît, non ? » Elle lui plaisait. Et ça aussi, c'était du *déjà vu*[*] : l'accélérateur au plancher, l'océan, le vent, le repas en ville, dans le patio du restaurant, les garçons, le menu, la nourriture, de la vraie, puis le retour à la maison, le lit et la baise. A ceci près que cette fois Sierra n'était pas là – elle était partie en Arizona, au camp d'entraînement de Teo, pour se faire endoctriner dans l'art et la manière d'organiser des manifestations non-violentes (comme si elle n'y avait pas déjà décroché au moins trois doctorats !) –, et qu'avec Andrea la baise, la vraie, avait disparu. Oh, bien sûr, après qu'ils avaient ôté leurs vêtements, il s'était fait tout un monde du corps de son épouse, de son odeur, du goût de sa peau, de ses yeux et de ses dents, du son de sa voix, du miracle simple et sans partage que c'est de déjeuner dans une cuisine ensoleillée et de voir sa femme assise en face de soi en robe de chambre, mais tout avait changé. C'était comme le lui avait dit Sandman : on se rappelle, et jusque dans les moindres détails, sa troisième épouse et ses diverses trahisons, ou alors... ç'aurait été sa quatrième : « Non mais, qu'est-ce que tu crois ? »

Tierwater baissa la tête. Il était aveugle à qui l'on a donné des yeux et ne voulait pas regarder trop fort de peur d'y perdre à nouveau la vue. Une fois Andrea partie travailler en BMW, il passait au jardin et se mettait à creuser des trous et à planter des trucs. Il y avait deux colverts dans la piscine et ça lui plaisait bien – tous les ans, d'après ce qu'elle lui avait dit, ils partaient au printemps et revenaient à l'automne –, et les grenouilles à pattes rouges éclaboussaient tout d'un air libidineux tandis que le poisson à moustiques crevait la surface de l'ex-piscine avec des baisers à lèvres minces. Il voyait Sandman de temps en temps – il habitait à Long Beach et travaillait dans une société de techno-biologie, « C'est là qu'est le fric, frangin, disait-il, le fric et l'avenir » –, mais Andrea ne tombant pas exactement sous le charme du bonhomme (un ancien détenu et pour agression armée !), il n'avait pas entretenu cette amitié. Teo, lui, revint à la fin du mois d'octobre et dans l'instant Andrea parut perdre le nord, sentimentalement au moins. Tellement même que Tierwater se sentit prêt à sortir les appeaux et le flingue pour savoir une bonne fois pour toutes de quoi il retournait, mais Sierra étant revenue à son tour, il oublia.

Père et fille passèrent un mois entier à se retrouver. Ils allèrent à Disneyland et à la Montagne Magique, ils randonnèrent dans les montagnes de San Gabriel, de Santa Monica et de Santa Susana, ils mangèrent au restaurant – à tous les repas et tous les jours –, et virent *Maison de poupée* (« Je ne serai jamais comme elle ») et *Le Misanthrope* dans un théâtre de Brentwood. Sierra était une femme maintenant, elle avait presque l'âge de Jane lorsqu'il l'avait rencontrée pour la première fois. Où qu'ils aillent, il regardait les hommes la regarder et s'en sentait tout à la fois bizarre et protecteur, tous ces regards appuyés et envieux ! et de tous les âges qu'ils étaient, ces hommes qui se démanchaient le cou pour contempler sa beauté de femme à longues jambes – jusqu'à des grands-pères ! Ce qu'elle portait ? Des shorts, des jupes, des

T-shirts, des chemisiers en soie ou en Rayonne, rien de particulièrement provocant, pas de maquillage, on ne rigolait pas, mais sa beauté était telle que pas un homme, à moins d'être déjà mort, ne manquait de la regarder. Un après-midi, alors qu'ils déjeunaient dans un restaurant certifié végétalien (on y mangeait des sandwiches au pâté de lentilles, des aubergines *à la paysanne**, de la salade à la vinaigrette de cacahouètes et y buvait du tofu frappé), il lui en parla, des hommes, s'entend.

— Et Rick... c'est pas comme ça qu'il s'appelait ? Qu'est-ce qu'il est devenu ?

Les joues pleines et bien rondes, elle mâchait tandis que le soleil éclaboussait les carreaux autour d'une petite fontaine, un murmure de voix montant des autres clients et le bruissement soyeux des voitures se faisant entendre dans le boulevard. Elle mit un temps à réagir, les yeux serrés fort sur quelque secret.

— Oh, lui, dit-elle enfin. C'était quand j'étais en deuxième année. Il était... je ne sais pas, il aimait le sport.

Tierwater, perplexe :

— Tu n'aimes pas le sport ?

— Tu sais bien ce que je veux dire.

Une pause. Dans le lointain, et très faiblement, quelqu'un passait du Coltrane, un air qui l'avait ravi quand il avait son âge.

— En dernière année, reprit-elle, j'ai bien aimé Donovan Kurtz... tu te rappelles ? Je t'en ai parlé. Il était dans la même classe d'environnement que moi. Mais il avait un... tu veux vraiment savoir ?

Du thé glacé, voilà ce qu'il voulait. Il héla la serveuse et ils restèrent tous les deux silencieux pendant qu'elle lui remplissait son verre.

— Bien sûr, dit-il en laissant retomber le coin de ses lèvres.

— Il préparait une licence de musique et me chantait des trucs quand nous faisions l'amour.

— Laisse-moi deviner, dit-il en baissant la tête pour masquer son embarras (sa fille faisait l'amour ?). *I've Been Working on the Railroad* ?

— Oh, Papa !

— *When the Saints Go Marching In* ?

Rêvait-il ou bien avait-elle rougi un rien ? Coltrane montait et descendait ses gammes, superbes changements de tons, la glace tintait dans son verre.

— Bon, mais... qu'est-ce qu'il est devenu ?

Elle reposa son sandwich, se détourna et haussa les épaules.

— Il s'est marié.

Oui, et après elle avait gagné Scotia, dans le nord de la Californie, et s'était préparée à pénétrer illégalement sur les terres de la Coast Lumber pour y prendre possession d'un de ses plus beaux arbres pendant que lui se collait au volant de la BMW noire et fonçait sur la 101, tandis qu'Andrea, elle, fouillait dans les CD (« Et celui-là ? Tu veux qu'on mette *Barbecue You* ? »), que Teo restait à l'arrière et que des paysages noyés de soleil ne cessaient de défiler le long des vitres. De quoi avaient-ils parlé ? Des gens qui faisaient du lobbying à Washington, des membres du Club Sierra tout imbus de leurs personnes, des banderoles qu'ils déploieraient lorsque Sierra monterait dans le ciel... et de la limite de vitesse.

— Ralentis, quoi... tu ne peux pas dépasser le quatre-vingt-dix ici, n'arrêtait pas de lui répéter Andrea. Tu ne veux quand même pas te faire arrêter, si ? T'as tellement envie d'expliquer aux flics pourquoi tu n'es pas à Los Angeles ?

— De quoi tu parles ?

Il était agacé, bien sûr qu'il l'était. Il ne pensait plus qu'à une chose – à son retour de Siskiyou, encore du *déjà vu**, alors que Sierra était restée derrière, entre les mains de l'ennemi. Et que faisaient-ils maintenant ? Ils se ruaient à nouveau dans la bagarre et encore une fois ils étaient prêts à la sacrifier. A cause de Teo. De Teo et de son camp d'entraînement.

— Parce que tu crois que ces bouseux sauront qui je suis ? Parce que tu crois que mon nom et ma situation juridique les intéressent ?

— Les ordinateurs, avait lancé Teo du fond de la voiture.

— Tu parles ! s'était-il écrié, mais il avait ralenti.

Et après, il y avait eu la comédie du motel, Tierwater et Andrea dans une chambre, grand lit, matelas vibromasseur, pas de baise, et Teo dans une autre, pas encore d'aveux, pas encore le moment de nier ou de ne pas nier, quelque chose de plus grand qu'eux se préparait, concentrons-nous, travaillons en équipe, vive notre camp ! Petit déjeuner matinal. Lumière faible et ciel couvert, brouillard en papier peint de rêve et dans l'air, comme une odeur de tombes qu'on retourne. Tierwater se sentait mal. Il avait allumé une cigarette, sale habitude, et Andrea lui avait demandé de sortir.

Il était à peine plus de neuf heures lorsque, après Scotia, ils avaient trouvé l'embranchement de la route et, plus loin, la parcelle de terrain poussiéreux et bien tassé – rien de plus en fait que ce qu'avait dû laisser un Cat en passant une ou deux fois dessus lors d'une campagne d'abattage depuis longtemps oubliée. De grands arbres se dressaient le long de la route – la « barrière », comme disait la Coast Lumber, celle qui devait empêcher les automobilistes de comprendre que derrière cette façade il ne restait plus rien –, et il y avait des voitures partout, des voitures raisonnables, des Ford Corolla, des Honda Accord, des Saturn, les Volvo couleur moutarde fanée et les minibus Volkswagen en ruines du Mouvement. Dimanche. Il y avait de la fumée dans l'air, comme une remontée de passé aux odeurs de marijuana, les clink clink des tambourins et le sifflement aigu des flûtes de nez. Tierwater avait abaissé une casquette de base-ball sur son crâne à la calvitie naissante avant de descendre de la voiture.

Pour l'occasion, Andrea avait, elle, enfilé un jean, des bottes de cow-boy à trois cents dollars et un sweater en Spandex blanc barré du logo de « L.T.P.T. ! » en rouge vif, et s'était noué les cheveux en arrière. Une écritoire dans une main et une bouteille d'Evian dans l'autre, elle avait sauté de la voiture avant même qu'elle s'arrête – Tierwater l'avait vue à l'autre bout de la parcelle, déjà au centre d'un groupe, essentiellement de jeunes avec des pancartes, ses coudes s'agitaient, comme un oiseau blessé une de ses mains s'était mise à voleter, madame faisait la leçon à tout le monde. Courte fusillade de flashes, petite cohorte de journalistes sensibles à la Cause qui convergent sur elle, dont Chris Mattingly. Teo, lui, se montrait plus réfléchi. Il avait pris tout son temps pour ramasser ses affaires sur le siège arrière, des tracts, des photocopies de l'annonce passée dans la presse, un mégaphone pour rallier les troupes, puis, tout habillé de ses muscles, il s'était tenu de l'autre côté de la voiture et, les paupières mi-closes, avait décoché un petit regard à Tierwater par-dessus le toit arrondi de la BMW.

— Alors, Ty, lui avait-il demandé, tu vas tenir le coup ? Pas de violences, hein ? Pas de problèmes, on garde le profil bas ; c'est bien d'accord ?

Puis il s'était retourné pour contempler la foule avant même d'avoir eu sa réponse et Tierwater avait compris que sa question était de pure forme.

— Et ça aussi, j'allais oublier, avait-il repris. Tu veux bien m'ouvrir le coffre ?

AXXAM DEHORS ! proclamaient les panneaux. SAUVEZ LES ARBRES ! ARRÊTEZ LE MASSACRE !

Dans le coffre se trouvait un panier de pique-nique, avec les goulots rouge rubis de deux bouteilles de bordeaux qui dépassaient dans un coin. Tierwater en avait été frappé de stupeur. Un panier de pique-nique ! Sa fille allait monter dans un arbre et eux allaient pique-niquer ! C'est alors qu'il avait entendu Teo, Teo avec sa voix de surfer et ses voyelles qui chevauchaient les vagues, lui demander :

— Ça te gênerait pas d'attraper ce panier ?

Des trucs qui lui hérissaient le poil, il y en avait beaucoup, beaucoup trop pour qu'on les compte ou veuille même seulement en parler, mais celui-là, le coup du panier de pique-nique, l'avait fait vraiment démarrer. Là ils étaient, côte à côte devant le coffre ouvert de la voiture noire et scintillante, autour d'eux montait, telles sources sortant de terre, un concert de gazouillis excités, agitation et poussière partout.

— Tu baises ma femme, lui lança-t-il.

Teo, qui portait des lunettes de soleil bien que le ciel fût couvert, on aurait dit deux lames d'ambre qui lui rétrécissaient le visage et rendaient le champ de poils ras qu'il avait sur le crâne absolument énorme, se contenta de le regarder.

— Quoi ? Qu'est-ce que t'as dit ?

— J'ai dit que tu baisais ma femme. Dis-moi que c'est pas vrai ! Sois un homme, quoi ! Reconnais-le. Allez, espèce d'enfoiré, allez, viens...

Tête de foie. Il avait bandé ses biceps et les muscles qui lui descendaient comme des câbles des deux côtés du cou et était resté planté là, comme un poteau fiché en terre.

— C'est pas le lieu, Ty, lui avait-il dit, ses tracts serrés sous un bras et son mégaphone sous l'autre. Tu as été longtemps absent. Faut lui donner du mou.

Ainsi donc, c'était bien ça. Enfin Teo lui faisait l'aveu qu'il attendait depuis si longtemps. Sandman ne s'était pas trompé – et lui non plus, Dieu sait que lui non plus. Alors, le panier de pique-nique toujours à la main, il avait eu envie de cogner quelqu'un tandis que les flûtes de nez se mettaient à hurler et que les flashes lançaient des éclairs. Teo, c'était lui qu'il voulait cogner, et fort. Mais quelqu'un s'était pointé, une espèce de gamin habillé d'un T-shirt teint à la ficelle et qui essayait de s'habituer à sa première barbe – « Teo, ah, Teo, mec ! » avait-il lancé en lui serrant la main comme un levier de pompe, et déjà il tendait le bras pour lui prendre ses tracts –, et Teo avait ignoré le gamin et laissé le ton circonstances atténuantes se glisser dans sa voix :

— Ecoute, Ty, avait-il repris, il faut que tu comprennes... on est tous ensemble dans ce truc-là, tous ensemble.

Oui. Et alors ils avaient hissé sa fille dans les hauteurs stupéfiantes et inondées de soleil de son arbre et tout le monde avait applaudi, absolument tout le monde, un vrai cirque de fous, mais seul en lui-même il était resté et n'avait plus connu que la peur et la haine.

Sierra Nevada, mai 2026

Il fait chaud. Telle est, semble-t-il, la caractéristique principale de ce que nous vivons, Andrea, Pétunia et moi, en faisant rouler l'Olfputt sur des routes de hasard – arbres tombés, poteaux téléphoniques arrachés, nids-de-poule et cratères partout, à moins de piloter un 4x4 ou un véhicule militaire, on est fichu. Oh, bien sûr, il y a des équipes de cantonniers de l'autre côté des vitres – il fait 51 degrés à l'ombre, d'après le thermomètre à affichage LED installé sur le tableau de bord, et le vent est si horrible qu'on dirait un truc tout droit sorti de *Lawrence d'Arabie* – mais ils ont beaucoup de boulot devant eux. Et demain, avec le retour des pluies, les routes seront emportées et ils en auront dix fois plus. C'est Andrea qui conduit. Moi, je regarde par la fenêtre. Muselière, harnais et laisse, mais à part ça entièrement libre de vagabonder à l'arrière de la voiture si elle peut y trouver un endroit où se tenir debout au milieu de tous les vins fins, provisions, reliques et articles ménagers que nous avons emportés, Pétunia sue. Et pue.

Nous n'avançons plus – TRAVAUX –, et je repense aux montagnes, aux grands arbres et aux douces exhalaisons de la nuit là-haut, et encore aux bons moments que nous y avons passés, nous étions en famille et nous appelions Drinkwater. Au risque de paraître banal, je dirais bien que tout cela remonte au déluge, sauf que c'est vrai, rigoureusement vrai. La maison est occupée par des squatters, des chasseurs d'écureuils et autres qui essaient de vivre sur les ressources du pays et, d'après ce que j'ai entendu dire, les arbres seraient salement amochés après un quart de siècle d'inondations, de sécheresses, de bestioles et de tempêtes de vent. Au moins n'aurons-nous plus à nous inquiéter des coupes claires – il ne resterait plus que du bois de récupération.

Un filet de sueur joue les éclaireurs le long de ma colonne vertébrale, l'intérieur de la voiture sent comme l'ancien pavillon des félins du zoo de San Francisco et le dossier on-ne-rigole-pas de mon siège me crucifie le dos. Ça fait quatre heures que nous roulons et nous ne sommes même pas arrivés à Bakersfield.

— Tu pourrais monter la clime, s'il te plaît ? m'entends-je dire.

— Elle est à fond, me répond-elle en souriant.

Tout ça lui plaît. Pour elle il s'agit d'une aventure, on regarde le monde autrement, on secoue et on voit ce qui tombe.

Je suis tout ankylosé. Exaspéré aussi, et j'ai besoin de pisser. Et Pétunia, elle aussi, doit pouvoir faire ses petites affaires – au moins si nous voulons arriver à la promener au bout d'une laisse un jour –, et là-bas devant (nous nous traînons, vroum vroum, ici, c'est un trou, là, une ornière aussi profonde que le Grand Canyon), j'aperçois les lumières d'un restaurant, El Frijole Grande.

— Qu'est-ce que tu dirais de déjeuner ?

Le parking est défoncé, comme évidé, et le vent a laissé des trucs partout : chardons Roland, ordures, les restes d'une barrière, la carcasse desséchée d'un chat (*Felis catus*). Je sors de la voiture d'un pas chancelant – mes reins ! mon genou ! –, et tombe dans les bras de la chaleur. Ça fait vaciller, non, vraiment. Le monde entier tient du four à pizzas, du four à pizzas qui vient d'exploser et dont la chaleur rayonne dans toutes les directions, avec des particules qui me remontent dans le nez et s'enfoncent dans ma gorge dès que j'ouvre la portière, tout cela accompagné par les grincements menaçants du sable qui ricoche sur mes verres de lunettes antirayures. J'essaie simplement de survivre jusqu'au moment où je pourrai enfin entrer dans le restaurant et je ne pense qu'à ça, mais là, derrière moi, il y a le visage d'Andrea, on dirait qu'il flotte dans la cabine du 4x4 et qu'elle me grince quelque chose, ce serait urgent, et soudain, en un réflexe tout rouillé comme on le remarque chez les jeunes-vieux, je me retourne, juste à temps pour attraper la laisse de Pétunia qui s'est ruée dehors.

Pattes longues et fourrure collée au point d'en avoir la texture du fil de fer recouvert d'une mince couche de ciment, elle sort de la voiture comme une fusée, reste en l'air tout le temps que je mets à tirer un coup sec sur sa laisse et m'arrache quasiment ma pauvre épaule malmenée. Mais je tiens bon, malgré la chaleur, malgré mon âge et les exigences d'une vessie pleine et d'une prostate qui a beaucoup grossi. C'est la seule renarde de Patagonie encore en vie en Amérique du Nord et je ne suis pas prêt à la laisser filer. Elle n'apprécie pas encore la chose à sa juste valeur – le cérémonial de la laisse lui est tout nouveau –, se jette droit sur mes jambes en grondant comme un disque mal samplé et tente de me mordre à travers sa muselière tandis que des quatre pattes, soit seize griffes et quatre ergots, elle essaie de trouver une prise sur le macadam boursouflé.

Je me retrouve étalé par terre sur le trottoir et comme né de ma propre sueur, et Pétunia, qui s'est ruée sur moi, tente, elle, de me trouer la poitrine avec les griffes de ses pattes de devant, lorsque Andrea se porte à mon secours.

— Couchée, ma fille, dit-elle en tirant sur la laisse que je refuse toujours de lâcher, et je ne pense qu'à accuser celle qu'il faut vraiment accuser.

Après tout, c'est elle qui en a eu l'idée dès le début. Elle n'avait pas envie d'emporter une cage (« Ne sois pas fou, Ty, on n'a pas la place », et de m'expliquer aussitôt que Pétunia avait suffisamment l'air d'un chien. « Ils sont de la même espèce, non ? – Du même genre, l'avais-je corrigée. Ou plutôt non : de la même famille. Mais ils font quand même de sacrées cochonneries sur le tapis »).

Toujours est-il que mes blessures ne sont pas graves. Le dos de ma chemise n'est plus qu'un collage de détritus et de boulettes de gravillons, et il me manque deux boutons devant, mais Pétunia n'a pas réussi à faire beaucoup plus que me déchirer la peau en trois ou quatre endroits avant que nous arrivions à la maîtriser en nous y mettant à deux. Malgré le vent et la chaleur, nous parvenons à la faire claudiquer tout autour du parking jusqu'au moment où elle s'accroupit et nous fait une pauvre et maigre affaire sous le pneu avant d'un autocar scolaire arborant une banderole qui proclame : *Calpurnia Springs, Champion de l'Etat, Deuxième division.* (Champion de quoi, je me le demande – de survie dans le désert ?) Nous débattons brièvement de ce que nous allons faire de notre renarde – on ne peut pas la laisser dans l'Olfputt par une chaleur pareille –, puis je décide de l'enchaîner au pare-chocs et advienne que pourra. Enfin nous entrons ; il fait frais et les tubes des années soixante – reconfigurés pour cordes – fuient à travers des haut-parleurss cachés tandis que des gens de toutes tailles, formes et couleurs nous passent devant en hurlant et s'agitant follement.

Têtes massées les unes contre les autres, voix qui jacassent, bourdonnements et gazouillis des jeux vidéo, l'endroit tient plus de l'arène que du restaurant. Le thème est mexicain (avec deux ou trois perroquets lamentables et une demi-douzaine de bananiers qui pendouillent dans d'énormes pots), mais l'odeur est celle de la friteuse. Le devant de ma chemise s'est couvert de sang et la sueur me colle le pantalon à l'entrejambes.

— Je parie qu'ils n'ont pas de bar, dis-je.

Andrea ne répond pas. Elle est raide comme un piquet, ses yeux sont des tenailles, complètement formée elle a surgi du carrelage devant le panneau VOUS ÊTES PRIÉS D'ATTENDRE QU'ON VOUS TROUVE UNE PLACE. Laissons passer cinq minutes à la pendule. Laissons-en passer dix. Nous sommes toujours debout, bien que trois hôtesses âgées d'une vingtaine d'années aient trouvé des places pour des cars entiers de clients avant nous. C'est quoi, ça ? Du racisme antivieux ? Nous autres, les jeunes-vieux, nous autres du Baby Boom qui sommes aussi jeunes et vifs à soixante-dix ans que nos parents l'étaient à cinquante, nous qui avions tout le pouvoir et avons inventé les tubes des années soixante, voilà que soudain nous sommes invisibles, hors sujet, que nous faisons tapisserie dans un monde à bout de ressources et surpeuplé. Et que nous disent donc tous ces jeunes ? Crevez, voilà ce qu'ils nous disent. Et ne traînez pas.

Ils ne connaissent pas Andrea. Une seconde plus tard elle tient une hôtesse avec cheveux genre chenilles dans une de ses grandes mains et le patron du restaurant dans l'autre et dans l'instant on nous conduit à notre table, au beau milieu de ce repaire turbide de la gloutonnerie et du bruit, « nous sommes désolés de vous avoir fait attendre, pas de problème, faites un bon repas ». Je veux une bière. Une bière mexicaine. Mais ils n'ont pas de bière.

— Désolée, dit la jeune serveuse de vingt ans en me regardant comme si mon cerveau s'était ossifié, nous n'avons que du saké.

Evidemment.

Andrea commande l'enchilada de poisson-chat et une margarita au saké, et après avoir vacillé entre les fajitas de poisson-chat et le *Bagre al carbón* je finis par opter pour les premiers, prends mon saké *on the rocks* et trinque avec Andrea en choquant mon verre contre le rebord givré du sien.

— A nous ! lancé-je. A notre nouvelle vie dans les montagnes !

— Oui, dit-elle, un sourire tranquille sur les lèvres, et voilà que j'y pense, à cette vie à deux qui m'attend, dehors un soleil pâle et déchiré de vent luit dans les fenêtres, dedans ce sont des rugissements de voix qui nous entourent et je ne puis m'empêcher de me demander à quoi cette existence va ressembler.

Nous pourrions très bien vivre encore vingt-cinq voire cinquante ans. Cette idée me déprime. Que restera-t-il alors ?

— Tu ne manges pas, dit-elle.

Une douzaine de gamins – des enfants, des bébés – se ruent dans les allées en braillant et passant sous les bras levés d'autant de serveuses et disparaissent dans un océan de visages. Ils sont en nombre infini, me dis-je, tous ces gens qui ont faim, tous ces gens qui s'agrippent et cherchent ce qui est nouveau et meilleur, ce qui est super et impérissable, et je suis seul contre eux tous – sauf que c'est le genre d'idées qui m'a détourné du droit chemin pendant toutes ces années. Mieux vaut ne pas penser. Mieux vaut ne pas agir. Levons haut la bannière du futilitarisme et plongeons le nez dans notre verre de saké, rien d'autre.

— Le mien est bon, dit-elle en me tendant un morceau de poisson-chat jaune pus passé à la sauce salsa qu'elle a piqué au bout de sa fourchette. T'en veux un bout?

Je me contente de secouer la tête. J'ai envie de pleurer. Du poisson-chat !

Elle parle doucement et très bas, si bas que je l'entends à peine au milieu de ce tintamarre :

— Tu sais, dit-elle en fouillant dans son sac grand comme une malle paquebot accrochée à deux lanières en cuir noir, j'ai quelque chose pour toi. Ça devrait te plaire.

Et qu'est-ce que je lui montre en guise de réponse? Deux

grands yeux de chien au regard mouillé et suppliant. Je n'ai plus envie de rien, sauf du monde tel qu'il était et qu'on me rende ma fille, mes parents et toute la flore et toute la faune éteinte et condamnée de l'Amérique – et que tous, les ibis à tête blanche, la chauve-souris de l'Indiana, le lynx, la souris des plages de Perdido Key, le grizzly de Californie et l'escargot ové et ambré de Chittenango soient remis à leurs places. Je n'ai plus envie de vivre dans cette époque. Je veux vivre dans le passé. Le passé lointain.

— C'est quoi ? lui demandé-je d'une voix morte.

Bruit de papier qu'on froisse. Les violons grondent, puis s'envolent pour noyer toute vie sous une version particulièrement lente de *Sympathy for the Devil.* Je regarde sa main glisser sur la table, elle y tient une liasse de feuilles de papier, de vrai papier, et les caractères imprimés y sont comme hiéroglyphes codés. Et voilà que je tiens la chose à bout de bras, que je cligne des yeux jusqu'à ce qu'ils pleurent et cherche mes lunettes en tâtant dans ma poche.

— Je l'ai emprunté, reprend-elle. Enfin non... volé.

Je suis sur le point de lui demander : « Quoi ? Qu'est-ce que c'est ? » lorsque, mes lunettes trouvant enfin le chemin de mon nez, j'arrive à lire.

C'est un manuscrit. Un livre. Et le titre qui m'est soudain révélé me regarde fixement sous l'emballage en Cellophane de la couverture :

LA MARTYRE DES ARBRES

ou

L'HISTOIRE DE SIERRA TIERWATER

par April A. WIND

Je sais déjà comment ça se termine.

Sauf que là, c'est quelque chose de concret, d'indéniable, quelque chose qui pèse dans mes mains. April « A. » Wind ? « A » comme quoi, me demandé-je. « A » comme aérienne ? Affligeante ? A jamais ? Je feuillette vivement les pages – craquements du papier, impression, le savoir tel qu'il s'offrait avant qu'on puisse se brancher. Inutile de parler des inexactitudes qu'il contient, de son révisionnisme gnangnan mielleux ou de tout ce qu'on y trouve d'envolées psychanalytiques version New Age, ce qui compte, c'est la fin et rien d'autre.

Sierra établissait des records. Et de nouveaux tous les jours, comme le champion de jeûne de Kafka, à ceci près que, contrairement à cet artiste qui vivait d'illusions, ma fille avait un public. Un public véritable et qui ne cessait de grandir, un public qui venait en pèlerinage au pied de son arbre, qui lui envoyait jusqu'à mille lettres par jour, lui érigeait des statues, composait des poèmes et des chansons en son honneur, un public qui faisait la chaîne pour manifester et avait tellement défilé sous sa bannière que l'Axxam en avait été noircie jusqu'à la moelle. En tout, Sierra passa ainsi un peu plus de trois ans dans les airs, au-dessus de la mêlée, avec les oiseaux pour compagnons et tout aussi en sécurité dans cet environnement que l'escargot dans sa coquille ou le gobie dans la poche lisse et sculptée de son trou.

Au début, pendant les semaines et les mois qui suivirent la tentative malheureuse qu'avait faite Deke le Grimpeur pour la déloger de son arbre, la société d'abattage s'était lancée dans une campagne de harcèlement destinée à l'en faire descendre ou à la rendre folle, voire les deux. Elle fit scier tous les arbres autour d'elle, le hurlement des lames anéantissant l'aurore et ne se calmant qu'à la tombée du jour, tandis que les bûcherons mettaient les mains en porte-voix pour lui crier des insultes. *Hé, toi, la petite conne... tu veux pas te foutre ça dans la bouche ? On est cinq ici, et ce soir on va revenir... tu nous attendras, hein ? Et tu te nettoies la fente, d'accord ? J'ai des remontées un peu crades !* La nuit, ils installaient un mur de haut-parleurs au pied de son séquoia et y balançaient, et à plein volume, des polkas, des airs de comédie musicale et des interventions au Sénat jusqu'à ce que les bois environnants ne soient plus que lugubre chambre d'échos. Ils faisaient venir des hélicoptères, ils amenaient les gros chevaux de trait dont ils se servaient pour tracter les troncs de trente mètres du haut des collines les plus reculées, et les hélicoptères faisaient du surplace à côté de son arbre pour y déclencher de véritables tornades avec leurs pales. C'était drôle. On plaisantait. Elle voyait les pilotes se marrer en la regardant, lui faire signe que tout allait bien, supergénial et voyons voir si on pourrait pas t'exploser la gueule ? Reçu cinq sur cinq ? Compris, je décroche.

Ils avaient aussi essayé de l'affamer. Le lendemain du jour où Deke le Grimpeur avait disparu avec la plate-forme du bas, ses ustensiles de cuisine et toute sa nourriture, les nervis de la Coast Lumber avaient établi un périmètre de sécurité autour de son bosquet et refusé de laisser passer son équipe de soutien. Trois nuits durant, accompagné par un gamin tout maigre et tout bondissant, un certain Starlight qui m'avait confié en bafouillant qu'il était amoureux de ma fille et voulait l'épouser dès qu'elle redescendrait sur terre, je lui avais charrié de la nourriture et pendant bien plus de nuits encore avais erré dans les ténèbres avec une batte de base-ball en priant seulement le ciel qu'un de ces fils de putes mal embouchés ose mettre ses menaces à exécution. Sierra, elle, ne bronchait pas. Ils n'arrivaient pas à l'intimider.

— Ne te fais pas de souci, Papa, me souffla-t-elle une nuit qu'elle était descendue aussi bas qu'elle le pouvait afin de ramasser les provisions que nous lui avions apportées (Starlight luttait contre la gravité perché sur le dernier barreau d'une échelle en aluminium tandis que je le soutenais, Dieu sait comment, par en bas). C'est que des baratineurs. (Son visage luisait faiblement dans le vide noir de son arbre.) Ils ont la trouille, c'est tout.

Andrea et Teo avaient mis la presse dans le coup – « La Coast Lumber affame la Fille des arbres », vous voyez le genre –, et ils avaient fini par renoncer. L'équipe de soutien revint, plus décidée que jamais, la plate-forme inférieure fut reconstruite et la Coast Lumber se lava les mains de toute l'affaire. Ma fille voulait vivre illégalement dans un de ses arbres ? On ne daignerait même pas lui répondre. Parce que la moindre réaction, hormis celle qui aurait consisté à cesser d'abattre des arbres et à restaurer l'écosystème, serait utilisée contre eux, et ils le savaient. On attendrait qu'elle se lasse, ainsi pensaient-ils. Plus longtemps elle resterait perchée dans son arbre, plus on l'oublierait et il ne faudrait que peu de temps pour qu'elle en ait assez, qu'elle tienne une conférence de presse et les laisse enfin sucer jusqu'au dernier dollar de tous leurs arbres sans que personne y trouve à redire.

A ce stade, Sierra avait commencé à prendre des allures de sainte un rien flinguée, d'anachorète en sa cellule, de martyre qui souffre moins pour une cause que par amour de la souffrance en soi. Elle était devenue plus éthérée et lointaine. Elle m'avoua même qu'elle s'était mise à étudier les enseignements de Lao Tseu et du Bouddha Gautama. Elle ne faisait plus qu'un avec Artémis, plus qu'un avec les écureuils et les mésanges qui lui servaient de compagnons. Elle se moquait, voire ne le remarquait même pas, d'être devenue l'idole de milliers de gens, elle se moquait aussi d'améliorer son record jour après jour et d'ainsi éteindre tout espoir que d'aucuns auraient pu nourrir de rester plus longtemps qu'elle dans un arbre, à peine même si elle parlait encore de la Coast Lumber. Vers la fin, je pense qu'elle avait même oublié ce qu'elle faisait tout là-haut dans son arbre.

La fin, oui, vous avez bien lu, voici ce que fut la fin de tout cela.

Oserai-je vous le dire? J'y étais, oui, son père était là, lorsqu'elle arriva. J'avais quitté la maison de Tarzana, laissant le poisson à moustiques et les colverts, et ma femme, se débrouiller tout seuls. Pourquoi? Parce que je me sentais gêné. Parce que j'avais honte. Il ne s'était jamais rien passé entre Teo et Andrea – et il n'y avait toujours rien entre eux lorsque, ce premier week-end, après avoir dit au revoir à Sierra dans son arbre, ils s'étaient assis en face de moi dans un restaurant Jack in the Box[1] de Willits et s'étaient mis à tirer des gueules de martyrs en me le faisant comprendre. (Plus tard, bien après que tout s'était terminé entre Andrea et moi, ils s'étaient payé du bon temps et je n'avais pu m'empêcher de penser que c'était moi, et moi seul, qui avais mené campagne pour qu'ils en arrivent à cette extrémité.) Le contrôleur de conditionnelle m'avait donné la permission de déménager à Eureka où m'attendait un boulot, un boulot de rien – employé dans une droguerie –, mais qui me permettait de sortir de Los Angeles et de me rapprocher de ma fille. J'avais chargé la Jeep pendant qu'Andrea était à son bureau. Et j'avais laissé un mot. Je ne sais pas trop – nous n'en avons jamais discuté –, mais je crois bien qu'elle en fut soulagée.

Mon appartement n'était pas beaucoup plus grand que la cellule que j'avais partagée avec Sandman. Une salle de séjour avec un lit et une télé, une cuisine de la taille d'une cambuse dans un voilier de douze mètres qui rouille, WC, douche, et carré de

---

1. Soit « Le Diable dans sa boîte ». (N.d.T.)

poussière derrière la maison avec au milieu un fauteuil de jardin en fer piqué et boulonné dans une plaque de ciment. J'aurais pu trouver mieux – à tout moment j'aurais pu tirer du fric sur celui que nous avions investi dans « La Terre pour Toujours ! » sans que personne s'en aperçoive à la GE –, mais je ne voulais rien de plus. De fait, je voulais moins, bien moins. Je voulais vivre comme Thoreau.

Mon délassement essentiel était ma fille. Quatre, cinq, voire six fois par semaine, je me bringuebalais jusqu'à son arbre et bavardais avec elle quand elle n'était pas occupée à donner une interview ou à écrire son journal. Parfois, elle descendait dans son harnais et restait à flotter au-dessus de moi, le dessous de ses pieds aussi noir que si on l'avait passé au goudron ; à d'autres moments nous parlions au téléphone, souvent pendant des heures entières, et sautions d'un sujet ou d'un souvenir à l'autre, l'après-midi ou la soirée se muant alors en une sorte de grand rêve plein de lenteur, où sa voix était si proche de mon oreille que c'en était comme si elle était redescendue sur terre.

Nous avions organisé une fête pour célébrer sa troisième année dans les airs et y avions invité son équipe de soutien, une douzaine de journalistes et une foule de militants de base de « L.T.P.T. ! ». Andrea et Teo montèrent en voiture et il n'y eut pas de problème : petit bisou sur la joue, brève étreinte, « Ça va, Ty ? Vraiment ? Tu sais où je suis si jamais t'as besoin de moi », Andrea belle et sévère, Tierwater gauche et nigaud, enfermé dans quelque chose qui devait se jouer jusqu'au bout. J'apportai à ma fille un gâteau qu'un autre eût acheté pour son mariage – quatre couches de sucreries avec glaçage sur le dessus et, tout en haut, la silhouette en plastique et combien solitaire d'un jeune marié sans sa promise. J'essayais de faire comprendre quelque chose à ma fille : j'essayais de lui dire qu'il était temps de redescendre. Temps de se remettre à vivre. Temps de reprendre ses études de doctorat, de se marier, d'avoir des enfants, de se doucher, pour l'amour du ciel ! Si elle comprit la signification du marié solitaire, elle n'en laissa rien voir. Mais elle le garda – le garda comme une des poupées habillées auxquelles elle inventait des vies à l'époque où, petite fille seule et sans mère, elle s'enfermait dans la forteresse de sa chambre.

Une semaine plus tard. Neuf degrés, petite pluie fine. Ces arbres, ce bosquet, m'étaient plus familiers que la salle de séjour de mon appartement ou que la maison dans laquelle j'avais grandi. Il y avait une odeur de feu de bois dans l'air, les bruits étouffés de la forêt qui s'enfonce dans le soir, un rayon de soleil qui découpait une bande de lumière dans son arbre, juste au-dessus de la plate-forme inférieure – inoccupée, je le vis tout de suite lorsque je passai du sommet de la colline dans le bosquet en entrant déjà son numéro de téléphone sur mon clavier. Quatre heures et quart. Je venais de quitter mon travail. J'appelai ma fille arboricole.

Sa voix me parvint à l'oreille, calme et voilée, la voix la plus sereine du monde, au moment même où j'arrivais au pied de son arbre.

— B'jour, Papa ! me murmura-t-elle avec un rien d'intimité dans le ton, elle était prête à parler et s'ouvrir à moi, aussi contente d'entendre ma voix que moi la sienne. Quoi de neuf ?

J'allais lui répondre quelque chose, lui raconter une petite histoire amusante sur mon travail et un des bûcherons qui était venu chercher un bouton à bascule, mais appelait ça un bouton à ballusques, comme dans « Hé, t'as pas des boutons à ballusques là-bas derrière ? », lorsque sa voix rugit dans mon oreille.

Elle avait crié sa surprise – « Oh ! » ou alors peut-être « Oh, merde ! » –, parce qu'après toutes ces années, parce que malgré la sûreté avec laquelle ses orteils nus et endurcis savaient trouver la prise sur la branche, elle venait de perdre l'équilibre. Ce fut son portable qui tomba en premier, noir missile qui fonçait tel un objet brusquement détaché d'un ciel bas, et il s'écrasa par terre dans un bruit reconnaissable entre tous, à la fois sourd, métallique et discordant, comme un petit animal arboricole qui aurait mal calculé son élan, mais d'un rien, avant de bondir d'une branche sur une autre. Et ce n'était pas grave, tout allait bien – elle n'avait jamais perdu qu'un téléphone, je lui en achèterais un autre et justement, n'avais-je pas vu une pub dans le journal l'autre jour et pensé à elle ?

Mais bientôt l'autre forme avait suivi, la grande, bien plus grande elle était, comme une boule sombre qui se ruait, tellement énorme et imminente que jamais le ciel n'aurait pu la contenir.

Un fracas s'était fait entendre, soudain, comme un rugissement, humide, et la forêt s'était tue.

Pétunia n'est pas une chienne. C'est une renarde de Patagonie. C'est ça que je ne dois pas oublier, par-dessus tout. Ça me semble important. C'est même le genre de distinction qui sera d'une importance vitale dans la vie à venir, que ce soit au sommet d'une montagne ou dans un laboratoire de clonage quelque part dans les tréfonds du New Jersey. Pétunia n'est pas une chienne. C'est ce que je semble me répéter à moi-même tandis que, un virage après l'autre, nous montons la route de montagne fracturée avec, devant moi, l'éclat brûlant du jour et, à côté de moi, Andrea qui dodeline de la tête en s'endormant. Ce que je remarque, dans les premières hauteurs, c'est combien la forêt est vide de couleurs. Ici, où les arbres à feuilles caduques devraient être en pleine feuillaison, je ne vois que choses fanées et pourrissantes, les troncs bruns et squelettiques des arbres morts étant cent fois plus nombreux que les verts. Sur les pentes exposées au sud, les buissons paraissent vrais, tout en verts laiteux, gris des plus pâles et marrons de vingt nuances différentes, mais chaque fois que nous sortons d'un virage et que la haute montagne apparaît, leurs couleurs ne me semblent pas justes – peut-être n'est-ce que ma mémoire qui me joue des tours. Se trouver ici, simplement ça, et se mouvoir dans le monde apparent après toutes ces années suffit à rendre tout convenable.

Bien sûr, il y a les inévitables copropriétés. Et la circulation. Jadis, ce n'était qu'une petite route de campagne à deux voies qui coupait à travers la forêt fédérale – peu de gens et pas beaucoup de véhicules. Aujourd'hui, je suis obligé de me traîner à vingt-cinq à l'heure au milieu d'une file de voitures et de camions qui s'incrustent à perte de vue dans le flanc de la montagne et ce n'est pas non plus que je respirerais de l'air alpin rafraîchissant – des gaz d'échappement fouettés par le vent, c'est à peu près tout ce à quoi j'ai droit. Là où, il y a trente-cinq ans, on trouvait des falaises et des dômes de granite, il n'est plus que du stuc, du verre et du bois artificiel, que des copropriétés qui s'empilent les unes sur les autres tel l'habitat troglodyte chez les Anasazis : yeux du verre, dents des marches et des rambardes, pompes cardiaques de la climatisation par milliers, et pas un visage humain qu'on verrait. Me plaindre, moi ? Non. Je n'en ai pas le droit.

Andrea continue de dormir, son double menton de vieille femme vibrant au milieu de ronflements doux et courts, eux aussi de vieille femme. Pétunia, qui pue tranquillement, lèche une flaque de ce qu'elle a vomi entre trois caisses de vin fin et une glacière bourrée de bœuf immémorial. Je me murmure des choses à moi-même, jacasse sur tout et sur rien, marmonne l'espèce de litanie que je commençai à me réciter en prison afin de porter témoignage de tout ce que nous avons perdu sur ce seul continent – le meunier à pédoncule osseux, le dard d'Okaloosa, le cyprin du désert, le lézard à queue tachetée, le faucon huppé caracara, le pluvier siffleur, le cerf des Keys, le renard gris, la mulette à perles des Appalaches –, mais ne puis y tenir. Je ne fais que me déprimer. Le sommet de la montagne se profile à l'horizon. Joie. Rédemption. La source d'une vie nouvelle. Je mets la radio dans l'espoir d'entendre quelque chose, n'importe quoi, *Chevauche ton poney*, mais ne tombe que sur un type très en colère et qui m'a l'air de parler en farsi – ou alors, peut-être est-ce du finlandais –, et sur une station de Fresno entièrement dédiée à la techno-country. Bon, d'accord. J'éteins la radio et recommence à marmonner – seulement pour me distraire, vous comprenez.

La circulation commence à diminuer lorsque nous arrivons à quinze cents mètres, à l'endroit où la commune narcoleptique de Camp Orson s'est transformée en Orsonville, un petit bourg florissant fait de caravanes, de minicentres commerciaux, d'immeubles en copropriété, de magasins de vidéos et de pizzerias avec plats à emporter (*Essayez donc notre Spéciale Pepperoni/Filets de Poisson-chat !*). Je garde mes yeux de jeune vieillard sur la route, me faufile entre des camions monstrueux, des dune buggies et des 4x4 gonflés, enfin nous entrons dans la dernière ligne droite qui conduit à Big Timber. La route est devenue nettement plus accidentée, avec sections emportées tous les cent mètres, avec aussi, tels chicots plantés des deux côtés, les troncs coupés des arbres qui sont tombés, la zone des chutes de pierres s'étendant à l'infini. Mais l'Olfputt, soit quelque cent vingt mille dollars de Mac rendus concrets, n'en poursuit pas moins sa route en chantonnant, indestructible sur ses pneus de guerrière du macadam. Nous n'avons plus que deux voitures devant nous et voilà que toutes les deux elles tournent à l'embranchement d'Upper Orsonville, bon ou mauvais signe, je n'en sais rien. Je me doute vaguement que ce n'est pas bon – si personne ne veut pousser plus loin, c'est parce que la route est complètement déformée, voire anéantie, et qu'il n'y a personne quand on arrive à destination –, mais il est trop tard pour faire demi-tour. Et, côté positif, la température est repassée sous la barre des 40 degrés.

Une demi-heure plus tard, Andrea se réveille en grognant alors que nous entrons lentement dans Big Timber, où le Big Timber Bar et le Chalet de Mountain Top sont toujours debout – tout branlants, ils auraient besoin d'un coup de peinture, peut-être d'une nouvelle toiture et certainement de se débarrasser du grand pin à écorce blanche (il fait dans les cinquante tonnes) penché à quarante-cinq degrés au-dessus des fenêtres du restaurant, mais il n'empêche : d'après les apparences, rien n'a beaucoup changé depuis la première fois où les Drinkwater que nous étions il y a tant d'années en franchirent les portes. Ce qui a changé par contre, et aucun sujet aux nouvelles télévisées du soir n'aurait pu nous y préparer, c'est la forêt. Elle a disparu. Ou plutôt non : elle n'a pas disparu, elle est tombée, entièrement – tout n'y est plus qu'arbres écrasés sur d'autres arbres, qu'arbres tordus au coude, qu'arbres brisés à la base, déracinés et jetés cent mètres plus loin par la violence des vents. Tous les pins, lambertianas, jaunes, Jeffrey et ponderosas, et tous les cèdres, séquoias, trembles et le reste jonchent le sol comme mikados. Le mont Saint Helens – voilà à quoi ça ressemble. Le mont Saint Helens après l'explosion du volcan.

Andrea pousse un sifflement bas et, aussitôt réveillée, Pétunia dresse les oreilles.

— Je savais que ça ne serait pas génial, dit-elle, mais...

Elle me laisse le soin de finir sa pensée pour elle.

Je me contente d'acquiescer d'un hochement de tête; je suis aussi abasourdi que si on m'avait lâché sur la planète Mars. Il fait 34 degrés et le vent est raide, la neige, toute la neige, la neige record qui a oblitéré tout ce que les vents, les bestioles et la sécheresse n'ont pas pu atteindre, a disparu. Verrais-je des signes d'espoir dans ce paysage? Quelques pousses qui pointeraient leur nez à travers le sol tout là-bas au bout du parking, là où trois pick-up en ruine se serrent à l'entrée du bar? Quelques bourgeons qui sortiraient tels des petits doigts repliés sur les branches d'un tremble asthmatique? Autre chose? Oui, un oiseau. Un geai mutant tout poussiéreux et pitoyable : couleur encre absorbée par le buvard, il tient un bout de quelque chose dans son bec.

— J'ai besoin de boire un coup, dis-je.

A l'intérieur, rien n'a changé : deux ou trois souches humaines en T-shirts sales et casquettes de base-ball tassées sur le comptoir, du pin noueux, une tête de cerf miteuse accrochée au mur et qui regarde droit devant elle, des taches décolorées par terre, à l'endroit où la toiture a fui, et fuira encore, des bocaux poussiéreux remplis d'œufs en saumure et des bouteilles encore plus poussiéreuses et qui jadis contenaient du scotch, du bourbon et de la tequila. Et la télé, bien sûr; l'émission est intitulée *La cuisine sans œufs*, et l'on y voit un chef cuisinier avec toque et tablier faire grise mine en battant quelque chose de vaguement ovoïde dans un grand bol en acier inoxydable. Inutile de chercher des jeunes ou des moins jeunes dans ce bar, ce serait la déception assurée. Les visages que je découvre sont aussi couturés de cicatrices et creusés de sillons que la route que nous avons empruntée pour venir, les yeux pleurent, les mentons tombent, des poils colorés à la nicotine sortant en touffes de toutes les oreilles et de toutes les narines – enfin nous sommes entre nous. Je tire un tabouret pour Andrea, la seule femme présente dans la salle, et attends que le barman longe tout son comptoir à pas lents pour venir vers nous. Il siffle de la poitrine. Il tient une tasse de café dans sa main. Il s'arrête à notre hauteur, rien ne dit qu'il nous aurait reconnus, il hausse les sourcils.

— Scotch, lui lancé-je plein d'espoir, et pour ma femme... une vodka Gibson?

— Dry, précise-t-elle, avec des glaçons et deux olives. Et un verre d'eau. S'il vous plaît.

On entend des murmures de conversation à l'autre bout du bar, voix fatiguées, chute d'une histoire, rire las. La main d'Andrea cherche la mienne sur mes genoux.

— « Ma femme ? » dit-elle.

J'aime bien la façon dont elle me regarde. C'est de ce genre de regards que je suis tombé amoureux il y a bien des années de prison de ça.

— Que voulais-tu que je dise ? « Et vous m'en mettez un autre pour mon ex ? »

Le barman pose deux verres de saké boueux et un verre d'eau, sans glaçons, sur la table, j'essaie de lui enlever quelques années de la figure, je lui redresse les épaules, lui efface sa bedaine... je le connaîtrais ?

— Ça fait longtemps que vous êtes ici ? lui demandé-je.

Il porte une grande barbe en quatre nuances de gris, le genre qui part en éventail du haut des pommettes comme si un vent violent vous soufflait autour de la tête. Il s'arc-boute contre le bar, je devine une demi-douzaine de maux dans son geste : foie fragile, pieds déglingués, hygroma, arthrite, prothèse de la hanche, blessures de guerre.

— Depuis 1966, me répond-il en jetant un regard mouillé sur le devant de la robe d'Andrea.

— Qu'est-il arrivé aux arbres ? veut-elle savoir. Tout était si beau par ici.

Pendant un instant – blabla du chef cuisinier sur l'huile synthétique et la pulpe d'oponce retraitée, bruit de vent tout autour du bâtiment, soleil pâle, un geai là-bas quelque part, comme un bout de rêve égaré –, je sens que nous sommes tous branchés sur la même longueur d'onde, que tous nous comprenons la question et ses ramifications, tous, les trois jeunes-vieux au bout du comptoir, le barman, Andrea et moi. « Qu'est-il arrivé ? », en effet. Mais, un chiffon lui passant d'une main à l'autre telle langue de lézard, le barman rompt le charme. Il hausse les épaules et les comprime en un geste éloquent.

— Aucune idée, dit-il enfin.

Personne ne trouvant rien à ajouter, le bar reste calme un instant, jusqu'au moment où, quelqu'un ayant murmuré « Merde ! » à l'autre bout du comptoir, nous levons tous la tête et voyons un van rouge tout neuf entrer dans le parking, les pneus du véhicule se répandant dans les ornières puis s'en échappant tel un liquide noir et luisant. Le nez du van se rapproche des marches, à en embrasser pratiquement la rambarde, le barman y allant aussitôt d'un gémissement lancinant.

— Oh, bordel, dit-il, c'est Quinn.

Quinn ? Serait-ce possible ? Vraiment ?

— Tu finis ton verre, Bob ! lance un des hommes-souches, et voilà qu'ils repoussent leurs tabourets, cherchent leurs clés en tâtant dans leurs poches, grognent, sifflent de la poitrine et traînent les pieds. Va falloir y aller, ciao, Vince, à plus.

Je reste là, complètement ravi, et suis en train d'observer le spectacle de la portière rouge tomate du van qui glisse automatiquement en arrière et du mécanisme qui fait descendre un fauteuil roulant de l'intérieur du véhicule lorsque Andrea me prend par le bras.

— Nous aussi, va falloir qu'on y aille, Ty... je n'ai aucune idée de l'état dans lequel on va trouver le chalet... draps, literie, les trucs de base. Il se pourrait qu'on aille au-devant de grandes déceptions... et de pas mal de boulot à faire. Et je ne me vois pas en train de passer la nuit dans l'Olfputt, non, non, pas question, il n'en est absolument pas question. (Elle s'est levée et se tient juste à côté de moi, son sac à main jeté par-dessus son épaule.) Je vais juste passer aux toilettes...

Quinn était déjà vieux il y a trente-cinq ans, du genre petit homme-singe, avec un visage desséché, une tête pas plus grosse qu'une noix de coco, des yeux aux regards furtifs et aux paupières tombantes, toutes ses cellules ambulantes préservées dans l'alcool. Il doit avoir quatre-vingt-dix - quatre-vingt-quinze ans. Et là il est, de l'autre côté de la vitre, et se laisse couler prudemment dans son fauteuil roulant et appuie sur sa télécommande d'un doigt crochu comme une serre tandis que la portière rouge tomate se referme en glissant derrière lui. Son fauteuil qui avance, la porte du bar qui s'ouvre, il entre.

Je n'ai pas une once de culpabilité en moi, pas une – tout ça, c'est terminé. Mais je suis curieux, vraiment, et peut-être aussi un peu en colère. Et je dois avoir envie de me venger. Je me sens fort, je me sens de nouveau célèbre, moi, Tyrone O'Shaughnessy Tierwater, l'Eco-Vengeur, le Fantôme de Californie, la Hyène Humaine.

— Salut, dis-je en me penchant pour lui sourire dans la figure tandis que son fauteuil à moteur le traîne devant moi. Elles sont encore bien accrochées ?

Pas de réaction. Il est toujours aussi étriqué et rabougri qu'une tête qu'on aurait réduite et conservée dans du sel avec le reste du corps attaché au bout, petit homme fait de morceaux dépareillés et comme suspendu dans l'acier luisant et l'aluminium poli de son fauteuil roulant.

— Vincent, lance-t-il, sa voix évoquant le grincement d'une vieille porte de grange, comme d'habitude !

Une bouteille de scotch – de vrai scotch, du Dewar's, un véritable trésor antique – apparaît comme par magie et tous les deux, nous regardons le barman descendre un verre à cocktails de l'égouttoir au-dessus de sa tête, le servir généreusement et ajouter une goutte d'eau dans son verre. Puis il sort de derrière le comptoir, en fait tout le tour et cale soigneusement le verre entre les doigts recroquevillés du vieil homme des assurances. Petit voyage tremblotant du verre jusqu'à ses lèvres, Quinn en descend la moitié d'un seul coup, puis il le dorlote sur ses genoux et tourne son visage démoli vers moi.

— Alors, monsieur le nouveau venu, dit-il, on me semble bien amical avec ce grand sourire ! Mais... je ne vous connaîtrais pas de quelque part ?

Je ne vais pas lui faciliter la tâche. Je me contente de hausser les épaules, mais du coin de l'œil, je vois Andrea qui ressort des toilettes et traverse la salle dans des chaussures plates fort sages après s'être remis du rouge à lèvres et du blush sur le visage.

Il lui faut une minute – ainsi l'exigent des circonvolutions cérébrales encore plus vieilles que la tête dans laquelle elles se trouvent –, et l'apparition d'Andrea à mes côtés pour comprendre et que, ses pupilles se rétrécissant soudain, il s'écrie :

— Mais oui, je vous connais ! Je sais même très exactement qui vous êtes.

Andrea esquisse un sourire. Elle n'a aucune idée de ce qui est en train de se jouer.

Une grimace figée sur la figure, Quinn fait mine de porter de nouveau son verre à ses lèvres tandis qu'une vague lueur de calcul illumine son regard trouble. Son nez, là... il se le tripote, il en pressure la base d'un doigt, puis il cherche un mouchoir dans sa poche et l'approche de son visage. Nous le regardons sans rien dire tandis qu'il imprime une rotation à sa tête tout en haut de son cou vacillant et inflige délibérément à son nez une bonne séance de nettoyage, puis nous le regardons encore tandis qu'il replie son mouchoir et le remet soigneusement dans sa poche comme s'il n'avait jamais rien vu de pareil.

— Dites-moi, reprend-il, maintenant que tant d'années ont passé...

Et il marque une deuxième pause, comme s'il avait perdu le fil de ses pensées, mais ce n'est là qu'un jeu et je vois bien qu'il s'amuse beaucoup. Sauf que moi aussi. Oui, moi aussi.

— Non, ce que je voulais dire, c'est que... cet incendie, c'est bien vous qui l'aviez allumé, n'est-ce pas ? Et l'équipement bousillé, c'est vous aussi, non ? Hein ? Dites...

Le barman cligne des paupières comme s'il sortait d'un rêve. Andrea pose la main sur mon bras.

— Juste pour satisfaire la curiosité d'un vieillard, souffle-t-il encore.

Andrea collée à moi, je me penche sur lui tandis que le barman se répand sur son comptoir comme un sac de grain. Puis, le plus clairement possible pour qu'il n'y ait pas de méprise, je lance au vieillard, en prenant le temps de bien articuler malgré la complexité de mon appareillage dentaire :

— Oui, c'est moi qui ai foutu le feu à la forêt et oui, c'est encore moi qui ai tout bousillé et vous savez quoi ? Je le referais avec joie !

Ah, le regard qu'il me décoche ! On dirait le sage des temps anciens, le grand animateur des jeux, l'oracle en sa grotte. Ses bajoues tremblent, son verre, oublié, s'inclinant dangereusement sur ses genoux.

— Et à quoi êtes-vous arrivé, vous voulez me le dire ? Regardez autour de vous... voilà, c'est ça : regardez seulement autour de vous et répondez !

Nous y sommes, là, parvenus à nos fins, au but suprême après tant d'années et de deuils que je ne saurais même commencer à les compter et la réponse est là, sur mes lèvres, tel un bout de truc tellement fétide et acide que je ne puis rien faire d'autre que la lui cracher à la figure :

— Mais rien, lui dis-je, absolument rien.

Epilogue

Sierra Nevada, juin-juillet 2026

Il est une expression que j'aime depuis toujours et la voici : « Ce n'est pas sans inquiétude que... ». Comme dans « Ce n'est pas sans inquiétude qu'ils tournent le coin de la rue, entrent dans Pine Street et découvrent le chalet défoncé, complètement pillé et vidé dans lequel ils devront égrener le restant de leurs jeunes-vieux jours ». Je ne vais pas l'utiliser bien que je l'aie sur le bout de la langue tandis que, brûlé de soleil et à demi masqué par ce qui me paraît être le travail d'une douzaine de castors de quarante tonnes, le toit de la maison de Ratchiss se montre enfin à ma vue. Il y a tellement d'arbres tombés par terre que, de fait, nous ne pouvons arriver jusqu'à elle bien qu'à une époque lointaine quelqu'un ait ouvert à la tronçonneuse une espèce de passage grossier dans la rue elle-même – et ce quelqu'un, vigoureux jeune-vieux comme moi, barbu peut-être, il porte une chemise de bûcheron et un jean noir de crasse et retenu par des bretelles rouges, elles aussi de bûcheron, je le vois : il finit par renoncer, de désespoir, tant les arbres s'empilent les uns sur les autres au fur et à mesure que, jour après jour, les tempêtes les abattent comme vulgaires cannes à sucre vides alors même qu'ils font jusqu'à des quarante-cinq mètres de hauteur.

J'arrête l'Olfputt, serre fermement la laisse de Pétunia dans ma main et descends de voiture dans l'éclat aveuglant de cette fin d'après-midi. L'air est moins épais et chaud qu'ailleurs et il y règne une odeur qui me ramène en arrière, c'est indéfinissable et austère, ça sent le tuf, les pousses de tremble, les premières fleurs sauvages qui s'ouvrent... ou alors les abeilles à viande, peut-être que c'est ça : des abeilles à viande qui se pressent sur quelque chose de mort, quelque chose d'enterré tout là-bas, sous le fouillis des arbres abattus. D'accord. Mais au moins Pétunia ne me pose-t-elle pas de problèmes ; molle comme une chiffe, elle descend de la voiture à son tour et cligne de ses yeux canins et non, Pétunia, non, on n'est pas en Patagonie et ceci n'est pas la pampa, tandis que, reposée et allumée au saké, Andrea claque la portière côté passager avec une vraie vigueur. Le menton en avant, elle a dans les yeux un regard que je ne connais que trop. Droit devant nous, le tronc de l'arbre qui est tombé à un mètre cinquante du pare-chocs avant est si gros qu'elle doit se hausser sur la pointe des pieds pour voir par-dessus.

— Ça n'a pas l'air trop méchant, dit-elle, enfin... vu le...

— Vu le quoi ? la contré-je, Pétunia appuyant mon propos du grésillement de son urine sur le trottoir. Vu la fin du monde ? Vu l'effondrement de la biosphère ? L'anéantissement des forêts et de tout ce qui y vit ?

— Un arbre est tombé sur le toit, je le vois d'ici... et on dirait que la cheminée a disparu, la moitié en tout cas... et les fenêtres... Mais j'ai l'impression que... oui, que quelqu'un est passé les condamner, enfin... les trois quarts d'entre elles minimum.

Elle se retourne vers moi, tout empourprée de ce dernier triomphe de sa vision assistée, je me demande si je ne devrais pas me mettre à l'appeler « Œil de Faucon ».

— Tu crois que... ?

— Mag, dis-je. Ou Mug.

Et ça, c'est quelque chose à envisager avec attention ; peut-être Mag se trouve-t-il en ce moment même dans la maison, à se repaître de ses souvenirs de savanes qu'on parcourt à pied et d'oryx qu'on transperce à la lance, et peut-être, oui, n'est-il pas du tout prêt à supporter notre invasion. Ou plutôt non, pas Mag, Mag est quelque part dans un appartement en copropriété, planté devant sa télé habillé d'un polo et chaussé de Dockers, comme tout le monde. D'après ce que je vois dans la lentille réfractée d'un bon clignement d'yeux, l'endroit n'a pas l'air occupé, sauf peut-être par des fourmis maçonnes et des lézards de barrières. Mais il y a un moyen de le savoir et Andrea, qui a toujours une idée d'avance sur moi, tient déjà la hache dans sa main.

L'affaire nous prend une demi-heure, mais nous arrivons enfin à ôter assez de branches à l'arbre qui nous barre la route – elles nous montaient jusqu'à la taille – et, après avoir attaché Pétunia au pare-chocs de l'Olfputt, j'aide Andrea à passer par-dessus le tronc en lui faisant la courte échelle avant qu'elle me la fasse à son tour. Je me retrouve de l'autre côté, les deux pieds par terre, cinquante mètres me séparent de la maison et c'est comme si j'atterrissais dans un monde nouveau. Ou dans un vieux, dans un monde qui n'existerait que dans la pagaille fragile des neurones de mon pauvre cerveau qui grince. La terrasse de devant est toujours là, intacte, avec les marches où Sierra s'asseyait pour jouer aux échecs ou au Monopoly et la porte que Ratchiss ouvrait d'un coup d'épaule quand il revenait avec ses sacs remplis de provisions. Pour la première fois depuis longtemps, je ressens quelque chose qui ressemble à de l'optimisme, à tout le moins à une manière de léger déclin de mon pessimisme. Ça va marcher, me dis-je, on s'en sortira.

Dedans, c'est à peu de chose près ce à quoi on peut s'attendre après une bonne quinzaine d'années d'abandon – et pas seulement d'abandon : d'une conspiration active des éléments destinée à tout foutre par terre. L'arbre qui repose sur la pointe du toit telle la jambe relevée de quelque géant endormi est ce qui pose le plus gros problème, et il sera insurmontable dès que les tempêtes reprendront, mais bon : il faudra s'en débrouiller. Andrea, qui s'est plantée au milieu du naufrage avec toute la détermination de son menton carré et de ses épaules rejetées en arrière, pense à peu près la même chose.

— Il faudra juste vivre dans les pièces du fond pendant l'hiver, me dit-elle en se penchant paresseusement pour ôter un mouton jaunâtre et gros comme un cache-pot du plancher.

Je mets une bonne minute et dois le toucher, le frotter entre le pouce et l'index pour comprendre de quoi il s'agit : c'est tout ce qui reste de la peau de lion de Ratchiss après que plusieurs générations de rats sont passées dans la maison. De rats et d'oiseaux, ne pas oublier les oiseaux : ils sont toujours là et toujours vivants, certains d'entre eux au moins. J'ai soudain la vision d'un oiseau des neiges en train de tapisser son nid de fourrure de lion, et pourquoi donc cela me fait-il sourire ?

Le reste, la zibeline, le sanglier, les fusils et les boucliers tribaux, a depuis longtemps été arraché des murs par les pillards qui ont l'air d'avoir fauché tout ce qui avait de la valeur dans la maison, y compris les appliques de la salle de bain ; il y a dans le plancher des trous par lesquels on pourrait faire passer une boule de bowling, la baignoire est remplie d'une espèce de ragoût d'algues et de larves de moustiques et au moins soixante-quinze pour cent des bardeaux en cèdre, la part du lion, ont été arrachés de la toiture et jetés par-dessus bord comme autant de bouts de rien. Et dans la pagaille de la cuisine, ignominieusement étalé par terre sous un tas de casseroles cabossées, d'éclats de verre et de torchons à vaisselle, se trouve le Grand Mangeur d'Hommes de la Luangwa en personne, toujours aussi rugissant et fixé à la grosse poutrelle en fer par le pieu qui lui remonte le long de la colonne vertébrale. Andrea y va d'une petite exclamation de surprise, puis elle repêche une boule froide, dure et brillante au fond d'une poêle pleine de sciure et de crottes de souris. Et de quoi s'agit-il ? De l'œil en verre du Grand Mangeur d'Hommes, savoir une grosse bille dorée genre œil de chat avec la fente noire de la pupille en entaille dedans.

Cette relique, cet objet, me remplit d'émotion jusqu'au fond de la gorge et je ne saurais dire pourquoi. Là il est, dans la paume de ma main, chose brillante et manufacturée, succédané de réel, et tout ce que je trouve à dire est : « Pauvre Mac. »

Andrea a déjà relevé ses manches et cherche un balai, une serpillière, des sacs-poubelles gros travaux, mais n'en marque pas moins une pause pour prendre ma main dans la sienne. Et certes elle hoche la tête lentement et d'un air triste et quasiment élégiaque, mais l'optimiste, c'est elle dans cette maison, ne vous y trompez pas.

— Aussi horrible que ce soit, dit-elle enfin, au moins était-ce, je ne sais pas... unique ?

— Unique ? Mais de quoi tu parles ?

La lumière qui passe par la fenêtre haute et cassée derrière elle évoque le sirop qui s'étale sur les poutres du plafond et le ventre du gros arbre qui l'a traversé, nuit sur terre, nuit qui descend. Tout est très calme.

— Réfléchis une seconde, Ty... sur les milliards d'individus que nous sommes sur cette planète, c'est le dernier qui sera parti... de cette manière. C'en est presque un honneur, non, vraiment.

Quant à la suite... le temps nous reprenant sous son emprise, nous nous retrouvons à dériver au fil des jours selon un ordonnancement aussi pur et simple que tout ce que j'ai jamais connu – c'en serait presque comme d'être à nouveau plongé au cœur de la nature. Debout avec le soleil, couché avec la nuit, aucune pensée qui ne soit souci de se faire une existence de minute en minute, un jour après l'autre. Nous remplissons des poubelles et nous les vidons, nous frottons les carreaux par terre jusqu'à ce qu'ils reviennent à la vie, bientôt le parquet brille sous une nouvelle couche de cire. Nous écrasons des fourmis maçonnes, nous faisons la guerre aux guêpes, nous chassons les souris, les oiseaux et les chauves-souris et les remettons à leur place, dehors, dans la nature. Andrea descend à Orsonville avec l'Olfputt, en rapporte seize vitres taillées à la bonne mesure et manie le mastic tel l'apprenti vitrier, si ce n'est le vitrier en personne. Et moi, saurais-je donc gâcher le ciment? Ben tiens. Avant longtemps j'ai rassemblé toutes les briques éparpillées dans le jardin et reconstruit la cheminée pour que nous puissions nous asseoir devant le feu quand l'hiver viendra, et encore déguster nos bonnes bouteilles de rouge, grignoter du bœuf, écouter le vent souffler dans les creux et les murmures de la neige. Nous ne manquerons pas de bois de chauffage, ça, c'est sûr.

Les gens du coin sont toujours là, à vivre au cœur de cette dévastation dans des chalets dont ils ont refait les toitures, à se retrouver au restaurant tous les jeudis soir, on apporte de la nourriture et on mange à la fortune du pot, on n'a que du temps en abondance. Avec l'aide des forestiers et de quelques autres, nous arrivons à refaire de Pine Street une voie d'accès sans doute pleine d'ornières mais carrossable et parvenons même à ôter les trois quarts de notre arbre de dessus le toit. Mieux encore, Andrea me montre peu à peu un talent que je ne lui connaissais pas : son père lui a appris à fendre des bardeaux de cèdre quand elle était petite. « Simple comme bonjour », me dit-elle et la voilà dans la cour, à cracher dans les paumes pleines de cals de ses grandes mains et à lever la hache au-dessus de sa tête. Et ne pas oublier la General Electric. Ils nous ont raccordés – le câble est noir, des plus minces et, enterré dans une tranchée qui longe la rue, fait penser à une rallonge, et encore –, et nous avons du courant : lorsque les ténèbres s'épaississent, notre maison brille tel un miracle céleste posé sur terre dans un nid d'arbres morts, au plus profond des ombres de la nuit.

Et il y a encore autre chose. La forêt – cette forêt-là, la nôtre – repousse, les rejets des nouveaux arbres sortant du cimetière des anciens, trembles qui secouent leurs feuilles comme on applaudit, saules épais dans le lit des ruisseaux. La nuit, on entend des chouettes et les hurlements aigus des coyotes qui poursuivent le gros morceau de leur prochain repas. Nous n'avons pas encore vu de chasseurs d'écureuils, ni non plus de fanas de la survie en milieu hostile, mais ça ne nous manque pas.

Et c'est le milieu de l'été, le soir est doux et pâle, les fleurs sauvages se sont embrasées dans les champs, le crapaud et la grenouille arboricole chantent à gorge déployée là-bas en bas, au bord du ruisseau, bras dessus bras dessous, ma femme et moi nous promenons sur l'accotement de la rue enfin rouverte, Pétunia trottinant à nos côtés au bout d'une laisse en cuir tressé que j'ai trouvée dans un des placards de la cave. C'est qu'elle s'adapte bien, Pétunia, et moi aussi : j'en ai fini de mes contradictions. Nous n'avons plus besoin de muselières, ni de cages non plus. Pétunia dort au pied du lit, enroulée sur la carpette, sans le moindre souvenir d'une autre vie dans sa cervelle de canidé. « Ici », lui dis-je, « Assis », « Pas bouger ».

— Essaie de la faire venir à tes pieds, me demande Andrea.

Je cherche un biscuit pour chien dans ma poche, baisse la voix et lui lance :

— Au pied !

Elle dresse les oreilles et s'assied aussitôt à mes pieds sur le trottoir chaud.

C'est à ce moment-là que la jeune fille apparaît : tout de noir vêtue, les épaules légèrement voûtées, foulée longue, bottines noires et haut lacées, cheveux couleur minuit dans une grotte. Elle se tient la tête penchée en avant, elle regarde ses pieds et ne nous voit pas avant d'être presque sur nous.

— Hé, salut ! s'écrie-t-elle, ni effarouchée ni surprise, et je vois l'éclat du petit anneau en argent dont elle s'est perforé la narine gauche.

Quel âge a-t-elle ? Je ne suis pas bon juge, mais je dirais treize ou quatorze ans.

— Vous devez être les nouveaux locataires, pas vrai ? demande-t-elle, et dans sa voix il y a comme un gazouillis qui me ramène trente-sept ans en arrière.

Andrea lui décoche un sourire de première.

— Nous sommes les Tierwater, lui répond-elle. Je m'appelle Andrea et lui, c'est Ty.

La jeune fille se contente de hocher la tête. Puis elle se met à regarder Pétunia, ses lèvres ramassées en une moue infime.

— Ça serait pas un... ce qu'on appelle... un afghan ?

— C'est exactement ça, dis-je. C'est un chien.

Puis, pour une raison que je ne saurais m'expliquer, je ne peux m'empêcher d'ajouter :

— Et moi, je suis un être humain.

Cet ouvrage a été réalisé par

FIRMIN DIDOT
GROUPE CPI
Mesnil-sur-l'Estrée

pour le compte des Éditions Grasset
en avril 2001

Imprimé en France
Dépôt légal : avril 2001
N° d'édition : 11901 – N° d'impression : 55279
ISBN : 2-246-60001-4